W0413400

BASTEI
LÜBBE

JASON DARKS SONDERAUSGABEN IM TASCHENBUCH-PROGRAMM:

73 912 Monster aus der Schattenwelt
73 913 Hexenspuk und Teufelssaat
73 914 Im Reich des Bösen
73 915 Grauen aus der Hölle
73 916 Sarggeflüster
73 917 Im Haus der Angst
73 918 Todesträume
73 919 Das Spiel der Dämonen
73 920 Schreckenswelten
73 921 Nächte des Wahnsinns
73 922 Werwolf-Grauen
73 923 Grabgespenster
73 924 Liebesgrüße aus dem Jenseits
73 925 Hexensabbat
73 926 Satans Welt
73 927 Jünger der Finsternis
73 928 Zeit des Horrors
73 929 Besuch aus der Dunkelwelt
73 930 Triumph der Weißen Magie
73 931 Symphonie des Blutes
73 932 Herren der Nacht
73 933 Hexenpest
73 934 Komplizen des Satans
73 935 Phantome der Nacht
73 936 Dämonenehre
73 937 Das Satansmysterium
73 938 Die Farbe des Todes
73 939 Hexenträume
73 940 Teufelsdiener – Satansfreunde
73 941 Dunkles Paradies
73 942 Im Zwischenreich der Toten
73 943 Transsylvanische Verschwörung
73 944 Aufstand im Dämonenreich
73 945 Das schwarze Kreuz
73 946 Die stummen Götter
73 947 Allianz der Werwölfe
73 948 Die Farbe der Finsternis
73 949 Das schwarze Evangelium
73 950 Totentanz
73 951 Festival der Blutsauger
73 952 Die Hölle auf Erden

JASON DARK

JOHN SINCLAIR

Grüße aus dem Fegefeuer

Acht spannende Grusel-abenteuer

BASTEI LÜBBE

BASTEI LÜBBE TASCHENBUCH
Band 73 953

1. Auflage: März 2005

Vollständige Taschenbuchausgabe

Bastei Lübbe Taschenbücher
ist ein Imprint der
Verlagsgruppe Lübbe

© Copyright der einzelnen Romane: 1985
© 2005 by
Bastei-Verlag Gustav H. Lübbe GmbH & Co. KG,
Bergisch Gladbach
All rights reserved
Lektorat: Hans-Ulrich Steffan
Titelbild: Sanjulian/Bassols, Barcelona
Umschlaggestaltung: QuadroGrafik, Bensberg
Satz: Wildpanner, München
Druck und Verarbeitung:
AIT Nørhaven AS, Trondheim, Norwegen
Printed in Norway
ISBN 3-404-73953-1

Sie finden uns im Internet unter
www.bastei.de
oder
www.luebbe.de

Der Preis dieses Bandes versteht sich einschließlich
der gesetzlichen Mehrwertsteuer.

Inhalt

Die Straße der Gräber

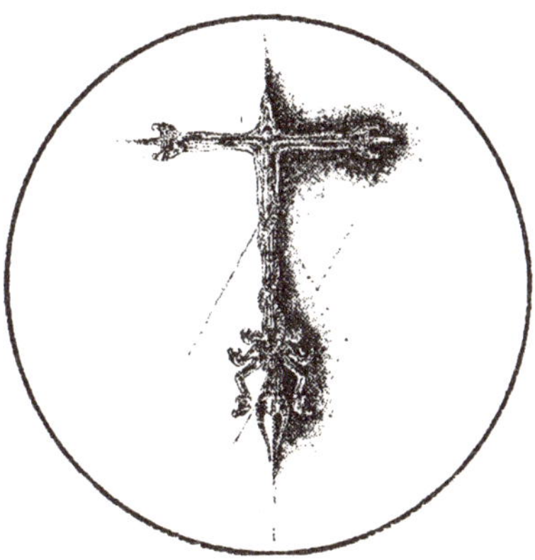

Im Fahrstuhl hatte es ihn erwischt.

Dort war es über ihn gekommen wie ein Trommelfeuer. Er lehnte sich gegen die Wand und krümmte sich vor Schmerzen. Auf seiner Stirn lag der Schweiß. Den Mund hielt er weit offen. Er keuchte, würgte und schüttelte sich, als wäre er nass geworden. Die Anstrengung verzehrte ihn. Es fiel ihm schwer, klar zu denken. Er hatte ja gewusst, dass es einmal kommen würde, aber ausgerechnet jetzt, wo er sich in der Kabine befand und nicht rauskam, war es geschehen.

Wann endlich hielt der Lift? Weshalb hatte er sich auch ein Hotel mit zwanzig und mehr Stockwerken aussuchen müssen? Er legte den Kopf in den Nacken, beobachtete die Leiste der aufleuchtenden Zahlen über der Tür und konnte sie kaum erkennen, weil Tränenwasser seinen Blick umflorte.

Erst als er das Signal hörte, kam ihm zu Bewußtsein, daß der Lift gehalten hatte.

Schon öffneten sich die beiden Türhälften. Fast lautlos rollten sie nach links und rechts weg, er konnte den Fahrstuhl verlassen, das tat er und war froh, daß ihm niemand auf dem Flur begegnete.

Der Mann krachte mit der Schulter gegen die Wand. Er hatte sich nicht mehr fangen können. Irgend etwas war da und würgte ihn. Vielleicht eine unsichtbare Hand oder eine Schlinge.

Er blickte nach rechts in den Flur. Da war kein Boden mehr, nur noch ein wallendes Meer, das unterschiedlich hohe Wellen warf, so daß auch die einzelnen Zimmertüren davon in Mitleidenschaft gezogen wurden. Er durfte sich davon nicht beirren lassen, durfte nicht aufgeben und schaffte es auch, ein Bein vor das andere zu setzen. So kam er seinem Ziel immer näher. Auf der rechten Seite lag seine Zimmertür. Nur wußte er nicht, welche Nummer es genau war, er hatte alles vergessen, aber weit brauchte er nicht in den Gang hineinzulaufen.

Der Teppich dämpfte seine Schritte. Er schleifte an einem

kleinen Tischchen vorbei, auf dem eine Vase mit Blumen stand. Mit der rechten Hand berührte er sie, sie fiel und rollte zu Boden. Er holte Luft – einmal, zweimal, dabei blieb er stehen und merkte, daß es ihm wieder besser ging. Ja, nur so kam er zu Kräften.

Auch der Schwindel verschwand. Selbst der Boden beruhigte sich wieder. Er warf keine Wellen mehr. Er blieb glatt, so wunderbar faltenlos und bedeckt von einem Teppich, über den er gehen konnte.

Auch seine Schmerzen waren verschwunden. Keine hämmernden Pulsschläge mehr, die sein Hirn auseinanderzureißen schienen.

Es ging ihm wieder gut. Zwar dachte er noch über das eben Erlebte nach und fühlte sich dabei wie jemand, der alles nur beobachtete, doch die Kraft und Willensstärke war bei ihm wieder vorhanden.

Auf der anderen Gangseite mußte sein Zimmer liegen. Zum Glück steckte in seiner Hosentasche der flache Schlüssel. Auf dem glänzenden Schild las er 555. Eine Schnapszahl, dachte der Mann und zuckte zusammen, als er angesprochen wurde, denn ein weiterer Gast hatte den Lift verlassen, ohne daß es von ihm bemerkt worden wäre.

Er wartete, bis der andere verschwunden war, und ging dann auf seine Tür zu.

Bevor er die Tür öffnete, atmete er tief durch. Seine Gedanken drehten sich um den Vorfall, der im Lift begonnen hatte.

Es war die zweite Warnung gewesen. Die erste hatte ihn vor wenigen Tagen erreicht, und er wußte, daß er vielleicht eine dritte nicht mehr lebend überstehen würde.

Deshalb mußte etwas geschehen.

Als er diesen Vorsatz gefaßt hatte, stieß er die Tür auf, wollte in das Zimmer gehen – und blieb wie angewurzelt auf der Schwelle stehen. Es war unglaublich, nicht faßbar, aber eine Tatsache.

Der Mann sah nicht in sein eigenes Hotelzimmer, sondern

in eine weite, düstere Landschaft, die sich vor ihm ausbreitete und eine Kälte abgab, die ihn schaudern ließ …

War es ein Traum?

Nein, er stand da, blickte in das Zimmer und vermißte die Möbel, das Bett, den TV-Apparat, den Schrank – sein Blick fiel hinein in die ungeheure Weite, eine Landschaft, wie sie düsterer kaum sein konnte.

Der Mann gewöhnte sich an die Kälte, auch an den Wind, der die Haare bewegte und mit den Schößen seines Jacketts spielte. Der Wind brachte einen anderen Geruch mit. So fremd und eigenartig, aus den Tiefen des Waldes kommend, nach Feuchtigkeit, Erde und Grab riechend. Gleichzeitig nach Bäumen und Schnee, aber nicht nach irgendwelchen Abgasen oder dem Rauch von Industrieschornsteinen.

Eine reine Luft, die es in der Gegenwart nicht mehr gab, eine Luft, die aus der Vergangenheit stammen mußte.

Genau, das war es.

Die Vergangenheit hatte ihn eingeholt, sie mußte vor ihm liegen, und der Mann dachte nach. Währenddessen veränderte sich das Bild vor ihm auf eine nahezu gespenstische Art und Weise. Da rückten einige Dinge zusammen, sie verkleinerten sich, traten konkreter hervor, und die hohen Hügel rechts und links zogen sich zurück, so daß er direkt in ein Tal sehen konnte.

Ein Tal, eine Straße, die von Häusern flankiert wurde. Eine düstere Atmosphäre, und mitten auf der Straße wuchs aus dem Boden das Grauen.

Sieben Kreuze!

Jedes Kreuz stand für ein Grab. Sie waren im Halbkreis angelegt worden. Kreuze aus weißem Holz, das jetzt, im Schein eines halben Mondes, bleich wie Totenhände schimmerte.

Nirgendwo sah er eine Bewegung. Auf der Straße hielten sich weder Menschen noch Tiere auf. Sie lag in einer absolut gespenstischen Ruhe da, umgeben vom Schweigen der Hauswände.

Und doch glaubte er, daß diese Straße mit den sieben fahlweißen Kreuzen nicht leer war. Dahinter lauerte etwas, in einer Sphäre oder Dimension, die er nicht sah.

Ein Frösteln überlief ihn. Seine Stirn war gewellt, die Lippen zusammengepreßt. Noch immer lag Schweiß auf seiner Stirn, und noch immer glaubte er, etwas anderes zu sehen.

Er wartete.

Irgendwann mußte dieses andere, das Unfaßbare doch auftauchen. Und so wartete er weiter. Zeit existierte nicht mehr. Er spürte nur den Wind, nahm den anderen Geruch auf, der tief in seinen Körper drang und jede Faser erfüllte.

Und dann war es plötzlich da!

Es geschah im Hintergrund, genau dort, wo die unheimliche Straße ihr Ende fand. Da sah er etwas aus der Düsternis des Himmels schweben. Ein Wesen oder eine Wolke, ruhig, dunkel, aufgequollen, in Bewegung und allmählich niedersinkend.

Noch konnte er sich kein exaktes Bild von dem machen, was ihn da erwartete, aber er glaubte, daß menschliche Gestalten inmitten der Wolke standen und sich mit ihr bewegten oder von ihr bewegt wurden, so genau war es nicht feststellbar.

Die Wolke schwebte näher. Sie erreichte bereits die kleine Ortschaft mit der unheimlichen Straße, und aus ihr lösten sich plötzlich vier Gestalten.

Reiter waren es, schwarze Reiter, die einen Hauch des Bösen abstrahlten, das Grauen vor sich hertrugen, auf pechschwarzen Pferden saßen, Lanzen in den Händen hielten und ihren Tieren urplötzlich die Sporen gaben, so daß diese wie ein gewaltiger Wirbelwind voranpreschten und in die Straße hineinritten.

Gleichzeitig flammten auf den Panzern der Reiter Buchstaben auf. Vier Reiter, vier Buchstaben.

Aneinandergelegt bildeten sie ein Wort, einen Begriff:
AEBA!

Das sah der Mann noch, bevor er wie von einem gewaltigen Sturmwind erfaßt wurde. Er hatte das Gefühl, in die Leere des Tals hineinzufliegen, schrie noch, schlug auf und blieb liegen.

Ein Ober, der einem Gast eine Flasche Whisky brachte, fand ihn zehn Minuten später bewußtlos in der offenen Zimmertür liegen und alarmierte einen Arzt.

Das Zimmer sah völlig normal aus. Nichts wies auf eine fremde, unheimliche Szenerie hin ...

Der Mann trug einen grünbeigen Cordanzug, ein rotweiß gestreiftes Hemd und hatte sein dunkles Haar straff nach hinten gekämmt. Er hatte es zudem mit Gel eingeschmiert. Der modebewußte Mann hieß Mark Tremper, und wer ihn nach seinem Beruf fragte, erhielt mehrere Antworten: Pilot, Killer, Supermann, Schläger, Mörder. Auch als Stuntman zeigte er seine Fähigkeiten. Er hatte uns gebeten, an den Drehort seines neuesten Films zu kommen, der in Deutschland spielte. Irgendein Streifen aus dem Zweiten Weltkrieg, in Szene gesetzt von einem jungen Regisseur, der sich profilieren wollte.

Das alles sollte uns nur am Rande interessieren, denn Tremper hatte uns aus einem anderem Grund geholt. Es ging um Will Mallmann. Tremper war zu Ohren gekommen, daß dieser Mann vom BKA, den man bewußtlos in einem Frankfurter Hotel gefunden hatte, etwas gesehen haben mußte, das ihn in Alarmbereitschaft versetzte.

Vier Reiter – vier Buchstaben – AEBA!

Will Mallmann wußte genau, wie allergisch ich darauf reagierte. Aus diesem Grunde hatten Suko und ich die Koffer gepackt und waren nach Germany in den schönen Schwarzwald gefahren.

Keine Panik, man hatte uns nicht für die Schwarzwald-

Klinik engagiert, um Dämonen zu operieren, das konnte der Professor Brinkmann viel besser, wir wollten Näheres von dem Mann wissen, der dieses seltsame Erlebnis gehabt hatte.

Wir befanden uns in der Nähe des Feldbergs und waren in einem Café verabredet.

Will Mallmann war leider noch verhindert, er wollte später nachkommen, aber er hatte mir die Beschreibung dieses Stuntman gegeben, so daß ich ihn erkannte.

Wir waren durch den Verkaufsraum gegangen und standen dort, wo die Gäste an den viereckigen Tischen saßen, ihren Kaffee tranken, Kuchen aßen und ansonsten den Blick durch die Panoramascheibe auf die schneebedeckten Hänge genossen.

Es waren wohl alles Urlauber, die, winterlich gekleidet, sich zwischen zwei, drei Abfahrten aufwärmten.

Auch Mark Tremper mußte uns erkannt haben, denn er nickte uns zu. Dabei zuckte ein Lächeln über sein gebräuntes Gesicht. Gleichzeitig hob er die Hand, winkte lässig und tat so, als gehöre ihm die Welt.

»Scheint ein eingebildeter Typ zu sein«, murmelte Suko.

»Mal sehen.«

Wir drängten uns durch die schmalen Gänge, wichen einem Mädchen aus, das ein Tablett mit Kuchen schleppte, und blieben dort stehen, wo der Mann mit den Gelhaaren saß.

»Mark Tremper?« fragte ich.

»Aber sicher.« Er deutete auf zwei freie Stühle. Als höflicher Mensch wäre ich aufgestanden, er blieb sitzen.

Ich stellte mich vor, Suko ebenfalls. Tremper musterte ihn interessiert. »Ganz schön durchtrainiert sind Sie.«

»Man tut, was man kann.«

Ich wurde ebenfalls gemustert. »Ihnen könnte Fitneß nicht schaden, Mr Sinclair.« Er lachte. »Aber jeder in seinem Job. Sie sind ja Polizist und beschäftigen sich mit außergewöhnlichen Ereignissen. Davon kann ich Ihnen sicher etwas berichten.«

»Deshalb sind wir hier.«

Bestimmt hätte Mark Tremper schon mit seinem Bericht begonnen, aber die Bedienung erschien und fragte nach unseren Wünschen. Suko bestellte Tee, ich entschied mich für Kaffee. Wir sahen das Mädchen weggehen, und ich sagte: »Dann erzählen Sie mal.«

Tremper trank einen Schluck von seinem Saft, nahm das Glas und drehte es zwischen den Fingern. »Es war in Frankfurt, wo ich mich wegen einiger Verhandlungen über einen neuen Film aufhielt. Ich sollte in dem Streifen die Stunts übernehmen. Es ist übrigens der Film, der hier im Schwarzwald gedreht wurde. Ich bin auch mit den Aufnahmen fertig und hatte sowieso nur wenig zu tun. Mitten auf der Straße erwischte es mich zum erstenmal. Ich mußte mich auf eine Parkbank setzen und hatte das Gefühl, ein anderer in einer anderen Zeit zu sein. Das ging alles gut, ich überwand diesen Anfall auch, bis es zu einem zweiten kam. Und zwar im Lift eines Hotels. Diesmal war der Schock größer, auch die verdammten Schmerzen. Dabei meinte ich immer, mein Innerstes wollte den Körper verlassen. Seele und Körper eine Trennung versuchen, verstehen Sie?«

Wir nickten. »Wie lief es weiter?« fragte Suko.

Mark Tremper trank wieder. »Ich erreichte mein Zimmer, öffnete auch die Tür und war überhaupt nicht im Hotel. Ich sah etwas ganz anderes, eine düstere, fremde Landschaft, ein weites Tal ...«

»Und Sie sahen die Reiter!« bemerkte ich.

»Das auch.«

»AEBA?«

»Ja.«

»Wie ging es weiter?«

Er runzelte die Stirn und wartete, weil unsere Getränke gebracht wurden. »Wie es weiterging?« murmelte er, als die Kellnerin verschwunden war. »Überhaupt nicht. Ich wurde bewußtlos. Jemand vom Hotel-Personal fand mich. Irgendwie muß ein Reporter Wind von der Sache bekommen haben. Jedenfalls wurde ich am anderen Tag interviewt, mein Bericht gelangte in eine große deutsche Tageszeitung, und prompt wurde dieser Kommissar Mallmann aufmerksam, der Sie ja alarmierte.«

»Besonders wegen der Reiter«, sagte Suko.

»Die habe ich tatsächlich gesehen.«

»Taten sie etwas?« wollte mein Freund und Kollege wissen. Über den Rand seiner Teetasse blickte er den Stuntman an.

»Nein, nichts. Sie ritten nur in das Tal hinein. Das war alles. Die Buchstaben sah ich natürlich und behielt sie auch.« Er lächelte. »Sie entschuldigen mich für einen Moment. Der Saft drängt.« Er fügte noch ein Lachen hinzu und ging.

Sehr nachdenklich trank ich meinen Kaffee. Suko wollte etwas sagen, ich winkte ab. »Jetzt nicht, Suko, ich weiß, was du meinst. Aber ich glaube diesem Mann.«

»Und weshalb?«

»Nur so, mein Lieber. AEBA denkt man sich nicht aus.«

»Es sei denn, man hat unmittelbar damit zu tun.«

»Du denkst an eine Falle?«

»Auch, John.«

»Da könntest du vielleicht recht haben. Mich jedenfalls haben diese ungewöhnlichen Anfälle dieses Mannes skeptisch gemacht. Zweimal sind sie aufgetreten, und seine Erklärung war nicht schlecht. Das Gefühl zu haben, als wollte seine Seele den Körper verlassen, das ist zumindest sehr originell.«

»Und zeugt von Phantasie.«

»Dessen bin ich mir nicht sicher.«

»Er kommt zurück«, sagte Suko.

Lächelnd nahm Tremper wieder Platz. »Na, haben Sie sich gut über mich unterhalten?«

»Das versteht sich«, gab ich zu.

»Und zu welch einem Schluß sind Sie gelangt?«

Ich lächelte sparsam. »Daß es zumindest ungewöhnlich ist, was Sie uns da berichtet haben.«

»Da liegen Sie richtig. Nur haben Tatsachen damit nichts

zu tun.« Er wiederholte das Entscheidende noch einmal und sprach auch von den sieben fahlweißen Kreuzen. »Es war ein unheimlicher Anblick. Wissen Sie, ich bin kein ängstlicher Mensch, aber was man mir da präsentierte, das hat mich tief getroffen. Ich würde sagen, unterhalb der Gürtellinie. Auch Ihr Mißtrauen kann ich verstehen. Dieser Kommissar war ebenfalls sehr skeptisch, bis er Ihnen Bescheid sagte.«

»Und was erwarten Sie von uns? Sollen wir warten, bis Sie wieder einen Ihrer Anfälle bekommen?«

Erstaunt schaute er erst mich, dann Suko an. »Nein, so sehe ich das wirklich nicht.«

»Wie denn?« fragte Suko.

Tremper beugte sich vor. »Ich kann Ihnen beweisen, daß es dieses Tal gibt, denn ich kenne es, meine Herren.«

Ich schüttelte den Kopf. »Moment, da müssen Sie genauer werden.«

»Gern. Dieses Tal existiert. Und zwar nicht allzu weit von hier. Auch das kleine Dorf.«

»Und die sieben Kreuze?«

»Die wohl nicht.«

Ich hob meine Hände von der Tischplatte und spreizte die Finger. »Sie behaupten also, das Tal zu kennen, das Sie gesehen haben, als Sie in der Tür des Hotelzimmers standen?«

»So ist es.«

»Und es liegt hier in der Nähe?«

»Nähe ist zuviel gesagt, Herr Sinclair. Wir müßten schon ein Stück fliegen. Vertrauen Sie sich mir an?«

»Fliegen?«

»Ja.« Er lächelte plötzlich. Siegerlächeln nennt man das. Frauen fallen vielleicht darauf herein, ich nicht, denn mein Mißtrauen blieb auch weiterhin bestehen.

»Bitte weiter«, sagte ich.

»Ganz einfach. Einer von Ihnen steigt zu mir in das Segelflugzeug. Es ist ein ideales Flugwetter. Ich werde Ihnen das Tal zeigen. Ich hätte Sie gern beide mitgenommen, leider ist das nicht möglich, da die Maschine nur zwei Personen faßt.«

Es lag auf der Hand, daß Tremper jetzt von uns eine Entscheidung verlangte. Wir überlegten, ich fragte Suko, er fragte mich und sagte schließlich. »Flieg du mit.«

»Dann haben Sie sich entschieden, Herr Sinclair?«

»Sagen Sie weiterhin Mister, wenn Sie wollen. Herr hört sich ein wenig komisch an.«

»Okay, Mister ...«

»Ja, ich habe mich entschieden. Und einen Flug über die Höhen des Schwarzwalds wollte ich schon immer mal machen.«

»Den werden Sie nie in Ihrem Leben vergessen. Es ist ein herrliches Gefühl, so zu schweben wie ein Vogel.«

»Und wo steht Ihr Flugzeug?«

»Ich habe meinen Wagen draußen stehen. Wir müssen etwa eine Viertelstunde fahren. In Richtung Titisee.«

Ich winkte der Bedienung, um zu zahlen. Suko fragte mich: »Hat Will eigentlich einen genauen Termin genannt?«

»Er wollte heute kommen.«

»Ich denke an die Uhrzeit.«

»Nein, das nicht. Warte hier im Hotelcafé. Wenn du willst, kannst du ja mit der Seilbahn hoch zum Feldberg fahren ...«

»Darauf kann ich verzichten.« Suko wandte sich an den Stuntman. »Sagen Sie mal, wo liegt das Tal?«

»In Richtung Titisee.«

»Hat es einen Namen?«

»Vielleicht, ich weiß es nicht.«

»Wenn Sie es doch kennen ...«

Er lachte. »Kennen ist gut. Ich habe mich von meinem Instinkt leiten lassen, verstehen Sie? Nur von meinem Instinkt. So etwas ist wichtig. Ich konnte meine Halluzinationen realisieren. Ich wußte plötzlich, wo ich das Tal finden kann, und bin bisher einige Male drüber geflogen. Es liegt übrigens kein Schnee dort unten, aber der Flug wird trotzdem herrlich sein, das kann ich Ihnen versprechen.«

Endlich kamen wir dazu, unsere Rechnung zu begleichen.

»Muß ich etwas Besonderes mitnehmen?« fragte ich.

»Ja, eine Sonnenbrille.«

»Die trage ich bei mir.«

»Dann sind Sie ja gerüstet.« Tremper grinste und schritt vor mir auf die Tür zu.

Suko und ich folgten ihm gemächlicher. Mein Freund schüttelte den Kopf. »John, sei nur vorsichtig. Das alles riecht mir zu sehr nach einer Falle. Wenn Mallmann kommt, werde ich ihn vorwarnen. Vielleicht machen wir uns auch auf die Suche nach dem Tal.«

»Bis dahin sind wir zurück.«

»Hoffentlich.«

Wir waren vor dem Café stehengeblieben. Links von uns lag eine Ladenpassage, wo ein unwahrscheinliches Gedränge herrschte. An den Kiosken und Buden stauten sich die Skifahrer, denn in den Bergen war noch Winter.

»Sei ja vorsichtig!« warnte Suko mich. »Ich kann mir nicht helfen, aber ich mag diesen Sonnyboy Tremper nicht. Der ist mir einfach zu glatt und zu schön.«

»Neidisch.«

Suko boxte gegen meine Schulter. »Alter Witzbold. Wie gesagt, halt die Ohren steif.«

Ich winkte ihm zu und drehte mich um. Tremper hatte in all dem Trubel in Hotelnähe einen Parkplatz gefunden. Der Wagen war mit dicken Winterreifen ausgerüstet. Zudem hatte er Schalensitze.

»Ist 'ne kleine Rakete geworden«, erklärte mir der Mann. »Ich liebe es, schnell zu fahren.«

»Wer es sich leisten kann.«

Er öffnete mir die Tür. »Sie nicht?«

Ich stieg ein und mußte mich verdammt klein machen. »Nein, als Polizist sollte man immer ein gewisses Vorbild sein. Meine ich jedenfalls.«

Tremper schlug lachend die Tür zu. Ich saß rechts ein wenig ungewohnt, denn in meinem Bentley war rechts das Steuer.

Mark rammte die Tür zu. »Alles klar?«

»Ja.«

Er gab Gas. Die Strecke vom Hotel weg war kurvenreich. Man hatte an einigen Stellen gestreut. Dort glänzte der Asphalt schwarzgrau.

Mark drehte auf. Wenig später mußte er langsamer fahren, da war der Schnee auf der Fahrbahn plattgewalzt worden. Ich war froh, daß Mark seine Kurventechnik nicht weiterhin unter Beweis stellen konnte.

Er zog ein wütendes Gesicht, weil er anders darüber dachte.

»Denken Sie daran, Tremper, daß Sie sich nicht in einem Ihrer Filme befinden.«

»Ja, ja, schon gut.« Er deutete auf einen roten Wagen vor uns. Besetzt war das Auto mit fünf Personen. Einem Ehepaar und drei Kindern. »Sehen Sie sich die an. Fahren einen alten Diesel, tuckern durch die Gegend und halten den Verkehr auf.«

»Ich glaube, daß diese Leute mehr für die Gesellschaft tun als Sie, Tremper.«

Er hob die Schultern. »Ansichtssache.«

Tremper fuhr schnell, aber auch hektisch. Wenn ich daran dachte, daß ich bald mit ihm zusammen in einem Segelflugzeug sitzen würde, bekam ich Magenschmerzen. Ich trug ihm meine Bedenken vor, er aber winkte ab.

»Keine Sorge, im Flugzeug bin ich ruhiger. Da habe ich auch keine Sonntagsfahrer vor mir.«

Wir mußten bald abbiegen und fuhren über einen schmalen, mit Schnee bedeckten Weg. Er stach hinein in eine wirklich zauberhafte Landschaft. Zu vergleichen mit dem Bild aus einem Märchen. Ein weißer Nadelwald stand unter einem blauen Himmel.

Es dauerte nicht lange, da lag der Wald hinter uns. Ich sah eine freie Schneefläche vor mir, von der sich dunklere Gegenstände abhoben. Die Flugzeuge.

»Können Sie auf einer solchen Piste starten?« fragte ich.

»Klar doch. Sie ist gewalzt worden. Man hat das Gefühl, als würde man über Beton fahren.«

»Sie müssen es wissen.«

Schon bald fuhren wir an einem Zaun entlang, der das Gelände einfriedete. Ein Tor war ebenfalls vorhanden, zu dem Mark Tremper den Schlüssel besaß. Wir fuhren durch bis zu einer Baracke, wo zwei Wagen parkten. Tremper setzte seinen Capri daneben und schnallte sich los. »Aussteigen, Mr. Sinclair. Wir sind da.«

Herrlich klar war die Luft, die ich tief einatmete. In der Bläue des Himmels sah ich etwas blitzen. Ein Jet zog einen weißen Kondensstreifen hinter sich her. Die Haut des Flugzeugs reflektierte die Sonnenstrahlen.

Der Stuntman hatte meinen Blick bemerkt und lachte. »So hoch wollen wir nicht hinaus.«

»Kann ich mir vorstellen.«

Wir betraten die Baracke, in der es zu warm war. Ein Mann kam uns entgegen. Er begrüßte Tremper mit Handschlag, für mich hatte er ein Kopfnicken übrig. »Es ist herrliches Flugwetter, Mark.«

»Ja, wir starten sofort.«

»Von mir aus immer.«

»Die Winde ist klar?«

»Sicher.« Der Mann deutete aus dem Fenster. »Wenn du mit deinem Vogel dranhängst, stelle ich sie an.«

»Okay.«

»Dann Hals- und Beinbruch.«

»Danke.«

Wir gingen wieder und stampften über den plattgewalzten Schnee auf eine der abgestellten Maschinen zu. Es war das Segelflugzeug mit den roten Streifen am Rumpf, vor dem Mark Tremper stehenblieb. Mit der flachen Hand schlug er auf die Haube. An einigen Stellen glitzerte noch Eis. Mit einem Sprühmittel löste er es. »Zu lange dürfen wir nicht in der Luft bleiben, sonst vereisen die Ruder«, erklärte er.

Daran hatte ich auch schon gedacht, aber nichts gesagt. Ich setzte meine Sonnenbrille auf und sah zu, wie Tremper das Kabinendach in die Höhe stemmte.

Aus der Baracke kamen zwei Männer. Sie würden uns beim Startvorgang helfen. Um das Katapult in Funktion zu bringen, mußte ein Stahlseil an die Maschine gehakt werden. Eine für die Männer leichte Übung. Sie machten so etwas oft.

Ich schaute auf den Rücken des Piloten. Es war verdammt eng in der Kanzel. Zwar hatte ich keine direkte Furcht vor dem Flug, aber komisch war es schon, sich auf einen Unbekannten verlassen zu müssen. Das gefiel mir überhaupt nicht.

»Alles klar?« rief Tremper über die Schulter hinweg.

»Ja.«

»Gut, dann los.« Er klappte die Haube zu, die Instrumente hatte er überprüft.

»Brauchen wir keinen Fallschirm?« fragte ich.

»Nein, bei mir nicht.«

Ich hob nur die Schultern. Noch standen wir, Sekunden später schon begann der Startvorgang. Durch die Maschine lief ein Ruck. Eine Winde hatte ihre Arbeit aufgenommen.

Es knirschte unter dem Rumpf, als wir über den glatten Schnee glitten. Wir wurden schneller, immer schneller. Ich schloß für einen Moment die Augen.

Als ich sie wieder öffnete, hatten wir bereits abgehoben. Nun hatte ich mich endgültig Mark Tremper ausgeliefert …

Dieses Gefühl verschwand ziemlich schnell, weil es einfach herrlich war, lautlos zu fliegen. Ich genoß es. Ich fühlte mich wie ein Vogel, sah unter mir die verschneite Landschaft, die flachen Höhen des Südschwarzwalds und konnte sogar bis zu den fernen Bergriesen der Schweiz schauen, die sich, weißbläulich schimmernd, als Eisgiganten in der klaren Winterluft abzeichneten.

»Sie müssen einen solchen Flug genießen!« hörte ich die Stimme des Piloten. »Das bekommt man nicht alle Tage geboten.«

»Da haben Sie recht.«

Tremper legte die Maschine in eine Kurve. Ich wurde nach

rechts gedrückt, von den Gurten gehalten. Wahrscheinlich wollte er mir zunächst die Landschaft zeigen, denn unserem Ziel, so glaubte ich, näherten wir uns nicht.

Klein wie Puppen sahen die Skiläufer aus, die über die Hänge talwärts preschten. Ich vergaß meine eigentliche Aufgabe und blickte fasziniert aus der Kanzel.

Etwa drei Runden flogen wir über die flachen Kuppen des Südschwarzwalds. Dann drehten wir in Richtung Norden ab. »So, das Vergnügen ist vorbei«, erklärte der Stuntman. »Wir werden jetzt das Tal anfliegen, das es tatsächlich gibt. Wundern Sie sich nicht, wenn der Schnee bald verschwindet. In den tiefer liegenden Tälern hat es in der letzten Zeit nur geregnet. Pech dort für die Leute.«

»Und was ist, wenn wir das Tal gesehen haben?«

Tremper lachte. »Lassen Sie sich überraschen.«

Sein Lachen hatte mir nicht gefallen, die Antwort auch nicht. Ich wurde wieder mißtrauisch, hielt aber den Mund und beobachtete nur. Die Landschaft unter uns änderte sich schnell. Es dauerte nicht lange, da schaute ich auf eine bleigraue Fläche zwischen den Bergen. Es war der bekannte Titisee.

Wir flogen nach Westen und gingen tiefer.

Der Schnee wurde tatsächlich weniger. Schon sah ich das Grün der Bäume. Nur an den Nordhängen lag noch die weiße Schicht, aber auch sie hatte einen grauen Schimmer und war für eine Skifahrt untauglich.

»Wir sind bereits in der Nähe des Tals«, wurde mir erklärt. Gleichzeitig verloren wir weiter an Höhe.

Tremper konzentrierte sich jetzt, er sprach nicht mehr, bis er mit dem Kopf nach rechts deutete und erklärte: »Das ist das Tal.«

Ich blickte in die Tiefe. Es lag so unter uns, wie der Mann es im Café beschrieben hatte. Es war tatsächlich eng und bewaldet. Ich sah einen kleinen Bach und Häuser, die in den Hang hineingebaut waren. Zu ihnen führten jeweils schmale Wege von der Hauptstraße hoch.

Am südlichen Ende des Tals flog Tremper eine Schleife.

»Kehren wir jetzt zurück?« fragte ich.

Er antwortete anders, als ich es mir vorgestellt hatte. »Wissen Sie eigentlich, Sinclair, daß Sie sich in meiner Hand befinden?«

In mir schlug eine Alarmglocke an. Trotzdem blieb ich ruhig und fragte gelassen. »Wie meinen Sie das denn?«

»So wie ich es gesagt habe. Sie befinden sich in meiner Hand. Ich kann mit Ihnen machen, was ich will.«

»Und was wollen Sie?«

Da lachte er. »Noch nie hat es eine so spektakuläre Entführung gegeben, Sinclair. Ihr Pech, daß Sie sich freiwillig gemeldet haben.«

»Und was haben Sie jetzt vor?«

»Wir werden landen.«

»In diesem Tal?«

»Sicher.«

»Und dann?«

»Läuft alles weiter wie geplant. Es gibt Dinge, die muß man einfach tun, wenn Sie verstehen.«

»Tut mir leid, im Augenblick nicht.«

»Na ja, wir werden sehen.«

Ich überlegte, bevor ich Tremper wieder ansprach. »Was ist, wenn ich nun überhaupt keine Lust habe, mit Ihnen hier in diesem Tal zu landen?«

»Das werden Sie müssen.«

»Ich bin bewaffnet und könnte Sie zwingen …«

Seine laute Stimme unterbrach mich. »Machen Sie sich nicht lächerlich, Mann. Zu nichts können Sie mich zwingen. Zu gar nichts. Wir sitzen hier in einem Flugzeug, Sie können nicht einfach aussteigen. Nicht umsonst habe ich auf einen Fallschirm verzichtet. Es war alles vorbereitet.«

Da hatte er recht. Meine Bemerkung war auch nur ein Versuchsballon gewesen. Ich stimmte Suko im nachhinein zu, der mich vor diesem Mann gewarnt hatte.

Welches Spiel führte Tremper durch, und welche Rolle hatte er mir dabei zugedacht?

»Jetzt überlegen Sie, wie?«

»Sicher.« Ich holte tief Luft und lauschte in mich. Verspürte ich Angst vor den kommenden Dingen? Nein, eigentlich nicht, nur so etwas wie Neugierde, denn mein Pilot konnte es sich nicht leisten, das Flugzeug abstürzen zu lassen. Er wäre selbst ums Leben gekommen.

»Haben Sie eine Lösung gefunden, Sinclair?«

»Noch nicht.«

»Dann überlegen Sie weiter.«

»Erst nach der Landung. Sie wollen doch runter, oder?«

»Ich muß.«

»Bitte.«

Meine Gelassenheit irritierte ihn wohl, denn die Verwünschung galt mir ebenso wie die anschließend gemurmelten Worte. Ich konzentrierte mich ebenso auf den Landevorgang wie Tremper.

Wir konnten am Nordausgang des Tals landen, wo die Wiesen bereits flacher wurden.

Der Pilot war einen Bogen geflogen. Die Schnauze des Segelflugzeugs zeigte zum Ort hin.

Schnell huschten die Kronen der Nadelbäume unter uns hinweg. Wir überflogen eine Straße, auf der zwei Lastwagen krochen, flogen weiter, verloren an Höhe und an Geschwindigkeit.

»Gleich müssen Sie sich festhalten!« schrie Tremper.

Ich saß verspannt da. Wenn ich daran dachte, daß ich noch vor einigen Tagen im leerstehenden Zuchthaus Alcatraz gewesen war und jetzt hier schwebte, wurde mir ganz anders.

»Wir schaffen es!«

Vor uns lagen die Wiesen. Von oben aus gesehen, hatten sie auf mich eben gewirkt. Jetzt erkannte ich den Irrtum. Sie waren wellig, auch schräg.

Als unangenehm empfand ich auch die Zäune aus Stacheldraht, die die Wiesenflächen einteilten.

Das nasse, bräunlich-grüne Wintergras sah zum Greifen nahe aus. Wieder drückte der Pilot den Vogel nach unten, bekam einen ersten Kontakt, und das Flugzeug wurde von der Schnauze bis zum Heck durchgeschüttelt.

Ich tanzte auf meinem Sitz, zog den Kopf ein, war froh, angeschnallt zu sein, und spürte, daß wir wieder abhoben. Doch nur für einen kurzen Moment.

In den nächsten Sekunden dachte ich, wir würden auf Schmierseife entlanggleiten. Wir rutschten über die Wiese, schaukelten dabei, die beiden Flügelspitzen berührten öfter, als mir lieb war, den Grund, aber sie brachen nicht.

Dann kam der erste Zaun.

Ich sah ihn nicht, ich hörte nur das peitschende Geräusch, als der Stacheldraht gegen die Außenhaut des Flugkörpers schlug und auch die Kanzel nicht verschonte.

Der Vogel geriet aus seiner ursprünglichen Richtung. Er driftete nach links weg. Dann drehten wir uns, zerfetzten einen weiteren Zaun und holperten durch Bodenwellen.

Eine war besonders tief. In sie schlug die linke Tragfläche. Das hielt das Material nicht aus. Mit einem Knall brach sie ab und flog wie ein Geschoß davon, während wir uns weiterdrehten.

Ich wurde geschüttelt und gestoßen. Flog einmal nach rechts, dann wieder nach links und hatte die Arme über dem Kopf verschränkt, um ihn zu schützen.

Aber die Geschwindigkeit nahm ab. Ich merkte es kaum. Erst als wir nach links wegkippten.

Einen Flügel hatten wir verloren. An der linken Seite hingen nur noch Fragmente.

Doch ich lebte.

Und Tremper auch, denn ich hörte ihn lachen. »Eine tolle Bruchlandung, nicht wahr?«

»Ob sie toll war, darüber läßt sich streiten.«

»Sagen Sie.«

»Öffnen Sie endlich die verdammte Klappe. Ich will hier raus.«

»Nicht so eilig, Sinclair. Uns geht es doch gut.«

»Machen Sie schon!«

»Hier bestimme ich, verdammt!«

Mir paßte der Ton nicht. Ich zog meine Beretta und drückte die Mündung hinter sein Ohr. »Bestimmen Sie hier wirklich, Tremper?«

»Sicher. Ich kenne das Gefühl, wenn mir jemand die Mündung einer Kanone gegen den Nacken drückt, aber glauben Sie mir, Sinclair, Sie haben keine Chance. Keine ...«

Er hatte überzeugend gesprochen, dennoch gab ich nicht nach und beließ die Mündung weiterhin an seinem Hals. »Alles gut und schön, Tremper. Nur vergessen Sie möglicherweise, daß wir im gleichen Boot sitzen.«

»Das sieht nur so aus.«

»Ach.«

»Nehmen Sie die Kanone weg, sie nutzt ihnen nichts. Sie werden mich als Polizist nicht über den Haufen schießen. Ich weiß das. Außerdem brauchen Sie Ihre Kräfte noch, den guten Rat kann ich Ihnen geben.«

»Okay, ich nehme ihn an. Aber öffnen Sie die Haube.«

Er beugte sich vor. Ich nahm die Beretta wieder weg und ließ sie verschwinden.

Tremper betätigte irgendeinen Kontakt, und die Haube schnellte plötzlich hoch.

Freie Sicht, frische Luft. Besonders die Luft genoß ich, weil sie sehr würzig roch, wie so oft nach einem erfrischenden Regenguß. Die Temperatur mußte um den Gefrierpunkt liegen. Vom Ort selbst sah ich nichts, weil er hinter einem Hang lag.

Und an ihm standen sie.

Sie mußten schon auf uns gewartet haben. Jedenfalls bewegten sie sich jetzt auf die Maschine zu.

Sie waren zu sechst und schritten nebeneinander her. Das wäre nicht schlimm gewesen. Was mir überhaupt nicht gefiel, waren die Gewehre, die sie in den Händen trugen, und die sechs Mündungen wiesen allesamt in eine Richtung.

Auf das Flugzeug!

Ich sagte nichts, dafür übernahm Mark Tremper wieder das Wort. »Habe ich Ihnen nicht gesagt, Sinclair, daß Sie keine Chance haben? Habe ich es Ihnen nicht erklärt?«

»Ja.«

»Da sehen Sie es. Die Leute werden schießen, wenn Sie irgendwelche Dummheiten versuchen.«

»Sie vergessen, daß Sie meine Geisel sind.«

»Machen Sie sich nicht lächerlich. Das halten Sie nie und nimmer durch. Nein, Sinclair, wir sind am Drücker. Finden Sie sich endlich damit ab.« Er räusperte sich. »Sie können das Flugzeug verlassen, sogar als erster, da habe ich nichts gegen, aber reißen Sie sich zusammen. Diese sechs und auch ich sind eine verschworene Gemeinschaft, die sich durch nichts von ihren Plänen abbringen lassen wird.«

»Welche sind das?«

»Steigen Sie aus, und Sie werden es erfahren.«

Verdammt, das Spiel gefiel mir nicht. Man hatte mich da auf eine raffinierte Art und Weise übertölpelt, regelrecht entführt.

Ob Dämonen dahintersteckten, wußte ich nicht. Tremper jedenfalls war kein Schwarzblütler, darauf nahm ich jede Wette an.

Sieben waren es, und Tremper hatte von sieben weißen Kreuzen gesprochen.

Gab es da einen Zusammenhang?

Ich würde es herausfinden, dessen war ich mir sicher. Der Stuntman drehte sich um. Er grinste verwegen.

»Na los, raus!« sagte er.

»Okay, Sie nachgemachter Colt Seavers. Ich werde das Flugzeug verlassen, aber bewaffnet.«

»Das ist Ihr Problem.«

Mit der Beretta in der Hand kletterte ich aus der Kanzel, beobachtet von Mark Tremper, der sich wie der große Sieger aufführte.

Aus dem verunglückten Vogel kam ich gut heraus, sprang und landete auf der Wiese.

Die sechs Personen hatten nicht gestoppt. Über die Hälfte der uns trennenden Strecke hatten sie bereits hinter sich gelassen. Zwei von ihnen waren Frauen. Eine noch relativ jung. Sie trug eine Felljacke, die sie nicht geschlossen hatte. Das dunkle Haar wurde von einem roten Stirnband gehalten, und in ihren Ohrläppchen hingen rote Spiralen. Die andere Frau war älter. Bieder sah sie in ihrem Lodenmantel aus. Sie trug einen ebenfalls grünen Jägerhut auf dem Kopf.

Die Frauen machten den gleichen entschlossenen Eindruck, ich entdeckte auch bei ihnen keine Schwachpunkte. Die würden ebenso schnell reagieren wie die vier Männer.

Meinen rechten Arm hatte ich gesenkt, die Beretta aber noch nicht weggesteckt. Mir fiel ein Mann auf, der auf der linken Seite schritt. Er trug einen dunklen Vollbart und eine Pudelmütze auf dem Kopf. Seine Hände steckten in Handschuhen, unter der kurzen Lederjacke wölbte sich der Bauch.

Die anderen drei Männer fielen in ihren gefütterten Anoraks kaum auf.

Ich erwartete sie, aber die Gruppe blieb in sicherer Entfernung stehen. Ungefähr sechs Schritte vor mir stoppten sie und warteten ab, bis sich der siebte zu ihnen gesellte.

Tremper kletterte aus dem Flugzeug. Ich höre ihn sprechen und gleichzeitig lachen. »Ich habe es euch gesagt, meine Freunde, ich hole ihn her.« Er sprang zu Boden – und wirbelte herum.

Ich hätte daran denken sollen, daß er Stuntman von Beruf war. Das bewies er mir im nächsten Augenblick, als er mich ansprang, rempelte und zu Boden warf.

Rücklings fiel ich ins Gras.

Er wollte sich auf mich werfen, als ich die Beine anzog, sie wieder nach vorn stieß und ihm meine Knie in den Leib rammte. Er würgte, sein Gesicht wurde bleich, dann kippte er zurück und fiel mit einem dumpfen Laut zu Boden.

Gleichzeitig war ich wieder auf den Beinen. Aber auch die anderen Leute standen nicht mehr still. Es war der Kerl mit dem Vollbart, der sich auf mich warf.

Mit seinem verdammten Gewehrlauf schlug er zu. Ich duckte ab, der Schlag erwischte mich nicht, dafür fegte meine Rechte dorthin, wo sich unter der Lederjacke sein Bauch wölbte. Der Bärtige sackte zusammen.

Ich kreiselte herum, wurde angesprungen, aber nicht zu Boden gerissen, weil ich mit dem Rücken gegen das Flugzeug taumelte. Mark Tremper hing an mir fest. Durch seinen Griff waren meine Arme an den Körper gepreßt worden, so daß ich nicht in der Lage war, mit der Beretta zuzuschlagen.

Es stand gewissermaßen unentschieden, bis die junge Frau mit dem roten Stirnband eingriff. »Laß es«, sagte sie zu mir und zielte auf meinen Kopf.

»Schießen Sie?« keuchte ich.

»Ja.«

Die anderen hatten ihre Gewehre so weit angehoben, daß die Kugeln meinen Kopf in tausend Teile zersprengt hätten.

Das Risiko wollte ich nicht eingehen. »All right, ich gebe auf.«

Nach diesen Worten ließ mich Mark Tremper los, und sofort riß er mir die Beretta aus der Hand. »Sonst machst du noch damit Unsinn, mein Freund«, sagte er schweratmend.

Der Bärtige ging zu ihm und flüsterte ihm etwas ins Ohr. Der Stuntman hörte zu, nickte dann und sagte: »Du hast recht, Klaus, wir werden ihn wegschaffen.«

Die Leute verfolgten einen bestimmten Plan, den sie unbedingt einhalten mußten, und ich spielte dabei wohl die unrühmliche Hauptrolle.

Selbstverständlich lagen mir Fragen auf der Zunge, aber ich hütete mich, zuviel Neugierde zu zeigen.

Sehr nahe stand die junge Frau. Jetzt, wo ich die Beretta nicht mehr trug, hatten auch die anderen die Gewehre sinken lassen. Ich blickte in das Gesicht der Frau.

Im Gegensatz zum Schwarz ihrer Haare sah die Haut fast weiß aus. Ihre Augen waren dunkel und zeigten trotzdem einen grünlichen, etwas gläsernen Schimmer. Kein Lächeln lag um ihren Mund, sie dachte nur an ihre Aufgabe.

Tremper blieb neben mir. Er behielt meine Beretta. »Gehen Sie jetzt«, sagte er.

»Wohin?«

Er deutete die Schräge des Hangs hinab. »Da entlang. Wir werden auf einen Wald stoßen, unser erstes Ziel.«

»Aha.«

Die sieben Personen nahmen mich in die Mitte und führten mich ab wie einen Gefangenen. Das Gras war naß und seifig, und an manchen Stellen lag noch eine dünne Eisschicht. Sie knirschte, wenn man drauftrat.

»Wissen Sie, was auf Entführung steht?« fragte ich meinen Nebenmann.

»Ja.«

»Dann würde ich an Ihrer Stelle die ganze Geschichte abblasen.«

»Nein, wir haben unsere Pläne, und Sie, Sinclair, sind gewissermaßen der Mittelpunkt.«

»Man wird mich finden.«

»Das mag sein. Die Frage ist nur, ob Sie dann noch am Leben sind.«

»Wollen Sie mich töten?«

»Wir nicht. Wie gesagt, wir sehen Sie nur als Mittel zum Zweck an.«

»Zu welchem?«

»Werden Sie noch erfahren. Aber denken Sie an das Tal, an meine Erzählungen, dann ahnen Sie schon, was Ihnen blühen könnte.«

»Nein.«

Tremper grinste nur. Er mußte dann achtgeben, weil der Hang plötzlich steil abfiel.

Ich dachte über Trempers Worte nach. Er hatte von einem Wald gesprochen, in den sie mich führen wollten. Das hier mußte der Wald sein. Wir gingen den kleinen Abhang hinab, und auch jetzt sah ich keine Chance, dieser Gruppe zu entkommen. Mit ihren weittragenden Gewehren würden sie mich immer erwischen.

Also startete ich keinen weiteren Versuch und verhielt mich entsprechend ruhig.

Allmählich trocknete der Schmutz an meiner Kleidung. Schon bald aber klatschten wieder Blätter und Nadeln gegen mich, als wir uns durch den Wald schlugen und über einen Pfad gingen, der so schmal war, daß er diesen Namen kaum verdiente.

Es war mehr ein Wildwechsel, der uns regelrecht geschluckt hatte. Aber er wurde breiter und mündete schließlich auf einer mitten im Wald liegenden kleinen Lichtung, auf der eine Hütte stand. Im Sommer wurde sie vielleicht als Grillplatz benutzt, ich sah auch die entsprechenden Geräte und einen anderen, wesentlich breiteren Weg, der aus einer anderen Richtung auf die Lichtung stieß.

Die Hütte betraten wir. Ich zuerst.

Auf eine Bank durfte ich mich setzen. Mir gegenüber nahmen die sieben Bewacher Platz.

Sie starrten mich an. Die Gewehre lagen quer über ihren angezogenen Beinen. Niemand sprach. Allmählich kam mir die Lage doch ziemlich unwirklich vor. Ich hockte in einer Hütte, mir gegenüber sieben Personen, aber niemand rückte mit der Sprache heraus.

»Was wollen Sie von mir?« fragte ich. Dabei hatte ich Tremper angesehen, der mir die Antwort schuldete.

Er ließ sich Zeit. Aus einer kleinen Blechschachtel holte er ein Zigarillo hervor und zündete es an. Erst als er die grauen Wolken ausgestoßen hatte, fragte er die anderen sechs. »Soll ich es ihm sagen?«

»Ja.« Beinahe antworteten sie im Chor.

»Ist gut, dann bin ich euer Sprecher.« Er nahm noch einen Zug und pustete den Rauch in meine Richtung. »Klar, Sinclair, wir haben Sie nicht umsonst geholt, denn wir sind eine verschworene Gemeinschaft. Eine Schicksals-Clique.«

»Wie soll ich das verstehen?«

»Es ist gar nicht so schwierig, wie es sich eigentlich anhört. Sie kennen sich in gewissen Dingen aus, die ich mal mit dem

Wort mystisch umschreiben will. In den letzten Jahren, als die Computer auf dem Vormarsch waren, haben sich die Menschen überlegt, daß es noch etwas anderes geben muß als diese verdammte seelenlose Technik. Und sie haben ihre eigenen Grenzen und Barrieren überwunden, um zu dem zurückzufinden, was eigentlich in ihnen steckt. Zur menschlichen Seele. Vor zwanzig Jahren hätte man diese Leute ausgelacht. Heute denkt man anders über Begriffe wie Seelenwanderung, Karma, Leben nach dem Tod und auch Reinkarnation. Verstehen Sie, worauf ich hinaus will?«

»Ja, reden Sie weiter.«

»Um den letzten Begriff, die Reinkarnation, geht es mir, Mr Sinclair. Sie ist der Grund für Ihre Entführung. Denn Sie als Person sind für uns so etwas wie eine Verbindung zum Jenseits.«

»Das verstehe ich nicht.«

»Dann will ich deutlicher werden. Ich habe Ihnen von meinen Erlebnissen berichtet. Von diesem Tal, dem kleinen Ort, den sieben Kreuzen oder Gräbern …«

Er stäubte Asche ab. »Ich will noch einmal auf die Reinkarnation zu sprechen kommen. Wir alle, die wir hier sitzen und uns zusammengefunden haben, glauben daran. Wir alle haben schon einmal gelebt. In früheren Zeiten als andere Menschen. Da stehen wir nicht allein. Prominente Zeitgenossen behaupten, schon einmal gelebt zu haben, und sie scheuen sich nicht mehr, über Erlebnisse zu sprechen, die hinter ihnen liegen. Vor kurzem lief sogar hier im deutschen Fernsehen eine Diskussion über die Wiedergeburt. Man öffnet sich also. Das alles wußten wir schon viel früher. Obwohl wir uns nicht kannten, gab es doch unsichtbare Bande zwischen uns, die einen Zusammenhalt garantierten. So war es eine zwangsläufige Folge, daß wir plötzlich zusammentrafen. Wir sind eine Gruppe, wir sind zu siebt, und sieben Gräber habe ich gesehen. Ein Ort mit sieben Gräbern, ein Ort mit sieben Körpern, Körper, die einmal wir gewesen sind, verstehen Sie jetzt, Sinclair?«

Natürlich, ich begriff. Die Stimme des Mannes hatte sich in den letzten Sekunden gesteigert, Tremper war erregt, kein Wunder, und ich dachte plötzlich anders über ihn.

»Sie haben also Ihr Grab gefunden?« fragte ich.

»So ist es. Aber nicht allein ich. Auch meine anderen Freunde fanden den Platz, wo sie damals in ihrem ersten Leben begraben worden sind. Das Dorf mit den sieben Gräbern. Man hat uns nebeneinander gelegt. Aus welchem Grunde, weiß ich nicht, aber das müssen wir noch herausfinden. Jedenfalls müssen wir damals in unserem ersten Leben eine Gemeinschaft gebildet haben, sonst hätte man uns nicht zusammen beerdigt.«

»Wer waren Sie?« fragte ich.

»Das wissen wir nicht.«

Ich wunderte mich. »Aber Sie haben doch Erinnerungen an Ihr erstes Leben, sonst hätten Sie nicht mit einer so großen Deutlichkeit reagiert. Sie müssen einfach wissen, wer Sie gewesen sind.«

»Nein!«

Ich blickte die sieben Leute an. Sie sahen nicht sehr glücklich aus, eher gequält, als würde eine Last auf ihrer Seele liegen und sie bedrücken.

Ich fragte weiter. »Was wissen Sie überhaupt voneinander?«

Diesmal antwortete nicht Tremper, sondern die junge Frau mit dem roten Stirnband. Sie trat ein wenig vor, um mich direkt ansehen zu können. »Nichts wissen wir von uns«, sagte sie leise. »Wir hatten allesamt das gleiche Erlebnis, dieser innere Sturm, der plötzlich auf uns zukam und uns in eine andere Ebene schleuderte. Wir haben gesehen. Die Landschaft hier, die sieben Gräber, das düstere Tal, die Berge, die Hänge, das alles sahen wir, aber wir waren nicht in der Lage, irgendwelche Zusammenhänge zu erkennen. Nur eines spürten wir. Es wird Zeit, daß wir den Vorhang wegziehen und mehr über unser erstes Leben erfahren.«

»Das hier stattgefunden hat?«

»Richtig, Mr. Sinclair.«

Ich zündete mir eine Zigarette an und dachte nach. Natürlich erinnerte ich mich an die vier Reiter, die in Trempers Erzählungen eine Rolle gespielt hatten. Ich kannte die Reiter verdammt gut, sie waren die Begleiter des Schwarzen Tods gewesen. Man bezeichnete sie auch als die apokalyptischen Reiter, auch die Überbringer der Pest, denn sie hatten dafür gesorgt, daß im Mittelalter ganze Landstriche entvölkert wurden.

Die Buchstaben auf der Brust standen jeweils für einen Dämon.

A für Astaroth

E für Eurynome

B für Bael oder Baal

A für Amducias.

Zusammengesetzt ergaben die vier Buchstaben den Namen AEBA. Und das wiederum bedeutete Grauen, Entsetzen, Tod und Niedergang.

Und auch Angst ...

Ich kannte die Horror-Reiter, ich hatte sie erlebt. Sie waren furchtbar, wenn sie zuschlugen, sie brachten das Grauen, sie ritten alles nieder ...

»Die Reiter«, sagte ich leise. »Was haben sie bedeutet?«

»Das wissen wir eben nicht«, erklärte mir Mark Tremper. »Ich wollte es aber herausfinden und fand, daß die Zeit günstig war. Aus diesem Grunde habe ich mich an die Öffentlichkeit gewandt und von meinen Erlebnissen berichtet. Ein gewisser Kommissar Mallmann las den Artikel. Er stolperte ebenfalls über diese Reiter, rief mich an und berichtete mir von einem gewissen John Sinclair, der in London lebt und mehr über die Reiter weiß. Sie sind gekommen, Sinclair.«

»Ja, wobei Sie mir diesen Empfang nicht hätten zu bereiten brauchen«, drückte ich mich etwas umständlich aus.

»Das mußten wir.«

»Wieso?«

»Sie sind unser Trumpf.«

Ich trat die Zigarette aus. »Das müssen Sie mir erklären. Wieso bin ich der Trumpf?«

»Erst durch einen Menschen wie Sie werden wir in Erfahrung bringen können, wer wir damals, vor einigen hundert Jahren, tatsächlich gewesen sind. Sie müssen das Geheimnis dieses Ortes lösen, denn es wird eine Verschiebung der Zeiten geben. Man hat es uns in unseren Wachträumen angekündigt, dabei wird es auch bleiben, das kann ich Ihnen versprechen, Sinclair.«

»Schön, aber ich habe das Ganze noch immer nicht recht erfassen können. Wie kann ich mich in Ihr Leben mischen?«

»Indem Sie sich opfern.«

»Für Sie?«

»Ja.«

Ich lachte. »Das kann doch nicht Ihr Ernst sein. Wer wird sich denn schon opfern?«

»Freiwillig niemand, das steht fest. Deshalb haben wir auch zu diesen etwas unorthodoxen Methoden gegriffen. Sinclair, wir haben nichts gegen Sie persönlich. Sie sollen uns nur helfen, unser Schicksal transparenter zu machen, mehr nicht.«

»Und Sie glauben, daß ich der richtige Mann für Sie bin?«

»Ja.«

»Woher nur nehmen Sie diese Arroganz?«

»Das ist ganz einfach. Sie kennen die vier Reiter, und Sie werden die Zeitverschiebung erleben.«

Ich hob den rechten Arm, als der Mann weiterreden wollte. »Das heißt, Sie sind davon überzeugt, daß es bald eine Zeitverschiebung geben wird, oder?«

»Nicht nur bald.« Tremper lächelte. »Erkläre du es ihm, Inez.«

Das Mädchen mit dem Stirnband redete weiter. »Es wird diese Zeitverschiebung geben. Die Vergangenheit, die zwar hinter uns liegt, aber trotzdem noch im kosmischen Sinne existiert, wird sich in die Gegenwart hineinschieben. Es kommt zu einer Überschneidung dieser beiden Zeitformen, und für die Dauer weniger Stunden wird die Vergangenheit stärker sein als die Gegenwart. Sie, Sinclair, sind dann ein Gefangener dieser Vergangenheit, und Sie werden auch herausfinden können, was mit uns damals geschehen ist. Weshalb wir sterben mußten, weshalb wir zusammen begraben wurden. Sollten Sie überleben, können Sie uns davon berichten, und es wäre ein gewaltiger Druck von uns genommen worden. So sieht der Plan aus.«

Ich lächelte, obwohl mir danach kaum zumute war. »Wissen Sie denn genau, wann diese Zeitverschiebung stattfinden wird?«

Erstaunt sah Inez mich an. »Natürlich. Wir haben unabhängig davon unsere Hinweise bekommen. Man hat uns informiert, wir hatten unsere Erlebnisse. Alle Hinweise deuteten auf eine bestimmte Nacht. Und zwar auf die folgende.«

Ich runzelte die Stirn. So ganz konnte ich die Sachlage noch immer nicht begreifen. Fest stand nur, daß diese Gruppe von Menschen einen Dummen gesucht hatte, der für sie die Kastanien aus dem Feuer holen sollte. In mir hatten sie einen gefunden.

»Was überlegen Sie denn noch?« fragte der bärtige Klaus. »Sie haben keine Chance mehr.«

»Nein, keine!« Tremper stimmte ihm zu und zielte dabei mit der Beretta auf mich.

»Was ist, wenn es schiefgeht?« fragte ich.

Das Lachen drang aus dem Mund der älteren Frau im Lodenmantel. »Dann sind Sie tot und nicht wir.«

»Das ist kaum ein Trost.«

»Für uns ja.«

»Und was haben Sie davon, wenn Sie herausfinden, woran Sie in ihrem ersten Leben gestorben sind?«

»Möglicherweise Ruhe«, erwiderte Inez. »Und natürlich Aufklärung. Jeder, der dieses Wissen in sich spürt, schon einmal gelebt zu haben, möchte natürlich genaue Umstände wissen. Es ist leicht, zu sagen, ich habe im alten Ägypten gelebt oder in der Ritterzeit oder als Germane, aber einen genauen Bericht hat unseres Wissens bisher keiner gegeben. Es könnte auch sein, daß wir schon mehrere Male existiert haben. Das ist alles möglich. Das sollen Sie herausfinden.«

Ich nickte. »Gehen wir einmal davon aus, daß ich mich bereit erkläre. Wie soll das technisch ablaufen?«

»Nun, wir werden Sie in den Ort bringen. Das Dorf sieht heute anders aus, aber früher haben dort sieben Gräber gestanden, wo sich jetzt die Hauptstraße befindet. Sieben Kreuze, die aus dem Boden wuchsen. Wo sind sie? Was lag darunter?«

»Sie natürlich.«

»Aber wer waren wir?«

Es war mir leider nicht möglich, die sieben Personen vor mir vom Gegenteil zu überzeugen. Sie würden immer wieder andere Antworten finden, die in ihre Vorstellungen hineinpaßten.

»Dann gehe ich also jetzt ins Dorf und ...«

»Nein«, sagte der bärtige Klaus. »Wir werden hier warten, bis es dunkel geworden ist. Erst dann bricht unsere Zeit an.«

Ich deutete mit dem Zeigefinger auf Mark Tremper. »Sie hätten mich schon längst wieder zurückbringen müssen. Man wird sich Sorgen machen und mich suchen.«

Tremper winkte ab. »Das ist uninteressant. Während ich Sie unter Kontrolle halte, werden meine sechs Freunde dafür sorgen, daß unser Flugzeug verschwindet. Wenn überhaupt, wird man das Flugzeug erst am nächsten Tag finden. Dann ist sowieso alles für Sie und uns gelaufen.« Er stand auf. »Drehen Sie sich um!«

Als ich nicht sofort gehorchte, hoben die anderen ihre Gewehre an. »Okay, Freunde«, sagte ich, »ich tue ja schon, was ihr wollt.«

Kaum hatte ich mich umgewandt, als jemand mir seine Pranke in den Nacken drückte. Ein anderer riß mir die Arme auf den Rücken, und ein dritter preßte mir die Waffenmündung gegen den Nacken. Dann fesselten sie mir die Hände mit diesen dünnen, aber sehr reißfesten Nylonstricken.

Zufrieden betrachten sie ihr Werk.

»Tut mir leid«, sagte Tremper, »aber zu unserer Sicherheit mußten wir so handeln.«

Ich erwiderte nichts.

Tremper aber schickte die anderen hinaus, um das notgelandete Flugzeug zu tarnen.

Allmählich wurde mir bewußt, daß ich es hier nicht mit okkulten Spinnern zu tun hatte, sondern mit Leuten, die verdammt genau wußten, was sie wollten.

Das konnte für mich tödlich enden …

Auch noch eine Stunde später saß Suko in dem Café und wartete. Er trank mittlerweile seine dritte Tasse Tee, hatte auch schon etwas gegessen, aber von seinem Freund John sah er keine Nasenspitze. Durch die Scheibe konnte er den blauen Winterhimmel sehen, wo sich ebenfalls nichts tat. Keine Wolke, erst recht kein Segelflugzeug, nur die seidige Bläue, so weit das Auge reichte.

Suko traute Mark Tremper nicht. Der Typ war ihm zu unstet, ein Hansdampf in allen Gassen, ohne daß etwas dahintersteckte. Wahrscheinlich hatte die Filmerei schon abgefärbt, so daß er die Fiktion mit der Wirklichkeit verwechselte.

Er hatte gesagt, daß dieses Tal nicht allzu weit entfernt lag. Nur ein Katzensprung. Aber bisher war er noch nicht zurückgekehrt.

Selbst die Skiläufer, die seit dem Morgen die Pisten bevölkert hatten, packten allmählich ihre Sachen, falls sie nicht in dem Hotel am Fuße des Feldbergs wohnten.

Der Nachmittag brach an. Bald würde die Après-Ski-Zeit beginnen, und dann quollen die Discos und Lokale über.

Im Café brannten schon die Lichter. Kleine Laternen. Die Kellnerinnen konnten endlich eine kurze Pause einlegen, und auch Suko leerte seine Tasse.

Er hatte bereits bezahlt. Das lange Sitzen machte ihn steif, er wollte sich draußen die Beine ein wenig vertreten. Zudem wartete er noch auf Kommissar Mallmann.

Die Blicke der Mädchen begleiteten ihn, als er das Café verließ. Ein Chinese war auch in diesem Touristenrummel selten.

Der Wind hatte aufgefrischt. Das Thermometer war gefallen. Manchmal sprühten Suko Schneekörner entgegen, die von den weißen Pistenhängen hochgewirbelt worden waren.

Er schaute nach links. Die meisten Wagen fuhren ab. Langsam verließen sie die Parkplätze, einige Fahrzeuge noch mit vereisten Scheiben.

Suko stand unter dem Dach der Ladenstraße, behielt die Blickrichtung bei, während hinter ihm jemand die draußen aufgestellten Skischuhe wieder einräumte.

Die Straße endete am Hotel. Aus der Gegenrichtung jedoch schob sich plötzlich eine flache, silbergraue Schnauze über den letzten Hügel. Sie gehörte zu einem Opel Manta, der schon einige Jahre auf dem Buckel hatte, weil Will sich bisher für keinen neuen Wagen hatte entschließen können. Mallmann fuhr sehr langsam. Auf dem Dach des Manta lag noch eine dünne Schneehaube.

Suko winkte. Will sah ihn und winkte zurück. Den Manta steuerte er in eine Parklücke.

Suko schlenderte auf den Wagen zu. Als Will ausstieg, hatte er ihn erreicht.

Der Kommissar trug eine kurze, dicke Winterjacke und setzte seine Fellmütze auf den Kopf. Er lachte Suko an. Sein Gesicht war in den letzten Monaten noch schmaler geworden, so stach die leicht gekrümmte Römernase schärfer hervor als gewöhnlich.

»Du hast abgenommen«, sagte Suko zur Begrüßung.

»Richtig.«

»Und weshalb?«

Will Mallmann wand sich ein wenig und lächelte verlegen. »Da fühle ich mich wohler.«

Die beiden reichten sich die Hände. Der Kommissar schloß seinen Wagen ab. »Er tut es noch immer«, sagte er. Dann deutete er auf das Café. »Wartet John dort?«

»Nein.«

»Wo denn?«

»Keine Ahnung.«

Mallmann hob die Augenbrauen. Das tat er immer, wenn ihn etwas störte. »Es ist doch nichts passiert, Suko?«

»Kann ich dir auch nicht sagen, aber wenn du meine Ansicht hören willst, hast du uns mit diesem Mark Tremper ein Kuckucksei ins Nest gelegt.«

»Das verstehe ich nicht.«

»Dann erkläre ich es dir.«

»Laß uns einen Schluck nehmen, ich habe Durst.«

Das war zwar nicht nach Sukos Geschmack, doch er wollte dem Freund die Bitte auch nicht abschlagen. Sie gingen nicht in das Café, sondern blieben draußen stehen, wo an einem Kiosk Glühwein verkauft wurde. Mallmann trank einen Becher. »Den kann ich mir als Fahrer erlauben. Wie es aussieht, scheint uns noch eine Tour bevorzustehen.«

»Kannst du hellsehen?«

»Nein, nur beobachten.«

Suko fing mit seinem Bericht an. Auch Will Mallmann zeigte sich überrascht. »Verdammt, John hätte schon längst zurücksein müssen, wäre alles mit rechten Dingen abgelaufen.«

»Der Ansicht bin ich auch.«

»Und jetzt?«

»Ich habe keine Ahnung, Will. Du bist der Chauffeur.«

Der Kommissar hatte verstanden. »Das heißt, du willst dich auf die Suche nach John machen.«

»So ist es.«

Mallmann nickte. »Einverstanden.« Er holte Geld aus der Börse und zahlte drei Mark für den Becher. »Ist fast schon Wucher«, fügte er hinzu.

Sie gingen zum Manta. Bevor Will aufschloß, sagte er: »Du

hast von einem Flugzeug gesprochen, das ein bestimmtes, dir noch unbekanntes Tal überfliegen soll.«

»So ist es.«

»Ein Segelflugzeug ist kein Wagen. So etwas müßte doch zu finden sein, meine ich.«

»Willst du eine Suchaktion starten?«

Mallmann öffnete die Tür. »Ja, das ist mir die Sache wert. Dieses Segelflugzeug wird entdeckt worden sein. Ich gebe mal eine Rundmeldung durch.«

»Aber du bist nicht davon überzeugt, daß es abgestürzt ist?«

»Vielleicht ist es gelandet.«

»Kann sein.«

Suko wartete, an den Manta gelehnt, während der Kommissar telefonierte. Er kannte die entsprechenden Stellen, an die er sich wenden mußte. Außerdem war man dem BKA immer behilflich.

Nach zwei Minuten stieg Mallmann wieder aus. »So«, sagte er und rieb seine Hände. »Jetzt können wir nur noch warten. Komm steig ein, wir machen es uns bequem.«

Suko faltete sich in den Opel. Der Kommissar hatte zahlreiche Fragen, die ihm auf der Seele brannten. »Wie ist es euch eigentlich in der letzten Zeit ergangen? Ihr habt ja lange nichts mehr von euch hören lassen.«

»Ich war bei manchen Fällen auch nicht dabei, natürlich hat mir John einiges erzählt.« Und so berichtete Suko von den Fällen der jüngsten Vergangenheit und sprach auch davon, daß die Templer immer mehr ins Rampenlicht rückten.

»Dann nimmt der Dunkle Gral möglicherweise Gestalt an?«

»Noch nicht ganz. Dazwischen steht noch Aibon, aber kommt Zeit, kommt Licht ins Dunkel.«

»Ich wünsche es euch.«

»Wir uns auch.«

Das Telefon meldete sich. Mallmann hob schnell ab, sagte ein paarmal »Ja« und hörte ansonsten gespannt zu. »Gut, danke, daß Sie mir dies mitgeteilt haben.«

»Was war denn?«
»Wir werden dieses komische Tal suchen müssen.«
»Tatsächlich?«
Mallmann nickte. »Ja, man hat das Flugzeug gesehen. Es flog in Richtung Freiburg, verschwand aber dann hinter dem Titisee.«
»Wie viele Täler gibt es dort?« fragte Suko.
»Auf jeden Fall zu viele.«
»Die wir alle absuchen müssen?«
»Im Prinzip ja. Ich habe allerdings Anweisung gegeben, in der entsprechenden Gegend zu ermitteln. Vielleicht bekommen wir noch einen besseren Hinweis.«
»Das hoffe ich.«
»Jedenfalls werden wir in Richtung Titisee fahren!« Der Kommissar schüttelte den Kopf. »Ich begreife das nicht«, sagte er, als er den Motor anließ.
»Was denn?«
»Die Reaktion dieses Tremper.«
»Suspekt war er mir von Anfang an.«
»Tut mir leid, Suko. Ich hatte nicht die Zeit, um ihn genauer zu überprüfen. Ich wurde nur mißtrauisch, als dieser Bericht über die vier Reiter in der Zeitung erschien. Da habe ich dann nachgeforscht.« Will schwieg, weil er rückwärts aus der Lücke rangieren mußte. Er ließ noch zwei Autos vorbei, dann konnte er sich in den talwärts fließenden Verkehr einfädeln.
»Zum Glück liegt nur hier oben Schnee. Später können wir dann schneller fahren.«
»Trotzdem wird es lange dauern.«
»Ohne Autobahn immer. Aber unsere Fahndung läuft.« In der Folgezeit wurde der Kommissar ziemlich schweigsam, da er sich auf den Verkehr konzentrieren mußte.
Später, sie hatten die Gegend um Lenzkirch erreicht, war die Fahrbahn frei. Schnee lag nur noch an den Rändern.
Zur linken Hand konnten sie von einer breiten Umgehungsstraße weit hinunter schauen.
Wenig später, sie hielten an einer Kreuzung, meldete sich

das Telefon. Suko hob ab, da Will den Wagen erst um die Kurve und dann rechts heranfahren mußte.

»Moment, ich gebe Ihnen Kommissar Mallmann.«

Der Deutsche nahm den Hörer entgegen. Sein Gesicht hellte sich während des Gesprächs auf. Suko konnte kaum etwas verstehen, doch als Will auflegte, war dieser ziemlich erfreut.

»Das ist die Spur«, sagte er und schlug auf das Lenkrad.

»Wie, wo und was?«

»Es gibt tatsächlich Zeugen, die das Flugzeug beobachtet haben. Auch, als es tiefer ging.«

»Wo denn?«

Will gab eine etwas ausweichende Antwort. »Wir fahren hin, mein Lieber.«

»Und wann werden wir dort sein?«

»Bei diesen Witterungsverhältnissen mußt du fast mit zwei Stunden rechnen. Wenn es anfängt zu schneien, noch länger.«

»Verflixt, dann ist es längst dunkel.«

»Sicher.«

Der Versuch, die Fesseln zu lockern, war sinnlos gewesen. Wenn ich die Hände drehte oder bewegte, schnitten die dünnen Stricke nur noch tiefer in die Haut an meinen Gelenken, so daß ich beinahe das Gefühl hatte, von kleinen Messern traktiert zu werden.

Ich hockte auf der harten Bank, mein Kreuz schmerzte, die Zeit wurde zähflüssig, und der Stuntman war immer bei mir. Ab und zu überprüfte er meine Fesseln.

Die anderen waren noch nicht zurückgekehrt. Wahrscheinlich bereitete es ihnen Mühe, das Flugzeug sicher zu tarnen. Ab und zu trat Tremper zu mir und überprüfte meine Fesseln. Jedesmal nickte er zufrieden, denn von allein konnte ich mich nicht befreien.

»Können Sie sich eigentlich nicht vorstellen, daß ich auch freiwillig Ihren Vorschlag akzeptiert hätte?« fragte ich ihn.

Er sah mich an, schüttelte den Kopf und erwiderte nur ein knappes »Nein!«.

»Sie sollten es probieren.«

»Weshalb, Sinclair? So habe ich es doch viel besser. Das ist mir auch sicherer. Wir haben Sie nicht eben sanft behandelt, das ist mir klar. Wenn Sie den Fall lebend überstehen, vergessen Sie die ganze Sache am besten. Wir werden uns nie wieder begegnen. Sollten Sie trotzdem versuchen, etwas gegen uns zu unternehmen, werden wir alles abstreiten. Zudem befinden wir uns in einem Land, in dem Sie keinerlei polizeiliche Verfügungsgewalt besitzen. Und wer, so frage ich Sie, würde Ihnen schon glauben, wenn Sie ihm eine so unwahrscheinlich klingende Geschichte auftischten? Niemand. Man würde Sie höchstens auslachen. Sie sehen, daß sich die Trümpfe in diesem Spiel allein in unserer Hand befinden.«

Mit seinen Worten hatte er recht, aber ich kam trotzdem mit einem Einwand. »Was haben Sie eigentlich davon, wenn Sie erfahren, als was Sie damals lebten? Vielleicht werden Sie enttäuscht sein, Tremper. Außerdem finde ich es wenig fair, einen Fremden für Ihre Belange einzusetzen, wenn Sie verstehen.«

»Ob fair oder nicht, für uns ist einzig und allein das Ergebnis wichtig. Alles andere interessiert uns nicht.«

Da war nichts zu machen. Tremper ging zur Tür, öffnete sie und blieb auf der Schwelle stehen. Feuchte Kälte strömte in die Hütte. Ein unangenehmes Wetter, so richtig naßkalt. »Wir müssen mit Schnee rechnen«, sagte der Stuntman über die Schulter hinweg zu mir.

»Ändert das etwas an meiner Lage?«

»Wohl kaum.«

»Dann ist es mir egal.«

Er lachte und verließ seinen Platz. Die Tür schloß er nicht mehr hinter sich, so daß ich von meinem Platz aus nach draußen blicken konnte und den dichten Wald sah.

Zwischen den einzelnen Stämmen der Bäume lag längst die Dämmerung.

Ruhig war es im Wald nicht. Mal hörte ich einen Vogel schreien, dann wieder raschelte irgendwo etwas, als hätte ein Tier versucht, sich schnell irgendwo zu verstecken.

Tremper war verschwunden.

Einige Minuten verstrichen, ohne daß er sich blicken ließ, und mir kam zwangsläufig der Gedanke an Flucht. Bis zum Ort war es nicht weit, ich hatte mir die Richtung gemerkt und traute mir auch zu, trotz der gefesselten Hände mein Ziel zu erreichen.

Mit einem Ruck stemmte ich mich vom feuchten Holz der Sitzbank hoch, blieb stehen und drückte meinen Rücken durch, der vom langen Sitzen steif geworden war.

Die offenstehende Tür war eine Einladung für mich. Dahinter lag ein düsterer Wald. Gerade diese Düsternis und das Schweigen bedrückten mich, aber die Bäume und deren Schatten schienen mir zuzuwinken, doch endlich zu kommen.

Deshalb ging ich.

Leise setzte ich meine Schritte. Die Fenster der Hütte behielt ich stets im Blickfeld, aber hinter den kleinen, schmutzigen Scheiben bewegte sich nichts.

Ich erreichte die Tür. Bevor ich nach draußen trat, sah ich mich noch einmal vorsichtig um. Es war auf den ersten Blick nichts Verdächtiges zu erkennen. Auch der Stuntman lauerte mir nicht auf. Deshalb wagte ich es.

Drei Schritte weit kam ich, als ich hinter mir das Lachen hörte.

Sofort blieb ich stehen, den Rand des dichten Unterholzes fast zum Greifen nahe.

»Sinclair, Sinclair!« Seine Stimme klang vorwurfsvoll und spöttisch zugleich. »Dabei hast du von einer gewissen Fairneß geredet, aber du bist derjenige, der sie leider nicht einhält. Schade, ich hatte dich auf die Probe gestellt, doch du hast sie nicht bestanden. Oder glaubst du, ich hätte die Tür sonst offengelassen?«

»Eigentlich nicht. Aber man kann es ja mal versuchen.«

»Nicht bei mir.« Tremper umrundete mich und baute sich vor mir auf. »Am liebsten würde ich Ihnen ins Gesicht schlagen, aber das ist mir zu billig.«

»Ich bedanke mich.«

»Rein in die Hütte.« Er zielte mit der Beretta auf meinen Kopf.

Ich blieb noch stehen. »Sie können es sich nicht leisten, mich zu töten. Was ist, wenn ich nicht gehe?«

»Dann werde ich Sie zusammenschlagen!«

Ich schaute ihn hart an. »Ja, Meister, ja. Das traue ich Ihnen sogar zu.«

»Dann würde ich an Ihrer Stelle vorsichtiger sein.«

Ich drehte mich wieder um und schritt den gleichen Weg zurück. Schade, aber es war leider nur ein Versuch gewesen.

Mark Tremper mußte sich trotzdem abreagieren. Hart schlug er in meinen Rücken. Ich fiel nach vorn auf die Sitzbank und hatte Glück, daß ich nicht mit dem Gesicht aufschlug.

Schwer fiel ich auf die Bank und drehte mich wieder so herum, daß ich zur Tür blicken konnte. »Versuchen Sie es nicht noch einmal«, sagte Tremper.

»Wie geht es weiter?«

Er gab mir keine Antwort mehr, denn beide hörten wir Schritte. Die anderen sechs kehrten zurück. Schon kurze Zeit später drängten sie sich in der Hütte zusammen.

Es hatte tatsächlich Schwierigkeiten gegeben, wie sie zu berichten wußten, aber jetzt war alles in Ordnung.

Tremper hatte noch eine Frage: »Habt ihr bemerkt, daß man nach euch forscht?«

»Nein.«

»Okay, dann können wir gleich gehen.«

Die ältere Frau hatte Tee mitgebracht. In einer Thermoskanne hielt sie ihn heiß. Auch Pappbecher waren vorhanden. Sie wurden vollgeschenkt und herumgereicht.

Ich erhielt ebenfalls einen Becher. Die dunkelhaarige Inez brachte ihn mir, dabei scharf von Tremper beobachtet. Er sagte aber nichts. Auch über meinen Fluchtversuch hatte er nicht gesprochen.

»Können Sie trinken, ohne daß Sie Ihre Hände zu Hilfe nehmen?« wurde ich gefragt.

»Wenn Sie mir helfen.«

Inez setzte mir den Rand des Bechers an die Lippen. »Sie müssen vorsichtig trinken, er ist sehr heiß.«

»Sie sind zu besorgt.«

Das Mädchen hob die Schultern. »Kein Wunder, wenn man eine solche Trumpfkarte wie Sie in der Hand hält.«

Ich trank und mußte Inez recht geben. Der Tee war tatsächlich heiß. Auch bei der Trumpfkarte konnte ich nicht widersprechen. Die andere Seite würde sich hüten, mich zu töten. Dafür war ich einfach zu wertvoll. Sehr vorsichtig nahm ich noch einen dritten Schluck. Danach schüttelte ich den Kopf. »Danke, Inez, es reicht.«

»Gut.« Sie drehte sich und nahm neben mir Platz. Aus schmalen Augen starrte sie auf die offenstehende Tür, während der Wind mit ihren Ohrringen spielte und die Spiralen zittern ließ. Langsam trank sie den heißen Tee. Diese Inez machte mir nicht den Eindruck eines etwas versponnenen Menschen oder eines Typen, der auf die okkulte Tour abfuhr. Sie war eher ein etwas nachdenklicher, junger Mensch, leicht punkig angezogen. Deshalb fragte ich sie: »Glauben Sie eigentlich an alles?«

»Wieso?«

»Ich meine, glauben Sie an die Dinge, für die Sie sich hier so stark einsetzen?«

»Natürlich.«

»Dann ist es gut.«

»Dachten Sie, ich würde das alles so zum Spaß machen?« fragte sie erstaunt. »Nein, da haben Sie sich geirrt. Ich bin davon überzeugt, schon einmal gelebt zu haben. Und ich hatte die gleichen Empfindungen wie die anderen sechs hier auch. Das war schlimm, glauben Sie mir. Sie haben das Gefühl, sterben zu müssen, wenn es sie überfällt.«

»Rede nicht soviel, Inez!« beschwerte sich Tremper. »Dieser Mann steht nicht gerade auf unserer Seite.«

»Ich habe nur erklärt, wie es in uns aussah, wenn die Erinnerungen kamen.«

Tremper grinste. »Schon gut, Kleine. Wir verschwinden sowieso gleich. Die Zeit ist allmählich reif.«

Ich lächelte dem Mädchen zu. »Tut mir leid, ich wollte Ihnen keine Schwierigkeiten bereiten.«

»Das haben Sie auch nicht. Wir sind in der Gruppe gleichberechtigt, auch wenn Tremper sich manchmal als Boß aufspielt, aber das ist er für mich nicht.«

»Was sind Sie eigentlich von Beruf?« fragte ich.

»Verkäuferin.«

»Und die anderen?«

Sie hob die Schultern und stand auf. »Keine Ahnung. Hilde, die ältere Frau im Lodenmantel, ist zum Beispiel Hausfrau.«

»Sagen Sie bloß.«

Ich hatte erstaunt getan und sah ihr heftiges Nicken. »Wir kommen aus allen Schichten. Nur eines haben wir gemeinsam.« Plötzlich wurde der Blick ihrer Augen regelrecht flammend, als sie davon sprach. »Wir haben schon einmal gelebt, Mr Sinclair. Das müssen Sie uns glauben. Und Sie werden das Geheimnis unseres ersten Lebens lüften.«

»Das meine ich ebenfalls!« erklärte Mark Tremper, der auf uns zuschlenderte. »Aus diesem Grunde haben wir Sie geholt. Und rechnen Sie nicht mit Ihren Freunden. Man wird Sie zwar suchen, aber ob man Sie auch schnell findet, daran glaube ich nicht. Spielen Sie also mit.«

»Das mache ich schon die ganze Zeit.«

Sein Mund verzog sich zu einem Grinsen. »Ich glaube, wir beide wissen es besser.«

Inez stand daneben und begriff nichts von unserem Dialog. Mark Tremper winkte mit der rechten Hand. Es war eine typische Geste. Ich verstand sie und stemmte mich hoch.

Ein wenig unsicher blieb ich stehen, doch das gab sich

wieder, als wir die Hütte verließen. Tremper hielt sich an meiner Seite. Er ging links neben mir und hatte mir seinen Arm auf die Schulter gelegt. »Wir werden zu Fuß in das Dorf gehen.«

»Und das klappt alles so?«

»Davon bin ich überzeugt.«

»Was sagen die Bewohner dazu?«

Wir hatten die Hütte verlassen und blieben stehen. »Die Bewohner machen mit. Erinnern Sie sich daran, welch einen Beruf ich habe. Ich bin beim Film und habe den Leuten eingeredet, daß wir in der Nacht drehen und ein leeres Dorf brauchen.«

»Wie?«

»Sie haben ihre Häuser verlassen.«

Ich war perplex. »Bluffen Sie?«

»Habe ich das nötig? Sprechen Sie einfache Menschen einmal an und konfrontieren Sie diese Leute mit einem aufregenden Thema. Der Film hat seine Wirkung nicht verloren. Die Leute hängen Ihnen an den Lippen. Sie saugen jedes Wort, das Sie ihnen sagen, regelrecht auf. Nein, da sind Sie der König. Es ist sogar gelungen, eine Umleitung zu errichten, obwohl dieser Ort von kaum einem Wagen durchfahren wird. Im Sommer ist hier mehr los, im Winter nicht, weil einfach zu wenig Schnee liegt. Also das typische einsame Tal im Schwarzwald.«

»Und wie viele Einwohner haben ihre Häuser verlassen?« fragte ich.

»Ich glaube, das sind so knapp 130 gewesen.«

Mit dieser Antwort ließ er mich stehen. Ich konnte nur den Kopf schütteln, daß so etwas noch möglich war.

Tremper drehte seine Runde und sah ein paarmal auf die Uhr. Er rief die anderen sechs zusammen. »Kommt, Leute, wir müssen verschwinden. Unsere Vergangenheit wartet.«

Die sieben Personen rotteten sich zusammen. Ich befand mich zwischen ihnen. Keine Gewehrmündung bedrohte mich mehr. Die Leute hatten ihre Waffen über die Schultern gehängt. Neben mir ging der bärtige Klaus. Ab und an warf er mir einen bösen Blick zu.

Wir gingen nicht den gleichen Weg zurück, sondern schlugen einen Bogen durch den düsteren Wald. Es war tatsächlich finster geworden. Nicht immer sah ich die Zweige der Bäume und die dornigen Arme der Büsche, die über meine Kleidung kratzten oder auch gegen das Gesicht schlugen. Es war zudem nicht einfach, mit gefesselten Händen zu laufen. Da konnte ich leider keine Hindernisse aus dem Weg räumen.

Niemand sprach.

Das dumpfe Tappen der Schritte begleitete mich. Ich hörte auch heftiges Atmen. Die Leute waren nervös geworden. Als sensibler Mensch spürte ich die Spannung, unter der sie standen. Sie standen dicht vor einer wichtigen Entscheidung, wahrscheinlich der wichtigsten ihres Lebens, und sie wußten selbst nicht, wie dieser Fall enden würde.

Dem Unterholz folgte ein Graben. Ihn überwanden wir und erreichten das graue Band einer Straße, die zum Dorf führte. Ich sah die Häuser als noch dunklere Schatten. Nur wenige Lichter brannten noch. Ein Mann kam uns entgegen.

Seine schweren Schritte stoppten erst, als er uns erreicht hatte. Tremper hatte mich so hingestellt, daß der Mann nicht merkte, in welch einem Zustand ich mich befand. »Und keinen Mucks!« zischte mir Tremper noch zu.

»Na klar.«

Der Stuntman sprach mit dem anderen. »Herr Bürgermeister«, redete er ihn an. »Ich begrüße Sie.«

»Aber das bin ich doch gar nicht. Kommen Sie, ich bin kein Bürgermeister, Herr Tremper.«

»Für mich ja.«

»Das ehrt mich natürlich.«

»Haben Sie es denn geschafft?«

»Ja, wie besprochen. Ich habe räumen können. Die Bewohner freuen sich, Ihnen behilflich sein zu dürfen. Wir haben die Scheinwerfer auch installiert. Die Kameras kommen ja noch, wie Sie sagten.«

»Sicher.«

»Die Leute halten sich in einer Turnhalle auf. Sie befindet sich außerhalb des Dorfes. Wann können Sie wieder in ihre Häuser zurück?«

Tremper hob die Schultern. »Ich schätze, daß Mitternacht schon vorüber sein wird, wenn wir fertig sind.«

Der andere winkte ab. »Das ist ja nicht schlimm. Ist es denn ein harter Streifen? Werden wir auch so berühmt wie das Glottertal, wo die Serie Schwarzwald-Klinik ...?«

»Da muß ich Sie leider enttäuschen. Wir verkaufen einen Film und drehen keine Serie.«

»Na ja, vielleicht ist es ein Anfang. Ich wünsche Ihnen jedenfalls viel Glück, Herr Tremper.«

»Danke, das können wir brauchen.«

Der Mann verschwand. Grinsend kehrte Tremper zu uns zurück. »So wickelt man die Leute ein«, sagte er und rieb seine Hände. »So, Freunde, der Ort wartet auf uns.«

Wir hatten es nicht mehr weit. Ich kannte die netten, kleinen, sauberen Orte im Schwarzwald. Auch dieser hier würde sicherlich so sein, nur war in der Dunkelheit davon nichts zu erkennen. Und auch die Lichter reichten nicht aus, um viel sehen zu können. Eine dunkle Straße, kleine Gassen, ein rauschender Bach, Geschäfte, die geschlossen hatten, ein Kiosk mit Andenken, ein Trödler, der einige seiner Waren vor dem Laden stehen hatte, ein kleiner Brunnen, von Bänken eingerahmt, aber keine Menschen. Wir waren die einzigen, und unsere Schritte wurden als Echos von den Wänden der Häuser zurückgeworfen.

Ein völlig normaler Ort, der mir trotzdem unheimlich erschien, weil er eben so ausgestorben war. Tatsächlich hatte Tremper Scheinwerfer herschaffen lassen. Sie standen an den Hauswänden, waren aber nicht eingeschaltet, und sie würden auch dunkel bleiben.

Ein Ziel gab es trotzdem. Es war eine Laterne. Wie sie in

diese Straße kam, wußten wohl nur wenige. Jedenfalls paßte sie nicht in die Umgebung. Eine rotlackierte Laterne hatte ich auch noch nicht gesehen.

Sie sah aus wie aus dem letzten Jahrhundert. In der Glaskuppel brannte ein helles Licht, das den Boden jedoch nicht mehr erreichte.

Da wir auf die Laterne zuhielten, stellte ich die erste Frage: »Hat sie etwas mit Ihnen zu tun?«

Tremper nickte. »Wir haben Sie aufgestellt. Eine Filmdekoration. Die Leute waren einverstanden.«

»Und dann noch rot gestrichen.«

»Ist trotzdem keine rote Laterne, Sinclair.«

»Das habe ich auch nicht angenommen.«

Tremper faßte mich an. Ich mußte dem Druck seiner Hand folgen und konnte ihn nicht daran hindern, daß ich mit dem Rücken gegen die Laterne gedrückt wurde. »Wir werden Sie festbinden, Sinclair ...«

»Aber ich bin gefesselt.«

»Ich weiß. Da wir keine Unmenschen sind, lösen wir Ihnen die Nylonstricke.« Tremper holte ein Messer hervor und machte sich an den Fesseln zu schaffen.

Sie fielen schnell, ich konnte mich wieder bewegen und spürte die Schmerzen noch eine Weile.

Gewehrmündungen waren auf mich gerichtet. Auch wenn ich es gewollt hätte, ich wäre nicht weggekommen.

Tremper trat hinter mich und stieß mir in die Kniekehlen. Ich war darauf nicht gefaßt gewesen, knickte ein und wurde nach hinten gezogen, bis ich mit dem Rücken gegen die Laterne prallte.

Hilde, die ältere Frau im Lodenmantel, warf Tremper die nächsten Stricke zu. Es waren normale Seile und keine aus Kunststoff. Tremper wickelte sie mir um den Bauch, die Hüften und klemmte natürlich auch die Arme fest. »Okay, es reicht«, sagte ich. »Machen Sie es nicht zu stramm.«

»Das müssen Sie schon mir überlassen.« Tremper überprüfte noch einmal die Stricke und war zufrieden.

Ich blickte Inez an. Auch sie sah zu mir hin. Ihr Gesichtsausdruck zeigte einen gewissen Abscheu. Anscheinend war sie nicht mit allem einverstanden, was hier lief.

Angst verspürte ich nicht, eher Neugierde. Ich war tatsächlich gespannt, ob diese Leute recht hatten und schon mal gelebt hatten.

Tremper trat zurück. Sein selbstgefälliges Grinsen war aus seinem Gesicht verschwunden. Er wirkte irgendwie lauernd auf mich, als er in die Runde blickte, sich räusperte und nach den passenden Worten suchte. »Also gut«, sagte er schließlich. »Wir haben Sie geholt, Sinclair, und Sie werden das Rätsel lösen. Viel Glück.«

Danach gingen sie.

Der Reihe nach schritten sie an mir vorbei. Mancher Blick sah aus wie ein Abschied. Am längsten schaute mich Inez an. »Hoffentlich«, sagte sie, »werden Sie es überstehen.«

»Ja, das hoffe ich auch.«

Sie ging schnell weiter. Ich konnte ihnen mit den Blicken nicht folgen, weil sie in meinem Rücken verschwanden und ich nur noch darauf achtete, wie ihre Schritte allmählich verklangen.

Dann war ich allein ...

Es ist schon ein ungewöhnliches Gefühl, sich als einziger Mensch innerhalb eines Dorfes zu befinden. Hinzu kam, daß ich gefesselt war und mich kaum bewegen konnte.

Ich stand da, starrte auf die Straße, sah das dunkle Pflaster und hin und wieder einen gelben Lichtreflex, der wie ein goldener Schein darüberstrich.

Die Häuserfronten lagen in der Dunkelheit. Dahinter hoben sich die Schatten der Berge ab, darüber stand der dunkle, wolkenreiche Himmel. Von Norden her fuhr der Wind in das Tal und blies gegen mich. Er roch wieder nach Schnee. Er würde auch hier unten fallen.

Noch aber blieb es trocken.

Mochte ein Ort auch von Menschen verlassen sein, ruhig war es trotzdem nicht. Irgendwo klangen immer Geräusche auf. War es nun das Klappern eines losen Fensterladens oder das Scheuern zweier Gegenstände, die der Wind aufeinander zutrieb?

Einmal strich eine Katze über die Straße. Sie sah mich, blieb stehen, hockte sich nieder und drehte den Kopf.

Ich konnte genau in ihre Augen sehen, es waren zwei türkisfarbene Kreise. Als die Katze merkte, daß ihr von mir keine Gefahr drohte, setzte sie sich in Bewegung und kam auf mich zu. Nicht einmal das Tappen der kleinen Pfoten vernahm ich. Sie schien zu schweben, erreichte meine Beine und streifte mit ihrem Körper daran entlang. Dabei stieß sie ein zufriedenes Schnurren aus.

Die Katze hatte es gut. Sie konnte sich frei bewegen, während ich in den Fesseln festhing.

Damit wollte ich mich aber nicht abfinden, deshalb versuchte ich, die Stricke zu lockern. Ich drehte meinen Körper, so gut es eben möglich war, bewegte auch die Hände, wollte nur Spielraum verschaffen, aber es war verdammt schwer. Dieser Tremper mußte beim Film auch gelernt haben, wie man einen Menschen fesselt, ich jedenfalls schaffte es nicht, die Stricke zu lockern.

Die Katze blieb bei mir. Anscheinend hatte sie die Nähe eines Menschen vermißt. Sie strich um meine Beine herum und hörte nicht auf zu schnurren.

Ich bemühte mich weiter. Ruckte, zerrte und zuckte. Dabei fiel mir etwas auf. Zwar gelang es mir nicht, die Fesseln zu lockern, aber ich wurde einfach das Gefühl nicht los, daß die Laterne meinen Bemühungen nicht mehr lange standhielt. Sie bewegte sich hinter mir, ich glaubte sogar, ein leises Knirschen zu hören.

So fest konnte sie nicht in den Boden gestemmt worden sein. Sollte dies meine Chance sein?

Wo sich die sieben Menschen befanden, konnte ich nicht sagen. Vielleicht hatten sie den Ort verlassen, vielleicht nicht.

Möglicherweise lauerten sie irgendwo in den kleinen Gassen oder waren in ein Haus gegangen, um durch die Fenster zu schauen.

Die Katze miaute.

»Ja, ja«, sprach ich sie an. »Du hast es gut. Dir tut niemand etwas, dich hat auch keiner gefesselt ...«

Trotzdem jaulte sie weiter, und sie entfernte sich von mir.

Das Tier hatte etwas gespürt.

Was es genau war, wußte ich nicht. Wenn eine Katze so reagierte wie diese hier, dann hatte sie etwas aufgenommen, und zwar einiges, das ihr nicht gefiel und sie vorsichtig werden ließ.

Tiere besitzen einen wesentlich besser ausgebildeten Instinkt als wir Menschen. Sie waren viel stärker mit der Natur verbunden. Deshalb achteten sie auch auf Signale, die wir nicht empfangen konnten.

Hatte die Katze tatsächlich bemerkt, daß irgendwo etwas lauerte? Sie gab sich auch weiterhin sehr gespannt. Das Fell sträubte sich, sie öffnete das Maul, jedoch nicht, um zu schnurren oder zu miauen, sondern um warnend zu fauchen.

Warnend wovor?

Ich konnte meinen Kopf bewegen und blickte mich um. Es war nichts Verdächtiges zu sehen. Keine Gestalt näherte sich mir. Es mußte also an der Laterne etwas anders sein, das die Katze so gestört hatte.

Noch sah ich nichts.

Es war nur der Wind, der mir entgegenfuhr, in die Gassen drang, über die Häuser strich und die Nässe des Pflasters allmählich trocknete.

Die Katze stand still.

Bis zu dem Augenblick, als sie einen klagenden Ruf ausstieß, vorsprang, wieder stehenblieb und fauchte.

Etwas war geschehen.

Es war unwahrscheinlich.

Mark Tremper hatte von einem Zeitenwechsel gesprochen, wo sich die Vergangenheit in die Gegenwart hineinschob.

Und genau dies erlebte ich in den nächsten Minuten …

Von Minuten zu sprechen war nicht legitim, denn die normale Zeitmessung wurde in diesem Fall aufgehoben. Ich erlebte dafür einen unheimlichen Vorgang, den ich einfach hinnehmen mußte, ohne ihn erklären zu können. Um mich herum entstand ein anderes Dorf. Es erschien aus dem Nichts, als hätte jemand mit Häusern bemalte Glasplatten in das normale Dorf hineingeschoben und diese Platten vor die modernen Häuser gedrückt. So entstand also ein völlig neues Ortsbild.

Ein altes Dorf – mittelalterlich …

Häuser, die geduckt am Rand einer schlammigen, pflasterlosen Straße standen. Düstere Fassaden ohne Licht, eine gewisse Unheimlichkeit ausströmend. Eine alte Kirche mit dem schiefen Turm, bei dem ein Teil des Dachstuhls fehlte.

Ställe, gefüllt mit Vieh, Menschen, die wie Geister wirkten und sich zeitlupenhaft bewegten.

Soldaten dazwischen, Pferde, die schwarze Baumstämme hinter sich herzogen, all das sah ich, auch die Frauen, die in alte, lumpenartige Gewänder gekleidet, zu einem Brunnen gingen, Wasser holten und die Tröge und Krüge in die Häuser schleppten.

Manche Dächer waren mit dichtem Gras und Moos abgedeckt. Nicht eine Laterne warf ihren Schein in die Dunkelheit, und ich stand noch immer gefesselt da und schaute zu.

Die Katze sah ich nicht mehr. Sie war verschwunden, zurückgekehrt in die Zukunft, aber ich blieb in der Vergangenheit, und das mußte seinen Grund haben.

Mein Kreuz trug daran die Schuld.

Sehr deutlich merkte ich, daß es sich auf meiner Brust erwärmt hatte und diese Wärme sogar bis in die Gegend meiner Achselhöhlen zog. Wo ich stand, sah ich kaum Häuser, dafür einen kleinen Acker, der plötzlich in Bewegung geriet und an sieben verschiedenen Stellen aufgeworfen wurde.

Etwas schob sich aus dem Boden.

Zuerst wurden meine Augen starr, ich wollte es kaum glauben, was sich da tat, denn die aus der Erde dringenden Gegenstände waren umweht von einem hellgrauen Rauch, der mir noch einen großen Teil der Sicht nahm, aber ich hatte bereits erkennen könen, was da so schaurig-schön hervorkroch.

Es waren sieben fahlweiße Kreuze!

Bisher hatte ich den Angaben des Mark Tremper nicht so recht trauen wollen, nun sah alles anders aus. Er hatte recht mit seiner Behauptung gehabt, er und die sechs anderen Menschen hatten in ihren Tagträumen tatsächlich diese Gegend gesehen, und sie mußten demnach auch in diesem Ort gelebt haben.

Sieben Kreuze!

Ich stand als Gefesselter davor. Auf meinem Rücken spürte ich den Schauder. Immer wieder erlebte ich neue Dinge, immer wieder wurde ich überrascht, wie auch hier, und ich fragte mich schon, was die Kreuze zu bedeuten hatten.

Lagen bereits die sieben in ihren Gräbern, so daß ich sie als Lebende nicht mehr erleben konnte?

Verdammt, wenn ich nur frei gewesen wäre.

Ich versuchte es weiter.

Schon einige Male hatte ich feststellen können, daß die Laterne doch nicht so stabil war, wie es den Anschein gehabt hatte, und deshalb strengte ich mich an.

Ich warf mich nach vorn und spürte die Stricke, die durch die Kleidung in meine Haut schnitten. Sie raubten mir die Luft.

Ich mußte mich wieder zurücklehnen und versuchte es erneut. Diesmal mit noch mehr Kraft.

Und die Laterne hielt nicht mehr stand. Sie löste sich aus ihrer Verankerung und riß mich zu Boden.

Ich schlug auf, die Laterne ebenfalls. Ich hörte etwas

splittern, aber ich war noch immer gefesselt, und der lange Pfahl drückte gegen meinen Rücken. Viel hatte ich mit dieser anstrengenden Aktion nicht gewonnen – oder doch? Verflixt, die Fesseln hatten sich tatsächlich gelockert. Wenn ich die Arme bewegte, hatte ich mehr Spielraum, besonders bei meinem linken Arm, und deshalb versuchte ich, ihn aus der Schlinge zu zerren. Mit einigem Erfolg.

Ich lag im Schlamm, vor mir sah ich die Kreuze fahlweiß in die Höhe wachsen und mußte vor Erleichterung lachen. Das war geschafft. Den Rest konnte man als Kinderspiel bezeichnen. Ich benötigte nur ein wenig Geschick, um mich auch von den restlichen Stricken zu befreien.

Frei – endlich!

Ich stand auf.

Sehr langsam, nicht überhastet, holte tief Luft und spürte genau, wo die Stricke gesessen hatten.

Die Gelenke waren geschwollen. Es würden wohl einige blaue Flecken zurückbleiben. Mir war es egal, ich wollte endlich wissen, welches Drama in diesem Dorf ablief.

Meine eigene Zeit konnte ich vergessen. Durch die Verschiebung war ich tief in der Vergangenheit gelandet, mußte mich ein- und umstellen, aber ich hoffte stark, in meine Zeit zurückkehren zu können. Nicht zum erstenmal hatte es mich in eine längst zurückliegende Zeit verschlagen.

Zunächst einmal sah ich mir die Kreuze an. Die Laterne lag seitlich des Halbkreises, den die Kreuze gebildet hatten. Die Splitter der zerstörten Kuppel hatten sich fast bis an den Straßenrand verteilt. Sie blitzten wie kleine Spiegel.

Ich klopfte gegen das Holz der Kreuze, das heißt, ich wollte es, aber ich konnte sie nicht berühren. Ich faßte hindurch! Sie waren nicht existent.

Im ersten Augenblick war ich so geschockt, daß ich einen Schritt zurückwich und den Kopf schüttelte. Allmählich dämmerte mir, daß es zwei verschiedene Zeitebenen gab. Ich war Gegenwart, und um mich herum lebte die Vergangenheit.

Wieder einmal ein magisches Phänomen, dessen Ausläufer ich leider nicht kannte.

Was blieb mir?

Eines nur. Ich mußte das Dorf genau inspizieren und mir die Menschen sowie das Leben und Treiben anschauen. Zudem stand noch das Wissen um die vier Horror-Reiter wie eine gefährliche Drohung in meinem Rücken. Noch war von ihnen nichts zu sehen.

Aber wer waren die sieben, die in dieser Zeit schon einmal gelebt hatten? Das Dorf war nicht ausgestorben. Trotz der relativ wenigen Häuser sah ich zahlreiche Menschen, und sie gehörten nicht alle zu den Bewohnern, denn es befanden sich auch Fremde darunter.

Soldaten!

Mehr Söldner allerdings, denn ihre Uniformen sahen nicht einheitlich aus. Die Männer hielten sich mehr in der Ortsmitte auf, wo es einen großen Pferdestall gab, in dem und vor dem sie ihre Tiere abgestellt hatten.

Der Stall war mein Ziel.

Ich schritt neben zwei Kindern her, die sich an den Händen hielten, sich dabei unterhielten und mich nicht sahen. Leider konnte ich ihre Worte nicht hören. Ich begleitete sie auch weiterhin, bis ich die Dorfmitte erreichte, wo ich neben dem Stall stehenblieb.

Ich drückte mich mit dem Rücken gegen die Wand und befand mich so in einer relativ sicheren Deckung.

Die Hektik war mir schon zu Beginn aufgefallen. Und sie nahm auch weiterhin nicht ab. Das Gegenteil war eher der Fall. Ich hatte das Gefühl, als würden die Menschen auf ein ganz bestimmtes Ereignis warten.

Mein Blick glitt zum Himmel hoch.

Der Mond war fast voll. Sein blasses Licht fiel auf die sieben Kreuze, die sieben Gräber anzeigten.

Neben mir stand plötzlich ein schwarzhaariger Mann. Er sah wüst aus. Er konnte einem Angst einjagen. Mit zwei Degen war er bewaffnet. Sein fettiges Haar fiel bis auf die

Schultern, der Bart wucherte wie dunkles Unkraut in seinem Gesicht, und über seine normale Kleidung hatte er einen langen Mantel gestreift, dessen Saum fast den Boden berührte. In der rechten Hand hielt er einen Krug mit Wein. Hin und wieder nahm er einen Schluck, wischte über seinen Mund und trank erneut. Er sprach einige Worte, die ich nicht hörte, aber von einer jungen Frau vernommen wurden. Sie eilte herbei. Die Frau hatte das Haar unter einem Kopftuch verborgen, blickte den Mann devot an und sah das Grinsen auf seinem Gesicht. Bevor sie sich abwenden konnte, hatte er ihr den leeren Krug in die Hand gedrückt und griff plötzlich nach ihrem Busen. Die Frau verzog erschreckt das Gesicht, drehte sich um und rannte weg, vom Lachen des Bärtigen begleitet.

Auf mich wirkte die Szene gerade wegen ihrer Lautlosigkeit so gespenstisch und unheimlich. Dieser schwarzhaarige Kerl neben mir schien ein Anführer zu sein. Mich ärgerte nur, daß ich ihn nicht anfassen konnte, obwohl er sich in Reichweite befand.

Vielleicht ließ sich das ändern.

Ich dachte daran, es durch das Kreuz zu versuchen. Noch hatte ich es nicht offen vor meine Brust gehängt. Ich streifte die Kette über den Kopf und behielt das Kreuz in der rechten Hand, mit der ich den Schwarzhaarigen neben mir berührte.

Das zeigte Wirkung!

Es war ein kurzes Strahlen, aufflammend, als wäre eine Magnesiumbombe explodiert, und einen Moment später stand der andere noch immer vor mir. Nur etwas hatte sich verändert, sogar sehr entscheidend.

Ich konnte ihn berühren.

Und er mich auch.

Beide waren wir überrascht. Wir starrten uns an. Ich merkte nebenbei, daß die Frau mit einem gefüllten Weinkrug zurückkehrte, den Schwarzhaarigen suchte, aber nichts mehr von ihm sah, denn auch mich hatte noch niemand wahrgenommen.

Durch die Berührung des Kreuzes war es mir gelungen, den anderen in meine Zeit zu holen, obwohl er sich eigentlich noch in der Vergangenheit befand.

Auch er hatte jetzt die Frau bemerkt, sprach sie an, die ihn nicht hören konnte, und als er ihr den Weinkrug aus der Hand reißen wollte, griff er hindurch.

Das brachte ihn völlig aus der Fassung. Er wirbelte herum, lief weg, rempelte dabei seine Leute an, die jedoch nichts spürten.

Ich ließ ihn laufen. Schon nach wenigen Schritten blieb er stehen, drehte sich wieder um und griff zu seinen beiden Säbeln. Er zog sie gleichzeitig hervor.

Dieser Mann mußte so durcheinander sein, daß er sich nicht anders zu helfen wußte, jedenfalls hatte er mich als den Grund des Übels erkannt und sprach mich an.

Ich hörte seine rauhe Stimme, aber ich verstand nicht, was er sagte. Er sprach in einem damals beliebten Dialekt, so daß ich die Schultern hob und ebenfalls in Deutsch antwortete: »Tut mir leid, Mister, aber ich habe keine Ahnung, was Sie wollen.«

Er schüttelte den Kopf so heftig, daß die langen Haare flogen. Noch einmal rief er mir etwas zu, während um uns herum die geisterhaften Gestalten ihrer Tätigkeit nachgingen, als wären wir nicht vorhanden. Das waren wir ja auch nicht.

Lesen und Schreiben hatte der Soldat bestimmt nicht gelernt. Man hatte ihm das Töten beigebracht, er setzte auf Kampf, auf Gewalt, und auch mich wollte er nicht verschonen. So rannte er mit seinen gezückten Säbeln auf mich zu, während hinter ihm der Umhang oder Mantel in die Höhe flatterte.

Ich ließ ihn kommen und wich erst im letzten Moment aus. Die Klingen verfehlten mich.

Er wollte sich herumwerfen, doch ich war schneller. Meine Faust dröhnte in seinen Nacken. Ich hörte das Klatschen, als die Hand auf die Speckschicht traf, und spürte das fettige Haar unter den Knöcheln. Der Dicke röchelte. Er ging gebückt vor, war aber nicht ausgeschaltet, so daß ich ein zweitesmal zuschlagen mußte.

Diesmal mit der Handkante.

Ich traf ihn, als er sich drehte. Dieser seitlich geführte Schlag, den er wohl noch nie gesehen hatte, schaffte ihn. Vor meinen Füßen brach er bewußtlos zusammen.

Ich ließ ihn liegen, bückte mich und nahm einen der beiden Säbel an mich. Den zweiten stemmte ich mit der Spitze ein und verbog ihn durch den Druck meines Fußes so, daß die Klinge brach. Mit dem Säbel bewaffnet, ging ich weiter. Ich hatte mein Kreuz verschwinden lassen, denn ich wollte nicht mehr Menschen berühren, als es unbedingt sein mußte.

Mein Ziel war der Stall, an den eine Schenke angeschlossen war.

Zusammen mit einer Gruppe von vier Soldaten betrat ich die Schenke. Sie war primitiv eingerichtet. Auf dem Boden lag Stroh. Zum Teil schon angefault, bestimmt stinkend, aber auch davon nahm ich nichts wahr.

Ich sah die Frau, die den Wein gebracht hatte. Sie stand neben zwei großen Weinfässern und sprach auf den Wirt ein, dessen Leibesfülle der Rundung des Fasses gleichkam. Der Wirt hörte zu, schüttelte unwillig den Kopf und schrie die Frau so laut an, daß einige Gäste an den aus rohem Holz zusammengezimmerten Tischen aufmerksam wurden. Sie riefen etwas rüber, der Wirt gab ihnen eine Erklärung, die anderen winkten danach lachend ab. Die Frau mußte wieder bedienen.

Ich verhielt mich so, wie man es von einem Fremden erwarten konnte, obwohl ich nicht gesehen werden konnte. Plätze waren kaum frei, ich wollte mich auch nicht setzen, sondern die sieben Personen suchen, auf die es mir ankam.

Wer waren sie?

Waren Inez oder Hilde in ihrem vorherigen Leben vielleicht Kellnerin gewesen? Oder eine andere Person, die in einem der Häuser lebte? Und als was hatte Mark Tremper, der Stuntman, einmal gelebt?

Fragen, auf die ich noch keine Antwort hatte, so daß ich weitersuchen mußte.

Ich spürte jedoch, daß etwas in der Luft lag. Die Gäste benahmen sich hektisch, hin und wieder verließ einer der Soldaten die Schenke und lief nach draußen. Wenn sie zurückkehrten, wurden sie von den anderen etwas gefragt, erhielten aber keine Antwort.

Mir war klar, daß die Soldaten auf ein bestimmtes Ereignis warteten, das noch in dieser Nacht eintreten sollte. Möglicherweise hing es mit den sieben Menschen zusammen, die ich in meiner Zeit kennengelernt hatte, vielleicht zeigten sie sich noch.

Leider hörte ich von den Gesprächen nichts. Hin und wieder hätte ich bestimmt ein Wort oder einen Satzfetzen verstanden. Auch schien es mir, als würde ich durch eine mit dünner Watte gefüllte Luft gehen. Ein unsichtbarer Geist, den niemand sah.

Die Kellnerin hatte beide Hände voll zu tun. Sie schleppte den Wein an die Tische. Dort wurden die Krüge so schnell geleert, daß die Frau kaum nachkam.

Der Wirt füllte nur ein. Der Rebensaft sprudelte ohne Unterlaß aus dem großen Faß, das auch schon fast leer war. Aus dem Keller tauchte ein Helfer auf, der so aussah wie jemand, der sich seit drei Monaten nicht gewaschen hatte, und in Lumpen gekleidet war. Dieser Mann wurde beauftragt, ein neues Faß zu holen.

Er verschwand mit dem leeren, das er über eine Schräge in die Tiefe rollte.

Wie er das neue Faß heranschaffte, bekam ich nicht mehr mit, denn plötzlich sprangen die meisten der Soldaten auf. Wenigstens die, die noch nicht ganz betrunken waren.

In der offenen Tür stand ein Mann. Er redete schnell und gebrauchte dabei seine Hände und Füße. Dann deutete er nach links, zum Ende des Dorfes hin.

Jeder hatte es plötzlich eilig.

Der Wirt war sauer, weil ihm noch Geld in der Kasse fehlte.

Er lief hinter den Soldaten her, ohne allerdings die Summen kassieren zu können.

Auch ich verließ die Schenke. Um das Gedränge brauchte ich mich nicht zu kümmern. Mich stieß und rempelte niemand an, so daß ich zu den ersten gehörte, die ins Freie gelangten. Alle starrten in dieselbe Richtung, auch ich. Im ersten Moment sah ich nichts, bis ich, noch jenseits des Dorfes, den sich drehenden und bewegenden Feuerschein entdeckte, der sich dem Ort näherte.

Es sah aus wie ein Rad, das jemand angezündet hatte und trotzdem noch weiterlief.

Ich rannte auf die andere Seite der schlammigen Straße.

Nur eine kleine Gruppe der Dorfbewohner hatte sich hier zusammengedrängt. Unter ihnen auch der Pfarrer. Und der schlug mehrere Kreuzzeichen hintereinander.

Mutig schien der Mann nicht zu sein. Er sah eher aus wie der dicke Mönch, den man oft auf Karikatur-Karten sieht und der den holden Genüssen des Lebens nicht abgeneigt ist.

Das Rad rollte zwar allein, aber es mußte geführt werden. Diese Aufgabe hatten Gestalten übernommen, die hinter dem Flammenrad herritten. Die neben mir stehenden Menschen mußten sie schon erkannt haben, denn sie bekamen es mit der Angst zu tun und zogen sich hastig zurück.

Das war auch gut so, denn die vier Begleiter des feurigen Rades waren nun mal da, um das Grauen zu verbreiten.

Auf ihren Brustkörben leuchteten rot die Anfangsbuchstaben ihrer Meister-Dämonen.

AEBA.

Mit anderen Worten: Die Horror-Reiter waren da!

Und ich blickte ihnen entgegen.

Diese vier Reiter waren keine Menschen. Sie zählten zur Gruppe der gefährlichen Dämonen, und ich wußte nicht, ob sie so reagieren würden, wie es die Menschen getan hatten.

Wahrscheinlich würden sie von mir Notiz nehmen, denn ich war der Mann mit dem Kreuz, mit einer Waffe, die den vier Reitern gefährlich werden konnte.

Sie würden spüren, daß etwas nicht stimmte, und sich bestimmt auf die Suche machen.

Dann war es nur noch eine Frage der Zeit, wann sie mich fanden. Noch hatte ich eine Galgenfrist und beobachtete den unheimlichen Vorgang.

Das Flammenrad wurde von den vier Horror-Reitern nicht berührt. Es rollte talwärts, sie begleiteten es nur, und ich hörte wiederum nichts. Sehr deutlich schon konnte ich sie erkennen. Auf ihren Panzern glühten die einzelnen Buchstaben. Sie hatten ihre düsteren Knochenfratzen durch die herabgelassenen Visiere geschützt, und sie hielten ihre langen Kampflanzen in den Klauen.

So sprengten sie ins Dorf.

Ich aber konzentrierte mich auf das Rad. Es hüpfte und sprang über die Unebenheiten des Bodens hinweg. Manchmal sah es so aus, als wollte es kippen, aber es konnte sich immer wieder fangen und rollte weiter.

Ein großes Rad, eigentlich zwei, wie ich sehen konnte, und ich lief einfach mitten auf die Straße.

Jetzt kam es mir direkt entgegen.

Dahinter hoben sich die Silhouetten der Horror-Reiter von den Rücken der pechschwarzen Pferde ab.

Ein unheimliches Bild, ein Gemälde des Schreckens, das den Hauch einer finsteren Zeit verbreitete.

Das Rad war wichtiger, denn es war von einer besonderen Konstruktion. Aus Holz bestanden die beiden Reifen, die ungefähr eine Armlänge voneinander getrennt waren, so daß der Gegenstand eine gewisse Breite einnahm, die er auch benötigte. Querlaufende Streben hielten die beiden Ringe zusammen.

Es waren insgesamt sieben.

Und es mußten auch sieben sein, denn an jedes Verbindungsstück war ein Mensch gefesselt.

Fünf Männer und zwei Frauen!
Jetzt wußte ich Bescheid!

Wieso und weshalb man sie an das Feuerrad gebunden hatte, war mir nicht bekannt. So etwas konnte sich nur jemand als Strafe ausgedacht haben, aber es war eine Tatsache, die ich akzeptieren mußte, ebenso wie die begleitenden Horror-Reiter.

Das Holz brannte, aber es verbrannte nicht. Für mich ein Beweis, daß die Flammen keinen natürlichen Ursprung hatten, sondern aus der Hölle stammen mußten.

Ich blieb stehen, um mir in Ruhe die sieben Menschen anzusehen, aber das Feuerrad drehte sich einfach zu schnell, so daß ich kaum etwas unterscheiden konnte.

Ich wechselte meinen Platz und baute mich wieder dort auf, wo ich hergekommen war.

Das Rad rollte an mir vorbei, die Reiter sprengten hinter ihm her. Ich verfolgte beide mit meinen Blicken und sah sie über die Dorfstraße rollen und reiten.

Von wem wurde das Rad gestoppt?

Die Horror-Reiter taten es. Sie waren noch nicht so weit entfernt, als daß ich sie nicht mehr hatte sehen können. Jedenfalls ritten sie auf ihren pechschwarzen Gäulen an dem sich drehenden Gegenstand vorbei und stoppten ihn dann mit ihren Lanzen, die jedoch kein Feuer fingen.

Das war ungefähr in der Dorfmitte geschehen. Ich war zu weit vom eigentlichen Schauplatz entfernt, um Einzelheiten erkennen zu können, aber ich wollte etwas sehen, denn nicht ohne Grund war das Rad in diesen Ort gerollt.

So wie ich dachten auch andere. Zuerst die Soldaten, die die Schenke verlassen hatten. Sie hatten sich zusammengerottet, allerdings war von ihrem Mut nicht mehr viel zu bemerken. Sehr vorsichtig bewegten sie sich auf das Ziel zu.

Da ich schneller lief, gehörte ich zu den ersten, die das Ziel erreichten.

Ich hielt mich im Schatten der Häuser und blieb erst stehen, als ich mich auf gleicher Höhe mit dem Rad und den Horror-Reitern befand. Noch immer brannte das Holz, ohne es allerdings zu vernichten. Und auch die Menschen wurden in Ruhe gelassen.

Das Feuer gab seinen Widerschein ab, der über die Gesichter der fünf Männer und zwei Frauen huschte.

Mir unbekannte Gesichter. Manche noch jung, andere wiederum von den Spuren des Alters gezeichnet.

Die beiden Frauen interessierten mich besonders. Nein, es war keine Ähnlichkeit zu Inez und Hilde vorhanden. Diejenigen, die man an die Radstreben gebunden hatte, sahen ganz anders aus. Es waren Personen im mittleren Alter und eingehüllt in eine Kleidung, die mich an graue Säcke erinnerte.

Weshalb sie diese Gewänder trugen, wußte ich nicht. Stricke hielten sie fest. Sie waren um Arm- und Fußknöchel der Menschen geschlungen, und sie verbrannten auch nicht durch die Flammen des Höllenfeuers.

Allmählich näherten sich die Soldaten und die Bewohner des Ortes. Sie hatten ihre Scheu überwunden, blieben aber in respektvoller Distanz stehen, weil sie doch vor den vier unheimlichen Gestalten Angst hatten.

Die wiederum hatten um das brennende Rad ein Quadrat gebildet. Dort standen sie wie Statuen, starrten auf die Gefesselten und taten noch nichts.

Bis zu dem Augenblick, als sich einer der vier aufbäumte. Vielleicht wollte er das Rad wieder in Bewegung setzen, ich wußte es nicht. Jedenfalls hatten die Horror-Reiter etwas dagegen. Ihre Lanzen schossen vor, ich rechnete damit, daß es vier Tote geben würde, aber die Unheimlichen kippten nur das Rad um.

Es landete auf der Seite, wippte noch einmal nach und lag dann still. Beruhigt atmete ich aus.

Auf meinem Gesicht lag der kalte Schweiß. Eine endgültige Entscheidung stand dicht bevor. Ich wußte, daß ich nichts dagegen unternehmen konnte, denn ich war zwar Zeuge, befand mich aber trotzdem noch in einer Zwischenphase.

Die Horror-Reiter hatten ihre Pflicht getan. Auch mich überraschten sie mit ihrem plötzlichen Abritt. Sie rissen ihre Pferde herum und sprengten davon.

Es war ihnen egal, ob jemand im Wege stand. Die schwarzen Tiere, aus deren Nüstern plötzlich Feuerlanzen schossen, schleuderten die Menschen um, die sich nicht schnell genug hatten in Sicherheit bringen können.

Nebeneinander sprengten sie über die Dorfstraße und waren schon bald in die Dunkelheit der Nacht getaucht.

Sie hatten ihre Pflicht und Schuldigkeit getan. Was nun folgte, war Sache der Bewohner.

Ich atmete tief aus. In der letzten Zeit hatte ich unter einer starken Spannung gestanden und war leider nur Zeuge dieses Vorfalls gewesen. Zu gern hätte ich eingegriffen, doch ich durfte dem Schicksal nicht ins Handwerk pfuschen.

Meine Gedanken kehrten zu den sieben Gräbern zurück. Zu dieser Straße der Kreuze.

Waren es die letzten Ruhestätten für die sieben bedauernswerten Menschen? Noch wußte ich es nicht genau, aber die Menschen setzten sich plötzlich in Bewegung und schritten auf das Rad zu. Es waren die Soldaten.

Voran ein Trommler. Ich sah nur die Bewegungen und hörte ansonsten keinen Laut. Wie der Mann ging und wie die anderen ihm folgten, erweckte es den Eindruck, als würde die Szene in einer Exekution enden.

Wenig später waren die Flammen erloschen, und das Rad lag in der Dunkelheit. Jetzt spendete nur noch der Mond sein kaltes Licht, bis einer der Soldaten einen Befehl gab, zwei andere wegrannten und mit Fackeln zurückkehrten.

Sie hatten sie bereits angezündet. Das Pech an den oberen Enden der Stäbe gab ein dunkelrotes Feuer. Es produzierte Schatten und Licht gleichermaßen, so daß über die Dorfstraße ein flackerndes Spiel aus Hell und Dunkel tanzte.

Auch ich wurde von dieser unheimlich wirkenden Szenerie eingefangen. Das hier war schaurig, wirklich finsterstes Mittelalter, und auch der Tod lauerte schon im Hintergrund.

Schlimm war auch diese Lautlosigkeit, mit der alles ablief. Hätte ich Stimme oder Schreie gehört, mein Gott, ich hätte mich sicherlich wohler gefühlt, so aber mußte ich zusehen, wie die Soldaten die Fesseln der sieben an die Radspeichen gebundenen Menschen mit ihren Waffen zerschnitten.

Jetzt waren die anderen frei, aber auch erschöpft, denn sie konnten sich aus eigener Kraft nicht aufrichten. Sie fielen von den Speichen, lagen übereinander, und einer der Soldaten zog plötzlich eine lange Peitsche aus seinem Gürtel.

Als er weit ausholte, sprangen andere zurück, um nicht getroffen zu werden.

Der Mann schlug zu.

Das Leder traf nicht nur einen der sieben, fast jeder Körper wurde erwischt. Die Menschen lagen zu dicht beieinander. Und auch ein zweiter schlug so lange zu, bis es die Bedauernswerten aus eigener Kraft schafften, auf die Füße zu gelangen.

Schwankend blieben sie stehen, sie stützten sich gegenseitig und wurden abermals von den Peitschen getroffen.

Man trieb sie voran.

Die Soldaten konnten ihre Aggressionen an ihnen auslassen. Sie bewiesen in der Masse wieder einmal, wie stark sie waren, und die Dorfbewohner folgten ihnen, um sich das grauenhafte Schauspiel nicht entgehen zu lassen. Sogar Kinder waren von ihren Eltern mitgenommen worden.

Welch eine Welt!

Getroffen von den Hieben der beiden Peitschen und begleitet von der johlenden Menge, wurden die sieben Menschen durch das Dorf getrieben. Es ging dorthin, wo ich die sieben Gräber gesehen hatte.

Doch was war das?

Ich sah keine Kreuze.

Vor meinen Augen lag die schlammige Straße oder der Platz etwas außerhalb des Dorfes.

Keine Spur von den bleichen Kreuzen.

Das sollte verstehen, wer wollte, ich jedenfalls verstand es nicht, aber ich wollte weiter sehen, was passierte.

Sie hatten ihre Pläne mit den sieben Menschen. Plötzlich stürmten andere Soldaten und Söldner aus irgendwelchen Winkeln und Ecken herbei. Sie fielen über die Menschen her.

Und sie schlugen mit den Fäusten auf sie ein.

Dabei nahmen sie auch auf die Frauen keine Rücksicht. Brutal wurden alle zu Boden gedroschen, und man riß ihnen ebenfalls die sackartigen Gewänder vom Leib.

Eine andere Kleidung kam zum Vorschein.

Ebenfalls für mich fremd. Ich ging noch näher heran, um sie besser erkennen zu können.

Die Menschen waren von den Peitschen- und Faustschlägen gezeichnet worden. Blutüberströmt knieten oder lagen sie am Boden, aber in ihren Augen las ich den festen Willen, lieber zu sterben, als unterzugehen oder sich einer anderen Gewalt auch seelisch zu beugen.

Meine Blicke glitten tiefer, und plötzlich weiteten sich meine Augen. Einer von ihnen hatte es geschafft und seine Hände unter sein Gewand geschoben.

Er holte etwas hervor.

Ein hölzernes T.

Das Kreuz der Templer.

Ich war wie vor den Kopf geschlagen. Das konnte doch nicht wahr sein! Diese sieben vor mir auf dem Boden liegenden Personen sollten Templer sein? Verrückt, unglaublich – aber warum eigentlich nicht?

Ich wußte, daß die Templer immer wieder verfolgt worden waren. Von der offiziellen Kirche ebenso wie von den Kräften der Hölle, wie ich es hier durch die Horror-Reiter hatte erleben können.

AEBA gegen die Templer!

Das war mir neu, ich hatte wieder etwas dazugelernt, und

ich dachte an die Templer aus meiner Zeit, an das silberne Skelett Hectors und an den Abbé Bloch, einer der führenden Köpfe in der Templer-Gemeinschaft. Schloß sich wieder einmal der Kreis? Waren die Templer meine eigentlichen Verbündeten? Zumindest konnten sie einfach nicht gegen mich stehen, wenn sie Feinde der Horror-Reiter waren. Demnach mußten sie auch Feinde des Schwarzen Tods gewesen sein.

Himmel, ich dachte wieder in Dimensionen, die meine augenblickliche geistige Verfassung um vieles überstiegen. Wichtig war, daß ich mich auf die folgenden Dinge konzentrierte, denn es war nicht bei dem einen Kreuz geblieben.

Auch die anderen sechs hatten ihre hölzernen Templer-Kreuze hervorgeholt und hielten sie fest, als wären es ihre Rettungsanker. Mit letzter Kraft quälten sie sich auf die Füße.

Und so standen sie da.

Schwankend, wankend und auch blutüberströmt. Ihre Gesichter waren verzerrt, die Augen weit geöffnet. Über die Gesichter huschte der zuckende Widerschein der Flammen, und die Fackeln selbst spiegelten sich in ihren Pupillen.

Sie sprachen die Dorfbewohner an. Ich hörte nicht, sah nur, wie sie ihre Lippen bewegten, aber es mußten starke Worte und Sätze sein, denn die einfachen Menschen und auch die Soldaten wichen zurück. Die ersten drehten sich um. Sie rannten fluchtartig davon, wahrscheinlich waren sie mit Flüchen belegt worden oder mit Prophezeiungen, die von der Vernichtung in der Hölle sprachen.

Selbst hartgesottene Söldner und Soldaten hielten es nicht mehr aus. Auch die Männer, die gepeitscht hatten, suchten so rasch wie möglich das Weite.

Allmählich leerte sich der Platz um die sieben Personen herum, nur einer blieb noch.

Das war ich.

Aber mich konnten sie nicht sehen, dafür sah ich sie und beobachtete weiter.

Was konnte ich tun? War ich überhaupt in der Lage, durch mein Kreuz in den Lauf des Schicksals einzugreifen? Es hätte mich gereizt, dies herauszufinden, und ich fragte mich: Weshalb eigentlich nicht?

Schon einmal hatte ich jemanden mit dem Kreuz berührt und ihn praktisch aus der Vergangenheit in die Zwischenzeit geholt, in der ich mich befand.

Noch lebten sie ja, auch die Grabkreuze sah ich nicht. Demnach hatte es noch keine Gräber von ihnen gegeben.

Ich spielte mit dem Schicksal, als ich auf den ersten zuging. Es war der Mann, der als erstes sein Kreuz hervorgeholt hatte.

Ich berührte ihn mit dem geweihten Silber meines Talismans. Plötzlich gab es einen Kontakt zwischen uns beiden, eine Brücke war hergestellt worden, und Magie sorgte dafür, daß die Zeiten nicht mehr relevant waren. Es gab eine Mischung.

Er sah mich an.

Nein, er starrte mir ins Gesicht.

Es war ein Blick, den man mit dem Begriff Nichtbegreifen oder Nichtfassen umschreiben konnte. Furchtbar, staunend, abweisend und gleichzeitig voller Angst.

Bevor er sprechen oder sich erholen konnte, ging ich zu dem nächsten und berührte ihn ebenfalls.

Bis zum siebten ging ich, so daß ich für alle versammelten Templer sichtbar wurde.

Jetzt befanden sie sich in meiner Zeitebene, also zwischen der Vergangenheit und der Gegenwart.

Wir waren uns fremd. Trotzdem wurde ich das Gefühl nicht los, daß es zwischen uns etwas Gemeinsames gab, denn die Blicke der sieben waren auf mein Kreuz gerichtet.

Wußten sie etwas? In ihre Augen trat plötzlich ein Ausdruck, für den der Begriff Erstaunen nicht paßte. Besser wäre das Wort Wissen gewesen. Ja, sie wußten etwas.

Und sie sprachen es aus.

Nicht einer, nein alle sieben zur gleichen Zeit, als hätten sie sich abgesprochen.

»Das Kreuz!« So klang es mir entgegen. »Du hast Hectors Kreuz.«

Wäre ein Tisch in der Nähe gewesen, ich hätte mit der Faust drauf geschlagen, so sehr stand ich unter Dampf.

Hector de Valois' Kreuz!

Ja, sie hatten so recht!

Nicht allein ich war der Träger des Kreuzes gewesen, auch der große Templer-Ritter Hector de Valois hatte es zu seiner Zeit besessen. Welchen Weg es danach genommen hatte, war mir unbekannt. Vielleicht fand ich es irgendwann einmal heraus.

»Ja!« wiederholte ich. »Hesekiels Kreuz, aber auch Hectors. Kennt ihr ihn?«

Der Sprecher schüttelte den Kopf. »Nein, wir haben von ihm gehört. Er hat in einem anderen Land gelebt, aber sein Ruhm hat sich herumgesprochen. Er überschritt alle Grenzen. Er ist ein mächtiger Mann gewesen, denn nur Mächtige haben Feinde ...«

»Wen?«

»Er stand gegen die Hölle und damit gegen den Leibhaftigen und seine schrecklichen Diener. Sie machen Jagd auf die Templer. Du hast die vier Reiter gesehen. Sie bringen die Apokalypse, denn wir stehen ihnen im Weg, deshalb wollen sie die Templer vernichten, wo sie ihrer habhaft werden können. Auch uns haben sie gefangen, an das glühende Höllenrad gebunden und dafür Sorge getragen, daß es uns in dieses Dorf schaffte, wo die Soldaten lauerten, die uns töten sollten. Sie hätten es getan, aber du bist erschienen und hast es verhindert.«

»Ich kam aus einer anderen Zeit.«

»Das glauben wir dir. Bist du der letzte Träger des Kreuzes?«

»Bisher ja. Ich weiß nicht, was nach mir kommt. Leider ist mir der Blick in die Zukunft verwehrt. Vielleicht habe ich einen Nachfolger, vielleicht auch nicht. Ich jedenfalls habe meine Aufgabe, denn als Sohn des Lichts bin ich dazu verpflichtet, mich den Kräften der Hölle zu stellen und damit auch dem Bösen.«

»Das bist du tatsächlich. So ist es auch Hector de Valois

gewesen. Er kämpfte ebenfalls gegen die Mächte der Finsternis, aber auch er hat sie nicht stoppen können.«

»Das wird mir auch nicht gelingen.«

»Aber wie kommst du hierher?« fragte eine der Frauen. »Du bist plötzlich aus der anderen Zeit ...«

»Das ist eine sehr lange Geschichte«, sagte ich.

»Erzähle sie uns.«

Ich wußte nicht so recht, wie ich anfangen konnte, überlegte, räusperte mich und entschloß mich dann, sie regelrecht zu schocken, indem ich sagte: »Ihr werdet wiedergeboren!«

Sie antworteten nicht sofort. Ich an ihrer Stelle hätte es auch nicht getan. Zunächst einmal mußten sie ihre Überraschung verdauen, und das dauerte etwas.

»Reinkarnation«, wurde geflüstert.

»So ist es.«

»Wir haben daran geglaubt.«

»Die offizielle Kirche nicht. Wenigstens nicht in eurer Zeit.«

»Das wissen wir. Aus diesem Grunde werden wir auch von zwei Seiten verfolgt. Einmal der Teufel, zum anderen die mächtigen Kirchenfürsten, die sich nicht scheuen, auch weltliche Güter anzunehmen. Aber uns verfolgen sie, weil wir sie auf gewisse Dinge hingewiesen haben, auf ihre Verfehlungen und Verflechtungen. Sie bauen sich prächtige Dome und Grabstätten, aber sie vergessen das Volk. Die Reformation hat eingesetzt, Horden fallen in Deutschland ein ...«

»Da hat Hector de Valois gelebt?« fragte ich. »So spät?«

»Ja und nein.«

»Wie soll ich das wieder verstehen?«

»Man hat davon gesprochen, daß auch er mehrmals wiedergeboren wurde. So mußt du es sehen.«

Damit hatte ich nicht gerechnet. Es war für mich einfach neu, aber ich lernte nie aus.

»Doch nun rede weiter«, wurde ich aufgefordert. »Was weißt du noch alles?«

Sollte ich ihnen tatsächlich von den Gräbern berichten, die hier stehen würden? Ich wußte es selbst nicht, aber ich verspürte plötzlich einen inneren Stoß. Es war ein Gedanke, ein Blitztreffer, der mir sagte, daß ich mich beeilen mußte, denn immer hielt die Magie nicht an. Irgendwann in nächster Zukunft würden die Zeiten wieder zurechtgerückt, deshalb drängte es mich auch zu der Antwort.

»Ich habe nicht euch gesehen, ich konnte aber eure Gräber erkennen. Genau hier, wo wir stehen, werdet ihr begraben werden. Sieben weiße Kreuze wachsen aus der Erde. Sie mahnen die Lebenden, und sie berichten von denen, die hier ihr Ende gefunden haben. Das wollte ich euch sagen, so schwer es mir auch gefallen ist.«

Sie schauten mich an. Sie überlegten, aber sie zeigten keine Furcht. Der Weg war zu Ende, sie wurden irgendwann einmal in einer anderen Person wiedergeboren, doch erst einmal mußten sie sich mit ihrem Schicksal abfinden.

»Aber wer sollte uns töten?« wurde ich gefragt.

Da konnte ich nur die Schultern heben. »Die Menschen schaffen es wohl nicht«, sagte ich. »Sie sind geflohen. Wißt ihr, ob sie starke Helfer besitzen?«

»O ja, bestimmt. Nur ...«

Er schwieg, die anderen sagten ebenfalls nichts, auch ich hielt meinen Mund, denn wir alle hatten die Geräusche gehört, die plötzlich an unsere Ohren drangen.

Dumpfer, trommelnder, unheimlich klingender Hufschlag. Jemand hatte die Pferde zu einem brausenden Höllengalopp angetrieben. Es gab nur eine Erklärung dafür.

AEBA!

Und die Jäger der Templer kamen!

Sie ritten aus der Richtung herbei, in die sie auch verschwunden waren. Vier schwarze, gefährliche und grauenhafte Gestalten, auf Rössern sitzend, die feurigen Atem ausstießen. Die Flammen wurden vom Reitwind gepackt, zurückgeweht und an ihren Flanken vorbeigetrieben.

Eine Kalvalkade des Schreckens!

Bisher hatte ich sie stets als Begleiter des Schwarzen Tods angesehen, die aber auch dem Teufel nahestanden und seine furchtbare Botschaft verbreiteten.

Im Mittelalter waren sie gefürchtet gewesen, da hatten sie sich oft genug gezeigt, doch nicht allein, um die Pest zu bringen und zu zerstören, sondern um die Menschen zu jagen, die dem Templer-Orden angehörten.

Wie jetzt!

»Geh!« schrie mich der Sprecher an. »Aus dem Weg! Wir müssen uns ihnen stellen!«

»Nein, ihr müßt erst zurück in eure Zeit. Ihr seid in einer Zwischenzeit. Nicht Gegenwart und Vergangenheit. Wenn ihr jetzt sterbt, werden eure Seelen vielleicht ewig wandern und eure Gräber wieder erscheinen ...«

»Mit dem Tod ist die Zeit ausgelöscht worden!« mußte ich mir sagen lassen und spürte plötzlich die Feindseligkeit, die sie mir entgegenbrachten.

Ich resignierte nicht, ich sah es nur ein. Das war eine andere Zeit, ich durfte und konnte kein Schicksal spielen, mußte die Horror-Reiter ihre Pflicht tun lassen, sonst wären die sieben ja in meiner Zeit nicht wiedergeboren.

So zog ich mich zurück. Mit klopfendem Herzen und weichen Knien. Den Blick richtete ich nach links.

Dort sprengten sie in den Ort.

Die böse Horde, unbesiegbar erscheinend, mit leuchtenden Insignien auf den Panzern, die verdeutlichten, daß ihre wahren Herren vier Uralt-Dämonen waren.

Ihre Mörderlanzen bildeten Parallelen mit den Körpern der Pferde. Wenn ein Hindernis erschien, würden sie es einfach überreiten oder zerstechen.

Die Templer blieben.

Sie stellten sich nebeneinander auf, hoben ihre Arme, und ihre hölzernen Kreuze ragten aus den Fäusten hervor.

Damit konnten sie das Böse nicht stoppen.

Die Reiter wußten es, sie trieben ihre Pferde noch einmal an und waren plötzlich da.

Ein Bild des Schreckens und der Vernichtung wurde mir gezeigt. Brutal stießen die Lanzen zu, spießten die Templer auf, töteten sie. Wer nicht erwischt wurde, der wurde von den Hufen der schwarzen Gäule zertreten.

Die vier Horror-Reiter sprengten davon. Sie drehten sich nicht um und kehrten auch nicht zurück. Das hatten sie nicht nötig. Eine Attacke war genug gewesen.

Zurück blieben – sieben Leichen.

Sie lagen in ihrem Blut, sie rührten sich nicht mehr, und sie waren für ihre Überzeugung gestorben.

Ich aber stand da und fühlte mich umspannt von der Stille des Todes, denn kein Laut drang an meine Ohren.

Ich blickte auf die Toten nieder, und trotzdem beschäftigten sich meine Gedanken mit einem anderen Thema. Ich dachte eigentlich nicht daran, wie sie gestorben waren, sondern wo.

In diesem alten Ort, zwischen verfallenen Häusern, aber gleichzeitig in einer Zwischenzeit, in der Zone, die in der Mitte lag, rechts davon die Zukunft, links die Vergangenheit.

War es ein normaler Tod? Und wie lange würde diese Zwischenzeit noch Bestand haben? Ich hatte schon die erste Warnung erhalten. Die Gegenwart drängte wieder stärker, die andere Ebene wurde zurückgedrückt.

Noch war es nicht soweit …

Ich wollte auf die Leichen zugehen, als ich Stimmen hörte. Nicht sehr laut gesprochen, eher unterdrückt klingend, leise und sogar erschreckt.

Gelassen drehte ich mich um.

Es waren die Dörfler, die über die Straße gingen. An ihrer Spitze der dicke Pfarrer. Er trug ein weißes Kreuz. Die Männer, die ihn begleiteten, hielten ebenfalls Kreuze in den Händen oder Schaufeln.

Da wußte ich, was folgen würde. Eine Begräbnis-Zeremonie. Die Menschen würden an dem Ort, wo die sieben ihr Leben verloren hatten, Gräber ausheben, die Leichen darin verschwinden lassen, die Gräber zuschütten und Kreuze hinsetzen.

Ein kleiner Friedhof inmitten einer Stadt.

Und ich sah zu.

Manchmal, wenn ich näher darüber nachdachte, kam ich mir direkt hinterlistig vor, nichts gesagt oder mich nicht bemerkbar gemacht zu haben, aber sollte ich sie tatsächlich mit meinem Kreuz berühren und sie aus ihrer Zeit reißen?

Nein, sie gehörten in dieses für mich fremde Jahrhundert hinein, und sie erfüllten nur eine menschliche Pflicht. Die Männer waren es gewohnt, hart zu arbeiten. Sie störten sich nicht gegenseitig und sorgten dafür, daß sehr schnell sieben Gräber ausgehoben wurden.

Man legte die Toten hinein.

Schon während die Gräber zugeschüttet wurden, sprach der Pfarrer ein Gebet. In die noch weiche Erde wurden anschließend die Kreuze gesteckt. Sie bildeten dabei einen Halbkreis, so wie es mir der Stuntman Mark Tremper beschrieben hatte, als ihm sein erstes Leben plastisch vor Augen geführt wurde.

Ich schaute auf die Gruppe, die stumm dastand. Die Männer hielten die Köpfe gesenkt, ihre schwieligen Finger waren ineinander verkantet. Die Lippen bildeten Striche, und doch beteten sie mit.

Nur eben stumm ...

Ich sah sie, und sie wurden kleiner, als hätte sie jemand von mir weggezogen.

Plötzlich verschoben sich die Proportionen. Ich konnte mich wieder auf die alte Laterne konzentrieren, sie lag nur zersplittert am Boden, und die Wände der alten Häuser tauchten zurück und hinein in einen diffusen Nebelkranz.

Eine Welt verschloß sich mir.

Eine andere kehrte zurück.

Die Gegenwart ...

Sie nahm mich wieder auf, empfing mich mit offenen Armen, mit einer kalten Luft und mit einer Erinnerung aus der fernen Vergangenheit.

Mit sieben bleichen Kreuzen ...

Hatte ich damit rechnen müssen?

Ich wußte es nicht, ich dachte auch nicht darüber nach, ich nahm es einfach hin, und zwar als freier, nicht mehr gefesselter Mensch in meiner Zeit, der Gegenwart.

Ich bin keine Maschine, und so dauerte es eine Weile, bis ich mich wieder an den neuen Zustand gewöhnt hatte. Etwas Nasses tupfte gegen mein Gesicht. Flocken, die aus den Wolken rieselten. Sehr dünn und fein. Schnee, der liegenbleiben würde.

Noch war das Dorf frei, die Straße dunkel, die Häuser ebenfalls, bis auf einige Ausnahmen, wo Lichtschein aus den Fenstern nach draußen fiel und das Pflaster bedeckte wie mit einer goldenen Patina.

Der Mond stand über mir am Himmel. Eine bleiche, seitlich angeschnittene Zitrone, deren Licht auch die Kreuze nicht verschonte und sie noch bleicher aussehen ließ, als sie es in Wirklichkeit waren.

Ich hatte sie mit in die Gegenwart genommen. Sieben Kreuze und sieben Gräber.

Auch sieben Tote?

Wenn alles mit rechten Dingen zuging – das sah ich natürlich relativ –, mußten sich die von den Horror-Reitern getöteten Templer noch in der feuchten Erde befinden.

Natürlich vermodert, zerfallen zu Staub. Vielleicht waren noch ein paar Knochenreste übrig, mehr aber auch nicht.

Ansonsten fand ich das Dorf so vor, wie ich es unfreiwillig verlassen hatte. Auch die Scheinwerfer standen noch an ihrem Platz. Die Menschen waren ebenfalls nicht zurückgekehrt. Dieser Mark Tremper hatte es tatsächlich geschafft, sie mit seinen Worten einzuseifen. Es war wirklich kaum zu fassen.

Ich ging die ersten Schritte über das feuchte Pflaster. Als eine hauchdünne Schicht lag der Schnee bereits auf dem Boden. Wo ich hergeschritten war, hinterließ ich Spuren.

Was war noch zu tun?

Für mich eigentlich nur soviel, daß ich das Dorf verlassen

und die anderen suchen mußte. Ich würde ihnen von meinen Erlebnissen berichten und ihnen mitteilen, als was sie einmal gelebt hatten. Dabei stellte sich nur die Frage, ob sie mir auch glaubten. Aber hatten sie eine andere Wahl? Wohl kaum.

Ich dachte wieder an die Halluzination, die Mark Tremper gehabt hatte. Ihm war es vergönnt gewesen, in das Dorf zu schauen. Er hatte die Kreuze gesehen, wie auch die anderen sechs Personen, aber es war noch etwas hinzugekommen.

Über dem Dorf war eine düstere Wolke geschwebt, die nur unvollständig die vier Reiter verborgen hatte, die die Menschen schon in alter Zeit das Fürchten gelehrt hatten.

War AEBA auch in der Gegenwart lebendig?

Das war für mich das große Problem. Darüber mußte ich einfach nachdenken, und ich fragte mich, ob ich damit rechnen mußte, daß die Reiter zurückkehrten.

Gab es einen Grund?

Eigentlich nicht, denn sie hatten ihre makabre Pflicht getan und die sieben Templer getötet.

Aber diese waren wiedergeboren worden, und das gefiel mir in gewisser Hinsicht nicht.

Wie dem auch war, ich mußte die anderen holen und ihnen Erklärungen geben.

Ich erinnerte mich noch daran, an welcher Seite sie das Dorf verlassen hatten. Ich schritt wieder auf die Kreuze zu. Die winzigen Flocken hatten einen Schleier über die Gräber gelegt. Der Schnee kam von der Seite, getrieben von einem steifen Wind, der die Leere des Dorfes ausfüllte.

Ich hörte die Schritte.

Daß es sich dabei nicht nur um eine Person handelte, hörte ich sofort. Hinter den Kreuzen sah ich schon die Schatten der sieben Gestalten, die auf mich gewartet hatten.

Vor den Gräbern blieb ich stehen und erwartete sie. Die sieben umrundeten die Kreuze jedoch nicht. Sie blieben hinter ihnen stehen, und über die Kreuze hinweg sahen wir uns an, ohne etwas zu sagen.

Auch sie mußten völlig überrascht sein, denn als sie das

Dorf verlassen hatten, waren die Kreuze noch nicht vorhanden gewesen. Jetzt aber sah die Straße so aus, wie sie sie aus ihren Träumen kannten. Das mußte ich ihnen erklären.

Sie tuschelten miteinander. Ich hörte Hilde sprechen. Ihre Stimme klang zwar leise, trotzdem ein wenig hysterisch. »Das ist der reine Wahnsinn. Wie können die Kreuze hierherkommen? Dieses Bild habe ich in meinem Traum gesehen. Sinclair hat uns verraten ...«

Die Anschuldigung stand, aber wurde sie auch geglaubt? Mark Tremper zumindest meldete Zweifel an. Er war es, der wieder das Wort ergriff. »Bleibt ihr hier stehen«, sagte er, löste sich von der Gruppe, umging die Kreuze und kam auf mich zu.

Ich erkannte, daß er sich nicht wohl fühlte. Mit einer unwillig anmutenden Bewegung wischte er den dünnen Schnee aus seinem Gesicht. Die Flocken hatten sich in seinen Augenbrauen und den Wimpern verfangen. Erst jetzt konnte er wieder klar sehen.

Ich nickte ihm zu.

»Sie ... Sie sind zurückgekehrt?«

»Wie Sie sehen, Tremper.«

Er räusperte sich. »Klar. Und Sie haben uns noch etwas mitgebracht, nicht wahr?«

»Wenn Sie die Kreuze meinen, gebe ich Ihnen vollkommen recht. Die habe ich tatsächlich mitgebracht.«

»Woher?«

»Aus der Vergangenheit. So hat dieses Dorf vor einigen hundert Jahren einmal ausgesehen. Es standen nur andere Häuser dort, aber die Kreuze waren die gleichen.«

»Und jetzt sind sie hier!« flüsterte Tremper. Der Mann war völlig durcheinander, das konnte ich ihm ansehen. Ich hielt mich mit einem Kommentar zurück.

»Sinclair, ich will Sie jetzt nicht länger fragen, wie so etwas möglich sein kann. Ich nehme es einfach als gegeben hin. Nur ist es schon seltsam.« Er schüttelte den Kopf. »Dabei habe ich mich so verdammt selbstsicher gefühlt. So verdammt sicher.

Und jetzt dieses.« Er deutete auf die zerstörte Laterne. »Sie haben sich befreien können. Okay, das nehme ich alles hin, aber tun Sie mir und uns einen Gefallen, bitte. Sagen Sie uns, was Sie gesehen haben!«

Ich konnte mich gut in seine Lage hineinversetzen. Hier stand ein Mensch vor mir, der unter seinem seelischen Streß litt. Vielleicht war mein zurückliegendes Erlebnis überhaupt einmalig. Wenn ich darüber redete, wie würde er es aufnehmen?

Er trat noch näher, bis er mich berühren konnte, ohne sich dabei anzustrengen. Er streckte seine Arme aus und legte mir die Hände auf die Schultern. »John Sinclair, ich bitte Sie, reden Sie! Sie haben etwas gesehen. Sie waren woanders. Stimmt es?«

»Ja.«

»Und was sahen Sie?«

Sein Blick war eine Aufforderung. Er wollte nichts anderes hören, nur diese eine Erklärung haben.

Ich nickte ihm zu. »Sie haben recht, Tremper, ich sah tatsächlich etwas. Und es war, das muß ich Ihnen ehrlich sagen, nicht leicht für mich, dies einzuordnen.«

»Bitte!«

Auch die anderen hörten zu, weil wir so laut sprachen. »Sie alle!« rief ich über die Kreuze hinweg. »Sie alle haben schon einmal gelebt. Ich habe Sie in Ihrem vorherigen Leben kennengelernt. Sie gehörten damals zusammen und bildeten eine Gruppe. In dieser Zeit haben Sie sich, aus welchen Gründen auch immer, gefunden, aber damals kämpften sie gemeinsam, da traten Sie alle für eine Sache ein.«

»Und für welche?« rief Inez.

»Sie waren Templer!«

Diese Information mußte zunächst reichen. Das Wort Templer löste bei ihnen nicht die starken Emotionen aus, wie ich sie eigentlich erwartet hätte. Sie starrten mich nur an, überlegten, und auch der Stuntman bildete dabei keine Ausnahme.

»Templer?« hauchte er. »Ich habe davon gehört. Ist das nicht eine Gruppe von Menschen, die, sagen wir, einer ganz besonderen Religion nachgehen? Oder irre ich mich?«

»Im Prinzip haben Sie recht.«

»Und wir waren Templer?«

»Ja, Sie gehörten einer Gruppe an, die nicht nur von der offiziellen Kirche verfolgt wurde, sondern auch von den Kräften des Bösen. Das heißt, Ihnen waren einige Dämonen auf der Spur, die ich als sehr gefährlich ansehe.«

»Welche?«

»Haben Sie mir nicht von den vier Reitern berichtet, die Sie im Traum sahen?«

»Das stimmt.«

»Sie waren es, die in das Dorf einritten, in dem Sie alle sich aufhielten. Sie ritten hinter einem im Höllenfeuer brennenden Rad her, an das Sie alle gebunden waren. Man hatte sie gefangengenommen und in dieses Dorf gerollt ...«

»Was geschah dann?« rief Inez.

Ich berichtete weiter, und ich ließ nichts aus. Auch die anderen sechs hielten es hinter den Kreuzen nicht mehr aus. Sie kamen zu mir, ihre Blicke klebten förmlich an meinen Lippen, weil sie alles so genau wissen wollten. Kein Wort sollte ihnen entgehen.

So hörten sie von mir, auf welch grausame und gleichzeitig spektakuläre Art und Weise sie ums Leben gekommen waren, und sie wurden bleich wie die aus den Wolken rieselnden Schneeflocken.

Manchmal bewegten sie ihre Lippen, doch nicht ein Ton drang aus ihren Mündern.

»Dann sind wir doch wiedergeboren!« sagte einer der Männer und schüttelte den Kopf, als könnte er es trotz seiner Bemerkung noch immer nicht fassen.

»Daran besteht kein Zweifel«, sagte ich.

Hilde hatte eine Frage. »Und wer hat uns begraben?«

»Die Menschen aus dem Dorf. Es waren praktisch die Ahnen der jetzigen Einwohner, die Sie weggeschickt haben.

Sie hatten auch die sieben Kreuze angefertigt. Jeder von Ihnen erhielt ein Grab und ein Kreuz.« Ich deutete nach vorn. »Was Sie hier sehen, stammt nicht aus dieser, sondern aus einer längst vergangenen Zeit. Es sind tatsächlich die alten Kreuze der Menschen, die hier einmal gelebt haben. Kaum zu fassen, nicht wahr?«

Sie nickten synchron. Was ich ihnen da berichtet hatte, ging nicht in ihre Köpfe hinein, so sehr sie sich auch bemühten, dies zu verstehen. Es war einfach zu viel.

»Kreuze, die zu Gräbern gehören, in denen wir einmal als Menschen in unserem ersten Leben begraben worden sind. Das ist einfach zu viel. Da komme ich nicht mit«, sagte Tremper. Dann forderte er von mir eine Antwort. »Was ist denn los, Sinclair? Aus welchem Grund sind die Kreuze in diese Zeit gekommen? Weshalb haben Sie sie mitgebracht?«

»Ich kann Ihnen leider keine Antwort geben«, sagte ich. »Noch ist alles in der Schwebe.«

»Auch die Horror-Reiter?«

»Sicher.«

»Wir haben sie alle gesehen!« flüsterte Tremper. »Und die sind nicht vernichtet?«

»Leider nein.«

Er wollte es genau wissen. »Also existieren sie auch noch in dieser, unserer Zeit?«

»Davon können Sie ausgehen.«

Tremper blickte seine anderen Freunde an. Die sagten nichts, hielten zumeist die Blicke gesenkt und dachten über die Worte ihres Anführers nach. »Die Gefahr ist noch nicht gebannt!« erklärte der Stuntman. »Sie ist noch nicht verschwunden. Ich kann es fühlen, ich kann es spüren. Da liegt etwas in der Luft ...«

»Mark!«

Inez hatte gerufen, denn ihr war das Unwahrscheinliche zuerst aufgefallen. Sie stand da, hatte einen Arm ausgestreckt und wies auf die sieben von Schneeflocken umwirbelten Kreuze.

Dort hatte sich etwas getan, und dort tat sich noch immer etwas, denn aus den vor den Kreuzen liegenden Gräbern stiegen unheimliche Gestalten.

Geistwesen …

Es war ein schauriger Vorgang, der auch mich in seinen Bann zog und erst recht diejenigen, die es anging. Die Menschen standen nicht mehr dicht beieinander. Sie hatten sich zurückgezogen, der erste Schreck war einfach zu stark gewesen.

Jetzt standen sie da und starrten. Weit geöffnet waren ihre Augen, die Wangen zuckten, die Gesichter zeigten sich verzerrt, denn nun begriffen die Menschen, was ihnen blühte.

Ihre Vorfahren, nein, die Personen, die sie einmal gewesen waren, kehrten als Geister zurück.

Als Schemen, als Wolken, als feinstoffliche Wesen, die jetzt die gleiche Gestalt einnahmen, die sie als Menschen innehatten. Nur eben durchsichtig.

Sie umtanzten und umschwebten die Kreuze, waren in den Wirbel aus kleinen Flocken eingetaucht, so daß es aussah, als würden sie vom fallenden Schnee aufgesaugt.

Sie konnten nicht reden, sich nicht akustisch artikulieren, und doch wußten sie genau, was sie wollten, denn sie lösten sich von ihren Plätzen und schwebten auf diejenigen Personen zu, in denen sie wiedergeboren waren.

Das mußte einfach so sein, denn die beiden Geisterfrauen glitten auf Inez und Hilde zu.

Ich hatte mir genau die beiden ausgesucht, weil sie nebeneinander standen und ich sie deshalb so gut beobachten konnte. Es war ein unheimlicher und kaum zu erklärender Vorgang.

Geister und Menschen hatten sich zusammengefunden. Und sie bildeten plötzlich eine Einheit.

So etwas hatte ich noch nie gesehen. Geschmeidig glitten die Geistwesen in die entsprechenden Körper hinein. Sie fanden überall ihre Zugänge, huschten durch die Münder, die Nasenlöcher, in die Ohren und waren plötzlich verschwunden.

Sie hatten ihr Ziel erreicht.

Aus Körpern und feinstofflichen Geistern war eine Einheit geworden!

Zum erstenmal hatte Will Mallmann geflucht, als sie sich noch ziemlich hoch befanden und der Regen zu Schnee geworden war. Plötzlich schneite es wie aus heiterem Himmel, ohne Vorwarnung, und der Kommissar sah sich gezwungen, noch langsamer in die Kurven zu fahren, denn die Flocken blieben liegen. Innerhalb von Sekunden hatte sich ein weißer Teppich auf der Fahrbahn gebildet, der wie dicker Schaum aussah und verdammt rutschig war.

»Das hat uns noch gefehlt!« Will wollte sich nicht beruhigen. Zudem hatten sie noch das Pech, einen Unfall zu erleben. Vor ihnen waren zwei Wagen zusammengestoßen. Die Straße war gesperrt. Erst als die Polizisten die Wagen zur Seite geschoben hatten, ging es weiter. Der Stau löste sich auf.

Suko enthielt sich eines Kommentars. Er war Fatalist, auch wenn er sich innerlich ärgerte. Aber er konnte sowieso nichts daran ändern und nahm es einfach hin.

Endlich ging es weiter. Auf dem Manta lag eine dicke, weiße Schicht, und auch weiterhin rieselte der Schnee vom Himmel. Wenn die Flocken in die Strahlen der Scheinwerfer eindrangen, sahen sie aus wie goldene Punkte. Die Winterreifen des Manta knirschten auf harten Schnee. Zum Glück ging es talwärts, und nach einigem Höhenunterschied wurde der Schnee wäßrig, bevor er schließlich in Regen überging, der auf das Autodach trommelte und die weiße Schicht dort verschwinden ließ. Er spülte sie einfach weg.

»Wenigstens ein Lichtblick«, stöhnte Mallmann.

»Wieviel Zeit haben wir verloren?«

»Zuviel.«

Suko hob die Schultern. Er blickte aus dem Fenster, da sie durch einen kleinen Ort fuhren. Wie ausgefegt wirkte er. Kaum eine Person ließ sich bei diesem Wetter auf der Straße blicken. Die Laternen, die Lichter hinter den Fenstern und die vorbeifahrenden Wagen wirkten wie Grüße von einem fernen Planeten.

Der Regen blieb. Als langer, nicht abreißender Vorhang fiel er vom Himmel und schien mit den Wolken dort verbunden zu sein. Monoton arbeiteten die Wischer und putzten die Scheiben blank.

Will verzog das Gesicht. »Das gibt wieder Schnee, verdammt!«

Er sollte recht behalten. Die Temperaturen waren sehr rasch gefallen, so daß auch in die tieferen Täler die weiße Pracht hineinfiel. Der Kommissar schaltete das Radio an. SWF 3 brachte Sekunden später schon eine Verkehrsdurchsage. Es wurde von Schneeglätte auf der Autobahn Karlsruhe–Basel gewarnt, und auch die Strecke Stuttgart–München war kaum noch zu befahren.

»Das gibt wieder ein Chaos!« befürchtete der Kommissar.

»Wie lange müssen wir noch fahren?«

»Ist kaum der Rede wert. Zum Glück hat es erst jetzt angefangen zu schneien. Da können wir noch in die Täler hinein. Wenn sie erst zugeschneit sind, gnade uns Gott.«

Sie mußten Serpentinen fahren. Rechts und links wuchsen die Berge hoch. Es schneite ohne Unterlaß. Überall war es schon weiß geworden, und manche Nadelbäume bogen sich unter dem Gewicht der nassen Pracht.

Nach einer Linkskurve, in die Will den Manta vorsichtig hineinlenkte, führte der Weg direkt in das von ihnen als Ziel ausgesuchte Tal hinein.

Innerhalb des Scheinwerferteppichs tanzten und wirbelten die Flocken. Es war stockfinster geworden. Nirgendwo brannte ein Licht. Die beiden Männer mußten sich allein auf das Licht der Scheinwerfer verlassen und sahen plötzlich ein drittes Licht.

Es schwankte von einer Seite zur anderen, als würde jemand heftig eine Laterne bewegen.

»Verdammt, auch das noch!« Will war nervös. Er hatte den

Mann gesehen, der mitten auf dem Weg stand und tatsächlich eine Laterne schwenkte.

Mallmann tippte vorsichtig auf die Bremse, und das mehrere Male hintereinander, so war die Gefahr des Rutschens nicht mehr so groß. Der Manta wurde langsamer, aber er stoppte nicht mehr so wie auf der normalen Straße. Mit den Hinterreifen rutschte er noch weg, zum Glück geriet er dabei nicht an den Rand der Fahrbahn, aber leicht schräg stellte sich der Wagen dennoch.

Der Mann war stehengeblieben. Die geballte Leuchtkraft der Scheinwerfer strahlte ihn an. Er trug eine dicke Jacke und eine Fellmütze auf dem Kopf, deren Klappen seine Ohren bedeckten. Das Gesicht war gerötet und naß geworden.

»Der will etwas von uns!« sagte Suko. »Und er muß einen triftigen Grund dafür haben, wenn er sich bei so einem Mistwetter auf die Straße stellt und winkt.«

»Das werden wir herausfinden.« Will drückte schon die Tür auf, schwang sich aus dem Wagen und ging auf den Mann zu. »Was ist los?« fragte er ihn.

»Wollen Sie in das Dorf?«

»Ja.«

»Das geht nicht.«

»Und weshalb nicht?«

Auch Suko war inzwischen ausgestiegen und hatte die Frage des Kommissars gehört. Er vernahm auch die Antwort des Mannes. »Wir selbst haben das Dorf für einige Zeit verlassen. Es soll niemand hinein.«

»Sagen Sie uns endlich den Grund.«

»Es wird ein Film gedreht.«

Der Kommissar wußte nicht, ob er lachen oder weinen sollte. Er schaute Suko an, und auch der Chinese zog ein skeptisches Gesicht. »Ein Film, sagen Sie?«

»Ja.«

»Wer dreht ihn denn?«

»Das ist ein Mann namens Tremper. Ich kenne ihn nicht, weil ich sonst immer nur die Schwarzwald-Klinik ...«

Mallmann winkte ab. »Interessiert uns nicht. Also, dieser Tremper dreht den Film. Und worüber?«

»Das hat er uns nicht gesagt.«

»Trotzdem müssen wir ...«

»Sie können da nicht hinfahren. Sie müssen den Wagen hier stehenlassen. Es gibt von hier aus einen Weg zu der Turnhalle, wo wir uns versammelt haben. Es dauert ja nicht die ganze Nacht, aber der Regisseur wollte einen stillen Ort haben. Wir mußten ihm den Gefallen einfach tun, wenn Sie verstehen.«

»Ich verstehe überhaupt nichts.« Mallmann war das Versteckspielen leid und holte seinen Ausweis hervor. Er hielt ihn so dicht an das Licht der Laterne, daß der Dörfler ihn lesen konnte.

»Sie sind Kommissar?«

»Genau.«

»Das ... das habe ich nicht gewußt. Tut mir leid, ehrlich. Aber trotzdem kann ich ...«

»Doch, Meister, Sie können. Und zwar aus dem Weg gehen. Wenn nicht, werde ich Sie belangen. Wir befinden uns auf einer Dienstfahrt und lassen uns nicht aufhalten.«

»Aber wenn ich den Regisseur ...«

»Den werden wir schon aufklären. Gehen Sie jetzt wieder zu den anderen und bleiben Sie dort.« Will schüttelte den Kopf. »Ich verstehe nicht, wie man sich so leicht übers Ohr hauen lassen kann. Das grenzt doch schon an Dummheit.«

»Wie meinen Sie das, Herr Kommissar?« Der Mann drehte sich und schwenkte seine Lampe mit herum. Das zuckende Licht fiel über Wills nasses Gesicht.

»Schon gut, vergessen Sie es.«

Suko und Mallmann gingen wieder zurück. Der Inspektor lachte. »Es gibt auch hier noch ungewöhnliche Menschen, nicht nur in den einsamen Hochtälern Schottlands.«

»Da sagst du was.« Will warf sich auf den Fahrersitz und schlug gegen seine Stirn. »Wenn ich überlege, wie leicht man Leute noch mit dem Begriff Film locken kann, wird mir ganz anders. Aber diese Serie *Schwarzwald-Klinik* hat vieles verändert.«

»Ich hörte sogar in London davon.«

»Klar, man ist dabei, sie sogar in die Staaten zu verkaufen. Unwahrscheinlich.«

Will startete wieder. Der Mann mit der Laterne war noch nicht verschwunden. Er hielt sich am Rand der Straße auf, seine Füße waren im Schneematsch versunken. Aus weit geöffneten Augen starrte er den Heckleuchten des Manta nach. Und er überlegte dabei, ob man ihm mit dem Film nicht einen Bären aufgebunden hatte. Vielleicht lief im Dorf ein ganz anderer Film ab, wenn sich schon ein Kommissar darum kümmerte ...

Auch Will und Suko sprachen über den Film. Sie glaubten es beide nicht, wobei Suko die Gedanken des Kommissars laut aussprach. »Ich frage mich nur, was da wirklich läuft ...«

Ich schaute auf sieben Menschen!

Völlig normale Menschen. Fünf Männer und zwei Frauen, aber sie alle waren von Geistwesen beseelt, die Eingang in ihre Körper gefunden hatten. Eine logische Erklärung konnte niemand erwarten, höchstens eine magische. In diesem abseits gelegenen Schwarzwalddorf fand tatsächlich eine kleine Sensation statt.

Wohl noch nie hatte es das gegeben, daß die Geister der Toten Jahrhunderte nach der Wiedergeburt in die Körper dieser Wiedergeborenen zurückkehrten. So etwas konnte man nicht erklären, nur hinnehmen.

So wie ich es tat, näher an die sieben Personen heranging und mir ihre Gesichter ansah.

Sie hatten sich äußerlich nicht verändert. Nur in ihrem Innern war etwas vorgegangen, das sich auch außen auf den Gesichtern widerspiegelte. Es waren die weit geöffneten Augen, das Staunen darin, das Zucken der Wangenmuskeln, das Öffnen der Lippen, der Versuch einer Artikulation, ohne daß jedoch ein Wort hervorgedrungen wäre.

Einer mußte die Initiative übernehmen. Die Menschen selbst waren dazu nicht in der Lage, also tat ich es. Zwar waren die Leute noch bewaffnet, sie hatten die Gewehre über ihre Schultern gehängt, aber sie machten mir nicht den Eindruck, als wollten sie die Gewehre gegen mich einsetzen. Nur meine Beretta holte ich mir wieder. Ich zog sie dem Stuntman aus der Tasche.

Die sieben mußten einen innerlichen Befehl erhalten haben. Bevor ich noch etwas sagen konnte, bewegten sie sich und stellten sich jeweils hinter den Kreuzen auf, die zu den Gräbern gehörten, in denen sie im ersten Leben ihre letzte Ruhestätte gefunden hatten.

Sie gingen sehr langsam. Nur der inzwischen höher liegende Schnee knirschte unter ihren Sohlen.

Ich ließ das Kreuz noch in meiner Tasche. Die Geister waren sicher nicht grundlos aus den Gräbern gestiegen. Sie mußten eine Botschaft haben. Auf sie wartete ich.

Und wieder war es Mark Tremper, der anfing zu sprechen. Er beugte sich dabei vor, als hätte er Magenschmerzen, aber er redete mit einer Stimme, die ich bei ihm noch nicht gehört hatte. Es mußte die seines Ahnherren sein, und ich stellte mir die Person genau vor.

Es war der Mann, der innerhalb des brennenden Rades als erster sein Kreuz gezogen hatte.

»Wir fanden keine Ruhe. Unsere Gräber und unsere Seelen durchbrachen die Zeiten. Sie sind aus einer Zwischendimension hervorgeholt worden, um sich jetzt wieder zu melden, denn die Gefahr ist noch nicht gebannt. Wir spüren sie genau. Die Jagd auf die Templer hat auch über die Jahrhunderte hinweg nicht aufgehört.«

»Wer will euch jagen?« fragte ich. »AEBA?«

»Ja, die Reiter des Bösen. Die Kavalkade der Apokalypse hat uns damals schon gejagt und wird uns auch heute wieder jagen. Wir sind Verlorene in der Weite der Dimensionen, aber wir sind wiedergeboren worden. Zum Glück, sage ich. Wir haben die Zeiten überwinden können, unsere Seelen waren stärker, haben neue Körper gefunden, doch die alten Ängste sind geblieben. Die Jagd ist noch nicht beendet. Die Reiter haben eine alte Rechnung offen. Sie fühlen sich so, als wollten sie eine Schuld begleichen, und sie werden kommen.«

»Zu euch?«

»Ja, in diese Zeit hinein, an diesen Ort, zu den sieben Gräbern, die für sie ein Dorn sind.«

Ich hütete mich, darüber zu lachen oder es von der Hand zu weisen. Natürlich hatte Mark Tremper recht. Oder vielmehr dessen Geistführer. Auch ich kannte die Horror-Reiter. Ich hatte gegen sie gekämpft, und nicht nur in der Vergangenheit, sondern auch in der Gegenwart. Ich hatte sie erlebt, als der Schwarze Tod aus dem Sumpf gestiegen war. Man fand sie praktisch an allen magischen Brennpunkten. Wenn ich Trempers Worte richtig interpretierte, konnte ich damit rechnen, sie auch hier im Tal zu erleben.

»Werden sie kommen?« fragte ich ihn deshalb.

»Ja, ja, ich spüre es.«

Nicht Tremper spürte es, sondern der andere, der Geist in ihm, der Zeit und Raum überwunden hatte, um in einen anderen Körper gelangen zu können.

»Wann ist es soweit?«

»Noch in dieser Nacht, noch in dieser Stunde. Sie wollen alles vernichten, alles. Endgültig aufräumen. Sie können es nicht zulassen, daß Personen, die von ihnen getötet wurden, wiedergeboren werden. Das paßt nicht in ihre grausame Welt. Deshalb werden sie in das Dorf einreiten und auch uns vernichten.«

Ich schwieg, aber ich dachte fieberhaft über das Gesagte nach. Verdammt, das konnte ins Auge gehen. Der Geist hatte sicherlich nicht gelogen, er wußte mehr als wir Menschen, weil er einen wesentlich größeren Überblick hatte.

Vier Reiter, sieben Personen, die keine Chance hatten.

Und wie sah es mit mir aus?

Ich kannte die Brutalität und die Gefährlichkeit der Reiter. Mehrmals schon hatte ich ihnen gegenübergestanden und sie immer wieder zurückschlagen können.

In dieser Nacht würde ich nicht allein um mein Leben kämpfen müssen, auch um das der sieben Menschen, die den Horror-Reitern ein Dorn im Auge waren.

Sie hatten es damals nicht geschafft, heute würden sie es nachholen.

Gelassen nahmen die anderen es hin. Keiner der sieben zeigte starke Angst. Mir schien es so, als hätten sie sich mit dem Schicksal abgefunden, hier zu sterben. Als Drohung waren ihnen die Horror-Reiter ja schon begegnet, und jetzt würde dieser Schrecken in die Tat umgesetzt werden.

Ich schaute Mark Tremper hart an. »Auch ich kenne die AEBA«, sagte ich. »Und ich sehe nicht ein, daß sie ihren Plan beenden. Sie sollen eine Niederlage erleiden …«

»Sie sind allein.«

»Aber ich muß mich ihnen entgegenstemmen. Außerdem trage ich die Schuld daran, daß die Gräber in die Gegenwart gelangten. Ich habe euch praktisch geholt und werde euch auch verteidigen, das habe ich hiermit versprochen.«

Ich erhielt keine Antwort, stand vor ihnen und sah zu, wie der Schnee aus der Dunkelheit des Himmels in langen Bahnen der Erde entgegenfiel und sich dort niederlegte.

Bis ich den Schrei hörte.

Inez hatte ihn ausgestoßen. Sie war plötzlich aufgeregt, hatte eine Hand auf das senkrechte obere Ende des weißen Kreuzes gestemmt und deutete mit der anderen an mir vorbei in die Mitte des Dorfes hinein. »Ich … ich höre sie. Sie kommen.«

Blitzschnell fuhr ich herum.

Zu sehen war noch nichts, deshalb wollte ich nachfragen, aber Inez gab auch so eine Erklärung ab. »Sie reiten in der Wolke, die so schwarz ist wie die Seele eines Höllendieners. Sie werden das Licht besiegen, so haben sie es versprochen. Noch düsterer als die Nacht sind sie und noch viel schlimmer. Niemand kann sie aufhalten, denn sie kommen von verschiedenen Seiten. Jetzt!« schrie sie. »Jetzt genau haben sie die Wolke verlassen. Sie sind ausgespien worden ...«

Ich blickte in den Himmel.

Zuerst nach rechts, anschließend nach links, auch nach vorn und wieder zurück.

Inez hatte sich nicht getäuscht. Die Horror-Reiter hatten das getan, was für sie am besten war.

In allen vier Himmelsrichtungen sah ich das dunkelrote Leuchten in der Luft. Diese unheimlichen Buchstaben, die von den Dämonen berichteten, denen die Horror-Reiter dienten.

Aber ich sah noch mehr.

Vom anderen Ende des Dorfes her tanzte ein zweigeteilter Lichtschein über die Schneedecke.

Wenn mich nicht alles täuschte, mußte das ein Auto sein. Die Lage spitzte sich zu ...

Will Mallmann konnte sich kaum beruhigen. Der Chinese hatte den Kommissar selten so aufgeregt gesehen. Des öfteren schlug sich Will gegen die Stirn. »Ein Film soll gedreht werden. Das kann der Knabe seinem Großvater erzählen, aber nicht mir.«

»Vielleicht hat er keinen mehr«, meinte Suko.

»Wie?«

»Ich meine den Großvater.«

»Ach, hör auf.« Mallmann wurde wieder ruhig. Bei Tageslicht hätten sie den Ort schon längst sehen müssen, in der Nacht jedoch und im Schatten der Berge erkannten sie nichts. Kein Haus, nicht einmal Lichter. Zudem mußten sie noch in eine Kurve.

Danach aber führte die Straße direkt auf den Ort zu und in das Tal hinein. So dunkel, wie sie angenommen hatten, war es doch nicht. Sie sahen die kleinen Inseln der Helligkeit, waren aber noch zu weit entfernt, um erkennen zu können, woher das Licht kam.

Rechts von ihnen sprangen die Wellen eines Bachs über glatte Steine und verschwanden irgendwo im dichten Wald am Fuße des Berges. Von der Straße war nicht mehr viel zu sehen. Die dichte Schneedecke hatte den Asphalt völlig verdeckt. Mallmann hoffte nur, daß er sich auf der richtigen Fahrbahn befand.

Und der feine Schnee blieb liegen. Manchmal hatten die Männer das Gefühl, trotz der Winterreifen wie auf den Kufen eines Schlittens über den Schnee zu gleiten.

Beiden war das Dorf nicht geheuer. Da sich Mallmann auf die Fahrerei konzentrieren mußte, sah sich Suko die Gegend an, so gut dies eben möglich war.

Und er sah das Licht.

Über den Bergen mußte es seiner Ansicht nach schweben. Eine rötliche Kugel, die sich bewegte. Von links her schwebte sie auf das Dorf zu, aber auch an der rechten Seite entdeckte er das gleiche Phänomen. Ebenfalls weiter vorn und auch, als er sich umdrehte, hinter sich.

Die Lichter hatten sie eingekreist.

Er wies den Kommissar darauf hin, der ebenfalls hochschaute und fragte: »Was ist das? Doch kein Flugzeug ...«

»Bestimmt nicht.«

»Sondern?«

»Keine Ahnung. Fahr du ruhig weiter. Ich behalte die verdammten Dinger im Auge.«

Suko erkannte, daß sich die Lichter bewegten. Sie wurden zwar nicht stärker, aber sie blieben auch nie am gleichen Fleck, sondern drehten sich und senkten sich auch, so daß sie und ihre unmittelbare Umgebung jetzt besser zu erkennen waren.

Den berühmten Schlag in den Magen hatte Suko zwar nicht kassiert, aber er spürte plötzlich die Trockenheit in seiner Kehle und auch das kalte Gefühl im Nacken.

Wenn ihn nicht alles täuschte, hatte er genau erkannt, um was es sich bei diesen roten Lichtern oder Zeichen handelte.

Vier Buchstaben.

AEBA!

Synonym für die gefährlichen Horror-Reiter. Suko hatte Will noch nichts mitgeteilt, das war auch nicht nötig, denn der Kommissar war ebenfalls aufmerksam geworden.

Und er kannte die Reiter auch.

»Das ist AEBA!« stieß er hervor.

»Sehr richtig.«

»Und jetzt?«

»Fahr weiter, Will. Ich kann mir nicht vorstellen, daß sie etwas von uns wollen. Noch nicht«, schränkte der Chinese ein.

»Dann wollen sie ins Dorf.«

»So ist es.«

Mallmann drückte das Gaspedal ein wenig tiefer. Zum Glück faßten die Reifen. Andere wären durchgedreht. Sie hatten die ersten Häuser bereits erreicht. Es waren kleine Pensionen, im Winter geschlossen, weil hier nicht Ski gefahren wurde.

Und die Reiter ließen sich fallen.

Es sah so aus, als hingen sie an Fallschirmen. Ungefähr mit dieser Geschwindigkeit schwebten sie näher und gerieten immer weiter an das Dorf heran.

Es war den beiden Männern egal geworden, was die Reiter taten. Will Mallmann nämlich hatte das Fernlicht eingeschaltet, so daß die Strahlen auf der Schneefläche regelrecht explodierten, über die Straße hinwegglitten und an ihrem Ende ein Ziel trafen.

Trotz der durch die beiden Strahlen fallenden Schneeflocken konnten Will und Suko das Ziel erkennen.

»Verdammt«, sagte der Kommissar. »Das ist doch John.«

»Und sieben Gräber!« fügte Suko leise hinzu …

Daß ein Wagen ins Dorf fuhr, kümmerte mich in diesen Momenten wenig. Ich dachte an die vier Horror-Reiter und an die sieben Menschen, die ich schützen wollte.

Wo waren sie sicher?

In einem der Häuser vielleicht? Nein, die Reiter waren einfach zu stark. Sie würden, wenn sie es wollten, mit ihren Lanzen die Wände einrammen, so daß kein Stein auf dem anderen blieb.

Noch hatten sich die sieben gut gehalten, bis zu dem Moment, als einer der Männer die Nerven verlor. Er stand ganz außen an der linken Seite, hatte es nicht weit bis zu einem Haus und stürmte plötzlich schreiend los, noch bevor einer von uns etwas unternehmen konnte.

Wir alle sahen es, auch einer der Horror-Reiter. Es war derjenige, der vom Dorfende gekommen war und der Tiefe der Straße entgegenschwebte.

Plötzlich erwachte er aus seiner relativen Lethargie. Es begann mit einem Flammenstoß, der aus dem weit geöffneten Maul des Pferdes fauchte und einen rötlichen Schatten über die Schneedecke warf.

»Bleib hier!« brüllte ich noch, weil ich die Gefahr kommen sah.

Der Mann hörte nicht. Und auch der Geist in seinem Körper warnte ihn nicht mehr. So rannte er weiter auf das Haus zu und dabei genau in sein Verderben, denn der Reiter war viel schneller.

Er schleuderte seine Lanze, die in einem schrägen Winkel auf den Rücken des Flüchtenden zujagte und ihn kurz vor dem Erreichen der Haustür voll traf.

Wir alle hörten ihn schreien und sahen, wie er gegen die Tür geschleudert wurde. Es gab einen dumpfen Laut, die Lanze steckte in seinem Körper, und der Horror-Reiter ritt hin, um sie wieder an sich zu nehmen.

Das war für mich der Augenblick, in dem ich startete. Ich überwand die Distanz zu meinem Gegner mit wenigen Schritten und hatte das Glück, nicht auszurutschen.

Dann sprang ich.

Gleichzeitig drehte sich der Reiter herum. Ich befand mich schon auf dem Weg zu ihm, sah sein Gesicht dicht vor mir, das heißt, eigentlich nur das Visier. Die düstere Knochenfratze dahinter war mehr zu ahnen, als zu erkennen.

Ich klammerte mich mit der linken Hand an seinem Arm fest und wollte mein Kreuz gegen den Buchstaben an seiner Brust rammen. Das war vielleicht noch eine Chance, aber das Pferd des Reiters machte mir einen Strich durch die Rechnung.

Es stieg plötzlich auf den Hinterbeinen hoch, ich verlor die Balance, rutschte ab und landete im weichen Schnee, auf dem ich mich sofort herumrollte.

Eine Wolke stob auf, nicht allein durch mich verursacht, denn das Tier schabte mit den Hufen.

Ich kam wieder auf die Füße und wollte erneut angreifen, als ich Mark Trempers Schrei hörte.

»Nein, Sinclair, nicht!«

Ich drehte mich herum.

In der Zwischenzeit hatten die anderen drei Horror-Reiter Zeit genug gehabt, ihr Ziel zu erreichen. Sie waren also gelandet und hielten sich dort auf, wo sie mit ihren Lanzen die sieben Personen durch einen schnellen Stich erreichen konnten.

Da gab ich auf!

Ich hatte auch nichts dagegen, daß sich der andere Horror-Reiter seine Lanze zurückholte, in dieser Situation durfte ich einfach nicht an mich, nur an die Geiseln denken.

Die Horror-Reiter waren erschienen, um eine alte Rechnung zu begleichen. Alles sah danach aus, als würden sie dieses Versprechen auch einhalten können.

Wäre ich allein gewesen, hätte ich es versucht, denn ich besaß mein Kreuz und auch den Bumerang. Ihn mitzunehmen, hatte ich mir einfach angewöhnt.

Besser wäre noch der Würfel gewesen, doch der lag leider im Tresor des Yard. In diesem Augenblick dachte ich darüber nach, daß ich ihn doch öfter mitnehmen sollte.

So mußte ich mich auf andere Waffen verlassen.

Ich stand da und blickte auf die Reiter. Einer von ihnen, der Diener des Götzen Baal, bewegte ungeduldig seine Lanze. Ich wußte, was diese Bewegung bedeutete, und setzte mich in Bewegung. Der feine Schnee pulverte vor meinen Fußspitzen in die Höhe, die Flocken fielen vom Himmel und tanzten vor meinen Augen, während ich auf die furchtbaren Gestalten zuging.

Sie sagten nichts. Schweigend warteten sie ab, bis ich vor den Gräbern stand.

Hinter mir hörte ich ein leises Tappen. Der Beweis, daß sich auch der letzte der vier mir näherte. Ich wagte nicht, mich umzudrehen, aber über meinen Rücken lief der kalte Schauer der Furcht.

Dann verstummte das Geräusch. Ich überwand den Trieb, mich umzudrehen, und wartete darauf, daß sich meine Gegner meldeten, wie immer sie es auch anstellen wollten.

Zuerst sprach Tremper mit der Stimme des längst verstorbenen Templers. »Die Zeit der Abrechnung ist da. Ich habe es immer gewußt. Sie hatten noch eine Rechnung offen. Ja, das hatten sie …«

»Noch leben wir.«

»Nein, es gibt kein Entrinnen mehr.«

Das sah tatsächlich so aus, aber sie schienen noch etwas vor zu haben, sonst hätten sie die Sache schon längst hinter sich gebracht und die sieben Menschen getötet.

War ich vielleicht dieser Joker?

Ich hörte den Reiter mit dem flammenden B auf der Brust sprechen. Aber nur ich allein, denn die Stimme schallte in meinem Kopf auf, und sie gehörte nicht dem Reiter, sondern demjenigen, der allein hinter ihm steckte und ihn begleitete.

Dem Götzen Baal!

»Es ist gut, daß ich dich hier wiedertreffe, Geisterjäger. Denn du hast etwas von mir, das ich zurückhaben will. Gib es meinem Diener!«

»Der Dolch gehört mir!« flüsterte ich.

»Nein, ich habe ihn genommen, ich werde sein Geheimnis

lüften, das kann ich dir versprechen. Er und das verdammte Kreuz …«

Etwas Furchtbares geschah. Der Reiter mit dem B auf der Brust rammte seine Lanze vor. Und er traf die Frau namens Hilde in den Rücken. Mit einem Wehlaut brach sie zusammen, kippte nach vorn, streckte noch die Arme aus und fiel über das Kreuz, an dessen waagerechtem Balken sie sich festklammerte wie an einem Rettungsanker.

Die Frau starb, wahrscheinlich auch der Geist, der in ihr steckte. Ich sah ihre Augen brechen, und dieser Anblick traf mich tief. Er hinterließ in mir eine Wunde.

Die anderen fünf standen vor Grauen starr. Sie wagten nicht, sich zu rühren. Der Schock über den Tod der Frau war ihnen so in die Glieder gefahren, daß sie an nichts anderes mehr denken konnten als an ihr Ende, denn sie hatten gesehen, was ihnen bevorstand.

Wenn ich den Dolch abgab, würde sich nichts daran ändern. Die Horror-Reiter waren gekommen, um zu töten. Daß sie dabei mich noch fangen und zwei Fliegen mit einer Klappe schlagen konnten, kam ihnen sehr entgegen. Ich würde nur eine Galgenfrist für sie erreichen, das war alles.

Vielleicht reichte sie aus. Denn der Griff von meinem Dolch bis zum Kreuz war nicht weit.

Und das Kreuz hatte, zusammen mit dem Bumerang, schon einmal die Horror-Reiter in ihre Schranken verwiesen.

Doch sie wollten nicht mehr warten. Es war der Reiter hinter mir, der zur Tat schritt.

Ich selbst sah es nicht. Dafür Inez, deren Mund sich verzerrte, bevor sie schrie.

Da aber war der Reiter bereits im Begriff, die Lanze nach vorn und damit in meinen Rücken zu rammen.

Nie hätte ich diesem Stoß entgehen können, bis etwas anderes geschah und jemand ein Wort schrie.

»Topar!«

Suko hatte eingegriffen, und es war allerhöchste Eisenbahn gewesen. Ihm war es gelungen, sich im Schatten der Häuser zu halten und sich praktisch ungesehen bis dicht an das Geschehen heranzuschleichen. Er hatte auch die Heimtücke und Bösartigkeit des AEBA-Dämonen erkannt, aber diese Bestie sollte sich getäuscht haben.

Mit dem Ruf dieses Wortes veränderte sich die Lage grundlegend. Alle Personen, die den Schrei vernommen hatten, erstarrten. Sie froren für die Dauer von fünf Sekunden in ihren Bewegungen ein. Da machten auch Dämonen keine Ausnahme.

Erst wenn die Zeit um war, konnten sie sich wieder normal bewegen. Nur einer war in der Lage zu handeln. Der Träger des Stabs. In diesem Falle Suko.

Fünf wenige Sekunden blieben ihm.

Ein anderer hätte darüber gelacht, nicht so der Chinese, der einiges gewohnt war. Er hatte schon oft in dieser kurzen Zeitspanne viel erreichen und entscheiden können.

Jetzt versuchte er es ebenfalls.

Suko spurtete los.

Sein Ziel war der Reiter, der hinter seinem Freund John Sinclair stand und diesen töten wollte. Mit raumgreifenden Schritten näherte sich der Chinese dieser Gestalt und stieß sich genau im richtigen Moment ab. Er kam wie eine Katze hoch, packte den Schaft der Lanze mit beiden Händen, riß die Waffe dem Reiter aus der Klaue, fiel wieder zurück und verlor durch den plötzlichen Ruck das Übergewicht, so daß er auf dem glatten Schneeboden ausrutschte, auf dem Rücken landete, sich überrollte und einen Moment später wieder auf den Beinen stand.

Da waren die fünf Sekunden vorbei.

Der Reiter wollte die Bewegung, in der er gestoppt worden war, mit einem Mord beenden, doch er besaß keine Lanze mehr. Es sah fast lächerlich aus, wie seine Faust ins Leere stach.

Suko hütete sich davor zu lachen. Statt dessen griff er an. Und er machte es hart.

»Da!« schrie er, hatte schon ausgeholt und schleuderte die Lanze wuchtig auf das Ziel zu.

Der Reiter hatte sich etwas gedreht. Suko sah auch, daß in die anderen Personen wieder Leben gekommen war, kümmerte sich jedoch nicht darum, sondern blickte der geschleuderten Lanze nach, die das Ziel überhaupt nicht verfehlen konnte.

Sie jagte in die Brust des Horror-Reiters. Nicht allein das, sie traf auch noch den Buchstaben B genau in der Mitte, und das verkraftete selbst ein Dämon wie dieser nicht.

Der schwarze Gaul stellte sich hoch. Feuer schlug aus seinem Maul, die Hufe bewegten sich hektisch. Inmitten einer Schneewolke und einem flammenden Schein jagte er hoch in den dunklen Nachthimmel hinein, wobei in seiner Brust die Lanze steckte.

Noch drei waren übriggeblieben.

Und die hatte sich John Sinclair vorgenommen!

In der Tat mußte ich mich darum kümmern. Nachdem Suko mir das Leben gerettet hatte und die Zeit abgelaufen war, so daß ich mich wieder bewegen konnte, nahm ich mir die drei anderen vor.

Ich war nicht so vermessen zu glauben, daß ich sie sofort vernichten konnte, aber ich besaß einen nicht zu unterschätzenden Helfer, nämlich mein Kreuz.

Die drei waren für einen Moment durch den Angriff auf ihren Kollegen abgelenkt, und das nutzte ich aus.

Ich hielt das Kreuz plötzlich in der Hand und brüllte die magische Formel in die Stille des Dorfes hinein.

»Terra pestem teneto – Salus hic maneto!«

Ein kurzer Spruch, aber eine mörderische Waffe gegen das Böse. Das Kreuz wurde zu einem regelrechten Hammer, der seine Schläge in verschiedene Richtungen austeilte. Es flammte silbrig auf, schleuderte seine gewaltigen Strahlen nicht nur über den Schnee und die Hauswände, sondern traf auch die Horror-Reiter wie ein Sturmwind, der sie packte, in die Höhe schleuderte und wieder mitriß, hinein in ihre Dimensionen der Finsternis.

Wir standen da, lichtumwirbelt, und schauten zu, wie die Kraft sie in den Himmel rammte, wo die Finsternis wie eine graue Decke lag, die sie verschlucken wollte.

Es war faszinierend.

Ein Schauer lief wie Bachwasser über meinen Rücken. Das Zittern pflanzte sich fort bis in die Füße hinein, ich spürte einen Schwindel und gleichzeitig ein Glücksgefühl, als ich erkannte, wie sich die vier Reiter von den Rücken ihrer schwarzen Tiere lösten und in verschiedene Richtungen wegwirbelten, bis sie von der Finsternis, in die sie hineingehörten, gefressen wurden.

Noch wenige Sekunden lang stand das silbrige Licht und umgab uns wie ein magischer Schutzpanzer.

Dann brach es zusammen.

Die Dunkelheit, die Kälte und der rieselnde Schnee hatten uns wieder. Von den vier Reitern sahen wir keine Spur mehr.

Ich sah zu den Menschen hinüber und erschrak. Die Kreuze waren verschwunden, als hätte sie der Boden verschluckt. Nichts mehr sah ich von ihnen. Die weiße Magie meines Kreuzes hatte sie wieder dorthin getrieben, wo ihr eigentlicher Platz war.

In der Vergangenheit …

Und doch konnte ich nicht froh werden, denn an zwei verschiedenen Stellen färbte Blut den Schnee rot. Einmal nahe der Haustür, dann wieder direkt in meiner Nähe, wo das Blut allmählich im Schnee versickerte.

»Hallo, John!«

Es war keine fremde Stimme, die mich da begrüßte. Sie gehörte Will Mallmann, der endlich zu uns gestoßen war, mir zunickte und mir dann seine Hand reichte.

»So also sah der Film aus«, sagte er leise.

Ich hatte ihn nicht begriffen. »Wieso?« fragte ich nach.

»Nichts, das erkläre ich dir später. Was hier geschehen ist, werden wir wohl für uns behalten.«

»Darauf kannst du dich verlassen.«

Inez weinte, die anderen standen starr auf dem Fleck, als wollten sie sich einschneien lassen. Schließlich übernahm Mark Tremper das Wort.

»Ich glaube, Sie haben mehr für uns getan, als wir jemals wieder gutmachen können.«

»Nein, es war zu wenig. Zwei Menschen sind gestorben. Und das in meinem Beisein.«

»Daran haben Sie nichts ändern können. Als wir uns entschlossen, unserem ersten Leben nachzuspüren, war uns allen klar, daß wir mit dem Feuer spielten und auch hätten verbrannt werden können. Nun wissen wir Bescheid und haben auch den Beweis, daß es Reinkarnation gibt.«

»Fühlen Sie sich jetzt glücklicher?« fragte ich den Stuntman.

Er wischte Schnee und Tropfen aus seinem Gesicht. »Glücklich ist nicht das richtige Wort. Ich bin beruhigter, und wenn ich sterbe, Sinclair, sehe ich dem Tod gelassener entgegen. Irgendwann gibt es für mich eine Wiedergeburt.«

»Vielleicht.«

»Bestimmt sogar, denn ich habe die höchste Stufe des Karma noch nicht erreicht. Eine Frage. Sind Sie schon einmal wiedergeboren worden?«

»Keine Ahnung.«

»Denken Sie mal darüber nach. Bei Ihnen könnte ich es mir gut vorstellen.«

»Das werde ich.«

»Und Sie nehmen mir nicht mehr krumm, daß ich Sie praktisch entführt habe?«

Ich schüttelte den Kopf.

Die Antwort beruhigte den Mann. Er ging zu seinen Freunden, während ich mich zu Suko und Will Mallmann gesellte. Von der anderen Seite des Dorfes hörten wir Stimmen, sahen auch Fackelschein durch das Schneetreiben huschen. Die Dorfbewohner kehrten zurück. Sie würden von nichts erfahren, denn die Toten wurden bereits aus dem Dorf getragen.

»Was sagst du?« fragte Will Mallmann mich.

»Ich denke über den Fall nach. Er hat uns Neues gebracht. Die Horror-Reiter haben schon damals die Templer gejagt. Das habe ich bis heute nicht gewußt. Zudem hat man mich auf einen Gedanken gebracht. Mark Tremper sprach mich darauf an, ob ich möglicherweise wiedergeboren sein könnte.«

»Bist du es denn?«

Ich lächelte den Kommissar an. »Möglich ist alles. Wenn ja, werde ich es bestimmt irgendwann erfahren.«

Suko heiterte unser Gespräch ein wenig auf. »Aber einer bist du bestimmt nicht gewesen, John.«

»Wer denn?«

»Casanova, denn dann hättest du viel mehr Chancen bei den schönen Frauen.«

Ich habe so erstaunt aus der Wäsche geguckt, daß Will Mallmann lachte und mir auf die Schulter schlug. »Mach dir nichts draus, Geisterjäger. Dafür kenne ich keinen, der in der Gunst der Dämonen so hoch steht wie du, John ...«

ENDE

Das Richtschwert der Templer

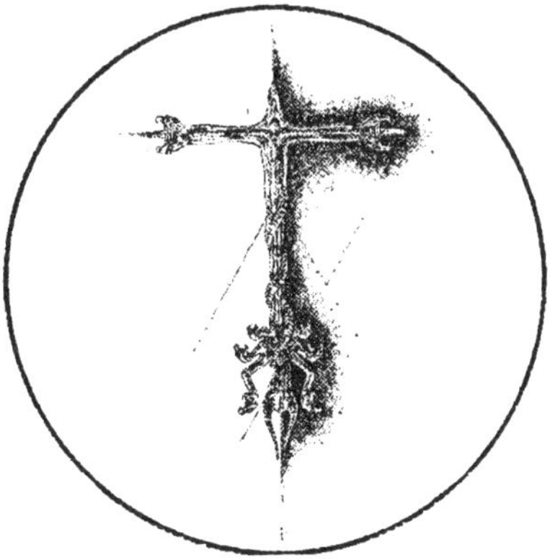

Ich stand breitbeinig über der unheimlichen, uralten Gruft! Modergeruch wehte mir durch das Gitter aus der Tiefe entgegen.

Um mich herum war es finster. Zwischen den Wänden der Gruft breitete sich allerdings ein geheimnisvolles Licht aus. Ich erkannte deshalb sofort den alten schwarzen Sarg. Er interessierte mich sofort. Leider versperrte mir ein Gitter den Weg zur Gruft. Ich war sauer. Jeder wäre es gewesen, der wie ich gewusst hätte, was in dem schwarzen Sarg lag. In ihm wurde das Richtschwert der Templer aufbewahrt.

Allein wenn ich daran dachte, kroch mir schon eine Gänsehaut über den Rücken. Ich wußte aber auch, daß ich nicht der Einzige war, der sich dafür interessierte.

Schade, daß ich mich verzettelt hatte. Manchmal soll man es eben nicht zu eilig haben.

Ich warf noch einen letzten Blick in die Tiefe, dachte an den Modergeruch und sah plötzlich in der Gruft die Bewegung. Gleichzeitig hörte ich ein Schaben.

Sofort stand ich wieder unter »Strom«.

Hatte jemand vor mir die Gruft gefunden? Ich wußte es nicht und konzentrierte mein Augenmerk auf den Schatten, der sich nicht weit vom Sarg entfernt bewegte.

Welche Umrisse hatte er? War es ein Mensch? Ich wußte es nicht, sah aber, daß er sich plötzlich zurückhielt und nicht näher an den staubigen Sarg heranwagte.

Wenn der Fremde, der unten in der Gruft lauerte, mich bisher noch nicht entdeckt hatte, so sollte dies auch so bleiben. Ich wollte noch vorsichtiger sein, wenn ich mich dem alten Moderkeller auf einem anderen Weg näherte.

Leise ging ich zurück und berührte das Gitter nur mit den Zehenspitzen und den Ballen. Keine unnötigen Schwingungen, die sich als Schattenspiele auf dem Gruftboden abzeichneten. Das hätte den oder die, die dort unten lauerten, nur mißtrauisch werden lassen.

Daß der Sarg bewacht wurde, davon hatte keiner gesprochen. Nicht jeder Informant konnte alles wissen.

Gefahr!

Der Schock war da, ein Adrenalinstoß, der heiß durch meinen Körper fuhr und die Alarmglocken in meinem Hirn zum Klingeln brachte. Vor mir sah ich nichts, aber hinter mir mußte jemand lauern.

Ich wollte herumwirbeln, gleichzeitig befand sich meine Hand schon auf dem Weg zur Beretta, aber der andere, für mich noch Unsichtbare, war schneller gewesen.

Und mit ihm die verfluchte Nylonschlinge. Ich sah diesen dünnen Schatten vor meinem Gesicht entlanghuschen, in derselben Sekunde spürte ich ihn schon am Hals, und dann zog sie jemand gnadenlos zu …

Automatisch war meine rechte Hand, mit der ich die Pistole hatte greifen wollen, nach oben geschnellt. Eine reine Reflexbewegung, da ich die verdammte Schlinge haben mußte und auch den Kerl, der hinter mir stand und sie hielt.

Ich schlug beide Arme nach hinten. Vielleicht hatte ich Glück und konnte ihn an den Haaren erwischen. Wenn ich ihn erst einmal hatte, gab es einige Tricks, um ihn über meine Schulter schleudern zu können.

Das alles reichte nicht aus. Der Typ hinter mir war ein Profi. Er hielt genau den Abstand, den er brauchte, und er zerrte zudem an der verdammten Nylonschlinge.

Mein blitzschnell und ansatzlos geführter Tritt mit dem rechten Bein verpuffte ebenfalls, so daß mir nur noch die Beretta blieb und das Feuern über meine Schulter hinweg.

Der andere hatte Katzenaugen. Er sah meine Ziehbewegung und reagierte gleichzeitig mit einer Heftigkeit, die mich überraschte.

Zwar hielt ich die Waffe in der Hand, der harte Ruck aber riß mich nach hinten. Um nicht zu stürzen, bewegte ich automatisch die Beine und taumelte dem anderen praktisch in seinen Würgezug hinein.

Und in den Schlag.

Er hatte mein Handgelenk getroffen. Wie mein Gegner das fertiggebracht hatte, wußte ich nicht. Jedenfalls geriet ich noch mehr ins Hintertreffen, da ich meine Beretta nicht mehr halten konnte. Sie rutschte mir aus den Fingern, tickte einmal auf ein Gitterrechteck, drehte sich und rutschte durch die Öffnung.

In der Gruft schlug sie auf. Zwischen dem staubigen Sarg und der Steinwand blieb sie liegen.

Ich kämpfte weiter.

Es waren wilde Bewegungen, mit denen ich mich befreien wollte, holte immer weit aus und hatte einmal Glück, als ich ein Gesicht streifte. Sogar den Schweiß der Haut spürte ich an meinen Fingerknöcheln.

Ein dumpfer Fluch drang an meine Ohren, auch ein heftiges Keuchen, denn der andere hatte nun ebenfalls seine Schwierigkeiten. Er hatte wohl mit weniger Widerstand gerechnet.

Ich griff zu einem Trick. Das mußte ich einfach tun, denn lange konnte ich diese Qual nicht mehr durchstehen.

Ich sackte in die Knie. Es war nur zu fünfzig Prozent Schwäche, den Rest schauspielerte ich. Allerdings nahm die Schwäche zu, denn der Kerl ließ einfach nicht los.

Meinen Hals spürte ich kaum noch. Unter dem Kinn begann ein höllisches Brennen. Es setzte sich fort, bis es beide Ohren erreicht hatte.

Ich hörte ihn hechelnd lachen und auch näher kommen. Jedenfalls vibrierte neben mir das Gitter.

Ich trug noch den Dolch bei mir, und ich stand vor der Entscheidung, ihn zu ziehen und damit zuzustoßen.

Noch hatte ich mich unter Kontrolle und diese Hemmschwelle nicht überwunden.

Ich handelte trotzdem.

Nach rechts mußte ich mich werfen. Damit hatte der andere nicht gerechnet. Er hielt mich einfach für zu schwach. Diesmal konnte ich seine Beine umklammern, er fiel. Mein Gott, ich hatte plötzlich Angst, sterben zu müssen, denn er ließ die verfluchte Schlinge nicht los, riß mich mit, und vor meine Augen schob sich plötzlich ein Vorhang. Was ich dann tat, wurde vom Selbsterhaltungstrieb diktiert. Ich schlug blindlings in die Richtung, wo der andere lag, traf auch, schlug wieder, traf abermals, hörte ein Stöhnen und suchte mit der linken Hand die dünne Schnur, die meine Kehle umklammert hielt.

Ich fand sie nicht. Sie hatte sich zu tief eingegraben, mir die Luft abgeschnürt und meinen Kopf zu einem Ballon werden lassen.

Der andere bewegte sich nicht mehr. Ich hörte nur sein Stöhnen, dessen abgehackte Laute meine Ohren erreichten.

Halb bewußtlos und so gut wie nichts erkennend, gelang es mir durch einen Zufall, seine Hand zu erwischen, um die er die Schlinge gewickelt hatte. Ich zog die dünne Schnur durch seine Haut, brachte meine linke Hand in den Nacken und ertastete dort den Knoten der Mörderschlinge.

Mit zitternden Fingern zog ich sie auf. Mein Hals lag frei, und ich fiel völlig erschöpft und am Ende meiner Kräfte auf den Rücken. Zuvor hatte ich die Schlinge noch über meinen Kopf streifen können, aber ich hatte das Gefühl, als läge sie noch immer um meinen Hals.

Luft! Bekam ich überhaupt Luft? Ich atmete mit offenem Mund, ich hörte mein Keuchen, vermischt mit einem Röcheln und Würgen. Es war furchtbar.

Trotz meiner Schwäche dachte ich an den neben mir liegenden Killer. Seine Schlinge lag zwar in der Gruft, aber der Mann war noch vorhanden. Wenn er sich früher erholt hatte als ich, würde er es abermals versuchen, und so sammelte ich meine Kräfte, um möglichst schnell wieder so fit zu werden, daß ich mich ihm stellen konnte.

Es war leichter gesagt als getan. Durch das Abschnüren der Luft waren meine Lungen in Mitleidenschaft gezogen worden. Zwar konnte ich atmen, aber die von den Lungenflügeln ausgehenden Schmerzen strahlten in meinem ganzen Körper. Das Brennen im Hals ließ nicht nach.

Der andere neben mir bewegte sich.

Ich hörte ihn stöhnen. Er spie aus, setzte einen Fluch hinterher und zog seinen Arm an. Dabei fuhren seine gespreizten Finger über meinen Oberschenkel.

Ich schreckte bei der Berührung zusammen. Sie war für mich so etwas wie ein Alarmsignal, schnell auf die Beine zu kommen.

Schaffte ich es?

Plötzlich sah ich den Schatten. Die Schritte hatte ich nicht gehört, aber der Schatten war da, er kam neben mir zur Ruhe, und aus ihm wurden feste Konturen.

Ein Mensch!

Der Helfer dieses Killers, der das Wort »Idiot« murmelte und dann handelte, denn er preßte etwas Kaltes gegen meine Wange.

Eine Waffenmündung!

Beim ersten Wort hätte ich eigentlich mißtrauisch werden müssen. Daß dem nicht so war, lag möglicherweise an meiner Schwäche, doch der nächste Satz alarmierte mich, und ich hatte das Gefühl, als wäre innerhalb eines Sekundenbruchteils aus meinem Herz ein Eisklumpen geworden.

»Diesmal, Sinclair, bist du zu spät gekommen!«

Gesprochen hatte ein alter Bekannter von mir, ein Teufel in Menschengestalt.

Akim Samaran!

Alles, nur nicht das!

So dachte ich in diesen schrecklichen, langen Augenblicken. Vielleicht war es nur eine Halluzination, ein Trauma, das sich durch den Blutstau in meinem Gehirn gebildet hatte. Aber die nächste Bemerkung belehrte mich eines Besseren.

»Lange hat es gedauert, nun bin ich da. Meine Geduld, Sinclair, hat sich gelohnt. Du hast verloren. Diesmal entkommst du mir nicht. Dem Würger bist du entwischt, aber ich habe noch immer einen zweiten Trumpf in der Hinterhand.«

Ich konnte nicht reden. Meine Kehle saß noch zu. Außerdem schmerzte sie noch höllisch, aber ich hörte ihn lachen.

»Ja, du warst dicht dran, Sinclair, den Löffel abzugeben. Leider hat es nicht beim ersten Anlauf geklappt, so werde ich meine zweite Maßnahme ergreifen.«

Konnte ich sprechen? Ich versuchte es. Mehr als ein Krächzen wurde es nicht. »Was willst du?«

»Dich vernichten, ist doch klar.«

Ich spürte die Mündung an meiner Wange und dachte komischerweise daran, daß sich das Metall an meiner Haut erwärmt hatte und die Kälte des Todes verschwunden war.

»Dann schieß!«

»Oh!« Samaran wunderte sich. »Du forderst mich direkt auf, dich zu killen. Siehst du keine Chance mehr?« höhnte er. »Ich werde dir auch keine geben. Du hast sie Kamikaze damals auch nicht gelassen. Erinnerst du dich? Die Goldene Pistole. Ihre Ladung hat Kamikaze erwischt. Er hat fürchterlich gelitten, und du wirst ebenfalls leiden, bis es dich erwischt. Du wirst die gesamte Skala der Todesangst von oben nach unten erleben, das verspreche ich dir.« Er legte eine Pause ein, das Gespräch hatte ihn erregt, wahrscheinlich auch die Vorstellung, mit mir endlich machen zu können, was er wollte.

Samaran war alles, nur kein Bluffer. Der hielt seine schaurigen Versprechen. Allerdings war ich ihm bisher noch immer über gewesen. Das schien sich jedoch zu ändern.

Er spielte mit der Waffe, bewegte sie leicht kreisend auf meiner Wangenhaut. Es gefiel ihm sehr, über einen Feind triumphieren zu können. »Hattest du mich schon vergessen, Sinclair?« fragte er dabei.

»Fast!« Das eine Wort quälte ich mir hervor. Ich hatte das Verlangen, Wasser zu trinken, um den Brand in meiner Kehle zu löschen.

Samaran amüsierte sich. »Dabei haben wir doch das gleiche Hobby, Sinclair. Du mußtest wissen, daß ich nicht aufgebe.«

»Ich hatte andere Dinge zu tun.«

»Und unser Hobby vergessen?«

»Was soll das denn sein?«

»Hector de Valois!«

Das stimmte. Samaran war hinter Hector de Valois her wie der Teufel hinter der Seele. Auch ich wollte mehr über den Anführer der Templer und den Ritter eines großen Kreuzzuges wissen. Viel hatte ich bisher nicht erreichen können, das gleiche konnte Samaran auch von sich behaupten. Auch er hatte noch nicht viel über den alten Templer erfahren. Deshalb hängte er sich an meine Fersen, um absahnen zu können. Ich ärgerte mich darüber, daß ich dies nicht bemerkt hatte und er mir in diesem Fall sogar zuvorgekommen war.

Natürlich wäre das Richtschwert der Templer für ihn eine wunderbare Beute gewesen, ebenso wie für mich. Ich dachte an das Schwert und fragte Samaran danach.

»Willst du es besitzen?«

»Wenn du von dem Schwert sprichst, sicher. Deshalb bin ich hier. Du kannst dann zusehen, wie ich es hole. Dieses Vergnügen möchte ich dir noch gönnen, sonst hätte ich dich schon längst töten lassen. Für Jorge, meinen Begleiter, wäre es eine Kleinigkeit gewesen, so aber kannst du noch leiden. Du wirst sehen, wie Jorge das Schwert aus der Gruft holt und es mir überreichen wird ...«

Er redete noch weiter. Meine Gedanken aber irrten ab. Ich sollte zusehen, während er das Richtschwert der Templer an sich nahm. An sich eine Sache, die völlig normal klang, nur fragte ich mich, wie das technisch ablaufen sollte.

Samaran sprach mit Jorge. Mich hatte er vergessen, aber die verdammte Waffenmündung blieb an meiner Wange. Er drückte sie hart gegen das Fleisch, es zeichnete sich eine kleine Mulde mit runden Rändern in der Haut ab. Das gefiel mir überhaupt nicht.

Jorge hatte sich inzwischen hingestellt. Da ich lag, konnte ich zu ihm hochschauen.

Nein, den Vergleich mit Kamikaze hielt er nicht aus. Dieser Jorge war viel kleiner als Samarans erster Leibwächter. Er besaß längst nicht Kamikazes Format, der uns so großen Ärger bereitet hatte. Mir kam der Mann gedrungen vor. Sein rotes lockiges Haar war sehr kurz geschnitten. Das Gesicht wirkte aufgeschwemmt, so jedenfalls sah ich es. Der Anzug spannte sich auf seinen breiten Schultern. Unter dem Jackett trug er einen blauen Pullover.

»Soll ich ihn jetzt töten, Chef?«

Ohne hochzuschauen, schüttelte Samaran den Kopf. »Ich habe mich für die andere Möglichkeit entschieden, für die große Qual, für die Angst, die Todesfurcht. Du hättest zuhören sollen. Hast du die Stricke mitgenommen, wie ich dir gesagt habe?«

»Ja.«

»Dann fang an!«

Stricke! Das eine Wort schoß mir durch den Kopf. Schon wieder dachte ich daran, daß ich erst vor kurzem an eine alte Laterne gefesselt worden war, als es darum ging, das Rätsel der sieben Gräber aufzuklären.

Und jetzt schon wieder.

Samaran lachte leise. »Wenn du nicht genau das tust, was ich von dir verlange, zerschieße ich dir den Schädel, Sinclair. Verstanden?«

»Okay.«

Er zog sich zurück. Der Mündungsdruck verschwand von meiner Wange. Sicherlich würde als Andenken ein blauer Fleck zurückbleiben. Samaran blieb in seiner knienden Haltung. Es sah schon komisch aus, wie er sich um mich herumbewegte, dabei immer mit der Waffe in meine Richtung zielend, so daß ich keine Chance hatte.

Jorge stand am Fußende. Er starrte kalt auf mich herab. Selbst im schwachen, aus der Gruft fallenden Licht erkannte ich seine Augen. Sie sahen aus wie blasses Glas. Die Stricke hielt er bereits in der Hand, und er wartete auf Samarans Befehl.

Akim Samaran haßte mich. Ich hatte seinen Traum von einer großen Karriere in einem internationalen Konzern zerstört. Deprimierend und vernichtend war seine letzte Niederlage gewesen, als er aus einer Verbrennungskammer hatte fliehen müssen. Danach war er verschwunden gewesen, hatte wohl seine Wunden geleckt, um nun wieder zuschlagen zu können.

»Leg dich breitbeinig hin!« forderte er mich auf. »Und zwar auf den Bauch. Arme und Beine müssen ein X bilden!«

Ich überlegte, ob ich etwas unternehmen sollte. Es hatte keinen Sinn, Samaran paßte auf wie ein Luchs. Er hatte sich dafür entschieden, mich zu quälen. Davon würde er sich nicht abbringen lassen.

Ich wälzte mich auf den Bauch. Unter mir spürte ich das harte Gitter. Den Kopf hatte ich ein wenig angehoben, was Samaran überhaupt nicht gefiel. »Runter mit dem Schädel!« blaffte er mich an. »Ich will sehen, daß dein Kinn auf einer Eisenstrebe liegt!«

Auch das tat ich. Das Metall war kalt, als es meine Haut berührte. Ich fing an zu zittern, denn die unbequeme Lage mit den gespreizten Gliedern war einfach zu unnatürlich für einen Menschen. Auch konnte ich mir vorstellen, wie Jorge reagieren würde, und ich sollte mich nicht getäuscht haben.

Zuerst nahm er sich meine Hände vor. Mit der linken begann er. Er fesselte mich an die Eisenstange. Es waren dünne Stricke, die er ein paarmal um das Gelenk wickelte und sie dann mit einem dreifachen Knoten sicherte.

Keine Chance.

Beim rechten Arm verfuhr er ebenso. Das gleiche geschah mit meinen Beinen. Wie Jorge mich fesselte, ließ darauf schließen, daß er etwas von seinem Handwerk verstand.

Ich lag so, daß ich durch die viereckigen Öffnungen des Gitters in die Tiefe schauen konnte. Unter mir befand sich die Gruft. Es hatte sich überhaupt nichts verändert. Der Sarg war nach wie vor geschlossen. Leer sah ich die Treppe, und doch fiel mir eine Kleinigkeit auf. Es gab den Schatten nicht mehr, der mich so mißtrauisch hatte werden lassen.

»Kannst du in die Tiefe sehen?« fragte mich Samaran.

»Ja.«

»Dann wirst du gleich erleben, wie wir hingehen, den Sarg öffnen und das Richtschwert der Templer an uns nehmen. Es wird eine Stunde in meinem Leben sein, die ich nie vergessen werde, das schwöre ich dir, du Hundesohn.«

Er hatte von einer Qual gesprochen, die ich erleiden sollte. Noch allerdings tat sich da nichts. Meinte er vielleicht die seelische Qual oder den Schock der Niederlage, wenn ich zusehen mußte, wie Samaran das Schwert an sich nahm?

Daran konnte ich einfach nicht glauben. Dieser Mensch, der dem Teufel gedient hatte und zu einem Helfer des Spuks geworden war, der unbedingt auch den Würfel des Unheils besitzen wollte, aber nicht an ihn herankam, weil ich ihn versteckt hielt und der Spuk den anderen Würfel nicht abgab, mußte sich einfach eine weitere Teufelei ausgedacht haben, sonst hätte er mich bitter enttäuscht.

Er enttäuschte mich nicht. Er ging sogar vor mir in die Knie, während Jorge noch einmal die Fesseln überprüfte und mit dem Ergebnis sehr zufrieden war.

»Sinclair!« flüsterte Samaran leise. »Ich will dir etwas zeigen, Sinclair. Etwas ganz Primitives.« Er lachte und griff unter seine dunkle Jacke, die eine sehr hohe Knopfleiste aufwies. Ich hatte die Augen verdreht und den Kopf ein wenig angehoben, damit ich seine Bewegungen verfolgen konnte. Fast genüßlich langsam zog er seine Hand unter der Jacke hervor, und er hielt das zwischen den Fingern, auf das er so stolz war und das mich in Todesangst versetzen sollte.

Es war ein stinknormaler Reisewecker von viereckiger Form.

Er hielt ihn mir entgegen, so daß ich auf das Zifferblatt blicken konnte.

»Was siehst du?« fragte Samaran.

»Einen Wecker!« krächzte ich.

»Ja, richtig. Und er ist für dich, Sinclair. Dieser Wecker ist für dich ganz allein. Ich habe ihn dir als Geschenk mitgebracht. Er sieht normal aus, doch das ist er nicht.« Wie zur Bestätigung seiner Worte nickte er, bevor er weitersprach. »Ich habe ihn von einem Experten füllen und einstellen lassen. Kennst du ›gefüllte‹ Wecker?«

»Sprengstoff!«

»Richtig. Sprengstoff, ein Zünder, ein Uhrwerk, das paßt alles. Ich brauche nichts mehr zu tun, als den Wecker in deine Nähe zu stellen und einen kleinen Hebel zu bewegen. Dann ist er eingestellt, oder vielmehr die Bombe, der Sprengstoff, wie immer du willst. Wenn ich die Zündung eingestellt habe, dauert es genau eine Stunde, dann fliegt der Wecker in die Luft. Und der Sprengstoff, den er enthält, wird dich nicht nur töten, sondern gleichzeitig atomisieren. Zu Staub zerblasen, Geisterjäger. Von dir bleibt nichts mehr übrig. Nicht einmal Knochen oder Haare. Nichts, einfach nichts.«

Seine Stimme hatte sich gesteigert. Sie war fast mädchenhaft geworden, und jetzt fing er noch an zu lachen. »Einfach nichts!« fügte er noch einmal hinzu.

Er ließ mir Zeit, damit ich mir den mit Sprengstoff gefüllten Wecker genau ansehen konnte. Darauf wollte ich aber verzichten. Dieses Ding konnte mir gestohlen bleiben.

Samaran wollte seinen Triumph noch genießen. Er freute sich, mich so unter Kontrolle zu haben. »Eine Komödie«, sagte er. »Für mich ist das hier eine herrliche Komödie. Aber wie sagte der Dichter Friedrich Dürrenmatt noch? Komödie und Tragödie liegen oft dicht beieinander. Das wirst du merken.« Sein Blick wurde plötzlich lauernd und fragend zugleich. »Hast du mir noch etwas zu sagen?«

»Nein.« Zwar klang meine Stimme längst nicht normal, aber einen weiteren Triumph gönnte ich Samaran nicht.

»Du wirst bald mit deiner Angst allein sein.« Er deutete mit dem Zeigefinger seiner linken Hand auf das Zifferblatt des Weckers. »Das ist übrigens ein ziemlich altmodisches Gerät. Es tickt noch, und zwar sehr laut. Das habe ich bewußt so gewählt, denn du sollst deine letzten Sekunden hören und vielleicht genießen.« Er freute sich diebisch.

Geredet hatte er genug. Er warf mir einen letzten Blick zu, dann bewegte er sich zur Seite. Er blieb dabei auf den Knien, schätzte die Entfernung zwischen uns beiden genau ab, nickte zufrieden und stellte den Wecker so hin, daß er nicht in die Gruft kippen konnte.

Gleichzeitig stand die kleine Höllenmaschine so weit von mir entfernt, daß ich sie unmöglich erreichen konnte.

So fern und doch so nah …

Nur einen normalen Schritt hätte ich zu gehen brauchen. Gerechnet von meinem Kopfende aus, aber das war unmöglich. Vier Stricke hielten mich am Gitter fest.

Er hatte den Wecker noch nicht eingestellt, denn abermals griff er in die Tasche und holte etwas hervor. Eine Taschenlampe.

Samaran schaltete sie ein und legte sie so hin, daß sie das Zifferblatt anstrahlte.

Seine Stimme troff vor Spott und Hohn, als er mir den Grund dieser Gemeinheit erklärte. »Du sollst auch sehen können, wann du stirbst. Das Licht in der Gruft ist etwas schwach. Ich bin kein Unmensch und will nicht, daß du dir noch in der letzten Stunde die Augen verdirbst. Nein, das will ich wirklich nicht.«

Er wollte mich noch provozieren, doch ich reagierte nicht und schwieg.

Er stand auf. »Sitzen die Fesseln?« fragte er seinen Helfer.

»Ja.«

»Das ist gut.« Doch er überzeugte sich selbst davon und ging noch einmal um mich herum. Sehr genau sah er mich dabei an. Ich spürte zweimal seinen Fußtritt, doch ich biß die Zähne zusammen und ließ keinen Laut hören.

»Du liegst gut«, erklärte er mir. »Fliehen kannst du nicht, das beruhigt mich.« Neben dem Wecker blieb er stehen, bückte sich und löste den kleinen Hebel an der Rückseite.

Das Uhrwerk begann zu laufen.

Ich hörte das Ticken, und mit diesem ersten Geräusch sollte die letzte Stunde meines Lebens eingeläutet werden.

»Die Sekunden vergehen, die Minuten ebenfalls«, erklärte Samaran. »Du wirst zuschauen können, wie wir das Schwert der Templer an uns nehmen. Es soll einmal Hector de Valois gehört haben, wie ich mir habe sagen lassen. Jorge und ich brauchen keine Stunde, um unser Ziel zu erreichen. Du hast also noch Zeit, über deinen letzten, gescheiterten Fall nachzudenken, bevor es dich zerbläst. Angenehme Höllenfahrt, Geisterjäger!« wünschte er mir zum Abschluß und ging.

Jorge nahm er mit.

Ich lauschte den Schritten der beiden Männer, die sehr bald schon verklungen waren. Auch das Eisengitter unter mir vibrierte nicht mehr. Dann war ich allein.

Allein mit diesem verdammten Ticken …

Ich wußte nicht genau, wie spät es war. Die mit Sprengstoff gefüllte Uhr lief nicht synchron mit der normalen Zeit. Man hatte sie eben nur auf eine Stunde eingestellt.

Nein, nicht mehr ganz. Drei Minuten waren bereits vergangen.

Und die Uhr lief weiter.

Jedes Ticken war wie ein Schlag, der mich traf. Da rannen die Sekunden dahin, und ich lag auf diesem verdammten Gitter, an Händen und Füßen gefesselt, so daß ich mich nicht rühren konnte.

Natürlich versuchte ich, meine Fesseln zu lockern. Ich drehte die Gelenke, aber es gelang mir nicht, aus den Schlaufen zu rutschen. Die waren wie harte Finger, und die Stricke scheuerten zudem über meine Haut.

Ich hatte nur einen winzigen Bewegungs-Spielraum, und an den Beinen war dieser auch nicht größer.

Für mich wurde es zu einer Qual, immer wieder auf das angeleuchtete Zifferblatt blicken zu müssen, deshalb senkte ich den Kopf, bis das Kinn wieder Kontakt mit einer der Eisenstangen hatte.

So konnte ich in die Tiefe schauen.

In der Gruft hatte sich noch nichts verändert. Samaran und sein Helfer hielten sich noch außerhalb auf. Ich fragte mich, wie lange es wohl dauern würde, bis sie den Platz erreicht, den Sarg geöffnet und das Schwert an sich genommen hatten.

Ein Richtschwert, das ich so gern besessen hätte.

Mir brach der Schweiß aus, und ich hörte das Ticken des Weckers, dieses widerliche, fast schon grauenhafte Geräusch.

Ich wollte es überhören, es ging nicht. Jedes Ticken war wie ein Hammerschlag, der mir mit einer unbarmherzigen Gnadenlosigkeit das Ende meines Lebens ankündigte.

Ich hatte hoch gepokert und viel haben wollen.

Die Templer, der Dunkle Gral, Aibon, auch mein Kreuz, das alles waren Dinge, die in einem mir unverständlichen Zusammenhang standen. Vielleicht hätte mir das Richtschwert der Templer eine bessere Auskunft geben können, aber es war nicht mehr greifbar für mich.

So blieb mir nicht mehr, als mich auf das Ticken des Weckers zu konzentrieren oder aber daran zu denken, wie eigentlich alles mit dem Richtschwert der Templer begonnen hatte.

Und meine Gedanken flogen zurück in die jüngste Vergangenheit ...

Wir waren aus dem Schwarzwald zurückgekehrt, hatten dort zwar keinen grandiosen Sieg errungen, aber es war uns gelungen, die vier Horror-Reiter zurückzuschlagen.

Und wir hatten gleichzeitig erfahren, daß es die Horror-Reiter gewesen waren, die auch schon im Mittelalter die Templer gejagt hatten.

Diese Hatz war auch heute noch nicht beendet, denn die Reiter waren noch immer unterwegs, um Templer zu jagen.

Es hatte zwei Tote gegeben, zum Glück waren die anderen fünf am Leben geblieben, und als Suko und ich unserem Chef, Sir James, Bericht erstatteten, nickte er nachdenklich und suchte nach Worten für seine Antwort.

Nach einer Denkpause meinte er: »Ich habe allmählich das Gefühl, daß sich die Dinge bei uns polarisieren. Da sind einmal die Templer und alles, was damit zusammenhängt, ich denke an Aibon, an den Dunklen Gral, an die Druiden und auch die Mystik. Auf der anderen Seite sehe ich Shimada, die Ninja und die große asiatische Mythologie. Sind Sie bisher mit meinen Ausführungen einverstanden?«

»Sie haben noch etwas vergessen, Sir.«

»Bitte.«

»Den Spuk, die Wolfsmagie und natürlich Asmodis, der immer wieder versuchen wird, seine Schäfchen ins trockene zu bringen. Er kann es einfach nicht hinnehmen, daß andere Dämonen ihn übertrumpfen wollen. Das sind unsere Hauptgegner, wenn ich einmal bei der Bilanz bleiben will. Die Großen Alten können wir vergessen, auch wenn wir Myxin, Kara und den Eisernen Engel immer in unserer Aufstellung berücksichtigen müssen.«

»Da stimme ich Ihnen zu.«

»Es würde uns allerdings viel helfen, wenn wir mehr über die Templer wüßten«, sagte Suko. »Sie haben eine große Macht besessen, sie waren einmal eine Institution. Sie wußten, wie man das Böse bekämpft, besaßen entsprechende Kenntnisse und Waffen, so daß wir nur von ihnen profitieren können.«

»Der Meinung bin ich auch. Nur frage ich Sie, John, ob Sie den Kontakt mit den Templern halten können?«

»Denken Sie dabei an Abbé Bloch?«

»Ja, Sie haben mir von ihm und seinen Männern berichtet. Auch heute noch gibt es die Templer.«

Ich nickte. »Sicher, nur bin ich vorsichtig geworden, wenn ich an meinen Fall in Südfrankreich denke, wo ich die Gruppe der Templer kennengelernt habe, die Baphomet huldigen. Sie haben sich damals aufgeteilt. Viele von ihnen sind einen anderen Weg gegangen, und das wiederum bereitet mir Sorgen.«

»Sie haben doch weiterhin keinen Kontakt mehr zu diesem Personenkreis gehabt, oder?«

»Nein.«

»Läßt es darauf schließen, daß man Sie in Ruhe lassen wird?«

»Keine Ahnung, Sir.«

Der Superintendent nahm seine Brille ab, lehnte sich zurück und putzte die Gläser mit einem Tuch. »Ja, ich merke schon, daß Sie an einem toten Punkt angelangt sind«, erklärte er mit einer Stimme, die mich aufhorchen ließ. Wenn der Alte so redete, hatte er zumeist etwas in der Hinterhand.

»Wie meinen Sie das genau, Sir?«

»Das will ich Ihnen sagen.« Er setzte seine Brille wieder auf und zwinkerte mit seinen durch die Gläser eulenhaft vergrößerten Augen. »Manche Kollegen sind der Ansicht, daß man mich pensionieren oder abschieben sollte, das gefällt mir überhaupt nicht. Nun ja, es gibt andere Leute, die da realistischer denken. Ich werde Ihnen also noch einige Jahre erhalten bleiben. Auch wenn es so aussieht und man mich nur hier im Büro sitzen sieht oder mich im Club weiß, es gibt gewisse Dinge, über die ich besser etwas erfahren kann als meine Kritiker.«

Wenn der Alte so weit ausholte, mußte tatsächlich etwas im Busch sein. Ich fragte nichts, sondern ließ ihn reden.

»Kommen wir auf den Club zu sprechen, meine Herren. Sie wissen selbst, wie das mit diesen Clubs ist. Dort finden sich Gentlemen zusammen, die unter sich sein wollen, die diskutieren, lesen, Gedanken austauschen und oft über Dinge sprechen, die allein in den Wänden des Clubs bleiben und nicht nach draußen dringen. Man verpflichtet sich gewissermaßen mit dem Eintritt in den Club, über das zu schweigen, was dort geredet wird. Ich habe mich bisher immer an diese Regel gehalten, doch jetzt werde ich eine

Ausnahme machen. Wer mich kennt, wie Sie beide, wird ermessen können, welch eine Überwindung es mich kostet, mein Schweigen zu brechen.«

Da hatte Sir James recht. Er war nicht der Mann, der über Dinge erzählte, die nicht für andere Ohren bestimmt waren. Der Grund mußte wirklich tiefer liegen, und es kostete ihn Überwindung, denn seine innerliche Erregung zeigte sich auch äußerlich. Er holte ein Tuch hervor und wischte seine Stirn vom Schweiß blank.

»Sir, wenn es Ihnen zu nahegeht, daß Sie ein Tabu brechen, möchten wir es nicht wissen.« Suko hatte den Satz gesprochen, mich dabei angeschaut und sah mein Nicken.

»Ich habe mich ja zu reden entschlossen. Ich muß einfach darüber sprechen, da es uns angeht. Das heißt, unsere Abteilung. Außerdem wird es ja unter uns bleiben.«

»Das versprechen wir, Sir.«

»Dann ist alles klar. Wie gesagt, im Club kommen zahlreiche Männer zusammen. Man spricht über vieles, und ich horchte natürlich auf, als ein Clubfreund von mir einmal etwas über die Templer sagte. Ich kenne den Mann nicht sehr gut, wir haben uns immer freundlich gegrüßt, aber sonst keine Gemeinsamkeiten. Er geht einem anderen Beruf nach, denn er ist Waffenhändler. Außerdem sammelt er alte Waffen. Mittelalterliche Hieb- und Stichwaffen, um genau zu sein. Wir sprachen über sein Hobby, und für mich wurde es interessant, als er die Templer erwähnte. Ich hakte nach und erfuhr, daß er sich noch gern einen Traum verwirklicht hätte. Mich wunderte es, daß ein Mann mit seinen Beziehungen es nicht schaffte, aber er verneinte nur und erklärte mir, daß es sich dabei um eine besondere Waffe handelte. Um das Richtschwert der Templer!«

Suko und ich sahen uns erstaunt an. Nein, davon hatten wir beide bisher noch nichts gehört.

»Ist Ihnen der Begriff schon einmal untergekommen?« erkundigte sich Sir James.«

»Nie.«

»Auch Abbé Bloch hat es nicht erwähnt, als sie ihn in Frankreich trafen, John?«

»In der Tat nicht.«

»Das habe ich mir schon gedacht. Ich interviewte den Kollegen also weiter und fand heraus, daß er viel über das Schwert wußte, ihm aber nicht bekannt war, wo er es finden konnte.«

»Was wußte er denn über das Schwert?«

Sir James lächelte schmal. »Es wird Sie und Suko überraschen, wenn ich Ihnen die Antwort gebe. Das Schwert soll einmal einem Mann namens Hector de Valois gehört haben. So jedenfalls erzählt es die Geschichte. Wissen Sie nun jetzt, aus welch einem Grunde ich so überrascht war?«

Wir nickten beide. »Das können wir uns vorstellen.« Suko stellte noch eine Frage: »Was ist denn so Besonderes an der Waffe?«

»Danach habe ich den Kollegen auch gefragt. Normalerweise kommt man bei einer solchen Waffe auf die Klinge zu sprechen. Man schwärmt davon, wie gut sie geschmiedet ist, wie prächtig man sie führen kann und wie kampfstark so eine Waffe sein kann. Das alles ließ er weg. Er sprach nur vom Griff der Waffe. Es mußte etwas Besonderes sein. Zwar ist das Schwert mit einem Überzug aus Gold versehen, was es allein schon wertvoll macht, auch das war für meinen Clubfreund uninteressant. Nur der Griff mußte völlig aus dem Rahmen fallen.«

Sir James hatte es wirklich spannend gemacht. Jetzt beugte er sich noch vor. »Nun, dieser Griff wird auch Sie interessieren. In ihm ist nämlich etwas eingraviert, ein Kreuz!«

Das war in der Tat ungewöhnlich, aber keine so große Neuigkeit, als daß Sir James es so spannend machte.

»Merken Sie etwas?« fragte er.

»Noch nicht, Sir.«

»Gut, John, ich spreche Sie jetzt im Besonderen an. Dieses Kreuz auf dem Griff des Richtschwertes ist nicht normal. Ich sprach mit dem Sammler darüber, und er erklärte mir, daß es gewisse Zeichen haben soll …«

Allmählich ging mir ein Licht auf, doch ich ließ meinen Chef weiter berichten.

»Ich fragte natürlich nach den Zeichen, und man erklärte mir die einzelnen Symbole.«

Plötzlich stand ich auf. Es war eine Reflexbewegung, weil ich nicht anders konnte. »Sir«, sagte ich mit rauher Stimme. »Sir, soll das heißen, daß dieses Kreuz auf dem Griff der Waffe und mein eigenes identisch sind?«

»So ist es!«

Ich fiel wieder auf den Stuhl zurück. Neben mir hörte ich Suko gepreßt atmen. Auch er war geschockt, überrascht, gab aber keinen Kommentar und ließ mich erst nachdenken.

Ich wischte über meine Stirn, ohne es recht zu merken. In meinem Kopf überschlugen sich die Gedanken. Mit allem hatte ich gerechnet, damit allerdings nicht, obwohl, und das stand inzwischen fest, Hector de Valois ebenfalls ein Träger des Kreuzes gewesen war, das ich, als Sohn des Lichts, nun besaß. Das Kreuz mußte eine unwahrscheinliche Odyssee hinter sich haben. Es war durch viele Hände gegangen, aber bewußt nur von wenigen getragen worden.

»Was sagen Sie dazu, John?«

»Nun.« Ich hob die Schultern und spürte auf meinem Rücken die kalte Gänsehaut. »Wenn ich genauer darüber nachdenke und Ihre Erklärungen analysiere, ist es eigentlich nicht so unwahrscheinlich, daß sich der Abdruck meines Kreuzes auf der Klinge befindet. Wir dürfen nicht vergessen, daß auch Hector de Valois einmal zu den Besitzern des Kreuzes gehört hat. Aus welchem Grunde er es weggeben mußte, das ist mir nicht bekannt. Ich weiß nur, daß er gestorben ist und die Templer sein silbernes Skelett gefunden haben.«

»Aber das Schwert existiert heute noch«, sagte Sir James. »Nur hat es bisher keiner gefunden, auch der Waffensammler nicht.«

»Ist er Templer?« fragte ich.

Sir James wiegte den Kopf. »Das weiß ich leider nicht

genau. Ich habe ihn danach gefragt. Nicht sehr offen, sondern durch die Blume, aber er gab mir keine konkrete Antwort. Er wich dem Thema einfach aus, so daß ich zu der Überzeugung gelangt bin, daß er eigentlich dem Templer-Orden angehören muß.«

»Wobei sich die Frage stellt«, sprach Suko weiter, »auf welcher Seite er steht. Dient er Baphomet oder den eigentlichen Zielen der alten Templer.«

Sir James goß etwas von seinem kohlesäurefreien Wasser in das bereitstehende Glas und trank einen Schluck. »Diese Frage habe ich mir ebenfalls gestellt, aber leider keine Antworten gefunden.«

Ich glaubte unserem Chef nicht so recht. »Sir, Sie werden sicherlich mißtrauisch geworden sein. Haben Sie vielleicht Nachforschungen angestellt, von denen wir nichts wissen? Ich meine, wir waren in den letzten beiden Wochen oft unterwegs und haben wenig mit Ihnen gesprochen ...«

Sir James winkte ab. Er nahm einen Schluck Wasser, betupfte seine Lippen und lächelte. »Es ist sonst nicht meine Art, hinter anderen Leuten her zu spionieren, doch in diesem Fall mußte ich einfach eine Ausnahme machen, wenn Sie verstehen.«

»Klar.«

»Der Mann heißt Gordon Stanhope.«

»Den Namen kenne ich.«

»Sicher, John, er ist ein Begriff. Export von Metallgütern, wie er manchmal selbst sagt, um seine brisanten, aber genehmigten Geschäfte zu umschreiben. Über ihn ist einiges bekannt. Er war zweimal verheiratet, führt ein aufwendiges Leben, auch wenn er nicht in den Spalten der Klatschpresse steht, und er ist gleichzeitig ein Mann, der viel im Orient herumreist. Er kennt Libyen, zum Beispiel, aber auch Algerien oder Tunesien. Ob er dort mehr über das Schwert der Templer erfahren hat, kann ich nicht sagen. Ich will auch nicht so recht daran glauben, schließlich hat Hector de Valois in Europa gelebt.«

»Denken Sie an die Kreuzzüge, Sir.«

»Das ist korrekt, John, deshalb schließe ich die Möglichkeit auch nicht aus. Kurzum, ich fand keinen Hinweis, der uns hätte an das Schwert der Templer heranbringen können.«

»Und Sie haben nicht mehr mit ihm gesprochen?« wunderte ich mich.

»Natürlich. Immer wieder, fast jeden Abend, kam ich auf das Thema Schwert zurück.«

»Gab es Spuren?«

»Höchstens vage Hinweise. Aber Stanhope wollte die Waffe unbedingt besitzen und versuchte alles. Als selbst seine Beziehungen versagten, gab er Annoncen in verschiedenen Zeitungen auf und versprach demjenigen eine hohe Belohnung, der ihm einen Hinweis geben würde.«

»Sind welche eingetroffen?«

»Ja.«

»Wie nahm er sie auf?«

»Alles war Quatsch. Es gab keinen echten Hinweis. Stanhope konnte noch so viel zahlen, er fand die Spur nicht. Aber die Annonce wurde gelesen. Und zwar von einer guten Bekannten von uns ...« Sir James' Lächeln wurde plötzlich offen. »Diese gute Bekannte habe ich heute eingeladen. Sie ist hier, nur bat ich Sie, noch einen Moment zu warten.« Er bewegte sich zur Seite und drückte unter dem Schreibtisch einen bestimmten Knopf.

Ein kleiner Teil der breiten getäfelten Bürowand schob sich auf Rollen laufend zur Seite. Sie gab einen Ausschnitt frei, ungefähr in den Ausmaßen einer Tür.

Und dort stand eine Person, die Suko und mich tatsächlich überraschte.

»Sarah Goldwyn!« flüsterte ich erstaunt ...

»Ja, mein Junge«, sagte die Horror-Oma, »ich bin es wirklich. Du brauchst nicht so zu starren.« Während ihrer Worte war sie in das Zimmer getreten. »Wenn nichts mehr weiterhilft, gibt es nur eines. Die gute alte Sarah Goldwyn fragen.«

Ich nickte. »Das scheint mir auch so.«

Es gab noch einen dritten Stuhl, auf dem sie Platz nahm. Sir James hatte sich bei ihrem Eintritt erhoben und setzte sich nun wieder hin.

Lady Sarah deutete auf uns. »Ihr seht aus wie zwei Schulbuben, die der Lehrer bei Streichen erwischt hat. Nun ja, es dauert ja noch etwas, bis ihr in mein Alter kommt.«

Ich mußte lachen. So war sie eben, unsere Horror-Oma. Man konnte sie als eine außergewöhnliche Frau bezeichnen. Über ihr Alter sprach sie ja nie so direkt, immerhin war sie dreifache Witwe, besaß ein ordentliches Vermögen, das sie zu einem hohen Prozentsatz für soziale Zwecke einsetzte. Trotzdem blieb noch ausreichend Geld für ihr Hobby, den Horror! Die Mystik, alles Okkulte, Magische und Rätselhafte. Die Bibliothek im Dach ihres Hauses konnte sich sehen lassen. Da stapelten sich die Bücher in Dreierreihen in den starken Holzregalen, aber sie verließ sich nicht nur auf die Schriften. Lady Sarah sammelte auch Grusel-Filme, die sie sich anschaute und dabei einen ungeheuren Spaß und Nervenkitzel verspürte.

Leider blieb bei ihr nicht alles bei der Theorie. Des öfteren hatte sie sich in Fälle hineingemischt. Erst vor einigen Wochen noch war ich mit ihr in Rußland gewesen, denn dorthin hatte uns die Spur des unheimlichen Rasputin geführt.

Sie sah aus wie immer. Lady Sarah liebte Flatterkleider aus dunkleren Stoffen und vor allen Dingen Ketten. Gleich mehrere schlang sie um ihren Hals, und die klirrten immer gegeneinander, wenn sie ging, so daß sie oft nur zu hören, aber nicht zu sehen war.

Mitgenommen hatte sie eine schwarze Handtasche mit einem Bügel aus Horn. »Ich will gleich zur Sache kommen«, sagte sie, setzte ihre Brille auf und öffnete die Tasche. »Euer Chef, Sir James, hat mich darum gebeten.« Sie holte aus der

Tasche ein kleines Buch und hielt es so, daß wir den Titel lesen konnten.

MYSTIK DER TEMPLER

»Kennt ihr das Taschenbuch?« fragte sie uns.

Wir verneinten.

»Das habe ich mir gedacht.«

Suko hatte einen Einwand. »Wir kommen auch nicht so oft dazu, Bücher zu lesen.«

»Nicht schlimm, dafür habt ihr ja mich.« Lady Sarah schlug das Buch auf. »Als mich Sir James um diesen kleinen Gefallen bat, habe ich meine Bibliothek durchstöbert und bin fündig geworden. Was den Inhalt dieses Buches allerdings angeht, so muß ich euch warnen. Es ist vieles dabei, das einfach nicht stimmen kann, allein von der Historie her, deshalb heißt der Titel auch Mystik der Templer. Einige Dinge werden schnell abgehandelt, aber es gibt ein Phänomen, das immer wiederkehrt. Eben dieses Richtschwert der Templer.«

»Ist es abgebildet?« fragte ich.

»Leider nicht. Es wird nur darüber geschrieben, daß jeweils der beste Templer das Schwert erhielt und es mit auf seine Reisen in das Morgenland nahm.«

»Und es ist verschwunden?«

»Sehr richtig. Seine Spur verliert sich im Dunkel der Geschichte. Der Autor des Buches hat nach Hinweisen gesucht und auch welche gefunden.«

»Wie heißt der Mann denn?« fragte ich.

»La Roche.«

Der Name sagte uns nichts. Wir hatten ihn noch nie zuvor gehört. Suko hob die Schultern, ich ebenfalls, und Lady Sarah nahm uns mit ihrer nächsten Bemerkung einige Hoffnung. »Ihr braucht nicht nach ihm zu forschen, er ist nämlich tot.«

»Wann gestorben?«

»Vor zwanzig Jahren etwa. Das Buch ist älter und kurz vor seinem Tod geschrieben worden. Jedenfalls hat er hier auf den letzten Seiten von einer alten Gruft berichtet, in der sich das Schwert unter Umständen befinden könnte. Das Buch schließt praktisch mit dem Satz, daß er, La Roche, sich auf die Suche machen wollte, um die Gruft zu finden. Er hatte noch vorgehabt, ein zweites Buch zu veröffentlichen. Leider ist es dazu nicht mehr gekommen.«

Das war alles.

Wir dachten nach, schwiegen dabei, auch Lady Sarah hielt sich zurück, bis Suko meinte: »Der Name des Autors klingt französisch. Ob uns die Spur wieder nach Frankreich führt?«

»Vielleicht sogar ins Tal der Loire«, murmelte ich.

»Seid euch da nicht so sicher«, warnte die Horror-Oma. »Der Name kann auch ein Pseudonym sein.«

»Da hat sie recht«, meinte Suko.

»Wie könnte er richtig geheißen haben?« murmelte ich.

»Das läßt sich herausfinden«, sagte Sir James. »Es gibt eine Stelle, wo alle erschienenen Buchtitel erfaßt wurden. Die EDV hat dies ermöglicht. Auch Hintergrund-Infos finden wir da.«

»Wird es lange dauern?«

»Ich weiß nicht, John. Wenn Sie so lange in Ihrem Büro warten wollen oder hier bleiben ...«

»Nein, wir gehen ins Büro.«

Sarah Goldwyn begleitete uns. Auf dem Flur nahmen wir sie in die Mitte und sahen auch ihr feines Grinsen auf den Lippen. »Na, wie habe ich das gemacht?«

»Toll«, sagte ich. »Einfach toll. Wärst du viel jünger, ich hätte dich bestimmt geheiratet.«

»Lüg doch nicht so, mein Junge. Es gibt genügend andere, die du heiraten kannst. Was macht eigentlich Jane?« Blitzschnell hatte sie das Thema gewechselt.

Ich berichtete von unserem vorletzten Fall, der uns nach Alcatraz geführt hatte. Dort war es uns gelungen, Jane Collins vor einer Hinrichtung zu bewahren. Das heißt, eigentlich war Yakup Yalcinkaya ihr Retter gewesen, und das sagten wir Lady Sarah auch.

»Yakup also.« Sie nickte vor sich hin. »Kann es zwischen den beiden gefunkt haben?«

»Du meinst, daß Jane und er ...«

»Genau das, John.«

»Ich glaube es nicht, auch wenn ich eine Weile damit gerechnet habe. Nein, die beiden sind zu unterschiedlich. Sie verbindet wohl auch keine Liebe, sondern eine tiefe Freundschaft. Zudem verspürt Jane wieder Sehnsucht nach London, und Yakup würde sein Kloster nie verlassen. Das ist zu seinem Lebenswerk geworden. Ihm macht es nichts aus, in der Einsamkeit zu leben, während Jane ein Kind der Großstadt ist.«

Wir waren vor dem Büro stehengeblieben. Ich wollte nicht, daß Glenda etwas von der Unterhaltung mitbekam.

Lady Sarah hatte ihre Stirn in Falten gelegt. Sie dachte scharf nach. »Gesetzt den Fall, Jane käme wieder zurück, dann könnte sie ihr Leben nicht so wieder aufnehmen, wie sie es praktisch verlassen hat, als man sie zur Hexe machte.«

»Das stimmt.«

»Sie müßte von vorn anfangen, sich alles wieder neu erobern. John!« Lady Sarah blickte mir ins Gesicht. »Ich würde ihr gern die neue Chance geben. Wenn Jane Collins nach London zurückkehrt, steht die Tür meines Hauses jederzeit für sie offen. Sie kann so lange bei mir wohnen, wie sie will. Und zu diesem Wort stehe ich. Es wäre sogar gut, ich würde mich sehr freuen, denn trotz meiner Bücher und Filme gibt es Tage, an denen ich mich oft verflixt einsam fühle.«

Ich strich über ihre Wange. »Danke, Sarah, die Geste ist sehr nobel von dir.«

In ihren Augen glitzerte es feucht. Fast brutal schüttelte sie den Kopf. »Ach, rede keinen Unsinn, mein Junge«, erklärte sie mit harter Stimme. »Ich denke da mehr an mich. Ich bin eine alte, einsame Frau, zum Teufel. Ich brauche hin und wieder mal jemand, der den Tisch abräumt und mir irgend etwas erzählt ...«

»Ja, ja«, wiederholte ich. »Alte Frau ... wer es glaubt?«

»Geht jetzt in euer Büro. Vielleicht hat Sir James schon angerufen, weil er fündig wurde.«

»So schnell schießen auch die Computer nicht.«

Glenda Perkins, die auf ihrer Maschine hämmerte, war überrascht, als sie Sarah Goldwyn sah, gleichzeitig auch erfreut, denn sie sprang von ihrem Stuhl hoch und kam ihr lachend entgegen. »Mrs. Goldwyn, ich freue mich, Sie zu sehen.«

»Ich auch, mein Kind.«

Die beiden fielen sich in die Arme. Sie hatten auch schon einen Fall erlebt. Auf einer Romreise waren beide in die Klauen einer fürchterlichen Magie geraten, und ich hatte schließlich von London anreisen müssen, um Glenda aus der Vergangenheit zu holen.

»Kochst du noch immer einen so guten Kaffee?« fragte die Horror-Oma.

»Fragen Sie John!«

»Er ist noch besser geworden«, erklärte ich.

»Jetzt übertreibt er wieder«, sagte Glenda. »So ist das immer mit ihm. Ein schrecklicher Typ.«

»Dann brüh mal einige Täßchen auf«, sagte Lady Sarah.

»Bleiben Sie länger hier?«

»Mal sehen.«

Wir gingen in unser Büro. Glenda kam wenig später. Ich holte noch einen vierten Stuhl, und so setzte sie sich zu uns. Natürlich wollte sie wissen, um was es ging.

Da Glenda schweigen konnte und vertrauenswürdig war, weihten wir sie in den Fall ein.

Natürlich hatte auch sie von den Templern gehört, und wir sahen den Schauer auf ihrer Haut. »Hast du etwas?« erkundigte ich mich. »Frierst du? Wirst du krank?«

»Nein, das ist es nicht, aber mich macht es nervös, wenn ich über die Templer solche Dinge höre. Diese Geheimkaste flößt mir irgendwie Angst ein, John. Kannst du das verstehen?«

»Nein.«

Glenda hob die Schultern, die unter einem weit geschnittenen rostfarbenen Pullover mit Fledermausärmeln verborgen waren. »Ich kann es selbst nicht erklären. Der Teufel, der Spuk und auch die anderen Dämonen, an die habe ich mich inzwischen gewöhnt, aber die Templer sind so etwas Neues und Unfaßbares, daß ich davor regelrecht Angst empfinde. Die kann man nicht richtig einordnen, oder täusche ich mich da?«

»Ganz gewiß«, erklärte ich. »Du täuschst dich. Es gibt praktisch zwei Gruppen ...« Ich wollte ihr erklären, um welche es sich dabei handelte, als ich vom Vorzimmer her Schritte hörte.

Jemand kam.

Zwei Sekunden später stand Sir James in der Tür. Sicherlich wollte er uns mitteilen, was er über La Roche erfahren hatte, doch seinem Gesicht sahen wir nicht an, ob er Erfolg gehabt hatte.

Lady Sarah hielt es nicht mehr aus.

»Reden Sie schon, Sir James. Sehen Sie denn nicht, wie John und wir alle hier leiden?«

»Gewiß, Lady Sarah, gewiß.« Ich stand auf, um meinem Chef den Stuhl anzubieten. Er setzte sich auch, während ich mich auf die Kante des Schreibtisches pflanzte.

»Ich bin zwar kein Computer-Fan, dazu bin ich einfach nicht mehr jung genug, aber es ist manchmal wirklich ein Segen, daß es diese Entwicklung gibt. Wir haben Erfolg.« Er nickte. »Ja, das ist ein Erfolg, denn über den Autor La Roche war einiges gespeichert. Das meiste können wir vergessen, denn die Angaben beschäftigten sich nicht mit den Inhalten seiner Bücher. Aber der Computer ›wußte‹ seinen richtigen Namen. La Roche ist ein Pseudonym. Tatsächlich heißt dieser Autor Lorne Stanhope und ist der Bruder meines Clubfreundes ...«

Die Zeit lief mir davon!

Meine Gedanken waren wieder abgeirrt, weil ich das Gefühl hatte, der Sekundenzeiger des Weckers wäre stehengeblieben. Es war ein Irrtum, er lief noch, und das Ticken vernahm ich ebenfalls synchron mit dem Schlag meines Herzens.

Ich lag zwar allein, trotzdem hatte ich einen unsichtbaren Begleiter.

Es war die Angst!

Ich konnte sie einfach nicht zurückdrängen. Ich lag auf dem Bauch und starrte auf das angestrahlte Zifferblatt.

Jeder der drei Zeiger war wie ein unerbittliches Schwert, das über meinem Schädel geschwungen wurde.

15 Minuten waren vorbei. 45 hatte ich noch. Eine verdammt kurze Zeit. Eine Spanne, in der ich mich befreien mußte, wollte ich überleben.

Doch es war so gut wie unmöglich.

Zwar stand der mit Sprengstoff gefüllte Wecker in meiner Nähe, nur konnte ich ihn nicht erreichen. Ich war hart gefesselt worden. Trotz zahlreicher Bemühungen gelang es mir nicht, die Gelenke aus den Stricken herauszudrehen. Je intensiver ich mich bemühte, um so schmerzhafter schabten sie über meine Haut.

Von unten her spürte ich den Druck der harten Stäbe des Gitters. Sie preßten sich durch mein Gewicht gegen den Körper.

Noch tat sich in der Tiefe nichts. Wahrscheinlich hatten Samaran und sein Helfer Mühe, den Eingang zu finden. Es war ein Labyrinth, in dem wir uns befanden, selbst Suko hatte sich verlaufen.

War er meine Hoffnung?

Ich hätte lachen können, wäre die Lage nicht so ernst gewesen. Nein, wir hatten uns getrennt, waren verschiedene Wege gegangen, und mir war es vergönnt gewesen, die Gruft mit dem Richtschwert der Templer zu finden. Wo Suko herumirrte, wußte ich nicht.

Bei unserem letzten Fall im Schwarzwald hatte er mich befreien können. Das Glück allerdings würde ich nicht immer haben.

Und so mußte ich weiter liegenbleiben. Wieder war eine Minute vergangen. Das Zifferblatt verwandelte sich vor meinen Augen in ein höhnisch grinsendes Gesicht, das mich lautlos auslachte.

Wie sollte ich mich befreien?

Die verrücktesten Ideen waren mir schon durch den Kopf geschossen. Ich hatte sogar versucht, den mit Sprengstoff gefüllten Wecker umzupusten. Dann wäre er in die Tiefe gefallen und dort explodiert.

Einen Kaugummi hatte ich auch nicht im Mund. Sonst hätte ich gegen das Zifferblatt gespuckt, um die Zeiger anzuhalten.

So etwas hatte ich vor Jahren mal in einem Film gesehen. Die Wirklichkeit sah leider anders aus.

So wartete ich weiter und starrte auf den Zeiger, der vor meinen Augen verschwamm ...

»Ist das wahr?« Lady Sarah hatte die Frage gestellt. Sie mußte von Sir James schon vorher in den Fall eingeweiht worden sein.

»Ja«, erklärte der Superintendent. »Es gibt leider oder zum Glück keine Zweifel.«

»Wobei wir jetzt die Verbindung hätten«, fügte ich hinzu.

»Sicher, John, aber was nutzt es uns?«

Ich blickte auf meine Fußspitzen. Im Prinzip hatte mein Chef recht. Das nutzte uns kaum etwas, denn Lorne Stanhope war seit gut zwanzig Jahren tot. Er konnte uns nichts mehr sagen, dafür sein Bruder.

»Wir werden Mr. Stanhope einen Besuch abstatten müssen«, erklärte Suko. »Vielleicht kommen wir über seinen toten Bruder an das Ziel. Er muß einfach mehr über ihn gewußt haben. Wahrscheinlich hat er ihn damals auch auf die Spur des Templer-Schwerts gebracht.« Suko setzte sich aufrecht hin. »Sir, wissen Sie die Adresse dieses Gordon Stanhope?«

»Er besitzt einen Landsitz in Suffolk und eine elegante Stadtwohnung in Mayfair.«

»Wo hält er sich zumeist auf?«

»Sie werden Pech haben, wenn Sie ihn besuchen wollen. Er hat England verlassen, da er den Winter nicht mag. Sein Ziel ist das Mittelmeer, der Süden, die Sonne.«

»Und wo dort?«

»Zypern!«

Damit hatten wir nicht gerechnet. Weshalb ausgerechnet Zypern? Die Frage las mir Sir James vom Gesicht ab und gab schon eine Antwort. »Er hat sich dort vor einigen Wochen ein Haus gekauft. Direkt an der Küste mit Blick aufs Meer.«

»Warum?«

»Weil er die Sonne mag.«

Ich hob die Schultern. »Nicht wegen des Schwerts?«

»John, Ihre Theorie ist weit hergeholt.«

»Vielleicht, aber ich denke an die Templer, die nach Jerusalem gezogen sind. Haben Sie die Insel Zypern tatsächlich ausgelassen? Es haben doch auch einige mit Schiffen übergesetzt. Möglicherweise finden wir dort eine Spur.«

»Der Meinung bin ich auch, Sir«, unterstützte mich Suko.

Unser Chef war noch nachdenklich. »Ob es etwas bringt? Aber wir müssen alles versuchen.«

»Das meine ich auch.« Ich wußte, daß wir gewonnen hatten. »Sir, ist Ihnen sonst noch etwas aufgefallen? Ich meine, bei Ihren Clubbesuchen, als Sie mit Gordon Stanhope sprachen?«

Zu meiner Überraschung antwortete er mit einem »Ja, das ist es tatsächlich«.

»Und was?«

»Gordon war ziemlich nervös. Mit seinen geschäftlichen Aktivitäten hing es nur bedingt zusammen, wahrscheinlich mit der Annonce, die er aufgegeben hat.«

»Wieso?«

»Nun, er erhielt des öfteren Drohanrufe von einer Person, die ebenfalls hinter dem Schwert der Templer her war. Er hat

Nachforschungen angestellt, konnte aber keinen Namen sagen.«

»Und die Stimme des Anrufers?« fragte ich.

»War ihm unbekannt.«

Ich war sehr ernst geworden. Ich wußte ja, daß nicht nur wir hinter dem Geheimnis der Templer her waren. Es gab auch andere Gruppen, wie die um Baphomet. Dieses Gebiet war noch längst nicht erforscht. Wir würden auch in der Zukunft noch viel Mühe haben.

»Sind diese Annoncen auch im Ausland aufgegeben worden?« wollte Suko wissen.

»Soviel ich weiß, ja.«

»Woran hast du denn gedacht?«

»An Abbé Bloch, John.«

Ich schüttelte heftig den Kopf. »Nein, das glaube ich nicht. Ein Mann wie der Abbé würde sich auf eine so niedrige Ebene bestimmt nicht begeben. Da irrst du dich, Suko.«

Sir James erhob sich. »Wie dem auch sei, ich habe mittlerweile das Gefühl, daß uns hier in London Grenzen gesetzt sind. Möglicherweise kommen Sie wirklich nur auf Zypern weiter. Die Tickets werde ich Ihnen besorgen.«

»Ihr habt es gut«, sagte Lady Sarah. »Ich muß im winterkalten London bleiben, und ihr könnt die Sonne des Mittelmeers genießen.«

Ich lachte auf. »Ob wir dazu überhaupt Gelegenheit haben, ist die große Frage, meine Liebe.«

»Hauptsache, ihr kehrt gesund zurück.«

Der Ansicht war auch Glenda. »Wie gesagt, John«, sagte sie zum Abschied. »Ich mag diese Templer nicht. Sie sind mir irgendwie unheimlich. Ich kann sie nicht einsortieren.«

»Das brauchst du auch nicht. Überlasse das uns.«

Dann gingen wir und nahmen Lady Sarah mit. Ich versprach ihr, sie nach Hause zu fahren. Anschließend würden wir unsere Koffer packen.

»Da wird sich Shao aber freuen«, sagte mein Freund und verdrehte die Augen.

»Was willst du? Life is Life!«
»Ja, und Job ist Job.«
»Eben.«

Zypern!

Eine Insel im Mittelmeer, ein Baustein in der Geschichte der Welt. Ein Eiland im Mittelmeer, von der Türkei fast ebenso weit entfernt wie von Syrien.

Besiedelt seit ungefähr 1300 Jahren vor Christo durch die Mykenische Einwanderung. Danach hatten die Assyrer, Ägypter, Phönizier und Perser die Insel erobert und ihre Spuren hinterlassen, so daß sich die alten Kulturen mischten. Natürlich hatten die Römer und anschließend die Byzantiner die Insel auch nicht vergessen, sie hatte sogar einmal zu Venedig gehört. Danach hatten sich die Türken das Eiland einverleibt, und meine Landsleute, die Engländer, hatten sie bis zum Jahre 1959 als Kronkolonie besessen.

1960 war die Unabhängigkeit proklamiert worden, und 1974 hatten die Türken die Insel besetzt. Damals hätte es fast einen offenen Krieg zwischen den beiden NATO-Ländern Griechenland und Türkei gegeben. Man hatte sich schließlich geeinigt und die Insel geteilt. Jetzt saßen die Türken im Norden und die Griechen im Süden.

In der Antike war auf der Insel Kupfer abgebaut worden, und das hatte bis heute seine Spuren hinterlassen. Der Wald war abgeholzt worden, Probleme mit dem Grundwasser traten auf, an denen die Menschen der Gegenwart noch zu knacken hatten.

Sir James Powell hatte uns vor dem Flug mit allen Informationen versorgt, die nötig waren. Wir mußten in den griechischen Süden der Insel, in die Nähe von Larnaka, praktisch in Sichtweite der antiken Bauten von Kition.

Im Süden hatte sich Gordon Stanhope ein Haus zugelegt. Einer seiner Angestellten hatte ein Bild von dem schneeweißen Bungalow besorgt.

Von Nikosia bis Larnaka sind es nicht ganz 100 Meilen. Eine Strecke, die man leicht schaffen kann. Wir waren in der Nacht geflogen, einmal zwischengelandet, und hatten als VIPs keinerlei Kontrollen zu befürchten, so daß wir unangefochten mit unseren Waffen durch den Zoll kamen.

Nur mußten wir uns einen Wagen leihen.

Das wurde etwas schwierig. Die guten Modelle waren alle unterwegs, wie uns ein netter Herr versicherte, es standen nur mehr drei zur Verfügung, wobei er uns einen VW-Käfer ans Herz legte. »Der Wagen ist zwar schon zehn Jahre alt, aber er hat uns noch nie im Stich gelassen. Mit dem können Sie sogar im Gebirge fahren.«

»Dann taufen wir ihn Herbie«, sagte ich. »Wenn er schon skilaufen kann.«

Der Angestellte grinste nur. Wir sahen uns den Käfer zunächst einmal an. Seine Farbe stammte nicht vom Lack, sondern von der Grundierung, eine Mischung zwischen Grau und Rost.

»Aber der Motor ist okay.«

»Auch die Bremsen?« fragte Suko.

»Bestimmt.«

Ich fuhr eine Proberunde. Begeistert war ich zwar nicht, aber der Käfer sah mir noch besser aus als die abgewrackten amerikanischen Straßenkreuzer, die wir ebenfalls hätten mieten können.

Wir zahlten die Leihgebühr, erhielten noch eine Karte und knatterten los.

Es wurde eine Fahrt über relativ gute Straßen. Als wir ins Gebirge kamen, mußten wir mehr aufpassen, denn da waren doch einige Schlaglöcher auf den Paßstraßen zu finden. Unsere Blicke waren stets nach Süden gerichtet, tief hinein in eine gewaltige Hochebene, die sich bis zum Meer hinzog und erst dort endete, wo die steilen Felsen der Küste begannen.

Uns fiel auf, wie wenig Wald auf dieser Insel wuchs. Der Raubbau vergangener Jahrtausende war nicht wieder aufgeforstet worden. Natürlich sahen wir Olivenhaine und auch

Ansammlungen von Zypressenbäumen sowie Zitronen- und Apfelsinenbäume, aber das waren Plantagen.

Ansonsten fuhren wir durch eine braungraue Landschaft und zogen eine lange Staubfahne hinter uns her.

Der Himmel über Zypern war herrlich anzusehen, und die Temperaturen hatten frühlingshafte Werte.

In den Bergen hatte der Käfer leichte Schwierigkeiten, doch er ließ uns nicht im Stich. Brav nahm er die Kurven und die Steigungen. Östlich von uns lagen die höchsten Berge. Schneebedeckt die meisten, denn dort wurde auch Wintersport getrieben.

»Hoffentlich jagen wir keinem Phantom nach«, meinte Suko irgendwann einmal.

Ich hob nur die Schultern. »Wer nichts riskiert, kann auch nichts gewinnen.«

»Stimmt.« Suko deutete nach vorn. »Gleich müssen wir etwas riskieren, wenn wir den Knaben vor uns überholen wollen.«

Mein Freund hatte recht. Der Fahrer des hochbeladenen Lastwagens fuhr tatsächlich wie ein Henker. Dabei schwankte das Gefährt von einer Seite zur anderen. Eigentlich war die Straße breit genug, um den Wagen zu überholen. Ich war aber nicht Colt Seavers und verließ mich lieber auf die Hupe.

Der andere dachte wohl, es wäre ein Spaß und grüßte zurück. Da sein Horn lauter war als das unseres Käfers, befand er sich natürlich im Vorteil. Jedenfalls wollte er uns nicht vorbeilassen, und wir waren gezwungen, auch weiterhin seinen aufgewirbelten Staub zu schlucken.

»Diesen Hirnie sollte man in seine Gemüsekisten oben auf der Ladefläche stecken!« schimpfte Suko, und ich widersprach ihm nicht.

Zum Glück fuhr der Bursche ziemlich schnell, und im nächsten Dorf hielt er an.

Als wir an ihm vorbeirauschten, winkte er mit beiden Händen und lachte breit.

Wir konnten ihm nicht einmal böse sein.

Mehr Erwähnenswertes geschah auf der Fahrt nach Larnaka nicht. Am frühen Nachmittag hatten wir die alte Kulturstätte im Südosten Zyperns erreicht, aber wir waren nicht hier, um uns die Reste antiker Kulturen anzuschauen, wir wollten wissen, wo sich der Bungalow eines gewissen Gordon Stanhope befand.

An einem Reisebüro stoppten wir. Mit steifen Beinen stiegen wir aus dem Wagen. Im Schaufenster klebte neben einigen vergilbten Prospekten ein Schild mit der Aufschrift »English spoken!«.

Darüber freute ich mich. Griechisch gehört nicht gerade zu meinen starken Seiten, genauer gesagt, sie war überhaupt keine Seite von mir. Wir betraten den Laden, eine Glocke bimmelte, und ein dunkelhaariger Mann blickte in unsere Richtung. Die Beine ließ er dabei auf dem Schreibtisch.

Er sprach uns auch in Englisch an und erklärte, es sei Mittagspause.

»Und die wollen Sie nicht unterbrechen?« fragte ich.

»Nein.«

Ich wedelte mit einer Note.

Blitzschnell schwang der Mann seine Beine vom Tisch und sprang auf. »Ausnahmen mache ich auch.« Er griff nach dem Geldschein und ließ ihn verschwinden. »Wohin wollen Sie reisen? Ägypten, Israel, Algerien ...?«

»Auch nicht nach Libyen«, sagte Suko.

Der Mann wurde bleich. »Um Himmels willen, nur nicht.«

»Wir bleiben hier!« erklärte ich.

»Wie schön.«

»Sogar hier in der Nähe«, sagte Suko. Er hatte das Wechselspiel verstanden. »Wir suchen nämlich einen Freund.«

»Gordon Stanhope.« Diesmal war ich wieder an der Reihe.

»Der hat hier ein Haus«, fügte Suko hinzu.

»Sonst nichts?«

»Nein.«

Der Verkäufer sah mich an. »Ja, den Namen kenne ich. Da müssen Sie aber raus aus Larnaka.«

»Das ist uns klar.«

»Es gibt dort eine Siedlung am Hang, wie wir sagen. Wir haben damals die Grundstücke mitverkauft. Mr. Stanhope ist zwar da, aber ich habe ihn schon lange nicht mehr in Larnaka gesehen.«

»Sie kennen ihn also?«

»Klar.«

»Auch seinen Bruder Lorne?«

Er runzelte die Augenbrauen. »Nein, den nicht. Mein Vater hat ihn gekannt.«

»Dann war er öfter hier?« fragte Suko.

»Ja, wie ich hörte.«

»Was hat er hier gewollt?«

»Kann ich Ihnen nicht sagen. Er hat sich aber, das weiß ich wiederum, sehr für das alte byzantinische Kloster interessiert. Es soll von der heiligen St. Helena gegründet worden sein. Kennen Sie das denn nicht? Es liegt auf dem Felsen Stavrovouini. Mr. Stanhope kann es von seinem Haus aus sehen.«

»Und sein Bruder war in dem Kloster?«

»Kann sein. Aber warum fragen Sie mich? Fahren Sie zu Mr. Stanhope, der wird Ihnen mehr darüber berichten können.«

»Das hatten wir vor, vielen Dank.«

»Nein, gehen Sie noch nicht.« Er wedelte mit beiden Händen. »Es stehen noch zahlreiche Häuser leer. Wenn Sie einen Bungalow erwerben wollen, die Preise sind äußerst günstig. Ich kann Ihnen sogar noch Rabatt geben, wirklich.«

»Kein Bedarf.« Ich schüttelte den Kopf.

Und Suko sagte: »Vielleicht kaufen wir das Kloster.«

Der Mann fühlte sich auf den Arm genommen und schickte einen griechischen Fluch in unsere Richtung.

Wir verließen den Laden, stiegen wieder in den Käfer und sahen den Mann aus der Tür rennen. Er trat an den VW. »Ich muß Ihnen noch den Weg erklären. Fahren Sie zurück, bis zu dem weißen Schild, wo etwas von einem Verkauf der Häuser steht. Da führt ein Weg in die Felsen.«

»Das haben wir schon gesehen, danke.«

»Vielleicht nehmen Sie doch ein Haus. Die Lage ist einzigartig.«

»Wir werden es uns überlegen!« rief ich ihm zu. Dann wurde es wirklich Zeit.

Das Schild hatten wir tatsächlich schon entdeckt. Nach einer Fahrtzeit von ungefähr zehn Minuten tauchte es am Straßenrand auf. Der Weg verdiente den Ausdruck Piste. Er war nicht asphaltiert und voller Staub. Brav zog der Käfer in die Höhe und schaffte auch die zahlreichen Kurven, bis wir einen ersten freien Blick hatten und die zahlreichen weißen Häuser sahen, die in die Felsen hineingebaut worden waren.

Der Architekt hatte sich hier wirklich etwas einfallen lassen. Die Häuser klebten am Felshang. Untereinander waren sie durch Treppen verbunden, so konnte jeder seinen Nachbarn erreichen.

Leider waren keine Gärten vorhanden, doch auf den den Häusern vorgelagerten Terrassen, einige von ihnen sogar mit Pools ausgestattet, blühten in großen Töpfen und Steinbänken die herrlichsten Blumen.

Nur Garagen hatten die Häuser nicht, dafür existierte ungefähr in der Mitte des Geländes eine breite Treppe, die hinunter an den feinen Sandstrand vor dem Felsenhang führte. Dort lagen auch die Boote. Die meisten von ihnen waren auf den Strand gezogen worden. Keine prächtigen Yachten, kleine Motor- oder Segelboote.

Oberhalb dieser Felsen-Haus-Landschaft hatte man einen Parkplatz angelegt. Er war fast leer. Ich stellte den VW neben einem alten, staubigen Mercedes ab.

Wir stiegen aus und schlugen die Türen zu. Der Wind war kräftig, er fuhr in unsere Haare. Bevor wir uns auf die Suche nach Gordon Stanhopes Haus machten, sahen wir uns um.

Weiter im Landesinneren stiegen gewaltige, breit gezogene Buckel in die Höhe. Sie waren mit gelben Steinen bedeckt, dabei fiel uns ein Hügel besonders auf.

Auf seiner Kuppe entdeckten wir einen gewaltigen Steinbau. Das mußte das Kloster der St. Helena sein.

Ich blickte länger hin. Mir schien es, als wollte mich dieses Kloster begrüßen und mir sagen, daß wir an ihm doch nicht vorbeikamen. Konnte es so sein? Verbarg sich dort unter Umständen ein Geheimnis, das mit unserem Fall zu tun hatte?

Es ging um das Richtschwert der Templer, und möglicherweise hatten die Templer auf ihren Reisen ins Heilige Land auf Zypern Station gemacht. Vielleicht wußte Stanhope mehr.

»Wie optimistisch bist du?« fragte Suko.

»Ich weiß nicht so recht. Wenn dieser Gordon Stanhope tatsächlich etwas weiß, wird er uns wohl kaum in seine Pläne einweihen. Ein Sammler wie er läßt sich nicht in die Karten schauen.«

»Aber er hat Angst gehabt.«

»Möglich.«

Wir nahmen den breiten Weg in die Felsen hinein. Andere Wege zweigten zu den Häusern hin ab. Die ersten standen noch leer. Sie sahen kahl aus und stachen durch ihre weißen Mauern stark vom dunkleren Gestein ab. Unten am Strand amüsierten sich einige Personen. Manchmal wehten die leisen Rufe bis zu uns hoch.

Eine Frau trat auf ihre Terrasse. Sie trug ein weißes langes Kleid, der Wind drückte es gegen ihren Körper, so daß sich ihre Figur sehr deutlich abmalte, was sie nicht störte. Ich schätzte sie auf 40 Jahre, und sie strich sich mit ihren Fingern durch ihre dunkle Haarmähne, bevor sie uns fragend ansah.

Hoffentlich sprach sie Englisch. Ich erkundigte mich nach Gordon Stanhopes Haus.

Sie verstand mich und erklärte uns den Weg. »Allerdings habe ich ihn seit einigen Tagen nicht mehr gesehen. Er wird wohl wieder arbeiten.«

»Woran arbeitet er denn?«

»Er interessiert sich sehr für das Kloster und dessen Geschichte.«

»Wissen Sie auch etwas darüber?«

Die Frau lachte. »Nein, die alten Bauten sind nicht mein Fall. Ich liebe andere Dinge.«

»Jedenfalls vielen Dank.«

Wir mußten den Weg bis zu seinem Ende durchlaufen. Das letzte Haus in der Reihe – es war auch das größte – gehörte Gordon Stanhope, dem Waffenhändler aus London.

Die Haustür erreichten wir über die hellen Marmorplatten der Terrasse. Erst jetzt sahen wir den viereckigen Pool. Er war zuvor von langen Blumenbänken verdeckt gewesen.

Auf dem Wasser schwammen einige Blätter. Das ließ darauf schließen, daß sich keiner der Bewohner in der Nähe aufhielt und sich auch niemand um die Pflege oder Reinigung kümmerte.

»Sieht mir alles sehr verlassen aus«, kommentierte ich.

Suko deutete nach vorn. »Und weshalb steht dann die Terrassentür noch offen?«

Das war tatsächlich der Fall.

Ich verstand Sukos Blick, den er mir zuwarf. In ihm las ich Warnung und Neugierde zugleich. »Sehen wir uns die Sache mal an«, sagte er mit schon wesentlich leiserer Stimme.

Von zwei verschiedenen Seiten gingen wir auf die Terrassentür zu. Der Wind fuhr über das Poolwasser und schuf auf der Oberfläche ein kräuselndes Wellenmuster.

Deckung gaben die Blumenkübel. Niemand konnte von außerhalb die Terrasse einsehen. Von ihr allerdings hatten wir einen freien Blick auf das Meer.

Suko hatte die Tür als erster erreicht. Das Glas war dunkel getönt. Es war schwierig, überhaupt hindurchschauen zu können. Man mußte schon sehr dicht herantreten.

Das taten wir zwar, aber ich wollte mich nicht durch langes Starren aufhalten lassen. Meine Handbewegung machte Suko klar, daß er vorgehen sollte. Ich gab ihm die entsprechende Rückendeckung.

Suko schob die Tür so weit zurück, daß er sich bequem hindurchschieben konnte.

Ich folgte ihm. Wir betraten ein Haus, in dem es widerlich

roch. Faulig und gleichzeitig süßlich. Dieser Gestank war uns eine Warnung. Wir kannten ihn und rechneten mit dem Schlimmsten.

Es war nicht viel zu erkennen. Die Sonne stand einfach nicht günstig. Innerhalb des Raumes herrschte Dämmerlicht. Die Einrichtung entsprach einer Wohnlandschaft. Sie wirkte protzig durch die schweren Möbel.

Dann rutschte ich weg. Ich konnte mich soeben noch an einer Sessellehne festhalten, sonst hätte ich einen Spagat gemacht. Auslöser war eine Blutlache neben dem Teppichrand.

Im ersten Moment wurde ich kreidebleich. Suko hatte noch nichts bemerkt. Ich schritt um den Sessel herum und sah den Körper ausgestreckt auf der Erde liegen.

Es war ein Hund.

Sein helles Fell hob sich vom Dunkel des Teppichs ab. Kein Leben steckte mehr in ihm. Jemand hatte ihm die Kehle durchgeschnitten, deshalb auch das Blut.

Dieser Mord an dem Tier zeigte mir, daß wir uns nicht viele Chancen ausrechnen konnten, den Besitzer des Hauses lebend zu finden. Wer einen Hund tötete und damit einen hervorragenden Wächter ausschaltete, der würde bei weiteren Verbrechen keine Mühe haben.

»Gordon Stanhope«, sagte ich zu Suko, »wird wohl kaum eine Chance gehabt haben.«

Mein Freund nickte.

Wir suchten weiter, gelangten in andere Räume und betraten auch ein Schlafzimmer.

Es stand ein Bett darin, und auf ihm lag der Mann. Zuerst sah es so aus, als würde er schlafen. Ich ging näher heran, schon erleichtert, dann sah ich den blauen Abdruck an der Kehle und auch sein Gesicht genauer. Es war entstellt von einer kaum faßbaren Todesangst, die Stanhope durchlitten haben mußte.

Jemand hatte den Mann erdrosselt.

Ich ballte die Hände. Zorn auf den mir unbekannten Mörder erfüllte mich, und ich dachte daran, daß die Zypern-

Spur richtig gewesen war. Leider hatte sie jemand zerschnitten.

»Wer?« fragte ich, während ich mich zu Suko umdrehte. »Wer steckt dahinter?«

»Keine Ahnung.«

»Aber Stanhope muß die Spur gefunden haben. Das Richtschwert der Templer. Vielleicht befindet es sich zum Greifen nahe.« Ich hob die Schultern. »Verdammt auch!«

Suko trat an das Bett. »Erdrosselt«, sagte er und schaute mich an. »Wer tut so etwas, John?«

»Hast du einen Verdacht, daß du so fragst?«

»Ja, schon. Ich denke da an die Templer. Die Gruppe, von der du mir berichtet hast.«

»Die um Baphomet?«

»Richtig.«

Mein Gesicht nahm einen nachdenklichen Ausdruck an. »Da könntest du recht haben, Suko. Ich habe sie selbst erlebt. Diese Leute werden wohl auf Menschenleben keinerlei Rücksicht nehmen.«

»Aber damals waren es Untote!«

»Ich glaube nicht, daß sich die heutigen Mitglieder der Sekte von denen unterscheiden, wenn es um Methoden geht, um bestimmte Ziele zu erreichen.«

»Kompliziert ausgedrückt, aber wahr.« Suko wischte über seine Stirn. Im Zimmer war es stickig. Die Anwesenheit des Toten störte mich. Ich spürte im Magen einen leichten Druck und auf der Zunge einen bitteren Geschmack.

»Hat es Sinn, das Haus zu durchsuchen?« fragte Suko.

»Immer.«

»Wir können uns zudem Zeit lassen. Wenn sich bisher keine Nachbarn um Stanhope gekümmert haben, werden in den nächsten Stunden auch keine erscheinen.«

»Dein Wort in Gottes Gehörgang.«

Wenig später, als wir mit der Sucherei begannen, wunderten wir uns, wie aufgeräumt alles war. Der oder die Mörder hatten das Haus nicht auf den Kopf gestellt.

Mein Freund und ich verfolgten beide den gleichen Gedanken. »Gesucht haben sie wohl nichts, sonst sähe es hier anders aus.«

Ich stimmte Suko zu, wies gleichzeitig auf eine andere Lösung hin. »Vielleicht wurde Stanhope vor seinem Tod gefoltert, dann brauchten sie nichts zu durchwühlen.«

»Kann auch sein.«

Wir sahen uns im Arbeitszimmer des Mannes um. Es war funktionell eingerichtet. Viel Literatur über die Templer entdeckten wir nicht. Dafür stapelten sich die Bücher, die sich mit der Geschichte Zyperns befaßten. Aber hatte der Mann nicht auch Drohanrufe von einer bestimmten Person erhalten?

Diese Person mußte ihm nach Zypern gefolgt sein und hatte hier ihr Ziel erreicht.

Ich untersuchte den Schreibtisch. Einige Schubladen konnte ich aufziehen, fand Papiere, die mir nichts sagten, weil sich ihr Inhalt mit geschäftlichen Transaktionen beschäftigte.

Suko sah sich die Bücher an, ich blieb beim Schreibtisch und wühlte ihn leer. Ausschnitte englischer Zeitungen fielen mir in die Hände. Dort war die Annonce zu lesen, die Stanhope aufgegeben hatte. Die Suche nach dem Richtschwert der Templer hatte tatsächlich einen Großteil seiner Freizeit in Anspruch genommen.

Weitere Hinweise fanden wir nicht, bis auf ein kleines Buch, das aber nicht ich entdeckte, sondern Suko.

»Das müßte es sein«, sagte er plötzlich. Er drehte sich um und hielt das Buch so, daß ich den Titel lesen konnte.

»Mystik der Templer!« sagte ich leise. »Das gleiche Buch, das auch Lady Sarah gehabt hat.«

»Und das von La Roche, dem Bruder des Toten, geschrieben wurde. John, das ist die Spur!«

»Wo führt sie uns hin?«

»Ich habe da eine bestimmte Ahnung«, erklärte mein Freund. »Denk an die Sätze, die uns der Knabe aus dem

Reisebüro gesagt hat. Er kannte Stanhope, und er wußte auch, daß sich der Mann für das Kloster der heiligen Helena interessierte.«

»Wenn du das so sagst, werden wir es uns ebenfalls ansehen«, erklärte ich.

Suko steckte das Buch ein. »Ich habe nichts dagegen.« Wir verließen das Arbeitszimmer und gelangten durch einen breiten Flur wieder in den Raum, wo der tote Hund lag. Dort stand ein Telefon. Suko und ich hatten die gleiche Idee.

Ich sprach die Worte aus. »Die Polizei werden wir vorläufig nicht informieren, das können wir später erledigen.«

»Hoffentlich glaubt man uns, daß wir Stanhope nicht umgebracht haben.« Er wies nach rechts. »Schließlich hat uns eine Zeugin gesehen und auch mit uns gesprochen.«

»Das läßt sich regeln.«

An diese Dinge dachte ich nicht. Mein Sinnen und Trachten war auf das alte Kloster fixiert …

Die Uhr lief!

Dieser verdammte Sekundenzeiger, der ziemlich schnell über das Zifferblatt huschte, wurde für mich zu einem regelrechten Schwert, das meine Angst immer mehr steigerte.

Zwanzig Minuten waren vergangen. Ich lag auch weiterhin auf dem Boden, gefesselt an diesen verdammten Stahlstäben, mit einem Blick in die Tiefe, wo sich noch immer nichts getan hatte. Möglicherweise war es gar nicht so einfach, den richtigen Weg zu finden. Auch Suko und ich hatten uns dabei schwergetan.

Auf meinem Rücken klebte der Schweiß. Ich kam mir vor wie frisch geduscht und noch nicht abgetrocknet. Zudem brannte mein Hals. Das Atmen bereitete Schmerzen.

Ich dachte an Stanhope, den wir in seinem Arbeitszimmer gefunden hatten. Er war erwürgt worden, und mich hatte man ebenfalls auf diese Art und Weise ums Leben bringen wollen.

Nur den Mörder hatte ich nicht richtig sehen können. Ich wußte nur, daß es ein kräftiger Mann mit rötlichen Haaren war, doch von einem Kennen konnte nicht die Rede sein.

Der Wecker wurde für mich zu einer grinsenden Totenfratze. Das Licht spiegelte sich auf dem Glas, manchmal verschwammen die Zahlen zu diffusen Streifen.

Noch immer arbeitete ich daran, die Fesseln zu lockern. Sie saßen einfach zu fest.

In den Armen war ich gelenkiger. Ich drehte meine Hände. Das gelang mir immerhin, aber ich schaffte es nicht, sie aus den raffiniert angebrachten Schlingen zu ziehen.

Manchmal bäumte ich auch den Oberkörper in die Höhe und schaffte fast so etwas wie einen Liegestütz. Dann schlossen die Fesseln jedoch so hart, daß der Schmerz durch meine Gelenke biß und ich mich wieder zurückfallen lassen mußte.

Es gab keine andere Lösung. Ich hatte verloren. Suko und ich waren diesmal zu spät gekommen. Und dabei ausgerechnet noch Akim Samaran in die Hände gefallen.

Es war Gordon Stanhopes Fehler gewesen, die Annonce aufzugeben. Samaran, den alles interessierte, was im Zusammenhang mit den Templern stand, hatte natürlich zugegriffen. Er mußte der geheimnisvolle Anrufer gewesen sein und Drohungen ausgestoßen haben.

Und er war schneller gewesen als wir.

Ich hörte ein schabendes Geräusch. Es war unter mir aufgeklungen und für mich der Beweis, daß Samaran und sein Helfer endlich den richtigen Weg gefunden hatten. Lange genug hatte es gedauert.

Damit ich die Treppe im Blickfeld hatte, mußte ich ein wenig den Kopf drehen. Dort tat sich noch nichts, erst einige Sekunden später erschien die Gestalt, die ich bereits kannte.

Es war der Rotschopf – der Killer.

Vorsichtig bewegte er sich die alten ausgetretenen Steinstufen hinab, wie jemand, der in ein Haus einschleicht, um etwas zu stehlen. Er blieb des öfteren stehen, blickte auf den Sarg, wartete, ging dann weiter und machte erst auf der

Mitte der Treppe halt. Das konnte er sich einfach nicht verkneifen, denn von dieser Position aus hatte er einen guten Blickwinkel, um in die Höhe schauen zu können. Das Licht reichte aus, um mich zu sehen, wenigstens meinen Schatten.

Ich starrte in sein Gesicht. Die breiten Lippen zuckten. Wahrscheinlich lachte er lautlos. Er sah auch auf seine Uhr, nickte sich selbst zu und begann damit, den Rest der Treppe hinabzusteigen.

Er wollte mir beweisen, wie einfach es letztendlich war, das Richtschwert der Templer an sich zu nehmen …

Es war für uns nicht schwer gewesen, den Weg zu finden, der in die Nähe des Klosters führte. Ob wir allerdings bis an die wuchtigen Mauern auf dem Hügel heranfahren konnten, war fraglich. Wahrscheinlich würden wir den letzten Teil auf Schusters Rappen gehen müssen.

Das Kloster war kein Touristentreff. Jedenfalls befanden wir uns allein unterwegs. Nicht einmal Bauern kamen uns entgegen, und so rollten wir mit dem Käfer die staubige Straße entlang.

Rechts von uns lag der Hügel. Aus der Nähe gesehen, war er doch länger, als wir angenommen hatten. Zudem verdeckte er die Sicht auf die Berge. Man konnte den weitgezogenen Hang nicht als bewachsen bezeichnen. Es gab keine Bäume. Was zwischen den braungrauen Steinen wucherte, war nicht höher als ein Krüppelgewächs. Zypern war in den vergangenen Jahrhunderten entwaldet worden, und man hatte es noch nicht geschafft, wieder aufzuforsten. Eine traurige, zerstörte Landschaft, die zumeist unter den Strahlen einer gnadenlosen Sonne lag.

Manchmal schüttelte es den Käfer so heftig durch, daß wir beide Angst um die Federung hatten. Suko, der neben mir saß, hielt immer wieder nach einer Möglichkeit Ausschau, den Hügel mit dem Wagen zu erklimmen. Es war einfach nicht möglich. Zu viele Steine lagen im Weg.

»Halt an«, sagte Suko, »sonst fahren wir noch am Ziel vorbei.«

Er hatte recht. Es war wirklich besser, wenn wir den Rest der Strecke zu Fuß gingen. Zwar sah das Kloster manchmal aus, als läge es zum Greifen nahe vor uns, das jedoch täuschte.

Wir gingen querfeldein. Es mußte in den letzten Tagen geregnet haben. Darauf deuteten einige feuchte Flecken hin. Wo Wasser ist, gibt es auch Leben. An den feuchten Stellen der Hänge standen mir unbekannte Blumen in voller Blüte.

Auch weiterhin trafen wir auf viele Hindernisse, so daß wir nicht geradewegs auf die wuchtigen Mauern des alten Klosters zusteuern konnten. Senken, Gruben, Querrillen und kleinen Gräben mußten wir ausweichen oder sie überspringen. So näherten wir uns dem Ziel in Kurven.

Dabei waren wir gezwungen, den Staub zu schlucken. Für Januar war es einfach zu warm. Unsere Körper waren auf Winter eingestellt, aus diesem Grunde schwitzten wir stark.

Wir gingen verbissen weiter. Suko hatte die Führung übernommen. Ich lief praktisch in seinen Fußstapfen und hatte das Gefühl, als würde das Kloster nicht näher kommen.

Doch nichts währt ewig auf dieser Welt. Auch diese Strecke nahm einmal ein Ende.

Suko blieb stehen und deutete auf die Mauern. »Gewaltig, nicht wahr, John?«

Ich mußte zweimal tief Luft holen, bevor ich eine Antwort geben konnte. »Kann man wohl sagen. Und irgendwo hinter diesen Mauern liegt das Schwert versteckt. Kannst du dir vorstellen, wie viele Räume es in diesem Kloster gibt?«

»Nein.«

»Ich auch nicht.«

»Trotzdem müssen wir sie wahrscheinlich durchsuchen.«

Ich hob die Schultern. »Falls sie nicht verschlossen sind.«

Suko schlug mir auf die Schulter. »Wir werden das schon packen.«

Natürlich würden wir es, aber ich hätte auch auf den Gang

verzichten können. Zudem war ja nicht sicher, ob wir das Richtschwert der Templer tatsächlich fanden.

Das Kloster erinnerte mich an ein Gefängnis. Wer einmal hinter diesen dicken Mauern verschwunden war, der kam so schnell nicht wieder hervor. Fenster sah ich nicht. Nur schießschartenähnliche Öffnungen.

Ein Hof, eine Mauer, ein Tor, alles sehr düster. Überragt von einem viereckigen Turm mit flachem Dach.

Das Kloster stand wie eine Trutzburg auf der Erhebung. Der Blick von dieser Stelle aus war phänomenal. Er fiel zur einen Seite zum Meer hin, gegenüber schweifte er weit über das Land, bis hin nach Larnaka und den alten mykenischen Ruinen.

Wir erreichten den Eingang. Ein großes Tor, das nicht verschlossen war. Wenig später standen wir auf dem Klosterhof und sahen uns um. Die zahlreichen Gebäude wirkten wie Klötze. Sie bildeten glatte Fronten ohne irgendwelche Schnörkel. Der alte Brunnen sah aus, als hätte er das letzte Wasser vor 100 Jahren abgegeben.

Wenn wir etwas hörten, war es nur das Raunen des Windes. Die Seeluft brachte einen Geruch von Freiheit und Abenteuer mit. Auf den langen Wellen der Meeresdünung glitzerten Schaumkronen.

Gemeinsam suchten wir den Eingang. Es gab ihn auch. Ein relativ kleines Tor aus starkem Holz. Das Bildnis einer Heiligen war in das Material eingeschnitzt worden. Wahrscheinlich das der heiligen Helena.

Die Düsternis der Mauern und die beklemmende Kühle einer großen Anlage ließen uns auch später nicht los, als wir das Kloster einer ersten Inspektion unterzogen.

Wir fanden sehr große Räume vor, Bethallen mit kolossalen Gemälden an den Wänden und unter der Decke. Man hatte hier den Heiligen gedient, denn all diese Bilder zeigten große Kirchenfürsten aus vergangener Zeit.

Dafür sahen wir so gut wie keine Möbelstücke. Hin und wieder eine Betbank, einen geschnitzten Stuhl oder einen kleinen Altar. Die manchmal auf den Platten stehenden Kerzen wirkten vertrocknet.

Durch die Fenster fiel Tageslicht. Staubschleier tanzten darin.

In der dritten Halle blieben wir stehen. Ich wollte nicht mehr weiter und sah Sukos fragenden Blick.

»Da können wir sieben Tage suchen, ohne etwas zu finden. Bei dieser Größe.«

»Hast du einen anderen Plan?«

»Möglich.«

»Laß hören.«

Ich hatte mir etwas gedacht und wollte Sukos Meinung wissen. »Wenn wir davon ausgehen, daß die Kreuzritter diese Insel angefahren haben und das Richtschwert hier tatsächlich versteckt worden ist, sollten wir davon ausgehen, daß es an einem ganz bestimmten Platz liegt.«

»Welcher käme da in Frage?«

»Die Kreuzritter waren in der Regel gläubige Menschen. Sie haben auf ihren Zügen Messen abgehalten, sind in Kirchen gegangen, haben gebetet und gesungen. Ich kann mir vorstellen, daß jemand, wenn er hier war, das Schwert in der Kirche versteckt hat.«

Suko verengte die Augen. Er traute mir nicht so recht. »Nein«, sagte er, »da stimme ich dir nicht zu.«

»Weshalb nicht?«

»Weil das Schwert, wenn dem tatsächlich so wäre, schon längst nicht mehr da liegen würde.«

»Meinst du?«

»Ja.«

Ich schüttelte den Kopf. »Die Kreuzritter werden bestimmt nicht so naiv gewesen sein, die Waffe offen hinzulegen. Suko, wir beide kennen alte Kirchen und Klöster. Wir brauchen uns nichts vorzumachen. Ich wette, daß es unter der normalen Kirche noch Krypten und Grüfte gibt. Davon sollten wir ausgehen.«

»Du willst also in die Kirche?«

»Ja.«

Der Chinese nickte. »Okay, ich halte dich nicht zurück. Vielleicht ist es eine Chance.«

»Zumindest haben wir ein Ziel und irren nicht wie zwei Suchende durch die Räume.«

Wir hatten uns die Lage der Kirche gemerkt, sprachen noch einmal die Richtung ab und setzten uns wieder in Bewegung. Natürlich verliefen wir uns. Es dauerte fast eine halbe Stunde, bis wir schließlich den Weg gefunden hatten. Es gab tatsächlich einen Durchgang vom Kloster aus in die Kirche. Dazu mußten wir eine alte Tür aufziehen, die erbärmlich quietschte. Das Geräusch verlor sich in der relativen Weite des Kirchenschiffes. Wir blieben zunächst einmal stehen, als wir die Pracht sahen, mit der die Klosterkirche ausstaffiert worden war.

Gemälde, Figuren, viel Blattgold, das im durch die Kirchenfenster fallenden Licht geheimnisvoll schimmerte.

Wir schritten durch den Gang zwischen den Bankreihen entlang in die Stille hinein. Unsere eigenen Schritte empfanden wir als Störung, leider konnten wir nicht fliegen.

Es gab kleine, in die Wände gehauene Gebetsnischen. Eine schlichte Bank und ein kleiner Altar luden den Betenden ein, hier länger zu verweilen. Uns interessierte etwas anderes. Jedes Kloster hat einen eigenen kleinen Friedhof. Da wir außerhalb der Mauern keinen entdeckt hatten, war es möglich, daß die Toten in der Tiefe begraben worden waren.

Wir passierten den Altar an seiner linken Seite und umrundeten ihn nicht, denn wir sahen die alte Steintreppe. Noch in Höhe des Altars führte sie in die Tiefe.

Suko hatte sich gebückt. Die Treppe interessierte ihn nicht, er untersuchte den Boden.

»Was hast du?« fragte ich ihn.

»Das sind Spuren von Menschen«, sagte er.

Ich war schnell bei ihm und erkannte, daß sich mein Freund nicht geirrt hatte. »Wer kann da hergegangen sein?« murmelte ich und sprach dabei mehr zu mir selbst.

»Weiß ich doch nicht.«

»Ich habe dich auch nicht gemeint, Dicker.« Mein Finger wies über die Stufen nach unten. »Da sind sie schwach zu erkennen. Das müssen mindestens zwei Personen gewesen sein, die nach unten gingen.«

»Mönche?«

Ich schüttelte den Kopf. »Das Kloster sieht mir ziemlich unbewohnt aus, wie ich meine.«

»Dann kämen eigentlich nur der oder die Mörder Gordon Stanhopes in Frage.«

»Daran denke ich auch, Suko.«

Es hatte keinen Sinn, lange herumzurätseln. Wenn wir genau Bescheid wissen wollten, mußten wir selbst in die Tiefe unter der Kirche gehen. Eine Tür versperrte uns den Weg. In griechischer Sprache war dort etwas hineingeschnitzt worden. Den Text verstanden weder Suko noch ich.

Aber die Tür war offen. Das merkten wir sehr schnell, als wir die schwere Eisenklinke nach unten drückten. Als die Tür aufschwang und ich über die Schwelle trat, hatte ich das Gefühl, in eine finstere Gruft zu sehen.

Ich spürte den Odem der Zeit, der mir von unten her entgegenwehte. Ein kalter Hauch, wie aus dem Totenreich stammend. Er ließ mich frösteln. Suko hielt seine Lampe in der rechten Hand. Als er sie einschaltete, riß der weißblaue Halogenstrahl die Finsternis auf und zeigte uns ein düsteres Mauerwerk.

An vielen Stellen glitzerte Feuchtigkeit. Kerben und Risse waren Schlupfräume für allerlei Käfer und Kriechtiere. Feuchte Spinnennetze klebten ebenfalls an den Steinen und schimmerten grünlich.

Das alles nahmen wir gewissermaßen am Rande wahr. Wichtiger waren die beiden Gänge. Einer befand sich rechts von uns, der andere links, und wir konnten uns einen aussuchen. Das war natürlich nicht gut.

Suko dachte ebenso wie ich. »Stellt sich die Frage, ob wir gemeinsam gehen oder uns trennen.«

»Eine Trennung wäre riskant. Wir wissen nicht, was uns erwartet.«

»Aber wir könnten zwei Fliegen mit einer Klappe schlagen.«

»Das stimmt.«

»Also Trennung?« fragte Suko.

Ich nickte, obwohl mir die Sache nicht recht gefallen wollte.

»Welche Seite nimmst du?« fragte Suko.

Da ich links von ihm stand, entschied ich mich für diese.

Mein Partner war einverstanden. Er schlug mir noch einmal auf die Schulter. »Machen wir eine Uhrzeit aus?«

»Ja. Sagen wir in einer Stunde.«

»Besser dreißig Minuten später.«

»Auch das.«

»Und wenn einer von uns nicht zurückkommt, muß der andere ihn suchen.«

»Einverstanden.«

Wir verabschiedeten uns. Beide fühlten wir uns nicht wohl, aber manchmal gibt es Dinge, da muß man die persönlichen Gefühle einfach im Interesse der Sache zurückstellen …

»Wenn einer von uns nicht zurückkommt, muß der andere ihn suchen.«

An diese Worte meines Freundes Suko dachte ich, als ich auf dem Gitter lag und meinen Blick starr auf das verdammte Uhrwerk gerichtet hielt.

Eine halbe Stunde war vorbei. Die Hälfte der mir zugestandenen Zeit. Jetzt hatte ich nur noch 29 Minuten zu leben. 29 Minuten Todesangst und gleichzeitig auch Hoffnung, daß ich trotzdem noch aus dieser verdammten Misere herauskam.

Die Chancen dafür standen leider mehr als schlecht.

Unter mir stand der Rothaarige noch immer auf der Treppe. Er hatte den Kopf wieder gesenkt und ließ den Rest der alten Steintreppe schnell hinter sich.

Vielleicht war es sogar gut so, daß dieser Mann erschien. Seine Gegenwart lenkte mich von meinen eigenen Problemen ab, wenn ich ihn bei seinen Handlungen beobachtete.

Vor der letzten Stufe blieb er geduckt stehen. Der Mann erweckte den Eindruck eines witternden Raubtiers. Das blasse Licht umgab seinen Kopf wie ein Schleier. Zudem fiel es auf das Gesicht, das einen lauernden Ausdruck zeigte.

Noch traute er sich nicht näher an den Sarg heran. Möglicherweise aus Furcht. Aber dieser Mann war in meinen Augen ein eiskalter Mörder. Ich wunderte mich darüber, daß er so etwas wie Skrupel zeigte. Wahrscheinlich war ihm die Sache nicht geheuer.

Und Akim Samaran hielt sich zurück. Er hatte die Vorarbeiten geleistet, die Annonce gelesen und sofort die richtigen Schlüsse gezogen. Hätte Gordon Stanhope sie nicht aufgegeben, wäre er noch am Leben. Oft ist die Gier eines Menschen, irgend etwas zu besitzen, stärker als die Vorsicht.

Ich überlegte, ob ich ihn ansprechen sollte, ließ es aber bleiben. Es hatte keinen Sinn. Jorge war mit einer Aufgabe betraut worden, die er eiskalt durchführte.

Wie er ging, das erinnerte mich an das vorsichtige Laufen einer Katze, wenn sie sich einer Beute nähert. So gut wie kein Geräusch klang zu mir hoch.

Ich dachte an den Schatten, den ich gesehen hatte, als ich noch nicht überwältigt worden war. Er hatte sich aus einem toten Winkel gelöst und würde möglicherweise wieder erscheinen, wenn der Rotschopf versuchte, den Sarg zu öffnen.

Jetzt hatte er ihn erreicht.

Seitlich blieb er stehen, starrte auf das staubige Oberteil und legte anschließend seine Hände darauf. Aus seinem Mund drang ein Flüstern, vermischt mit einem Lachen, das selbst ich vernahm. Wahrscheinlich wollte er sich für seine nächste Aktion selbst Mut zusprechen. Leicht ging er in die Knie und untersuchte den alten Sarg dort, wo die beiden Hälften zusammenstießen.

Ich warf zwischendurch wieder einen Blick auf die Uhr.

Weitere fünf Minuten waren vergangen.

Die Todesangst entwickelte sich bei mir allmählich zu einer Beklemmung. Ich hatte Schwierigkeiten durchzuatmen und versuchte es wieder. Einige Male hintereinander bäumte ich meinen Körper hoch, die verdammten Stricke mußten sich einfach lockern. Sie waren um die Eisenstangen gebunden. Um glatte Stangen wohlgemerkt. Vielleicht verschoben sich die Knoten durch meine Aktivitäten.

Noch spürte ich sie, wie sie sich um meine Gelenke spannten. An den Fußknöcheln hatte ich keinen Spielraum, dort war ich einfach nicht so beweglich.

An den Handgelenken sah es anders aus. Ich spürte plötzlich, daß sich die Stricke tatsächlich verschoben hatten, ohne mir allerdings die Chance zu geben, die Hände aus den Schlingen hervorziehen zu können.

Ein Geräusch lenkte mich ab. Es war ein hartes, kurzes Schaben nur, das aus der Tiefe zu mir hochdrang. Ich blickte wieder hinunter und erkannte, daß es Jorge fast geschafft hatte, den Deckel des alten Sargs zu lösen.

Er fluchte noch, weil das Oberteil festsaß, aber er gab nicht auf, packte mit beiden Händen zu und schaffte es schließlich, den Deckel in die Höhe zu wuchten.

Dabei drehte er sich nach rechts, ohne einen Blick in den Sarg zu werfen. Zuvor drückte er den Deckel hochkant und lehnte ihn gegen die Wand. Erst dann wandte er sich seinem eigentlichen Ziel zu.

Ich hatte inzwischen einen Blick in den Sarg werfen können. Dieser Moment der Spannung, des Erkennens, ob ich vielleicht richtig mit meinen Vermutungen gelegen hatte, ließ mich meine eigene Angst vergessen. Vielleicht war es das letzte in meinem Leben, möglicherweise der Beweis.

Ja, er war es!

Im Sarg lag eine in grüne Binden gewickelte Leiche, die Ähnlichkeit mit einer Mumie aufwies. Und auf ihrem Körper lag, und zwar so hoch, daß das Griffende fast das Kinn der

Mumie berührte, lang und flach ein goldenes Schwert mit ebenfalls goldenem Griff und einer langen blutbeschmierten Klinge.

Das Richtschwert der Templer!

Es gab diese Waffe also doch! Nichts war erlogen, nichts war erfunden. Sie lag unter mir, vielleicht nur drei Yards entfernt, aber nach wie vor unerreichbar für mich.

Aber nicht für Jorge!

Er war wohl von diesem Anblick selbst geschockt worden, da er aussah wie jemand, den man ins kalte Wasser geworfen hatte. So jedenfalls deutete ich sein Zögern.

Ein anderer hätte sich vielleicht auf das Schwert gestürzt. Jorge blieb noch stehen. Vielleicht hatte ihm das Blut auf der Klinge diesen Schock versetzt, jedenfalls wischte er fahrig über seine Stirn und schielte zu mir hoch.

Unsere Blicke trafen sich. Er mußte mein verzerrtes Gesicht gesehen haben, denn er grinste scharf.

»Nimm es schon!« keuchte ich. »Du hast gewonnen!«

Er lachte krächzend. »Ja, und du fährst gleich zur Hölle, verfluchter Bulle!« Es war von ihm nur so dahingesagt, ohne innere Überzeugung. Seine Aufgabe setzte ihn viel zu sehr unter Druck.

Ich dachte darüber nach, wer der Tote im Sarg war. Vielleicht wußte Jorge Bescheid. Unter Umständen hatte ihn Samaran eingeweiht.

»Wer ist das im Sarg?« fragte ich ihn. Meine Stimme hallte dumpf durch die unheimliche Gruft.

Jorge hob den Kopf an. »Du weißt es nicht?«

»Nein.«

»Lorne Stanhope, der Bruder von Gordon. Er hatte sich mit den Mönchen gut verstanden und ihnen das Versprechen abgenommen, ihn nach seinem Tod als Mumie zu begraben. Er wollte einbalsamiert werden. Wahrscheinlich ist er unter den Binden noch erhalten. Reicht dir das, Bulle?«

»Sicher.«

»Okay, dann kannst du ja zusehen, wie ich die Waffe an mich nehme. Genieße die letzten Minuten deines Lebens.«

Diese Bemerkung brachte mich dazu, wieder einen Blick auf das Zifferblatt des Höllenweckers zu werfen.

Noch 19 Minuten bis zu meinem Ende!

Es war nicht der richtige Zeitpunkt, sich mit Vorwürfen zu beschäftigen. Jorge nämlich bewegte sich und streckte die Arme aus. Er benötigte beide Hände, um die schwere Waffe hochhieven zu können.

Kaum hatte er den Griff berührt, als eine gewaltige Stimme durch die Gruft donnerte.

»Neiiinnnn!«

Ich schaute auf die Uhr.

Noch 18 Minuten bis zu meinem Tod!

Das Geschehen nahm plötzlich eine dramatische Wendung. Jorge hatte die Stimme natürlich auch gehört. Er war einen blitzschnellen Schritt zurückgewichen, ohne das Richtschwert von der Leiche zu nehmen. Den Kopf hatte er nach rechts gedreht, und er blickte dabei genau in die Richtung, in der ich den Schatten gesehen hatte.

Jetzt war er wieder da

Und er bewegte sich abermals. Sehr vorsichtig drang er in die Gruft hinein, nahm menschliche Umrisse an und wurde selbst zu einem Menschen, der mir einen Schrecken einjagte.

Er war alt, eigentlich schon tot und trug die Kutte eines Mönchs. Staubbedeckt war das Kleidungsstück, gleichzeitig übersät mit Spinnweben, die im fahlen Licht der Gruft silbrig glänzten.

Sein Gesicht konnte ich aus meiner Sichtperspektive nicht erkennen. Zudem hatte er den Kopf gesenkt, es lag gewissermaßen im Schatten. Ich konnte mir jedoch vorstellen, daß es sich dabei um eine alte, halbverweste Leichenfratze handelte, sonst hätte Jorge vor der Gestalt nicht eine so große Furcht gezeigt.

Der Bewacher hatte die Kapuze der Kutte über den Kopf gestreift. Daß er sich Jorge als Ziel ausgesucht hatte, lag auf der Hand. Wer dieser alte Mönch war, wußte ich nicht. Ich rechnete damit, daß man ihn als Wächter des Richtschwerts ausgesucht hatte.

Und er griff danach.

Aus dem Ärmel erschien schlangengleich eine Klauenhand mit langen Fingern, die den Griff umspannen wollten. Dazu jedoch kam es nicht. Jorge hatte seinen ersten Schreck überwunden und griff den Mönch an. Er verließ sich dabei auf seine heimtückische Waffe, mit der er auch mich hatte umbringen wollen.

Beinahe grenzte es schon an Zauberei, so schnell holte er die Seidenschlinge hervor. Er mußte mehrere davon besitzen, hielt sie straff gespannt zwischen beiden Händen und sprang so auf den alten Mönch zu.

Wie ein Schatten huschte die Schlinge am Gesicht des Sargwächters vorbei und schnitt im nächsten Moment in seinen Hals. Einen Lidschlag später riß Jorge den Mönch schon zurück und zu sich heran, während er die beiden Enden der Schlinge im Nacken über Kreuz zusammenführte.

»Dich bringe ich um!« keuchte er. »Du verdammter …« Die letzten Worte gingen in einem unverständlichen Gemurmel unter.

Mir war klar, daß es sich in den folgenden Sekunden entscheiden würde, ob Jorge es mit einem Untoten oder mit einem Menschen zu tun hatte.

Beides war möglich.

Es war ein Zombie!

Er drehte sich herum, obwohl die Seidenschlinge in seinen Hals schnitt, und er stieß seine Totenklauen wie Lanzenspitzen in das Gesicht des Rothaarigen.

Der schrie auf. Zumindest mußte eines seiner beiden Augen getroffen worden sein. Plötzlich war er so gut wie blind, löste eine Hand von der Schlinge, um sich durch einen Rammstoß den Wächter vom Hals zu halten. Das schaffte er nur halb. Der Zombie fiel zurück, er riß den anderen dabei mit, und die Kapuze rutschte von seinem Schädel.

Ich sah einen kahlen Kopf und für einen Moment auch das vertrocknet wirkende Gesicht. Dem Zombie gelang es, mit einer Hand in den offenen Sarg zu fassen und das Schwert an sich zu reißen.

Jorge war durch die Gestalt des Mönchs die Sicht genommen worden. Er blickte erst auf, als der andere die Klinge bereits im Halbkreis gegen ihn schwang.

Jorge wollte weg, aber der Mönch hielt ihn fest.

Plötzlich spritzte Blut. Das Schwert hatte den Killer an der Schulter erwischt. Mochte die Waffe auch noch so alt sein, von ihrer Schärfe hatte sie nichts verloren.

Der Rothaarige riß seinen Mund auf. Zunächst dachte ich, daß er nicht schreien würde, dann wurden die Schmerzen übermächtig, und sein Schrei hallte mir furchtbar und markerschütternd entgegen.

Der Mönch war nur auf seine Aufgabe konzentriert. Deshalb schwang er die Waffe noch einmal herum.

Da der andere ihn losgelassen hatte, hielt er sie mit beiden Klauen fest und schwang sie wesentlich kraftvoller als beim ersten Hieb. Diesmal ließ er Jorge keine Chance.

Ich wurde Zeuge einer schrecklichen Tat. Die Leiche des Killers sank vor dem Sarg zusammen.

Der Mönch hatte seine Aufgabe erfüllt. Er stand da, starrte auf den Toten, dann auf die Klinge und drehte sich mit einer schwerfällig wirkenden Bewegung herum.

Für mich zeigte er kein Interesse. Außerdem wußte ich nicht, ob er mich überhaupt gesehen hatte. Ihn interessierte der Sarg. Mit einer behutsam wirkenden Geste hob er die schwere Klinge an und legte sie wieder auf die Leiche.

Vom Starren in die Tiefe brannten meine Augen. Leider war es nicht hell genug, um den Griff genauer erkennen zu können. Ob sich auf dem Griff der Waffe die gleichen

Zeichen wie auf meinem Kreuz befanden, wußte ich deshalb nicht.

Zudem hatte ich andere Sorgen.

Meine Lebensuhr lief ab.

14 Minuten noch.

Ich erschrak zutiefst, als mir das Zifferblatt des Sprengstoff-Weckers diese Zeit anzeigte. Und bis jetzt war es mir nicht gelungen, die Fesseln zu lockern.

Ich hatte zwar etwas mehr Spielraum – an den Händen saßen die Stricke nicht mehr so fest –, ansonsten mußte ich weiterhin Zuschauer des Geschehens bleiben und konnte nur auf meinen Tod warten.

Die Angst blieb. Sie überdeckte alles. Selbst meine Neugierde. Ich starrte häufiger auf den Wecker als in die Tiefe und versuchte weiterhin verzweifelt, die Stricke loszuwerden.

Reichte die Zeit?

Längst hatte ich mir die Handgelenke aufgescheuert. Aus den Wunden rannen kleine Blutfäden.

Nein, ich hatte keine Chance. Diesmal würde Akim Samarans teuflischer Plan aufgehen.

Und die Zeit verging. Der verdammte Sekundenzeiger lief weiter. Jeder kleine Abschnitt, den er zurücklegte, war für mich so, als würde ich ein Stück Leben verlieren.

Bis zum bitteren Ende …

Noch 13 Minuten!

Ich stöhnte auf. Es waren die innerliche Spannung und Angst, die mich so reagieren ließen. Hinzu kam das böse klingende Ticken, eine perfekte Untermalung für das Ablaufen meiner Lebensuhr.

Am liebsten hätte ich meine Angst hinausgebrüllt. Andere Menschen taten so etwas, vielleicht hatte ich schon zu tief in ausweglosen Situationen gesteckt, um mich noch artikulieren zu können. Jedenfalls riß ich mich so zusammen, daß es schon unnatürlich war.

Ich blickte wieder in die Tiefe. Es war vielleicht besser, wenn ich mich ablenken ließ.

Der Wächter hatte das Schwert wieder an seinen dafür bestimmten Ort gelegt. Weshalb es seinen Platz auf der Brust der Mumie gefunden hatte, darüber konnte ich nur spekulieren. Möglicherweise war es als Belohnung für denjenigen gedacht worden, der sich bei seiner Suche nach dieser Waffe eine so große Mühe gegeben hatte.

Der Wächter zog sich wieder zurück. Ich sah, wie er sich drehte. Die Kapuze hatte er über den Kopf gestreift, er ging den ersten Schritt, dann aber blieb er stehen.

So plötzlich und unerwartet für mich, daß ich selbst nicht daran glauben konnte und gleichzeitig überrascht war und an mein eigenes Schicksal nicht mehr dachte.

Ich beobachtete ihn weiter. Er hatte den Kopf gedreht wie ein Tier, das Witterung aufnahm. Dieser Wächter aber blickte direkt auf die Seite der Treppe, als würde wiederum von dort jemand erscheinen.

Ich mußte den Kopf drehen, um dorthin schauen zu können, erkannte dann einen Schatten, mehr eine huschende Bewegung, und einen Moment später gerieten zwei Beine in mein Blickfeld.

Mehr noch.

Ein Körper, ein Gesicht, ein Mann.

Es war Suko!

In diesen Augenblicken setzte bei mir trommelnder Herzschlag ein. War es die Freude darüber, daß ich meinen Freund wiedersah? Doch würde er es schaffen können, mich aus dieser verdammten Lage zu befreien? Kaum.

Dennoch rief ich ihn an, denn er hatte mich bisher noch nicht entdeckt. Sein Blick war auf den offenen Sarg, den toten Killer und auf den Wächter fixiert.

»S ... uko ...« Es drang über meine Lippen wie ein von Buchstaben begleitetes Stöhnen. Nur sehr leise, aber mein Freund hatte scharfe Ohren, hatte es gehört, ging noch eine Stufe tiefer.

Ob er die zweite auch noch nehmen wollte, sah ich nicht mehr. Er blieb stehen, starrte zu mir hoch. Ich sah, daß sich sein Gesicht veränderte und Überraschung sowie Schrecken die Züge zeichneten.

»John ...!« Es war ein Schrei und eine Frage zugleich. Seine Augen wirkten starr, er wollte etwas hinzufügen, hörte aber meine Antwort und schwieg deshalb.

»Ich hänge hier fest, Suko. Vor mir steht ein mit Sprengstoff gefüllter Wecker.« Rasch blickte ich auf das Zifferblatt. »Noch elf Minuten, dann geht das Zeug in die Luft ...«

Der Inspektor zuckte zusammen. Nur kam er nicht dazu, etwas zu unternehmen, denn die Mumie sah sich wieder als Wächter des Schwerts an, drehte sich und griff nach der Waffe.

Abermals hielt sie das Schwert mit beiden Händen fest am Griff gepackt, und sie schritt dahin wie ein ferngesteuerter Roboter, um den nächsten Menschen zu töten.

Ich hatte Suko die Zeit angegeben, so daß er Bescheid wußte. Lange durfte er nicht zögern, wenn er Sieger bleiben wollte. Er lief noch drei Stufen vor und nahm die restlichen mit einem Sprung.

Vor der Treppe blieb er stehen.

Und der Wächter kam.

Er ging sehr schwankend, der Schwertgriff klemmte zwischen seinen Handflächen, und er schwang die gewaltige Klinge von einer Seite auf die andere.

Suko blieb ruhig. Mit einer gelassenen Bewegung zog er seine mit geweihten Silberkugeln geladene Beretta hervor. Es war gut, was er da tat. Er sollte sich nur nicht auf eine lange Auseinandersetzung einlassen.

Sehr bedächtig hob er den Arm und ließ sich auch nicht durch die schwingenden Bewegungen der golden schimmernden Klinge irritieren. Er zielte genau, wartete, bis die lebende Leiche noch einen Schritt vorgegangen war, und drückte ab.

Suko wußte, wie man Zombies tötete. Er ging kein Risiko ein und hatte genau ins Ziel getroffen. Das Schwert sank plötzlich dem Boden entgegen, als wäre es seinem Halter zu schwer geworden. Mit der Klingenspitze kratzte es über das Gestein. Der Zombie selbst drehte sich und fiel dabei zurück. Die Kapuze rutschte von seinem Schädel. Jetzt konnte ich erkennen, wo die geweihte Kugel ihn getroffen hatte.

Es sah noch so aus, als wollte sich der Untote auf seinem Schwert abstützen, das aber schaffte er nicht mehr. Er fiel nach rechts und prallte schwer zu Boden.

Bewegungslos blieb er liegen.

Ich hörte meinen Freund atmen. Er stieß erleichtert die Luft aus und setzte sich in Bewegung.

Ich aber schaute auf das Zifferblatt.

Natürlich war der Zeiger weitergewandert.

Noch sechs Minuten!

Eine Zeitspanne, die nicht mehr reichen konnte, um mich aus dieser verdammten Lage zu befreien. Ich hatte es fast eine Stunde versucht, die Fesseln zu lockern. Es war mir nicht gelungen, und auch in den letzten Minuten würde ich es nicht schaffen, das gelang nur im Film.

Fünf Minuten!

Weshalb mußte mir das gerade passieren? Da unten stand mein Freund, eigentlich sehr nahe, aber für mich in diesen Augenblicken weiter entfernt als der Mond von der Erde.

Suko hatte das Schwert an sich genommen. Ich bewunderte in diesen Augenblicken seine Ruhe.

Bei mir war das Gegenteil der Fall. Die immer stärker werdende Angst beschleunigte meinen Herzschlag. Der Kreislauf lief auf Hochtouren, das Blut rann schneller durch meine Adern.

Suko ging zwei Schritte zurück und peilte in die Höhe. Ich konnte mir vorstellen, wie er nach einem Ausweg suchte. Auch wenn er sprang, würde er das Gitter niemals erreichen.

Das sagte er mir auch. »Es ist zu hoch, John!«

»Ich weiß!«

»Dann versuche ich es anders!«

»Wie denn?« schrie ich. Meine Stimme kippte fast über.

Schauer liefen über meinen Rücken. Ich konnte nicht mehr an mich halten, zerrte an den Stricken.

»Ich werfe das Schwert!«

Zum Glück behielt Suko die Ruhe und die Übersicht. »Und dann?« fragte ich, da ich nicht begriff.

Suko leuchtete den Wecker an. »Er steht auf einem Gitter, sogar ziemlich schräg. Ich werfe die Klinge hoch und versuche, ihn zu treffen. Vielleicht fällt er durch. Groß genug sind die Rechtecke schließlich. John, das ist unsere einzige Chance!« Jetzt klang auch seine Stimme nicht mehr so ruhig.

Was hatte ich denn zu verlieren? Nichts mehr – bis auf mein Leben. Um das aber zu retten, mußte ich nach jedem Strohhalm greifen, der sich mir bot.

Wieder starrte ich die Uhr an. Drei Minuten noch bis zur Explosion.

Suko hatte schon ausgeholt, war fast bis zur Treppe zurückgewichen, um einen besseren Wurfwinkel zu haben. Es war nicht einfach, die Klinge am Griff zu halten und sie dann in die Höhe zu schleudern. Das würde ungemein schwierig werden.

Er visierte noch einmal, zuckte zusammen, schleuderte den Arm vor, und seine Spannung entlud sich bei ihm in einem Schrei.

Von unten her raste das Schwert, mit der Spitze zuerst, auf das Gitter zu. Wenn Suko nicht genau gezielt hatte, war es sogar möglich, daß ich und nicht der Wecker getroffen wurde.

Dann zuckte ich zusammen, als das Schwert gegen das Gitter klirrte. Nicht einmal weit von dem verdammten Wecker entfernt. Er schwankte auch, zitterte nach, aber er fiel nicht.

Das Schwert fiel wieder nach unten. Mit dem Griff zuerst prallte es auf den Boden, und wieder war Zeit vergangen.

Eine Minute und 50 Sekunden noch zeigte die Uhr, als Suko die Waffe zum zweitenmal an sich nahm.

Ich starrte zu ihm hin. Tränen erstickten fast meinen Blick.

Das Gesicht meines Freundes sah ich nur noch verschwommen. Der seelische Druck wurde zu einer Qual, die sich auch körperlich bemerkbar machte. Ich verspürte plötzlich überall Schmerzen.

Suko warf die Klinge zum zweitenmal. Diesmal starrte ich nicht auf die Uhr, sondern verfolgte den Weg des Schwertes, sah es gefährlich nahe bei mir unter dem Gitter erscheinen, dann prallte es gegen die Gitterstäbe. Aber nicht gegen die, an denen der Wecker hing, sondern zwei weiter. Trotzdem wackelte die Uhr. Suko hatte mit aller Kraft die Waffe geschleudert – und der Wecker glitt ab.

Ich wollte es kaum glauben, schrie auf, spürte die heiße Lohe durch meine Brust zucken, beobachtete mit fieberndem Blick den Wecker, der weiterrutschte und fiel.

»Suko! Deckung!« brüllte ich, so laut ich konnte. Ich wußte nicht, ob die Ladung detonierte, wenn der Wecker den Boden erreichte. Hier war alles möglich.

Suko jagte, als er den Wecker fallen sah, die Stufen hoch.

Er kam nicht bis zum Ende der Treppe. Er hechtete sich vor. Das war sein Glück, denn einen Augenblick später detonierte die Ladung …

Mir war nichts anderes übriggeblieben, als die Augen zu schließen, denn abducken oder mich irgendwie schützen konnte ich mich mit meinen gefesselten Händen nicht.

So erlebte ich dieses Inferno ungeschützt mit.

Der Krach zerriß mir fast das Trommelfell. Noch in sein Echo hinein wurde ich von der Druckwelle getroffen, die sich nach drei Seiten ausbreitete. Ich hatte das Gefühl, zerrissen zu werden, als die Welle an meinem Körper zerrte und ihn in den noch straff sitzenden Fesseln aufbäumte.

Daß ich gegen den Krach und die Druckwelle anschrie, bekam ich kaum mit. Ich hörte ein Poltern, ein Knirschen, und kurz danach ebbte dieses Geräusch allmählich ab.

Es wurde still.

Tödlich still?

Bevor ich mich dazu überwand und die Augen öffnete, mußte ich husten, denn ich hatte Staub eingeatmet. Ich keuchte mit offenem Mund und spie das Zeug aus.

Dann öffnete ich die Augen.

Blind! Du bist blind!

Es war ein Schock, der mich durchzuckte, denn im ersten Augenblick konnte ich tatsächlich nichts sehen. Ich lag gefesselt auf dem Gitter, starrte in die Tiefe, bis ich links unter mir den schwachen Schein erkannte, durch den lange Staubfahnen als dichte Schleier trieben. Da mußte etwas zusammengekracht sein. Vielleicht eine Wand oder auch die Treppe.

Dabei dachte ich an Suko. Mein Gott, er war auf die Treppe gelaufen. Wenn die unter ihm eingestürzt war, hatte das schwere Gestein ihn womöglich unter sich begraben.

Ich rief seinen Namen.

Zuerst nur flüsternd, weil ich nicht anders konnte. Nach einem kräftigen Räuspern endlich lauter, so daß er mich einfach verstehen mußte.

Und er meldete sich.

Seine Stimme klang kaum lauter als meine, und die Worte wurden auch von einem kräftigen Husten unterbrochen. »Okay, Alter, ich lebe noch, wenn auch mehr schlecht als recht.«

»Wieso?«

»Ich mußte mir noch einiges von den Beinen laden. Da hat mich etwas erwischt, aber nichts, das dir Sorgen bereiten könnte.« Ich hörte es poltern und knirschen. Wenig später strahlte plötzlich das Licht der Halogenlampe auf. Aber selbst sie konnte den dichten Staubvorhang kaum durchdringen.

Wo Suko lag, ahnte ich mehr, als daß ich es sah. Dafür hörte ich ihn nochmals kräftig husten.

Dann erklärte er mir, daß er den Keller verlassen wollte, um zu mir zu gelangen.

»Hält denn die Treppe noch?«

»Einigermaßen. Bis gleich dann. Und laß dir die Zeit nicht zu lang werden, Alter.«

Ich lachte erleichtert auf. Aus dieser Lage noch einmal herauszukommen, damit hätte ich nicht gerechnet. Mich hatte das Richtschwert der Templer gerettet. Die Waffe, die früher einmal Hector de Valois gehört hatte.

Meine Gedanken irrten von ihm zu Akim Samaran ab. Es kam jetzt darauf an, ob Suko schneller war als er. Samaran hatte sicherlich die Detonation vernommen. Nun mußte er einfach mißtrauisch geworden sein, weil Jorge, sein Killer, vor dem Knall nicht zurückgekehrt war. So etwas mußte ihn zum Handeln zwingen.

Wer hatte den weiteren Weg? Suko oder Samaran? Noch immer war ich nicht endgültig gerettet. Ich hing in diesen verdammten Fesseln fest und versuchte auch weiterhin, mich zu befreien. Jetzt, wo die Angst nicht mehr so stark war, gab ich mir doppelt Mühe. Ich stand einfach nicht mehr unter diesem Zeitdruck.

In den Fesseln bäumte ich mich auf, kämpfte, zerrte und riß an den Stricken.

Der Schmerz in meinen Gelenken steigerte sich, doch einen endgültigen Erfolg erzielte ich leider nicht. So hing ich auch weiterhin fest, und das Gitter konnte ich aus seiner Verankerung nicht herausreißen.

Der Atem floß hektisch über meine Lippen. Ich stöhnte, bog meine Armgelenke so, daß die Fesseln auf die Handrücken rutschen konnten, und trotzdem kam ich nicht weg.

Die Stricke hielten.

Erschöpft sank ich zusammen. Nur meinen eigenen Atem hörte ich. Wie lange ich so gelegen hatte, wußte ich nicht. Die Hustenanfälle hielten an, aber die Pausen zwischen ihnen wurden länger.

Allmählich kehrte meine Kraft zurück. Das Zittern hörte auf, ich konnte mich wieder mehr auf meine Umgebung konzentrieren als auf mich selbst.

Der aufgewirbelte Staub hatte sich noch immer nicht gesenkt. Aber er war dünner geworden. Das sah ich im schwachen Licht unter mir. Es hatte die Explosion gut überstanden.

Das Gefühl der Erleichterung nahm ich erst jetzt richtig wahr. Wie eine Welle überschwemmte es mich. Es war mir plötzlich egal, daß ich gefesselt war. Ich hatte es überstanden, ich lebte, und das stellte alles andere in den Schatten.

Es war ruhig geworden, bis auf ein hin und wieder aufklingendes Nachrollen irgendwelcher kleinen Steine oder ein Knacken unter mir in der großen Gruft.

Plötzlich vibrierte das Gitter.

Da ich mich nicht bewegte, mußten diese Vibrationen von einem anderen ausgelöst worden sein.

Es kam jemand, denn ich hörte plötzlich Schritte.

War es Suko oder Samaran?

Noch einmal schoß mir das Blut in den Kopf, wurde die Angst zur Klammer, doch ich atmete auf, als ich den hellen Lichtteppich der kleinen Halogenleuchte über den Rost gleiten sah.

So eine Lampe besaß Suko.

Er wußte nicht genau, wo er mich finden konnte. Deshalb schwenkte er die Lampe, so daß mich ihr Schein treffen mußte. Ich kniff geblendet die Augen zusammen und hörte das leise Lachen meines Freundes. »Na denn«, sagte er.

Er klappte sein Taschenmesser auf und ging neben mir in die Knie. Ich spürte den kalten Stahl der Klinge an meinen Gelenken und wartete, bis Suko die Stricke durchtrennt hatte.

Ich war frei!

»Kannst du aufstehen?« erkundigte sich Suko besorgt.

»Ich versuche es.«

Es blieb tatsächlich beim Versuch. Ich fühlte mich wie ein Baby bei den ersten Laufübungen. Immer wieder sackte ich in die Knie und mußte mich hinsetzen.

»Okay, warten wir eine Weile«, sagte Suko, als er damit begann, meine geschundenen Fußknöchel zu massieren. Ich tat das gleiche an meinen Händen und ertrug klaglos die Schmerzen, die entstanden, als das Blut in meine Finger strömte.

Mein Kreislauf war schwach. Bis er sich wieder stabilisiert hatte, dauerte es seine Zeit.

Der zweite Versuch klappte besser. Zudem hatte mir Suko seine Hand gereicht und zog mich hoch. Ich ging die ersten Schritte, spürte bei jedem Auftreten Schmerzen in den Knöcheln und mußte natürlich erzählen.

Mein Freund hörte schweigend zu. Nur als ich den Namen Samaran erwähnte, stieß er scharf die Luft aus. Zum Schluß fragte ich ihn: »Ist dir Samaran nicht über den Weg gelaufen?«

»Nein, ich habe ihn nicht gesehen.«

»Dann hält er sich noch irgendwo versteckt!«

»Falls er es nicht vorgezogen hat, das Weite zu suchen.«

Ich lachte laut. »Er und das Weite suchen? Nein, nicht Akim Samaran. Das ist nicht seine Art, so einfach zu verschwinden. Er hatte versucht, das Richtschwert der Templer in seinen Besitz zu bringen und verdammt viel eingesetzt. Und er wird so schnell nicht aufgeben.«

»Wir ebenfalls nicht.«

»Richtig, Suko. Du kennst den Weg. Durch Zufall hast du dir die richtige Seite ausgesucht. Wenn du zurückdenkst: Hast du vielleicht etwas gesehen, wo sich jemand versteckt halten könnte?«

»Nein.«

»Aber Samaran wird dort sein.«

Suko hatte noch Fragen, die Samaran nicht berührten. Er wollte von mir wissen, wer sich in dem Sarg befunden hatte.

»Lorne Stanhope!«

»Was? Die Mumie war Lorne Stanhope?«

»Genau. Bevor der Rotschopf starb, hat er mich darüber aufklären können.«

»Und wen habe ich dann getötet?«

»Einen Wächter des Richtschwerts. Er war ein Zombie.«

Suko nickte. »Das habe ich bemerkt. Na ja, jedenfalls haben wir jetzt das Schlimmste hinter uns.«

»Ich hoffe es.« Mit meiner Lampe leuchtete ich durch das Gitter in die Tiefe, da ich herausfinden wollte, welchen Schaden der explodierende Wecker angerichtet hatte.

Das Geländer war nicht mehr zu sehen, die obere Treppenhälfte hing praktisch in der Luft. Darunter lagen die Trümmer, umgeben von Staubschleiern.

Der Sarg war zu sehen, die beiden Toten ebenfalls.

»Wir müssen dort runter«, sagte ich zu Suko. »Du kennst ja den Weg.«

Ich hatte noch immer meine Schwierigkeiten mit dem Bewegen der Beine. Jedesmal, wenn ich die Füße aufsetzte, zuckte durch meine Knöchel ein scharfer Schmerz. An den Handgelenken spürte ich dieses Beißen ebenfalls. Das Blut an den Rändern der Schürfwunden war zum größten Teil wieder getrocknet.

Nicht mehr lange, und wir standen dort, wo wir uns getrennt hatten. Suko leuchtete in den Gang, den er genommen hatte. Das Licht fiel bis zu einer Kurve. Dahinter ging es steil bergab.

»Die Schräge hält fast bis zum Keller an«, erklärte mir Suko und tauchte in den Stollen ein.

Beruhigt waren wir nicht. Jeder von uns dachte an Samaran, und ich ging noch einen Schritt weiter. Er hatte mir einen mit Sprengstoff gefüllten Wecker vor die Nase gestellt. Wer sagte mir denn, daß es sein gesamter Sprengstoff gewesen war, den er bei sich führte? Es konnte durchaus sein, daß er noch einiges von dem Zeug in Reserve hielt und uns damit überraschen wollte.

Zum Glück ging alles gut. Bald hatten wir den Eingang zur Gruft erreicht. Eine alte Tür mußte auch hier zur Seite geschoben werden. Ich leuchtete sie an. Ein Spruch, der gleichzeitig eine Warnung darstellte, war darauf eingraviert.

Halblaut las ich vor. »Das Schwert hat seine Pflicht getan. Es hat gerichtet und gekämpft. So soll es denn für alle Zeiten

Ruhe haben und kein Schlachtfeld mehr mit seinem blutigen Zeichen überdecken. Im Namen des König Salomon will ich es für alle Zeiten hier vergraben. – Hector de Valois.«

Die Worte nahmen mich mit. Ich spürte den Schauer auf meinem Körper. Wieder las ich etwas von dem sagenumwobenen Templer und Anführer einer der Kreuzzüge.

Suko gab auch einen Kommentar ab. »Seine Spuren sind wirklich vielfältig, das muß man ihm lassen.«

»Ja, und sie reichen tief in die Vergangenheit. König Salomon. Verdammt, was hat er mit Hector de Valois zu tun gehabt? Und auch mit diesem goldenen Schwert?«

»Vielleicht war es seine Waffe.«

»Meinst du?«

»Durchaus möglich.«

»Und die Zeichen auf dem Kreuz? Sie sind identisch mit denen auf dem Schwertgriff?«

Suko gab sich ratlos. »Da bin ich leider auch überfragt. Mir scheint aber eines allmählich festzustehen.«

Da er eine Pause einlegte, fragte ich: »Was denn?«

»Irgendwie habe ich das Gefühl, daß dein Schicksal fest mit der Vergangenheit verknüpft ist.«

Die Aussage überraschte mich. »Wie kommst du darauf?«

»Ich weiß es nicht. Für meinen Geschmack stolpern wir in der letzten Zeit immer wieder über die Templer und auch über den Namen Hector de Valois. Allmählich glaube ich nicht mehr an einen Zufall, John. Da kannst du sagen, was du willst.«

»Du mußt doch an etwas glauben.«

Suko nickte. »Das ist auch der Fall. Für mich ist es eine Art von Bestimmung, daß wir diesen Weg gehen. Niedergeschrieben im Buch des Schicksals, dem auch du, John Sinclair, nicht entrinnen kannst. Möglicherweise wirst gerade du noch einige Überraschungen erleben.«

So hatte ich Suko selten reden gehört. »Du sprichst, als wüßtest du mehr, Alter.«

»Das weiß ich eben nicht. Mir macht nur die Übereinstimmung zwischen dem Richtschwert der Templer und deinem Kreuz Sorgen. Da gibt es noch verdammt viele weiße Flecken auf der Landkarte deines Lebens, die es zu erforschen gilt.«

Wenn ich mir die Worte des Inspektors durch den Kopf gehen ließ, konnte ich ihm einfach nicht widersprechen. »Wahrscheinlich hast du sogar recht, Suko. Nur wird es schwer sein, diese Flecken auch zu finden. Jedenfalls werde ich mir die größte Mühe geben.«

»Du kannst immer auf meine Unterstützung rechnen.«

Ich kannte Suko lange genug, um zu wissen, daß er die Worte nicht so einfach dahingesprochen hatte.

Hector de Valois!

Immer wieder mußte ich an diesen Mann denken. Ich wurde immer wieder mit ihm und seinem Erbe konfrontiert, und diese schillernde Persönlichkeit wurde mir immer besser bekannt. Manchmal war es so, als würde ich nicht einmal einem Fremden gegenüberstehen, wenn ich etwas von ihm fand, das er hinterlassen hatte.

Was war das nur? Konnten zwei Menschen, die in verschiedenen Zeitepochen lebten, so seelenverwandt sein?

Wir würden sehen.

Suko kannte sich in dieser Umgebung aus und hatte deshalb die Führung übernommen. Wir mußten noch einen schmalen Gang durchqueren, bevor wir in den unmittelbaren Bereich der Treppe gelangten.

Mein Freund war stehengeblieben. Zur Sicherheit schwenkte er die Lampe von einer Seite auf die andere. So wurde alles Wichtige erhellt.

Das war vor allen Dingen die Treppe.

»Schau dir das an.«

Zum ersten Mal sah ich die unheimliche Gruft aus einer anderen Perspektive. Doch zuvor blickte ich nach oben, wo sich das Gitter befand. Dort hatte ich einmal gefesselt gelegen. Noch jetzt schauderte es mich, wenn ich daran dachte.

Von der Treppe fehlte tatsächlich die untere Hälfte. Das Geländer war sowieso weggesprengt worden. Wir standen auf der zweiten Hälfte und blickten in die Tiefe.

»Ob sie hält?« fragte ich.

»Bei mir hat sie gehalten«, antwortete Suko.

»Wir könnten springen, das ist sicherer.«

»Dann gib acht, daß du dir im Schutt und zwischen den Trümmern nicht die Knochen brichst.«

Mit dieser Warnung hatte Suko gar nicht mal so unrecht. Viele freie Plätze, auf denen ich landen konnte, gab es wahrhaftig nicht. Ich suchte mir einen aus, wo nicht zuviel Schutt lag, peilte genau und sprang. Sicher landete ich auf beiden Füßen, während Suko den Weg bis zum Treppenende vorging und erst dann sprang. Auch er kam sicher auf.

Im Licht unserer Taschenlampen sahen wir die Toten. Der eine war ein Zombie gewesen, der andere ein Mensch. Zweimal hatte ihn die Klinge des Richtschwerts getroffen. Jorge sah furchtbar aus. Ich blickte woanders hin und hätte mir gewünscht, daß ihn der Schutt einer zerstörten Wand völlig begraben hätte.

Es war die Wand, hinter der der Zombie hervorgetreten war. Von dort mußte das Licht in die Gruft gestrahlt sein. Als ich mir die Ecke näher ansah, entdeckte ich die Quelle. Es war ein weißer Stein, so, wie ich ihn noch nie gesehen hatte. Ziemlich groß, viereckig und mit einer Leuchtkraft ausgefüllt, für die es keine Erklärung gab.

Auch Suko wunderte sich. »Den würde ich gern untersuchen lassen«, sagte er.

»Ich auch.«

»Vielleicht stammt das Material nicht mal von dieser Welt.«

»Wie bei den Flammenden Steinen«, murmelte ich. »Die kommen ja auch aus Atlantis.«

Der unmittelbare Weg zum Stein war uns versperrt. Deshalb kümmerten wir uns auch nicht mehr darum. Wichtig waren jetzt der Sarg mit der Leiche und das Schwert.

Den Deckel hatten die Trümmer der zusammenbrechenden Wand zerstört. Einige Brocken waren auch in den Sarg gefallen. Das Schwert lag daneben.

Schon einmal hatte ich ein Schwert besessen. Das des Dämonenhenkers Destero. Es hielt aber keinen Vergleich zu dieser Waffe.

Und wie lange lag Destero schon zurück? Das waren einige Jahre. Momentan mußten wir uns mit anderen Dingen beschäftigen.

Ich zögerte ein wenig, und Suko sagte: »Heb es schon auf. Vielleicht gehört es dir.«

»Wegen der Zeichen?«

»Ja.«

»Ich weiß nicht so recht.« Auf meiner Stirn hatte sich Schweiß gebildet. Eine innere Unruhe erfüllte mich, für die ich keinen Grund wußte.

Auch Suko hatte dies festgestellt. »Was ist los, John?«

Ich hob die Schultern. »Keine Ahnung, aber ich traue mich nicht so recht, das Schwert anzufassen.«

»Und weshalb nicht?«

»Eine innere Scheu!«

»Nur so?«

Fahrig wischte ich über meine Stirn, um anschließend das Kinn zu kneten. »Keine Ahnung, aber da ist ein innerer Druck, der sich zu einer Stimme verdichten könnte.«

»Was sagt man dir denn?«

»Noch nichts, aber das könnte noch kommen.« Ich blickte auf das Schwert, auch auf die Mumie, als könnte sie mir eine Antwort auf die drängenden Fragen geben. Verhielt ich mich richtig? War es falsch, wenn ich das Schwert jetzt an mich nahm?

Ich wußte die Antwort nicht, aber ich hatte eine Idee. Ich griff zur Kette, an der das Kreuz hing. Sehr vorsichtig zog ich sie vom Hals weg, so daß das Kreuz hervorrutschen konnte. Eine Bewegung, die mir schon in Fleisch und Blut übergegangen war, in diesen Augenblicken aber eine besondere Bedeutung für mich hatte.

»Vielleicht ist es genau das Richtige, was du getan hast«, sagte Suko.

Ich nickte. Noch reagierte das Kreuz nicht. Es strahlte nur ein wenig heller, weil es vom Lichtstrahl getroffen wurde, aber nicht aus seiner inneren Kraft heraus.

Es war kaum zu glauben, aber jetzt fühlte ich mich tatsächlich besser. Ich überwand meine Scheu. Ohne noch eine weitere Sekunde zu zögern, bückte ich mich, griff mit beiden Händen zu, umklammerte den Schwertgriff und hob die Waffe an.

Himmel, was hatte sie für ein Gewicht! Da mußte ich schon Kraft einsetzen, um sie überhaupt vom Boden hochhieven zu können. Suko wollte mich unterstützen. Ich war dagegen und richtete mich mit dem Schwert auf. Sehr langsam nur schwang ich es herum, bis ich es mit der Spitze auf den Boden stemmen konnte. Dabei hatte ich es mit der Vorderseite zu mir hingedreht. Frei fiel mein Blick auf die eingravierten Zeichen im goldenen Griff.

Mein Kreuz war von Lilith manipuliert worden. Sie hatte mir die nicht enträtselten Zeichen gewissermaßen gestohlen, aber auf dem Schwertgriff waren sie vorhanden.

Was sollte ich tun?

Ich starrte auf das Schwert, blickte dann Suko an, der hinter einer Wand aus Licht stand, da er die Lampe hielt.

»Vielleicht solltest du dein Kreuz und den Griff des Schwertes einmal zusammenführen.«

»Daran habe ich auch schon gedacht.«

»Dann tue es doch.«

»Ja, ja ...« Meine Stimme hörte sich fremd an. Ich hatte das Gefühl, an einem der entscheidenden Punkte meines Lebens zu stehen. Unter Umständen konnte in den folgenden Sekunden ein weiteres Rätsel gelöst werden.

Alles war möglich.

Und so überwand ich mich und brachte den Schwertgriff mit dem Kreuz in Verbindung.

Im selben Augenblick änderte sich fast alles. Magien trafen

zusammen. Altes und Uraltes vereinigten sich, schlugen eine Brücke zu mir, reagierten wie ein Sender, und ich wurde zum Empfänger dieser magischen Impulse …

Akim Samaran hatte die Detonation gehört und dann gewartet. Die Minuten verstrichen. In seinem Versteck hockte er und vibrierte innerlich.

Jetzt war Sinclair hin.

Zerrissen und atomisiert. Das hatte er diesem Bastard von ganzem Herzen gewünscht. Jorge, sein Killer, konnte die Waffe beruhigt an sich nehmen und sie ihm übergeben.

Er gratulierte sich noch heute, daß er die Annonce in der Zeitung entdeckt hatte. Dieser Stanhope war ein Narr gewesen. Vor allen Dingen ein blinder Narr, ein leidenschaftlicher Sammler, der für die realen Dinge keine Augen mehr gehabt hatte. Er war versessen darauf gewesen, das Erbe seines Bruders zu erfüllen.

Das hatte er mit seinem Leben bezahlen müssen!

Und Sinclair, dieser Bluthund, der ebenfalls die Fährte aufgenommen hatte, lebte auch nicht mehr.

So mußte es sein. Ein Gegner nach dem anderen mußte verschwinden. Als Sieger sollte er, Akim Samaran, dastehen. Er wollte dem Spuk beweisen, daß er mehr konnte, als er bisher gezeigt hatte. Samarans Fernziel war der Würfel. Vielleicht konnte er den Spuk durch Taten davon überzeugen, ihm den Würfel zu überlassen.

Noch mußte er allerdings warten. Auch das Richtschwert der Templer war wichtig. Er bezeichnete dessen Erwerb als einen Meilenstein auf dem Weg zur Macht, und diese Klinge würde ihm die Verbindung zu den Templern ermöglichen. Auch heute gab es sie noch. Das hatte er mittlerweile herausgefunden. Er mußte nur den richtigen Einstieg finden, dann würde er in ihrer Hierarchie schnell nach oben steigen. Und wenn er den Templern das Schwert brachte, vergingen sie vor Ehrfurcht.

Nur wollte er auch die richtige Gruppe, die um Baphomet. Sie stand der Hölle oder der schwarzen Magie sehr nahe. Und er würde sie schon auf die Seite des Spuks ziehen können, das traute er sich ohne weiteres zu.

Noch mußte er zagen und zittern, konnte seine Vorstellungen nur in den Zukunftsträumen realisieren, aber bald würde er den ersten Schritt getan haben.

Um das Problem John Sinclair hatte sich Akim Samaran keine Sorgen gemacht. Seiner Ansicht nach hatte Jorge es phantastisch gelöst. Den Raum unter der Kirche hatte Samaran nur durch einen Zufall entdeckt. Er wäre schon fast an ihm vorbeigelaufen, denn der kleine Eingang war kaum heller als die Wand.

Irgendwann wurde Samaran unruhig. Es war ungewöhnlich, daß Jorge so lange wegblieb. Und daß er seinen Chef vielleicht betrügen würde, daran wollte Samaran nicht glauben.

Er mußte selbst nachsehen, doch er zuckte in seinem Versteck zurück, als er Stimmen hörte, Licht in den normalen Gang fiel und er die hastigen Schritte vernahm.

Zwei Männer kamen, aber Jorge war nicht dabei. Dafür hatte es dieser verdammte Sinclair geschafft.

Samaran zog sich in die dunkelste Ecke seines Verstecks zurück. Hätte er einen Spiegel besessen und ihn vor sein Gesicht gehalten, hätte er sich über sich selbst erschreckt. Er war bleich vor Wut und Ärger geworden.

Sinclair ist frei!

Diese Tatsache machte ihn innerlich fertig. Alles war umsonst gewesen, seine Anstrengungen, sein Plan, das Suchen des Killers. Dieser Hundesohn von Geisterjäger hatte es geschafft.

Aber wie?

Natürlich durch seinen Freund, diesen Chinesen. Ihn hatte Samaran zuvor nicht gesehen. Demnach mußte der Chinese noch einen anderen Weg gefunden haben.

Samaran kochte innerlich. Seine großen Pläne standen

zwar noch, aber die Schwierigkeiten waren gewachsen. Zum Glück gingen die beiden an seinem Versteck vorbei, und der Mann wartete so lange, bis er die Stimmen und Schritte nicht mehr hörte.

Erst dann verließ er die Nische. Sehr auf Vorsicht bedacht, bewegte er sich weiter. Nein, ein zweitesmal ließ er sich nicht überlisten. Er würde es jetzt selbst in die Hand nehmen und den verfluchten Geisterjäger zur Hölle schicken.

Die Waffen dazu besaß er.

Samaran lief in die Richtung, in die er Jorge zuvor geschickt hatte. Das Gitter war sein Ziel. Wahrscheinlich würden sich die beiden in die Gruft verziehen, denn sie wollten sich schließlich das goldene Richtschwert der Templer holen.

Eine faszinierende Waffe. Die beiden würden für nichts anderes mehr Augen haben.

Aber er hatte Augen und zwei besondere Grüße, die jetzt noch seine Taschen ausbeulten.

Handgranaten!

Es war furchtbar und gleichzeitig wunderschön sowie faszinierend. Mir eröffneten sich magische Welten. Sie gestatteten mir einen weiten und tiefen Einblick.

Zwei unterschiedliche Systeme hatten eine Verbindung geschaffen und das Trennende der Zeiten aufgehoben. Der Brückenschlag war entstanden, und er holte etwas aus den Tiefen der Vergangenheit hervor, um es mir zu zeigen.

Ein Gesicht.

Hector de Valois!

Ja, ich wußte genau, wen ich da vor mir hatte, denn ich sah ihn nicht zum erstenmal. Schon einmal war er mir begegnet. In Diablitas Reich, als ich eine Zeitreise hinter mich gebracht hatte. Es waren das gleiche Gesicht, die gleichen sonnenbraunen Züge mit der gewissen Verwegenheit darin, die einen Kämpfer auszeichnete. Ich sah auch den grauen

Knebelbart. Sein Haar, nicht dunkel, aber auch nicht hell, war unter einer Mütze verborgen, und die Augen blickten wissend in die Ferne, wobei sie mich gleichzeitig ansahen.

Ich hielt dem Blick stand. Jeder versuchte, aus dem anderen etwas herauszubekommen, und ich mußte ehrlich zugeben, daß mir dieser Mensch nicht unsympathisch war. Schon bei der ersten Begegnung hatte ich ihn nie als einen Feind angesehen, immer als aufrechten Kämpfer, der genau wußte, welchen Weg er zu gehen hatte. Er ließ sich von niemandem aus der Ruhe bringen.

Er wußte viel, er hatte einiges hinter sich, kannte die Welt und war ein mächtiger Templer-Fürst.

Aber reichten diese Tatsachen aus, um ihn mir sympathisch zu machen? Ich hatte keine Ahnung, spürte jedoch mit sicherem Instinkt, daß da noch etwas anderes war als nur Bewunderung oder Respekt. Je länger ich Hector de Valois betrachtete, um so weniger fremd erschien er mir. Er gehörte zu den Typen, die ich nie im Leben als Feinde einstufen würde.

Manchmal glaubte ich, er wolle mir etwas sagen. Nicht sprechen, das war nicht möglich, sondern auf geistigem Weg. Vielleicht wollte er mich über etwas aufklären, anders konnte ich seinen konzentrierten Blick nicht deuten.

Ich hielt die Verbindung aufrecht. Meine Finger zitterten, und ich wollte mich mit dieser Projektion aus dem Geisterreich unterhalten. Er zeigte sich mir so, wie ich ihn bei der ersten Begegnung kennengelernt hatte, und nicht als silbernes Skelett, das die Templer ausgegraben hatten, um es wegzuschaffen.

Er war auf einer Insel in der Loire begraben gewesen, als silbernes Skelett. Wofür die Templer dieses Skelett gebraucht hatten, war mir nicht gesagt worden.

Ich suchte nach Worten. Aussprechen konnte ich sie nicht. Deshalb formulierte ich sie in Gedanken und schickte die Fragen als telepathische Meldung auf die Reise. Vielleicht gelang es mir durch das Kreuz, Kontakt aufzunehmen.

Und ich erhielt eine Antwort. »Du fragst mich, wer ich bin?«

»Ja.«

»Du kennst meinen Namen. Ich habe gespürt, daß du das Richtschwert der Templer gefunden hast. Aber ich will es nicht. Es hat genug Blut vergossen. Ich habe damals mit ihm richten müssen. Ich war Henker und Richter in einer Person. Es ist viel Unrecht geschehen, und es gab eine Zeit, da wollte ich es nicht mehr führen. Deshalb ließ ich es an einem Ort zurück, wo so leicht kein Mensch hinkam, und die Mönche, die im Kloster lebten, waren verschwiegen. Einer von ihnen wurde jeweils bestimmt, das Schwert zu bewachen. Er unterwarf sich schrecklichen Weihen. Dabei sprangen die alte Mönche über ihre eigenen Schatten, daß sie dies zuließen. Sie kannten noch die Wege, um Menschen zu Untoten zu machen. Doch nun ist der letzte Wächter zerstört worden. Das Schwert ist frei, aber wird demjenigen, der es besitzt, kein Glück bringen. Deshalb sollte man es dort lassen, wo es ist. Auch du darfst es nicht an dich nehmen.«

»Du kennst mich?« fragte ich.

»Nein und ja. Ich habe das Gefühl, dich zu kennen, trotzdem kenne ich dich nicht.«

Ich gab ihm recht. »Aber ich lebe nicht in deiner Zeit«, erklärte ich ihm.

»Was spielt im Kreislauf der Welten die Zeit schon für eine Rolle? Der Ursprung und das Ende bilden einen gewaltigen Kreis, in dem wir nur winzige Staubkörnchen sind. Haben die Sonne und die Blüte nicht viel gemeinsam? Geht die Sonne nicht auf, um später wieder zu versinken? Ist es mit der Blume nicht ähnlich? Sie blüht, um zu verwelken. Aber sie ist trotzdem nicht tot, denn sie kehrt immer wieder. So ist es auch mit uns Menschen, John Sinclair. Wir vergehen, sind nicht tot und kehren ein in den kosmischen Kreislauf …«

Ich schüttelte leicht den Kopf, da ich mich über de Valois' Rede wunderte. Er hatte von einem kosmischen Kreislauf gesprochen. Dieser Begriff mußte ihm, dem Mann aus dem Mittelalter, eigentlich fremd sein. Was wußte er?

Ich wollte ihn fragen, aber auf Umwegen. »Du besitzt ein sehr großes Wissen, Hector de Valois. Du warst deiner Zeit sehr weit voraus. Heute sind die Menschen daran interessiert, dein Wissen zu teilen. Sie suchen nach dem, was du hinterlassen hast. Es muß Spuren geben, die zum Dunklen Gral führen, zu meinem Kreuz und zu Aibon.«

»Ja, die gibt es.«

»Willst du sie mir nicht nennen?« rief ich in Gedanken. »Auch ich bin ein Suchender, ein Forscher. Ich möchte ebenfalls viel über den Dunklen Gral erfahren und sein Geheimnis lüften. Er muß dort verborgen sein, wo auch du einmal gewesen bist. Irgendwo im Land der Gallier, und seine Spuren führen auch in das alte Jerusalem und nach Aibon hinein, dem verwunschenen Land.«

»Das alles stimmt, und ich habe auch viel gesehen.«

»Dann sag es mir.«

»Nein, John Sinclair, nein. Du bist der Mann, der das Kreuz trägt, der Sohn des Lichts. Du mußt den Weg finden. Dein Kreuz wird ihn dir zeigen. Habe Geduld. Brich nichts übers Knie, sonst gehst du den falschen Weg. Zahlreiche Feinde lauern auf dich. Du wirst von allen Seiten bedrängt. Die Verbindung, die du jetzt geschaffen hast, wird es wohl nie mehr geben. Das Schwert hat noch einmal seine Magie entfaltet …«

»Aber die Zeichen!« rief ich dazwischen. »Es sind die gleichen, die sich auch auf meinem Kreuz befinden.«

»Ja, ich weiß.«

»Woher kennst du sie?«

Da lachte Hector de Valois. »Kennst du sie nicht auch als Träger des Kreuzes?«

»Natürlich.«

»Dann müßte dir schon vieles klar sein. Wir beide haben vieles gehört. Schon ich erhielt Mitteilungen aus der Vergangenheit, und auch ich kannte die Geistperson, die mich hin und wieder führte, ohne mich allerdings vor dem Tod bewahren zu können.«

Der letzte Satz hatte mich erschreckt. Ich wagte kaum, die nächste Frage zu stellen. »Sprichst du vom Seher?«

»Ja, von ihm.«

»Dann kennst du ihn?«

»Hast du ihn nicht auch gekannt? Er ist derjenige, der das Kreuz leitet, der es schützt.«

»Und wer verbirgt sich dahinter? Wer ist der Seher, Hector? Du weißt es doch.«

»Jetzt weiß ich es, jetzt. Als ich lebte, so wie du, habe ich es nicht gewußt. Erst wenn der Mensch stirbt, werden ihm die Augen geöffnet.«

»Einen kleinen Hinweis möchte ich haben, bitte!« Ich sah ihn an, denn nur ich konnte ihn wahrnehmen.

»Ich darf es nicht.«

»Doch. Ist es eine Person, oder sind es drei in einer, wie ich annehme?«

»Du hast wahrscheinlich mit einer Vermutung recht. Eher mit der letzten. Mehr kann und darf ich dir beim besten Willen nicht sagen. Es tut mir für dich leid, aber du bist gezwungen, einen ebenso harten Weg zu gehen wie ich. Du mußt suchen, forschen und nachdenken, wenn du einen Erfolg gehabt hast.«

»Was werde ich dann finden?«

»Den Weg, den ich auch gegangen bin. Erst der Tod öffnet dir die Fülle des Wissens. Dann wirst auch du auf deinen Nachfolger warten, so wie ich es getan habe.«

Dieser eine Satz hatte eine ungeheure Brisanz. »Nachfolger?« fragte ich leise. »Tatsächlich ein Nachfolger?«

»So sehe ich es.«

»Was habe ich damit zu tun? Wieso kann ich dein Nachfolger sein? Das verstehe ich nicht.«

»Ich gebe dir den nächsten Satz als Abschied mit. Dann wirst du mehr über dich und dein Schicksal erfahren, und dir wird die Angst vor dem Jenseits genommen. Denke an den

Kreislauf, John Sinclair. Nichts geht verloren. Mit dem Tod beginnt ein neuer Anfang, so sagen es die Lehren der Religionsgemeinschaften. Ich habe erlebt, daß der Tod ein neuer Anfang ist. Ich wurde wiedergeboren.«

»Wiedergeboren!« flüsterte ich.

»Natürlich, John Sinclair. Wir beide verstehen uns so gut. Wir besitzen viel Gemeinsames ...«

Ich unterbrach ihn. »Soll das heißen, daß ich ...?«

»So ist die Antwort, mein Freund. Ich bin in dir wiedergeboren. Oder anders. Du hast vor einigen Jahrhunderten schon einmal als Hector de Valois gelebt ...«

Plötzlich brach die Verbindung zwischen uns zusammen. Ich war wieder allein. Schwert und Kreuz hatten keinen Kontakt mehr, obwohl sich beide Dinge noch berührten.

Mir war, als hätte ich das Gespräch nur geträumt, aber es war kein Traum gewesen. Hector de Valois hatte mit mir gesprochen, und er hatte mir ein Geheimnis verraten.

Als ich darüber nachdachte, spürte ich, wie meine Knie weich wurden. Auf einmal konnte ich mich nicht mehr halten. Ich wurde schwach, und Suko sprang plötzlich auf.

Er fing mich auf, wobei ich mich fühlte wie eine alte Jungfer, die zum ersten Mal einen nackten Mann sieht und diesen Anblick nicht ertragen kann.

»Okay, okay, Alter, ist schon gut.« Ich vernahm Sukos beruhigend klingende Stimme durch das Brausen, das meinen Kopf umwehte, und ich fühlte mich noch immer wie in einem tiefen Traum.

»Alles okay, John?«

Verdammt, ich mußte eine Antwort geben und quälte mir die Silben über die Lippen. »Alles ist okay, und gleichzeitig ist nichts in Ordnung, Suko. Überhaupt nichts.«

Er hielt mich fest. Ich sah sein Gesicht über dem meinen und erkannte den besorgten Ausdruck. »Hast du Fieber, John?«

»Überhaupt nicht.«

»Was redest du denn dann so ...?«

»Alles stimmt, Suko, alles.« Ich wollte mich nicht mehr wie ein kleines Kind bemuttern lassen und stemmte mich hoch. »Laß mal, ich kann schon allein stehen.«

»Wenn du meinst.«

»Sicher.«

Der Schwindel war vorbei. Er war durch diesen seelischen Schock verursacht worden, und ich rief mir noch einmal Hectors Worte ins Gedächtnis zurück.

Ich hatte schon einmal gelebt!

Als Hector de Valois, und er war in mir, John Sinclair und Oberinspektor bei Scotland Yard, wiedergeboren worden.

Diese Erkenntnis versetzte mich in einen regelrechten Rausch. Es gibt Momente, wo der Mensch zu schweben glaubt. So erging es mir in diesen Minuten. Ich fühlte mich wie ein Schauspieler, dessen Geist sich vom Körper gelöst hatte und der sich nun selbst auf der Bühne beobachtete. Alles war so unwahrscheinlich, kaum zu fassen, dennoch entsprach es den Tatsachen.

Suko hatte längst bemerkt, wie es um mich stand. Er sprach mich wieder an. »John, etwas muß dich ungemein stark geschockt oder berührt haben. Was ist es? Willst du nicht reden?«

Ich lächelte schwach. »Es ist so schwer, Suko, so verdammt schwer. Kannst du das nicht begreifen?«

»Nein, nicht, wenn du schweigst.«

»Dann will ich es dir sagen, mein Freund. Ich hatte Kontakt mit Hector de Valois.«

Das war auch für Suko eine Überraschung, obwohl er sie nicht so zeigte und mit völlig normal klingender Stimme fragte: »Du bist dir da völlig sicher, John?«

»Ja, hundertprozentig. Das Kreuz und das Schwert sind eine Verbindung eingegangen. Sie haben gewissermaßen eine Brücke zwischen den Zeiten gebildet, da sie etwas Gemeinsames besitzen.«

»Und was?«

Eine Antwort zu geben fiel mir in diesem Augenblick sehr schwer, weil sie für mich von einer so ungeheuren Tragweite war. »Hast du schon etwas von dem Phänomen der Wiedergeburt gehört, Suko?«

»Klar.«

»Ich auch. Zumindest seit unserem letzten Fall im Schwarzwald weiß ich es. Dort sind Menschen wiedergeboren worden. Ich kann jetzt nachfühlen, wie es ihnen ergangen ist, als sie plötzlich den Geistkörpern gegenüberstanden, die sie früher waren.«

Suko ließ mich nicht weiterreden. Er hob die Hand. »Moment, willst du damit sagen, daß auch du wiedergeboren bist?«

Ich nickte und sagte mit ernst klingender Stimme: »Ja, das will ich damit sagen!«

Mein Freund starrte mich an. Fast sah es so aus, als hätte er Angst vor mir. »Wenn das so ist und ich überlege, mit wem du in Kontakt gestanden hast, gibt es doch nur eine Lösung auf meine brennende Frage. Du hast schon einmal gelebt, als ...« Der Name wollte ihm nicht über die Lippen. Er schüttelte den Kopf. »Verflixt, ich kann es nicht fassen.«

»Aber es stimmt, Suko, ich habe schon einmal gelebt, und zwar als Hector de Valois. Oder anders herum. Er ist in mir wiedergeboren worden. Das habe ich erfahren!«

Sukos Blick richtete sich ins Leere. Er dachte darüber nach. Ich sah die zweite Haut auf seinem Gesicht und bemerkte, wie er schluckte. Er öffnete anschließend den Mund, und über seine Lippen drang ein tiefes Stöhnen. »Das darf doch nicht wahr sein, John. Sag, daß es nicht stimmt. So etwas ...«

»Es ist eine Tatsache, Suko.«

Er holte pfeifend Luft. »Du bist Hector de Valois gewesen?«

»Er ist ich.«

»Das ist ein Hammer, verdammt, das ist ein Hammer!« Es gibt Momente, wo auch ein Mensch wie Suko fassungslos ist. Jetzt war es soweit. Er konnte es einfach nicht begreifen, meine Erklärung hatte ihn regelrecht umgehauen, und er war so nervös, daß er die Finger ineinander verkrallte.

»Hast du ihn gesehen?« erkundigte er sich flüsternd.

»Ja. Kreuz und Schwert schufen eine Brücke und ließen einen Blick in die Vergangenheit zu. Ich sah Hector de Valois nicht nur, ich sprach auch auf telepathischem Wege mit ihm. Es war eine rein geistige Verbindung. Schon immer habe ich gefühlt, daß dieser Mann einfach nicht mein Feind war, dazu hatten wir zu viele Gemeinsamkeiten. Er war ebenfalls ein Suchender, der Dingen auf den Grund gehen wollte und es nicht geschafft hatte. Er starb, aber er wurde wiedergeboren, und er erklärte mir gleichzeitig, daß er schon einmal wiedergeboren war ...«

»Moment, dann gilt das auch für dich.«

»Sicher.«

Suko streckte einen Arm aus und deutete mit dem Zeigefinger auf mich. »Wer war er vorher?«

»Darüber hat er mit mir nicht gesprochen.«

Mein Freund überlegte einen Moment. »Vielleicht Torkan, John. Torkan, der Barbar?«

»Nein!« erwiderte ich überzeugt. »So war es nicht. Auf keinen Fall. Torkan ist keine Wiedergeburt gewesen. Das war ein momentaner Austausch. Beide Dinge haben nichts miteinander zu tun, obwohl es im ersten Moment so scheint.«

Suko nickte. »Wenn man näher darüber nachdenkt, würde ich mich auch für deine Theorie entscheiden.« Er hob Schultern und Hände. »Verdammt, es ist nicht zu fassen. Das ist einfach unwahrscheinlich. Da hat man einen Freund und Partner und erfährt erst jetzt, daß es ihn schon einmal gegeben hat. Vielleicht sogar schon mehrere Male ...«

»Was meinst du, Suko, wie es in mir aussieht? Auch für mich war es ein gewaltiger Schock, aber ich sehe keinen Grund, Hectors Worten nicht zu trauen.«

»Und man hat ihn als silbernes Skelett begraben, wie du ja selbst gesehen hast?«

»So ist es.«

Sukos Augen verengten sich. »Wie würden denn dann die Templer zu dir stehen, John?«

»Meinst du Abbé Bloch?«

»Zum Beispiel.«

Ich blickte zu Boden. »Tut mir leid, Suko, darauf kann ich dir keine Antwort geben. Ich kenne den Abbé noch nicht gut genug. Ich weiß nur, daß wir nicht auf verschiedenen Seiten stehen. Außerdem ist der Abbé verschwunden. Von seinen Zielen und Plänen hat er mir nichts mitgeteilt, so leid es mir tut.«

»Du müßtest ihn auf jeden Fall finden und ihn darüber aufklären, daß du einmal Hector de Valois gewesen bist. Schließlich ist auch er an einer lückenlosen Aufklärung interessiert, was die Vergangenheit anbetrifft. Jedenfalls wäre ich an deiner Stelle scharf darauf, mehr über de Valois herauszufinden.«

»Das kannst du laut sagen.«

»Wie willst du das machen? Auch weiterhin seinen Spuren nachjagen?«

»Ich weiß noch nicht, aber denk an Aibon und auch an das Rad der Zeit. Es gibt zwischen de Valois und Aibon eine Verbindung, die ich unbedingt noch finden muß.«

»Da hast du dir viel vorgenommen.«

»In der Tat, Suko.« Ich warf einen Blick auf das Schwert. »Vielleicht ist es ein wichtiges Indiz auf dem Weg in die Vergangenheit. Jedenfalls wollte es de Valois nicht mehr haben. Er war im Prinzip ein friedlicher Mensch. Als Anführer hatte er die Funktion des Richters und des Henkers eingenommen. Er mußte das Schwert führen. Das aber konnte er irgendwann nicht mehr und hat es hier abgelegt.«

Suko schlug gegen seine Stirn. »Wenn ich darüber nachdenke, daß wir nach Zypern fahren mußten, um ein Geheimnis um dein Leben zu lüften, wird mir ganz komisch.«

»Wie klein ist oft die Welt. Irgendwo gibt es immer Treffpunkte. Sogar die Zeiten spielen dann keine Rolle mehr, mein Freund.« Ich trat an den Sarg heran und blickte auf die

Mumie. »Das ist Lorne Stanhope. Auch er hat viel gewollt, und wahrscheinlich hat man ihn sogar akzeptiert. Er muß ein guter Mensch gewesen sein, leider starb er.«

»Was war mit dem Wächter?«

»Ein untoter Mönch.«

»Auch das noch.«

»Das bereitet uns keine Sorgen mehr. Wir sollten das Schwert nehmen und verschwinden.«

»Ich habe nichts dagegen.«

Suko ging vor, denn er wollte das Schwert nehmen. Auf halbem Wege stoppte er und blieb geduckt stehen, wobei er noch seine Hand hob und seinen Nacken abtastete.

»Was hast du?« fragte ich.

»Mir ist etwas in den Kragen gefallen.«

»Wie ...?«

Suko gab keine Antwort, sondern leuchtete mit der starken Lampe in die Höhe.

Der Strahl traf das Gitter. Aber nicht nur das, auch eine Gestalt, die dort oben stand, wo ich gefesselt gelegen hatte. Wir hörten das dreckige Lachen und wußten Bescheid.

Akim Samaran war da!

Und er hatte tödliche Grüße für uns, denn an zwei verschiedenen Stellen flogen die scharfen Handgranaten durch die Gitterlücken genau in den Keller hinein ...

»Und jetzt angenehme Höllenfahrt!« brüllte er.

Suko bewegte seine Hand von einer Seite zur anderen. Der helle Lichtteppich zuckte hin und her. Er leuchtete einen großen Teil der alten Gruft aus und erfaßte auch die beiden nach unten fallenden Hölleneier.

»Handgranaten!«

Sukos Schrei klang noch in Akim Samarans Echo hinein. Wir hatten gelernt, blitzschnell zu reagieren. Auch während des Trainings waren wir immer wieder mit solchen und ähnlichen Situationen konfrontiert worden.

Deshalb handelten wir, ohne uns abgesprochen zu haben. Jeder wußte genau, was er zu tun hatte.

Das hieß: Deckung!

Wir sprangen in verschiedene Richtungen weg. Suko hechtete zurück, ich vor und gleichzeitig zur Seite.

Das Ziel war der offene Sarg.

Vom Scharfmachen der Handgranate bis zu deren Detonation vergehen immer einige Sekunden. Ich hoffte, daß diese Zeitspanne reichen würde, um uns vor dem größten Schaden zu bewahren.

Als ich auf die Mumie prallte, war mein Schwung so groß, daß der Sarg umkippte und auf meinen Rücken fiel. Ich drehte mich blitzschnell und gelangte unter ihn.

Das war im letzten Augenblick geschehen, denn plötzlich brach um mich herum die Hölle los.

Beide Granaten explodierten fast gleichzeitig. Ich hörte die berstenden Detonationen, die Welt um mich herum wurde zu einem Inferno aus Staub und hochgewirbelten Steinen. Der Sarg wurde, wie von einer Riesenfaust erfaßt, zur Seite geschleudert. Deckungslos lag ich da, duckte mich zusammen und schützte meinen Kopf vor dem herabfallenden Gestein.

Es prasselte auf mich nieder. Harte und weniger harte Schläge. Die meisten davon trafen meinen Rücken. Aber auch an den Schultern und den Beinen wurde ich erwischt, spürte die Schmerzen und wußte überhaupt nicht mehr, wie die Welt um mich herum aussah.

Es war stockfinster geworden. Atmen konnte ich kaum noch. Der Staub lag wie ein dichter Vorhang über der zerstörten Gruft, denn die beiden Detonationen hatten auch Sukos Lampe zerstört, so daß es keine Lichtquelle mehr gab.

Nur sehr flach atmete ich. Der Staub kratzte im Hals. Mit Gewalt unterdrückte ich ein Husten, da ich meinen Standort nicht unbedingt verraten wollte.

Der Tote lag nicht mehr in meiner Nähe. Er war von dem Explosionsdruck fortgeschleudert worden.

Und so wartete ich.

Noch immer rollten kleinere Steine nach. Ich hörte es, wie sie nachfielen und aufschlugen. Größere Brocken fielen nicht mehr, dafür vernahm ich ein anderes Geräusch.

Man konnte es mit einem Knirschen oder Reißen umschreiben, und es war über mir erklungen.

Sofort dachte ich an das Gitter und auch daran, daß es die beiden Detonationen unter Umständen nicht überstanden hatte. Möglicherweise war es gerissen. Dann wäre dieser Einsatz für Samaran zu einem Eigentor geworden. Um es genau herauszufinden, hätte ich die Lampe einschalten müssen. Sie steckte in meiner Jackentasche, und ich traute mich nicht, sie hervorzuholen.

Auch dachte ich an Suko.

Wohin er gehechtet war, hatte ich nicht mehr gesehen. Jedenfalls in eine andere Richtung.

War er vielleicht erwischt worden?

Mein Herz schlug überlaut. Das Blut pochte hinter meiner Stirn. Auf meinem Rücken spürte ich den Druck. Dort mußten noch irgendwelche Steine liegen.

Noch hatte ich mich nicht bewegt, aber ich konnte hier keine Ewigkeiten liegenbleiben. Vorsichtig zog ich das rechte Bein an. Leider lief diese Bewegung nicht geräuschlos ab. Der Staub und auch kleinere Steine rieselten von meinen Beinen, so daß ich das Bein in dieser angewinkelten Lage ruhig hielt.

War ich gehört worden?

Weder Samaran noch Suko meldeten sich. Aber ich vernahm etwas anderes. Wieder dieses Quietschen und Knirschen über mir, als würde sich dort das Gitter bewegen.

Das mußte einen Grund haben.

Noch ließ ich Vorsicht walten, doch meine Neugierde wurde zusehends stärker.

Lange würde ich so nicht mehr liegenbleiben können. Ich konzentrierte mich noch einmal auf mich selbst, um feststellen zu können, ob ich irgendwelche Verletzungen davongetragen hatte.

Das war wohl nicht der Fall. Und die blauen Flecken überging ich einfach. Diesmal zog ich nicht das Bein an, dafür bewegte ich den rechten Arm, weil ich die Hand in der Tasche verschwinden lassen wollte, wo die Lampe steckte.

Meine Finger fanden sie schon beim ersten Tasten, und ich zog sie behutsam hervor.

Ich war mir des Risikos, das ich einging, sehr genau bewußt. Wenn ich die Lampe einschaltete, verriet ich damit genau meinen Standort und lag im Zielkreis einer Waffe.

Andererseits konnte ich nicht bis in alle Ewigkeiten an dieser Stelle liegenbleiben und nur den anderen die Initiative überlassen. Außerdem wollte ich über Sukos Schicksal Bescheid wissen. Daß er sich noch nicht gemeldet hatte, bereitete mir Sorgen.

Natürlich war ich nervös. Eine unsichtbare kalte Hand strich über meinen Rücken. Auch im Magen verspürte ich einen ungewöhnlichen Druck. Die Belastung war einfach zu stark.

Samaran hatte die Handgranaten vom Gitter her geworfen. Darauf setzte ich einen Teil meiner Hoffnung. Wenn ich die Lampe einschaltete, würde ich sofort in die Höhe leuchten. Vielleicht erwischte ich Samaran und blendete ihn. Zudem mußte hier unten noch irgendwo meine Beretta liegen. Ich ärgerte mich jetzt, daß ich sie nicht an mich genommen hatte.

Um eine bessere Ausgangsposition zu haben, drückte ich meinen Oberkörper so weit hoch, daß ich mich hinknien konnte. In dieser Haltung hatte ich eine bessere Startposition.

Überall lag der feine Staub. Er klebte auf meinem Gesicht, hatte auch die Kleidung bedeckt und war selbst in meinen Mund gedrungen.

Ich hob die rechte Hand mit der Lampe hoch und drückte sie dann nach außen. Wenn ich das Licht einschaltete, würde der Strahl schräg in die Höhe zum Gitter hochstoßen.

»Ich höre dich, Sinclair!«

Samaran hatte mich angesprochen. Ich zuckte zusammen, aber über seine Stimme wunderte ich mich.

Normalerweise hätte sie triumphierend klingen müssen, auch voller Haß, doch sie hatte sich angehört, als hätte der Mann unter großen Mühen gesprochen.

Da stimmte etwas nicht.

Ich gab die Antwort auf meine Weise. Blitzschnell sprang ich hoch, knipste die Lampe an und strahlte die Gitterdecke an.

Dort sah ich Samaran!

Er hatte tatsächlich ein Selbsttor geschossen. Die Wucht der Explosionen war wesentlich stärker gewesen als die der Ladung, die sich innerhalb des Weckers befunden hatte.

Das Gitter war alt, das Gestein morsch, und an einer Seite war es aus dem Stein gerissen worden. Dort hing es schräg in die Tiefe der Gruft hinein. Deshalb hatte ich auch das Knirschen vernommen, als das Gitter gebrochen war und sich nach unten gesenkt hatte.

Zwischen zwei Teilen klaffte eine Lücke, und Samaran klammerte sich dort fest, wo das Gitter diese Biegung nach unten zeigte. Er lag schräg, kniff jetzt geblendet die Augen zusammen, und ich sah ihn über mir wie auf dem Präsentierteller liegen.

»Tut mir leid für dich«, sagte ich. »Diesmal habe ich gewonnen!«

Er grinste mich an, als er versuchte, sich wieder hochzuziehen. »Noch nicht, Sinclair. Noch nicht!«

»Bleib ruhig!«

»Nein!«

Ich schwenkte die Lampe nach links. Dort irgendwo war Suko hingehechtet. Was nun geschah, lief blitzschnell ab. Nur wenige Sekunden benötigte ich, um mich zu informieren und orientieren.

Die Treppe gab es überhaupt nicht mehr. Auch ihre zweite Hälfte war gefallen. Sie hatte einen Berg aus Steinen und Schutt gebildet. Von der in der Nähe stehenden Wand war ebenfalls ein Teil eingestürzt, lag auf dem Boden und bedeckte einen leblosen Körper, von dem das blutige Gesicht und ein Teil der Schulter hervorschauten.

Es war Suko!

Vergessen war Samaran. Heiße Wellen schossen in mir hoch. Ich hatte eine fürchterliche Angst um meinen Freund, der aussah, als wäre er nicht mehr am Leben. Verschüttet und getötet von den verfluchten Trümmern dieser alten Gruft.

Bevor ich mich in Bewegung setzte und Suko genauer untersuchte, warf ich noch einen Blick auf das Gitter.

Samaran hatte sich nicht zurückgezogen. Er lag dort, sein Gesicht war verzerrt. Es leuchtete wie ein bleicher Mehlfleck innerhalb der hochgewirbelten Staubschleier.

Er blieb also. Und das konnte nur bedeuten, daß er hier und jetzt eine Entscheidung wollte. Er war gekommen, um das Richtschwert der Templer an sich zu nehmen. Es lag in greifbarer Nähe, wenn auch die Klinge zum Teil verschüttet war.

»Er ist kaputt!« schrie mir Samaran zu. »Dein Freund lebt nicht mehr! Die Trümmer haben ihn erschlagen.« Samaran fing an zu lachen. »Kannst dich drauf verlassen! Nur wir beide sind noch übriggeblieben!«

Ich sah, daß er keine weitere Waffe mehr trug. Er mußte sich mit beiden Händen festhalten. Vielleicht hatte er aus diesem Grunde sein Schießeisen stecken lassen.

Da Samaran genug mit sich selbst zu tun hatte, konnte ich mir die Zeit nehmen und mich um Suko kümmern. Ich stieg über kantige Steine hinweg, schrammte mir dabei den Knöchel auf und ließ mich neben meinem Freund auf die Knie fallen.

Die Lampe hakte ich am Gürtel fest. Mit beiden Händen räumte ich Schutt zur Seite, bis ich Suko unter die Achseln fassen konnte. Ich strich über seine blutverschmierten Wangen und horchte gleichzeitig nach dem Atem meines Freundes.

Suko war *nicht* tot!

Er atmete schwach, aber er lag in einer tiefen Bewußtlosigkeit. Ein herabfallender Stein hatte ihn an der Stirn getroffen und ihm das Bewußtsein geraubt.

Mir fiel ein Stein vom Herzen, und ich wurde gleichzeitig durch das Quietschen des Gitters gewarnt. Sofort zuckte ich hoch.

Akim Samaran hatte sich überwunden. Er war an dem Gitter entlanggerutscht, hielt sich noch fest, aber befand sich schon fast an dessen Ende.

Er ließ sich fallen.

Dabei hatte er Glück, mit beiden Beinen aufzukommen.

Vor mir stand eine staubbedeckte Gestalt. Samaran war kleiner als ich, dennoch durfte ich ihn nicht unterschätzen. Wenn er sich etwas in den Kopf gesetzt hatte, wurde er zum Tier. Dann kämpfte er mit allen unfairen Mitteln.

Zwischen uns lag der Staubschleier. Samaran ließ genügend Abstand. Ich konnte ihn nicht ohne weiteres anspringen, aber ich sah den Glanz in seinen Augen. Es war ein Zeichen des Hasses.

»Nur wir beide, Sinclair!« flüsterte er. »Nur wir beide. Ist das nicht phantastisch?«

»Das finde ich auch, Samaran. Du hast jetzt keinen mehr, der dir zur Seite stehen wird. Weder Kamikaze noch Jorge. Diesmal mußt du allein gegen mich kämpfen. Selbst der Spuk, dein großer Herr und Meister, hat dich verlassen, weil er dir nicht soviel zutraut. Ich habe darauf gewartet, Samaran!«

»Und ich ebenfalls!«

Er hatte die Antwort so sicher gegeben, daß ich mißtrauisch geworden war. Besaß er vielleicht noch einen Trumpf in der Hinterhand? Bei Samaran mußte man mit allem rechnen, der war kein Mensch mehr, sondern eine Bestie auf zwei Beinen.

»Du hast Stanhope getötet, nicht wahr?«

»Sehr richtig.«

»Und weshalb?«

»Er gehörte zu den Dummen, die mich unterschätzten und mir die Informationen nicht freiwillig geben wollten. Deshalb mußte er sterben. Er hätte es auch anders haben können, aber so ist es besser. Zeugen kann ich nicht gebrauchen.«

»Ich bin auch ein Zeuge.«

»Das weiß ich. Nur wirst du nicht überleben. Deine Beretta liegt hier irgendwo unter dem Schutt, dein verfluchtes Kreuz fürchte ich nicht, den Dolch auch nicht. Mit was, so frage ich dich, willst du mich noch besiegen, Sinclair?«

»Möglicherweise mit den Fäusten.«

»Mach dich nicht lächerlich. Das schaffst du nicht. Das Richtschwert der Templer gehört mir!«

»Und weshalb willst du es haben?«

»Weil es mir einen nahezu perfekten Einstieg besorgt. Denk mal an die Templer-Gruppen. Wie werden sich die Leute um Baphomet freuen, wenn ich ihnen als Einstieg das Richtschwert ihrer eigenen Bundesgenossen bringe? Damals kämpften sie noch nicht getrennt. Und vielleicht will auch Hector de Valois sein Schwert zurückhaben. Ich werde nämlich das Gefühl nicht los, daß von ihm mehr zurückgeblieben ist als die Erinnerung.«

»Da kannst du recht haben.«

»Du weißt mehr?«

»Vielleicht.«

»Was?« schnappte er. »Was, verdammt?«

»Ich werde es dir nicht sagen.«

»Doch, Sinclair, das wirst du!« Mit einer glatten und blitzschnellen Bewegung zog er einen Revolver hervor und richtete die Mündung auf mich. »Du wirst mir alles sagen! Wenn nicht, beschwere ich dich mit Blei. Ich jage dir die erste Kugel in das rechte, die zweite in das linke Bein, die dritte in die Schulter und lasse dich somit intervallweise sterben.«

»Das traue ich dir zu.«

»Dann rede. Wenn du gesprochen hast und ich mich von deinen Worten überzeugen konnte, mache ich es gnädig und jage dir nur eine Kugel in den Kopf. Ich verspreche dir, du wirst nichts spüren ...«

»Wie human.«

»Ja, nicht?« Er grinste scharf.

Mochten die Vorteile auch sichtbar auf der Hand meines Feindes liegen, aufgegeben hatte ich noch längst nicht. In diesem Fall war alles möglich, das wußte auch Samaran. Deshalb war er so vorsichtig.

»Das Richtschwert der Templer ist für jeden bestimmt«, sagte ich. »Nur nicht für dich.«

Er verengte die Augen, und sein Gesicht nahm einen lauernden Ausdruck an. »Wer sagt das?«

»Ich!«

»Okay, Sinclair, ich kenne dich. Du wirst dies nicht ohne einen Grund erwähnt haben.«

»Das stimmt.«

»Und welcher Grund ist es?«

»Das Schwert ist etwas Besonderes.«

»Ich weiß, man hat es vergoldet und den Verurteilten mit einer goldenen Klinge den Schädel abgeschlagen.« Er zeigte mir ein zynisches Grinsen. »Tot bleibt trotzdem tot.«

»Das meine ich nicht. Ich dachte da mehr an den Griff der Waffe. Er ist nicht für jeden bestimmt.«

»Weshalb nicht?«

»In den Griff sind die Zeichen eingraviert, die auch mein Kreuz besitzt. Das Schwert also ist eine Waffe des Guten und aus diesem Grunde nicht für dich bestimmt. Weißt du nun Bescheid?«

Er lachte leise, ohne jedoch irritiert zu sein. »Das ist doch wunderbar, auch ich habe vor deinem Kreuz keine Angst. Ich kann es in die Hand nehmen, ohne daß etwas geschieht. Das gleiche wird mir mit dem Schwert so ergehen. War das alles, was du mir zu sagen hattest?«

»Ja!«

»Sinclair«, sagte er ganz ruhig. »Du lügst tatsächlich, ohne rot zu werden. Deshalb löse ich mein erstes Versprechen ein und erschieße dich stückweise. Ich habe vorhin von einer Qual gesprochen, die du erleiden wirst. Und daran ändert sich nichts. Deine dummen Antworten haben mich nicht überzeugen können.«

Samaran war ein Mensch, der in solchen Dingen keinen Spaß verstand. Er war zudem brutal genug, um sein Versprechen in die Tat umzusetzen. Das wußte ich. Dementsprechend handelte ich und löschte blitzschnell das Licht ...

Ich hatte Samaran damit überrascht. Er zögerte vielleicht eine halbe Sekunde zu lange, da hatte ich mich bereits zur Seite geworfen und landete hart auf einem Schutthaufen. Ich stieß mir den Rücken, hörte das Krachen des Schusses, auch einen wütenden Fluch und tastete mit meiner rechten Hand nach einem Stein, der ungefähr die Größe eines Ziegels aufwies.

Den Geräuschen nach zu urteilen hatte Samaran seinen Platz nicht verlassen. Er lachte nur und versprach, mich doch noch zu kriegen. Gleichzeitig feuerte er einen zweiten Schuß ab.

Sein Fehler.

Erstens traf die Kugel nur Schutt, und zweitens hatte ich durch das aufflackernde Mundungsfeuer genau erkannt, wo er stand.

Ich warf den Stein.

Den Aufprall hörte ich sehr deutlich. Ein dumpf klingendes Klatschen, und ich vernahm auch Samarans erstickten Schrei. »Hund!« gurgelte er noch.

Ich sprang wieder hoch und schaltete die Lampe ein. Samaran kniete am Boden. Er hatte die Waffe fallen gelassen. Beide Hände preßte er gegen den Bauch, wo ihn der Stein erwischt hatte. Er kniete dicht vor dem Schwertgriff, der aus den Trümmern ragte.

»Aus, Samaran«, sagte ich und sprang auf ihn zu.

Diesmal legte er mich rein. Ich hätte vorsichtiger sein müssen. Während ich sprang, grapschte er mit der linken

Hand nach dem kurzläufigen Revolver, riß ihn hoch und richtete die Mündung auf mich.

»Reingelegt, Sinclair. So schwer war ich nicht verletzt. Und jetzt laß deine Pranken von der Lampe!«

Ich hob die Hände, weil ich plötzlich Furcht verspürte. Eine Bewegung wie das Strecken der Arme hielt einen Menschen meistens zurück, weil diese Geste so hilflos wirkte.

Auch bei Samaran.

»Geh schön wieder zurück!« flüsterte er. »Ein Schritt reicht. Ich will dich aus der Entfernung erschießen, aber laß dir gesagt sein, diesmal mache ich kurzen Prozeß. Du kannst noch zusehen, wie ich das Richtschwert der Templer an mich nehme. Ansonsten ist die Sache gelaufen.«

Ich tat, was er befohlen hatte, aber ich warnte ihn trotzdem. »Samaran, das Schwert ist nicht für dich!«

»Ja, ja, ich weiß!«

Daß Kraft in ihm steckte, bewies er im nächsten Moment, als er das Schwert mit einer ruckartigen Bewegung unter dem Schutt hervorzog, es kantete, sich auf die Klinge stützte und sich so aufrichtete, daß die Waffe nicht aus der Richtung geriet.

»Ich habe das Schwert, ich habe den Revolver. Was will ich mehr? Sieg auf der ganzen Linie. Und dein Ende ist auch sicher, Geisterjäger!«

»Möglich. Darf ich noch eines sagen? Nur einen Satz bitte.«

»Gern, wenn es dir hilft.«

»Wahrscheinlich«, murmelte ich, senkte den Kopf und sprach plötzlich laut und deutlich die alles entscheidende Aktivierungsformel. »Terra pestem teneto – Salus hic maneto!«

Das genau war es.

Ich hatte durch den Spruch der Formel eine weiße Magie geweckt, die nicht allein auf das Kreuz beschränkt blieb, sondern auch überging auf das Schwert. Und dies im Bruchteil einer Sekunde, so daß Akim Samaran nicht einmal mehr abdrücken konnte.

Dafür hörte ich ihn schreien.

Mein Kreuz strahlte Licht aus, das Schwert ebenfalls, aber im Gegensatz zum Kreuz war es von einer goldenen Aura umhüllt, die Samaran regelrecht einkeilte.

Er war diesen weißmagischen Kräften hilflos ausgeliefert. Überdeutlich und in zwei verschiedenen Arten von Licht erlebte ich den schrecklichen Untergang dieses Mannes.

Er hatte mit dem Feuer gespielt, sich auf Dämonen verlassen, war mal ganz oben gewesen und stand jetzt ganz unten.

Akim Samaran mußte für seine Taten Tribut zahlen. Er fand ein Ende, mit dem selbst ich nicht gerechnet hatte, und er fand es durch das Schwert, allerdings anders, wie man es im Normalfall bei einer Klinge gewohnt ist.

Das Richtschwert der Templer begann zu schmelzen!

Hatte ich Samaran nicht davor gewarnt, die Klinge an sich zu nehmen? Dies war mehr aus einem Gefühl heraus geschehen, ohne daß ich direkt etwas Genaues wußte.

Nun sah ich es mit eigenen Augen.

Es war eine schlimme Szene. Samaran fand ein fürchterliches Ende, denn er konnte sich der magischen Wirkung dieser Klinge nicht entziehen. Es sah so aus, als hätte er das Schwert umarmt. Die Klinge war gegen ihn gefallen, wurde weich, schmolz zusammen, doch der goldene Überzug bewegte sich entgegen der Erdanziehungskraft.

Er stieg dick wie Sirup an Akim Samarans Körper empor.

Das Edelmetall produzierte kaum Dampf, ich aber spürte die Hitze, die es ausstrahlte, und auch Samaran wurde davon nicht verschont. Er bekam sie direkt und grausam zu spüren.

Das Gold hüllte ihn ein, während das Schwert ganz dahinschmolz und an seinem Körper festklebte. Wie ein Umhang hüllte es den Mann ein, es legte sich auf jede Pore seiner Haut und verstopfte sie. Dabei kroch es den Nacken hoch, bis in die Haare hinein, verklebte sie dort und bildete eine goldene Schicht.

Noch war das Gesicht frei, und Akim Samaran konnte schreien. Er brüllte schrecklich.

So fand das Richtschwert der Templer sein letztes Opfer.

In drei fingerbreiten Streifen rann das Gold aus den Haaren und über die Stirn hinweg. Es zog die Nase nach, breitete sich auf der Oberlippe aus und rann in den Mund.

Akim Samaran war gezwungen, das heiße, flüssige Metall zu schlucken. Ich sah es und wandte mich erst jetzt ab, denn alles andere wollte ich nicht mehr mit ansehen.

Samaran war immerhin ein Mensch, und ich gehörte nicht zu den Typen, die sich an seinem Tod ergötzten, auch wenn er mich voller Haß verfolgt hatte.

Ich kümmerte mich inzwischen um Suko, der allmählich aus seiner tiefen Bewußtlosigkeit erwachte, wie ich am zittrigen Flattern seiner Augenlider erkannte.

Noch bekam er nichts mit.

So erlebte ich als einziger, wie Samaran starb. Er und das Schwert waren eine Verbindung eingegangen. Am Boden lag ein goldener Klumpen, eine Mischung aus Schwert und Mann, wobei menschliche Umrisse nur undeutlich zu erkennen waren.

Das Ende eines Dämonendieners!

Zum Glück besaß Suko eine Konstitution, die einmalig war. Das mußte auch sein, denn wir sahen uns gezwungen, die unterirdische Gruft so rasch wie möglich zu verlassen. Den normalen Weg konnten wir nicht mehr nehmen, also mußten wir am Gitter hochklettern.

Samaran ließen wir liegen. Er würde hier wohl für alle Zeiten sein Grab finden.

Ich hatte Suko zuerst hochklettern lassen und gab ihm Unterstützung. Als ich mich daranmachte, hörte ich das Rauschen, und wenig später schon brach unter mir die Erde auf.

Wasser strömte in die Gruft. Bisher war es im Schoß der Erde verborgen geblieben. Wahrscheinlich hatten die Explosionen dafür gesorgt, daß irgend etwas gerissen war und das Wasser nun freie Bahn hatte. Es brodelte und gurgelte zwischen den Trümmern. Dabei riß es alles mit, was nicht niet- und nagelfest war.

Auch die Leichen.

Ich hatte noch einmal zurückgeleuchtet und sah als letzten den toten Samaran in einem reißenden, schäumenden und strudelnden Wasserkreisel verschwinden.

Wir beeilten uns. Suko stützte sich auf meiner Schulter ab. Seine Beine waren sehr schwer. Er bewegte sie nur mühsam, aber er riß sich zusammen. Ohne Schwierigkeiten konnten wir das Kloster verlassen, atmeten die frische Luft ein und ruhten uns aus. Ich reinigte Sukos Gesicht, und erst dann machten wir uns auf den Rückweg.

Wo wir den Wagen zurückgelassen hatten, fanden wir nur noch verbrannte Trümmer. Samaran mußte den Käfer in die Luft gepustet haben.

Suko ließ sich auf einen Stein fallen. »Jetzt müssen wir wohl zu Fuß zurück!« stöhnte er.

»Sieht ganz so aus.«

»Vielleicht können wir auch ein Boot chartern. Die Küste ist nicht weit. Dort gibt es Dörfer. Larnaka dagegen ist viel weiter entfernt.«

Die Idee war nicht schlecht. »Versuchen wir es«, sagte ich und half Suko hoch.

Wir wanderten auf den Strand zu. Zwei einsame Menschen in einer weiten kargen Landschaft, über der sich ein fast unendlich wirkender Himmel spannte …

ENDE

Der Grusel-Star

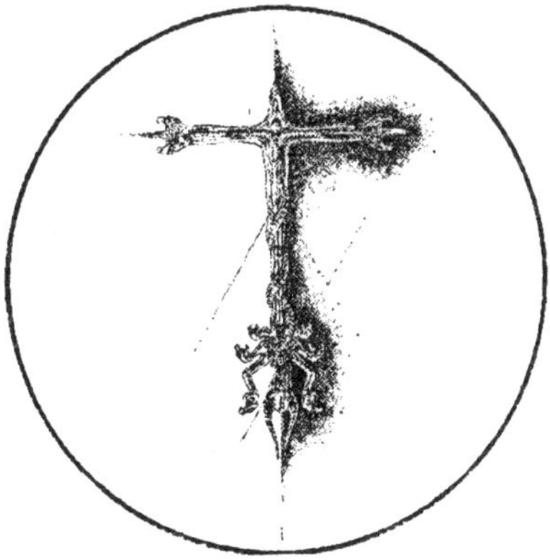

Seit Menschengedenken konnte es durch nichts aufgehalten werden. Seine Kraft war enorm. Es zerstörte Felsen, Mauern, Deiche, Dämme und Häuser. Es spülte Menschen und Vieh weg, zerstörte Ortschaften und vernichtete Ernten.

Es war grausam, aber ungemein wichtig für das Leben überhaupt.

Das Wasser!

Kraftvoller Lebensspender und gnadenloser Vernichter. Auch wenn es lange Zeit hatte gebändigt werden können, irgendwann einmal verschaffte es sich freie Bahn. Dann drückte es mit seiner gewaltigen Kraft alle Hindernisse zur Seite und riss an sich, was es nur greifen konnte.

Ob über oder unter der Erde, die Wassermassen glitten in jeden Spalt, in jede Kerbe, fanden neue Tunnels und Schächte, in die sie mit einem wahren Donnergetöse hineinjagten .

Auch in die unterirdische Gruft, die im letzten Augenblick von zwei Menschen hatte verlassen werden können, waren die Fluten eingedrungen. Schwere Steine wurden weggeschleudert, Schutt und Staub einfach mitgerissen. Genau wie die Reste des alten Holzsargs. Sie und den Toten, der einmal in dem Sarg gelegen hatte, trugen die Wassermassen nach oben, zu einem zerstörten Gitter, das einmal die Decke der Gruft gebildet hatte.

Andere Wassermassen tobten sich an den verschiedenen Ecken der Gruft aus. Dort fanden sie nicht nur Geröll und Schutt, sondern auch einen Menschen, der ausgeblutet unter den Trümmern gelegen hatte. Zwei Schwerthiebe hatten seinem Leben ein Ende gesetzt.

Und noch jemand wurde von den Fluten gepackt. Ein goldener Gegenstand, als Mensch kaum zu erkennen, mehr eine klumpige Masse mit körperähnlichen Umrissen.

Sie war schwer, würde auf dem Wasser nicht schwimmen, aber der ungebändigten Kraft der tobenden und schäumenden Fluten hatte auch sie nichts entgegenzusetzen.

Der goldene Klumpen verschwand in einem Wasserkreisel,

rotierte darin und wurde zur Seite geschleudert. Zuerst gegen die Wand, die durch die Wucht brach, so daß das Wasser in einen dahinterliegenden Schacht dringen konnte, der Gefälle hatte.

Alle Flüsse und Bäche führen zum Meer.

Das Wasser unter dem alten Bergkloster bildete keine Ausnahme. Es folgte den Gesetzen der Physik, drang tiefer in den Berg und fand mit einer untrüglichen Sicherheit jeden noch so kleinen Stollen, wo es seinen Weg in Richtung Küste oder Meer fortsetzen konnte.

Begleitet von einem Zombie, einem toten Menschen, einer Mumie und einem Klumpen Gold mit menschlichen Umrissen.

Es spielte mit diesen vier Beutestücken, schleuderte sie gegen Felsen, riß sie dann wieder mit, damit sie die rasende Flut auf dem Weg ins offene Meer begleiten konnten.

Es schien so, als hätte die Hölle selbst für das Wasser den Weg geebnet, damit es das Grauen auch ausspeien konnte und es nicht länger unter dem alten Kloster liegenblieb.

Manchmal hatte es die Wucht einer regelrechten Sprengkraft. Hatten sich kleine Höhlen aufgefüllt und war kein Platz mehr für das nachströmende Wasser vorhanden, so breitete sich der Druck nach allen vier Seiten hin aus und durchbrach die schwächsten Stellen.

Steil war die Küste. Die braunen Felsen fielen scharf wie Messerschneiden in die Tiefe. Die am Himmel stehende Sonne hatte noch längst nicht die Kraft des Sommers, auch wenn sie im Januar für Mitteleuropäer sehr warm schien.

Aber Zypern erlebte so den Winter.

Und die Strahlen der Sonne tupften blaß gegen die Felsen und gaben den Wänden einen matten Widerschein, der plötzlich aufgebrochen wurde, als das Wasser sich Bahn brach.

Tonnenschwere Gesteinsbrocken wurden zwischen die vor der Felswand wachsenden Klippen geschleudert und verschwanden in der weißen Brandungsgischt.

Es sah so aus, als hätte sich eine gewaltige Röhre geöffnet, die nicht allein das Wasser ausspie, sondern auch die Beute.

Ob die Teile des zerstörten Sargs, die noch übriggeblieben waren, die Toten oder der goldene Klumpen. Sie alle fanden den Weg in die Freiheit und versanken in den Fluten.

Die Brandung spielte mit ihnen, trieb sie gegen die Felsen, zerstörte sie noch mehr, doch sie holte sie auch wieder wie mit langen, gläsern wirkenden Greifarmen zurück, um sie schließlich auf das offene Meer zu treiben. Selbst der unförmige Goldklumpen schwamm. Er blieb ziemlich dicht unter der Wasseroberfläche, bewegte sich mit dem Gang der Wellen weiter, als hätte er ein bestimmtes Ziel im Auge …

»Kommt das öfter vor?« fragte Suko und deutete gegen den Himmel, der eine andere Farbe angenommen hatte.

Der Mann auf dem Fischkutter hob die Schultern. Er war noch jung. Zusammen mit seinem Vater, der im Ruderhaus stand und steuerte, war er zum Fischfang hinaus aufs Meer gefahren. Zum Glück verstand der junge Mann unsere Sprache. Er hatte sie in Nikosia gelernt, wie er uns stolz erzählte.

»Was meinen Sie denn?«

»Diese düstere Wolkenbank.«

Der Junge nickte Suko zu. »Sicher. Wir haben Winter. Da muß man schon mit einer Brise rechnen.«

»Kann das auch ein Sturm werden?« fragte ich.

Nikos, so hieß der Junge, grinste blinzelnd. »Auch das kommt vor. Aber es ist nicht weiter tragisch, da wir uns in Küstennähe befinden. Weiter draußen wäre es kritischer geworden.«

»Danke.«

Suko drehte sich zu mir um. Wir saßen am Heck des Kutters auf einer alten Bank, eingeklemmt zwischen Netzen und Taurollen und hinter uns eine Winde. »Beruhigt es dich, John?«

»In etwa.«

Freiwillig unternahmen wir die Fahrt nicht. Nach der Rückkehr aus dem Kloster und der Flucht vor dem hereinströmenden Wasser hatten wir unseren Wagen total ausgebrannt vorgefunden. Dafür hatte wohl Akim Samaran mit einer seiner berühmten Handgranaten gesorgt.

Es war einfach zu weit, bis Larnaka zu Fuß zu laufen, und so waren wir kurzerhand in Richtung Strand gegangen, wo wir zum Glück einen Fischkutter fanden.

Für Vater und Sohn war das nichts Neues gewesen. Sie nahmen des öfteren Touristen mit, und auch uns wollten sie zu der noblen Hotelanlage im Osten schippern. Dort konnten wir uns sogar einen Hubschrauber mieten, der uns direkt nach Nikosia flog. Von dort hatten wir Anschluß nach London.

Suko sprach mich wieder an. »Du machst ein Gesicht, John, als wäre dir die ganze Petersilie verhagelt.«

»Ist das ein Wunder?«

»Freu dich, daß wir noch leben.«

»Stimmt, wobei du größeren Grund zur Freude hast.«

Suko lächelte. »Da hast du recht.«

Mein Freund und Kollege hatte tatsächlich mehr als Glück gehabt. Nach den Explosionen zweier Handgranaten war ein Teil der im Berg und unter dem Kloster liegenden Gruft zusammengekracht. Geröllmassen hatten Suko unter sich begraben. Er war in eine tiefe Bewußtlosigkeit gefallen, während ich mich vor den Massen mit einem Hechtsprung in einen Sarg hatte retten können und einigermaßen ungeschoren davongekommen war.

Dieser letzte Fall steckte mir noch tief in den Knochen. Suko und ich hatten das Richtschwert der Templer gesucht und es auf der Insel Zypern in der Gruft eines uralten Bergklosters gefunden. Die Waffe war vergoldet. Im Griff waren zudem die gleichen Zeichen eingraviert worden wie in meinem Kreuz. Ich hatte erfahren, daß die Waffe einem Mann namens Hector de Valois gehörte, einem Ritter aus dem Mittelalter, der gleichzeitig Anführer der Templer gewesen war.

So weit, so gut. Die Überraschung sollte noch folgen. Als ich Schwert und Kreuz miteinander in Kontakt brachte, bildeten sie eine Brücke in die Vergangenheit, und mir war es gelungen, Hector de Valois nicht nur zu sehen, sondern auch zu hören.

Seine Erklärungen hatten mich fast von den Beinen gerissen, denn ich erfuhr, daß er, der Kreuzritter und Templer, in mir praktisch wiedergeboren war.

Er war damals auch ein Träger des Kreuzes gewesen und hatte sich die gleichen Zeichen in den Griff seines Schwerts eingravieren lassen. Das war uns bisher neu gewesen.

Auch ein anderer hatte versucht, das Richtschwert der Templer in seinen Besitz zu bringen. Unser großer Feind Akim Samaran. Es wäre ihm sogar fast gelungen, hätte ich nicht im letzten Moment mein Kreuz aktiviert, dessen Kraft auch auf das Schwert übergegangen war, so daß es sich gegen Samaran richtete. Es hatte ihn auf eine furchtbare Art und Weise getötet. Nicht durch einen Stoß in die Brust, es war geschmolzen, und ich hatte mit ansehen müssen, wie das geschmolzene Metall entgegen der Erdanziehung in die Höhe stieg und Akim Samaran bedeckte.

Er war praktisch erstickt.

»In London werden wir weitersehen«, meinte Suko, der sich gereinigt hatte und auf der Stirn ein dickes Pflaster trug. »Da hole ich mir vor allen Dingen eine neue Pistole.«

»Klar, deine liegt ja unter dem Schutt.«

»Sehr richtig.«

»Tut mir leid, ich habe nicht mehr daran gedacht.«

»War auch nicht deine Arbeit.« Ich hatte die letzten Antworten ziemlich brummig gegeben. Das war nichts gegen Suko persönlich, aber mir gingen einige Dinge nicht aus dem Kopf.

Das hing natürlich mit Hectors Wiedergeburt zusammen. Er hatte mir erklärt, daß er schon damals, im Mittelalter, nicht sein erstes Leben gelebt hatte. Das andere lag noch weiter zurück. Wer er aber gewesen war, hatte er nicht sagen wollen, jedenfalls kannte er den Seher und wußte auch, daß dieser sich aus drei Personen zusammensetzen sollte. Drei Geister in einem vereint.

Wenn ich recht überlegte, wußte Hector de Valois mehr als ich. Und das aus einer Zeit, die sich nicht als aufgeklärt und überheblich gab wie unsere.

Wahrscheinlich hatten die Menschen damals ihr Leben noch anders gesehen und sich instinktiv mit der Seelenforschung und den Dingen, die jenseits davon lagen, beschäftigt.

Das war nicht mein Problem, obwohl ich es gern zu dem meinen gemacht hätte, weil mich die Metaphysik mehr interessierte als die reine Physik. Doch ich konnte nur durch Magie ein kleines Fenster in die Vergangenheit aufstoßen und einen Blick hineinwerfen.

Der Fischtrawler tuckerte vor sich hin. Es war schon ein älterer Kahn, doch gut in Schuß. Dafür hatte Nikos gesorgt, und er war es auch, der uns von der Winde scheuchte.

»Ich muß sie einziehen!« erklärte er. »Wir haben etwas im Netz.«

Wir standen auf. »Was denn?« fragte ich.

Er lachte wieder. Der Wind wirbelte sein schwarzes Haar in die Höhe. Trotz des relativ kühlen Wetters trug Nikos nur Jeans und einen leichten gestreiften Pullover, der ihm bis zu den Hüften reichte. »Wenn ich das wüßte, John.«

»Gibt es hier auch Haie?« fragte ich.

»Nein.« Er hatte so überzeugend geantwortet, daß wir ihm beide glaubten. Nikos brauchte die Winde nicht mehr durch Muskelkraft zu betätigen. Ein Elektromotor nahm ihm diese Arbeit ab. Wir hörten das Quietschen der fingerdicken Stahltrosse, die über eine Rolle gezogen wurde.

Im Gegensatz zu den Booten der Hochseeflotte ließ sich das Heck dieses Trawlers nicht abkippen, so daß das Netz über die Bordwand geholt werden mußte. Es war auch nicht so gewaltig wie bei den anderen Schiffen. Vater und Sohn waren ein eingespieltes Team. Während Nikos die Winde betätigte, hatte sein Vater den Motor abgestellt, so daß der Trawler von den Wellen und der langen Dünung getrieben wurde.

Ich blickte zum Ufer hinüber. Die felsige Küste lag zum Greifen nahe, aber das täuschte. Sie war doch noch einige Meilen entfernt, und von der Touristensiedlung, unserem Ziel, sahen wir auch noch nichts. Dieser Strandabschnitt lag noch hinter einer Felsnase verborgen.

Während die Winde lief und ihr Quietschen sogar das Rauschen des Meeres übertönte, dachte ich an Akim Samaran, an einen Menschen, der sich zuerst mit dem Teufel verbündet hatte, ihm anschließend untreu geworden war, um Kontakt mit dem Spuk aufzunehmen. Der Spuk hatte ihn zunächst gefördert und für ganz große Ziele ausersehen. Ich dachte an den Konzern Acron, den Samaran gern geleitet hätte, wir aber hatten ihm einen Strich durch die Rechnung gemacht, und der Spuk, ebenfalls von ihm und seinem Können nicht mehr überzeugt, hatte ihn fallen lassen wie eine heiße Kartoffel. Samaran mußte von vorn beginnen, wieder klein anfangen, denn er wollte seinem ehemaligen Mentor beweisen, daß er mehr konnte. Deshalb hatte er sich praktisch in den Komplex der Templer festgebissen. Hector de Valois war für ihn zu einer Kultfigur geworden. Sein Wissen wollte auch er besitzen, um über den Dunklen Gral und auch Aibon alles zu erfahren.

Es war ihm nicht gelungen.

Das Richtschwert der Templer hatte sein letztes Opfer gefunden. Im nachhinein empfand ich es sogar als nicht einmal negativ. Wir waren damit eine Sorge losgeworden.

Ich hatte schon damit gerechnet, in Akim Samaran einen ähnlichen Gegner wie damals Solo Morasso, alias Dr. Tod, zu erleben. Nun, diese Rechnung war zum Glück nicht aufgegangen.

Die Winde arbeitete noch immer. Der Kahn schaukelte auf der langen Dünung. Ich schaute zum Bug hin, wo die

Aufbauten des hölzernen Ruderhauses in einem neu gestrichenen Gelb aufragten. Im offenstehenden Durchgang lehnte Nikos' Vater und kaute auf seiner alten Pfeife.

Ich blickte wieder zum Heck. Die Winde hatte das Stahlseil fast völlig aufgerollt. Das Netz tauchte auf.

Silbrig glänzende Fischleiber von unterschiedlicher Größe zappelten in dem Netz. Es wurde an Bord gezogen und geleert. Die Fische verschwanden im Bauch des Schiffes.

Nikos stellte die Winde ab. Sein Vater rief ihm etwas zu, der Sohn winkte nur ab. Dann ging der Vater um das Netz herum, weil er es sich von der Steuerbordseite ansehen wollte.

Wir hörten seinen Schrei!

Für einen Moment noch standen Suko und ich starr, bevor wir losrannten und dabei achtgeben mußten, auf den feuchten Planken nicht auszurutschen.

Nikos hatte sich einige Schritte vom Netz entfernt. Unter der Sonnenbräune war seine Haut blaß geworden. Er starrte nur auf eine bestimmte Stelle des Netzes, ohne etwas zu sagen.

Das brauchte er nicht, wir sahen es selbst.

Aus einer zerrissenen Masche ragte bis zum Ellbogen der nasse Arm eines mumifizierten Körpers …

War Nikos von dem Anblick noch geschockt worden, so hielt sich das Gefühl bei uns in Grenzen. Man konnte mehr von einer Überraschung sprechen. Leider von einer bösen, denn Suko und ich kannten den mumifizierten Leichnam.

»Dabei habe ich ihn in der Gruft vermutet!« flüsterte der Chinese. »Verdammt auch.«

Er hatte mir aus der Seele gesprochen. Die beiden Seeleute wußten nicht, wen sie in uns eigentlich vor sich hatten. Wir hatten uns als Touristen ausgegeben, die sich verlaufen hatten. Diese Ausrede allerdings würde sich in Zukunft kaum aufrechterhalten lassen.

Ich sah Nikos an. Blaß lehnte er an der Reling. Sein Vater verließ das Ruderhaus. In seinem wiegenden Seemannsgang kam er auf uns zu, das kantige Kinn vorgereckt und eine blaue Mütze auf dem schon grau gewordenen Haar.

»Bitte, bleiben Sie zurück!« sagte ich.

Obwohl er meine Sprache nicht verstand, mußte er am Tonfall bemerkt haben, daß ich nicht wollte, daß er weiterging. Deshalb blieb er abwartend stehen.

Suko war bis dicht an das Netz herangetreten. Einige Fischleiber zappelten noch. Dadurch gerieten die Maschen in Bewegung, der Arm und die Hand ebenfalls, so daß es aussah, als wollte die Mumienklaue uns zuwinken.

»Du weißt, wer das ist, John?«

»Ja. Lorne Stanhope.«

»Richtig. Eine zweite Mumie wird es wohl kaum geben. Allerdings frage ich mich, wie sie ins Meer kommt.«

Ich hob die Schultern, dachte jedoch einen Moment später an das Wasser, vor dem wir geflohen waren, und erinnerte Suko daran.

Er begriff. »Meinst du, daß die Mumie aus dem unterirdischen Labyrinth herausgespült worden ist?«

»Eine andere Erklärung kann ich mir nicht denken.«

Der Chinese wollte etwas hinzufügen, aber Nikos hatte seinen ersten Schock überwunden und kam zu uns. Er ging vorsichtig, als wollte er die Ruhe des Toten nicht stören.

»Ich ... ich habe gehört, was ihr gesprochen habt.« Er zeigte auf den Toten, der im Netz hing. Die meisten Fische waren nach unten gerutscht und hatten fast seinen gesamten Körper freigelegt. »Sie ... Sie scheinen den Toten zu kennen.«

Es hatte keinen Sinn, dem jungen Mann etwas vorzulügen. »Ja, wir kennen ihn«, sagte ich.

»Und ... und wer war es?«

»Ein Engländer, der bereits seit mehr als zwanzig Jahren tot ist«, erwiderte ich. »Er hat sich mumifizieren lassen. Wir fanden ihn in einer Gruft unter dem Kloster.«

Seine dunklen Augen wurden groß. »Da … da waren Sie?« ächzte er.

»Sicher.«

»Und ich dachte, es mit Touristen zu tun zu haben.« Er lief an uns vorbei und redete mit seinem Vater. Dabei wies er auf uns. Der Alte machte ein wütendes Gesicht. Wahrscheinlich hielten uns jetzt beide für Verbrecher.

Ich winkte Nikos mit dem Ausweis in der Hand heran. »Sie können unsere Sprache. Lesen Sie.«

Er studierte ihn sehr genau, und sein Vater schaute ihm dabei über die Schulter. Bevor er mir den Ausweis wiedergab, redete er mit seinem alten Herrn, auf dessen Gesicht sich Erleichterung abzeichnete.

»Scotland Yard«, sagte Nikos. »Wer kennt das nicht?«

»Dann wissen Sie jetzt Bescheid.« Ich steckte das Dokument wieder ein. »Wir hatten einen dienstlichen Auftrag.«

»Hing er mit dem Toten im Netz zusammen?«

»Ja.«

Nikos sah ihn sich zusammen mit seinem Vater an. »Eine Mumie«, flüsterte er. »Großer Himmel, so etwas habe ich noch nie erlebt. Wir können die Fische nicht laden, die sind bestimmt verseucht.«

Da widersprach ich ihm nicht. »Aber die Mumie lassen Sie bitte an Deck zurück.«

»Wieso?«

»Wir müssen den Toten der zypriotischen Polizei übergeben.«

»Ja, das stimmt wohl.« Nikos erklärte seinem Vater, was wir beabsichtigten. Der Alte war stur und schüttelte den Kopf. Er ließ eine Schimpfkanonade vom Stapel, die sich hören lassen konnte. Nikos stand daneben und hob die Schultern. Auch er sah unglücklich aus. Als sich der Alte wütend umgedreht hatte, fragte ich Nikos, was es denn gegeben hätte.

»Es bringt Unglück, sagt mein Vater.«

»Was?« fragte ich.

»Eine Leiche an Bord. Man kann sie nicht hierlassen. Sie müßte ins Meer geworfen werden.«

»Nein, das ist nicht drin. Kann man Ihren Vater denn nicht anders überzeugen?«

Nikos grinste. »Nicht mit Worten.«

Ich hatte verstanden und holte einen Schein aus meiner Geldbörse, kein griechisches Geld, doch auch das englische ließ die Augen des alten Fischers glänzen.

Nikos half mir dabei, seinen Vater zu überreden.

Der Alte stimmte zu und ließ den Geldschein hastig verschwinden. »Alles ist möglich«, sagte Nikos. »Wirklich alles. Wir haben eben hier den Orient, wenn Sie verstehen.«

»Das ist international.«

Nikos machte sich wieder an der Winde zu schaffen. Er schlug dann vor, das Netz aufzuschneiden, sonst bekam er die Mumie nicht heraus. Sein Vater zeigte sich einverstanden. Wahrscheinlich war der Schein groß genug gewesen, außerdem würde er den Ausfall bei der Versicherung melden, wie mir Nikos erklärte. »Auch die griechischen Fischer haben inzwischen gelernt. Zudem sind wir in der EG.«

Wir halfen ihm dabei. Als ich die Mumie anpackte, sie rutschte zusammen mit einigen Fischen aus dem Netz auf das Deck, hatte ich das Gefühl, in feuchte Tücher zu fassen.

Der überwiegende Teil des Fangs wurde dem Meer übergeben.

»Die Mumie ist da«, sagte Suko. »Weißt du, was ich denke?«

»Klar. Wenn sie aus der Höhle gespült worden ist, tauchen vielleicht noch weitere auf.«

»Richtig.«

Ich folgerte noch weiter. »Das Wasser besitzt eine immense Kraft. Da kann dieser Goldklumpen noch so schwer sein. Der wird mitgerissen und ins Meer gespült.«

»Wo er sinkt.«

»Oder sich in einem Netz verfängt und wieder an die Oberfläche geholt wird.«

Suko lachte leise. »Du wirkst irgendwie pessimistisch, John. Was hast du? Das Richtschwert der Templer ist vergessen und damit auch die Ära Samaran. Du hast gesehen, wie er zerschmolz oder von diesem flüssigen Zeug bedeckt wurde. Das war es.«

Ich hörte Sukos Worte und starrte dabei auf das Wasser. Die lange Dünung wirkte wie eine Kette aus Hügeln, die sich aneinanderreihten. Ich sah die flachen Wellentäler und auch Kämme, spürte den Wind gegen mein Gesicht wehen und war mir plötzlich nicht mehr sicher, daß alles so gelaufen war, wie Suko es erwähnt hatte.

Seine Hand legte sich auf meine Schulter. »John, du stehst der Sache skeptisch gegenüber.«

»Ja.«

»Wir haben doch selbst das Ende erlebt. Und wenn du die Mumie näher untersuchst, wirst du auch kein Leben mehr in ihr finden. Laß es gut sein, wir übergeben den Toten der Polizei, dann ist für uns der Fall abgeschlossen.«

War er das tatsächlich? Ich drehte mich um und hob die Schultern. »Ich weiß nicht, Suko. Ich weiß es wirklich nicht. Es ist mir zu einfach gegangen, verstehst du?«

»Ich versuche es zumindest.«

»Wir haben keine Mühe gehabt. Himmel, überleg mal. Akim Samaran. Wie lange haben wir ihn gejagt, gegen ihn gekämpft, und auf einmal ist alles vorbei.«

»Zum Glück, John.«

»Mich macht das eben mißtrauisch. Vielleicht bin ich auch nicht in Form und hänge zu sehr gewissen Gedanken nach, die sich mit der Vergangenheit beschäftigen.«

»Hector de Valois?« fragte mein Freund.

»Ja.«

Wir wurden unterbrochen, weil Nikos kam. Er hatte seine Arbeit beendet, doch sein Gesicht sah nicht gerade erfreut aus. Irgend etwas bedrückte ihn.

Da er sich nicht traute, uns anzureden, sprach ich ihn an. »Na, Sie haben alles geschafft?«

»Schon.«

»Was stört Sie dann, Nikos?«

»Das Schiff oder die Yacht.«

»Wo? Wie?«

»Drehen Sie sich um, dann werden Sie die Yacht sehen. Ich mag sie gar nicht.«

Suko und ich waren seinem Rat gefolgt. Unsere Blicke schweiften über das Meer, und wir sahen erst jetzt den großen kantigen Schatten, der sich von der Dünung abhob.

Ein schwarz angestrichenes Schiff.

Ich schüttelte den Kopf. Yachten hatte ich schon oft genug gesehen, aber wer ließ sein Boot schon schwarz anstreichen?

»Was ist mit der Yacht?« erkundigte ich mich bei Nikos.

»Ich weiß es nicht. Sie ist mir nur unheimlich.«

»Ja, sie sieht nicht gerade gut aus«, gab ich zu. »Sagen Sie uns, wer der Eigner ist.«

»Das weiß niemand so genau.«

Ich war überrascht. »Wieso? Das ist nicht möglich. Hier kann doch keine Yacht über das Meer kutschieren, ohne daß man weiß, wem sie gehört.«

»Es ist aber so.«

Suko hatte auch eine Frage. »Gibt es denn keine Vermutungen?« wollte er wissen.

»Über den Besitzer?«

»Ja.«

Nikos hob die Schultern. »Nur Gerüchte.« Da wir nichts mehr hinzufügten, fühlte er sich ermutigt, weiterzureden. »Gerüchte, daß die Yacht einem Europäer gehört, aber keinem Griechen. Vielleicht einem Engländer oder Deutschen.«

»Ist das alles?«

»Nein, natürlich nicht. Die Yacht ist etwas Besonderes. Dort finden heiße Feste statt. Parties, die als Orgien enden. Die Weiber sollen immer besonders scharf sein.«

Ich winkte ab. »Das findet auch auf anderen Schiffen statt. Gibt es sonst nichts?«

»Es sind schon Leute verschwunden, sagt man.«

»Von der Yacht?«

»Ja, Mr. Sinclair. Von der Yacht. Einfach weg, da kamen natürlich Gerüchte auf.«

»Welche denn?«

»Daß der Besitzer ein Killer ist. Die Leute haben ihn nie gesehen, aber sie haben ihm einen Spitznamen gegeben: Grusel-Star.«

Wir waren beide überrascht. »Wieso das denn?« fragte ich. »Grusel-Star? Ist er für das Gruselige zuständig?«

»Nein oder vielleicht ja. Sein Schiff ist eine schwimmende Stadt. Das haben auch Filmleute festgestellt, und man hat an Bord einen Grusel-Film gedreht. Deshalb Grusel-Star.«

»Hat der Besitzer in dem Streifen mitgespielt?« erkundigte sich Suko.

»Das weiß ich nicht.«

»Was wissen Sie denn sonst noch?«

»Nichts, Suko, nichts. Ich halte mich da auch heraus. Wer zuviel fragt, bekommt bloß Ärger.«

Vielleicht dachte Nikos da richtig. Er mußte in dieser Gegend leben, im Gegensatz zu uns. Deshalb fragte ich weiter, denn diese Yacht interessierte mich sehr. »Kreuzt sie öfter vor der Südost-Küste?« erkundigte ich mich.

»Nein.«

»Aber Sie wissen gut Bescheid.«

»Man hat nicht viel, über das man redet. Aber die Yacht gehört dazu. Meist haben wir sie im Sommer gesehen, da ist hier mehr los. Die Mädchen werden reihenweise abgeschleppt. Auf den Inseln tummeln sich die Touristinnen. Jede will doch an Deck einer solchen Yacht und was erleben.«

»Welchen Hafen könnte das Schiff anlaufen?« erkundigte sich Suko.

»Vielleicht will man zum Touristendorf.«

»Ist der Hafen so groß?« fragte ich.

»Nein, die großen Kähne ankern draußen. Beiboote schaffen die Besatzung an Land.«

Ich hatte im Prinzip genug erfahren und schaute nur noch auf das Schiff, das sich mit halber Fahrt näher schob. Wir konnten sehr gut die Bordwand erkennen. Sie war tatsächlich schwarzgrau gestrichen worden. Die kleinen Fenster, manche davon rund, wirkten innerhalb der dunklen Masse wie Glasaugen.

»Du bist mißtrauisch?«

Suko hatte mich angesprochen, ich nickte. »Ja, mir gefällt der Zeitpunkt nicht. Ausgerechnet jetzt taucht das Schiff auf. Wir finden die Mumie. Ist das ein Zufall?«

»Meinst du, daß sie etwas anderes suchen?«

»Kann sein.«

»Aber Samaran lebt nicht mehr.«

»Suko, frage mich nicht. Ich weiß jedenfalls, daß ich mich näher nach der Yacht erkundigen werde.«

»Wie du willst.« Mein Freund war davon nicht begeistert, mich jedoch hatte das Auftauchen dieses unheimlich wirkenden Schiffes unruhig gemacht. Da gefiel mir einiges nicht, aber ich wollte vor allen Dingen Nikos und seinen Vater nicht beunruhigen, deshalb schwieg ich über dieses Thema.

Wir hatten mittlerweile auch wieder Fahrt aufgenommen und liefen praktisch mit der Yacht einen Parallelkurs.

Nur war das andere Schiff etwas schneller, so daß es uns allmählich überholte. Ich bat Nikos um ein Fernglas, erhielt es, stellte die Schärfe ein und holte das andere Schiff näher heran.

Niemand war auf dem Deck zu sehen. Die Brücke konnte ich zwar deutlich sehen, aber wegen der dunklen Scheibe nicht viel erkennen. Nur schattenhaft sah ich die Gestalten am Ruder.

Über die Größe der Besatzung konnte mir Nikos nichts sagen. Er schätzte sie auf zehn Leute.

»Das ist eine Menge.«

»Für so ein großes Schiff nicht.«

Es hatte uns inzwischen passiert. Wie ein gewaltiger Schatten lag es auf dem Wasser, aber ein Schatten, der sich in die Höhe schob und kantige Formen angenommen hatte. Es sah so aus, als würde das Schiff einen kleinen weißen Bart vor sich herschieben, während es die Wellen teilte.

»Grusel-Star«, murmelte ich. »Das halte ich noch nicht einmal für einen Gag.«

Suko erwiderte nichts. Er folgte mir nur, als ich mich zum Heck begab und dort wieder meinen Platz fand. Die Mumie lag noch immer auf den Planken. Sie war befestigt worden, damit sie durch die Schlingerbewegungen des Schiffes nicht von einer Seite auf die andere rollte. Wieder fragte ich mich, ob die anderen Toten ebenfalls aus den Fluten gefischt worden waren, wobei es mir vor allen Dingen um die goldene Statue ging.

Ich bezeichnete sie einfach so. Eine Mischung aus Leiche und geschmolzenem Gold. Schade, ich hätte das Richtschwert der Templer gern an mich genommen. Die Waffe und mein Kreuz ergaben eine hervorragende Verbindung und hätten mir wahrscheinlich des öfteren einen Kontakt zu Hektor de Valois herstellen können.

Die Formation der Küste änderte sich. Die Felsen waren nicht mehr so hoch und auch nicht so steil. Sie flachten ab, der Strand wurde breiter, hell schimmerte der Strand im fahlen Sonnenlicht. Das war etwas für Feriengäste und Touristen. Allerdings tummelten sich keine Badenden in den flachen Ausläufern der Brandung.

Plötzlich hallte der bimmelnde Ton der Schiffsglocke über Deck. Der Alte hatte sie geschlagen und damit nicht nur Suko und mich alarmiert, auch seinen Sohn. Nikos hetzte auf das Ruderhaus zu und sprach mit seinem Vater. Leider konnten wir die Worte nicht verstehen.

»Ob das Ärger gibt?« murmelte Suko.

»Hört sich fast so an.«

Erfreut war Nikos nicht, als er das Ruderhaus verließ und uns erklärte, daß wir Besuch erhielten.

»Von wem?«

»Wahrscheinlich Typen von der Yacht.«

Ich sprang auf. Mit wenigen Schritten war ich an der Reling und sah sofort das Beiboot, das sich von der Yacht gelöst hatte und über die lange Dünung tanzte. Es war sehr schnell und ritt die Wellen regelrecht ab.

Fünf Männer zählte ich. »Was können die von uns wollen?«

»Ich weiß es nicht!« flüsterte Nikos. »So etwas habe ich noch nie erlebt. Ob das mit dem Toten zusammenhängt?«

»Das glaube ich kaum.«

Auch Suko zog ein besorgtes Gesicht. »Es ist wohl besser, wenn ich mir ein Versteck suche und euch eine gewisse Rückendeckung gebe.«

Dagegen hatte ich nichts. Suko lief geduckt auf das Ruderhaus zu und verschwand in dessen Schatten. Mittlerweile hatte sich das Beiboot der Yacht dem Trawler so weit genähert, daß wir akustisch Kontakt aufnehmen konnten.

Einer hielt eine »Flüstertüte« in der Hand. Seine Stimme klang ungewöhnlich verzerrt. Was er sagte, verstand ich nicht, aber Nikos wurde blaß und klammerte seine Hände um den Handlauf der Reling. »Die ... die wollen an Bord.«

»Gibt es für sie einen Grund?«

»Den haben sie nicht genannt.«

»Sind Sie verpflichtet, die Leute an Bord zu nehmen?«

»Eigentlich nicht, es liegt kein Notfall vor.«

»Dann sagen Sie ihnen, daß sie sich zum Teufel scheren sollen!«

»Und wenn sie es nicht tun?«

»Reden Sie schon.« Ich trat zurück und ließ Nikos den Vortritt. Das Beiboot hatte sich schon auf Rufweite genähert. Der Mann mit der Flüstertüte stand breitbeinig an Deck und hielt sich mit einer Hand an der Reling fest. Er konnte auch sehen, wie Nikos beide Hände hin und herbewegte, als Zeichen, daß er nicht gewillt war, die Leute aufzunehmen.

Der andere hatte verstanden. Das kleinere Boot drehte bei,

und ich atmete auf. Aber die Burschen verschwanden nicht. Sie liefen parallel mit uns und hielten auch die Geschwindigkeit bei.

Im Ruderhaus wurde der Alte nervös, und er begann zu schreien, als das andere Boot noch näher herankam und die ersten Jakobsleitern geworfen wurden. Sie waren mit krummen Enterhaken bestückt, die sich an der Reling festklammerten wie Hände aus Stahl.

»Das dürfen Sie nicht!« rief Nikos. »Es verstößt gegen das internationale Seerecht. Das ist Piraterie, verdammt.«

Ich war an die Reling getreten und wollte die Haken lösen, als ich plötzlich zurückzuckte, denn an Bord des anderen Schiffes waren kleine blaue Flämmchen vor den Mündungen der Maschinenpistolen aufgezuckt, die von zwei Männern gehalten wurden.

Die Burschen jagten ihre Garben so dicht über das Deck, daß wir in Deckung tauchten.

Nebeneinander lagen wir auf den Planken. Nikos war vor Angst blaß geworden. »Die wollen uns kapern. Das gibt es doch nicht.«

»Bleiben Sie liegen«, sagte ich und drehte mich auf dem Bauch liegend herum. Ich robbte wieder an meinen alten Standplatz und hörte das dumpfe Geräusch an der Bordwand. Wahrscheinlich hatten sich die beiden Schiffe berührt. Es war nicht einfach, bei einer normalen Dünung und auf offener See anzulegen.

Im Ruderhaus bekam Nikos' Vater einen Wutanfall nach dem anderen. Von Suko sah ich nichts. Ich drückte mich vorsichtig in die Höhe. Meiner Ansicht nach wurde es Zeit, und ich hatte mich auch nicht getäuscht, denn die ersten beiden Typen kletterten bereits die Leiter hoch. Gedeckt wurden sie von den Kerlen, die ihre Maschinenpistolen hielten und auf das Schiff zielten.

Ich überlegte, ob ich mich mit den Kerlen anlegen sollte. Wären Suko und ich allein gewesen, hätte ich es vielleicht versucht, so aber blieb ich ruhig und sehr wachsam.

Wenig später standen die Männer an Deck. Sie trugen dunkle Kleidung, die zu der Farbe des Schiffes paßte. Ihre Gesichter waren ausdruckslos, aber ich entdeckte in den Gürteln der Kerle schwere Revolver. Zuerst sahen die Männer uns an, dann fielen ihre Blicke auf Deck, wo die aus dem Wasser gefischte Mumie lag.

Sofort änderte sich ihre Haltung. Einer griff zur Waffe, der andere sprang auf Nikos zu.

Ich mußte mich um den Revolverhelden kümmern und rammte ihn hart mit dem Schulterknochen. Er flog zurück, prallte gegen die Reling und fing sich von mir einen Treffer ein, der ihn fast über Bord katapultiert hätte. Aus seiner Nase rann Blut, er trat leicht weg, so daß ich Gelegenheit fand, mich wieder zu bewaffnen.

Als der Kerl merkte, daß ich ihm den Revolver abgenommen hatte, wollte er weg. Er hatte kaum sein rechtes Bein gehoben, da schnappte ich ihn mir und zog ihn heran. Blitzschnell drückte ich ihm die Mündung gegen die Wange und zeigte mich mit ihm an der Reling. Sichtbar für die anderen hielt ich ihn als Schutz vor meinen Körper, und auch sichtbar war die Kanone in meiner Rechten.

Die Kerle mit den Maschinenpistolen konnten nicht eingreifen, wenn sie ihren eigenen Mann nicht gefährden wollten. Ich schrie ihnen zu. »Dreht ab! Verschwindet wieder!«

Sie verstanden mich schon, denn sie winkten mir zu. Nur war es kein freundlicher Gruß. Wenig später zog der Steuermann das Boot herum und jagte wieder in Richtung Yacht.

Ich atmete zunächst einmal auf, behielt den Kerl im Griff und drehte mich mit ihm zusammen um.

Der zweite saß auf den Planken und hatte beide Arme erhoben, weil er in die Mündung von Sukos Beretta schaute. Nikos stand neben meinem Freund und atmete schwer. Er mußte etwas abbekommen haben, denn er preßte eine Hand gegen seine Wange.

Aus dem Ruderhaus rannte der Alte. Er war furchtbar

aufgeregt, sprach ohne Unterlaß und spie vor den beiden Kerlen aus. Nikos mußte ihn beruhigen und ihm erklären, daß er die Fahrt fortsetzen sollte.

Ich aber wollte mich um die Typen kümmern. Mein Gefangener mußte sich neben seinen Kumpan setzen und die Arme ebenfalls anheben. »So«, sagte ich, »und jetzt werden wir uns mal unterhalten ...«

Es blieb ein Wunschtraum von mir, denn die beiden Männer zeigten sich verstockt wie Austern. Sie sagten nichts. Stumm saßen sie da, hielten ihre Arme hoch, grinsten manchmal, und mir kam es so vor, als würden sie auf etwas warten.

Wir dampften inzwischen mit voller Kraft unserem Ziel entgegen. Lange wollten wir an Deck nicht mehr bleiben. Auch Nikos versuchte es, doch er biß auf Granit.

»Sollen wir sie foltern?« schrie der junge Mann. »Ich kenne da Mittel aus türkischen Gefängnissen ...«

»Nein!« rief ich dazwischen. »In unserem Beisein wird kein Mensch gefoltert.«

»Aber es sind Piraten. Die hat man früher einfach an die Rah gehängt. Als Abschreckung für andere.«

»Trotzdem!«

Er hatte meine entschlossene Antwort vernommen und wandte sich ab. Ich versuchte es noch einmal und sprach davon, daß wir sie der Polizei übergeben würden.

Jetzt redeten sie. Und zwar gemeinsam. »Nein, das wird nicht geschehen.«

»Und wieso nicht?«

»Es wird nicht geschehen!«

Mehr sagten sie nicht. Ich bohrte weiter, auch Suko versuchte es, aber sie blieben stumm. Dafür rief Nikos etwas. Er deutete auf das Wasser. Wir blickten ebenfalls hin und sahen abermals den gewaltigen dunklen Schatten der Yacht.

Diesmal lief sie nicht parallel, sondern in einem spitzen Winkel auf uns zu.

Nikos ging einen Schritt zurück. Sein Gesicht war angespannt. »Verdammt!« flüsterte er. »Das sieht nicht gut aus.«

»Wieso?«

»Die … die kommen immer näher.«

»Und?«

»Ja, sie werden uns rammen wollen.«

Ich hatte schon angesetzt, um zu lachen, doch das blieb mir im Hals stecken. »Rammen?« flüsterte ich. »Hier an der Küste? Das ist doch …«

»Sehen Sie einen Zeugen?«

»Nein, das nicht, aber …«

»Hören Sie, John. Die Yacht kann auch als Eisbrecher fahren, wie man sagt. Ihre Bordwände sind verstärkt worden. Man spricht da von Panzerplatten.«

»Und die zerschneiden uns.«

»So ist es.«

Ich sagte Suko Bescheid, der die Gefangenen unter Kontrolle hielt. Im Ruderhaus betätigte der Alte die Schiffssirene. Der Laut hallte nicht nur über das Deck, auch über das Wasser, aber die Burschen auf der Yacht kümmerten sich nicht darum.

Volle Kraft voraus, hieß es.

Ich stand da und konnte nichts tun. Auf einmal fühlte ich mich hilflos. Wie ein Klotz wuchs das wesentlich größere Schiff vor unseren Blicken in die Höhe. Der Trawler war nicht sehr groß. Im Vergleich mit der Yacht kam er mir vor wie eine Hundehütte, die neben einem Haus steht.

»Ich helfe meinem Vater!« rief Nikos. Vielleicht war es gut so, wenn die beiden versuchten, durch geschicktes Manövrieren der Kollision zu entgehen.

Viel Hoffnung hatte ich nicht. Die beiden Gefangenen grinsten scharf. Einer redete sogar freiwillig. In seinem hart klingenden Englisch sagte er: »Wir haben euch doch gesagt, daß ihr nicht anlegen könnt. Aber ihr habt uns nicht geglaubt.«

»Was will man von uns?«

»Das werdet ihr erfahren, wenn ihr überlebt.«

»Für euch gilt das gleiche.«

Sie hoben nur die Schultern.

Suko behielt sie im Auge, während ich in das Ruderhaus lief. Es wurde eng, als noch eine dritte Person dort stand. Vater und Sohn arbeiteten gemeinsam am Ruder. Sie waren wirklich geschickt und versuchten, durch unkonventionelles Manövrieren der Havarie zu entgehen.

Aber auch dort saß ein Meister seines Fachs am Ruder. Er ließ uns keine Chance und schien jedes Manöver schon im voraus zu riechen. Dabei kam der Kahn immer näher und nahm bereits einen Großteil unseres Blickfelds ein.

Nikos verlor zwar nicht die Nerven, aber er schrie seine Wut hinaus. Ich verstand nicht, was er sagte, bis ich ihn an der Schulter packte und herumriß.

Er funkelte mich an. Auf seinen Wangen sah ich nasse Tränenspuren. »Wir müssen weg, Nikos! Auch dein Vater!«

»Er will nicht!«

»Wieso?«

»Ein Kapitän verläßt sein Schiff nicht oder höchstens als letzter der Mannschaft.«

»Sie werden uns rammen!«

»Das ist ihm egal!«

Ich ließ mir noch Sekunden Zeit, um zu überlegen, ob ich den Alten zurückhalten sollte oder nicht. Schließlich entschied ich mich dagegen. Nein, dieser Mann war einfach nicht zu belehren. Seine Opferbereitschaft steckte tief in ihm, aber den Jungen wollte ich retten, falls so etwas noch möglich war.

»Los, komm du mit!«

»Nein, ich …«

Er sah meinen Schlag nicht, so schnell hatte ich ihn ausgeführt. Die Handkante traf genau. Er wurde nicht bewußtlos, aber schlaff. Sein Vater hatte es bemerkt. Er nickte mir zu. »Ja, retten«, radebrechte er. »Sie retten ihn. Ich sterbe.« Bei den Worten weinte er leise vor sich hin.

Viel Zeit hatten wir nicht mehr. Ich schleifte Nikos aus dem Ruderhaus und über Deck.

Suko stand schon bereit. Er deutete auf die Yacht. »Wir müssen runter vom Kahn!«

»Klar.«

Alles weitere geschah automatisch. Wir kümmerten uns auch nicht mehr um die Gefangenen. Die Hoffnung, an Land zu schwimmen, konnten wir begraben. Viel zu weit waren wir von der Küste entfernt.

Nikos war wieder zu sich gekommen. Als ich ihn hochstemmte, wollte er plötzlich nicht mehr und wehrte sich. Ich gab ihm einen Stoß, der ihn über Bord katapultierte. Es war nicht tief. Er tauchte ein, dann sprang Suko, und ich folgte ihm in einem Hechtsprung.

Wir durchstießen wie Pfeile die grüne, wellige Oberfläche. Sofort saugten sich unsere Kleidungsstücke voll. Mit kräftigen Schwimmbewegungen stieß ich in die Tiefe und hoffte, daß Nikos ebenfalls so reagieren würde. Nur weg von dem alten Trawler, der dem Tod geweiht war.

Ich schwamm so lange unter Wasser, wie ich die Luft anhalten konnte. Erst dann drehte ich mich und schoß wieder in die Höhe. Das Haar hing mir in die Stirn, Wasser rann in meine Augen, ich wischte es hastig weg und legte mich auf den Rücken.

Verflucht, der Kahn war noch so nah. Dahinter sah ich den Schatten der Yacht. Es wirkte so, als würden sich die beiden im nächsten Augenblick ineinander verkeilen.

Ein Stück weiter waren Suko und Nikos aufgetaucht. Der Junge schrie, er wollte nicht mehr weiterschwimmen, wurde von meinem Freund gepackt und kurzerhand mitgezogen.

Auch ich schwamm um mein Leben. Mir war klar, daß die Kollision unausweichlich war.

Es passierte, während ich tauchte.

Das Wasser leitet den Schall ausgezeichnet. Sogar in der Tiefe vernahm ich die dumpfen Geräusche, schwamm weiter, denn ich mußte aus dem lebensgefährlichen Sogbereich hinaus, der entsteht, wenn ein Schiff sinkt.

Je länger ich schwamm, um so kälter wurde mir. Ich bewegte mich jetzt mit Kraulstößen voran, drehte mich dabei manchmal auf die Seite. Ich spürte die Strömung, die mich packte und von einer Seite auf die andere schleuderte.

Weiterschwimmen, nur nicht schlapp machen.

Trotzdem mußte ich auftauchen. Der Luftmangel zwang mich dazu. Ich kam wieder hoch, riß den Mund auf, atmete tief durch und spürte in meinen Lungen das harte Stechen.

Wieder blickte ich zurück – und sah ein Chaos.

Die Yacht hatte den Fischkutter erwischt. Ungefähr in der Mitte hatte sich der verstärkte Bug dieses dunklen Schiffes in den Trawler hineingesägt und hatte das Schiff in zwei Hälften geteilt und gleichzeitig unter Wasser gedrückt.

Zum Glück lief die Yacht nicht mehr mit voller Kraft. Sie hätte uns sonst längst erwischt. Die Maschinen waren auf volle Kraft rückwärts gestellt worden, und die Yacht löste sich wie das Maul eines gewaltigen Raubtiers von dem kleinen Trawler.

Ich schwamm noch weiter dem Land entgegen. Abermals tauchte ich, um nicht gegen die langen und manchmal hohen Wellen ankämpfen zu müssen. Unter Wasser kam ich besser voran.

Beim zweiten Auftauchen hatte ich von Suko und Nikos nichts gesehen. Hoffentlich hatten sie es auch so weit geschafft wie ich, denn Nikos hatte sich ziemlich störrisch angestellt. Das Schiff sank schnell. Ich sah es zwar nicht, dafür merkte ich es sehr deutlich.

Strudel entstanden, gegen die ich nicht anschwimmen konnte. Es gelang mir nicht einmal, aufzutauchen, etwas hielt meine Beine fest und wollte mich dem Meeresgrund entgegenziehen.

Wäre ich näher am Trawler gewesen, hätte ich es sicherlich nicht geschafft. So aber konnte ich mich freikämpfen und spürte plötzlich, wie mich der Strudel wieder losließ. Ich kam mir vor wie ausgespuckt, als ich mit dem Kopf die Wasseroberfläche durchbrach, endlich Luft holen konnte und mich umsah.

Diesmal sah ich die beiden. Sie befanden sich dicht zusammen und wurden von einer langen Welle in die Höhe getragen. Suko winkte mir zu, Nikos schaute auf das sinkende Schiff, von dem soeben die Mastspitze verschwand.

Dahinter aber stand, drohend wie eine Wand und fast tödlich aussehend, die schwarze Yacht. Sie erinnerte mich an ein Raubtier, das auf dem Sprung war und im nächsten Augenblick sein Opfer reißen wollte.

Ich sah Gestalten an Deck. Sie schauten dem sinkenden Trawler zu und mußten auch uns längst gesehen haben.

Dann schwamm ich zu Suko und Nikos. Das Gesicht des jungen Griechen war verzerrt. »Mein Vater!« keuchte er. »Ich habe ihn nicht mehr gesehen. Er ist tot!«

Da konnte ich nicht widersprechen und dachte auch an die beiden anderen Kerle, die wir gefangengenommen hatten. Sie mußten ebenfalls ertrunken sein.

»Wir müssen an Land schwimmen!« rief ich Suko zu. »Es ist unsere einzige Chance.«

»Hältst du das auch durch?« fragte der Inspektor seinen Schützling.

»Ich versuche es!«

»Okay, Nikos, dann los.«

Natürlich hätten wir wie die Wilden schwimmen können. Das aber hielt ich nicht für gut. Wir mußten unsere Kräfte einteilen. Ich dachte nicht so sehr an die Yacht, sondern mehr an das Beiboot, mit dem die Entermannschaft zum Kutter geschickt worden war. Wenn sie das zu Wasser ließen und uns damit jagten, hatten wir keine Chance.

Manchmal wird ein Gedanke Wirklichkeit. So wie hier, denn ich hörte plötzlich den Motor des Bootes. Ein heulend klingendes Geräusch, vermischt mit einem satten Brummen.

Suko und ich blickten gleichzeitig zurück. Wir sahen das Boot vor und über uns, als es von einer breiten Woge in die

Höhe getragen wurde. Im Vergleich zur Yacht war es winzig, aber nicht minder gefährlich. Und darauf mußten wir uns einstellen.

»John, wenn die wollen, schießen sie uns ab wie die Hasen!« rief Suko und hatte damit ins Schwarze getroffen. Um dem Boot zu entkommen, hätten wir schon fliegen müssen.

Es »ritt« heran.

Am Bug lauerten die beiden Typen mit ihren Maschinenpistolen. Das Schwarz der Waffen harmonierte mit der Kleidung. Bei der schnellen Fahrt hatte sich die Bugspitze aus dem Wasser geschoben, und wir sahen unter ihr den weißen breiten Gischtstreifen, der sich zu beiden Seiten des Boots verteilte.

»Sollen wir tauchen?« schrie ich Suko an.

»Die Küste erreichen wir nicht mehr.«

»Vielleicht können wir sie trotzdem ent ...«

»Kopf weg, John!«

Ich hatte nicht hingeschaut. Dafür Suko. Seine Warnung kam gerade rechtzeitig, denn die Kerle begannen wieder zu feuern. Sie zielten nicht direkt auf uns, die beiden Garben aus ihren MPis rahmten uns praktisch ein, und die Kugeln schlugen hart auf die Wasserfläche, bevor sie verschwanden.

Wir verstanden das Zeichen und gaben auf. Ich hob einen Arm an und winkte ihnen zu.

Es wurde nicht mehr geschossen. »Vielleicht können wir sie an Bord überwältigen«, rief ich Suko noch zu, dann konzentrierten wir uns auf das flache Beiboot, das an Fahrt verloren hatte und praktisch auf uns zuschaukelte.

Noch immer wurden wir von den Mündungen der MPis bedroht. Mit dem Revolver kam ich nicht dagegen an. Hätte ich ihn gezogen und geschossen, die anderen wären immer schneller gewesen.

So ließ ich die Waffe stecken und wartete auf eine bessere Chance, um etwas zu erreichen.

Sie kamen näher. Dabei ließen sie sich von den Wogen tragen und heranschieben. An Bord entstand Bewegung. Ein weiterer Typ erschien. In seiner Hand hielt er eine zusammengewickelte Leine. Er holte weit aus und schleuderte sie ins Wasser.

Nikos griff als erster zu, weil er von Suko geschoben wurde. Der junge Grieche klammerte sich fest. Man holte ihn an das Boot heran und ließ ihn an Bord klettern.

»Willst du?« fragte Suko.

Die zweite Leine klatschte dicht vor ihm auf die Wasserfläche.

»Na dann gute Reise!« wünschte ich, als Suko zupackte und sich durch das Wasser ziehen ließ.

Ich sah ihm nach. Es wurden immer mehr Kerle, die sich an der Bordwand aufreihten.

Vier zählte ich. Einer stand im Ruderhaus und beobachtete die Vorgänge durch die breite, gischtbesprühte Scheibe. Mir fiel auf, daß die etwas ungewöhnlichen Matrosen gleich angezogen waren. Das erinnerte schon an Uniformen, ohne daß ich sie direkt als solche bezeichnet hätte. Die schwarzen Pullover, die dunklen Hosen und die Strickmützen auf den Köpfen. Durch die schwarze Kleidung wirkten die Gesichter grau, manchmal auch bleich.

Suko hatte die Bordwand erreicht. Die beiden Waffenträger richteten die Läufe ihre MPis sofort nach unten, um den Inspektor vor ihren Mündungen zu haben.

Mein Freund hatte keine Chance.

Ich befand mich zwar noch im Wasser und nicht in ihrer unmittelbaren Nähe, trotzdem würden mich ihre Garben bei einem Fluchtversuch zersieben.

Sie zogen Suko in die Höhe. Sehr kräftige Hände packten ihn unter. Suko wehrte sich auch nicht, doch als er über der Reling lag – ich konnte dies gut sehen, weil mich eine Woge in die Höhe gehoben hatte –, wollte er es versuchen.

Ein MPi-Träger war schneller.

Ich zuckte selbst zusammen, als ich sah, wie der Lauf den Kopf des Chinesen traf. Ausgerechnet wieder den Schädel, der schon in der Gruft soviel abbekommen hatte.

Suko erschlaffte und wurde vollends in das Boot gezogen.

Schon flog mir die nächste Leine entgegen. Ich machte es wie mein Freund, packte zu und ließ mich an das Boot ziehen. Die Männer sagten nichts, sie »arbeiteten« hart und schweigend.

Ich erwartete ebenfalls den Hieb.

Der kam auch, und ich brachte meinen Kopf noch etwas zur Seite, so daß hauptsächlich der Nacken erwischt wurde und die Laufmündung an meinem linken Ohr entlangschrammte.

Es tat zwar höllisch weh, aber ich wurde nicht bewußtlos. Ich gab mich schwächer, als ich war, und ließ mich nach vorn fallen.

Jemand lachte und redete in einer Sprache, die sich kehlig anhörte. Das war Holländisch, wenn mich nicht alles täuschte. Schließlich hatte ich in den Niederlanden schon einige Fälle erlebt, so war mir diese Sprache nicht fremd.

Ein scharfes Kommando ertönte. Es galt dem Mann im Ruderhaus, der wieder startete.

Das Boot legte sich schwungvoll in eine Kurve. Ich rutschte ein Stück und berührte dabei den neben mir liegenden Suko. Eigentlich hatte ich damit gerechnet, einen Bewußtlosen vorzufinden. Der kurze Druck an meiner rechten Hand, ausgelöst durch seine Finger, belehrte mich eines Besseren. Suko war noch da, wenn auch geschwächt.

Der weite Bogen endete in eine Gerade, die direkt auf die Yacht zuführte. Ich rechnete damit, daß wir außenbords hochklettern mußten, doch das war nicht der Fall.

Als sich unser Boot dem Heck der Yacht näherte, entstand dort plötzlich eine gewaltige Öffnung. Ich konnte es trotz meiner Rückenlage sehen und dachte sofort an einen Bond-Film, den ich vor Jahren mal gesehen hatte. Da hatte es ebenfalls einen Mann gegeben, der auf einem Riesenschiff saß, das auf ähnliche Art und Weise gewaltige Supertanker verschwinden ließ. Es war der Streifen »The Spy, who loved me«, Der Spion, der mich liebte. Der Eigner dieser Yacht mußte sich das abgeschaut haben und hatte es in kleineren Dimensionen nachgebaut.

Wir glitten in den »Keller« der Yacht. An der dunklen Stahldecke brannten helle Leuchten, die ein schattenloses Licht auf das Wasser warfen und die Oberfläche mit Reflexen übersäten.

Hinter uns schloß sich das Schott. Ich hörte das Summen des Motors und die rutschenden Geräusche, die entstanden, als sich die Klappe allmählich senkte.

Wir waren abgeschnitten.

Nur die beiden bewaffneten MPi-Männer blieben noch an Bord. Die anderen hatten das Boot bereits verlassen und zu beiden Seiten auf den Metallstegen Stellung bezogen.

»Hoch mit euch!« Jetzt wurde englisch gesprochen.

Ich richtete mich als erster auf und mußte von Bord. Der junge Grieche folgte. Er hatte im Ruderhaus zusammengekauert warten müssen. Bleich und zitternd kroch er hervor. Auch mein aufmunterndes Lächeln konnte seine Angst nicht vertreiben.

Sie trennten uns voneinander. Suko und Nikos wurden abgeführt, ich ebenfalls. Nur gingen wir in verschiedene Richtungen. Meine Beutewaffe wurde ich los, die anderen Dinge interessierten die Männer wohl nicht.

Das wiederum wunderte mich.

Man führte mich auf eine Metalleiter zu. An einem Geländer konnte ich mich festhalten, als ich die Stufen hochschritt. Suko und Nikos waren bereits verschwunden.

Die Leiter endete an einer viereckigen Plattform, die an einer Tür endete, durch die ich geführt wurde und praktisch in den normalen Teil der Riesenyacht geriet. Gleichzeitig spürte ich unter meinen Füßen das leichte Vibrieren.

Die Motoren waren wieder angelassen worden, und so nahm die Yacht allmählich Fahrt auf.

Man hatte mich durch die Tür geschoben und allein gelassen. Entwischen konnte ich auf dieser Yacht nicht, und so sah ich mich zunächst einmal um.

Man kann Wände mit Tapeten bekleben und mit Stoff. Hier hatte man grauen Stoff genommen, passend zur Farbe des Schiffes.

Zu beiden Seiten befanden sich Türen ohne Klinken. Wahrscheinlich ließen sie sich nur durch ein elektronisches Signal öffnen, bei mir jedenfalls blieben sie geschlossen, als ich die nächsten Schritte ging, dann aber stehenblieb, denn das Summen vor mir war nicht zu überhören.

Auf der linken Seite öffnete sich eine Tür. Ich wollte einen Blick in das Zimmer werfen, als ich überrascht stehenblieb.

Jemand verließ die Kabine.

Es war ein Mädchen! Die Kleine sah mich, erschrak und wollte schreien, denn sie hatte ihren Mund bereits geöffnet.

Ich legte einen Finger auf meine Lippen, darauf hoffend, daß sie die Geste verstand.

Sie schloß den Mund.

Mir fiel ein Stein vom Herzen, und ich sah sie mir genauer an.

Obwohl sie einen gardinenähnlichen Stoff auf dem Leib trug, wirkte sie bei dieser Beleuchtung nackt. Sie sah normal aus, bis auf eine Kleinigkeit. In der rechten Hand hielt sie ein flaches Gerät, das dem einer Fernbedienung für einen TV-Apparat ähnelte.

Auf dem linken Handteller stand ein gelbweißer Totenschädel.

Ich schluckte, hatte meine Überraschung ansonsten schnell überwunden und lächelte sogar. »Guten Tag«, sagte ich.

Sie musterte mich mit ihren dunklen Augen. Dann flüsterte sie einige Worte, von denen ich keines verstand.

Dafür ging ich auf sie zu. Vielleicht konnte sie mir helfen, ich mußte schließlich mehr über diese Yacht erfahren.

Genau zwei Schritte kam ich weit.

Ob die Kleine einen Knopf auf ihrer Fernbedienung gedrückt hatte oder nicht, war nicht genau zu erkennen. Jedenfalls entging ich der Falle nicht mehr, als sich direkt unter mir eine Klappe öffnete, es mir die Beine wegzog und ich in die Tiefe fiel …

Nikos hatte Angst. Er klammerte sich an Suko, als sie ihn wegführten, und der Chinese hörte sein Flüstern wie durch dicke Watte gefiltert. »Was machen sie mit uns?«

Der Inspektor gab keine Antwort. Er war noch immer nicht richtig da. Daß er ging, merkte er kaum, denn er bewegte seine Beine automatisch.

Manchmal stießen harte Fäuste in ihre Rücken. Dann wurden sie regelrecht vorangetrieben. Anhalten durften sie nicht, sie mußten weitergehen. Auch Nikos hatte bemerkt, wie schlecht es dem Chinesen ging. Er stützte ihn jetzt mehr als zuvor.

Irgendwann traf sie ein warmer Windzug. Gleichzeitig mit dem Flüstern eines Befehls. Suko erhielt einen harten Stoß, versuchte sich zu fangen, spürte unter sich etwas Weiches und landete am Boden.

Nikos war ebenfalls nach vorn gestoßen worden. Er hatte sich nicht mehr fangen können, stolperte über Sukos Beine und blieb ebenfalls liegen. Sein scharfer Atem erreichte Sukos Ohr, in dessen Schädel wellenförmige Schmerzkaskaden zusammenliefen.

Er hätte gern seinem Schützling Trost zugesprochen, doch dazu war er noch nicht in der Lage. Zudem lagen sie in völliger Finsternis.

»Gib mir noch etwas Zeit!«

»Aber wir müssen jetzt etwas tun.«

»Das schaffen wir nicht. Wir sind Gefangene. Denk daran.«

»Auf der Yacht, ich weiß. Aber wer hat uns gefangen?«

»Darüber solltest du dir keine Gedanken machen. Ob der Kerl Smith oder Asmodis heißt, ist Jacke wie Hose. Jedenfalls sitzen wir tief in der Tinte. Und das bis zur Unterkante Oberlippe.«

»Ich sehe mich mal um.«

»Laß es, Nikos.« Suko hielt den Jungen am Bein fest. »Es ist nicht gut. Wir sehen nichts, das kann eine Falle sein.«

»Dann zünde ich ein Streichholz an.«

»Die sind naß geworden.«

»Mist, stimmt auch wieder. Hast du keine Lampe?«

»Sicher – gehabt. In der alten Gruft liegt sie irgendwo unter dem Schutt begraben. Richte dich darauf ein, mein Lieber, daß wir warten müssen, bis jemand kommt und Licht macht.«

»Und wenn nicht?«

»Keine Sorge, Junge, die kommen schon, weil sie etwas von uns wollen, verstehst du?«

»Ja.« Nikos schnaufte durch die Nase. »Ich begreife nur nicht, was sie von uns wollen. Wir haben ihnen doch nichts getan.«

»Du nicht, Nikos.«

»Du denn?«

»Wahrscheinlich, obwohl ich auch nichts Genaues weiß und nur auf Spekulationen angewiesen bin. Meiner Ansicht nach muß unsere Gefangennahme mit den Dingen zu tun haben, die wir innerhalb des alten Klosters erlebten. Ich kann mir einfach keine andere Möglichkeit vorstellen.«

»Und was war da so schlimm?«

»Es hat keinen Sinn, dir das zu erzählen. Ich müßte zu weit ausholen, und du würdest es kaum begreifen.«

Nikos fragte weiter. »Hat es mit irgendwelchen Killern zu tun?«

»Nein.«

»Oder Terroristen? Diese Kommandos sind doch überall vertreten. Auch in diesem Raum.«

»Nein, damit hat es nichts zu tun.«

»Was dann?«

»Es geht um Dinge, die tief in der Vergangenheit liegen. Um historische Sachen.«

Nikos hatte endlich begriffen. »Du willst es mir eben nicht sagen, Suko.«

»Genau.«

»Ich weiß auch nichts. Ich denke immer an meinen Vater. Er hat noch leben wollen. Drei Jahre wollte er noch mit hinausfahren, um mir alle Tricks und Kniffe beizubringen. Früher hat er eisern gespart. Ich konnte studieren, sollte etwas Besseres werden, aber ich wollte in keiner Kanzlei versauern. Deshalb habe ich die Brocken hingeworfen und bin wieder zu meinem Elternhaus zurückgekehrt. Verdammt, ich hatte Angst, daß mein Vater toben würde, aber er tat es nicht. Er nahm mich, seinen Sohn, mit offenen Armen auf, und er hat mich sogar verstanden, daß ich das Leben eines Fischers führen und so sein wollte wie er.«

Suko ließ Nikos sprechen. So konnte sich der junge Mann wenigstens die Angst von der Seele reden.

Währenddessen ruhte sich der Inspektor aus. Er hörte zu. Die Stimme des Jungen stockte zwischendurch immer wieder. Es waren die Weinkrämpfe, das trockene Schluchzen, das zusammen mit der Erinnerung kam. Manchmal brauchte er auch den Hautkontakt. Dann spürte Suko die Hand des Griechen auf seinem Arm, und er merkte, wie die Finger des Jungen zitterten.

»Du wirst eine Zukunft haben, Nikos, das kann ich dir versprechen«, sagte der Chinese.

»Daran glaube ich nicht. Sie bringen uns doch um.«

»Noch leben wir.«

»Bist du immer so optimistisch?«

»Ja.«

»Wieso denn?«

»Weißt du, Nikos, wer einem solchen Beruf nachgeht wie ich, der hat nicht nur viel von der Welt gesehen, sondern auch viel erlebt und in Situationen gesteckt, die oft noch hoffnungsloser waren als diese hier. Das kannst du mir glauben.«

»Aber nicht vorstellen.«

»Dann will ich es dir erklären. Wirst du unmittelbar bedroht? Ist dein Leben in direkter Gefahr?«

»Nein!«

»Na bitte.«

»Aber die Ungewißheit, Suko. Wir sind Gefangene, sitzen in absoluter Dunkelheit und wissen nicht, was noch geschieht. Das alles drückt wie eine schwere Last, die ich kaum bewältigen kann. Ich habe das Gefühl, als wären mein Herz und meine Seele gleichermaßen eingeklemmt. Kannst du das begreifen?«

»In der Tat.«

»Dann mußt du mir auch meine Angst zugestehen.«

»Junge, ich gestehe dir alles zu. Nur sollten wir uns tatsächlich zusammenreißen und nicht die Nerven verlieren. Versprichst du mir das?«

Nikos zögerte. »Ich werde es zumindest versuchen.«

»Das ist immerhin etwas. Finde ich prima.« Suko hatte festgestellt, daß ihm die letzten Minuten trotz der geführten Unterhaltung gutgetan hatten. Er wollte sich hinsetzen.

»Soll ich dir helfen?« Nikos tastete schon nach Sukos Arm.

»Das schaffe ich allein.« Sukos Stimme hatte normal geklungen, obwohl in seinem Kopf durch die Bewegungen Schmerzströme zuckten und hinter der Stirn explodierten.

Das alles ließ nach, als er saß. Dennoch war der Inspektor in Schweiß gebadet.

»Dich haben sie am Kopf erwischt, nicht wahr?«

»Ja, sogar zweimal innerhalb einer kurzen Zeit. War nicht gerade gut, kann ich dir sagen.«

»Das glaube ich. Ich hatte vielleicht eine Angst, als man dich auf dem Boot schlug.«

»Das ist ja vorbei.«

»Willst du dich denn jetzt hinstellen?«

»Ich probiere es zumindest aus«, erwiderte Suko mit leicht gepreßt klingender Stimme.

Diesmal hatte er nichts dagegen, daß Nikos ihn unterstützte. Der Grieche drückte gegen Sukos linken Ellbogen und schaffte es tatsächlich, dem Chinesen Halt zu geben.

Suko kannte seine Schwachstellen. Er wußte auch, wie er sie beheben konnte. Sehr tief atmete er durch, er mußte sich praktisch von innen her reinigen, wollte Kraft tanken und sich regenerieren.

Nikos ahnte, daß er seinen Begleiter jetzt nicht stören durfte, und so wartete er ab, bis Suko wieder etwas sagte.

»Ja, allmählich geht es besser.«

»Klasse!« freute sich Nikos. »Sollen wir jetzt versuchen, aus diesem Loch herauszukommen?«

»Das werden wir wohl kaum schaffen.«

»Warum bist du so pessimistisch?«

»Weil sie bestimmt etwas mit uns vorhaben. Außerdem werde ich das Gefühl nicht los, unter Kontrolle zu stehen.«

»Aber es ist finster!« wiedersprach Nikos.

»In der heutigen Zeit gibt es elektronische Augen, die auch im Dunkeln sehen …«

»Was ist das?« Nikos erschrak heftig und griff nach Sukos Arm. »Hast du das auch gehört?«

»Was denn?«

»Dieses Zischen.«

Der Inspektor dachte an Gas, behielt dieses Wissen aber für sich, um den Jungen nicht zu beunruhigen. Er konzentrierte sich auf die Geräusche, die von vier verschiedenen Seiten auf sie einströmten.

Nikos bewegte sich neben ihm. Er streifte an Suko vorbei.

»Bleib hier, Nikos.«

»Aber wenn das Gas ist …«

»Können wir auch nichts daran ändern.«

Es war vielleicht Gas, das angezündet wurde, denn zur gleichen Zeit hörten wir die beiden puffenden Geräusche und sahen plötzlich die zuckenden Flammen in Hüfthöhe leuchten, die ihren Glanz aus Licht und Schatten durch den Raum warfen.

Es war ein künstliches Licht, nichts Natürliches, und abgegeben wurde es von Lampen, die das Wort nicht verdienten.

Nikos erschrak so heftig, daß er sich auf die Zunge biß, über seine Augen wischte und flüsterte: »Suko, ich träume doch nicht – oder?«

»Nein.«

»Dann sind das ...«

»Ja, Totenschädel!«

Die unheimlichen Gebilde standen auf langen Stangen. Um ihnen Halt zu bieten, hatte jemand die Schädel auf flache, nach innen etwas gebogene Teller gestellt. Gleichzeitig waren die Schädel um ein Drittel gekürzt worden. Man hatte den Schnitt an den Stirnen angesetzt und ihnen genau den Teil weggeschnitten, damit die Flammen nicht innerhalb der Schädel blieben und aus der Öffnung steigen konnten.

Nicht nur aus dem Kopf schlugen sie, ebenfalls aus den Löchern, in denen einmal die Augen gesessen hatten. Der Mund wurde ebenfalls nicht verschont, die Nasenlöcher auch nicht, und die dünnen Feuerzungen leckten wie schmale Finger hervor. Sie bogen sich, wenn sie das Innere der Schädel verlassen hatten, nach außen und strichen so an dem gelbweißen Gebein in die Höhe, wo sie ein Wechselspiel von Licht und Schatten hinterließen, so daß es manchmal wirkte, als würden die Köpfe leben.

Nikos preßte die Hände zu Fäusten zusammen. »Meine Güte, ist das unheimlich«, flüsterte er.

Da widersprach ihm Suko nicht. Es war in der Tat eine besondere Atmosphäre, die von den Flammenschädeln geschaffen wurde, die den kahlen Raum einigermaßen erhellten.

Kein Möbelstück bildete »die Einrichtung«, und doch war dieser Raum im Bauch der Yacht etwas Besonderes oder Ausgefallenes. Suko fiel es zuerst auf. Er wunderte sich über die zahlreichen Feuer und stellte erst bei genauerem Hinsehen fest, daß es trotzdem nur vier waren, aber diese vier spiegelten sich in potenzierter Form an den Wänden wieder, weil man diese mit Spiegeln bedeckt hatte.

Auch Suko und Nikos sahen sich des öfteren. Jede ihrer Bewegungen wurde mehrmals wiedergegeben, so daß sie sich fast vor sich selbst fürchteten.

»Was soll das bedeuten?« fragte Nikos nach einer Weile. »Ich ... ich komme da nicht mehr mit.«

»Kennst du keine Spiegel?«

»Schon, aber weshalb hat man sie hier aufgestellt?«

»Das kann ich dir auch nicht sagen«, erwiderte Suko. »Es scheinen aber besondere Spiegel zu sein«, fügte er noch hinzu.

»Wie meinst du das?«

Suko ging die ersten Schritte. Bei jedem Aufsetzen des Fußes zuckte der Schmerz als böses Stechen bis unter seine Schädeldecke. In der Tat, Spiegel waren nicht immer Spiegel. Er hatte schon böse Erfahrungen mit ihnen gemacht.

Es waren vier, und sie bedeckten die Gesamtheit der Wände. Nikos fand es zwar unheimlich, aber er hatte sich an die gespenstische Szenerie gewöhnt. Immer dann, wenn er in den Schein der flammenden Totenköpfe geriet, sah Suko die Gänsehaut auf seinem Gesicht und auch das Zucken der Mundwinkel.

Der Grieche blieb neben einem Schädel stehen und versuchte, hineinzuschauen. »Da drinnen muß ein Pulver brennen«, erklärte er.

»Das ist möglich.«

Nikos ging weiter. Suko blickte in eine andere Richtung und sah den Jungen in der Spiegelfläche.

»Nichts anfassen!«

Suko schrie die Warnung, als der Fischer die Hand ausstreckte. Es war schon zu spät. Er berührte den Spiegel, etwas blitzte an der Kontaktstelle auf.

Nikos begann fürchterlich zu schreien, als hätte er mehrere Schläge erhalten. In Windeseile war Suko bei ihm, auch wenn ihm das Laufen noch schwerfiel. Wuchtig riß er seinen Schützling zurück, der wimmernd in die Arme des Inspektors fiel.

Die rechte Hand hielt Nikos auf dem Rücken verborgen. Er wollte sie nicht zeigen, und Suko mußte ihm den Arm praktisch herumdrehen.

Er sah die Finger oder vielmehr das, was davon übriggeblieben war.

Verkohlte, nach unten hängende Strünke!

Die Welt der Dämonen und schwarzmagischen Gestalten ist furchtbar, grausam und gnadenlos.

Suko wußte es, Nikos hatte es nicht gewußt und schrecklich dafür bezahlen müssen. Er wollte seine Hand nicht mehr sehen, denn er starrte allein Suko an, dessen Züge hart geworden waren. »Ich habe ihn doch nur kurz berührt!« hauchte er.

»Das war eben zuviel.«

»Aber ... aber warum?«

»Ich kann dir den Grund auch nicht sagen.« Suko fühlte sich elend. Die andere Seite hatte ihn in ein raffiniertes Gefängnis gelockt, aus dem es kein Entrinnen für sie gab.

Er starrte in den Spiegel, der von Nikos angefaßt worden war. Genau an der Stelle sah er vier schwarze Punkte. Sie erinnerten an weichen Teer, der etwas zerlaufen war.

Die Reste der Finger.

Der Inspektor hatte den Arm um den Jungen gelegt. Nikos bewegte sich wieder. Seine rechte Hand drehte er so, daß er auf die Faust schauen konnte. Dabei stellte er eine Frage, die ihn quälte. »Sie ... sie sind nicht mehr da, oder?«

»Wir werden deine Hand operieren lassen, wenn wir hier raus sind!«

»Nein, das geht nicht. Das ...« Er öffnete die Faust und verstummte geschockt.

Was er sah, war furchtbar und versetzte ihm fast den Todesstoß. »Meine Finger!« schrie er. »Meine Finger ...«

Seine gellenden Schreie überlagerten das häßliche Lachen, das Suko plötzlich vernahm. Er sah auch das Gesicht, das sich im Spiegel zeigte.

Es waren die Züge eines ihm unbekannten Mannes!

Als ich in die Tiefe fiel und meinen ersten heißen Schreck überwunden hatte, riß ich den Kopf in den Nacken, schaute noch einmal in die Höhe und nahm als letzten Eindruck das Gesicht des Mädchens wahr. Die Kleine stand am Rand der Luke und verfolgte meinen Fall.

Ich schlug auf, und sie verschwand.

Es war kein sehr harter Aufprall, eher weich und federnd, als wäre ich auf einem Bett gelandet oder einem großen Luftkissen. Ich federte noch zweimal nach, lag still, blickte zur Decke und sah, wie sich die Luke schloß.

Ich war allein in der Finsternis.

So etwas kannte ich, das war mir nicht neu, und ich sah es als positiv an, daß ich so weich gefallen war und mir nicht einmal den kleinen Finger verstaucht hatte.

Wie ging es weiter?

Für mich sicherlich nicht positiv. Man hatte mich nicht in eine Falle gelockt, um mich schnell wieder loszuwerden. Der Unbekannte im Hintergrund hatte etwas vor.

Aber was?

Die Beretta besaß ich nicht, dafür meine Lampe, die neue mit der Halogenbirne. Sie hatte hoffentlich das Bad überstanden. Ich holte sie hervor, schaltete sie auch ein, aber nichts tat sich. Der Fluch, der über meine Lippen drang, kam aus vollem Herzen.

Allmählich wurde es mulmig. Als einzige Lichtquelle blieb mein Feuerzeug. Ich hoffte sehr, daß es mich nicht im Stich lassen würde, versuchte es, der Funke sprang über und schuf eine winzige Lichtinsel in der watteartigen Schwärze der Kabine.

Bis der Luftzug die Flamme traf.

Es war ein kühler Zug, der wie ein Eishauch über meine Hand strich und die kleine Flamme ausblies.

»Nein, ich bestimme, wann du etwas siehst!« wurde ich angesprochen.

Sofort rollte ich mich zur Seite, erreichte den Rand dieses ungewöhnlichen Bettes, schwang die Beine herum und stellte mich hin. Ich wartete darauf, daß mich der Unbekannte wieder ansprechen würde, statt dessen meldete er sich auf eine andere Art und Weise. Ich hielt noch immer das Wegwerf-Feuerzeug in der Faust, die ich dann sehr schnell öffnete, denn der kleine Flammenspender wurde heiß.

Er fiel zu Boden, blieb dort liegen, glühte auf, und ich sah ihn noch schmelzen. Damit war mir einiges klarer geworden. Wer immer das Sagen hatte, mußte verdammt mächtig sein.

Meine angesengte Handfläche schmerzte stark.

Der andere, mir unbekannte Mann hatte auf dem Schiff das Sagen und die Befehlsgewalt. Er bestimmte, was auf der Yacht geschah. Niemand konnte sich frei bewegen. Da ich ihn ebenfalls nicht provozieren wollte, blieb ich zunächst einmal ruhig und wartete.

Man hatte die Yacht gut isoliert. Ich wunderte mich über die gedämpften Motorengeräusche. Sie waren nur zu hören, wenn ich bewußt lauschte.

Ich war auf einem Bett gelandet. Vielleicht sogar im Schlafzimmer des Kapitäns. Ich hatte auch das Mädchen auf dem Gang nicht vergessen. Die Kleine war mit einem Totenschädel »bewaffnet« gewesen, und das mußte seinen Grund haben.

Nikos hatte mir kaum Infos über den Besitzer gegeben. Er war eine geheimnisvolle Person, die auf ihrer Yacht das Mittelmeer durchkreuzte.

Ein schwarzes Schiff, dachte ich. Es war mir neu. Ich kannte keinen Yachtbesitzer, der sein Statussymbol schwarz streichen ließ. Dieser hier hatte es getan. Meiner Ansicht nach mußte er einen bestimmten Plan verfolgen.

Im Laufe der Zeit habe ich so etwas wie einen sechsten Sinn entwickelt, der mich vor Gefahren warnt. Ich streckte auch hier meine Fühler aus, um zu »horchen«, doch es blieb alles normal. Ich empfand keinerlei Bedrohung. Nur eben eine gewisse Spannung. Man hatte die beiden anderen von mir getrennt. Über den Grund dachte ich nur kurz nach. Möglicherweise hatte die andere Seite Furcht, daß wir zu stark werden konnten.

Dann geschah doch etwas. Da ich der Stelle den Rücken zudrehte, bemerkte ich es nur an einem zuckenden, fließenden Widerstand, der über den Boden huschte.

Als wären es die Reflexe eines sich bewegenden Wassers. Hier stand ich jedoch auf dem Trockenen und drehte mich um.

Das Licht war da. Gelbrote Flammen, die aus oben offenen Totenschädeln züngelten und den Raum erhellten. Hätte ich nach ihnen greifen wollen, wäre mir dies kaum gelungen, denn ich erkannte die breite Spiegelfläche, die sich von einer Seite zur anderen durchzog. Innerhalb der Fläche sah ich die Schädel, die auf einem Tisch standen und das Feuer entließen.

Keine Wärme strömte mir entgegen. Die Flammen brannten ruhig vor sich hin, sie bildeten innerhalb des Spiegels mit der dunklen Oberfläche eine kleine Insel.

Weshalb zeigte man mir das?

Mich konnten Totenköpfe kaum noch erschrecken, auch wenn sie so plötzlich erschienen. Allerdings glaubte ich, daß man sie nicht zum Spaß aufgestellt hatte und sie eine ganz bestimmte Funktion erfüllten.

Der mir unbekannte Sprecher hielt sich nach wie vor zurück. Vielleicht hatte er das bewußt getan, damit ich mich zunächst einmal mit der Anwesenheit dieser Totenköpfe auseinandersetzen konnte. Es verging Zeit, Minuten reihten sich aneinander. Ich erkannte, daß nicht alle Wände verspiegelt waren, nur die eine vor mir. Wo die flammenden Totenschädel nun genau standen, ob hinter, vor oder innerhalb des Spiegels, war mit Gewißheit nicht zu sagen.

Und dann erschien er.

Ein fast bühnenreifer Auftritt, wie ich ihm und mir eingestehen mußte. Er hatte irgendwo hinter den Flammenzungen der Totenschädel gelauert und schob sich nun aus der Dunkelheit hervor, als hätte ihn jemand in den Lichtkreis der Totenköpfe gedrückt.

Manchmal sieht man in SF-Filmen, wie sich aus dem

dunklen Metall etwas nähert. Sei es nun ein Planet oder ein Raumschiff. So kam es mir bei dem Gesicht vor, das sich aus dem Hintergrund gelöst hatte und näher schwebte. Es nahm Konturen an, wurde immer deutlicher, so daß ich es jetzt gut erkennen konnte.

Gesehen hatte ich dieses Gesicht noch nicht. Weder persönlich noch auf irgendwelchen Bildern. Der Mann mußte etwa in meinem Alter sein. Das Haar wurde mit feurigen Reflexen überdeckt. Trotzdem erkannte ich seine fast nachtschwarze Farbe. Der Mann trug es gescheitelt. Sein Gesicht hatte ebenfalls einen rötlichen Ton. Wangen, Nase und Lippen waren fleischig, aber nicht dick oder aufgedunsen. Ich sah auch einen Teil seines Körpers und stellte fest, daß der Unbekannte konservativ angezogen war. Er trug ein weißes Hemd, eine dunkle Krawatte und ein ebenfalls dunkles Jackett. Man konnte ihn für einen Geschäftsmann halten.

Er saß da und sah mich an. Daß er mit dem Sprecher vorhin identisch war, davon ging ich aus. Ich versuchte in seinen Augen zu lesen. Leider war er zu weit entfernt. Unter den geschwungenen Brauen waren seine Augen nur dunkle Punkte.

Langsam hob er seine Arme an. Die Hände gerieten in mein Blickfeld. Er hatte die Finger dicht zusammengelegt und strich mit den Handflächen durch die Flammen.

Nichts geschah bei ihm. Das Feuer verbrannte ihm weder die Haut, noch sengte er sie an. Er schien es zu genießen, seine Hände mit den Flammen in Berührung zu bringen. Sie kreisten sogar über dem Feuer, bis er von seiner Demonstration genug hatte und die Handflächen zwischen den Schädeln auf eine Tischplatte legte.

Da ich ihn nicht gerufen hatte, wollte ich auch nicht das Wort übernehmen. Er war es, der mit mir reden mußte, und ich sah sein Nicken, als wäre es eine Begrüßung für mich.

»Willkommen an Bord, Mr. Sinclair.« Er sprach Englisch, allerdings mit einem Akzent, der darauf schließen ließ, daß ich es mit einem Mann vom Festland zu tun hatte.

Wahrscheinlich Niederländer.

Jetzt fiel mir ein, daß auch Nikos davon gesprochen hatte. Der Eigner des Schiffes wurde als Holländer bezeichnet. Ich war gespannt, wie es weiterging.

»Von einem Willkommensgruß kann nicht die Rede sein, wenn Sie Ihre Gäste immer auf diese Art und Weise an Bord befördern lassen, Mister ...«

»Sie kennen meinen Namen nicht?

»Nein.«

»Ich heiße van Akkeren. Vincent van Akkeren.« Er sagte es so, als müßte ich jetzt ein Aha oder Oho ausstoßen. Auf beides verzichtete ich.

»Der Name sagt mir nichts.«

»Tatsächlich nicht?«

»Nein.«

»Das ist ungewöhnlich, denn auch Ihre beiden Freunde haben mich nicht gekannt.«

»Wir gehören nicht zu den Leuten, die sich große Yachten leisten können. Dazu sind unsere Gehälter zu klein, aber das werden Sie kaum verstehen können, Mr. van Akkeren.« Ich schnippte mit den Fingern und gab mich ziemlich lässig. »Ja, Sie erwähnten meine Freunde. Wann kann ich sie sehen, und was ist mit ihnen?«

Van Akkeren legte seine Stirn in Falten. »Sie sollten sie vergessen, Mr. Sinclair.«

»Wieso?«

»Wahrscheinlich sind sie schon tot. Ich brauche sie nicht mehr. Sie waren mir hinderlich.«

»Wo kann ich ihre Leichen sehen?« fragte ich mit klirrender Stimme.

»Ich sagte ja, noch könnten sie leben. Aber davon mal ganz abgesehen. Vergessen Sie diese Dinge endlich, und kommen wir zur Sache.«

»Daß Sie mich nicht getötet haben, läßt darauf schließen, daß Sie etwas von mir wollen.«

»Sehr richtig, Mr. Sinclair.«

»Da Sie auch meinen Namen wissen, müssen Sie mich kennen. Woher? Hat Ihnen der Teufel etwas ins Ohr geflüstert?«

»So ist es fast gewesen. Sie sind bekannter, als sie glauben und wahrhaben wollen, Mr. Sinclair.«

»Das ehrt mich nicht gerade, obwohl ich Sie leider nicht kenne. Ich weiß nicht einmal, wo ich Sie hinstecken soll. Dem Namen nach scheinen Sie aus den Niederlanden zu stammen.«

»Da haben Sie recht. Ich bin Vincent van Akkeren, der bekannte Regisseur.«

»Wie schön. Und was für Filme drehen Sie, bitte schön?«

»Grusel-Streifen.«

Ich grinste. »Sind die nicht momentan out?«

»Im offiziellen Kino ja, aber es gibt auch einen zweiten Markt.«

»Video?«

»Den meine ich nicht. Ich habe den Film ›Die Todes-Yacht‹ gedreht. Er ist ein Renner geworden.«

»Dann hätte ich etwas hören müssen.«

»Sie gehören nicht zu dem auserwählten Publikum, das den Vorzug hatte, diesen Streifen zu sehen. Seit diesem Zeitpunkt nennt man mich den Grusel-Star.«

»Da kann ich Ihnen gratulieren, van Akkeren. Nur weiß ich noch immer nicht so recht über Sie Bescheid. Ich habe Ihren Namen heute zum erstenmal gehört.«

»Diejenigen, die meinen Film gesehen haben, wissen ihn zu schätzen.«

»Dann erklären Sie mir bitte, was Besonderes an diesem Streifen ist, der auf dieser Yacht gedreht wurde?«

»Es ist alles echt, Mr. Sinclair.«

»Wie echt?« Ich lachte. »Klar, ich kann mir vorstellen, daß Sie keinen Puppen- oder Trickfilm gedreht haben ...«

»Die Taten sind echt!« Seine Stimme hatte sich gesteigert. Sie war klirrend geworden, und ich begriff.

Mein Gesicht wurde starr. Ich hatte das Gefühl, als würde

das Blut selbst aus meinen Lippen weichen. Über meinen Rücken lief ein kalter Streifen, die Haut im Nacken spannte sich.

»Geschockt?« fragte er lachend.

»Wenn ich mir vorstelle, daß Sie dies ernst gemeint haben, muß ich Ihnen zustimmen.«

»Ich habe es ernst gemeint. Das Grauen und der Horror, den die Menschen auf dieser Yacht erlebten, waren echt. Sie wußten ja nicht, daß sie sterben müssen. Ich habe ihre Angst, ihren Tod, ihr Zittern alles auf Film gebannt und die Kopien dann verkauft. Sie glauben gar nicht, wie viele Menschen es gibt, die sich so etwas ansehen und dafür noch ein horrendes Geld bezahlen.«

»Menschen?« fragte ich mit einer Stimme, die mir selbst fremd vorkam.

»Wieso nicht?«

Ich schüttelte den Kopf und versuchte, mir die Gefühle, die in meinem Inneren tobten, nicht anmerken zu lassen. Für so etwas gab es keine Entschuldigung. Vielleicht wartete dieser Grusel-Star nur darauf, daß ich ausflippte. Den Gefallen tat ich ihm nicht. Ich riß mich zusammen, doch in meinem Innern kochte es. Auf den Handflächen sammelte sich der kalte Schweiß.

»Ich warte auf die Antwort, Sinclair.«

»Sie wissen genau, daß ich so etwas verabscheue. *Menschen* ist wirklich das falsche Wort. Tiere wäre auch nicht richtig gewählt, denn sie töten nur, wenn sie einen Grund haben. Aber was Sie da getan haben, ist so verabscheuungswürdig, daß ich dafür keine Worte finde. Ich will Ihnen ein Kompliment machen, van Akkeren. Wenn es den Tatsachen entspricht, was Sie mir da berichtet haben, dann haben Sie es geschafft, mich zu schockieren. Ich habe in meinem Leben viel menschlichen Dreck gesehen. Ich kenne Mörder, Totschläger und auch Wesen, die mit unserem Verstand einfach nicht zu begreifen sind. Ich habe hinter viele Dinge geschaut, ich weiß, daß es das Böse gibt, daß es sich auch manifestiert hat, aber Sie, van Akkeren, stehen auf dieser Pyramide der Schlechtigkeiten ganz oben. Das ist meine Meinung über Sie, den Grusel-Star.«

Er behielt sein kaltes Lächeln bei. »Sie haben mir eine sehr lange Predigt gehalten, Sinclair, und mir Dinge gesagt, die ich von einem anderen nicht entgegengenommen hätte, aber Sie ändern nichts an den Tatsachen. Mich fasziniert es, Dinge zu tun, die andere schockieren. Ja, ich bin in diesen Bann geraten und habe ebenfalls Kontakt zu dem Bösen aufgenommen.«

»Das hätten Sie nicht zu tun brauchen. Sie sind es bereits.«

»Möglich. Man hat mir mal gesagt, daß ein Mann wie ich eigentlich nur den Teufel zum Vater haben könnte. Vielleicht stimmt das sogar, denn meine Mutter hat mit mir über den Vater nie gesprochen. Erst auf ihrem Sterbebett sagte sie, daß sie nun zur Hölle fahren und dort die Glückseligkeit erleben würde. Als kleines Trostpflaster hinterließ sie mir ein nicht unbeträchtliches Vermögen, so daß ich unabhängig wurde und meine eigenen Wege gehen konnte. Ich wurde Regisseur.«

»Und was trieb Sie nach Zypern?«

»Mehrere Gründe.«

»Nennen Sie mir einen davon.«

»Das Richtschwert der Templer!«

Ich hatte etwas Ähnliches schon erwartet, war trotzdem überrascht, als ich es hörte, und van Akkeren lachte. »Na, kommen Sie mit?«

»Nein.«

»Dann geben Sie mal acht«, erklärte er mir. »Sehen Sie genau auf den Spiegel. Dort wird bald etwas erscheinen, was Ihnen nicht unbekannt sein dürfte. Wir haben es aus dem Meer gefischt.«

Mehr fügte er nicht hinzu. Er verließ sich dabei auf meine Beobachtungsgabe.

Ich sah tatsächlich etwas. Zuerst hielt ich es für den hellen Widerschein des Feuers, aber das war es nicht, denn es nahm

Gestalt an und schwebte allmählich durch die Wand des Spiegels näher.

Golden war es.

Da wußte ich Bescheid. Es war diesem van Akkeren tatsächlich gelungen, den aus Schwert und Mensch bestehenden Klumpen aus dem Wasser zu bergen. Und dieses Stück polterte durch die Spiegelwand, prallte zu Boden, überschlug sich einige Male und blieb fast vor meinen Füßen liegen.

»Das ist der Grund, Mr. Sinclair!« hörte ich Vincent van Akkeren sprechen ...

Es muß der Eigner der Yacht sein, dachte Suko, als er das Gesicht in den Spiegeln mehrfach sah. Ein normales Gesicht, nichts Besonderes, wenn nicht die böse Ausstrahlung gewesen wäre, die von ihm ausging. Das merkte auch Suko, und er wußte, daß ihm hier ein unversöhnlicher Feind gegenüberstand.

Nikos lag in seinen Armen. Suko hörte das Wimmern des jungen Mannes. Ihm ging es schlecht. Er hatte die vier Finger seiner rechten Hand verloren. Zum Schmerz kam der Schock. Suko wußte nicht, wie der junge Mann reagieren würde. Möglicherweise drehte er durch, wenn er die ganze Tragweite dieser Verletzung begriff.

Noch einmal hörte Suko ihn fast schluchzend atmen, danach wurde Nikos in seinen Armen schwer.

Der Chinese kannte das Zeichen. Nikos war bewußtlos geworden.

Da Suko Nikos auch nicht immer festhalten wollte, ließ er ihn behutsam zu Boden gleiten. Auf dem Rücken blieb er liegen, und Suko wollte sich nun um den anderen kümmern.

»Wer sind Sie?«

»Ich heiße Vincent van Akkeren. Mir gehört die Yacht.«

»Dann sind Sie ein Pirat.«

Der andere lachte rauh. »Wenn Sie es so sehen, mir ist es

egal, obwohl ich mich als Regisseur bezeichne. Ich bin zu einem Grusel-Star gemacht worden und fühle mich in der Rolle sehr wohl.«

»Von Ihnen habe ich noch nie gehört.«

»Das ist auch nicht weiter tragisch, Suko. Ich kenne Sie und ihren Freund Sinclair, den ich ebenfalls in die Falle gelockt habe. Ich will Sie nicht mit Einzelheiten langweilen, da es mir vor allen Dingen auf Sinclair ankommt. Und ihn habe ich.«

»Was wollen Sie von uns?«

»Das braucht Sie nicht zu interessieren. Für mich sind Sie dem Tod geweiht. Ich will Ihnen nur erklären, wie aussichtslos Ihre Lage doch ist, und da beziehe ich den jungen Burschen mit ein. Auf dieser Yacht wurde ein Film gedreht. Ein knallharter Horrorstreifen, der alle Grenzen überschreitet. Ich habe mir damit meinen ersten Traum verwirklichen können und habe die Yacht speziell für diesen Film hin umbauen lassen, wenn Sie verstehen.«

»Noch nicht.«

»Dann will ich es Ihnen sagen. Das Schiff hat sein Aussehen nicht verändert, doch innen ist es total umgebaut worden. Es enthält Fallen, Tricks, Grauen und Tod, wenn ich dies einmal so direkt sagen soll. Die Yacht ist der eigentliche Star in meinem Leben. Sie gibt mir das Gefühl, ein Herrscher und ein Spieler zu sein. Lassen Sie es sich gesagt sein, nur wenige Darsteller haben es geschafft, mit dem Leben davonzukommen. Ich bin gespannt, wie Sie reagieren, Suko.«

»Ich begreife Sie noch immer nicht ganz. Was wollen Sie mir eigentlich damit klarmachen?«

»Daß Sie in der Falle sitzen und ich mich um Sie nicht zu kümmern brauche. Für mich ist Ihr Partner Sinclair viel wichtiger. Er hat das Wissen, das mich interessiert. Sie sind Ballast, den ich normalerweise über Bord werfen würde, aber ich denke in diesem Fall anders. Sie können bleiben und sterben. Irgendwann werde ich Ihre Leiche dem Meer übergeben. Bis es soweit ist, werden Sie und der Junge wahre Höllenqualen erleben und feststellen können, was es heißt,

Todesangst zu haben. Ein Entkommen ist so gut wie unmöglich. Ich, Vincent van Akkeren, habe für alles gesorgt. Und nun lasse ich euch allein ...«

Bevor das Gesicht verschwand, verzog es sich noch. Die Lippen spannten sich, als bestünden sie aus Gummi. Dann hörte Suko das hämische, grausame Lachen, das ihm Schauer über den Rücken jagte.

Das Gesicht zog sich zurück. Es drückte sich praktisch nach hinten in die tiefe Schwärze der Spiegelwand hinein.

Nur die vier Totenköpfe blieben noch. Aus ihnen stiegen die Flammen wie brennende Finger, bewegten sich, tanzten mal über die Ränder der Schädel hinweg, als wollten sie mit ihren feurigen Spitzen nach bestimmten Dingen suchen.

Suko mußte die Worte erst verdauen. Er hatte alles sehr deutlich verstanden. Nur war ihm der Name Vincent van Akkeren völlig neu. Auch John Sinclair hatte ihn noch nie erwähnt. Sukos Meinung nach mußte dieser schwarzhaarige Typ ein neuer Joker in einem mörderischen Spiel sein. Er war aus dem Nichts gekommen und hatte sich als verdammt selbstbewußt gegeben.

Was war das für ein Film, den dieser Grusel-Star als Regisseur gedreht hatte?

Suko hatte von ihm noch nie etwas gehört. Er konnte sich darunter nichts vorstellen, aber van Akkeren mußte bei bestimmten Personen einen verdammt guten Namen haben.

Die Fallen auf dieser umgebauten Yacht existierten noch, hatte er Suko gesagt. Demnach mußte der Inspektor damit rechnen, sich in einer tödlichen Gefahr zu befinden, die ihn jeden Augenblick vernichten konnte.

Er sah sich um.

In der Kabine war nichts zu erkennen, was darauf hingedeutet hätte. Nur das Feuer in den Schädeln brannte noch, so daß sich der Chinese schon fragte, ob die eigentliche Gefahr von diesen Flammen ausging. Sie gaben keine Wärme ab. Suko kannte es. Höllenfeuer reagierte ähnlich. Und entwischen konnte er nicht.

Wenn er versuchte, den Spiegel einzuschlagen, würde es ihm so ergehen wie Nikos.

Das Risiko war Suko einfach zu groß.

Trotzdem würden wohl nur die Spiegel als Ausweg bleiben. Er wollte sich die Flächen einmal genauer ansehen. Möglicherweise gab es doch eine Chance, sie zu zerstören oder einen Ausweg aus dem Dilemma zu finden.

Die Beretta hatte man Suko abgenommen. Wahrscheinlich hätte er die Spiegel auch nicht zerschießen können, aber er besaß zum Glück noch andere Waffen.

Zum Beispiel die Dämonenpeitsche oder den Stab, durch dessen Hilfe er die Zeit für genau fünf Sekunden anhalten konnte.

Zwischen zwei brennenden Totenschädeln schritt der Inspektor hindurch auf die Spiegelwand zu, an der Nikos seine Finger verloren und Suko das Gesicht van Akkerens gesehen hatte.

Einen halben Schritt davor blieb er stehen. Sehr deutlich sah er die Spiegelfläche. Sie war nicht so hell wie die normalen Spiegel und hatte einen Stich ins Dunkelgraue. Suko starrte auf sein verschwommenes Konterfei.

Waren diese Spiegelflächen tatsächlich Zugänge zu anderen Dimensionen oder Welten?

Für Suko nicht so recht vorstellbar. Van Akkeren hatte ihm ziemlich normal ausgesehen und nicht so wie jemand, der eine Dimensionsreise gerade erst hinter sich hatte.

Unter Umständen gehörten die Spiegel zur festen Einrichtung dieser Filmkulisse und waren gar nicht so unnormal oder nur sehr leicht magisch beeinflußt.

Trotzdem hatte Nikos seine Finger verloren.

Suko schüttelte sich, als er daran dachte. Seine rechte Hand fand automatisch den Griff der Dämonenpeitsche. Er zog die Waffe hervor und schlug einmal einen Kreis über den Boden.

Aus der Öffnung glitten die drei Riemen hervor, gefertigt aus der Haut des Dämons Nyrana, der damals auf der Insel Island ein grausames Regime geführt hatte.

Die drei Riemen waren so lang, daß sie mit ihren Spitzen den Boden berührten.

Suko hatte die Dämonenpeitsche sonst immer sehr hart und zielsicher eingesetzt. In diesem Fall aber traute er sich nicht so recht. Irgend etwas störte ihn. Es war möglicherweise ein warnendes Gefühl, das ihn daran hinderte, den Arm mit der Peitsche zu heben und voll zuzuschlagen. Jedenfalls fühlte er sich unwohl.

Er holte auch nicht zu einem kräftigen Schlag aus und bewegte die Peitsche nur so, daß die Spitzen der drei Riemen das Glas kaum berührten und nur wie ein Hauch an ihnen vorbeistrichen.

Da sah er das Funkeln und hörte auch ein leises Knistern, wie bei den Funken brennender Wunderkerzen.

Sofort zog Suko seine Hand zurück. Er wollte es zunächst nicht glauben, doch er mußte sich mit dem Gedanken anfreunden.

Die Peitsche, die ihm so oft einen Weg freigeschlagen hatte, versagte plötzlich. Nicht allein das. Unter Umständen besaß die Spiegelfläche sogar die Kraft, sie zu zerstören.

Und dieses Risiko durfte Suko keinesfalls eingehen.

Er trat wieder zurück. Diesmal mit einem drückenden Gefühl im Magen und ohne Optimismus. Van Akkeren hatte von einer Falle gesprochen. Sie schien tatsächlich zu existieren.

Wenn es ihm nicht gelang, durch die Spiegelwände mit dem Jungen zu entkommen, gab es dann überhaupt noch eine andere Möglichkeit?

Suko war kein Mensch, der aufgab. Er würde weitersuchen und vielleicht auch etwas finden.

Zunächst untersuchte er den Jungen.

Nikos lag auf dem Rücken. Er war noch immer bewußtlos. Suko sah es als gutes Zeichen an. Unter Umständen wäre er sonst durchgedreht, denn mit dem Schock der verlorenen Finger fertig zu werden war wohl so gut wie unmöglich.

Dann hörte Suko ein Geräusch über sich.

Zuerst nur ein Summen, und als er in die Höhe blickte, entdeckte er, daß sich die Decke geöffnet hatte.

Ein gewaltiger Schatten tauchte dort auf, der fast Dreiviertel der Breite des Zimmers einnahm.

Noch konnte der Inspektor nicht erkennen, um was es sich bei diesem Gegenstand handelte, Freude jedenfalls würde er ihm bestimmt nicht bereiten.

Er senkte sich tiefer.

Etwas Unheimliches hatte dieser Vorgang an sich. Er gehörte zu den Tricks, die van Akkeren in die Yacht hatte einbauen lassen, als er seinen Film drehte.

Der Schatten schälte sich hervor. Erste Lichtreflexe glitten über ihn, umlagerten ihn wie eine hellere Insel, und Suko konnte endlich seine Form erkennen.

Es war ein leichtschimmerndes Stahlpendel in der Form eines Halbmondes. Das Pendel des Todes, das an einem schwingenden Stahlarm so geführt werden konnte, daß es mit jeder Bewegung die gesamte Breite des Zimmers erfaßte.

Frei nach Edgar Allan Poe hatte der Grusel-Star van Akkeren gehandelt. Er mußte den Roman »Das Pendel des Todes« sehr genau gelesen haben. Vielleicht hatte er auch den Film gesehen.

Suko erinnerte sich ebenfalls an den Streifen. Da lag der Held gefesselt auf einer Steinplatte, während über ihm das Pendel schwebte und bei jeder Schwingung tiefer sank.

Nur war er nicht gefesselt. Im ersten Moment ein Vorteil, doch hier war das Pendel größer, und als es zum ersten Mal schwang, sank es tatsächlich schon tiefer.

Suko blickte nach rechts und nach links. Er verfolgte das schwere Stahlpendel mit seinen Blicken. Es nahm tatsächlich bei seinem Weg die Zimmerbreite ein, und als es wieder zurückschwang, sank es noch ein Stück tiefer.

Suko konnte sich ungefähr ausrechnen, wann es den Boden erreicht haben würde.

Er sah das Blitzen des blauen Stahls und die scharfe Klinge.

Wer mit ihr in Berührung kam, war verloren. Nur brauchte

das nicht unbedingt zu sein, da die Kabine doch so groß war, daß Suko immer dem Pendel ausweichen konnte, auch wenn es fast den Boden berührte.

Van Akkeren hatte ein wenig übertrieben, als er von der Todesangst sprach.

Möglicherweise war dies auch nur der Anfang einer Kette von Schikanen und Grausamkeiten.

Dem Chinesen fiel nur auf, daß Nikos ziemlich ungünstig lag. Wenn er so liegenblieb, würde ihm die Schneide des Pendels die Füße abtrennen. Deshalb brachte Suko den Griechen in Sicherheit.

Das Pendel war schon tiefer gerutscht. Es würde bei seinen Schwingungen auch keinen der Schädel berühren, so daß sie die Szene weiterhin beleuchteten.

Die Kabine war normal hoch. Suko verglich sie mit einem Zimmer. Und das scharfgeschliffene Pendel hatte bereits die Hälfte der Strecke hinter sich gelassen.

Noch immer bestand keine unmittelbare Gefahr für die beiden, und doch hatte van Akkeren nicht übertrieben. Er verließ sich nicht allein auf die Kraft des Pendels, noch etwas anderes hatte er auf Lager. Etwas viel Schlimmeres.

Suko spürte es zuerst an den Füßen, denn der Boden unter ihm erhitzte sich allmählich …

Die Statue war ausgerollt und vor meinen Füßen liegengeblieben. Ich starrte sie an, während mich van Akkeren dabei beobachtete. Er sagte nichts, auch ich schwieg so lange, bis der Grusel-Star das Schweigen unterbrach. »Sie kennen diese Figur?«

»Ja.«

»Sie wissen, was mit ihr geschehen ist?«

»Ich war selbst dabei.«

Er nickte nach meiner Antwort. »Sehen Sie, das habe ich mir gedacht. Sie fragten mich vorhin, weshalb ich mit meiner Yacht vor Zypern kreuze. Ich wollte das Richtschwert der

Templer in meinen Besitz bringen. Leider bin ich zu spät gekommen. Ob es nun Zufall oder Schicksal war, jedenfalls wurde der Gegenstand, auf den es mir ankam, durch Wasserdruck aus dem unterirdischen Felslabyrinth gespült und ins Meer geschleudert. Er senkte sich nicht einmal dem Boden entgegen, blieb dicht unter der Oberfläche, und wir entdeckten ihn. Ich wußte sofort, daß jemand dort gewesen sein mußte und meine Pläne zerstört hatte. Da, Sinclair, schauen Sie sich das Gebilde an. Mehr ist vom Richtschwert der Templer nicht zurückgeblieben. Ein goldener Klumpen mit menschlichen Umrissen.«

Ich fand tatsächlich erst jetzt die Zeit, mir das Gebilde richtig anzusehen. Die Zeichen meines Kreuzes waren dort eingraviert gewesen, jetzt sah ich nichts mehr davon. Das Schwert hatte einmal Hector de Valois gehört, der in mir wiedergeboren war. Er hatte es nicht mehr haben wollen, da zuviel Blut an der Klinge klebte, doch der Fluch des Schwerts breitete sich aus und ließ einige Menschen nicht ruhen.

Auch diesen Vincent van Akkeren nicht!

Sein Motiv, das Schwert an sich zu reißen, kannte ich nicht. Aber er würde es mir sagen.

»Es ist gut, daß alles so kam«, erklärte ich ihm. »Sogar sehr gut. Dieses Schwert hätte nur Unglück gebracht.«

»Aus Ihrer Sicht vielleicht, nicht aus meiner.«

Ich schüttelte den Kopf. »Der erste Besitzer des Schwerts stand nicht auf Ihrer Seite, van Akkeren.«

»Woher wollen Sie wissen, auf welch einer Seite ich stehe?«

»Das haben Sie mir durch Ihre Worte und Erklärungen deutlich genug zu verstehen gegeben.«

»Möglicherweise bin ich ganz anders.«

»Tatsächlich? Sollten Sie mich vielleicht belogen haben?«

»Das nicht, aber auch ich habe eine Aufgabe zu erfüllen, und ich bin sehr glücklich darüber, daß Sie mir über den Weg gelaufen sind. Es war auch klar, daß wir uns einmal begegnen mußten. Daran ging kein Weg vorbei. Sie wissen nämlich einiges, das ich gern erfahren hätte.«

»Was das Schwert angeht …«

»Ja, es hat Hector de Valois gehört. Aber ich wollte nicht nur die Klinge, auch etwas anderes.«

»Und was, bitte?«

»Informationen!« sagte er zischend und beugte sich ein wenig vor. »Von Ihnen, Sinclair.«

»Glauben Sie denn, daß ich Ihnen die Auskünfte geben werde?«

»Bestimmt.«

»Fragen Sie.«

Er lachte wieder, als würde ihm das Spiel Spaß bereiten. Mit seinen Händen strich er durch die Flammen. »Schauen Sie genau zu, Sinclair, sehr genau. Ich kann das Feuer berühren, es tut mir nichts. Es verbrennt mich nicht …«

»Höllenfeuer reagiert eben anders.«

»Sie sagen es, Sinclair. Aber in diesen Schädeln flammt nicht allein das Höllenfeuer, denn die Flammen sind nicht normal. Sie enthalten Leben, geisterhaftes Leben. Aus ihnen formen sich, wenn ich es will, Gesichter. Passen Sie mal auf.«

Die Sache wurde, das mußte selbst ich zugeben, interessant. Ich blickte auch hin und erkannte, daß van Akkeren die fünf Flammen beherrschte. Er dirigierte sie, sie gehorchten ihm und folgten seinen Händen in welch eine Richtung er sie bewegte. Dabei nahm ihr Inneres tatsächlich einen anderen Ausdruck an.

Augen, Münder und Nasen sah ich. Alles nur angedeutet, trotzdem zu erkennen.

Menschliche Gesichter.

Geister …

»Nun?« fragte er. »Haben Sie meine Freunde gesehen?«

»In der Tat.«

Van Akkeren ließ die Hände nicht mehr sinken. »Sie werden erkannt haben, daß der Name *Grusel-Star* schon seine Bedeutung besitzt, aber schweifen wir nicht vom Thema ab. Ich lese aus dem Feuer. Die Flammen sagen mir genau, was ich zu tun habe, denn die Geister, die sie führen, wissen mehr als wir. Viel mehr …«

»Was sind das für Geister?«

»Diener. Alte Diener, auch Kämpfer, und sie haben mir verraten, daß ich einen großen Gegner habe. In den letzten Wochen ist er aus der Versenkung aufgetaucht …«

»Meinen Sie mich damit?«

»Nein. Aber einen Mann, den auch Sie kennen müssen. Er ist Ihnen einmal begegnet, wie ich erfuhr. Erinnern Sie sich an den Abbé Bloch?«

Man konnte van Akkeren sehen, wie man wollte, aber er war ein Mann, der immer Überraschungen auf Lager hatte. Daß der Fall diese Wende einschlagen würde, daran hatte ich nicht gedacht.

Mein Nicken fiel sehr knapp aus. »Ja, ich habe ihn kennengelernt.«

»Wunderbar. Ihr seid keine Feinde, das weiß ich genau. Aber er und ich sind Feinde.«

»Wieso?«

»Weil wir beide zu den Templern gehören!«

Das war der nächste Hammer! Ich ballte unwillkürlich die rechte Hand. Mit dieser Eröffnung hätte ich nicht gerechnet. Van Akkeren ein Templer? Das war kaum zu fassen.

»Nein!« sprach ich auch deshalb mit entschieden klingender Stimme. »Das nehme ich Ihnen nicht ab. Sie sind eine menschliche Bestie. Sie können kein Templer sein.«

»Sie haben etwas vergessen, Sinclair. Wußten Sie denn nicht, daß es unter den Templern zwei Gruppen gibt?«

So also lief der Hase. »Ja, ich weiß Bescheid. Sie gehören der Baphomet-Clique an.«

»Genau. Nicht allein das, ich stehe an der Spitze und habe mir als Lebensaufgabe gesetzt, diesen Abbé zu jagen und anschließend zu töten, mag er auch noch so mächtig sein und das silberne Skelett Hector de Valois' gefunden haben.«

»Sie sind gut informiert!«

»Das muß man sein, wenn man zu etwas kommen will.

Baphomet ist für mich das Elixier des Lebens. Ich würde alles für ihn geben, und ich weiß, daß ich mächtige Helfer habe. Ich bin über die AEBA informiert. Sie haben früher die Templer gejagt und sorgen auch heute noch dafür. Ihnen ist es gelungen, sie zurückzuschlagen, aber nicht zu töten, und das werden Sie vielleicht noch einmal bereuen. Außerdem waren Sie auf dem Schloß, wo Sie die untoten Kämpfer aus der Gruppe um Baphomet vernichtet haben. Ich will Ihnen ehrlich sagen, daß Sie sich verdammt unbeliebt gemacht haben. Sie hätten sich um andere Dinge kümmern sollen als gerade um die Templer. Es ist ein zu heißes Eisen, man muß es vorsichtig anfassen. Ich denke da an die Figur vor Ihren Füßen. Sie hat menschliche Umrisse. Da hat wieder jemand versucht, schlauer zu sein als alle anderen. Es gelang ihm nicht, aber ich bin es.«

»Wie schön für Sie. Ich habe Ihnen nicht widersprochen und nehme es als gegeben hin, daß es zwei Gruppen von Templern gibt. Aber was wollen Sie wirklich von mir?«

»Eine Auskunft!«

»Meinen Sie wirklich, daß ich Sie Ihnen gebe?«

»Ja.«

Ich schüttelte den Kopf. »Nicht einem Menschen, der mich umbringen will, van Akkeren.«

»Es kommt immer noch darauf an, wie Sie enden, Sinclair.«

»Sie brauchen mich, van Akkeren.«

Er grinste schief. »An Ihrer Stelle würde ich es nicht zu weit treiben. Geben Sie mir die Auskunft, die ich haben will, und wir können miteinander reden.«

»Wir also?«

»Ja.«

»Nicht meine beiden Freunde und Begleiter?«

»Sie haben Ihr Leben verscherzt. Seien Sie froh, Sinclair, daß ich noch mit Ihnen rede.«

»Okay, was wollen Sie wissen?«

»Wo befindet sich Hectors silbernes Skelett und auch Abbé Bloch?«

»Das war Ihre Frage?«

Er nickte.

Ich aber lachte. »Tut mir leid, Mr.. Grusel-Star. Ich weiß es selbst nicht. Aber ich gebe zu, daß ich es gern wissen möchte, um dem Abbé einige Fragen zu stellen.«

Er starrte mich an. Sein Gesicht erinnerte mich an eine bleiche Gipsmaske, über die der rötliche Widerschein des Feuers floß. In den Flammen sah ich die Gesichter der Geister und schlug deshalb vor, sie zu fragen. »Vielleicht wissen die es.«

»Dann hätten sie es mir gesagt.«

»Sie sind also nicht allwissend.«

»Nein!«

»Tut mir leid. Ich hätte Ihnen gern die Uhrzeit gesagt, aber auf diese Frage kann ich Ihnen keine Antwort geben, van Akkeren.«

Er verlor seine Ruhe und Beherrschtheit. Ich sah, wie es in seinem Gesicht zuckte. Er hatte seine Überlegenheit völlig verloren. »Werden Sie nicht spöttisch, Sinclair, das steht Ihnen nicht.«

»Tut mir leid, wenn es so ausgesehen hat. Ich weiß nicht, wo sich Hectors silbernes Skelett befindet. Sie müssen es schon selbst suchen. Fahren Sie die Küsten hier ab, möglicherweise finden Sie eine Spur oder einen Hinweis. Die Templer waren ja auf Zypern. Nicht umsonst hat das Schwert hier gelegen.«

Der Grusel-Star holte tief Luft. Er schüttelte sich dabei, als hätte man ihn mit kaltem Wasser übergossen. Bei seinen folgenden Sätzen wurde seine Stimme drohend. »Sinclair!« flüsterte er rauh. »Ich verspreche Ihnen, daß Sie noch reden werden. Sie werden jammern und mich anflehen, Sie anzuhören!« Er blieb nicht mehr sitzen, sondern drückte sich hoch. Die Bewegung sah seltsam fließend aus, so daß es schien, als würde er dicht über dem Boden schweben.

Irgend etwas würde in den folgenden Sekunden geschehen, dessen war ich mir sicher.

Aber was?

Plötzlich warf er sich nach vorn. Gleichzeitig breitete er die Arme aus. Er schlug seine Hände gegen die lodernden Schädel. Dabei stieß er einen Wutschrei aus.

Die Schädel wurden hochgeschleudert, und plötzlich war nichts mehr da, das sie noch aufhielt. Sie jagten aus der Spiegelfläche heraus und mir entgegen.

»Brennen, Sinclair, brennen sollst du!« schrie der Grusel-Star und lachte dann schallend. Er blieb an seinem Platz stehen, um zuzusehen, wie ich mit den neuen Gegnern fertig wurde oder verging …

Suko spürte die Wärme durch die Sohlen. Sie war noch nicht besorgniserregend, aber wenn es so weiterging, würden in wenigen Minuten seine Schuhe zu qualmen anfangen.

Und das gewaltige Pendel bewegte sich weiter. Bei jedem Schlag, der hinter ihm lag, fiel das Pendel ein Stück dem Boden entgegen. Es schwang bereits so tief, daß Suko nicht mehr darunter hätte stehen können, ohne daß ihm der Kopf zerteilt worden wäre.

Er suchte nach einem Ausweg. Zwei Schritte trat er zurück, bückte sich, schabte mit seinen Händen über den blanken Boden und spürte hier ebenfalls die Hitze.

Auch an den anderen Stellen der Kabine, die er testete.

Die Wärme nahm zu.

Bald würden die Bodenplatten so heiß sein, daß Suko nicht mehr ruhig stehen konnte. Vielleicht würde er auf der Stelle tanzen, ein Bein nach dem anderen hochreißen, so tanzen wie ein Irrwisch, bis irgendwann die völlige Erschöpfung folgte, so daß Suko zusammenbrach, auf dem heißen Boden liegenblieb und verglühte.

Eine schreckliche Tortur, und diese verfluchte Folter hatte van Akkeren auch in seinen Film eingebaut.

Trotz der von unten hochströmenden Wärme rann es dem Chinesen kalt den Rücken hinab.

War er am Ende? Oder gab es noch eine Chance?

Suko dachte nicht allein an sich, er sah den bewußtlosen Nikos am Boden liegen. Mein Gott, wie hatte er ihn vergessen können? Der Junge befand sich in einer viel schlimmeren Lage als er.

Suko lief hin, bückte sich und zerrte ihn hoch. Nikos' Kleidung hatte schon viel Wärme gespeichert. Suko nahm ihn auf die Arme, und er konnte sich die Tanzerei abschminken. Das würde er mit seiner Last nicht schaffen.

Das Pendel schwang.

Es war sehr schwer, und der breite Halbmond zeigte eine messerscharfe Spitze, über die manchmal der Gluthauch des Feuers zuckte und sie weicher erscheinen ließ, als sie es tatsächlich war.

Wenn Suko sich stark konzentrierte, hörte und spürte er den Luftzug dieses Mordwerkzeugs.

Die Temperatur stieg an.

Wie mit tausend kleinen Nadelstichen drang sie durch Sukos Schuhsohlen und Socken und erwärmte die Haut, daß es schmerzte.

Suko konnte den jungen Griechen nicht länger auf seinen Armen tragen, deshalb schleuderte er ihn über die linke Schulter. Dabei hörte er den leisen Schrei.

Nikos war wieder erwacht.

Er bewegte sich, und Suko stellte ihn ab, stützte ihn aber, sonst wäre er gefallen.

»Das ist so warm!« sagte Nikos. Es war mehr ein Reflex, denn er befand sich noch halb im Reich der Träume. Dabei setzte er seine Füße vor und wäre, hätte ihn Suko nicht gehalten, genau in die Pendelbewegung gelaufen.

»Hierbleiben!« Suko riß ihn zurück, und der andere fiel gegen ihn. Er war noch schlapp, aber er spürte schon, wie die Wärme durch seine Schuhe an die Haut drang.

»Es ist heiß. Was ... was ...?«

»Okay, wir werden gleich einiges zu erleiden haben, wenn uns nicht etwas einfällt.«

»Wieso?«

»Man hat den Boden angeheizt. Ich habe das Gefühl, unter uns befindet sich die Hölle.«

Nikos begriff nicht so recht, was das alles sollte. Er stellte Fragen, die abgehackt über seine Lippen drangen. Zudem fing er an zu zittern und nahm erst jetzt das große Pendel richtig wahr, das von einer Seite auf die andere schwang.

Suko entdeckte in seinem Gesicht das Wechselbad der Gefühle. Zuerst das Erstaunen, doch es wurde abgelöst von einem entsetzten Starren.

Dann schrie er. Es war kein heller Schrei, mehr ein tiefes Stöhnen, und Suko ließ ihn. Vielleicht konnte er sich durch diese Laute Erleichterung verschaffen.

Und das Pendel schwang weiter. In Gürtelhöhe jagte es über den Boden. Jede Schwingung hinterließ ein leises Fauchen, und auch Suko hatte Mühe, sich nicht von dem stählernen Grauen einfangen zu lassen.

Er zermarterte sich das Hirn nach einem Ausweg. Der Junge und er mußten von hier verschwinden. Als einziger Ausweg kam die Öffnung in der viel zu hohen Decke in Frage.

»Es ist so heiß!«

Dieser geschriene Satz des jungen Griechen bewies Suko, daß er sehr schnell handeln mußte. Er konnte keine fünf Minuten mehr warten, nicht einmal mehr drei oder zwei.

Auch er hatte mittlerweile das Gefühl, als würde die Haut unter seinen Füßen allmählich geröstet. Es war so gut wie unmöglich, auf der Stelle stehenzubleiben, und Nikos krümmte sich bereits vor Schmerzen. Er sackte dabei in die Knie, blickte Suko von unten her an, sein Gesicht wurde zur Fratze, und er schrie mit lauter Stimme: »Tu doch was, verdammt! Tu doch endlich was, zum Teufel!«

Der Inspektor nickte.

Ja, er mußte etwas tun, vor allen Dingen den jungen Mann festhalten, der von einem Bein auf das andere trat. Sukos Blick glitt über den Boden. An einigen Stellen zeigte er bereits eine hellrote Farbe, die an Intensität immer mehr zunahm. Bald würde die Hitze so groß sein, daß ihre Kleidung in Flammen aufging.

Und das Pendel schwang. Es hatte fast den Boden erreicht. An Sukos Kniekehlen fuhr es bereits vorbei. Er sah dieses häßliche Gerät, das an einem breiten Eisenstab hing, der zur Decke führte und wahrscheinlich mit einem über der Decke liegenden Gestänge verbunden war.

Plötzlich traf es Suko wie der berühmte Blitzstrahl. Er hatte die Lösung gefunden, seine einzige Chance, einem Verbrennen zu entkommen. »Auf meinen Rücken!« schrie er. »Los, mach schon!«

Niko verstand ihn nicht. Er wimmerte vor sich hin, dachte an seine Hand und an die Füße.

Suko packte ihn. Er war relativ leicht, wurde aber schwer, als der Chinese ihn auf den Rücken stemmte und Nikos sich an seinen Schultern festklammern mußte.

»Laß nur nicht los!« warnte er ihn und verdrängte die Schmerzen in seinen Füßen. Die Schuhsohlen waren bereits geschmolzen. Sie würden wie Leim wirken und ihn festhalten wollen, wenn er sprang.

Und springen mußte er.

Es war eine Verzweiflungstat. Mit dem Jungen auf dem Rücken mußte er sich genau in dem Moment abstoßen, wenn sich der Stab des Pendels seitlich vor ihm befand.

Suko mußte sich zusammenreißen, um stehenzubleiben. Das schwere Pendel kam von links. Es rauschte wuchtig heran, Suko ließ es passieren, wartete den nächsten Schwung ab, hörte Nikos leise beten und hatte Mühe, sich zu konzentrieren.

Wieder kam es zurück.

Einen halben Schritt ging Suko vor und stieß sich kraftvoll ab. Er schrie dabei und streckte die Arme aus.

Konnte er mit dem Jungen auf dem Rücken auch die Stahlstange packen …?

Ich hatte ihn provoziert, aus der Reserve gelockt, so daß er sich einfach stellen mußte.

Das hatte er bemerkt und angegriffen.

Nicht er selbst, seine Schädel glitten auf mich zu. Sie hatten einen Halbkreis gebildet und wollten mich gewissermaßen in die Mitte nehmen, so daß die langen Flammenzungen über mein Gesicht streichen und mich verbrennen konnten.

Ich hätte gern mit der Beretta auf sie geschossen. Da das nicht möglich war, nahm ich das Kreuz.

Die Feuerzungen in den Schädeln waren die Geister alter Templer. Vielleicht schon Jahrhunderte tot und jetzt durch den Grusel-Star beschworen worden. Sie hatten auf Baphomets Seite gestanden, und er war der große Gegner der wahren Templer gewesen.

Deshalb nahm ich mein Kreuz. Und deshalb hielt ich es ihnen entgegen, auch wenn die Zeichen leider unvollständig waren, aber ich mußte es einfach versuchen.

Weit ausgestreckt hielt ich den Arm. Das Kreuz ragte aus der Faust wie ein Stoppschild, es war von einer funkelnden, silbrigen Aura umgeben, die sich auch gegen die verfluchten Schädel stellte, denn sie gerieten in den Bann.

Und sie stoppten.

Auf einmal schienen sie an Fäden zu hängen und mitten in der Luft zu warten. Ich beobachtete das Spiel der Flammen. Waren sie vorhin noch ziemlich hoch aus der offenen Schädelhälfte gezuckt, so duckten sie sich jetzt regelrecht.

Das Totengebein fürchtete sich vor meinem Kreuz.

Mein Blick wieselte von einem Schädel zum anderen. Ich beobachtete sehr genau das Feuer, denn mich interessierten nun mal ihre Gesichter. Und innerhalb der Flammen sah ich, wie die Geister litten. Die feinstofflichen Reste der Toten, eingepackt in das Höllenfeuer, begannen zu jammern.

Dies hörte ich.

Es waren schaurige Laute, die mir eine Gänsehaut über den Rücken trieben, als ich sie vernahm. Ein Wimmern und Klagen, ein Heulen und Schluchzen wie aus dem tiefen

Fegefeuer, so klang es mir entgegen. Ich vernahm sogar Worte und konzentrierte mich auf sie, denn ich wollte hören, was sie da sagten, wie sie sich gegenseitig beklagten, bedauerten und wie sie stockend und immer wieder von jammernden Tönen unterbrochen von einer Zeit sprachen, die sie erlebt hatten, damals im frühen Mittelalter, als Hector de Valois noch lebte.

Ich konzentrierte mich auf ihre Stimmen. Leider verstand ich nur Fragmente, konnte mir aber einen Reim darauf machen.

»... de Valois ... Er ist nicht ... Aber die Zeichen ... Es sind die gleichen wie auf dem Schwert ... Ihr kennt es ... Wir kennen es ... getötet ... Es tötete uns ...«

Mir ging ein Kronleuchter auf. Hector de Valois hatte mit mir darüber gesprochen, daß am Richtschwert der Templer zuviel Blut klebte und er es deshalb nicht mehr hatte haben wollen. Nun erlebte ich die Geister derjenigen, die durch die Klinge gestorben waren.

Ich atmete tief durch und fühlte mich plötzlich gar nicht mehr so in den Hintergrund gesetzt, denn mein Kreuz besaß eine immense Kraft. Es zeigte diesen Wesen genau, wo es langging.

Sie litten Höllenqualen. Dabei benahmen sich die Flammen wie Menschen, wenn ich von ihren Schreien ausging. Sie quälten sich und versuchten, gegen die Aura der Magie anzugehen, was aber keinen Sinn hatte, denn die alte Kraft des Kreuzes war stärker.

Sie zerstörte.

Nicht die Schädel, nein, sie erfaßte unsichtbar die Feuerzungen und blies sie aus.

Es geschah intervallweise. Zwar versuchten einige Flammen noch, in die Höhe zu zucken, aber die Kraft des Kreuzes war einfach zu stark. Sie löschte das Feuer.

Plötzlich waren die Schädel wieder normal. Sie standen vor mir, blieben noch in der Luft, begannen plötzlich zu zittern, dann fiel der erste zu Boden.

Er prallte auf die harten Stahlplatten und zerbrach. Der zweite hielt sich ebenfalls nicht, der dritte auch nicht, und so ging es weiter, bis auch der fünfte Schädel den Boden berührte und in zahlreiche Stücke zerplatzte.

Reste einer furchtbaren Magie!

Ich holte tief Luft und konnte mir ein triumphierendes Lächeln nicht verkneifen.

Das war geschafft. Ja, ich hatte sie besiegt, dank der Kraft meines silbernen geweihten Talismans.

Die gleichen Zeichen wie auf dem Schwert, dachte ich. Schon damals waren sie durch die Klinge gerichtet worden, jetzt hatte man sie endgültig vernichtet.

Mir ging es wieder besser. Eine innere Kraft erfüllte mich. Ich hätte jubeln können, aber noch hing ich auf dieser verfluchten Yacht fest, und van Akkeren wußte sicherlich Bescheid.

Ich schritt auf die Wand zu, hinter der ich ihn gesehen hatte. Die Totenschädel hatten sie mit ihrem Feuer beleuchtet. Nun war es finster geworden, aber ich sah die Wand trotzdem, da sich ihre blaugraue Spiegelfarbe von der übrigen Finsternis abhob.

Einen Schritt davor blieb ich stehen, das Kreuz noch immer in der Hand.

Durch die Nase holte ich Luft. Über meinen Rücken rann ein kalter Schauer, ich fühlte mich wie im siebten Himmel, spürte aber gleichzeitig die Warnung.

Vorsichtig brachte ich das Kreuz näher an die Spiegelwand heran. Als es sie berührte, vernahm ich das Knistern, sah die helle Funkenspur und mußte voller Erstaunen mit ansehen, wie sich die Wand zusammenzog, als bestünde sie aus einer dünnen Folie.

Das war sie tatsächlich. Mir fiel der Vergleich mit Silberpapier ein. Ich sah weiter zu, wie das Kreuz Funkenspuren abgab, die über die hauchdünne Spiegelfläche glitten und sich irgendwo im Hintergrund auflösten.

Gleichzeitig vernahm ich ein Reißen. Vor meinen Augen

wurde die Fläche zerstört. Ein langer Riß bildete sich, der so breit wurde, daß ich mit der Hand hindurchfassen konnte.

Und ich tat es.

Ein wenig Furcht hatte ich schon. Ich rechnete damit, auf irgendein Hindernis zu stoßen, griff zunächst ins Leere, drückte meinen Arm weiter und spürte etwas unter meinen tastenden Fingern.

Es waren Haare!

Im ersten Moment wollte ich die Hand wegreißen, weil ich einen plötzlichen Anfall von Ekel erlitt, dann ließ ich die Finger aber da, wo sie waren, schob auch die Rechte vor, in der ich mein Kreuz hielt, und hob gleichzeitig ein Bein, um gegen die Folie zu treten, da ich den Spalt vergrößern wollte.

Es war kein Problem. Mit der Schulter drückte ich noch lappig zur Seite hängende Reste weg und fand mich in einem Raum oder einer Kabine wieder, in der das rötliche Licht von einer rot angemalten Birnenkette abgegeben wurde, die mir gegenüber an der Wand angebracht worden war und die Form eines Gesichts hatte, das Ähnlichkeit mit dem des Höllenherrschers Asmodis aufwies.

Es war dreieckig angelegt worden, und die Glühbirnen wirkten wie brennende Augen.

Aber wer war der, in dessen Haar ich gefaßt hatte?

Ich ließ die Haare los, als ich mich umdrehte und an der Gestalt vorbeiging, weil ich mich vor sie stellen wollte. Die Haare hatten sich strohig und trocken angefühlt, als hätten sie lange in der Sonne gelegen.

Weil ich dem roten Licht nicht im Weg stehen wollte, ging ich einen Schritt zur Seite.

Jetzt strahlten die Birnen so tief in die Finsternis hinein, daß ihr Schein auch die Gestalt erwischte, in deren Haare ich gefaßt hatte. Mit einem Menschen hatte ich zuerst gerechnet, später den Gedanken aber wieder verworfen, weil sich die

Gestalt während meines Griffes nicht vom Fleck gerührt hatte, ja, nicht einmal zusammengezuckt war.

Nun sah ich sie.

Erinnerungen wurden wach. An ein kleines Dorf in den Pyrenäen auf französischer Seite noch, wo ich auf dem Marktplatz Baphomets Figur gesehen hatte.

Und diese hier sah fast so aus.

Eine auf einem Schemel hockende Gestalt mit einem bösen, verzerrten Gesicht und zwei gewaltigen Hörnern, die geschwungen aus dem Schädel wuchsen.

Das Haar war vielleicht echt gewesen, wenn auch trocken. Aber wie stand es um den Körper?

Ich wollte sichergehen und prüfte auch ihn. Die Gestalt trug nur einen Lendenschurz, und das rötliche Licht warf einen feinen roten Schleier über die Haut, so daß sie wirkte, als wäre sie mit Blut überschüttet worden.

Ich faßte sie an der Schulter an.

Zuerst glaubte ich tatsächlich, normale Menschenhaut anzufassen, doch dann hatte ich das Gefühl, es sei ein Schwamm.

Das konnte kein Mensch sein.

Es war eine Figur, ein widerlicher Götze, mehr nicht. Wahrscheinlich wurde er auch angebetet, denn van Akkeren traute ich alles zu. Wahrscheinlich hatte er sie für seine Beschwörungen gebraucht. Er mußte schließlich einen Fixpunkt haben, an den er sich halten konnte.

Was war dieser Mann nur für eine Person?

Kein Dämon, ein Mensch. Aber wie gefährlich war er? Wie weit ging er? Hatte er diesen Film tatsächlich so echt gedreht, wie er mir weismachen wollte?

Ich würde ihn suchen und ihm die entsprechenden Fragen stellen, darauf konnte er sich verlassen.

Allerdings mußte ich aufpassen. Van Akkeren befand sich nicht allein auf dem Schiff. Er befehligte eine Mannschaft, die ihm treu ergeben war. Vielleicht waren die Männer auch zu Zeugen der zahlreichen Morde und Untaten geworden, die sich an Bord dieses Schiffes ereignet hatten. Jedenfalls würden sie mit mir kein Pardon kennen.

Dann erinnerte ich mich an das Mädchen auf dem Gang. Wer war die Kleine? Van Akkerens Geliebte?

Möglich, und trotzdem gab es für mich nur ein Problem, das alle anderen Dinge in den Schatten stellte.

Suko und Nikos.

Van Akkeren hatte mir berichtet, daß sie ebenfalls in eine Falle gelockt worden waren und sterben sollten. Hatte er sein teuflisches Versprechen in die Tat umsetzen können?

Ich suchte den Raum ab. Hier war van Akkeren verschwunden. Es mußte einfach einen Ausgang geben. Dieser Kerl konnte bestimmt vieles, sich aber nicht in Luft auflösen.

Sehr glatte Wände fand ich. Und während ich sie abtastete, fiel mir noch etwas auf.

Die Yacht machte keine Fahrt mehr. Sie mußte auf der langen Dünung dümpeln oder vielleicht Anker geworfen haben. Hatte van Akkeren sein Ziel erreicht? Wenn ja, konnte es sich nur um Zypern handeln, denn andere Inseln gab es nicht in der unmittelbaren Nähe, und so lange waren wir nicht unterwegs gewesen, als daß er hätte eine der griechischen Inseln anlaufen können.

Ich fand etwas.

Es war eine Tür. Sehr schmal nur, gerade eine Person paßte hindurch. Diesen Fluchtweg mußte van Akkeren benutzt haben.

Ich stieß sie nicht ganz auf, sondern nur einen winzigen Spalt und wartete ab, was passierte.

Es geschah nichts.

Ein süßlicher Geruch schwang mir entgegen, den ich prüfend einsog. Das waren Räucherstäbchen! Im ersten Moment sogar angenehm, aber dann doch widerlich.

Was lag hinter der Tür?

Ich überwand mich selbst und stieß sie mit einem heftigen Ruck auf …

Suko hatte alles auf eine Karte setzen müssen und war gesprungen. Er hatte die Beine trotz des doppelten Gewichts hochgebracht, so daß er sich über der geraden oberen Seite des halbmondförmigen Pendels befand. Er schwang ihm entgegen, für einen Moment überflutete den Chinesen die Furcht, es nicht zu schaffen, dann prallte er gegen die Stange, stieß sich noch die Stirn und merkte, daß der Klammergriff des jungen Griechen auf seinem Rücken härter wurde, da auch Nikos' Furcht gestiegen war. Er veränderte sogar die Haltung seiner Hände und schlang die Arme jetzt um Sukos Hals, was nicht gutgehen konnte.

Im ersten Moment ließ ihn Suko so. Er zog nur die Beine an und drückte sie gleich darauf wieder nach unten, weil er auf der oberen Seite des Pendels Halt finden wollte. Den Stab klammerte er dabei so fest wie ein Schiffbrüchiger den Rettungsbalken.

Geschafft?

Im Moment ja, denn Suko hockte auf dem Pendel und ließ sich mit ihm nach rechts schwingen.

Er mußte sich jetzt einfach ausruhen, um für die folgenden Taten Kraft zu sammeln.

Nikos war in seiner Angst regelrecht erstarrt. Er klammerte sich hart an Suko fest, der durch diesen Griff kaum noch Luft bekam.

»Laß los!« preßte er hervor.

Nikos wollte nicht. Suko hörte ihn schluchzen und scharf atmen. Er stand Furchtbares durch.

Es gab für den Inspektor keine andere Möglichkeit, als den Griff selbst zu sprengen. Er löste die rechte Hand von der Stange und griff nach den Fingern des Jungen, die sich um seine Kehle geklammert hatten. Er riß so lange daran, bis er den Griff aufbrechen konnte, die Hände abrutschten und zum Glück sofort wieder zufaßten, jetzt allerdings an Sukos Hüften.

Der Chinese atmete tief durch. Seine innere Spannung flachte allmählich ab. Sie saßen auf diesem Pendel relativ sicher, und als Suko zu Boden blickte, sah er das Glühen der Platten überdeutlich. Der gesamte Boden schien zur oberen Platte eines Brennofens zu gehören.

Die Hitze strahlte so weit ab, daß sie auch die beiden auf dem Pendel hockenden Männer spürten.

»Das hätten wir hinter uns«, sagte Suko. Er hoffte, dem jungen Griechen damit Mut machen zu können.

»Wir wären verbrannt, nicht?« In der Stimme schwang noch immer eine leichte Hysterie mit.

»Ja, das wären wir wohl.«

»Und jetzt?«

»Müssen wir hochklettern. Das heißt, ich muß es. Wird nicht ganz leicht sein, wenn du auf meinem Rücken hocken bleibst.«

»Das stimmt. Aber was soll ich sonst tun?« fragte Nikos weinerlich.

»Laß es mal so, wie es ist. Irgendwie schaffen wir die Sache schon, du wirst es erleben.« Suko hatte das Versprechen gegeben und hoffte nun, es auch einhalten zu können.

Leider mußte er mit seiner Last in die Höhe klettern, während das Pendel noch schwang. Und dies gefiel ihm überhaupt nicht.

Zum Glück half Nikos mit, indem er sich so leicht wie möglich machte, und Suko streckte seine Arme aus. Er griff höher hinaus, umklammerte mit den Beinen die Stange und hielt sich erst einmal in dieser Lage.

Es gab noch eine Schwierigkeit. Die Stange war nicht rund, sondern viereckig. Ihre Kanten schnitten in das Fleisch der Handflächen und hinterließen dort ihre Muster.

Suko versuchte es.

Der Inspektor besaß Kraft. Durch jahrelanges Training hatte er sich diese angeeignet. Er war ein Mensch, der sonst nie aufgab, aber hier mußte er passen.

An dem glatten Metall und mit seiner Last auf dem Rücken kam er einfach nicht höher.

Immer wieder rutschte er ab und brachte es auch durch

rasches Nachgreifen nicht fertig, sich der oberen Hälfte der Pendelstange zu nähern.

»Es geht nicht«, sagte er zu Nikos.

»Wegen mir?«

Suko wollte nicht lügen. »Wahrscheinlich.«

»Aber ich kann nicht abspringen!«

Bevor sein Schützling wieder in Panik geriet, beruhigte Suko ihn. »Keine Sorge, das brauchst du nicht. Ich möchte nur, daß wir es getrennt versuchen. Klettere du von meinem Rücken, und stell dich mit beiden Füßen auf die Oberseite des Pendels. Verstanden?«

»A ... alles klar.«

Davon war Suko zwar nicht überzeugt, aber er mußte dieses Risiko einfach eingehen.

Er spürte, wie Nikos zitterte, und dachte: Hoffentlich macht er jetzt keine Fehler!

Aber der andere schaffte es. Vielleicht besaß er auch einen guten Schutzengel, denn er trat zuerst mit dem rechten Fuß auf, fand so Standsicherheit und ließ den linken folgen. Mit den Händen faßte er zwischen Sukos Beinen hindurch und konnte die Metallstange so umklammern.

»Ich glaube, es klappt!« flüsterte er heiser.

»Na bitte.«

»Kletterst du jetzt?«

»Muß ich doch, und wenn ich oben bin, hole ich dich ebenfalls rauf. Das heißt, du kannst ja versuchen, hinter mir herzuklettern, dann habe ich weniger Mühe.«

Sie pendelten noch immer von einer Seite zur anderen. Aber sie hatten sich inzwischen daran gewöhnt, und der Junge meinte: »Weißt du was, Suko? Jetzt bin ich überzeugt, daß wir es schaffen, auch wenn ich, verdammt noch mal, keine Finger an der rechten Hand mehr habe. Das aber war Lehrgeld. Ich werde nicht aufgeben, ich kämpfe weiter.«

»Ich finde deine Einstellung gut«, sagte der Chinese und begann mit seiner Kletterei.

Unter dem Pendel glühte der Boden. Hätten sie jetzt noch dort gestanden, wären sie längst verbrannt.

Suko hangelte sich hoch. Es war schwerer, als er es sich vorgestellt hatte, denn die viereckige Stange schnitt schmerzhaft in das weiche Fleisch seiner Gelenke.

Hinzu kam das Schwingen. Es war schwer, sich daran zu gewöhnen.

Aber er kämpfte – und schaffte es, in die Höhe zu klettern. Suko ließ sich nicht beirren. Er griff härter zu. Sein Keuchen erreichte die Ohren des Jungen, der seinem Partner beide Daumen drückte.

Das Wissen, es schaffen zu können, gab dem Inspektor die nötige Kraft. Langam schob er sich näher an die Luke heran. Er sah auch das Gestell, an dem das Pendel hing. Es stand über ihm wie eine gewaltige Brücke, von der der Stab in die Tiefe hing und an gelenkigen Lagern befestigt war. Nur noch wenige Züge, dann hatte Suko es geschafft.

In seinem Gesicht malte sich die Anstrengung ab. Es war in Schweiß gebadet. Die Haut glänzte, auf der Stirn lagen die dicken Tropfen, sein Mund stand offen. Er keuchte bei jedem Zug und hörte unter sich das Flüstern des Jungen.

Suko glaubte nicht, daß der andere es schaffte, den gleichen Weg zu nehmen wie er. Deshalb hoffte der Inspektor darauf, den Motor irgendwie ausschalten und das Pendel in die Höhe ziehen zu können. Für Nikos wäre es am besten gewesen.

Suko brachte es hinter sich. Er konnte sich nach rechts beugen und sich dabei auf dem Rand der Luke abstützen. Seine Hand zitterte, als sie mit dem Metall in Kontakt geriet. Bis in die Schulter pflanzte sich dieses Zittern fort, so sehr wirkte die Anstrengung nach. Suko legte sich auf die Luke und blickte nach unten.

»Alles klar!« meldete er.

»Soll ich klettern?« fragte Nikos.

»Nein, bleib du noch unten. Halt noch ein wenig aus, Nikos, okay?«

»Ja, das mache ich.«

Suko befand sich in einem niedrigen Raum. Aber er konnte noch stehen. Gegenüber sah er eine Eisentür. An der Wand hingen zwei Kästen, die geschlossen waren. Die Mechanik des großen Pendels war von ihm mit der Hand nicht abzustellen. Er ging davon aus, daß er sich die Kästen näher ansehen mußte.

Geduckt lief Suko auf sein Ziel zu. Doch der Chinese erreichte die Kästen nicht mehr.

Plötzlich flog die Tür auf. Sie wurde hart nach außen gerammt und hätte den Chinesen fast erwischt. Suko konnte sich nur mit einem schnellen Sprung zur Seite retten.

Die beiden Männer stoppte er nicht. Sie gehörten zu Vincent van Akkerens Mannschaft und waren wohl gekommen, um nachzusehen, wie es den Gefangenen ging. Vielleicht wollten sie auch das Pendel abstellen. Jetzt sahen sie Suko und grinsten plötzlich breit, denn sie verließen sich auf ihre beiden gefährlichen Enterhaken, die sie in den rechten Händen hielten …

Ein Märchen aus 1001er Nacht empfing mich. Jedenfalls hatte ich das Gefühl, eine völlig andere Welt zu betreten. Auf dieser Yacht war eben alles möglich.

Der süßliche Geruch, der mir entgegengeströmt war, stammte nicht vom Blut irgendwelcher geschlachteter Tiere. Es war der Hauch des Vergessens, abgegeben von den brennenden Zigaretten, die man mit der Bezeichnung Marihuana versah.

Man rauchte, man genoß.

Und es war der Pascha, der sich besonders wohl fühlte. Vincent van Akkeren hockte oder lag auf einer Menge von gewaltigen Seidenkissen am Rand eines Pools mit rötlich schimmerndem Wasser. Vier Mädchen bedienten ihn. Sie alle waren nur leicht bekleidet, so wie die Kleine, die ich oben auf dem Gang gesehen hatte.

Hinter van Akkeren befand sich ein Vorhang, der allerdings geschlossen war. Um den Mann zu sehen, mußte ich quer über den Pool schauen. Auch er entdeckte mich und winkte mir jovial zu, als wären wir gute Bekannte.

Was sollte das schon wieder?

»Kommen Sie, Sinclair, kommen Sie zu mir.«

Aus verständlichen Gründen zögerte ich und sah mich zunächst einmal um, ob ich nicht in eine offene Falle rannte. Aber davon war nichts zu sehen.

Die gesamte Umgebung wirkte schaurig-schön. Schaurig deshalb, weil ich auch hier die offenen Totenköpfe sah, aus deren Stirnen die Flammen schlugen.

Das rote Feuer gab dieses geheimnisvolle, mit vielen Schatten durchzogene Licht, das eine gewisse Unruhe in den Raum brachte. Es schien sich alles zu bewegen. Die Wände, das Wasser, die Menschen, die Teppiche, die Kissen und stark gepolsterten Sitzbänke.

Eine Welt für sich.

Aber auch eine schöne Welt?

Für mich nicht. Ich hatte von van Akkeren schon zuviel über gewisse Grausamkeit gehört, so daß ich vor ihm nur Abscheu empfinden konnte. Zudem fragte ich mich, ob die Mädchen, die ihn bedienten, bei diesen Schreckenstaten mitgemacht hatten. Sie jedenfalls wirkten auf mich kaum wie Menschen, eher wie Puppen, die immer lächelten und dem Pascha jeden Wunsch von den Augen ablasen.

»Wollen Sie nicht zu mir kommen, Sinclair? Es ist hier nett. Sie können sich mit mir zusammen verwöhnen lassen.«

»Soll das für Sie der Himmel sein?«

Er lachte. »Erfaßt, Sinclair, erfaßt. Zumindest so etwas Ähnliches wie der Himmel. Vielleicht eine positive Hölle, ein Liebesnest ...«

»Was haben denn die Menschen gesagt, die von Ihnen getötet wurden, als sie dies hier sahen?«

»Nichts.« Er lachte laut und schallend. »Weil sie nichts mehr sagen konnten. Sie haben es bis hierher gar nicht geschafft. Die anderen Fallen waren tödlich. Aber Sie sind da, Sinclair, Sie haben die Totenschädel überwinden können. Gratuliere.«

»Ich werde auch noch mehr überwinden, van Akkeren.«

»Meinen Sie mich damit?«

»Wen sonst?«

Er winkte mit beiden Händen ab und ließ sich dann einen Becher mit Wein reichen. In der linken Hand hielt er die lange Spitze, in die er eine Zigarette gesteckt hatte. »Was bilden Sie sich alles ein, Sinclair? Nein, mich schaffen Sie nicht. Ich bin auf eine gewisse Art und Weise unangreifbar. Ich gebe zu, daß Ihnen vieles gelungen ist. Sie haben mich auch geleimt, indem Sie das Richtschwert der Templer zerstörten, aber noch haben Sie nicht gewonnen. Sie befinden sich nämlich auf meiner Yacht. Und jedes Mitglied der Besatzung ist mir treu ergeben. Die Männer tun alles für mich, wie auch die Schönen hier. Sehen Sie sich die Mädchen an, Sinclair. Sie sind prächtig. Blüten der Levante, Perlen des Orients, und auch für Sie haben sie ein offenes Ohr.«

»Darauf verzichte ich.«

»Weshalb?«

»Weil ich mit Ihnen keine Geschäfte mache, van Akkeren. Sie dürfen nie vergessen, daß wir auf zwei verschiedenen Seiten stehen und Sie ein mehrfacher Mörder sind.«

»Ich?«

»Ja, Sie haben hier die Menschen ins Unglück stürzen lassen. Ihr gedrehter Film ...«

»Ah!« rief er. »Da bringen Sie mich auf etwas. Sie haben den Film sicherlich noch nicht gesehen, oder?«

»Nein.«

»Dann will ich Ihnen den Streifen gern zeigen, Mr Sinclair. Er wird Sie interessieren. Ich kann Ihnen auch noch mehr Fallen präsentieren, die sich auf dem Schiff befinden.«

»Danke, ich verzichte.«

»Weshalb schlagen Sie mir die Wünsche ab? Ich erfüllte mir mit diesem Film einen Traum. Nicht umsonst bin ich als

Grusel-Star bekannt geworden. Dafür hat man schon etwas leisten müssen, und ich habe einiges geleistet.«

Ich hatte keine Lust mehr, mich über ihn zu ärgern, und wollte mich mit ihm auch nicht unterhalten. Für mich stand fest, daß dieser Mann vor ein Gericht gehörte. Diese schrecklichen Morde, die auf sein Konto gingen, mußten aufgeklärt werden.

Er beobachtete mich, auch ich ließ ihn nicht aus den Augen, wobei ich trotzdem nach dem einfachsten und schnellsten Weg suchte, um ihn zu erreichen.

Dabei konnte ich mir nicht vorstellen, daß dieser Mann in einem Raum saß, der praktisch ohne Fallen sein sollte. Bestimmt hatte er einige Tricks auf Lager.

Er empfing mich mit einem Lachen, als ich die drei Stufen zu ihm hinabstieg.

»Sie sind sehr vorsichtig, Sinclair.«

»Das liegt in der Natur der Sache.«

»Richtig. Was wollen Sie jetzt machen?«

»Ich werde Sie besuchen.«

»Darauf freue ich mich. Möchten Sie doch noch den Film sehen?«

»Nein.«

»Schade«, bedauerte er und bewegte sich auf seinen Kissen. Er wollte sich hinsetzen. Zwei Mädchen reagierten sofort. Sie schoben ihm die Kissen so hin, daß sie seinen Rücken stützten und der Pascha oder Grusel-Star es bequem hatte.

»Das liebe ich so am Orient«, sagte er. »Ich liebe diese Menschen, sie sind so nett, so hilfsbereit. Sie beklagen sich auch nicht. Meine Mädchen sind klasse.«

»Hören Sie auf, so zu reden!« fuhr ich ihn an. »Sie sind ein Killer und Mörder.«

»Ach, Sinclair, bitte. Ich bin der Mann, der die Nachfolge übernehmen wird.«

»Von wem?«

»Baphomet, das wissen Sie doch. Und jetzt tun Sie nicht so,

als hätte Baphomet die Askese gelehrt. Nein, er war dafür, daß man sich amüsierte. Ich denke da an den römischen Kaiser Caligula. Er verstand es, Feste zu feiern.«

»Ja, und zu morden.«

»Das gehörte eben dazu. Ich habe meine Vorbilder, Sinclair. Ich werde die Templer wieder zusammenführen. Es müssen zwei Gruppen bestehen. Zudem besitze ich Helfer, die bereits von altersher die Templer gejagt haben. Können Sie sich vorstellen, um wen es sich dabei handelt?«

»AEBA!«

»Ja!« Er hob beide Arme und klatschte in die Hände. »Ja, Sinclair, die Horror-Reiter stehen auf meiner Seite. Sie wissen, daß einiges in Bewegung geraten ist. Daß Hector de Valois' Skelett versteckt wurde und wir es finden werden. Die Horror-Reiter als Apokalypse, ich als Baphomet, denken Sie über diese Mischung einmal nach, Sinclair. Die wird Sie von den Beinen reißen.«

So unrecht hatte er damit nicht. Ich dachte an den Schwarzwald, wo ich die vier Reiter wiedergesehen hatte. Dort war es mir gelungen, sie zurückzuschlagen, und ich glaubte nicht, daß sie sich in unmittelbarer Nähe befanden.

»Mir sind die Reiter hinlänglich bekannt. So bekannt, daß ich keine Furcht mehr vor ihnen empfinde.«

»Das weiß ich.«

»Dann wundere ich mich über Ihre Sicherheit.«

»Weil dies meine Welt ist. Wenn ich nicht will, kommen Sie nicht von Bord. Wir haben eine einsame Bucht angelaufen. Ich nenne sie die Todesbucht. Hier sind schon viele verschwunden, weil es unter Wasser gefährliche Strudel gibt. Nach den Dreharbeiten lief ich die Bucht an und …«

»Es reicht!«

Er winkte ab. »Sie sind viel zu sensibel, Sinclair. Ich liebe eben das Außergewöhnliche. Sie brauchen nur einen Blick auf den Pool zu werfen. Sehen Sie, wie sich das rote Licht auf den Wellen bricht? Sie tanzen, sie bewegen sich, ich habe immer das Gefühl, als würden sie sich freuen, wenn ich rede.« Er griff hinter sich und holte einen Brocken Fleisch hervor. Sehr hoch hielt er den Arm und lachte dabei breit. »Das ist von einem Rind. Man hat es herausgeschnitten. Hin und wieder muß ich meinen Freunden ja etwas geben.«

Er schwang den Arm vor und schleuderte den Fleischbrocken so heftig in den Pool, daß das Wasser hoch aufspritzte. Es wollte sich auch nicht beruhigen, denn eine Sekunde später begann es zu kochen. Aus der Tiefe schossen die kleinen Leiber hervor. Sie glitzerten. Es waren mordgierige Bestien, eine der gefährlichsten Fischarten, die man auf der Welt kennt.

Piranhas!

Mordgierig und verfressen stürzten sie sich über das Fleisch. Sie nagten es mit einer Geschwindigkeit ab, die schon erschreckend war. Das Wasser kochte, es war in starke Wallungen geraten und wurde regelrecht umgewälzt, so daß von Grund her etwas in die Höhe geschleudert wurde, das bleich an der Oberfläche schimmerte und von den aufgewühlten Wellen tanzend bewegt wurde.

Es waren bleiche Gebeine.

Ich konnte mir vorstellen, wem sie gehörten. Aber ich wollte es genau wissen und fragte nach. »Haben Sie den Fischen auch Menschen als Opfer gegeben?«

»Ich drehte einen starken Film …«

»Sie sind ein Schwein, van Akkeren!«

»Es stört mich nicht, daß Sie so etwas sagen. Ich gehe meinen Weg, Ihrer ist bald zu Ende.«

»Das werden wir noch sehen.«

»Natürlich. Auch Ihre beiden Freunde sind schon längst im Jenseits gelandet. Ich will Ihnen etwas sagen. Keiner ist so weit gekommen wie Sie. Aber hier ist Endstation. Der Raum sieht aus wie ein Paradies. Für Sie aber wird er zur Hölle werden.«

Ich hatte mich ein wenig vom Rand des Pools entfernt. Manche Fische waren so gierig gewesen, daß sie ihre Körper aus dem Wasser wuchteten. Zwei von ihnen waren vor meine Füße gefallen. Sie lagen dort, zappelten und zuckten.

Ich trat sie wieder zurück.

»Sollen die Mädchen Ihnen nicht doch etwas zu trinken bringen?« erkundigte er sich.

»Verzichte.«

»Schade. Wir hätten es bequemer haben können. Sie wollen meinen Film zum Abschluß zwar nicht sehen, aber ich möchte Ihnen trotzdem etwas zeigen. Wer so mit der Filmerei verwachsen ist wie ich, der kann einfach nicht anders. Für mich ist das Leben wie ein Film. Ich habe an verschiedenen Stellen des Schiffes Kameras installiert. Diese künstlichen Augen beobachten sehr genau, aber sie sehen nur bestimmte Stellen auf der Yacht, das gebe ich zu. Ich sprach vorhin von Ihren beiden Freunden, Sinclair. Wollen Sie sehen, was mit ihnen geschehen ist?«

Ich überlegte. Er bluffte wohl nicht. Außerdem war ich tatsächlich gespannt zu erfahren, ob Suko sich aus der Affäre gezogen hatte oder nicht. Er war ein Kämpfer, er gab so leicht nicht auf und hatte schon in fast aussichtslosen Lagen bewiesen, daß er es schaffte, immer wieder einen Ausweg zu finden. Deshalb war ich nicht davon überzeugt, daß er sein Leben verloren hatte.

Über die Breite des Pools hinweg nickte ich van Akkeren zu. »Ja, ich werde es mir ansehen.«

»Kommen Sie, und setzen sie sich neben mich. Die Kissen sind herrlich weich, Sie werden das Gefühl haben, als würden Sie auf einer Wolke sitzen. Ich verspreche Ihnen, daß Sie sich in Ruhe ansehen können, wie Ihre Begleiter ums Leben gekommen sind.«

Er gab sich ungemein sicher. Vielleicht wollte er mich auch nervlich fertigmachen, aber dazu mußte er früher aufstehen. Auch ich war in diesem Geschäft kein heuriger Hase mehr und hatte meine entsprechenden Erfahrungen gesammelt.

Van Akkeren schien sich zu freuen. Er wies die Mädchen an, mir ein Lager herzurichten, auf dem ich mich niederlassen konnte.

Ich ging schneller. Rechts neben van Akkeren konnte ich mich in die Kissen fallen lassen.

Zwei Mädchen passierte ich. Sie blickten mich aus ihren dunklen Augen an. Ich sah sofort, daß sie high waren. Marihuana ist eben nicht nur blauer Dunst, sondern ein gefährliches Zeug, das den eigenen Willen ausschaltet und den Raucher in eine Welt entführt, die es überhaupt nicht gibt.

»Sie können die Mädchen haben, Sinclair. Sie können sich alles nehmen, was Spaß macht ...«

»Ich bin bereits versorgt«, gab ich zurück, schob mich weiter und ließ mich auf die Kissen niedersinken.

Man konnte Vincent van Akkeren ja vieles nachsagen. Was die Kissen anging, so behielt er recht. Sie waren außergewöhnlich bequem, ich fühlte mich in der Tat wie auf Wolken sitzend und davonschwebend.

»Sitzen Sie bequem?« fragte er.

»Ja.«

Erst jetzt stellte ich fest, daß vor ihm ein Pult stand, gefüllt mit Elektronik. Er konnte von seinem Platz aus gewisse Dinge fernbedienen. Die Mädchen hielten sich im Hintergrund. Sie wußten, daß sie nicht stören durften.

»Achten Sie auf die Wand gegenüber«, sagte van Akkeren. »Ich möchte Ihnen dazu etwas erklären.« Er legte seinen Kopf schräg und sah mich an. »Ich habe Ihre beiden Begleiter in die Pendel-Kabine gelockt. Sie kennen doch Poes Pendel des Todes?«

»Sicher.«

»So ähnlich ist es ihnen auch ergangen. Ein Pendel, sehr groß und sehr scharf, wird sich ihnen nähern. Wenn sie in seine Nähe geraten, werden sie zerschnitten. Der Raum ist groß, sie können dem Pendel ausweichen, aber ich habe noch eine kleine Überraschung auf Lager. Keinem meiner Gäste ist es im Film gelungen, dieser Falle zu entkommen! Der Boden dieser Kabine läßt sich beheizen. Er wird glühend heiß und unterscheidet sich in nichts von einer Ofenplatte. Haben Sie schon mal auf einer Ofenplatte gestanden, Sinclair? Sie würden es nicht schaffen. Die Hitze würde sie verbrennen, zerschmelzen, Sie würden schreien, Sie ...«

»Ich weiß Bescheid, verdammt!« Meine Stimme klang belegt.

Der andere freute sich. »So ist das nun einmal. Sie sind ja etwas Besonderes, die unfreiwilligen Schauspieler hielten sich ebenfalls für gut. Mal sehen, wie gut Ihr Partner ist.«

Ich ballte die Hände, spürte den kalten Schweiß auf meinen Handflächen und dachte daran, daß ich van Akkeren angehen würde, wenn ich Suko und Nikos verkohlt in dieser Kabine liegen sah.

Mein Herz schlug schneller. Ich bekam Furcht und hörte das leise Lachen meines Nebenmannes.

Er tippte den Knopf an.

Auf der gegenüberliegenden Seite, wo die Wand frei war, und in der Lücke zwischen zwei flammenden Totenschädeln, erschien aus dem Boden eine Leinwand. Sie schob sich in die Höhe, während gleichzeitig hinter uns ein leises Summen erklang.

»Der Projektor läuft«, erklärte mir van Akkeren. »Alles automatisch. Ich bin für das Moderne.«

»Sehen sich die Mädchen das auch an?« fragte ich.

»Ja, sie sind nur ein wenig sensibel. Deshalb habe ich sie unter Strom gesetzt.«

Ich sagte nichts mehr, denn das erste Bild erschien. Gleichzeitig zog sich mein Magen zusammen, denn van Akkeren hatte mich nicht angelogen. Durch die ziemlich große Kabine schwang tatsächlich ein gewaltiges Pendel.

Ein Halbmond aus Stahl, mörderisch scharf, schwang dicht über dem Boden dahin.

Einem Boden, der feuerrot war.

Van Akkeren wollte wohl etwas Höhnisches sagen, doch die Sätze blieben ihm im Hals stecken, denn wie auch ich hatte er ebenfalls Nikos gesehen, der nicht verbrannt am Boden lag, sondern es geschafft hatte, sich auf das Pendel zu stellen und daran festzuklammern.

Ich atmete die angestaute Luft aus. Van Akkeren hatte zwar eine tödliche Falle aufgebaut, aber Nikos hatte sich retten können. Suko sah ich leider nicht.

Lag er vielleicht verbrannt in einer Ecke der großen Kabine? In meinem Gesicht bewegten sich die Wangen. Ein äußeres Zeichen meiner inneren Aufgeregtheit.

Hätte van Akkeren jetzt zur Seite und mich angeblickt, er hätte sicherlich triumphiert, aber er sah mich nicht an. Das Geschehen auf der Leinwand fesselte ihn zu sehr, denn er wußte nicht, woran er war und wie er sich verhalten sollte.

»Der Junge«, flüsterte er in seinem heiseren Dialekt. »Verdammt, dieser Junge hat es ...«

»Ja, er hat es geschafft!«

Van Akkeren beugte sich vor, als könnte er so mehr sehen. Aber auch er entdeckte Suko nicht. »Wo steckt dieser Chinese. Wo, verdammt?«

»Sie sprachen doch davon, daß er verbrannt auf dem Boden liegen würde«, sagte ich.

»Ja, das erwähnte ich.«

»Dann suchen Sie ihn!«

Er bewegte den Mund, ohne einen Laut hervorzubringen, und es sah so aus, als wollte er in die Höhe zucken.

Das hatte seinen Grund.

Auf der Leinwand änderte sich die Szene. Von oben herab, an einer Stelle, die für uns nicht einsehbar war, fiel etwas herunter und dem glühenden Boden entgegen.

Es war der Körper eines Menschen!

Suko?

Der Inspektor war ein Mann, der sich wehren konnte, der viele Tricks und Kampftechniken beherrschte, der aber trotzdem zu den Leuten gehörte, die einem Kampf lieber aus dem Weg gingen. Auch hier hatte er vorgehabt, seinen Stab zu ziehen, um durch Rufen eines bestimmten Wortes die Zeit anzuhalten.

Das gelang ihm nicht mehr, denn die beiden Kerle mit ihren Enterhaken griffen zur gleichen Zeit an. Dabei kamen sie von verschiedenen Seiten, sie wollten mit zwei Schlägen gleich alles klarmachen. Im Dämmerlicht wirkten ihre Gesichter starr und ausdruckslos und die Augen wie schwarze Knöpfe in der hellen Fläche.

Suko sprang hoch. Er war ein Karatekünstler, und diese Kampftechnik kam ihm nun zugute.

Fast waagerecht lag er in der Luft, als er beide Beine vorstieß und die Angreifer in Brusthöhe erwischte. Die Männer gerieten aus dem Konzept. Diese harten Tritte schleuderten sie zurück. Der eine fiel zu Boden, der andere aber drehte sich ab und konnte sich so wieder fangen.

Er setzte zu einem gefährlichen Rundschlag an, dem Suko durch gedankenschnelles Abducken entgehen konnte. Der eiserne Enterhaken huschte über seinen Kopf hinweg.

Es war ein verbissener Fight, in dem es um alles ging. Niemand sprach, nur das Keuchen der Männer war zu hören. Und jeder wußte von der Gefahr der offenen Luke. Ein Fehltritt reichte, um in die Tiefe zu fallen und auf dem glühenden Boden zu verbrennen.

Plötzlich verzerrte sich das Gesicht des Schlägers. Zwei Treffer hatten ihm die Luft aus den Lungen gepumpt. Sein Gesicht schien zu verfallen. Suko rechnete damit, daß er stürzen würde, doch er fing sich am Gittergestänge des Pendelstabs.

Sein keuchender Atem bewies dem Inspektor, daß dieser Mann zunächst einmal genug mit sich selbst zu tun hatte.

Der zweite war da.

Seine Hand mit dem Enterhaken sauste nach unten. Suko sah ihn nicht direkt, nur den Schatten, wie er nach unten fiel, und er reagierte phantastisch.

Sein rechter Arm war kaum zu sehen, wie er dem anderen entgegenfuhr. So blitzschnell hatte Suko zugeschlagen. Beide Arme krachten zusammen. Suko hatte seine Handkante eingesetzt. Plötzlich schrie der Mann auf, der Enterhaken machte sich selbständig. Er landete irgendwo im Hintergrund, während sein Träger anfing zu stöhnen, sich zur Seite bewegte und auf den Rand der Luke zuging, ohne es zu merken.

Suko wollte ihn zurückreißen, aber der zweite Kerl hatte sich gefangen und warf sich gegen ihn.

Und diesmal bekam auch Suko etwas ab. Die Krümmung des stählernen Hakens verfing sich vor seinem Bauch und dicht über dem Hosengürtel im Stoff der Kleidung, riß sie ratschend entzwei, und Suko spürte auf der Haut ein Brennen, als wäre er von einer Peitsche geschlagen worden. Er mußte zurück, denn der Kerl hatte schon wieder ausgeholt, um von der anderen Seite zuzuschlagen und Suko den Rest zu geben.

Da hörte er den Schrei.

Ein irrer, markerschütternder Ruf, der aus der Tiefe durch die Luke an ihre Ohren drang.

Weder Suko und sein Gegner hatten etwas davon bemerkt, wie der Matrose ins Leere getreten und gefallen war. Jetzt lag er auf dem glühendheißen Boden und erlitt das Schicksal, das die anderen Suko und Nikos zugedacht hatten.

Der Chinese sah nicht hin. Er wollte keinen Menschen sterben sehen, aber er spürte, wie das Grauen in ihm hochstieg, und in seinem Gesicht verhärtete sich etwas.

Das sah auch sein Gegner. Nur faßte dieser es falsch auf. Er rechnete damit, daß Suko auch mit ihm kurzen Prozeß machen und ihn in die Tiefe schleudern würde, doch daran dachte der Chinese nicht im Traum. Er war kein Killer.

Aber er ging vor. Einen Schritt nur, dann explodierte er förmlich. Er täuschte den Schlag mit dem rechten Arm an, trat aber zu und traf genau das rechte Handgelenk des Mannes, der noch immer seinen Enterhaken festhielt.

Der Arm wurde in die Höhe geschleudert, und auch der zweite Haken machte sich selbständig. Er klirrte irgendwo zu Boden. Da war Suko bereits am Mann, hielt seinen Gegner gepackt, drehte ihm den dunklen Pulloverstoff zusammen und zog ihn zu sich heran.

Erst jetzt sprach der Mann ein erstes Wort. »Nicht!« keuchte er. »Verdammt, nicht …!«

Suko schüttelte den Kopf. »Keine Sorge, ich werfe dich nicht durch die Luke, wenn du genau das tust, was ich will.«

»Ja … ja … ja …«

»Okay, ich will, daß du die Heizplatten unter dem Boden abstellst. Weißt du Bescheid?«

»Ja.«

»Wo müssen wir hin?«

»Die Kästen da an der Wand.«

»Okay, gehen wir.«

Suko hatte sie noch nicht erreicht, als er Nikos ängstliche Stimme hörte. »Suko! Suko! Ist alles in Ordnung? Der Mann hier, das war furchtbar …«

»Keine Angst, ich bin gut drauf.«

»Aber ich kann nicht hochklettern. Ich schaffe es einfach nicht.«

»Keine Sorge. Wir stellen alles ab!« Bei dieser Antwort blickte er seinen Gefangenen scharf an und sah dessen Nicken. »Du wirst auf dem Pendel stehenbleiben, bis wir dich holen.«

Suko hatte seinen Gefangenen losgelassen, tastete ihn jetzt ab, fand einen Revolver und schleuderte ihn weg. Er selbst bedrohte den Kerl mit seiner Beretta. »Du weißt, was du zu tun hast, Hundesohn?«

»Klar … alles klar.« Der Mann öffnete die Klappe des Kastens. Hinten, in einer Wandnische befand sich eine Schalttafel. Derjenige, der sie angebracht hatte, war sehr sorgfältig zu Werke gegangen, denn er hatte jeden Schalter beschriftet.

Zwei drehte er herum. Es waren große schwarze Griffe, die er nach links bewegen mußte.

Die Platten unten würden erst langsam abkühlen, das war Suko klar. Aber das Pendel mußte sehr schnell ausschwingen. So lange wollte er aber nicht warten.

»Du wirst mich an Deck führen!« befahl er dem Mann und ließ ihn in die Mündung der Waffe sehen.

»Klar …«

Zu Nikos rief Suko ebenfalls noch einige beruhigende Worte hinunter. »Junge, du bleibst an deinem Platz, was immer auch geschieht. Ich komme irgendwann zurück und hole dich.«

»Aber beeil dich.«

»Klar doch.« Suko drückte seine Linke in den Rücken des Gefangenen. »Geh vor, du kennst den Weg!«

Sie schritten auf die Tür zu, durch die beide Männer in den Raum gestürzt waren. Dahinter befand sich ein Gang, und sie schlugen die linke Richtung ein, bis sie vor einer Treppe standen, die in die Höhe führte. »Geht es hier direkt zum Deck?«

»Ja.«

»Dann los!« Suko wußte genau, daß er noch nicht alles gewonnen hatte, denn zahlreiche Männer standen gegen ihn. Aber er konnte wenigstens versuchen, einen Teilsieg zu erringen, denn er mußte sich auch noch um John Sinclair kümmern ...

Nein, es war nicht Suko, der durch die Luke gefallen und auf dem heißen Boden gelandet war. Ein Mitglied der Mannschaft, das nun all den Schrecken erlebte, der den Gefangenen zugedacht war.

In der nächsten Minute erlebten wir eine furchtbare Szene. Ich hatte den Kopf gedreht, wollte van Akkeren ansprechen und sah, daß er nicht ansprechbar war.

Er saß da, stierte auf die Leinwand, sein Mund stand offen, und Speichel rann über die Unterlippen. Dieser fürchterliche Anblick mußte ihn in seinem Siegestaumel erschüttert haben.

Der Film lief zum Glück ohne Ton. Ich konnte mir vorstellen, welche Qualen dieser Mann erleiden mußte, aber ich wollte van Akkeren, der daran allein die Schuld trug.

Und ich packte ihn.

Mit dem linken Arm führte ich einen Rundschlag und schlug gegen seinen Hals.

Van Akkeren kippte zurück. Er landete auf den weichen Polstern, wollte wieder hoch, als ich bereits über ihm war. Beide Hände preßte ich auf seine Schultern. Unsere Gesichter befanden sich nur eine Handlänge voneinander entfernt. Wir starrten uns in die Augen. Ich sah den brennenden und fanatischen Blick des Holländers.

»Jetzt sind die Chancen gleich!« flüsterte ich ihm zu. »Wir werden es austragen, van Akkeren. Ohne Tricks, ohne Waffen, allein mit den Fäusten, klar?«

Er wollte etwas sagen, aber ihm fehlte die Stimme. Vielleicht war das Krächzen als Zustimmung gedacht, ich aber verließ mich nicht darauf und drückte ihn nach wie vor zurück.

»Wo müssen wir hin?«

»Was ... was meinen Sie?«

»Ich will an Deck!«

»Und dann?«

»Übernehme ich das Kommando über Ihre Yacht.«

»Das wird Ihnen nie gelingen.«

»Warten wir es ab!« Ich drückte mich zurück und zog den liegenden van Akkeren in die Höhe. Jetzt stand er vor mir, äußerlich waffenlos, trotzdem glaubte ich nicht, daß er schon aufgegeben hatte.

Er zog seine Jacke glatt, begann zu grinsen und rückte ebenfalls die Krawatte zurecht.

»Wir gehen auf keine Party«, sagte ich.

»Man kann nie wissen. Vielleicht wird es sogar eine Todesparty.«

»Für wen?«

»Nicht für mich.« Er zog den Mund schief. »Sie haben keine Waffe, Sinclair. Das Kreuz reicht bei mir nicht. Wenn wir an Deck sind, werden Sie erleben, wer der wahre Herrscher dieser Yacht ist.«

»Ich freue mich darauf.«

Die vier Mädchen hatten sich in einem respektvollen Abstand von uns aufgebaut. Ob sie überhaupt alles begriffen hatten, was hier geschehen war, konnte ich nicht sagen. Möglicherweise hatte das Marihuana ihre Sinne vernebelt.

Van Akkeren kümmerte sich nicht um sie. Er drehte sich freiwillig um. »Gehen wir.«

»Und wohin?«

Er deutete auf den Vorhang. »Dahinter liegt der Ausgang. Der richtige, meine ich.«

Das konnte stimmen, mußte aber nicht. Ich befand mich in keiner guten Lage. Van Akkeren kannte das Schiff, ich war fremd auf der Yacht, und ich konnte mir vorstellen, daß er noch einige Tricks auf Lager hatte. Nur war ich jetzt nahe bei ihm, und ich würde einen Teufel tun und ihn entwischen lassen.

Für mich war dieses Schiff eine Horror-Yacht. Ein grausames Beispiel für menschliche Schlechtigkeit. Mir wäre es am liebsten gewesen, wenn man den ganzen Kahn in die Luft gesprengt hätte.

Er drehte sich zur Seite. In der Größe erreichte er mich, aber er war fleischiger und ein wenig breiter in den Schultern, nur kein Fighter oder Kämpfer. Für diese Dinge hielt er sich eine ihm treu ergebene Mannschaft, die wahrscheinlich von den unheimlichen Verbrechen wußte, die hier geschehen waren.

Die Gerichte würden Arbeit bekommen, wenn es mir gelang, einen Sieg über sie zu erringen.

Der Vorhang bestand aus einem dunklen, schwer fallenden Stoff. Wo sich die Öffnung befand, war nicht zu sehen, aber van Akkeren wußte es, denn er ging sehr bestimmt auf eine gewisse Stelle zu. Bevor er eine der Falten anfassen konnte, legte ich ihm eine Hand auf die Schulter.

»Einen Augenblick noch. Ich möchte gern wissen, was sich dahinter befindet.«

»Ein Raum.«

»Das habe ich mir gedacht. Ist es dort dunkel oder hell ...«

»Es brennt Licht.«

»Gut, gehen Sie!«

Er faßte in eine Stoffalte und zog den Vorhang zur Seite. Nicht sehr weit, die Lücke war gerade groß genug, damit wir hindurchgehen konnten. Er ging zuerst, ich blieb ihm dicht auf den Fersen, blickte über seine Schulter hinweg und sah ebenfalls das gelblichrote Licht, das von der Decke fiel und etwas anstrahlte.

Worum es sich dabei handelte, wußte ich nicht, denn van Akkeren hatte geschafft, was er wollte.

Er schrie nicht nur heiser auf, er startete auch. Bevor ich ihn festhalten konnte, hatte er schon eine gewisse Distanz zwischen sich und mich gebracht.

Ich rannte ihm nach.

Da passierte es.

Zum Glück war ich so konzentriert und achtete praktisch auf alles in meiner Umgebung. So vernahm ich auch das Rasseln über mir und hörte das Sausen.

Ich warf keinen Blick in die Höhe. Mit einem gewaltigen Sprung katapultierte ich mich aus dem Stand wieder zurück und fiel mit dem Rücken gegen den Vorhang.

Ich hatte ihn noch nicht richtig berührt, als das Gitter etwa einen Meter vor mir mit seinen scharfen Spitzen auf den harten Boden knallte. Wäre ich stehengeblieben, hätten mich zumindest zwei Stäbe getroffen.

So stand ich davor.

Aber van Akkeren befand sich dahinter und hob beide Hände. »Noch hast du Baphomet nicht überlistet, Sinclair …!«

Der Mann hatte aufgegeben.

Suko glaubte nicht mehr daran, daß er es noch versuchen würde. Zudem hielt der Inspektor seine Waffe in der rechten Hand und bedrohte mit ihr den vor ihm gehenden Mann.

Die beiden stiegen dem Deck entgegen. Sie nahmen Stufe für Stufe. Durch irgendwelche Windkanäle drang frische Luft in das Innere der Yacht, und Suko nahm den Geruch von Meerwasser schnuppernd auf.

Nur etwas wunderte ihn und machte ihn gleichzeitig ziemlich mißtrauisch. Die Yacht war ziemlich groß. Um sie zu führen, benötigte man eine entsprechende Anzahl an Besatzungsmitgliedern. Die waren zwar vorhanden, aber niemand ließ sich blicken. Alles wies darauf hin, daß sich die gesamte Mannschaft an Deck aufhielt.

Suko fragte seinen Gefangenen, was es damit auf sich hatte. »Ich weiß es nicht«, erklärte der Mann. Das klang echt.

»Aber ihr habt angelegt?«

»Ja, in einer Bucht.«

»Weshalb?«

»Das weiß der Chef.«

»Nein, du auch.«

Er wand sich etwas, rückte aber schließlich doch mit der Sprache heraus. »Wir haben in dieser Bucht immer die Toten verschwinden lassen. Das Wasser ist tief, hier gibt es Strudel.«

»Verstehe«, sagte Suko rauh. »Und auch wir sollten in der Tiefe verschwinden.«

»Ja.«

Suko erwiderte nichts. Er konnte es trotz seines außergewöhnlichen Berufs einfach nicht fassen, wie Menschen zu so etwas in der Lage waren. Da reichten auch 100 Jahre nicht aus, um so etwas zu begreifen.

Sie erreichten einen Kabinengang. Viel Luxus, weiches Licht, dicke Teppiche, eine breite Treppe führte an Deck. Als sie die ersten Stufen nahmen, fiel Suko die Ruhe auf, die auf dem Schiff herrschte. Er wollte zudem nicht daran glauben, daß alle die Yacht verlassen hatten, und selbst sein Gefangener schüttelte den Kopf.

»Das ist komisch«, sagte er.

»Was?«

»Daß niemand kommt. Ich ... ich habe dafür keine Erklärung.« Er blieb stehen, spürte aber den Druck des Waffenlaufs im Rücken und ging weiter. Suko glaubte nicht daran, daß ihn der Mann belogen hatte, die Hand würde er trotzdem nicht für ihn ins Feuer legen.

Normalerweise war der direkte Weg über die Treppe zum Deck hin durch eine breite Schiebetür aus Glas versperrt. Sie stand offen, und Suko konnte bereits das fahle Blau des Himmels sehen, in das plötzlich von zwei verschiedenen Seiten Schatten traten.

Bewaffnete Männer.

Soldaten!

Und sie hielten schwere Maschinenpistolen in den Händen. Sie trugen die Uniformen, die Suko kannte, denn es waren Engländer, die sich am Ende der Treppe in voller Kampfkleidung aufgebaut hatten und mit ihren MPis auf die beiden zielten.

»Hochkommen!«

Suko steckte schnell seine Waffe weg. Er hob die Arme. Neben seinem Gefangenen ging er auf die beiden Soldaten zu. Sie starrten die Männer unter den Rändern ihrer Stahlhelme hinweg finster an. Die Männer standen unter Spannung. Suko und sein Gefangener hüteten sich, auch nur eine falsche Bewegung zu machen.

Als sie das Ende der Treppe erreicht hatten, spürten sie den Mündungsdruck der Waffen in ihrem Rücken. In verschiedenen Richtungen wurden sie weggeführt.

Auch in dieser Bucht wehte eine steife Brise, die das graugrüne Wasser kräuselte. Linkerhand sah Suko die mächtigen Felsen wie Gigantenfäuste in den Himmel stiegen. Gegenüber fiel sein Blick auf das weite Meer hinaus, das wie ein sich kräuselnder Teppich vor ihm lag und auf dem sich kein Schiff bewegte.

Bis auf eine Ausnahme.

Das Kriegsschiff stand quer am Eingang der Bucht und sperrte sie praktisch ab. Die Geschütze des Kreuzers waren auf die Yacht gerichtet und redeten eine deutliche Sprache.

Es war ein Kriegsschiff der englischen Flotte, die genauso zur Nato gehörte wie Griechenland und die Türkei und demnach auch die Insel Zypern. Suko konnte es kaum fassen. Da war er, aus welch einem Grunde auch immer, zufällig gerettet worden.

Freiwillig hatte die Besatzung die Yacht nicht hergegeben. Es mußte einen Kampf gegeben haben, da einige Männer bewegungslos an Deck lagen.

Sie waren tot.

Suko zählte vier.

Die restlichen waren zusammengetrieben worden und wurden von den NATO-Soldaten bewacht.

Es herrschte ein gespanntes Schweigen. Suko hielt vergeblich nach dem Kommandeur dieser Kapermannschaft Ausschau. Wahrscheinlich hielt sich der Mann bewußt zurück, bis der Chinese einen lauten Ruf vernahm. Die Stimme kannte er, leider wußte er nicht, wo er den Mann einordnen sollte, aber auf der Brücke der Yacht entstand Bewegung.

Dort erschienen zwei Männer.

Zuerst sah er den Kommandeur. Ein älterer Mann, aber viel jünger als sein Begleiter, der auf Suko deutete und dabei laut sagte: »Das ist einer unserer Freunde.«

Das Gesicht des Chinesen verzog sich zu einem Lächeln, denn er sah einen Totgeglaubten vor sich.

Es war Nikos' Vater.

Und der alte Grieche ließ sich durch nichts mehr aufhalten. Er stürmte den Niedergang hinab, rannte auf Suko zu, seine Augen brannten. In seinem Gesicht stand die Frage geschrieben, als er beide Handgelenke des Chinesen umfaßte.

»Sie brauchen nichts zu sagen. Nikos lebt!«

Der Mann trat zurück. Der Jubelschrei blieb ihm im Halse stecken. Statt dessen schimmerten in seinen alten Augen plötzlich Tränen, er faltete die Hände und betete.

Suko hatte selten einen so glücklichen Menschen gesehen. Er wirkte, als hätte man ihm das Leben neu geschenkt.

Der Kommandeur trat auf Suko zu, grüßte und blieb stehen. »Sie sind tatsächlich von Scotland Yard?«

»Yes, Sir!«

Der Mann hatte den scharfen Blick eines Falken. »Kann ich Ihre Legitimation sehen?«

»Selbstverständlich!« Suko holte den Ausweis hervor, und der Commander sah ihn sich sehr genau an.

»Man hat Ihnen sogar Sondervollmachten eingeräumt.«

»Das stimmt!«

»Aber Sie sind nicht allein auf das Schiff gekommen.«

»So ist es. Ein Kollege von mir und der Sohn dieses Mannes waren dabei. Der junge Grieche lebt. Was mit meinem Freund und Kollegen ist, muß ich noch herausfinden.«

Der Commander hob für einen Moment seine Augenbrauen. »Nicht Sie allein, sondern wir!«

»Natürlich, Sir.«

»Lieutenant Braker!« Die Stimme des Commanders schallte über das Deck. Ein Offizier in Kampfkleidung löste sich vor der Reling, wo er gewartet hatte.

»Sie lassen das Schiff durchsuchen, Mr. Braker!«

»Aye, aye, Sir!«

Suko ging auf den alten Mann zu. »Wie war es möglich, daß Sie entkamen?«

»Ein Wunder«, sagte der alte Mann. »Ein Wunder. Der Herrgott wollte mich wohl nicht. Ich sah das andere Schiff, ich dachte an meinen Sohn, der viel zu jung ist, um zu sterben, und ich entkam der Hölle, denn ich konnte mich an einer Planke festhalten, die wieder hochgetrieben wurde. Sie war so breit, daß sie als Versteck diente. Die Strömung war günstig, die anderen kümmerten sich um euch. Ich wurde an Land getrieben und habe das Militär alarmiert. Zuerst wollten sie nicht, aber ich sprach von Engländern, die sich in Gefahr befinden …«

»Danke, das reicht.«

Der alte Mann hatte ein Kauderwelsch aus Englisch und Griechisch gesprochen, doch Suko verstand ihn.

Dann mußte er sich beeilen, denn die Soldaten begannen damit, die Yacht zu durchsuchen …

Vincent van Akkeren hatte recht. Es war mir tatsächlich nicht gelungen, ihn zu überlisten. Er gehörte zu den Personen, die noch immer einen Trick in der Hinterhand hielten, und der wäre mir fast zum Verhängnis geworden. Ich schüttelte mich, als ich daran dachte.

Das Gitter trennte uns. Ich war waffenlos. Vielleicht hätte ich den Dolch schleudern können, aber die Distanz zwischen uns war einfach zu groß.

Van Akkeren trat immer weiter zurück. Er hatte, bevor das Gitter fiel, von einem Licht gesprochen, das hinter dem Vorhang leuchten sollte. Es war keine Lüge gewesen. In der Tat strahlte von der Decke herab ein rötlichgelber Schein, der dorthin fiel, wo auf einer Platte ein alter Thron stand, der genau der richtige Platz für einen Mann wie Vincent van Akkeren war.

Und er bestieg ihn.

Rückwärts gehend nahm er dabei die beiden breiten Stufen, stieß mit den Kniekehlen gegen die Sitzfläche und ließ sich niedersinken. Seine Arme winkelte und hob er an, bevor er sie auf die beiden schwarzen Holzlehnen des Sitzmöbels legte.

Es war ein schwarzer Thron, verziert, wie ich erkennen konnte. Die beiden Lehnen liefen nach vorn hin zu Teufelsköpfen aus. Van Akkeren sprach mich an. »Für mich, Sinclair, sind Sie nur mehr ein kleiner Wicht. Sie können mich nicht aufhalten. Sie stehen vor mir, aber ich bin meilenweit entfernt. Ich habe lange gesucht, bis ich diesen Thron fand. Jeder Antiquar wäre froh, ihn zu besitzen, vorausgesetzt, er hat das Geld, denn er ist fast tausend Jahre alt. Er gehörte dem Götzen Baphomet. Die Templer, die ihm dienten, haben ihm den Thron gebaut und magisch versiegelt. Ein Fluch umgibt ihn, denn es darf nur derjenige darauf Platz nehmen, der würdig genug ist. Hätte sich ein anderer hingesetzt, wäre er getötet worden.«

»Wir können ja tauschen!« schlug ich ihm vor. »Sieh zu, daß das Gitter wieder in die Höhe fährt, dann …«

»Du glaubst mir nicht. Er beugte sich vor und umklammerte mit seinen Händen die Teufelsköpfe an den Lehnen.

»Allerdings.«

»Dann werde ich dir einen Beweis geben müssen.« Er löste eine Hand von der Lehne, führte sie in die Nähe seines Gesichts und steckte zwei Finger zwischen die Lippen.

Ein schriller Pfiff durchschnitt die beiden durch das Gitter abgetrennten Räume.

Ich wartete.

Es vergingen Sekunden, bis ich Schritte hörte. Ich spürte hinter mir einen Luftzug. Die vier Mädchen schoben sich durch den Vorhangspalt. Drei von ihnen verbeugten sich. Aber sie meinten nicht mich, sondern Vicent van Akkeren.

Das vierte Mädchen aber schritt an mir vorbei auf das Gitter zu. Es war das schlankste aus dem Quartett und verdammt noch mal – sie würde auch durch den Spalt passen.

Das durfte ich nicht zulassen. Als Demonstration wollte diese menschliche Bestie das Mädchen töten, indem er der Kleinen den Platz auf dem Thron überließ.

Ob sie wußte, daß sie geopfert werden sollte, wußte ich nicht. Jedenfalls hatte sie das Gitter fast erreicht und war dabei, sich in die Lücke zu zwängen, als ich vorstürmte.

Ich wollte vorstürmen, denn ich hatte den Fehler gemacht und die drei anderen vergessen.

Plötzlich warfen sie sich gegen mich. Sie packten meine Beine, und eine sprang mich in Hüfthöhe an. Dabei entwickelten sie eine so große Kraft, daß ich zu Boden fiel und mich erst dort mit wilden Bewegungen losstrampeln konnte.

Es war zu spät.

Das vierte Mädchen hatte sich inzwischen durch eine Lücke gezwängt und befand sich jenseits des Gitters.

Die drei anderen standen vor mir. Sie schauten mich aus fast verträumt wirkenden Augen an, so daß es aussah, als hätte sich über ihre Pupillen ein Schleier gelegt.

Van Akkeren lachte teuflisch. »Du siehst, Sinclair, sie gehorchen mir noch immer. Und ich werde dir beweisen, was geschieht, wenn sich eine andere Person niedersetzt. Schade, ich hätte gern gehabt, wenn du auf diesem Thron deinen Platz gefunden hättest. Vielleicht ergibt sich noch einmal die Chance zu deiner Höllenfahrt.«

Die anderen drei kümmerten sich nicht mehr um mich. Ich stand vor dem verdammten Gitter, hatte meine Hände um die Stäbe gekrallt und tat etwas, das mir zuwider war, ich aber tun mußte, um das Leben des Mädchens zu retten.

Ich flehte van Akkeren an.

»Lassen Sie die junge Frau laufen! Sie hat Ihnen nichts getan. Sie war Ihnen stets treu. Sie hat Ihnen gedient.«

»Das stimmt. Sie diente mir. Und sie hat sich verpflichtet, für mich in den Tod zu gehen. Ich bin der Grusel-Star, das dürfen Sie nie vergessen, Sinclair.« Er streckte wieder seinen rechten Arm aus und krümmte den Finger.

Für das Mädchen ein Zeichen, sich schneller zu bewegen. Die Hälfte der Strecke hatte es schon hinter sich gebracht.

Verdammt, ich mußte etwas tun.

Half mein Kreuz?

Vor mir saß van Akkeren. Ein Mensch, der dem Teufel diente, aber vor meinem silbernen Talisman keine Furcht zeigte, wenn er nicht aktiviert war. Sprach ich jedoch die Formel, sah die Sache ganz anders aus.

Ich holte ihn hervor.

Der Grusel-Star war ein wenig nach links gerutscht, um an dem Mädchen vorbeisehen zu können. Noch saß er auf seinem Platz. Als er das Kreuz in meiner Hand sah, zog er drohend die Augenbrauen zusammen. Er ahnte, daß ich einen Trick auf Lager hatte.

Vielleicht wollte er dagegenhalten, aber wir kamen nicht mehr dazu, unsere Pläne in die Tat umzusetzen.

Ich hatte sie nicht gehört, da sie sich so lautlos bewegten. Bis ihre Stimmen plötzlich wie Peitschenklänge knallten. »Auseinander und Hände hoch!«

Ich drehte mich um!

Sofort war jemand da und drückte mir den Lauf einer MPi gegen die Brust. Darüber sah ich ein ausdrucksloses Soldatengesicht, aber ich sah auch einen anderen.

Suko.

Er drängte sich an den Soldaten vorbei, die die Mädchen in Schach hielten, und fuhr denjenigen an, der vor mir stand. »Das ist doch John Sinclair, du Idiot!«

Der Soldat ließ die MPi sinken.

Auf Sukos Gesicht las ich die Erleichterung. Er sagte zu unserer Rettung nichts, sondern zeigte durch das Gitter.

»Ja, van Akkeren!«

Ein Lieutenant drängte sich vor. Er hatte instinktiv erfaßt, daß mit van Akkeren diejenige Person gemeint war, die für alles verantwortlich war.

»Wir könnten ihn erschießen!«

Ich befand mich plötzlich in der Zwickmühle. Stimmte ich zu, machte ich mich praktisch mitschuldig an einem Mord. Lehnte ich ab, würde van Akkeren sicherlich zu einem Trick greifen.

Es gab noch eine dritte Alternative. Wenn er von so vielen Waffen bedroht wurde, würde er wahrscheinlich freiwillig von seinem Thron steigen.

Der Grusel-Star kam uns allen zuvor. Bevor wir eine Entscheidung treffen konnten, hallte uns seine dröhnende Stimme entgegen. »Ihr hirnverbrannten Narren. Ihr wolltet mich von meinem Thron reißen? Da kann ich nur lachen. Ich, Vincent van Akkeren, bin der Grusel-Star, und ich werde euch eine Höllenfahrt vorführen!«

Ich glaubte ihm, während die Soldaten noch seinen Worten nachlauschten. »Verdammt!« rief ich und fuhr herum.

Da passierte es schon.

Wie eine Puppe flog das Mädchen zurück und prallte gegen die Gitterstäbe, denn eine gewaltige Druckwelle erfaßte auch uns, ohne uns allerdings von den Beinen reißen zu können.

Dafür öffnete sich der Boden genau an der Stelle, wo der Thron gestanden hatte. Mitsamt der Platte verschwand er in einer brodelnden Tiefe, aus der grünes Feuer und beißender Rauch schlugen, begleitet von einem Gelächter, das nicht van Akkeren ausgestoßen hatte, sondern Asmodis, der Höllenherrscher persönlich.

Er hatte einen Menschen zu sich geholt. Vincent van Akkeren war buchstäblich zum Teufel gefahren. Ob er da jedoch für immer bleiben würde, war fraglich …

Das Feuer blieb, und wir mußten das Schiff verlassen.

Es wurde eine regelrechte Hetzjagd, denn die Flammen breiteten sich sehr schnell aus. Zum Glück war das Beiboot groß genug, um alle Personen fassen zu können.

Als wir von der Yacht ablegten, stand über dem Schiff eine gewaltige Qualmwolke. Durch den schwarzen fettigen Rauchpilz schlugen die Flammen haushoch aus dem Innern hervor. Das Heck explodierte. Ein Regen von Trümmern verteilte sich. Auch unser Boot wurde getroffen, und zwei Soldaten verletzten sich.

Aber wir schafften es.

An Bord des Kreuzers ging es uns besser. Ich kümmerte mich um Vater und Sohn. Sie saßen zusammen und hielten sich umarmt. Nikos hatte seinem Vater die Hand gezeigt. »Ich werde sie nie gebrauchen können.«

»Doch, mein Junge, wir schaffen es. Wir bekommen auch wieder ein neues Schiff, das verspreche ich dir.«

»So ist es richtig«, sagte auch Suko. »Man soll den Lebensmut nie aufgeben.«

Nikos umarmte auch den Inspektor und bedankte sich für die Lebensrettung. Das machte den Chinesen verlegen.

Ich aber dachte an Vincent van Akkeren. Er hatte sich als Baphometh bezeichnet und würde ebenfalls Jagd auf die Templer machen. Zunächst jedoch steckte er in der Hölle. Dort konnte er meinetwegen auch bleiben.

Dem Commander erklärten wir einige Zusammenhänge, als wir mit ihm zusammen in der Messe saßen. Er begriff nichts. Das war auch nicht nötig, denn ich berief mich auf meine Geheimhaltung.

Suko kam noch einmal auf die Filmkopien zu sprechen. »Kannst du dir vorstellen, John, daß es Menschen gibt, die sich daran ergötzen?«

»Kaum, aber es gibt welche, sonst hätte van Akkeren nicht diese traurige Berühmtheit erlangen können.«

»Aber wer hat diese Kopien?«

»Keine Ahnung. Es gibt in Mittel- und Südamerika einen Markt dafür. Wir werden den Kollegen dort einen Tip geben, mehr können wir leider nicht tun.«

»Und Hector de Valois?«

Ich lächelte. »Irgendwie ist mir dieser Bursche sympathisch. Ich habe ja schon sein Skelett gesehen, und ich bin sicher, daß ich eines Tages wieder davorstehe.«

»Und ich bin mir über etwas anderes im klaren«, sagte Suko.

»So?«

»Ja. Daß wir einen Namen von der Liste abhaken können. Akim Samaran, dessen Zeit ist vorbei.«

»Und wie die vorbei ist«, erwiderte ich, griff nach meinem Whiskyglas und leerte es bis zum Grund.

Ich trank auf Samarans Ende und van Akkerens Höllenfahrt!

ENDE

Aibons Schlangenzauber

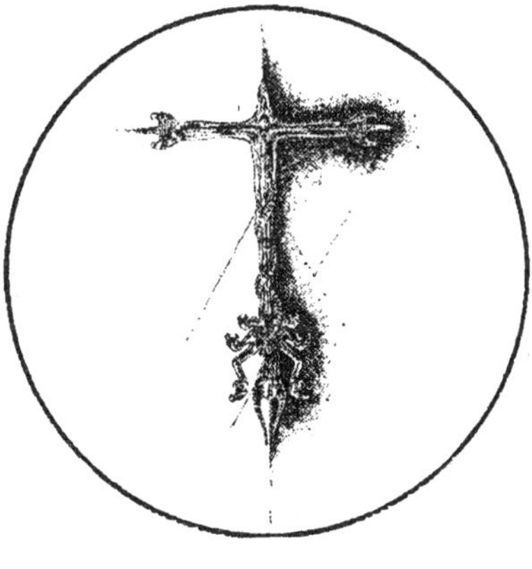

Pernell Hendricks hämmerte die Wagentür ins Schloß. Das Geräusch klang laut wie ein Schuß, und der Mann erschrak selbst darüber. Seine Frau Helma öffnete das Küchenfenster.

»Bist du es, Pernell?«

»Wer sonst?«

»So früh habe ich dich nicht erwartet.«

»Das Geschäft lief eben gut.«

Bei der nächsten Bemerkung schwang in Helmas Stimme leichte Panik mit. Sie wollte immer so perfekt sein, eine Superhausfrau. »Ich habe aber das Essen noch nicht fertig. Du hast mich mit deinem frühen Kommen völlig durcheinandergebracht.«

»Das macht nichts, Liebling, ich esse eben später. Verhungern werde ich schon nicht.«

»Gut, Pern, klar. Bleibst du ...?«

»Ich sehe mich hier noch mal ein wenig um. Vielleicht gehe ich in den Garten. Wo steckt eigentlich Eileen?«

»Sie wollte zum Wald.«

»Und das hast du ihr nicht verboten?«

Helma, die Frau mit den streng zurückgekämmten rostroten Haaren, schüttelte den Kopf. »Nein, ich habe sie nur gewarnt, nicht zu lange wegzubleiben. Du weißt schon, was ich meine, Pern.«

»Klar.« Hendricks hob die Hand und wandte sich ab. Helma war eine ungewöhnliche Frau. Leider nicht im Positiven, wie er immer dachte. Sie hatte sich zu einer Perfektionistin entwickelt. Dabei legte sie kaum Wert auf ihr Äußeres, kaufte sich nur sehr selten ein neues Kleid, dafür putzte sie wie der Teufel.

Ihr Mann, als Reisender viel unterwegs, hatte sich daran gewöhnt. Er sah immer zu, daß er auf seinen Reisen auch die für ihn schönen Seiten des Lebens mitbekam. Davon durfte seine Frau natürlich nichts wissen und besonders seine Tochter Eileen nicht, an der er sehr hing. Er behauptete sogar, daß nur die Zehnjährige ihre Ehe zusammenhielt.

Die Hendricks wohnten in dem letzten Reihenhaus einer

neuen Siedlung. Eine Fußlänge hinter dem Zaun begann bereits das Feld. Jetzt, im Januar, sah es grau aus. Der schmale Pfad, der das Gelände durchschnitt, wirkte wie ein langer brauner Streifen.

Am gegenüberliegenden Rand des Ackers begann der Wald. Die Kinder der Siedlung liefen oft hinüber und spielten dort. Es war ein idealer Platz.

Pernell Hendricks blieb vor dem kleinen Gartentor an der Rückseite stehen. Er hatte seine Hände in die Manteltaschen geschoben, blickte über das Feld und hielt sein Gesicht gegen den Wind. Es gefiel ihm nicht, daß sich Eileen allein im Wald aufhielt. Zwar kannte sie sich dort aus, hatte vielen Bäumen sogar Namen gegeben, da sie sehr naturverbunden war, aber Wälder zogen immer wieder lichtscheue Gestalten an. In der letzten Zeit waren einige Typen gesehen worden, die den Bewohnern der Häuser gar nicht gefielen. Manche dieser Punks hatten sich auch als Musiker bezeichnet. Ob das allerdings stimmte, wollte Hendricks dahingestellt sein lassen.

Da Helma mit dem Essen noch nicht fertig war, beschloß der Mann, seine Tochter zu suchen. Er wußte, daß sich die Kinder im Wald eine Baumhöhle gebaut hatten. Vielleicht steckte sie dort.

Der Boden war weich. Es hatte in den letzten Tagen viel geregnet, manchmal auch geschneit, aber eigentlich war es zu warm für die Jahreszeit. Der schmale Weg war von achsentiefen Löchern aufgerissen, in denen sich das Regenwasser gesammelt hatte. Wenn der Wind über die Oberfläche fuhr, kräuselte er es zu Wellen.

Hendricks sprang über die Pfützen hinweg. Rechts und links lag graubraun das Feld. Vor ihm stand der winterliche Wald. Bäume ohne Blätter.

Der Wind fuhr gegen die Äste und Zweige. Er bewegte sie, aber noch stärker bewegte sich das zehnjährige Mädchen, das plötzlich am Waldrand erschien, seinen Vater sah und ihm zuwinkte.

Hendricks winkte zurück. Ihm war plötzlich ein Stein vom Herzen gefallen. Der Mann blieb stehen und atmete die frische Luft ein. Auch seine Tochter freute sich. Sie winkte während des Laufens mit beiden Armen, und Hendricks hörte, daß sie nach ihm rief. »Dad, Dad!«

»Soll ich zu dir kommen, Eileen?«

»Nein, ich komme. Ich muß dir etwas sagen.«

»Darauf freue ich mich schon.« Der Vater bückte sich und streckte seine Arme aus. Er wollte die Tochter so rasch wie möglich an sich reißen. Auf der Fahrt hatte er sich nach Eileen gesehnt. Dieses Mädchen mit den rotblonden Haaren und den wirbelnden Zöpfen war für ihn der Sonnenschein des Lebens.

Eileen trug einen gelben Anorak. Die braune Jeans war verschmutzt, unter den Sohlen der Stiefel spritzte Pfützenwasser in die Höhe, vermischt mit dünnem Schlamm.

Dann war sie bei ihm.

Die Zehnjährige fegte in die Arme ihres Vaters, der sich hochstellte und sie herumwirbelte. Eileen schrie vor Freude. Ihr machte es Spaß, in den Armen des Vaters zu liegen und dieses herrliche Gefühl zu erleben.

Nach der fünften Drehung und einem leichten Schwindel, den er selbst spürte, ließ er das Mädchen wieder zu Boden sinken. »Noch ein paarmal, und ich wäre zu Boden gegangen«, erklärte er.

»Dad, du bist doch noch jung.«

»Ja, aber nicht jung genug.« Er nahm ihre Hand. Beide waren sie etwas außer Atem geraten. »Na, Tochter, wie war es im Wald?«

»Im Sommer ist es schöner.«

»Das glaube ich dir gern. Deshalb werden wir jetzt ins Haus gehen, wo Mum das Essen bestimmt fertig hat.«

»Nein, Dad, nein.« Eileen wollte ihren Vater zurückziehen. »Ich will noch nicht nach Hause.«

»Wohin denn?«

»Noch einmal in den Wald.«

Hendricks schüttelte den Kopf. »Aber du kommst doch von dort. Was willst du denn …?«

»Ich möchte dir etwas zeigen, Dad. Ich habe dort etwas entdeckt. Das … das mußt du dir ansehen.«

»Und was ist es?«

Eileen blickte ihrem Vater ins Gesicht. Der Ausdruck ihrer Augen war sehr ernst. Das Mädchen hatte grüne Pupillen. Jetzt kam es dem Mann vor, als hätte sich ein Schatten darüber gelegt. »Was möchtest du mir zeigen, Eileen? Was?«

Sie faßte nach der Hand ihres Vaters und drückte sie kräftig. »Daddy, glaubst du mir auch?«

»Natürlich.«

»Ich erzähle auch wirklich keine Geschichten.«

»Das weiß ich doch. Bitte, Eileen, du mußt reden! Hab Vertrauen zu mir. Das hast du immer gehabt.«

Das Mädchen senkte seine Stimme. »Im Wald, Dad, da liegt … da liegt eine Tote …«

Pernell Hendricks gehörte zu den Menschen, die sich nicht ohne weiteres von irgendwelchen Reden erschüttern ließen. Er hörte den Satz, sah seiner Tochter ins bleiche Gesicht, blickte noch einmal direkt in ihre Augen und stellte fest, daß sie nicht gelogen hatte, obwohl Helma ihr den Satz nicht geglaubt hätte.

Sie behauptete immer, Eileen hätte eine zu große Phantasie. Das stimmte zwar. Sie war sehr mit Phantasie gesegnet und schrieb in der Schule die wildesten Aufsätze, dachte sich selbst Geschichten aus, aber in diesem Fall, da war der Mann sicher, log sie nicht.

Eine Tote bildete man sich nicht ein!

»Dad, du sagst nichts.«

Hendricks lächelte. Was sollte er dazu sagen? Er wußte es ja selbst nicht. Er wunderte sich im nachhinein nur darüber, wie gelassen seine Tochter ihm diese Nachricht überbracht hatte.

»Und du bist nicht erschreckt?« fragte er. »Wenn man eine Tote sieht, erschrickt man doch. Auch mir würde das so ergehen. Ich wundere mich, daß du ...«

Sie nickte heftig und sprach fast wie eine Erwachsene. »Ja, Dad, du hast recht, aber da ist etwas mit der Leiche.«

Hendricks erschrak heftig: Er malte sich aus, daß die Tote schon länger im Wald gelegen hatte und möglicherweise verwest war. Das wäre noch furchtbarer gewesen als alles andere. »Mit der Leiche soll etwas sein? Was denn?«

»Sie ... sie sieht so anders aus.« Eileen verzog gequält das Gesicht. »Ich weiß auch nicht, wie ich dir das erklären soll. Die sieht aus, als wäre sie aus Glas.«

»Wie?«

»Ja, Dad, aus Glas. So durchsichtig. Ich habe so etwas noch nie gesehen.«

Pernell Hendricks lachte leise. »Aber ich, mein kleiner Liebling. Ich habe das schon gesehen.«

»Wie und wo?«

»Die angebliche Leiche, die du gesehen hast, ist gar keine. Ich kann mir vorstellen, daß es sich bei diesem Gegenstand um eine Puppe gehandelt hat. Ja, Eileen, du hast eine Puppe gesehen. Irgend jemand hat eine Puppe in den Wald gelegt.« Er hob die Schultern. »Vielleicht eine Schaufensterpuppe, was weiß ich?«

»Daran glaube ich nicht.«

»Wieso nicht?«

»Die sah aus, als hätte sie einmal richtig gelebt.« Eileen nickte sehr ernst. »Ich möchte dich bitten, Dad, daß du mitkommst und dir die Tote mal ansiehst.«

»Aber deine Mutter wartet mit dem Essen. Und du weißt, wie sehr sie auf Pünktlichkeit achtet.«

»Dad, noch ist es hell.«

Der Mann atmete tief durch. Was sollte er seiner Tochter sagen? Er befand sich in einer Zwickmühle. Einerseits glaubte er ihr, andererseits fürchtete er sich auch ein wenig vor dieser Entdeckung. Er rechnete zwar nach wie vor mit dem Auffinden einer weggeworfenen Schaufensterpuppe, aber er mußte auch in Betracht ziehen, eine Tote zu finden.

Zwischen diesen beiden Möglichkeiten konnte er wählen. Dabei blickte Pernell in die bittenden Augen seiner Tochter. Es war wie immer. Wenn Eileen ihn so anschaute, konnte er ihr einfach keinen Wunsch abschlagen. Hendricks preßte seine Lippen zusammen, legte die Stirn in Falten, und da wußte das Mädchen, daß es seinen Vater schon so gut wie überzeugt hatte.

»Kommst du mit?«

»Ja.«

Sie faßte nach seiner Hand. Er fühlte, wie ihre Finger über seine Handfläche strichen. Die kleinen Kuppen zitterten, so aufgeregt war das Mädchen plötzlich.

Sie gingen schnell. Der Wind fuhr über das so trostlos wirkende Feld. Krähen ließen sich von den Winden packen und weitertreiben. Ihr heiseres Krächzen vernahmen auch Vater und Tochter.

Hendricks hörte kaum, was seine Tochter redete. Sie sprach von der Toten und von dem Wald, den sie so oft betreten hatte und der ihrer Meinung nach verhext war.

Da mußte der Mann lachen.

»Doch, Dad, das stimmt. Der Wald ist verhext. Ich habe das genau gespürt.«

»Wie denn?«

»Da hat immer etwas gelauert.«

»Und was?«

»Ich konnte es nie sehen. Es war unsichtbar. Aber ich habe gespürt, daß es da war.«

Hendricks lächelte. »Selbst deine Lehrer bestätigen dir, daß du eine ungeheure Phantasie hast, mein kleiner Liebling. Ich für meinen Teil bin davon noch immer nicht überzeugt.«

»Du wirst die Tote sehen, Dad.«

»Und sie ist aus Glas?«

»Ja.«

»Hast du dir nie darüber Gedanken gemacht, wer sie sein könnte und woher sie kommt?«

»Nein, jetzt nicht. Ich war zu erschrocken. Aber da ist noch etwas, das ich dir nicht erzählt habe.«

»Und was?«

»Die ... die Tote ist ein Mensch und sieht trotzdem anders aus als wir. Sie hat nämlich Flügel!«

Der Mann blieb so heftig stehen, als wäre er gegen einen Baum gerannt. »Was hat sie?«

»Flügel. Und die sehen auch so aus, als wären sie aus dünnem Glas. So zerbrechlich wie bei meinem Mobile, weißt du?«

»Ja, ja, schon.« Hendricks schüttelte den Kopf. Alles, was recht war, er glaubte seiner Tochter kaum noch. Am liebsten wäre er umgekehrt, doch da sie den Waldrand fast erreicht hatten und sie nur noch wenige Schritte davon trennten, ging er weiter.

Die beiden benutzten den Hauptweg, der den Wald praktisch in zwei Hälften teilte. Es gab auch schmale Pfade. Sie waren zumeist von spielenden Kindern geschlagen worden, aber die kannte der Mann nicht. Es gefiel ihm nicht, als ihn seine Tochter auf einen dieser Wege führte.

Das Unterholz und die Zweige wuchsen über den Weg hinaus. Manchmal trafen sie sich und bildeten gewissermaßen ein Dach, unter dem die beiden herschritten und sich immer häufiger mit den Händen den Weg freischaufeln mußten.

»In welch einen Dschungel führst du mich eigentlich, Kind?«

»Der hört gleich auf. Dann kommen wir zu einer Lichtung. Dort ist es sehr feucht. Früher muß da mal ein kleiner Teich gewesen sein, habe ich gehört.«

»Wenn du das sagst.«

Das Mädchen hatte recht. Vor ihnen erschien der freie Fleck inmitten des Waldes. Eine kleine Lichtung, umgeben von dicht beieinanderstehenden Bäumen mit dem üblichen Unterholz dazwischen.

»Hier ist es!« sagte Eileen. Ihre Stimme zitterte leicht. Sie sah aus großen Augen zu ihrem Vater hoch.

»Wo denn?«

»Du mußt dich umdrehen, Dad!«

Das tat Hendricks auch. Nicht sehr schnell, weil ihn plötzlich ein unangenehmes Gefühl überfiel.

Er blickte auf die andere Seite der Lichtung und sah den langgestreckten Gegenstand mit menschlichen Umrissen, der schräg im Unterholz lag, wobei sich seine hauchdünnen Flügel in den Zweigen verfangen hatten.

»Sieht sie nicht aus wie ein Engel?« fragte das Kind leise.

Hendricks erwiderte nichts. Er hatte aber das Gefühl, mit beiden Füßen in kaltem Wasser zu stehen, denn eine beklemmende Angst stieg allmählich in ihm hoch …

Wir waren wieder in London!

Zypern lag hinter uns, das Abenteuer im Schwarzwald ebenfalls, und das Kapitel Akim Samaran war wohl endgültig abgeschlossen. Er, der das Richtschwert der Templer hatte in seinen Besitz bringen wollen, war an dessen Kraft gescheitert. Das Schwert hatte sich aufgelöst, war geschmolzen, und die goldene Masse hatte Samaran bedeckt und ihn in einen unförmigen Klumpen verwandelt.

Samaran war verschwunden, aber ein anderer war dafür erschienen.

Vincent van Akkeren, der Grusel-Star, wie er sich selbst nannte. Er war nicht nur ein Grusel-Star oder ein Mensch, sondern sah sich auch als Baphomet an, einen großen Götzen der Templer, die auf der Seite des Teufels standen.

Ich war auf seiner Yacht dicht an ihn herangekommen, hatte ihn aber nicht stellen können, weil er vor meinen Augen zur Hölle gefahren war. Der Boden hatte sich aufgetan und ihn verschluckt. Anschließend war die Yacht in Flammen aufgegangen und explodiert, so daß es uns unmöglich gewesen war, irgendwelche Beweise zu finden.

Aber jetzt waren wir wieder in London. Wir mußten uns damit abfinden, daß die Spur zu den Templern allmählich erkaltet war. Nur über eine Tatsache kam ich schwer hinweg.

Ich hatte erfahren, daß ich nicht zum erstenmal lebte. In der Vergangenheit hatte ich schon einmal existiert. Und zwar als Hector de Valois, ein mächtiger Kreuzritter und einer der großen Anführer der Templer, der allerdings nicht auf Baphomets Seite stand, sondern, ähnlich wie ich, sich gegen das Böse gestemmt hatte.

Darüber hatte ich in der letzten Zeit stark nachgegrübelt. Wenn ich durch andere Dinge nicht abgelenkt war, kam ich immer wieder auf dieses Phänomen zurück.

Das merkte auch Suko, der den Bentley durch den abendlichen Londoner Verkehr kutschierte. »Du bist anders als sonst, John. Wie kommt das?«

»Hector de Valois.«

»Denk doch nicht immer daran!« meldete sich Shao aus dem Fond. Wir hatten sie mitgenommen, denn wir waren zu einer Disco unterwegs.

»Du hast gut reden. Ich glaube nicht, daß es dir anders ergehen würde.«

»Das stimmt wohl.«

Es regnete. Manchmal vermischt mit dicken Schneeflocken, die wie Mücken gegen die Scheibe klatschten und von den Wischern weggeputzt wurden. Bei diesem Wetter blieb man am besten zu Hause, aber uns trieb es eben zu dieser Disco.

Dort trat eine Gruppe auf, die sich die »Top Fantastics« nannte. Vier junge Männer und eine Sängerin. An sich etwas völlig Normales, und wir wären nie auf den Gedanken gekommen, uns diese Gruppe anzuhören, hätten die Leute nicht einen Text, der uns ein wenig störte.

Es war kein Text, der zur Gewalt aufrief oder die Einnahme von Drogen legalisierte, nein, ein anderes Wort störte uns, das immer wieder in den Strophen vorkam.

Aibon!

Genau dieses Wort störte uns. Wie kam eine Gruppe wie die »Top Fantastics« dazu, über Aibon zu singen?

Weder Suko noch ich hatten eine Erklärung. Es gab nur wenige Menschen, die über Aibon Bescheid wußten, denn dieses geheimnisvolle Land, das zwischen dem Diesseits und dem Jenseits lag, war, wie gesagt wurde, das Paradies der Druiden.

Aibon – das grüne Land, aber auch das Reich voller Rätsel. Heimat der Feen, der Elfen, schlichtweg eine Sagenwelt, die jedoch existierte, wie ich schon des öfteren hatte erfahren müssen.

Kein Wunderland, wo es zuging wie im Schlaraffenland, denn auch dort gab es Trennungen und Rätsel. Zum Beispiel das Rad der Zeit und die Männer in Grau, Aibons gefährliche Bewacher oder Botschafter. Es existierte so vieles, von dem ich keine Ahnung hatte.

Nur wußte ich, daß zwischen Aibon, dem Dunklen Gral und auch den Templern irgendwo eine Verbindung bestand. Sie herauszufinden war für mich zu einem Lebenselixier geworden.

Das wußten auch meine Freunde.

Suko sagte: »Du solltest es nicht so verbissen sehen, John. Kommt Zeit, kommt Licht in das Dunkel.«

Ich verzog den Mund und sah für einen Moment den Wischern zu, die Tropfen und Schnee zur Seite putzten. »Falls es bis dahin nicht schon zu spät ist, mein Lieber.«

»Das sehe ich nicht so, John. Wir brauchen oftmals keine Initiative zu ergreifen. Aibon und die anderen Dinge, die sich um die Templer drehen, werden auf uns freiwillig zukommen.«

»Woher nimmst du diesen Optimismus?«

»Weil du schon einmal existiert hast. Als Hector de Valois. Du hast das Kreuz. Die gleichen Zeichen, die auf ihm zu sehen waren, existierten auch auf dem Richtschwert der Templer. Hector de Valois hat das Kreuz vor dir getragen.«

»Und wer noch?«

»Eine alte Zigeunerin hatte es doch auch mal.«

»Aber sie wußte wirklich nicht, was sie damit anstellen sollte. Sie hat es vielleicht nur für eine Weile in Verwahrung gehabt. In einem direkten Kontakt stand sie wohl nicht.«

»Das stimmt wohl.« An einer Ampel hielten wir. Der Asphalt hatte eine schwarze Farbe angenommen, auf dem die Lichtstrahlen der Scheinwerfer wie Goldpuder lagen.

Die »Top Fantastics« traten in einer Disco auf, die top war. Hinter anderen exklusiven Glitzerschuppen brauchte sie sich nicht zu verstecken, sagte man wenigstens, denn ich kannte den Laden noch nicht von innen. Ich hatte mir berichten lassen, daß er sehr schlicht aufgemacht sei. Man wollte eine Trendwende versuchen und hatte es geschafft, zahlreiche Prominente als Stammgäste zu gewinnen.

Natürlich kam nicht jeder hinein. Dafür sorgten die Preise und die Gesichtskontrolle durch das Guckloch der Tür.

Die Disco lag zwischen zwei Parks, unweit vom Piccadilly. Ihr Name lautete schlicht und einfach »Star«.

Das alles wußten wir und natürlich den Namen der Sänger sowie den Text ihres Hits, in dem sich mehrfach das Wort Aibon wiederholte.

Ich suchte den Parkplatz, folgte den anderen Wagen und landete auf einer großen Abstellfläche.

Ich stellte den Motor ab und stieg aus. Es war glatt geworden. Eine dünne Schneeschicht lag auf dem Platz. Aus dem Regen waren dicke Flocken geworden. Wir tauchten in den Wirbel ein. Shao hatte ihren breiten Schal über den Kopf gezogen.

Die Chinesin trug eine enge Glitzerhose, die man kaum von Strümpfen unterscheiden konnte. Als Oberteil diente eine dieser weiten Jacken, in die zwei hineinpaßten. Die bunte Bluse darunter war ebenfalls taillenlang und bestand aus einem Glanzstoff. Im Gegensatz zu uns war die Chinesin modisch angezogen.

Ich besaß so ein Zeug nicht, Suko ebenfalls nicht, und wir hofften, daß Shao uns ein gutes Entree verschaffte.

Vom Parkplatz erreichten wir schnell die Disco. Wir warteten und fühlten uns unwohl, denn hinter dem Türfenster erschien ein blasses Gesicht.

Jetzt wurden wir begutachtet. Ich hätte natürlich mit dem Ausweis arbeiten können, das wollte ich jedoch nicht, denn unser Inkognito mußte gewahrt bleiben.

Es wurde geöffnet.

Der Mann, der vor uns stand, war ein Farbiger. Von seiner dunklen Haut stachen die weißen Ohrringe besonders deutlich ab. Sein Lächeln war freundlich, man hätte auch geldgierig sagen können, und seine Handbewegung sagte alles.

Wir durften rein.

Vorbei an dem geschmeidigen Burschen gingen wir, der uns aus wachen Augen beobachtete und möglicherweise mißbilligend auf meine und Sukos Kleidung blickte.

Jetzt hörten wir die Musik. Da sang Madonna. Die Fantastics hatten wohl Pause.

An der Garderobe wurden wir ziemlich viel Geld los. Das Girl schämte sich nicht, die Summe zu kassieren. Im Gegenteil, es lächelte dabei noch breit.

Über weiche grüne Teppiche erreichten wir das Lokal, das mir sogar gefiel.

Das war keine aus dem Boden gestampfte Billig-Disco, sondern ein gemütlicher Raum mit zahlreichen Sitzgelegenheiten.

Es war nicht viel los. An der Theke hingen einige Gestalten, so bunt angezogen, als kämen sie aus der Modebranche. Männchen und Weibchen amüsierten sich.

Zwei Paare verrenkten sich auf der Tanzfläche.

Wir suchten uns einen Tisch vor der Bühne, die hinter der Tanzfläche lag, und versanken in bequemen Sesseln.

Leichtgeschürzt war die Bedienung. Auf ihrem Oberkörper klebte ein großer bunter Stern. Er ließ noch viel von ihren Netzstrümpfen sehen. Die Sandaletten glitzerten wie Sonnenstaub. Am Rücken war das Girl bis auf ein kleines Bändchen frei.

Die Kleine strahlte uns an, denn auch ihre Augen erinnerten mich an Sterne.

Wir strahlten weniger, als wir die Preise auf der Karte lasen. Das ging nicht auf Spesen. Ich hatte eingeladen und hörte, wie Suko murmelte: »Wir hätten Bill Conolly mitnehmen sollen. Zumindest für die Rechnung.«

Auch Shao war blaß geworden. »Wir wollen doch nicht den ganzen Laden kaufen.«

Ich hob die Schultern. »Willst du lieber in eine Frittenbude?«

Wir bestellten unsere Getränke. Shao und Suko nahmen so ein gemixtes Zeug, ich hielt mich an Whisky.

Andere Gäste waren spendabler. Da ragten die Champagnerhälse aus den Kühlern. Man amüsierte sich köstlich. Es wurde viel gelacht, aber es klang nicht sehr laut, so daß auch wir uns noch verständigen konnten.

Bald schleppte Shao ihren Partner auf die Tanzfläche.

Ich grinste schadenfroh, weil Suko ein langes Gesicht zog. Man sah ihm die Lust richtig an.

Ich hatte Zeit, mich umzuschauen. Die Gruppe würde noch einmal auftreten. Auf dem Podium standen noch die Instrumente, auch die Lautsprecher und Verstärker.

Während Suko »arbeiten« mußte, rauchte ich eine Zigarette. Der Whisky schmeckte gut. Allmählich gewöhnte ich mich auch an die Umgebung und fand sie nicht einmal schlecht. Man konnte hier wirklich entspannen, auch die Musik war nicht zu laut.

Dann schlich jemand herbei.

Ein Kellner war es nicht. Der Typ mit dem glatt nach hinten gekämmten Haar, in dem das Gel klebte, blieb neben dem Tisch stehen und deutete eine Verbeugung an.

Ich blickte hoch.

Sehr eng war die Hose, locker fiel das Hemd, sein Gesicht war etwas geschminkt, die Finger beringt. Ich nickte ihm zu.

»Darf ich mich setzen?« fragte er.

»So lange, bis meine Begleiter von der Tanzfläche zurück sind.«

»Das ist nett.« Er sprach leise, fast seidenweich. Seine Bewegungen wirkten langsam, doch irgendwie lauernd. Die Augen glitzerten unecht.

»Was kann ich für Sie tun?« fragte ich. Normal war sein Besuch an unserem Tisch nicht. So wurde hier auch bestimmt kein Neuling begrüßt. Der Knabe wollte etwas von uns.

»Ich heiße Dorian Storm.«

»Dafür kann ich nichts.«

Er wußte nicht, ob er weinen oder lachen sollte, blickte auf seine manikürten Hände und hob die Schultern. »Nun, nicht jeder kann Sinclair heißen und so …«

»Sie kennen meinen Namen?«

»Ja.«

»Woher?«

»Ist das wichtig?«

»Kommt darauf an, was Sie von mir wollen.«

»Das stimmt.« Er sah mir zu, wie ich einen Schluck von der goldbraunen Flüssigkeit nahm. »Ich hoffe doch, daß es Ihnen bei uns gefällt. Sind Sie eigentlich privat oder dienstlich hier?«

»Sagen wir halb und halb, Mr. Storm.«

Er hob jetzt auch noch die Augenbrauen. »Es ist mir unangenehm, Polizei in der Disco zu wissen.«

»Haben Sie einen Grund?«

Er tat entrüstet und hob beide Hände. »Nein, das nicht. Überhaupt keinen, mein Lieber. Hier wird nicht gedealt, hier …«

»Dann würde ich mich an Ihrer Stelle auch nicht aufregen.«

»Im Prinzip haben Sie ja recht, Mr. Sinclair. Es bleibt aber ein bitterer Nachgeschmack. Kümmern Sie sich nicht immer um so unheimliche Dinge, seltsame Fälle . . ?«

»In der Tat.«

»Und was ist hier unheimlich?«

»Nicht Sie, Mr. Storm.«

Er lachte ein wenig weibisch, aber seine Augen blieben trotz des Glanzwassers lauernd.

»Wir sind hier, um uns die ›Top Fantastics‹ einmal in Ruhe anzuhören.«

»Wie?« fragte er.

»Ja, wir wollen die Sänger erleben. Die Gruppe soll ja wirklich so sein wie ihr Name.«

»Oh, das stimmt.« Er geriet ins Schwärmen und berichtete vom Werdegang der Sänger.

Ich fragte dazwischen. »Wie ist das eigentlich mit den Texten? Machen sie die selbst?«

»Ja. Darauf sind sie stolz.«

»Wieso?«

»Sie bringen eigene Erlebnisse in die Texte mit hinein. Da ist vieles aus dem Leben gegriffen.«

»Auch Aibon?«

Er runzelte die Stirn, und es sah so aus, als wüßte er nicht, ob er lachen oder weinen sollte. »Was meinen Sie denn damit, Sir?«

Ich gab noch keine Antwort, sondern warf einen Blick auf die Tanzfläche, wo sich mehrere Paare zu den Klängen langsamer Musik bewegten. Ich bemerkte auch Sukos Blick. Mein Freund schien verzweifelt zu sein. Er hatte diesen Storm an meinem Tisch sitzen sehen und fragte sich jetzt wohl, was wir zu bereden hatten. Bestimmt wäre er gern dabeigewesen.

Doch Shao ließ sich nicht beirren. Sie nahm ihre Chance wahr, mit Suko zu tanzen.

»Sie kennen doch den Song, Mr. Storm?« fragte ich.

»Ja, er ist wohl der beste im Repertoire der Gruppe.«

»Das meine ich auch.«

»Sind Sie wegen dieses Liedes gekommen?«

»Nicht direkt, uns interessiert die Gruppe.«

Plötzlich bewegte sich der Mann unruhig im Sessel. »Mr. Sinclair, ich weiß genau, daß wir ein sauberer Laden sind. Im Prinzip, meine ich. Was die von uns arrangierten Rock- und Popgruppen allerdings in ihrer knapp bemessenen Freizeit machen, ist uns nicht bekannt. Das müssen Sie mir schon glauben.«

Ich lächelte breit. Der Knabe sah sich in die Enge getrieben. Er hatte plötzlich ein schlechtes Gewissen, dabei war er von mir nicht einmal hart attackiert worden. »Weshalb entschuldigen Sie sich fortlaufend, Mr. Storm? Sie sind doch clean und haben nichts zu befürchten, wie mir scheint. Oder?«

»Im Prinzip schon, aber sehen Sie den Menschen immer hinter die Stirn, Mr. Sinclair?«

»Nein.«

»Das meine ich auch. Mir kommt es tatsächlich nur auf den guten Ruf des Lokals an. Polizei hatten wir noch nie hier. Wenigstens nicht so öffentlich.«

»Wann tritt die Gruppe auf?« fragte ich.

Er warf einen Blick auf die Uhr. »In ungefähr zehn Minuten müßten sie erscheinen.«

»Ist das der erste Auftritt für heute abend?«

»Ja.«

»Dann freue ich mich darauf.«

Nicht nur ich wollte die Gruppe hören, auch andere Gäste. Mittlerweile hatte sich die Disco ziemlich gefüllt. Es schien sich herumgesprochen zu haben, wann die Gruppe ihren ersten Auftritt hatte. Wenn ich mir die Gäste so ansah, hatte ich das Gefühl, die Londoner Schickeria zu sehen. Da waren kunterbunte Gestalten dabei – ob Männchen oder Weibchen – sie gaben sich alle wie aufgeputscht, und die Begrüßungsszenen erinnerten an filmreife Darbietungen.

Mir kam diese Schau viel zu verlogen vor. Jeder wollte sich ins Rampenlicht stellen, und auch Dorian Storm mischte mit. Er reichte einigen Gästen die Hand, war ganz unruhig geworden, weil er wohl nicht wußte, ob er sitzenbleiben oder aufstehen sollte.

»Sie können ruhig gehen, Mr. Storm.« Ich nahm ihm die Entscheidung ab. »Ich interessiere mich für die Gruppe.«

»Ja denn.« Er lächelte gequält. So ganz überzeugen hatte ich ihn nicht können.

Suko und Shao kehrten zum Tisch zurück. Sie sahen dem Geschäftsführer nach, als er zur Bar ging.

»Wer war das denn?« fragte mein Partner. Shao stand neben ihm, lächelte glücklich und mit glänzenden Augen, wobei sie sich ihre Haare nach hinten strich.

»Das war Dorian Storm. Er ist Geschäftsführer.«

Suko rückte Shao den Stuhl zurecht. »Ach. Und was wollte der Knabe von dir?«

»Er kannte uns.«

»Woher?«

»Keine Ahnung. Wußte aber, daß wir vom Yard sind.«

Suko legte die Stirn in Falten. »Das wundert mich. Sollte sich schon so weit herumgesprochen haben, was wir dienstlich so treiben?«

»Das will ich nicht hoffen.«

Suko nahm einen Schluck und sah zu, wie Shao ihre Hand auf sein Knie legte. »Hast du mehr über die Gruppe herausfinden können?«

»So gut wie nichts.« Ich berichtete den beiden davon, daß die Popsänger die Texte zu ihren Liedern selbst schrieben.

»Das machen ja viele.«

»Angeblich sollen die Fantastics ihre eigenen Erfahrungen in die Lieder mit hineinbringen.«

Jetzt horchten Suko und Shao auf. »Das ist interessant«, sagte die Chinesin. »Könnten sie etwas über Aibon erlebt oder herausgefunden haben?«

»Es bleibt uns nichts anderes übrig, als zunächst einmal abzuwarten«, sagte Suko. Er hatte recht.

Das »Klima« in der Disco hatte sich verändert. Es kam mir gespannter vor. Dorian Storm spielte den Hektiker. Er stand einmal an der Bar, gab dort seine Anweisungen und trieb sich eine Minute später schon auf der Bühne herum.

Irgendwie zeigte er sich aufgeregt und nervös. Wahrscheinlich wegen des zu erwartenden Auftritts.

Ich sah die Sache gelassen und wartete ab. Bequem saß ich im Sessel, bis ich plötzlich zusammenschreckte, weil der harte Klang einer Trommel gewitterartig durch die Lautsprecher hallte und damit das große Ereignis ankündigte.

Sie waren schon da. Ich sah sie im Schatten hinter dem Podium, wo keine Tische mehr standen.

Dann kamen sie plötzlich wie ein Wirbelwind. Ich mußte lächeln, denn die fünf hatten Feuer im Blut. Besonders die Sängerin, ein wildes Geschöpf, das den tosenden Beifall entgegennahm.

Sie lehnte sich zurück, verdrehte den Kopf. Ihr hautenger grüner Glitzeranzug reflektierte das Licht der Strahler. Die Punkerin genoß die »standing ovations«, ließ ihre Blicke kreisen und blickte auch mich an.

In diesem Augenblick erstarrte sie!

Pernell Hendricks sagte kein Wort. Er stand auf dem Fleck, fühlte sich ausgelaugt, leer, verlassen. Und plötzlich brach ihm der Schweiß aus.

Seine Tochter sah das lockerer, obwohl auch sie Furcht hatte. Sie legte ihre Hände in die ihres Vaters.

Hendricks atmete tief durch. Er hatte es ja nicht glauben wollen, jetzt wurde er mit der Tatsache konfrontiert, und er überlegte, was er tun sollte.

Konnte er die Gestalt dort liegenlassen? War sie ein Mensch, war sie eine Puppe?

»Dad!« Eileen sprach sehr leise. »Dad, willst du nicht hingehen und sie dir ansehen?«

»Ja, ja ...« Er blieb trotzdem stehen.

Eileen war da mutiger. »Du brauchst keine Angst zu haben, Dad. Sie tut dir nichts.«

»Das kann ich mir vorstellen. Nur ...«

»Bitte.«

Er nickte. »Ist gut, mein Kind.« Es kostete ihn Überwindung, sich diesem ungewöhnlichen Fund zu nähern. Er merkte, wie er zitterte, in seinen Augen brannte es, der Hals saß fast zu, und er war nicht in der Lage, auch nur einen Ton herauszubringen.

Die Füße schleiften durch das harte Wintergras. Eileen ließ

ihren Vater nicht los. Sie schien zu spüren, daß er in diesen Momenten einen gewissen Schutz brauchte.

Vor dem Fund blieben sie stehen. Es war eine weibliche Person, das sahen beide sehr deutlich. Und sie wirkte zerbrechlich wie dünnes Glas, so daß sich beide nicht trauten, sie zu berühren.

Der Blick des Mannes erfaßte das Gesicht. Er suchte nach passenden Worten, um es zu beschreiben, aber ihm fielen keine ein. Vielleicht elfen- oder engelhaft. Sehr weiche Züge, fast kindlich, obwohl der Körper sich mit dem einer vollerblühten Frau vergleichen ließ.

Und das Wesen hatte Flügel!

»Wo mag sie hergekommen sein?« fragte das Mädchen.

Hendricks hob die Schultern. »Vielleicht hat sie jemand abgesetzt und einfach liegengelassen.«

»Nein!«

Die Antwort des Mädchens klang so überzeugt, daß der Mann hellhörig wurde. »Was meinst du damit?«

»Ich glaube nicht, daß es eine Puppe ist.«

»Was dann?« Hendricks hatte seine Stimme unwillkürlich zu einem Flüstern gesenkt.

»Da!« Auch Eileen sprach leise. Sie streckte die Arme aus, und bevor ihr Vater sie zurückhalten konnte, strich sie mit den Fingerspitzen über die Wangen der Figur. »Nein, das ist keine Puppe. Daran glaube ich nicht. Das ist ein Lebewesen. Ich habe in meinen Büchern viel über Feen und Elfen gelesen.«

»Meinst du im Ernst, daß ...?«

»Sicher, Dad. Das ist eine Elfe oder eine Fee.«

Hendricks hatte eigentlich lachen wollen, aber es blieb beim Versuch. Seine Tochter hatte so deutlich eine Behauptung aufgestellt, daß er einfach nicht widersprechen konnte. Deshalb überlegte er. Elfen und Feen, Himmel, so etwas gab es nur in Märchen, Legenden und Sagen. Normalerweise redete man nicht darüber. Man las davon, amüsierte oder freute sich darüber, daß es Autoren gab, die über so etwas schrieben. Besonders Kinder waren glücklich, wenn sie von Feen und Elfen lasen. Nur wollte dieser erwachsene Mann einfach nicht über die Worte seiner Tochter lächeln. Dazu waren sie ihm einfach zu ernst gesprochen worden.

»Glaubst du mir, Dad?«

Er nickte, obwohl er nicht davon überzeugt war. »Wo sollte diese Fee oder Elfe hergekommen sein?«

»Aus ihrem Reich.«

»Und wo leben diese Wesen?«

»Im Wunderland.«

»Wie Alice?«

»Ja oder nein. Ich weiß es nicht. Ich habe aber viel gelesen. Sie sind nett. Sie beschützen die Menschen. In einem Buch stand, daß sie sogar unsere Schutzengel sind.«

»Daran kann ich nicht glauben.«

»Aber ich«, erwiderte Eileen überzeugt. »Ich glaube fest daran. Dieses Wesen ist eine Elfe, und ich habe sie gefunden.«

»Was willst du denn damit sagen?«

»Sie gehört mir.«

In Hendricks stieg eine gewisse Ahnung hoch. Er kannte seine Tochter. Sie war für ungewöhnliche Ideen immer aufnahmebereit. Sie gehörte zu den Menschen, die viel Phantasie besaßen, und deshalb stellte der Mann auch seine Frage.

»Willst du sie etwa mitnehmen?«

»Ja!«

Es klang ehrlich, was die Kleine da erwidert hatte, und Hendricks zuckte zusammen. Das »Nein« lag ihm schon auf den Lippen, und doch traute er sich nicht, es auszusprechen. Er schüttelte sich nur, und über seinen Körper rann eine Gänsehaut.

»Darf ich, Dad?«

»Aber wieso? Du kannst diese Figur nicht einfach mitnehmen. Das wäre doch Diebstahl. Vielleicht will sie derjenige, der sie hierhergelegt hat, auch wieder abholen.«

»Aber Daddy. Sie ist von niemandem niedergelegt worden. Das glaube ich einfach nicht. Die ist aus der anderen Welt gefallen. Vielleicht durch ein Loch gestürzt oder so etwas.«

Der Mann zwang sich, nicht zu lachen. Im Prinzip konnte seine Tochter recht haben, wenn er von der Märchen- und Legendentheorie ausging.

»Darf ich, Dad?«

»Ich weiß nicht so recht.«

Eileen trat von einem Bein auf das andere. »Ich werde auf sie achtgeben. In meinem Zimmer ist genügend Platz. Ich kann sie in mein Bett legen. Sie wird mich beschützen ...«

Hendricks hörte die Worte seiner Tochter und hörte sie trotzdem nicht. Er war völlig durcheinander. Auf seiner Stirn lag der Schweiß. Hendricks atmete flach und nur durch den Mund. Der Wald verschwamm vor seinen Augen, ebenfalls diese Figur, die sich auflöste und wie Gaze zwischen den braunen, kahlen Zweigen hing.

Er mußte erst wieder über seine Augen wischen, um klar sehen zu können. Dann nickte er.

»Darf ich?«

»Wenn es dir Spaß macht. Aber ich bin im Prinzip dagegen. Vielleicht sollte man die Polizei verständigen.«

Eileen erschrak und zog ihre Finger aus der Hand des Vaters heftig zurück. »Keine Polizei, Dad. Nein, bitte nicht. Die würden alles falsch machen.«

»Wieso denn?«

»Die Leute glauben doch so etwas nicht. Ehrlich nicht. Die ... die sind doch ganz anders. Die glauben nicht an eine andere Welt. Sie leben hier, sie ...«

»Wie du meinst, nimm sie mit.«

Eileen strahlte ihren Vater an. »Danke, Dad, danke. Ich verspreche dir, keinen Ärger zu machen und ...«

»Was wird deine Mutter dazu sagen?«

»Du mußt mit ihr sprechen, Dad.«

»Das wird nicht einfach sein, mein Engel. Du weißt selbst, daß Mutter gewissen Dingen skeptisch gegenübersteht.«

»Aber Dad, die Elfe tut niemandem etwas.«

»Sie ist aber tot.«

»Vielleicht schläft sie nur.« Eileen ließ sich nicht beirren. Sie trat dicht an das Wesen heran. Mit beiden Handflächen strich sie über den Körper, bis sie das Gesicht erreicht hatte und dort ihre Hände zur Ruhe kamen. Mit den Fingern tastete sie nach den Augen und zeichnete die Lippen nach. Sie sah sich die Flügel an. Dabei schüttelte sie ein paarmal ihren kleinen Kopf.

»Was hast du denn?«

»Dad, die ist nicht tot.«

»Und woher weißt du das?«

»Hier ist es doch kalt. Aber die ist warm. Vielleicht ist sie nur bewußtlos. Wenn man aus einer anderen Welt kommt, ist es immer schwer, auf der Erde zu bleiben.«

Der Mann wischte über seine Stirn. Er konnte mit der Phantasie seiner Tochter nicht schritthalten. Für ihn gab es nur die Erde. Er hatte es gelernt, sich an Verkaufszahlen zu orientieren. Alles andere war unwichtig oder hatte er verdrängt.

Und jetzt kam so ein kleines Mädchen und konfrontierte ihn mit Dingen, die es überzeugend darlegte. Sein Weltbild war zwar nicht ins Wanken geraten, aber er begann doch, darüber nachzudenken. Inzwischen war er auch der Ansicht, es nicht mit einer Schaufensterpuppe zu tun zu haben.

»Sie ist wunderschön«, flüsterte Eileen.

»Gefällt sie dir so gut?«

»Ja, Dad. Ich kann dir gar nicht sagen, wie toll ich sie finde. Die ist klasse.«

»Wir werden sie sehr vorsichtig tragen müssen. Soll ich sie nehmen?«

Eileen wollte nicht. »Wir beide, Dad. Sie ist sehr zart. Ich will nicht, daß ihr etwas passiert und daß ein Flügel abbricht. Es wird schwer sein, sie aus dem Baum zu heben.«

»Das kann sein.« Eileen war Feuer und Flamme. Sie wollte die Elfe an den Beinen fassen und hatte deshalb nur Augen für das Geschöpf. Pernell Hendricks aber war nicht wohl. Er behielt lieber die Umgebung im Auge. Der Himmel war düster geworden. Aus den dunklen Wolken lösten sich die ersten Schneeflocken. Lautlos rieselten die weißen Grüße dem Boden entgegen.

Der Mann entdeckte hinter dem Baum eine Bewegung.

Zuerst dachte er an einen dicken Ast, den der Wind bewegt hatte. Aber da schwang nichts, da brach auch nichts ab.

Es dauerte einige Sekunden, bis der Mann es erfaßte. Er sah noch zu, wie sich etwas Grünes durch eine Lücke zwischen den Zweigen schob und ein gewaltiges Maul aufklaffte.

Die Erkenntnis traf Pernell Hendricks schockartig.

Hinter der Figur lauerte eine Riesenschlange!

Eileen hatte nichts davon bemerkt. Nach wie vor war sie damit beschäftigt, die Elfe oder Fee zu untersuchen. Sie hatte sich gebückt, um herauszufinden, wo die hauchdünnen Flügel festklemmten.

Die Schlange sah sie nicht.

Und Pernell Hendricks, ihr Vater, reagierte. Sein rechter Arm legte sich auf die Schulter des Mädchens. Die Finger griffen hart zu, und mit einem heftigen Ruck zog er Eileen so hastig an sich heran, daß sie aufschrie.

»Was machst du, Dad?«

Ihr Vater zeigte nur nach vorn. »Da, sieh genau hin! Da ist sie. Eine Schlange.« Er sagte dies und glaubte, sich selbst in einem Traum zu befinden. Riesenschlangen gab es ebenfalls nur in Märchen, Legenden oder Träumen. Jedenfalls nicht in diesem Teil von England.

Die Schlange schob sich weiter. Sie fand genau die richtigen Lücken, und kaum ein Geräusch war zu vernehmen.

Eileen starrte auf das Geschehen. Sie hatte sich an ihren Vater geklammert, die Augen wurden naß, denn sie spürte instinktiv, was die Schlange vorhatte.

»Sie wird die Fee fressen!«

Pernell nickte. Er hatte es eigentlich nicht gewollt, die Reaktion war spontan erfolgt.

»Dann müssen wir ihr helfen, Dad.«

»Nein, mein Liebling, das können wir nicht.«

»Doch, Dad. Ich habe sie gefunden. Ich bin für sie verantwortlich. Wir müssen ihr beistehen.«

»Aber wie?«

»Du bist stark.«

»Nicht so stark wie die Schlange.«

»Dad, bitte. Wir können sie nicht im Stich lassen.« Eileen fing an zu weinen, aber der Entschluß des Mannes stand fest. Auf keinen Fall würde er sich auf einen Kampf mit der Riesenschlange einlassen.

Für ihn gab es nur eine Möglichkeit. So rasch wie möglich zu verschwinden.

Pernell Hendricks zog seine Tochter zurück. Eileen wollte zunächst nicht. Sie stemmte sich mit beiden Füßen in den Boden, den Mund hielt sie weit offen, und flüsternd brachte sie das Wort Elfe und Fee hervor. Ihr Vater kannte kein Pardon. Er mußte seine Tochter zu ihrem eigenen Schutz in Sicherheit bringen.

Und die Schlange glitt weiter. Trotz ihrer gewaltigen Länge und ihres Körpergewichts bewegte sie sich nahezu lautlos und geschmeidig. Der Körper hatte den Umfang eines Männerschenkels. Wenn sie das Maul öffnete, blickten die beiden in einen regelrechten Schlund.

Pernell Hendricks schüttelte den Kopf. Er verstand die Welt nicht mehr. Obwohl er hatte fliehen wollen, blieb er stehen und sah zu, was weiterhin geschah.

Die Schlange hatte es geschafft, sich so zu drehen, daß sich ihr weit aufgerissenes Maul schon hinter dem Kopf der Fee befand. Und es schob sich noch weiter vor.

Das Maul war so groß, daß der Kopf bequem hineinpaßte. Vater und Tochter wußten, wie solche Schlangen ihre Beute nahmen. Sie verschlangen sie kurzerhand mit Haut und Haaren.

Dabei konnte ein Beobachter sehr genau den Weg verfolgen, den das Opfer nahm.

Das stand ihnen auch bevor.

Und die Schlange schnappte zu. Sie brauchte sich nur um eine Winzigkeit nach vorn zu bewegen, und schon war der Schädel der Fee verschwunden. Das sah auch Eileen.

Sie fing an zu weinen. Sie flehte und zitterte um das Leben der Person, die sie gefunden und so lieb gewonnen hatte. Aber die Schlange kannte kein Pardon.

Sie schlang weiter.

Die Schultern verschwanden in ihrem Leib, der Oberkörper und auch die Flügel. Sie konnte die Schlange allerdings nicht so auf einmal verschlingen. Deutlich war zu hören, wie sie zuerst bewegt wurden und dann mit einem knisternden Geräusch brachen.

Aus den Zweigen rieselten die Stücke nach unten. Sie vermischten sich mit den sacht fallenden Schneeflocken und wirkten wie gläserner Puder.

Die Schlange hatte ihr Opfer gefunden. Sie fraß es in sich hinein.

Vater und Tochter hörten das Brechen.

Es waren gerade für das Mädchen schreckliche Laute. Eileen zitterte. Sie wußte nicht, was sie noch tun sollte, die Angst stieg an, sie drängte sich in ihr hoch und umnebelte ihr Blickfeld.

Traurig mußte ihr Vater mit ansehen, wie Tränen über das Gesicht des Mädchens rannen und nasse Spuren hinterließen. Er hätte sie so gern getröstet, nur fielen ihm die passenden Worte nicht ein, und er mußte zusehen, was weiterhin geschah.

Eine schreckliche Szene spielte sich vor ihren Augen ab, und das Schlimmste kam noch.

Vater und Tochter erhielten den Beweis dafür, daß die Fee nicht tot war. Sie lebte, und sie meldete sich, denn sie hörten auf einmal die leisen, fast glockenhell klingenden Schreie der Angst, die aus dem Maul der Schlange drangen.

»Jetzt stirbt sie, Dad!« Eileen sprach gequält. Sie zitterte und klammerte sich noch fester an ihren Vater, der seiner Tochter nicht widersprechen konnte, so gern er es auch getan hätte.

Die Schlange verschlang ihr Opfer. Nur noch die Beine ragten aus dem Maul hervor. Die beiden wie aus Glas wirkenden Füße zuckten, als wollte sich das Wesen aus einem anderen Reich noch einmal gegen das drohende Ende aufbäumen.

Es war nicht zu schaffen.

Die Schlange mit ihrem Riesenhunger schluckte und schlang auch den Rest in sich hinein.

Pernell Hendricks stand da und konnte nichts begreifen. Er starrte nur, auf seinem Gesicht lag der Schweiß. Schneetropfen tupften dagegen und schmolzen sofort weg.

Er merkte es kaum.

Die Schlange war es, die ihn in ihren Bann zog, und er dachte darüber nach, wo sie wohl hergekommen sein könnte. Vielleicht aus der Erde oder aus dem Wald.

Es war ihm nicht möglich, eine Antwort auf die Fragen zu finden. Jedenfalls würde ihnen das keiner glauben, wenn sie es jemandem erzählten. Man würde sie für Spinner und Verrückte halten, aber sie hatten es gesehen, das war eine Tatsache.

Die Schlange hatte ihr Opfer gefunden. Der Rachen war geschlossen. Leicht drehte sie den Kopf. Die beiden Menschen hatten das Gefühl, als nächste an der Reihe zu sein.

Das Mädchen hielt sich fest. »Daddy, wir müssen weg. Laß uns gehen, bitte, ich kann nicht mehr! Die frißt uns auch.«

»Wahrscheinlich.« Er sprach mit einer Stimme, die er kaum wiedererkannte.

Das Mädchen zog ihn. Es zupfte an seiner Kleidung, es zitterte und drängte darauf, zu verschwinden.

»Ja, ja«, sagte Pernell. Er drehte sich um, ohne einen letzten Blick auf die Riesenschlange geworfen zu haben. Dann faßte er seine Tochter fest bei der Hand, die fast aufschrie, als sie hart gehalten wurde. Aber sie rannte mit.

Beide warfen sich in den Wald hinein und achteten nicht darauf, daß Zweige gegen sie peitschten, als wollte sie jemand antreiben und dafür sorgen, daß sie noch schneller liefen.

Irgendwie schafften sie es, den normalen Weg zu erreichen, auf dem bereits eine dünne weiße Schicht lag. Sie blieben stehen. Der Atem drang stoßweise und wolkenartig aus ihren Mündern. Pernell wäre noch weitergelaufen, aber er mußte Rücksicht auf seine Tochter nehmen, die nicht so schnell war.

Der Mann dachte daran, was jetzt zu tun war. Er hätte die Polizei alarmieren müssen, aber wer würde ihm die Geschichte von der Riesenschlange schon glauben? Möglicherweise auch nicht seine eigene Frau. Er war sich nicht sicher, ob er ihr davon berichten sollte. Und auch Eileen mußte den Mund halten.

Falls sich die Riesenschlange im Wald versteckt hielt, war alles klar. Daran aber wollte er nicht so recht glauben. So ein Tier benötigte Opfer, und er konnte sich vorstellen, daß es auch vor einem Menschen nicht haltmachte. Deshalb dachte er daran, daß seine Frau, die Tochter und er sich in Gefahr befanden.

Ihr Haus stand am Waldrand.

»Komm, wir müssen weiter, Kind.«

»Verstecken wir uns?«

»Ja, ja.« Er hätte ihr jede Antwort gegeben, nur um sie zu beruhigen. Die beiden faßten sich wieder an und machten sich auf den Weg. Ein wenig hatten sie sich erholt, so daß sie schneller laufen konnten.

Aber der Boden war durch den nassen Schnee glatt geworden.

Der Mann zwang sich dazu, seiner Tochter nicht zu zeigen, wie sehr er sich fürchtete. Die unsichtbare Peitsche der Angst spürte er bereits in seinem Nacken.

Und so liefen sie mit mächtigen Schritten. Sie erreichten das Ende des Waldes, sahen den leicht verschneiten Weg vor sich und an dessen Ende die beiden Lichter.

Dort stand ihr Haus, dort waren sie in Sicherheit. Aber waren sie das tatsächlich?

Er glaubte nicht daran, doch seiner Tochter konnte er davon nichts sagen. Im Gegenteil, er mußte ihr Mut machen. Es würde ihm verflixt schwerfallen, denn vor der kommenden Nacht hatte er eine wahnsinnige Angst ...

Die hübsche Sängerin war in ihren Bewegungen erstarrt und hatte nur noch Augen für mich. Sie war stark geschminkt und hatte ein fast exotisches Aussehen. Da ich ein Durchschnittsmann bin, auf den so schnell keine Frau fliegt, mußten ihre Blicke einen anderen Grund haben.

Die übrigen Mitglieder der Gruppe hatten nichts bemerkt. Sie beschäftigten sich mit ihren Instrumenten und nahmen ihre Positionen ein. Der Drummer ließ seine Trommelstöcke um die Finger wirbeln, zwei andere beschäftigten sich mit ihren Gitarren, und der vierte im Bunde stellte sein Keyboard ein.

Alles wirkte normal, bis auf die Sängerin, die erst aus ihrer Erstarrung erwachte, als Dorian Storm die kleine Bühne betrat, sich bei der Frau einhakte und sie bis an den Rand des Podiums zog. Storm hielt ein Mikro in der Hand. Mit der Linken winkte er. Die Gäste verstanden das Zeichen. Sie wurden ruhig.

Die Rede war kurz und prägnant. Aber sie schäumte über vor übertriebenen Höflichkeiten. Es war die große Schau, wie sie in diesem Geschäft üblich ist.

Die »Top Fantastics« wurden als die Überraschung der Wintersaison angekündigt, als die Gruppe, die Zukunft hatte und in England Furore machen würde.

»Ladies and Gentlemen, hier sind sie, die ›Top Fantastics‹!«

Der Beifall steigerte sich zu einem kleinen Orkan. Er

brandete wie eine Woge durch die Disco. Die Musiker badeten sich im Applaus, bis auf die Sängerin, die sich sehr kühl gab und nichts sagte.

Dafür starrte sie mich an.

Weder Wärme noch Sympathie las ich in ihrem Blick. Eher eine harte Feindschaft.

Natürlich suchte ich nach dem Grund. Ich kannte ihn nicht. Gesehen hatte ich die Frau noch nie, ich wußte nicht einmal ihren Namen, und trotzdem stand sie gegen mich.

Auch meine beiden Begleiter hatten bemerkt, daß etwas nicht stimmte. Shao beugte sich zur Seite. Sie sprach mich direkt an. »Hast du etwas mit der Sängerin, John?«

»Nein, wieso?«

»Die starrt dich immer an.«

»Vielleicht bin ich ihr Typ.«

»Das glaubst du doch selbst nicht«, meldete sich Suko.

»Ich kann das nicht beurteilen«, erwiderte ich und blieb, im Gegensatz zu meinem Freund, ernst. »Mir gefällt da einiges nicht. Die Frau hat etwas bemerkt.«

»Was?«

»Keine Ahnung. Als sie mich sah, kam es mir vor, als wäre sie überrascht und als wüßte sie Bescheid. Jedenfalls ein ungewohnliches Phänomen.«

Dorian Storm hatte klatschend die kleine Bühne verlassen.

Die Beleuchtung hatte gewechselt. Sie konzentrierte sich auf die Bühne, während die Zuschauer im Dunkeln blieben.

Als sternenförmige Lichtkaskaden huschte die bunte Vielfalt über das Podium. Sie sorgte dafür, daß sich die Gestalten farblich stets veränderten.

Die Sängerin hatte zum Mikro gegriffen. Locker hielt sie es in der Rechten und schwang es leicht hin und her. Der rote Mikrokopf wirkte wie ein leuchtender Tennisball.

Sie drehte sich herum. Leiser Trommelwirbel, in den ihre Stimme rauchig hineinklang.

»Und nun – unser Lied. Aibon ...«

Beifall, stürmisch und wild. Der Song hatte tatsächlich sein

Publikum gefunden. Ich dagegen würde ihn jetzt zum ersten Mal hören.

Ich nahm mir vor, die Szene unter Kontrolle zu behalten.

Die Künstlerin hatte ihr Publikum im Griff. Mit der freien Hand sorgte sie für Ruhe.

Sie bewegte sich leicht von oben nach unten, als würde sie einen Ball aufticken lassen.

Es wurde still.

Sehr still sogar. Man konnte die berühmte Nadel fallen hören. Auch der Trommelklang war verstummt. Dafür meldete sich ein anderes Instrument. Es war die Orgel. Sie wurde gefühlvoll gespielt. Verheißungsvoll schwang die erste Melodie durch die Disco.

Wir hatten das Lied *Aibon* noch nie gehört, trotzdem wussten wir mit der Melodie etwas anzufangen.

Ein anderer hatte sie gespielt. Jemand, der in Aibon lebte und dort unter dem Namen der rote Ryan bekannt war.

Was die Gruppe spielte, war seine Erkennungsmelodie!

Suko, mein Freund, sah mich an und ich ihn, und wir wußten beide Bescheid. Nicht nur das, wir dachten beide dasselbe.

Shao wurde aufmerksam. »Was habt ihr denn? Kennt ihr den Song?«

Suko nickte nur.

»Und woher?«

Er legte einen Finger auf den Mund. Auch ich wollte keine Erklärungen geben und mich voll auf das Spiel konzentrieren. Der Musiker saß schräg zu mir. Er hielt den Kopf gesenkt, blickte auf die Tastatur seiner Orgel und spielte die Melodie so wunderbar weich.

Wir waren fasziniert und angetan zugleich. Es war eine herrliche Melodie, die wir in Aibon gehört hatten. Und vor meinen Augen entstand das Bild des roten Ryan.

Er war eine ungewöhnliche Persönlichkeit, zu vergleichen mit der Gestalt des Papageno aus der Zauberflöte. Fast ebenso angezogen, so ähnlich reagierend, ein Wesen, das sich der Natur hervorragend anzupassen verstand. Schon Shakespeare mußte ihn gekannt haben. Er hatte ihn mit Ariel, dem Luftgeist, verglichen.

Bisher war mir diese Melodie nur in Aibon begegnet. Jetzt wurde sie hier gespielt, und mir rann es kalt den Rücken hinab. Ich schüttelte mich, atmete durch die Nase und beobachtete die Sängerin, die wie in Trance am Podiumsrand stand und dem Vorspiel lauschte.

Sie wartete auf ihren Einsatz, der plötzlich kam, mitten in das Vorspiel hinein und einem geschmetterten Stöhnlaut glich.

»Aibon!«

Dann sang sie. Sie erzählte von einem Paradies, einer faszinierenden Welt jenseits der unsrigen. Von einer unerfüllten Sehnsucht der Menschen nach dem Paradies, das sie wiederum gefunden hatte. Ein Land, in dem Milch und Honig flossen, das grün war, mit dichten Wäldern, klaren Seen, reinen Hügeln und hohen Bergen.

Aibon war ein Wunschland. Ein Gebiet, das die Menschen immer gesucht, aber nie gefunden hatten, denn diese Sehnsucht kam auch in dem Text zum Ausdruck. Und immer wieder die Frage und die Suche nach Aibon. Die Frau legte alles hinein. Wenn sie sang, »spielte« sie gleichzeitig den Text. Sie stand am Bühnenrand, beugte sich vor, streckte den Arm aus, winkte den Zuhörern zu und lockte sie nach Aibon. Sie wollte, daß die anderen kamen und von Aibon fasziniert waren.

»Wo Elfen und Feen regieren, wo Märchen wahr werden und sich Träume realisieren lassen, da ist Aibon ...«

So klang das Lied auch aus, und selbst die Musiker hielten sich zurück. Sie ließen die Sängerin aussingen. Die Frau hatte eine faszinierende Stimme. Eine »Mischung« aus Jennifer Rush und Laura Brannigan. Ich war fasziniert. Als das Lied verklungen war, hielt es uns nicht mehr auf den Sitzen. Wir sprangen ebenso auf wie die anderen.

Die Sängerin verbeugte sich. Sie wollte den Beifall nicht für sich allein. Sie deutete auf ihre Musiker, die sich ebenfalls tief verbeugten und es immer wieder tun mußten, denn die Ovationen wollten einfach nicht aufhören.

Ich fing wieder ihren Blick auf.

Diesmal schaute ich ebenfalls nicht zur Seite, aber ich sah das Funkeln in ihren Augen und hatte das Gefühl, eine Schlange anzustarren. Irgendwie schüttelte es mich, ich wollte nicht länger hinsehen, senkte den Blick und setzte mich wieder.

Dorian Storm kam auf die Bühne. Der Beifall verklang allmählich. Der Mann griff zum Mikro und entschuldigte die Gruppe. »Sie werden später noch einmal auftreten, aber sie baten mich, eine kleine Pause einlegen zu dürfen.«

Einige Gäste protestierten lautstark. Sie pfiffen sogar, aber Storm gelang es mit wenigen Worten, sie zu beruhigen. Er versprach einen einstündigen Auftritt der Gruppe, und damit gaben sich die Gäste dann zufrieden.

Bevor Storm entwischen konnte, winkte ich ihm zu. Seinem Gesicht sah ich an, daß er sich überhaupt nicht freute, an unseren Tisch treten zu müssen. Er tat es widerwillig, blieb stehen. Ich sah Schweiß auf seiner Stirn, das Lächeln wollte ihm nicht gelingen.

»Es war gut«, sagte ich.

»Ja, einfach irre.«

»Weshalb singen sie nicht weiter? Was ist der wahre Grund?«

»Ziana fühlt sich nicht wohl.«

»So heißt die Sängerin?«

»Ja.«

»Tritt sie denn wieder auf?«

»Sie haben es mir alle versprochen.«

»Und wie komme ich zu den Garderoben?«

Er sah mich so an, als wollte er mir keine Antwort geben. »Reicht Ihnen das Lied denn nicht?« fragte er.

»Nein.«

»Nein?«

Er rang die Hände und verknotete die Finger. »Ich habe versprochen, niemandem zu sagen, wo sich die Garderoben befinden. Wir haben die Tür zum Gang abgeschlossen.«

»Dann öffnen Sie sie eben wieder.«

»Aber was wollen Sie von Ziana?«

»Muß ich Ihnen das sagen?« fragte ich.

Er war sehr irritiert, schüttelte dann den Kopf und erwiderte leise: »Nein, das müssen Sie nicht.«

»Genau.«

Durch die Nase stieß er die Luft aus. »Also gut, ich gebe Ihnen den Schlüssel. Zu ändern ist es nicht. Sie lassen mir ja keine Ruhe.« Er drückte mir einen flachen Schlüssel in die Hand. »Diese Menschen sind Künstler und sehr sensibel. Wenn die hören, daß Sie von der Polizei sind und ich Ihnen geholfen habe ...«

»Ich werde den Mund halten, falls Sie es auch tun, Mr. Storm.«

»Wieso? Ich verstehe nicht ...«

»Ganz einfach.« Ich lächelte. »Jede Garderobe hat einen Telefonanschluß. Ich möchte deshalb nicht, daß Sie dort anrufen und irgendwelche Dinge sagen, die mir nicht gefallen. Haben wir uns verstanden, Mr. Storm?«

Sein Gesicht nahm einen pikierten Ausdruck an. »Was denken Sie überhaupt von mir, Mr. Sinclair?«

»Wahrscheinlich das Richtige.«

»Das glaube ich kaum«, erklärte er. Auf dem Absatz machte er kehrt und ging.

»Du willst wirklich in die Garderobe?« fragte Suko.

»Warum nicht?«

»Und was versprichst du dir davon? Glaubst du, daß sie reden wird?«

»Ja. Dieser Frau ist irgend etwas an mir aufgefallen. Das genau will ich herausfinden. Nicht mehr und nicht weniger. Sie hat mich regelrecht angestarrt. Während ihres Gesangs gelang es mir, einen Blick in ihre Augen zu werfen. Da hatte ich tatsächlich das Gefühl, von einer Schlange angestarrt zu werden?«

»Einbildung?« fragte Shao.

»Kann sein. Doch ich glaube, daß diese Person mehr weiß, als sie zugibt oder zeigt.«

»Das kann stimmen.« Shao legte ihre Hand auf Sukos Arm. »Soll er mit dir gehen?«

»Nein, ich bleibe hier«, sagte Suko.

»Hast du einen Grund?«

»Ja. Ich sah mich, als du mit Shao gesprochen hast, ein wenig um. Es sind nicht alle in ihren Garderoben. Die Musiker der Band haben sich im Raum verteilt. Dabei werde ich das Gefühl nicht los, als hätten sie den Auftrag, uns unter Kontrolle zu halten.«

»Wenn das stimmt.« Ich beugte mich ein wenig vor, weil keiner hören sollte, was wir zu besprechen hatten. »Ich bin davon überzeugt, daß diese Schwäche nur vorgetäuscht war, um sich irgendwie Zeit für das Ausarbeiten eines Plans zu verschaffen.«

»Du meinst also, daß dies mit unserem Besuch zusammenhängt?«

»Davon bin ich überzeugt. Wir müssen da an etwas gerüttelt haben, von dem wir noch nichts wissen.«

»Ich wünsche dir viel Glück bei der Dame«, sagte Suko, als ich mich erhob.

»Danke. Und gib du hier acht.«

»Mache ich.«

Es wurde wieder getanzt. An den Paaren schob ich mich vorbei und geriet in die Nähe des Orgelspielers, der mich ebenfalls sah. Er trug einen Lurex-Anzug, der silbrig glänzte. In seinem Haar, das weiß gefärbt war, fiel das grüne Stirnband besonders auf. Bevor ich ihn ansprechen konnte, drehte er sich ab und tauchte praktisch unter. Zudem belagerten ihn einige Autogrammjäger.

Den Weg fand ich schnell, da ich mir die Richtung gemerkt hatte, in die die anderen verschwunden waren. Schon sehr bald stand ich vor einer dunklen Tür. Sie fiel in der mit schallschluckendem Material bespannten Wand kaum auf. Ich bückte mich und sah mir das Schloß an. Es war sehr flach, der Schlüssel mußte passen.

Und er paßte! Die Tür schwang fast von selbst zurück.

Nach der ungewöhnlichen Inneneinrichtung der Disco kam mir der Gang kalt und nackt vor. Da war keine Wand verputzt. Dafür hingen dort einige Plakate und lockerten das Bild auf.

Mehrere Türen standen zur Auswahl. Ich wollte sie der Reihe nach öffnen, als ich hinter der zweiten auf der rechten Seite ein leises Pfeifen hörte.

Es war die Melodie aus Aibon.

Für mich war alles klar. Tief atmete ich durch, sah mir die Klinke an und hoffte, daß nicht abgeschlossen war.

Die Tür war offen. Sie ließ sich sogar lautlos aufziehen, so daß ich die dahinterliegende Garderobe betreten konnte. Noch hatte ich keinen Fuß über die Schwelle gesetzt, als ich plötzlich die Stimme der Sängerin hörte. »Komm herein, ich habe dich erwartet!«

Ich ging – und blieb stocksteif stehen!

Die Frau saß auf einem Stuhl, und um sie herum zuckte, ringelte und glitt ein Meer von grünen Schlangen …

Viele Menschen fürchten sich vor der Dunkelheit. Das hatte Pernell Hendricks eigentlich nie getan. Die Abende waren ihm stets willkommen gewesen. Da hatte er sich entspannen und ausruhen können, aber diese Stunden waren schrecklich gewesen.

Er hatte noch auf dem Weg nach Hause mit seiner Tochter gesprochen und ihr klargemacht, daß sie mit keinem Wort über dieses Erlebnis sprechen sollte. Das mußte ein Geheimnis zwischen ihnen beiden bleiben, denn Helma reagierte immer sehr hektisch.

Sie merkte nichts, war voll und ganz mit der Vorbereitung

des Abendbrots beschäftigt. »Zum Glück seid ihr nicht zu spät gekommen. Du, Eileen, wasch dich, und du, Pernell, kannst dich schon hinsetzen.«

Er tat alles schweigend, und er trank auch schweigend einen Schluck Whisky. Helma hatte flache Steaks gebraten, einen Salat angerichtet und reichte noch Weißbrot.

Das Essen verlief schweigend. Hin und wieder beobachtete Pernell seine Frau. Sie wirkte abgearbeitet.

»Schmeckt es euch denn wenigstens?« fragte sie.

Beide nickten.

»Mehr sagt ihr nicht?«

»Es ist hervorragend«, erklärte Pernell ohne Betonung in der Stimme, aber das merkte die Frau nicht. Ihr fiel auch nicht auf, wie anders sich ihre beiden Familienmitglieder verhielten, nur nach dem Essen, als Eileen die Hände zum Gebet faltete, fragte sie überrascht: »Du betest?«

»Ja, Mummy.«

Helma lächelte. Sie pustete eine Haarsträhne hoch. »Weshalb? Das hast du nie getan.«

»Laß das Kind doch!«

»Ja, schon gut, Pern. Ich habe mich nur gewundert. Himmel, ihr seid heute komisch. Manchmal habe ich keine Lust mehr, für euch zu kochen. Dann könnte ich den ganzen Kram in die Ecke werfen.«

Tu es doch. Das dachte Pernell, sagte aber das Gegenteil, und seine Frau war wieder beruhigt. Sie begann damit, den Tisch abzuräumen. Pernell und Eileen halfen mit. Manchmal warfen sie sich verschwörerisch wirkende Blicke zu, und Hendricks wunderte sich darüber, wie gut seine Tochter schweigen konnte.

Als Helma mal nicht in der Küche stand, flüsterte Hendricks der Kleinen zu: »Es ist besser, wenn du gleich ins Bett gehst.«

»Aber ich kann nicht schlafen, Dad. Ich muß an die arme Fee denken. Wirklich.«

»Das kann ich verstehen, aber tu wenigstens so, als würdest du schlafen. Leg dich in dein Bett.«

»Ja, Dad. Kommst du dann auch noch hoch?«

»Das verspreche ich dir.«

Eileen streckte ihre Arme aus, und der Mann mußte sich bücken, damit ihn seine Tochter umschlingen konnte.

Helma betrat die Küche. »Oh, welch eine Liebe!« sagte sie mokant.

»Bist du eifersüchtig?«

»Nein, nicht auf diese Kleine.«

»Auf wen dann?«

Sie winkte ab. »Lassen wir das Thema lieber.«

Der Mann hob die Schultern. »Wie du meinst, Helma, ganz wie du meinst.« Er verließ die Tür und schritt ins Wohnzimmer. Hinter der großen Fensterscheibe lag der Garten im Dunkeln, danach begann das weite Feld, und erst an dessen Rand schloß sich der Wald an.

Pernell Hendricks schenkte sich einen Whisky ein. Diesmal einen dreifachen. Mit dem Glas in der Hand trat er bis dicht an das Fenster und schaute in den Garten. Er schaltete die Gartenlaternen ein. Ihr gelber Schein streifte über die Beete, verfing sich in den Sträuchern und gab ihnen ein unheimliches Aussehen.

Er blieb wie festgewachsen stehen, nahm hin und wieder einen Schluck und starrte ansonsten in den Garten. Erst als seine Frau schon dicht hinter ihm war, hörte er sie erst. Zudem roch er sie auch, denn sie verströmte noch den Dunst der Küche.

»Was ist los mit euch?«

»Wieso?« Pernell drehte sich nicht um.

»Eileen liegt schon im Bett. Du stehst hier am Fenster und starrst in die Dunkelheit. Für mich ist das schon mehr als ungewöhnlich, das will ich dir mal sagen.«

»Möglich.«

»Hast du was?«

»Nein.«

»Das glaube ich dir nicht.«

Pernell ärgerte sich darüber, daß ihre Unterhaltung diese

Richtung genommen hatte. Seine Frau konnte sehr nachtragend sein, sie war überempfindlich und mißtrauisch.

Hendricks hatte sich blitzschnell eine Ausrede einfallen lassen. »In der Firma läuft nicht alles so, wie ich es mir vorstelle. Zwei Leute sind entlassen worden.«

»Welche denn?«

»Kennst du nicht.«

»Haben die mit deinem Job zu tun? Sind das Männer aus dem Außendienst?«

»Auch nicht.«

»Dann sollte es dich nicht berühren.«

»Sicher, du hast recht.«

Helma drehte sich um. »Ich gehe in die Küche und räume dort noch etwas auf.«

»Tu das.«

Pernell Hendricks blieb vor der Scheibe stehen. Sein Blick glitt abermals durch den Garten. Dunkelheit und Licht wechselten sich dort ab. Wenn der Wind auffrischte und die Zweige der Sträucher von der Dunkelheit her in das Licht schob, hatte der Mann das Gefühl, als würden Schlangen aus dem Boden wachsen.

Schlangen, immer wieder Schlangen!

Er konnte sie einfach nicht vergessen. Am liebsten hätte er seine Sachen gepackt und wäre verschwunden. Hinter dem Feld wuchs der dichte Wald. Dort lauerte die Schlange. Vielleicht blieb sie nicht dort. Wenn sie Appetit verspürte und im Wald nichts mehr fand, würde sie sich auf den Weg machen und Menschen verschlingen.

Das bereitete Pernell Sorgen, obwohl es längst nicht feststand, daß die Schlange kam.

Seine Hände waren feucht geworden. Fast wäre ihm sogar das Glas aus den Fingern gerutscht. Hastig trank er es leer. Der Whisky hinterließ einen bitteren Geschmack in seinem Mund.

Ich muß etwas tun, dachte er. Irgendwas muß ich unternehmen. Wenn er sich vorstellte, daß es die Schlange auf seine Tochter abgesehen haben könnte, wurde ihm schwindlig.

Als er das Glas auf den Tisch mit der Marmorplatte setzte, stand sein Entschluß fest. Ob es half, wußte er nicht, aber er wollte sich auf jeden Fall bewaffnen und sich das Gefühl einer relativen Sicherheit verschaffen. Ein Gewehr oder eine Pistole besaß er nicht. Um eine Waffe zu holen, mußte er nach draußen, wo der kleine Stall stand, den er im vorigen Sommer gebaut hatte. In der Diele traf er seine Frau.

Helma wunderte sich, als ihr Mann seine Jacke überstreifte. »Du willst noch weg?«

»Nur in den Garten.«

»Was machst du denn da?«

»Nachsehen.«

»Wonach?«

»Ich glaube, daß mit einer der Lampen etwas nicht stimmt. Ich sehe nur nach dem Kabel.«

»Kannst du das nicht morgen im Hellen …?«

»Nein, da muß ich weg. Ich habe in den nächsten beiden Tagen außerhalb zu tun und weiß nicht, ob ich am Abend noch nach Hause komme. Es ist besser, wenn ich jetzt nachschaue.«

»Wie du willst. Ich muß sowieso noch die Küche wischen.«

Pernell wandte sich um und verdrehte die Augen. Er sagte nichts, es wäre sowieso sinnlos gewesen. Seine Frau änderte er nicht mehr. Das war der richtige Hausdrachen.

Helma verschwand in der Küche. Pernell hörte das Wasser in einen Eimer laufen.

Als er die Haustür öffnen wollte, rief seine Tochter nach ihm. Sie stand in halber Höhe auf der Treppe, trug bereits ihr Nachthemd und schaute zu ihrem Vater hinab.

»Was ist denn, Kind?«

»Ich möchte dir noch eine gute Nacht wünschen.«

»Dann komm.«

Das Mädchen warf sich in seine Arme. Beide schienen das Gefühl zu haben, daß es ein Abschied für immer war, und sie lösten sich erst voneinander, als Helma rief: »Komm, Eileen, sag mir gute Nacht, bevor es hier in der Küche naß ist.«

Pernell gab seiner Tochter einen Klaps. »Geh schon. Mummy hat recht. Ich sehe nur mal nach den Lampen.«

Eileen zog ein wissendes Gesicht. Sie glaubte ihrem Vater die Ausrede nicht.

Als sie in die Küche ging, blickte sie zurück, und der Mann sah den traurigen Ausdruck in den Augen seiner Tochter. Er ballte die rechte Hand zur Faust. Fast wirkte die Geste schon verzweifelt. Dann drehte er sich um und öffnete die Haustür. Er zog sie sacht ins Schloß und schritt über den schmalen Plattenweg dicht an der Hauswand vorbei. Er warf auch noch einen Blick durch das Küchenfenster. Helma wischte bereits, und Eileen huschte soeben aus dem Raum.

Der Schuppen lag im Garten. Die Hendricks hatten den Bausatz bei einem Versandhaus bestellt und zusammengesetzt. Einmal war er bei einem Orkan zusammengebrochen, ansonsten tat er seine Dienste. Er stand an der Grenze zum Nachbargrundstück, dicht an einer hohen Wand aus weißen Steinen, die Pernell hatte ziehen lassen.

Ein Vorhängeschloß sicherte die Schuppentür. Dafür jedoch hatte der Mann keinen Blick. Er schritt erst durch den Garten und bewegte sich besonders nahe der Lichtinseln, um zu sehen, ob es etwas Verdächtiges gab.

Das war nicht der Fall. Der Garten lag unter einer dünnen weißen Schicht. Die dicken Wolken waren weitergezogen, es hatte aufgehört zu schneien. Wenn Hendricks in den Himmel blickte, sah er die blasse Mondsichel wie einen hellen Schattenriß dort oben stehen. Er dachte daran, daß Menschen den Mond betreten hatten, doch die wahren Geheimnisse des Lebens lagen nach wie vor im dunkeln.

Das brachte ihn automatisch wieder auf die Schlange. Wie war es überhaupt möglich, daß ein solches Tier existierte? Natürlich dachte er auch daran, daß sich jemand einen Scherz erlaubt hatte, aber sehr künstlich hatte diese Schlange nicht ausgesehen.

Pernell Hendricks öffnete die Schuppentür. Er nahm den Geruch von frischer Farbe wahr. Der Schuppen hatte vor einigen Monaten noch einen Anstrich außen und innen erhalten. Licht brauchte der Mann nicht. Er fand sich auch in der Finsternis zurecht. Jedes Gerät hatte im Schuppen seinen bestimmten Platz. Hendricks schob eine Schaufel zur Seite und öffnete die Tür einer ehemaligen Kommode. Auf einem der beiden Ablagefächer lag griffbereit die Axt.

Mehr wollte er nicht. Sollte sich die Riesenschlange in die Nähe des Hauses wagen, würde er ihr den Kopf abschlagen.

Pernell Hendricks verließ den Schuppen wieder. Er zog die Tür zu, schloß sie aber nicht ab. Auf seinem Gesicht lag ein harter Ausdruck, als er stehenblieb und sich umsah.

Der Garten war leer und dunkel. Über den hellen Glasscheiben trieben dünne Dunstschwaden.

Der Mann hielt die Axt in der rechten Hand. Bisher hatte er damit nur Holz gespalten und einige Äste von seinen Obstbäumen geschlagen. Sie war scharf genug, um die Schlange zu köpfen.

In seinem Haus war es still. Er hörte, wie jenseits der Seitenmauer eine Tür geöffnet wurde. Die Stimme der Nachbarin drang deutlich zu ihm herüber. Sie beschwerte sich darüber, daß die Kinder mit schmutzigen Schuhen ins Haus gelaufen waren.

Ein völlig normaler Januar-Abend. Keiner hatte irgendwelche Lust, noch vor die Tür zu gehen. Die Menschen blieben in ihren Häusern wie Tiere in der Wohnung.

Auch Hendricks wollte wieder zurück. Im Garten hatte er nichts entdecken können. Und mit einer Taschenlampe das Feld absuchen wollte er ebenfalls nicht.

Er ging den gleichen Weg zurück. Seine Frau hatte ihn gehört. »Ich habe frisch gewischt«, rief sie. »Putz dir die Schuhe ab!«

»Ja, ja«, brummte er und dachte: Meine Güte, die hat Sorgen. Wenn sie mal stirbt, lege ich ihr noch einen Putzlappen mit in den Sarg. Er wollte seine Frau nicht unnötig ärgern, reinigte die Schuhe sorgfältig und zog sie im Flur auf dem Teppich aus. Die Axt stellte er in den Schirmständer. Da hatte er sie schnell zur Hand, wenn er sie mal brauchte.

»Hast du was entdeckt?« klang ihm die Stimme aus der Küche entgegen.

»Nein.«

»Dann ist mit den Lampen alles in Ordnung?«

»Sicher.«

»Und was machst du jetzt?«

Pernell begann zu lachen. »Ich werde mich vor den Fernseher setzen.«

»Was gibt es denn?«

»Keine Ahnung.« Pernell war schon auf dem Weg ins Wohnzimmer. Er wollte nicht mehr reden. Er wollte eigentlich auch nicht auf den Bildschirm starren. Ablenkung hieß die Devise. Einfach hinsehen, ohne zu merken, was richtig lief.

Das war alles.

Hendricks setzte sich so, daß er auch den Garten teilweise überblicken konnte. Helma kam. »Ich bin jetzt fertig«, sagte sie und warf einen Blick auf die Mattscheibe. »Schon wieder dieser komische Sänger. Mußt du dir den ansehen?«

»Weshalb nicht?«

»Dazu bist du doch zu alt.«

»Du hörst doch auch deine Beatles.«

»Das war früher.« Sie sagte noch etwas und verschwand in der Küche. Pernell schüttelte den Kopf. Es war schwierig, mit einer Frau wie Helma auszukommen. Die kannte nur ihren Haushalt, ihre Küche, ihre Putzerei und die Glotze.

Er schaltete um. Ein Film flatterte über den Bildschirm. Es war ein Action-Reißer mit Charles Bronson. Hendricks hatte ihn schon gesehen, ließ den Sender aber eingeschaltet.

Schüsse peitschten, eine Scheibe ging zu Bruch. Bronson war in seinem Element. Er kugelte über den Boden und zog seine Kanone. Irgendwann würde er rotsehen.

Die Schreie der Frau erreichten Pernells Ohren. Sie klangen hysterisch, ängstlich und echt.

Es war aber keine Frau auf dem Bildschirm zu sehen. Nur Charles Bronson, der inzwischen Deckung gefunden hatte und mit schußbereiter Waffe auf seine Gegner lauerte.

Pernells Gesichtsausdruck veränderte sich. Er wirkte wissend, starr und erschreckt zugleich.

Wie von einem Skorpion gestochen, sprang er in die Höhe. Er wirbelte auf dem Absatz herum und lauschte den Schreien entgegen.

In seinem Haus waren sie aufgeklungen.

In der Küche!

»Helma!« Jetzt brüllte er. Aus seinem Gesicht wich schlagartig die Farbe. Er schüttelte sich, dann rannte er los. Die kalte Winterluft wehte ihm aus der Küche entgegen.

Er sah das zerstörte Fenster, durch das sich der Schädel der Riesenschlange geschoben hatte.

Er sah auch den Unterkörper und die Beine von seiner Frau.

Der Oberkörper war bereits im Maul der Schlange verschwunden ...

Ich war konsterniert und schockiert. Mit vielem hätte ich gerechnet, aber das war zu viel. Ziana hockte auf einem kleinen Garderobenstuhl und fühlte sich pudelwohl. Sie trug noch immer ihren grünen, engen Anzug. Das Oberteil hatte sie weiter geöffnet, so daß ich die Ansätze ihres festen Busens erkennen konnte. Die Hände langen auf den Oberschenkeln, über die sich ebenfalls einige Schlangen ringelten, als wollten sie die Frau liebkosen.

Wer war diese Person?

Mich schien sie zu kennen, denn sie lächelte mir zu. Aber auch dieses Lächeln barg etwas Schlangenhaftes in sich. Die Augen hatte sie verengt, und sie fragte mich, ob ich nicht näher kommen wollte.

»Bei diesen Gifttierchen?«

»Sie sind doch nett.«

»Nicht für mich.«

»Schlangen sind herrliche Tiere. Ich liebe sie. Ich habe sie schon immer geliebt. Ich bin sogar mit ihnen aufgewachsen. Es macht mir Spaß …«

»Wo kommen die Schlangen her?« fragte ich sie.

Ziana hob die Schultern. »Weshalb wollen Sie das so genau wissen? Denken Sie an eine Schlangengrube?«

»Weniger.«

»Sondern?«

»Sie haben ein interessantes Lied gesungen, Ziana …«

»Das weiß ich!« flüsterte sie. »Und ich habe das Gefühl, daß Sie mich wegen dieses Liedes aufgesucht haben.«

»Richtig.«

»Aibon.«

Ich nickte der Frau entgegen. »Ja, Aibon. Was wissen Sie über dieses geheimnisvolle Land?«

Sie gab mir nicht gleich eine Antwort. Sie nickte mir nur kurz zu, und der Blick ihrer Augen nahm einen verträumten Ausdruck an. »Aibon!« flüsterte sie. »Aibon ist in der Tat etwas Besonderes. Es ist wunderbar, es besitzt einen Zauber, dem sich niemand entziehen kann.«

»Sie haben es auch nicht geschafft.«

»Nein, Mister.«

»Sinclair«, sagte ich. »Mein Name ist John Sinclair.«

»Ja, John.« Sie lächelte jetzt wieder. »Auch ich habe es nicht geschafft. Aibon ist gewaltig. Würde ein Mensch versuchen, seine Geheimnisse zu ergründen, würde ich ihn als vermessen bezeichnen. Vielleicht auch als lebensmüde, denn Aibon behält, was es einmal besitzt.«

»Nicht immer!«

»So?«

»Nein, ich weiß es. Aber das ist nicht das Thema. Wie kommen Sie an die Schlangen?«

»Mich hat Aibons Schlangenzauber schon immer fasziniert. Er war einfach wunderbar, nein, er ist noch wunderbar. Ich mag Aibon, ich mag seine Grüße …«

»Und das Lied.«

»Das auch.« Sie hob einen Arm und deutete mit dem Finger auf mich. »Als ich Sie sah, wußte ich, daß Sie gekommen sind, um mit mir zu sprechen. Sie haben etwas Besonderes an sich, obwohl Sie aussehen wie ein normaler Mensch.«

»Was ist es denn?«

»Das kann ich nicht genau sagen. Ich werde es jedoch noch herausfinden.«

»Ich bin völlig normal«, erklärte ich ihr. »Ich wurde allerdings mißtrauisch und horchte auf, als ich die Melodie hörte, die mir sehr bekannt vorkam. Der rote Ryan hat sie auf seiner Flöte gespielt. Ich hörte ihn, als ich mich in Aibon aufhielt. »Sie kennen den roten Ryan?«

»Und ob.«

»Dann stammen auch Sie aus Aibon?«

»Vielleicht.«

Die Antworten gefielen mir nicht. Sie waren mir einfach zu vage. Ich hätte die Frau gern näher kennengelernt, aber ihre Tierchen hielten mich auf Distanz.

Zwischen uns beiden stand so etwas wie eine Wand. Sie filterte, sie hielt auf, da drang nichts durch. Wir waren uns nicht sympathisch. Vielleicht wußte Ziana mehr als ich, aber dieses Wissen gab sie nicht preis. Zudem fühlte sie sich wohl, denn sie drückte ihren Körper zurück, reckte sich und stand auf.

Die Schlangen bewegten sich mit ihr, als sie zu einem Spiegel hinüberging, davor stehenblieb und ihre gespreizten Hände gegen die Fläche legte.

»Sie kennen den roten Ryan?« fragte sie und blickte mich im Spiegel an, obwohl sie mir den Rücken zuwandte.

»Das sagte ich Ihnen schon.«

»Auch ich kenne ihn.«

»Natürlich. Das ist leicht vorzustellen.«

»Ich meine das anders, John Sinclair. Zuvor möchte ich Ihnen noch eine Frage stellen. Sind Sie ein Freund oder ein Feind des roten Ryan?«

»Keines von beiden. Ich stehe ihm neutral gegenüber.«

»Aber mehr Freund.«

»Das kann man sagen. Ich würde ihn nicht unbedingt hassen.«

Sie lachte. »So etwas habe ich mir schon gedacht. Ja, das mußte einfach so sein.«

»Wie … wie meinen Sie das?«

Die Frau lachte girrend. »Es ist etwas kompliziert, Ihnen das zu erklären. Jedenfalls bin ich nicht seine Freundin. Im Gegenteil, ich mag ihn nicht, ich hasse ihn, denn mich hat er verstoßen, mich, seine Schwester Ziana …«

Die Frau war die Schwester des roten Ryan!

Das haute mich fast aus den Schuhen. Nein, damit hätte ich nicht im Traum gerechnet. Deshalb hatte sie wohl auch die Melodie gesungen, aus diesem Grunde war ihr so vieles bekannt, was den roten Ryan anging. Sie kannte das Land und war möglicherweise darin geboren. Doch nun befand sie sich in unserer Welt und nicht mehr im Paradies der Druiden. Das mußte einen Grund gehabt haben. Freiwillig verließ man Aibon nicht.

Sie schaute noch immer in den Spiegel. »Überrascht?« erkundigte sie sich.

»Das bin ich.«

Ziana lachte. »Kann ich mir vorstellen. Jetzt werden Sie bestimmt über vieles nachdenken …«

»Und ob.«

»Ich denke darüber nach, wie ich Ihnen die Dinge erklären soll.«

»Das brauchen Sie nicht. Reden Sie einfach. Zudem können Sie bei mir einiges voraussetzen, was Aibon angeht. Ich kenne mich im Paradies der Druiden ein wenig aus.«

»Aber jedes Land hat seine Schattenseiten, das habe ich feststellen müssen, als man mich hinauswarf. Der eigene Bruder hat mich nicht mehr haben wollen. Vielleicht wurde ich ihm zu mächtig. Ja, ich war mächtig, ich habe mich an ihm gerächt. Er hat furchtbar gelitten, und er leidet noch immer. Er hätte mich nicht aus dem Paradies vertreiben sollen. Dafür erhielt er die Quittung.«

»Was haben Sie getan?« fragte ich.

Ziana wirbelte herum. »Das will ich Ihnen genau sagen, John Sinclair. Ich herrsche über die Schlangen des Landes. Ich wuchs mit ihnen auf, sie gehorchten mir, aber die Tiere waren nicht gut angesehen, und ich war es deshalb auch nicht. Man mied mich, man mochte mich nicht. Selbst der eigene Bruder dachte so, aber er hat sich verrechnet, denn er unterschätzte meine Kräfte. Aibons Schlangenfluch traf ihn voll.«

Schon wieder hatte sie den Begriff Schlangenfluch verwendet. Ich konnte damit nichts anfangen. »Sagen Sie mir endlich, was Sie mit Aibons Schlangenfluch gemeint haben?«

Sie lachte. »Ich verfluchte ihn. Der rote Ryan ist nicht mehr der, der er einmal war. Er ist zu einem Mutanten geworden. Zu einer Schlange und zu einem Menschen. Verstehen Sie nun, Sinclair …?«

Und ob ich sie verstanden hatte! Meine Augen wurden eng. Okay, der rote Ryan war nicht gerade mein bester Freund. Manchmal reagierte er recht seltsam. Das mußte er wahrscheinlich, da er immer an die Interessen seines Landes dachte, aber dieses Schicksal, von dem mir seine Schwester berichtet hatte, gönnte ich ihm nicht.

»Stimmt das?« fragte ich.

»Ja, ich verfluchte ihn, denn ich besitze die Macht über die Schlangen. Ich kann mit ihnen spielen, sie gehorchen mir. Die Schlangen sind meine besten Freunde. Sie haben mich als ihre Königin akzeptiert. Man stieß mich aus, aber ich nahm die Schlangen mit.« Die Frau deutete auf den Boden, wo sich die giftgrünen Viecher ringelten. »Wenn ich will, werden sie auch die Menschen anfallen.«

Das konnte ich mir gut vorstellen, aber ich wollte noch

mehr wissen. »Gut«, sagte ich. »Das muß man akzeptieren, aber Ihr Bruder hat Sie nicht umsonst ausgestoßen. Was haben Sie getan?«

Da lachte sie laut und selbstsicher. »Ich wurde ihm einfach zu mächtig. Ja, ich wollte Macht und das an mich nehmen, was in Aibon wie ein kostbarer Schatz gehütet wird.« Sie lächelte wieder falsch. »Es ist der Dunkle Gral.«

Mein Blick wurde lauernd. »Ich kenne ihn.«

»Das glaube ich. Der Dunkle Gral ist das große Geheimnis Aibons. Er ist das Bindeglied zwischen zwei Welten. Er gehörte mal hierher auf die normale Welt. Es gab eine Zeit, als Kreuzritter sich daran begaben, den Dunklen Gral zu suchen und zu finden. Ein Mann hat es auch geschafft, Hector de Valois besaß ihn. Er wußte einiges über ihn, aber er konnte sein Wissen nicht mehr vervollständigen, weil man ihm den Dunklen Gral wieder abnahm. Erst danach gewann Aibon seine große Macht und auch seine paradiesische Schönheit. Viele leben von ihm. Er gibt ihnen die Kraft und auch das Wissen, aber kaum jemand weiß, wo er sich befindet. Ich hätte es herausgefunden, denn ich war nahe daran, doch mein eigener Bruder stellte sich gegen mich. So mußte ich leider meine Suche einstellen.«

Nie hätte ich damit gerechnet, soviel von dieser Frau über Aibon zu hören. Ziana mußte ein ungeheures Wissen gespeichert haben. Sie hatte sich nicht gescheut, nach dem Dunklen Gral zu suchen.

»Was hatten Sie denn vor, wenn Sie den Dunklen Gral tatsächlich gefunden hätten?«

»Ich hätte mich als Herrscherin über Aibon gefühlt. Zusammen mit Guywano.«

Ich nickte, denn dieser abtrünnige Oberdruide war auch mir ein Begriff. Guywano war die andere Seite des Landes Aibon, die schlechte, die negative. Daß auch er den Dunklen Gral gern gehabt hätte, lag auf der Hand. Trotz seiner Macht war es ihm bisher nicht gelungen, und darüber konnte man nur froh sein.

»Wollen Sie noch etwas wissen?«

»Ja, ich möchte gern erfahren, was Sie hier auf der normalen Erde wollen. Wäre es nicht besser gewesen, Sie in Aibon zu lassen?«

»Nein, man verstieß mich. Mir bleibt nur die Welt der Menschen, denn ich sehe so aus wie ein Mensch. Ich hätte meinen Bruder gern zurückgelassen, nachdem es mir gelungen war, ihn zu verfluchen. Das war leider nicht möglich, denn er ist mir gefolgt.«

»Dann befindet er sich ebenfalls hier?«

»Ja.«

»Und wo?«

Sie lächelte wieder. »Ich habe keine Ahnung. Jedenfalls ist er nicht mehr in Aibon. Nur kann er sich kaum zeigen. Als Riesenschlange fällt er immer auf, wenn Sie verstehen.«

Ich war für eine Weile still, weil ich die Nachricht erst verkraften mußte. Der rote Ryan als Riesenschlange auf dieser Welt. Das war ein Klopfer!

»Wo?« fragte ich. »Wo befindet er sich?«

»Ich weiß es nicht. Mir ist nur bekannt, daß er das Land verlassen hat. Er befindet sich in einem Rausch. Er muß dem Wahnsinn nahe sein, denn er kommt gegen meinen Fluch nicht an. Nur ich kann ihn wieder rückgängig machen, aber das werde ich nicht!«

»Das kann ich mir vorstellen.«

Sie lachte laut. »Da Sie auf der Seite meines Bruders stehen, sind auch wir Feinde.«

»Haben Sie mich deshalb so angestarrt?« fragte ich sie.

»In der Disco?«

»Genau!«

Ihre Augen wurden schmal. »Ja, Sie fielen mir auf. Ich wußte sofort, daß Sie etwas Besonderes besitzen. Etwas, das auch in Aibon spürbar war, das schon sehr alt ist und auf das sich ein anderer ebenfalls verließ. Einer, der schon lange tot ist, dessen Schatten aber aus dem Jenseits noch über Aibon fällt.«

»Hector de Valois!«

»Ja!« Ihre Augen schillerten plötzlich wie die Haut einer Schlange. »Du!« rief sie. »Du mußt mit ihm irgend etwas zu tun haben. Ich weiß nicht, was es ist, aber es gibt zwischen dir und ihm eine Verbindung, das spüre ich genau.«

»Soll ich dir die Verbindung zeigen?«

Ziana überlegte noch einen Moment. Danach nickte sie zögernd. »Ja!« flüsterte sie. »Zeig sie mir. Ich bin auf alles gefaßt.«

Ich war es ebenfalls, griff in die Tasche und holte bedächtig mein Kreuz hervor. Dann streckte ich den Arm aus und hielt es der Frau entgegen.

»Das ist es!«

Sie starrte es an. Ihre Augen wurden noch größer. Der Mund öffnete sich. Plötzlich begann sie zu sprechen. Flüsternde, abgehackte Worte. Gleichzeitig gerieten die Schlangen an ihren Füßen in zuckende, wilde Bewegungen. Sie schoben ihre Oberkörper hoch, öffneten die Mäuler, Zungen zuckten hervor, aber mich interessierten nicht mehr die schmalen grünen Tiere, meine Blicke hefteten sich auf das Kreuz.

Es strahlte plötzlich auf, ohne daß ich es aktiviert hätte. Es war kein silbriges Leuchten, sondern ein gewaltiges schockgrünes Strahlen, als würde das Kreuz in meiner Hand detonieren.

Es spürte die andere Magie, wurde von ihr erfaßt, und ich hatte das Gefühl, einfach wegzufliegen, denn die Umgebung veränderte sich schlagartig vor meinen Augen …

Pernell Hendricks stand in der Küchentür und konnte nicht glauben, was er sah. Die Riesenschlange war dabei, seine Frau zu verschlucken. Der gleiche Vorgang hatte ihn schon einmal geschockt. Aber da war nicht Helma verschlungen worden, sondern eine Fee, die ihm völlig egal sein konnte.

Hier sah es anders aus.

Er begann zu schreien.

Es war ein irrer, verzweifelter Ruf, der aus seinem offenen Mund und bis auf die Straße drang. Tränenwasser verschleierte seinen Blick. Die Beine der Frau zuckten noch, sie hatte die Füße verdreht, sie war nicht tot, aber sie rutschte tiefer in den Rachen hinein und starb lautlos.

Erst die Fee, dann Helma – wer würde folgen?

Seine Tochter und er selbst!

Dieser Gedanke kam Pernell trotz seiner tiefen Panik, und er wußte, daß er etwas unternehmen mußte. In den Schirmständer hatte er die Axt hineingleiten lassen.

Sie kam ihm plötzlich vor wie die letzte Rettung.

Helma war nicht mehr zu helfen, jetzt mußte er etwas anderes tun. Deshalb machte er auf dem Absatz kehrt und rannte mit Riesenschritten in die Diele. Seine Hand tauchte in den Schirmständer, aber er war so nervös, daß er die Axt beim erstenmal nicht zu fassen bekam, dafür aber den Ständer umriß.

Zum Glück rutschte das Beil dabei hervor. Pernell nahm es hastig an sich, kreiselte herum und blieb plötzlich stehen, weil ihm etwas eingefallen war.

Hatte es überhaupt Sinn, mit dieser Waffe in der Hand in die Küche zu laufen und die Schlange zu attackieren? Das Riesentier hatte seine Frau verschluckt. Wenn er versuchte, es zu teilen, dann erwischte er auch noch den Körper seiner Frau.

Und das wäre für ihn schrecklich gewesen!

Eileen!

Sie war diejenige, die er in Sicherheit bringen mußte. Nur noch seine Tochter zählte. Wenn er sie retten konnte, war viel gewonnen. So schrie er ihren Namen in der Hoffnung, daß sie ihn hörte, aufstehen und die Treppe herunterkommen würde.

Das Mädchen zeigte sich nicht.

Sein Vater war der Verzweiflung nahe. Er hatte eine Hand auf das Geländer gelegt, starrte nach oben und brüllte noch einmal den Namen seiner Tochter.

Eileen kam nicht.

Er stöhnte auf. »Mein Gott!« flüsterte er. »Mein Gott, was soll ich jetzt tun?«

Im Augenblick breitete sich eine gewisse Blutleere in seinem Gehirn aus. Er konnte kaum noch denken, er stand da und hörte aus der Küche ein polterndes Geräusch. Pernell begann plötzlich zu grinsen, als er daran dachte, daß seine Frau umsonst gewischt hatte, aber dieses Geräusch hatte ihn auch aus seiner Lethargie gerissen, und so startete er und rannte mit weiten, wilden Sprüngen die Stufen der Treppe hinauf.

Er mußte sie holen!

Dabei schrie er den Namen Eileen. Wenn sie nicht schwerhörig war, hätte sie längst eine Antwort geben müssen. Aber Eileen blieb stumm. So kam ihm ein furchtbarer Gedanke.

War dieses Wesen vielleicht vorher bei ihr gewesen? Hatte die Schlange Eileen etwa verschluckt?

Der Gedanke daran ließ ihn fast irre werden. Wenn er das Mädchen nicht in seinem Zimmer fand, mein Gott, er wußte nicht, was er dann noch tun sollte.

Der Schweiß ließ seine rechte Handfläche glitschig werden. Er war kaum in der Lage, die Axt zu halten, auch reden und schreien konnte er nicht, und sein Gefühl der Angst steigerte sich noch mehr, als er feststellen mußte, daß die Tür zu Eileens Zimmer nicht verschlossen war. Sie hätte seine Stimme hören müssen.

Er packte den Türrand und riß so heftig daran, daß die Kante fast gegen sein Gesicht geprallt wäre. Dann tauchte er über die Schwelle in das nett eingerichtete Kinderzimmer seiner Tochter. Bilder hingen an den Wänden. Phantasievoll stellten sie mystische Motive dar. Eileen hatte Drachen, Elfen, Monster und schaurige Gestalten gezeichnet, als hätte sie einen Blick in andere Welten getan, denn diese Phantasie war ungewöhnlich.

Pernell sah alles, nur eines nicht.

Seine Tochter!

Verschwunden, nicht da! Pernell Hendricks stöhnte auf. Er ließ sich nach rechts sinken, fiel gegen das Türfutter. Die Axt in seiner Hand wurde schwer, und er hätte sie fast noch fallen lassen.

»Eileen, kleine Eileen ...« Jemand sprach mit seiner Tochter.

Pernell ging in das Zimmer. Seine Schritte waren müde, schlapp. Pernell wirkte wie ein gebrochener Mann, der die Beine kaum vom Boden abheben konnte. Er zitterte und stellte auch fest, daß vor seinen Augen alles verschwamm. Eileen mußte schon im Bett gelegen haben. Die Decke war zerwühlt, und Pernell wankte auf den kleinen Schreibtisch seiner Tochter zu, um sich dort mit der freien Hand abzustützen.

So blieb er stehen.

Ein Mensch, den das Schicksal gebeutelt hatte und der jetzt schon gezeichnet war.

Frau und Tochter hatte er verloren. Hatte es für ihn überhaupt noch Sinn, weiterzuleben?

Er schüttelte den Kopf. Pernell Hendricks befand sich in einem furchtbaren Zustand. Er hatte keine Lust mehr, die Depression war zu stark. Vielleicht sollte er sich der Schlange stellen, damit auch sie ihn verschlucken konnte.

»Dad?«

Zuerst glaubte er an eine Täuschung. Er hatte zwar die Stimme seiner Tochter erkannt, aber sie mußte aus dem Jenseits gekommen sein. Oder er hatte sie sich eingebildet.

»Daddy!«

Da war sie wieder. Dem Mann rann ein Schauer über den Rücken. Jetzt erst drehte er sich schwerfällig um. Sein Blick glitt zur Tür, und einen Schritt davor, direkt im Zimmer, stand seine Tochter Eileen.

Pernell sah sie, aber er wollte es nicht glauben. Er wischte über seine Augen, die Lippen bewegten sich. Fast lautlos formulierte er den Namen des Mädchens.

»Eileen?«

»Ja, ich bin es.«

»Und nicht tot?«

»Nein, weshalb?«

Pernell begann zu lachen. Es war kein normales, dafür ein wildes, überdrehtes Gelächter. »Ja!« schrie er. »Weshalb? Das ist eine sehr gute Frage. Weshalb ...?«

»Bitte, Daddy.« Eileen kam einen zögernden Schritt vor, als hätte sie Furcht vor ihrem Vater.

Der Mann hörte auf zu lachen. »Es ist gut, Kind. Entschuldige, aber ich habe damit gerechnet, dich tot vorzufinden.«

»Wieso denn?«

»Weißt du nicht, was passiert ist?«

»Nein ...«

»Die Schlange ist gekommen, Kind. Die Riesenschlange aus dem Wald, stell dir das vor!«

»Hier in unser Haus, Dad?«

»Ja!« Die Antwort war schon wie ein Schrei. Pernell Hendricks rechnete damit, daß seine Tochter Angst bekommen und jetzt weinen würde, aber sie sagte nichts weiter darauf, sondern stellte nur eine sehr leise Frage: »Und Mummy?«

Hendricks schluckte. »Sie ... Sie hat sich in Sicherheit bringen können. Deine Mutter ist weggelaufen.«

Da begann das Mädchen zu lächeln und schüttelte gleichzeitig den Kopf. »Nein, Daddy, nein. Sie ist nicht weggelaufen. Das konnte sie nicht. Sie ist tot.«

»Wie kommst du darauf?«

»Weil ich es gespürt habe. Die Schlange hat sie verschlungen.«

Hendricks war totenblaß geworden. Ein Ruck durchlief seinen Körper. Er stellte sich plötzlich auf die Zehenspitzen und nickte heftig. »Ja!« schrie er. »Ja, sie ist tot! Du hast recht, Kind. Deine Mutter ist gestorben. Sie wurde von dieser verfluchten Riesenschlange einfach verschlungen. Weg ist sie. Du hast keine Mutter mehr. Überhaupt nicht ...«

»Es ist ihre Schuld!«

Eileen Hendricks hatte so laut gesprochen, daß sie die Stimme ihres Vaters übertönte. Der Mann bekam plötzlich weiche Knie. Er schüttelte den Kopf und hatte Mühe, überhaupt einen Satz zu formulieren.

»Was hast du da gesagt? Sie ist selbst schuld? Das kannst du nicht behaupten, Kind. Deine Mutter ...«

»Die Schlange ist nicht schlecht.«

Hendricks wußte nicht, was er darauf erwidern sollte. Er konnte es nicht fassen, und das kleine Mädchen mit dem rostroten Haar und den Zöpfen vor ihm wurde ihm plötzlich unheimlich. »Wie kann man so etwas nur behaupten, Eileen? Du machst mir Angst.«

»Ich habe aber recht.«

»Wieso ...?«

»Bitte, Dad, stelle jetzt keine Fragen. Ich habe immer gewußt, daß die Schlange kommt. Sieh dir meine Bilder an. In den letzten Tagen habe ich viel gemalt. Ich habe es gespürt. Es ist eine besondere Schlange, und ich glaube auch, daß sie zu mir will.«

»Davon hast du mir nie etwas erzählt!«

»Hättest du mir geglaubt?«

Pernell Hendricks schüttelte den Kopf. Er war ehrlich seiner Tochter gegenüber, aber er wußte auch, daß sie im Haus nicht bleiben konnten. Deshalb drehte er sich um, öffnete die Tür des Kleiderschranks und holte den dicken Anorak hervor. Er schleuderte ihn seiner Tochter zu, die ihn auffing.

»Zieh ihn über, wir müssen weg!«

»Wohin?«

»Vor der Schlange fliehen, Mädchen. Es ist ... Es ist nicht gut, wenn wir im Haus bleiben.«

»Daddy, ich habe keine Angst.«

Es war Hendricks egal, ob seine Tochter Angst hatte oder nicht. Er wollte raus, und Eileen mußte sich fügen. Welche Gründe sie veranlaßt hatten, so zu reagieren, wußte er nicht. Noch hatte er das Kommando in diesem Haus, obwohl er

Eileen nicht mehr verstand, denn sie schien in einer völlig anderen Welt gelebt zu haben, und er, der Vater, hatte davon nichts bemerkt. Er lief auf sie zu. Eileen wollte nicht. Sie hatte zwar die gefütterte Jacke übergestreift, aber sie schüttelte den Kopf und wehrte ihren Vater ab.

»Nein, Dad, es hat keinen Sinn. Ich darf das Haus hier nicht verlassen. Ich muß auf sie warten!«

»Das kommt nicht in Frage!« Der Mann keuchte. Hart faßte er seine Tochter am Gelenk. In seinen Augen stand der Wille zu lesen, es trotz allem zu versuchen.

Und so schleifte er Eileen zur Tür, ohne auf ihre Proteste und Warnungen zu hören.

Bis in den Flur kam er. Mehr lang als breit war dieser Raum in der ersten Etage. Die Treppe lag links der Tür. Dort mußte er hin, ging zwei Schritte und blieb totenbleich stehen.

Auf den Stufen lauerte die Riesenschlange. Sie war lautlos in die Höhe geglitten, der grüne Körper ringelte sich über die Kanten der Stufen, aber die Schlange hatte sich verändert.

Sie besaß den Kopf eines Mannes mit roten Haaren!

»Willst du tanzen?« fragte Shao.

Suko schüttelte den Kopf. »Doch jetzt nicht.«

»Du denkst an John.«

»Ja und an Aibon.« Suko saß zwar still auf seinem Platz, doch er ließ seine Blicke durch das Lokal gleiten, da er immer wieder nach Hinweisen suchte, die für ihn unter Umständen wichtig sein konnten. Besonders fixiert war er auf die vier Musiker. Sie bildeten die Gruppe um Ziana, und demnach mußten sie auch mehr von ihr wissen.

Die Frau war gegangen. Sie hatte sich in ihre Garderobe verzogen, aus welchen Gründen auch immer. Wahrscheinlich war sie die Anführerin der Gruppe. Was Ziana sagte, mußten die anderen tun, und nicht umsonst waren sie allein gelassen worden.

Dahinter mußte ein Plan stecken!

»Du bist nervös!«

Suko lächelte und nickte. »In der Tat.«

»Die vier Typen?«

»Auch.«

»Wie lange ist John weg?«

»Erst einige Minuten.«

Shao strich über seine Wange. Im Licht der Disco-Beleuchtung sah ihre Haut noch weicher aus, als sie es tatsächlich schon war. »Gib ihm noch Zeit, Suko.«

»Das sowieso.«

Die vier Musiker gaben sich völlig normal. Man konnte sie von den übrigen Gästen kaum unterscheiden, denn auch diese waren so angezogen, wie man normalerweise nicht auf die Straße geht.

Zwei von ihnen standen an der Bar. Sie unterhielten sich mit einigen Girls, die hohe Longdrinkgläser in den Händen hielten und das Zeug wegschlürften.

Die Disco-Miezen gaben sich albern. Sie kicherten oft genug, als hätten sie nur Witze gehört.

Shao hatte Sukos skeptischen Blick bemerkt und stieß ihren Freund an. »Die anderen beiden sind ziemlich nah bei uns.«

»Wo?«

»In unserem Rücken.«

Der Inspektor drehte sich nicht um. Shao saß günstiger, sie konnte sie beobachten. »Hast du das Gefühl, daß sie etwas von uns wollen?« fragte er leise.

»Noch nicht. Wenn ich es aber habe, sage ich dir Bescheid.«

»Das wäre gut.«

Dorian Storm durcheilte die Disco. Er gab sich völlig aufgelöst und fuhr mit einem Seidentuch über seine Stirn, um den Schweiß wegzuwischen. Hier mußte einiges schiefgelaufen sein, und Suko entschloß sich, den anderen zur Rede zu stellen.

»Gehst du mit an die Bar?«

»Was willst du da?«

»Mit Storm reden.«

»Meinetwegen.« Shao drückte sich aus dem bequemen Sessel in die Höhe. Suko wartete, bis seine Freundin ihn erreicht und sich bei ihm eingehängt hatte. Sie schlenderten auf die Bar zu.

Einige Paare hatten sich wieder auf der Tanzfläche versammelt. Die Musik war wesentlich ruhiger geworden. Ein Potpourri aus der West Side Story lud dazu ein, mit dem Partner in den Clinch zu gehen.

An der Bar fanden sie kaum Platz. Auch nicht in der Nähe des Geschäftsführers, der mit mehreren Gästen gleichzeitig sprach und ihnen zu erklären versuchte, weshalb er das Programm hatte ändern müssen.

»Es ist nicht mein Problem gewesen, sondern das der Sängerin. Die Künstler mußten diese Pause haben.«

»Das stand aber nicht fest, als wir die Disco betraten. Sie wollen Umsatz machen und haben erhöhte Getränkepreise genommen.«

»Dafür keinen Eintritt.«

»Trotzdem. Viele von uns fühlen sich betrogen.«

Dorian Storm war von den Gästen in die Zange genommen worden. Er wußte nicht, wie er sich aus dieser Lage herauswinden sollte, wand sich mit Worten und auch körperlich.

Dabei fiel sein Blick auf Suko und Shao. Obwohl der Chinese Polizist war, kam er dem anderen vor wie der berühmte Rettungsanker. »Entschuldigen Sie«, sagte er zu den Gästen und drängte sich an ihnen vorbei. »Bitte, Mister, Sie müssen mich schützen. Die bringen es fertig und lynchen mich!«

Das nahmen ihm weder Shao noch Suko ab. Sie hatten ganz andere Gründe, um mit dem Mann zu reden. Dabei wurden sie sehr genau von den vier Musikern beobachtet, auch das fiel Suko auf.

»Wer ist die Gruppe?« fragte der Inspektor.

»Ich ... ich kann es Ihnen nicht sagen. Sie sind plötzlich in gewesen. Ihre Lieder hauen rein.«

»Ja, das haben wir bemerkt. Und weshalb ist die Sängerin

verschwunden, Mr. Storm? Was war der wahre Grund dafür?«

»Ich habe keine Ahnung.«

»Das glaube ich Ihnen nicht.«

»Nein, es war nicht so geplant.«

Suko runzelte die Stirn. Konnte er diesem Mann vertrauen, oder konnte er nicht?

»Wie geht das Programm weiter?«

»Ich weiß es jetzt nicht. Es war ein großer Auftritt über 60 Minuten vorgesehen, aber wie es aussieht, werden die Top Fantastics dazu wohl nicht mehr kommen.«

»Und der Chef ist die Frau?«

»Eben.«

»Gibt es noch einen Mann im Hintergrund? Einen Manager vielleicht? Oder einen Agenten?«

»Nicht daß ich wüßte.«

»Dann lebt die Gruppe also im luftleeren Raum?«

Shao hatte die Frage formuliert, und Dorian Storm blieb nichts anderes übrig, als zu nicken.

Shao stieß ihm den rot lackierten Fingernagel gegen die Brust. »Haben Sie die Leute engagiert?«

»Ich erhielt den Zuschlag. Auch andere Discos wollten sie haben.«

»Und woher stammen sie? Welchen Background gibt es von der Gruppe? Jede hat doch eine Geschichte, die in den entsprechenden Gazetten breitgetreten wird.«

Storm staunte. »Da haben Sie eigentlich recht.«

»Und wie geht es weiter?«

»Überhaupt nicht, Miß. Es geht nicht weiter. Ich ... ich bin selbst überfragt. Auch die Top Fantastics müßten einen Background haben. Jetzt, wo Sie es sagen, fällt es mir wieder auf. Andererseits sind sie noch nicht so lange im Geschäft. Sie stiegen wie ein Komet auf. Wenn sich ihre Berühmtheit erst herumgesprochen hat, sieht das alles ganz anders aus. Da werden sich die entsprechenden Blätter schon mit ihren Berichten überschlagen.«

»Trotzdem ist es für mich ungewöhnlich.«

»Ich gebe Ihnen recht.«

»Was meinst du, Suko?«

Auch der Inspektor nickte. Shao hatte da quasi ins Volle getroffen. Ein wenig ungewöhnlich war dieser Aufstieg schon.

Dorian Storm hatte wieder sein Tuch hervorgezogen, um das Gesicht vom Schweiß zu reinigen. »Hätte ich mich doch nur nicht auf diese Sache eingelassen!« flüsterte er. »Aber das Geschäft ist hart, und es wird immer härter. Du mußt fressen, oder du wirst gefressen. Sie verstehen?«

»Klar!« Suko nickte. Er wollte nicht, daß Storm weiterlamentierte. Der Inspektor brauchte Fakten. Dazu zählte er das Verschwinden der Sängerin Ziana.

Suko brachte das Gespräch auf dieses Thema. »Ziana ist in ihrer Garderobe verschwunden. Das hatte einen Grund ...«

Sofort wehrte Storm ab. »Ich kenne ihn nicht, verdammt. Nein, Sie können mich da nicht festnageln. Wenn Sie mehr über die Frau erfahren wollen, fragen Sie ihre Musiker.«

»Das machen wir nicht!« erwiderte Suko bestimmt. »Ich will etwas von Ihnen, Mr. Storm. Mein Freund hat von Ihnen einen Schlüssel bekommen. Geben Sie mir ebenfalls einen.«

»Das kann ich nicht.«

»Aber Sie müssen doch die Tür öffnen können.«

»Mit dem Generalschlüssel.«

»Überlassen Sie ihn uns.«

Er schüttelte den Kopf.

Suko ließ sich nicht beirren. »Ich möchte nicht dienstlich werden, aber ich finde schon ...«

Storm besaß schwache Nerven. »Okay«, flüsterte er. »Sie bekommen den Schlüssel. Ich gebe ihn ab. Aber sorgen Sie dafür, daß hier wieder alles normal weitergehen kann, zum Teufel. Ich erlebe hier einen regelrechten Einbruch. Das bin ich nicht gewohnt. Ich ... ich ...« Er hatte den Schlüssel hervorgeholt, und Suko nahm ihn an sich.

Shao nickte. Sie ließen Storm stehen. »Irgendwie tut er mir leid«, sagte die Chinesin.

»Ist schon möglich.«

»Dir denn nicht?«

»Mein Gott, ich habe andere Probleme. Die vier Typen, zum Beispiel. Hast du sie gesehen?«

»Nein, die müssen irgendwo in der Nähe stecken oder halten sich verborgen.«

»Mal schauen.« Suko blieb stehen. Leider hatten sie eine ungünstige Stelle erreicht, denn sie befanden sich dicht an der Tanzfläche, und dort wurde ihnen der Blick von den Paaren genommen. Und an der Bar drängten sich die Gäste. Kaum jemand saß noch am Tisch.

»Vielleicht haben sie sich auch verzogen«, meinte Shao.

»Ich glaube das nicht.«

»Hast du einen Grund?«

»Mir kam es vor, als hätte diese Ziana ihre Typen als Aufpasser und Wächter zurückgelassen. Sie ahnt etwas. Ich brauche nur daran zu denken, wie sie John anblickte. Da kann dir heiß und kalt zur gleichen Zeit werden.«

Suko verengte die Augen und schaute dabei auf den Generalschlüssel. »Du denkst an eine Falle?«

»So ungefähr.«

»Dann hätten wir John bewußt hineingehen lassen.«

»Wir können ja jetzt nachsehen.«

Suko lächelte. »Schlaues Mädchen. Diese Sängerin interessiert mich nämlich ungemein.«

Die beiden drängten sich an den übrigen Gästen vorbei. Man hatte sich damit abgefunden, daß es bis zum zweiten Auftritt der »Top Fantastics« wohl noch etwas dauern würde, und spülte seinen Ärger mit zumeist edlen Getränken hinunter.

In der Regel war es Champagner, der perlend in die Kehlen der Leute floß.

Nahe der Tür zum Garderobengang brannte nur eine ziemlich schwache Leuchte. Ihr Streulicht fiel als runder Fleck auf den Boden. Suko mußte sich bücken, um das Schloß zu finden. Shao stand neben ihm. Sie blickte zurück, stieß Suko heftig, so daß er diese Warnung verstand und sich hochdrückte.

Die Chinesin brauchte nichts zu kommentieren. Suko sah selbst, was sich innerhalb weniger Sekunden ereignet hatte.

Die Sänger waren da, und sie standen hinter ihnen wie eine drohende Mauer …

Weder Shao noch Suko sprachen ein Wort. Sie schauten sich die Typen an, sahen ihre Gesichter aus der Nähe, und plötzlich hatten beide das Gefühl, daß diese Kerle zwar als Musiker auftraten, aber keine waren.

Vom Alter her paßten sie schon nicht in den Rahmen. Die Mitglieder der meisten Popgruppen waren jünger, zwischen 20 und 25, diese hier hatten die 30 längst überschritten. Im Kunstlicht war dies nicht so genau zu erkennen gewesen, jetzt aber, aus der Nähe betrachtet, gab es keinen Zweifel daran, daß sich hinter den vier Typen wohl etwas anderes verbarg.

Dennoch ließen sich die zwei nichts anmerken. Suko fragte sogar sehr freundlich: »Sie wünschen?«

»Wo wollen Sie hin?«

»Geht Sie das etwas an?«

»Ja.«

»Und wieso?«

»Wir wollen nicht, daß einer von Ihnen die Garderobe unserer Sängerin betritt.«

Suko spürte Shaos Finger an seinem Arm. Die Chinesin suchte Schutz. Sie fürchtete sich vor diesen Menschen, denn die vier verbreiteten eine Aura, die ihr überhaupt nicht gefiel.

»Haben Sie hier das Hausrecht?«

Der Sprecher der Musiker, es war der mit dem grünen Stirnband im weißen Haar, nickte. »Das haben wir uns genommen. Wir bestimmen, wann wir auftreten und wann nicht.«

»Dann kann man Sie als vertragsbrüchig bezeichnen.«

»Das geht Sie wohl nichts an. Gehen Sie wieder auf Ihre Plätze. Was hinter dieser Tür geschieht, hat Sie nicht zu interessieren.«

»Und wenn wir Ihrem Ratschlag nicht folgen?«

»Sehen wir uns gezwungen, zu anderen Maßnahmen zu greifen. Es ist auch in Ihrem Interesse.«

»Sie denken an Gewalt?«

»Nicht unbedingt. Es wird eine Bestrafung sein. Sie können auch kalte Rache dazu sagen.«

Suko zeigte keine Angst. Er schätzte die Kräfte der vier ab. Wenn er schnell war, mußte er sie überwältigen können, und sichtbar trugen sie keine Waffen.

»Es ist unser Ernst«, erklärte der Mann mit dem grünen Stirnband. »Verschwinden Sie jetzt!«

»Nein!«

Da handelten die vier.

Suko hatte sich schon vorwerfen wollen, stoppte aber im letzten Augenblick, denn die Musiker griffen ihn nicht offen und körperlich an. Sie taten es auf eine andere Art und Weise.

Plötzlich öffneten sie die Fäuste, so daß Suko und Shao die Handflächen sehen konnten, auf denen etwas lag..

Vier Steine. Grün in der Farbe und so groß, daß sie die Handflächen fast bedeckten.

Jetzt wußten beide Bescheid. Die Männer, die vor ihnen standen, waren die Abgesandten des Landes Aibon, die Hüter dieser rätselhaften Welt, die Beobachter – kurzum, die Männer in Grau!

Der Sog hatte mich voll erwischt. Das Kreuz mußte gewaltig gewachsen sein, um zu einem Gebilde werden zu können, das mich einfach mitriß. Hinein in eine fremde, andere Welt, in ein Loch zwischen den Zeiten und Dimensionen, in den Krater des Nichts.

Eine Zeitreise?

Ich hätte es nicht mit Bestimmtheit sagen können. Ich

kannte Zeitreisen. Einige Male schon hatte ich sie erlebt und war hineingezogen worden in einen Strudel, für den ich keine Erklärungen besaß. Auch jetzt riß man mich weg, man spielte mit mir, andere Kräfte umgaben mich, und sie kamen von verschiedenen Seiten auf mich zu. Ich wurde gepackt, gezerrt, ich hörte das Lachen einer Frau, das irgendwo verhallte, und flog weiter in die Leere hinein.

Automatisch hatte ich die Augen geschlossen. Es war eine Art von Schutzreaktion, aber jetzt, als ich mich ein wenig an diese Reise gewöhnt hatte, riß ich sie wieder auf.

Da war schon alles vorbei.

Ich stand auf einem festen Boden, nahm die mich umgebenden Umwelteinflüsse wahr, spürte den Wind, der kühl in mein Gesicht fuhr und die Haare in die Höhe wirbelte. Ich spürte auch die Kälte einer Januarnacht und fröstelte. Langsam gewöhnten sich meine Augen an die Finsternis. Ich hielt sie offen, zwinkerte und konnte trotzdem erst allmählich die über mir liegenden und sich verteilenden Schatten erkennen, die wie lange, dürre Totenfinger wirkten.

Wenig später sah ich besser. Es waren keine Totenfinger, die drohend über mir schwebten, sondern knorrige Äste. Ich stand unter ihnen auf einem weichen Boden, der vom harten Wintergras bedeckt war und einen Teppich aus Laub zeigte.

Vor meinen Lippen dampfte der Atem. Er stieg warm an meinem Gesicht hoch. Noch immer war ich ein wenig benommen, und als ich die ersten Schritte ging, verspürte ich ein Schwindelgefühl.

Es legte sich schnell, so daß ich daranging, meine Umgebung näher in Augenschein zu nehmen.

War ich in Aibon gelandet?

Der Wald und der weiche Untergrund ließen darauf schließen. Aber ich erinnerte mich sehr genau an Aibon, an das Paradies der Druiden, das auch ein bestimmtes Klima hatte. Jedesmal, wenn ich dort gewesen war, hatte ich den wunderschönen warmen Frühling erlebt. Sehr sanft, sehr weich und freundlich.

Hier war es kalt.

So kalt wie in London.

Also mußte ich mich noch in meiner Welt und in der Gegenwart befinden. Nur eben an einem anderen Ort, zu dem mich die magische Kraft hinteleportiert hatte.

Seit einiger Zeit besaß ich eine neue Lampe. Sie war zwar klein, aber ihr Licht wurde von einer dieser Halogenlampen abgegeben. Ich holte die Lampe hervor und schaltete sie ein.

Der gebündelte weiße Strahl zerschnitt die Dunkelheit und tauchte ein ins Unterholz. Er holte die Baumstämme aus dem Finstern, die aussahen wie die knorrigen Beine eines gewaltigen Riesen.

Geisterhaft war er, und er paßte irgendwie auch in diesen nächtlichen Wald.

War jemand in der Nähe?

Ich wußte es nicht genau, sah auch keinen, hatte aber trotzdem das Gefühl, nicht allein zu sein. Wahrscheinlich war die Sängerin »mitgekommen«. Allerdings brauchte sie sich nicht unbedingt in meiner Nähe aufzuhalten. Vielleicht hatte man mich bewußt an einen anderen Platz geschafft als sie.

Meine Überlegungen wurden unterbrochen, als ich etwas hörte. Es war eine Melodie.

Das Aibon-Lied ... Ein leises, fernes Glockenspiel drang an meine Ohren. Wunderschön anzuhören und doch für mich in diesem Moment irgendwie unheimlich klingend, so daß mir eine Gänsehaut über den Rücken rann.

Erinnerungen wurden wach. Gedanken an Aibon ...

Ebenfalls an ein geheimnisvolles Glockenspiel, das durch den Wald schwang. Ich sah mich wieder in der Welt stehen, dem Glockenspiel zuhörend, und hatte wenig später das Glück gehabt, ein engelähnliches Wesen zu sehen, das auf einem Schimmel ritt und vom Klang der Glocken begleitet wurde.

Eine Elfe möglicherweise, vielleicht ein Engel, aber keiner wie einer der Erzengel, der seine Zeichen auf meinem Kreuz hinterlassen hatte, denn ich dachte daran, wie Aibon der Legende nach entstanden war.

Damals, als alles begann, gab es bereits Gut und Böse. Das Böse, an der Spitze Luzifer, lehnte sich gegen das Gute auf. Es kam zum großen Kampf, den die Engel gewannen. Das Böse stürzte in die ewige Verdammnis. Und auf dem Weg dorthin waren einige der Getreuen »hängengeblieben«, Engel und geisterhafte Wesen, die nicht voll den abtrünnigen Luzifer unterstützt hatten. Sie waren in einer anderen Welt gelandet, in einem rätselhaften Reich, das den Namen Aibon bekommen hatte.

Dort wurden die Legenden und Sagen der Menschen wahr. Dort gab es tatsächlich die Wesen, über die in Märchenbüchern geschrieben wurde. Und jetzt sollte ich es auf der Erde erleben, in meiner Zeit, vielleicht nicht einmal weit von London entfernt?

Ich wartete ab und drehte meinen Kopf in die Richtung, aus der der Klang kam. Auch die Hand mit der Lampe hatte ich dorthin bewegt und sah zwischen den Büschen und den Stämmen der Bäume die Bewegung.

Da kam ein Reiter!

Nein, es war eine Reiterin, ein gefallener Engel. Ich hielt noch immer mein Kreuz fest und spürte, daß es sich erwärmt hatte. Die magische Ausstrahlung des gefallenen Engels, auch Elfe genannt, war von ihm genau registriert worden.

Wie damals in Aibon, so trug auch dieses Wesen eine Kette aus kleinen Glocken um den Hals, und wie damals verspürte ich auch hier so etwas wie Ehrfurcht, als ich dem Wesen entgegenschaute.

Es hatte mich ebenfalls entdeckt, hielt seinen Schimmel an und drehte sich auf dem Rücken des hellen, ebenfalls durchscheinend wirkenden Pferdes.

Wir blickten uns in die Augen.

War es der gleiche Engel, den ich in Aibon gesehen hatte? Das war mit Bestimmtheit nicht zu sagen, denn irgendwie glichen sich die Wesen alle. Man konnte sie schlecht auseinanderhalten. Sie waren einfach zu gleich. Die Gesichter feingeschnitten, strömten sie eine gewisse Ruhe und Gelassenheit aus, die uns Menschen fehlte.

Ich war damals auf den Rücken des Schimmels gestiegen und mit ihm in die Lüfte geritten.

Würde mir jetzt das gleiche bevorstehen?

Die Elfe sprach nicht. Auf ihrem Rücken wuchsen dünne Flügel. Im Licht der Lampe sahen sie aus wie kostbares Glas.

Ich wußte nicht, was sie vorhatte. Einen Grund für ihr Erscheinen mußte es geben, deshalb nickte ich ihr zu. »Was willst du?« fragte ich nach dieser Geste.

Ich erhielt eine Antwort. Es war ein Hauch, fast so wie der Klang der kleinen Glocken. Es schwang mir entgegen, und ich mußte mich konzentrieren, um sie zu verstehen. »Ich suche die Schlange …«

»Ziana?«

»Nein, nicht nur sie, auch ihn.«

»Wen meinst du?«

»Es ist der rote Ryan!«

Die letzte Bemerkung hatte mich getroffen. Der rote Ryan sollte hier sein und nicht in Aibon. Die Elfe mußte wohl mein erstauntes Gesicht bemerkt haben, denn sie erklärte mir die Zusammenhänge. »Der rote Ryan ist von seiner Schwester verflucht worden. Er wurde zum Mutanten und ist nicht nur äußerlich ein anderer, auch innerlich hat er sich gewandelt. Vom Pfad des Rechts wich er ab. Er gelangte in diese Welt und tötete einen gefallenen Engel. Anschließend eine Frau, und ich bin gekommen, um diesem Morden Einhalt zu gebieten.«

»Du wirst den roten Ryan töten?«

»Ich will, daß er erlöst wird.«

»Wie?«

»Es gibt jemanden, der es kann. Ein Kind. Es wohnt nicht weit von hier. Ein kleines Mädchen mit einer großen Phantasie. Dieses Kind muß ich finden.«

»Weiß das auch Ziana?«

»Ja, sie hat es erfahren.«

»Dann wird sie versuchen, das Mädchen zu töten. Denn sie will nicht, daß der rote Ryan wieder so wird wie früher. Sie selbst hat es mir gesagt, und ich glaube ihr.«

»Daran tust du gut. Ziana ist schlecht, sehr schlecht sogar …«

»Und sie will den Dunklen Gral.«

»Ja, auch die letzten Geheimnisse des Landes Aibon sollen gelüftet werden. Zusammen mit dem Rad der Zeit gibt der Dunkle Gral das, von dem die Menschheit immer träumte.«

»Und das wäre?«

Da lächelte die Elfe weise. »Wenn ich es dir sagen würde, täte ich dir keinen Gefallen damit. Du mußt es herausfinden. Wenn du es tatsächlich schaffst, bist du auch würdig genug, die letzten Geheimnisse zu ergründen …«

Diese Antwort befriedigte mich natürlich nicht. Letzte Geheimnisse! Das hörte sich an wie den Tod überwinden oder immer zu leben und jung zu bleiben.

Verrückt war das. Auch Hector de Valois hatte etwas mit dem Dunklen Gral zu tun gehabt, aber er war auch gestorben und hatte sein Geheimnis nie erfahren können.

»Das Böse steckt in der Schlange!« vernahm ich die Stimme des gefallenen Engels. »Seit Urzeiten ist die Schlange verflucht worden. Sie hat weder Beine noch Hände. Sie mußte sich auf dem Boden bewegen und durch den Staub kriechen und immer damit rechnen, von größeren Lebewesen zertreten zu werden. Aber sie hat sich entwickelt, sie kann sich wehren, sie ist falsch geworden. Sie tut so harmlos, doch die Menschen fallen immer wieder auf sie herein. Hüte dich vor der Schlange, John Sinclair!«

Wieder klangen die Glocken. Aber diesmal, weil die Elfe ihren Schimmel um die Hand drehte und davonritt. Wieder sah ich ihr fasziniert nach. Dabei hatte ich das Gefühl, als würden die Beine des Tieres den Boden gar nicht berühren. Zudem hörte ich kein Geräusch. Es war tatsächlich ein Geistwesen, das davonritt.

Begleitet vom Spiel der Glockenkette. Die Melodie wurde leiser. Ein letztes Mal schwang sie noch durch den Wald, dann verstummte sie, und ich war wieder allein.

Erst jetzt erwachte ich aus meiner Erstarrung. Aber hatte es Sinn, hinter der Gestalt herzulaufen?

Nein, ich mußte meinen eigenen Weg gehen. Die Elfe hatte mir sehr gute Informationen gegeben. Von einem kleinen, geheimnisvollen Mädchen hatte ich erfahren. Es mußte der Schlüssel zu diesem Fall sein, aber ich kannte weder den Namen der Kleinen noch deren Wohnort.

Allerdings konnte ich mir kaum vorstellen, daß die Elfe einen langen Weg in Kauf nehmen wollte, um den roten Ryan zu retten. Deshalb ging ich davon aus, das Mädchen in der Nähe zu finden.

Zunächst einmal versuchte ich, einen Weg aus dem Wald zu finden. Das war in der Dunkelheit gar nicht so einfach. Es blieb mir nichts anderes übrig, als mich in die Büsche zu schlagen. Manchmal braucht der Mensch Glück. In diesem Fall hatte ich es, denn ich stieß auf einen Weg, der mich aus dem Wald hinausbrachte, so daß ich plötzlich auf ein freies Feld blickte, das vor mir lag.

Jenseits des Ackers standen Häuser.

Jedenfalls schimmerten dort Lichter.

Und wenn mich nicht alles täuschte, wehte der Wind sogar den Klang heller, kleiner Glocken zu mir heran …

Die Schlange hatte einen Menschenkopf!

Dieser eine Satz, diese Tatsache schrillte im Hirn des Mannes, der sekundenlang wie angegossen auf dem Fleck stand, danach tief Luft holte und rückwärts ging.

Es waren Bewegungen, die eher zu einem Roboter gepaßt hätten als zu einem Menschen, und er blieb erst stehen, als er mit dem Rücken die offene Zimmertür seiner Tochter erreicht hatte und gegen die Kante stieß.

Erst jetzt wurde ihm bewußt, daß Eileen sich nicht gerührt

hatte. Sie stand dicht vor der Treppe und blickte der dort liegenden Schlange genau ins Gesicht.

Pernell Hendricks holte tief Luft. Er wollte sprechen, räusperte sich zunächst und flüsterte dann: »Eileen, komm zurück. Komm her zu mir!«

Sie hörte nicht, vielleicht wollte sie auch nicht hören, denn sie blieb stehen.

Pernell Hendricks verstand die Welt nicht mehr. Seine Hand, die gegen das Türfutter gestützt war, zitterte.

»Eileen, komm!« Noch einmal versuchte er es.

»Nein, ich muß bleiben!« Sie antwortete, ohne sich dabei nach ihrem Vater umzudrehen.

»Warum?«

»Ich spüre es. Es geht nicht so einfach. Ich kann nicht weg. Man braucht mich hier. Ja, man braucht mich.«

»Wer braucht dich?«

»Die Schlange!«

Hendricks lachte. Es war ein Unding, wenn sie so sprach. Eine Schlange brauchte keinen Menschen, höchstens als Opfer und nicht, wie Eileen vielleicht vermutete, als Helfer.

Überhaupt kam ihm die Szene so ungewöhnlich vor. So anders, so wenig real. Eine Schlange im Haus. Wer konnte darüber schon etwas sagen, und wer würde ihm glauben?

Hendricks mußte etwas tun. Seine Tochter brauchte ihn. Er würde sie trösten müssen, mit ihr reden.

Deshalb ging er zu ihr. Wieder mit angstklammem Herzen, und neben Eileen blieb er stehen. Nichts hatte sich verändert. Er starrte über die Kanten der Stufen hinweg und sah die Schlange auf der Treppe liegen. Erst jetzt kam er dazu, sich das Gesicht und den Kopf anzusehen.

Der Schädel wuchs aus dem Körper. Er war praktisch nahtlos integriert. Fast feuerrote Haare wuchsen wie erstarrte Flammen auf dem Kopf. Die Gesichtszüge wirkten wie verschoben, die Augen standen weit offen, und Hendricks erkannte die grünen Pupillen.

»Wer ist das?« flüsterte er.

»Ein Freund.«

»Du kennst ihn?«

»Ja, ich erkenne ihn. Ich habe ihn gesehen.«

»Wo denn?«

»In meinen Büchern. Deshalb ist er auch zu mir gekommen. Ich habe in meinem Zimmer die Bücher stehen, in denen ich immer die schönen und unheimlichen Geschichten über andere Länder lese. Und den Mann mit den roten Haaren kenne ich. Er ist der rote Ryan. Über ihn gibt es viele Sagen und Legenden, Daddy.«

»Welche?«

»Die aus Irland und so …«

»Das … das glaubst du?«

»Siehst du ihn denn nicht?«

»Natürlich.«

Eileen deutete nach vorn. »Schau dir mal sein Gesicht an. Da ist alles verzerrt, in den Zügen steckt die Qual. Er will keine Schlange sein. Ich habe mit ihm gesprochen. Er drang in meine Gedanken. Er ist nur verflucht. Schlecht ist er nicht.«

Als der Mann die Worte seiner Tochter hörte, stand er kurz vor dem Durchdrehen. Bisher hatte er sich mit seinen Kommentaren zurückgehalten, das änderte sich nun.

»Was hast du da gesagt? Er ist nicht schlecht? Er soll nicht schlecht sein? Diese komische Riesenschlange hier?«

»Ja.«

»Verdammt noch mal, Eileen …« Und jetzt brach es aus ihm hervor. »Er hat deine Mutter getötet. Hast du verstanden? Er tötete deine Mutter. Und da behauptest du, daß er nicht schlecht sei?«

Sie reagierte nicht, gab keine Antwort auf die letzte Bemerkung ihres Vaters.

Hendricks faßte sie an, drehte sie herum, schüttelte sie durch und blickte in ihr Gesicht. »Hast du mich nicht verstanden, Eileen? Sie hat deine Mutter getötet. Deine Mutter. Sie hat sie gefressen! Das ist die Wahrheit. Ich wollte sie dir nicht sagen, aber jetzt muß ich es tun, zum Teufel! Das ist die reine Wahrheit!«

»Ich habe dich schon verstanden, Dad!«

»Okay, das ist ja wunderbar. Was sollte ihn davon abhalten, dich nicht zu verschlingen?«

»Weil ich ihm helfen kann.«

»Toll, und wie?«

»Das sage ich dir nicht. Aber du solltest weggehen, Dad.« Sie begann plötzlich zu weinen. »Man weiß nicht, was die Schlange noch vorhat. Du bist nicht ihr Freund. Ich sagte ja, eigentlich ist sie nicht böse. Aber es gibt Dinge, die sie so böse gemacht haben. Der rote Ryan ist lieb. Er kann mein Freund werden ...«

Der Mann wollte etwas sagen. Die Worte aber blieben ihm im Halse stecken. Er hatte über den Kopf seiner Tochter hinweggeschaut und erkannt, daß sich bei der Schlange etwas tat. Zwar ringelte oder schob sie sich nicht weiter vor, aber in ihrem menschlichen Gesicht zuckten die Muskeln und lief ein Zittern über die Haut. Es sah so aus, als wollte die Schlange die Initiative ergreifen.

Hendricks hatte so viel in den letzten Minuten erlebt, daß ihm plötzlich alles egal war. Er wußte genau, diese Schlange war ihm über, und er verstand auch seine Tochter nicht mehr, daß sie sich mit dieser mutierten Bestie auf eine Stufe stellte.

Er nickte. »Ja«, sagte er, »ja, du hast recht. Ich werde hier verrückt, aber du hast recht. Tu, was du nicht lassen kannst. Nimm deine Schlange, ich wollte dir helfen, aber ich kann nicht mehr.«

»Warte woanders, Dad!«

Er ging zurück. Es gab noch mehrere Zimmer auf dieser Etage. Unter anderem ein Bad und den Raum, in dem seine Frau und er geschlafen hatten.

Eileen aber kümmerte sich nicht mehr um ihren Vater. Sie beugte sich vor und legte ihre Hände auf die Oberschenkel der zusammengepreßten Beine. Fast hypnotisch scharf blickte sie die Schlange an. »Willst du nicht zu mir kommen?« fragte sie.

Der Kopf mit den roten Haaren bewegte sich nickend. Eileen lächelte knapp, bevor sie sich umdrehte und der Schlange den Rücken zuwandte. Sie verspürte keine Furcht. Stolz schritt sie durch den Gang auf ihre Zimmertür zu.

Hendricks war in der Türnische des Schlafzimmers stehengeblieben. Erst hatte er weglaufen wollen, dann war ihm eingefallen, daß er seine Tochter nicht allein lassen konnte, und so stand er an der Schlafzimmertür, um die Szene zu beobachten.

Die Schlange ringelte sich vor. Sie schob sich lautlos über den Boden und wirkte trotz ihres übergroßen Umfangs ungewöhnlich geschmeidig. Dabei hatte sie das vordere Drittel ihres Körpers so weit erhoben, daß der Kopf aufrecht stand. Der Beobachter in der Tür konnte ihm direkt in das Gesicht sehen.

Noch immer wirkte es verzerrt. Es hatte gleichzeitig aber einen wissenden Ausdruck angenommen. Hendricks war ehrlich genug, um sich einzugestehen, auf den Zügen auch eine gewisse Hoffnung zu lesen, die das Wesen erfüllte.

Die feuerroten Haare leuchteten wie ein Fanal. Sie wirkten beinahe auch wie Schlangen, und in die Haut hatten sich tiefe Falten eingegraben.

So glitt die Schlange voran.

Eileen war längst verschwunden. Dafür hörte Hendricks ihre Stimme. Sie rief und lockte. »Bitte, komm her, roter Ryan. Ich warte auf dich. Komm ins Zimmer.«

Die Schlange kümmerte sich nicht um den Zeugen, sondern drehte ab. Ihren Körper drückte sie nach rechts, so daß sie über die Schwelle und in das Zimmer hineingleiten konnte.

Nur ein leises Schaben war auf dem Teppichboden zu hören, als sich die Schlange über den Flur und in das Kinderzimmer hineindrängte. Sie verschwand, und Hendricks stand da, ohne sich zu rühren.

Er fühlte sich wie jemand, der nur beobachtete, selbst aber nicht eingreifen konnte und auch dabei war, seinen Körper zu verlassen. Ihm kam alles so unwirklich vor. Er konnte es nicht begreifen und hatte das Gefühl, zwei Personen zu sein.

Was sollte er tun?

Zunächst einmal blieb er stehen. Hendricks fürchtete sich davor, den Platz zu verlassen und in das Kinderzimmer zu gehen. Der Druck in seinem Magen wollte ebenfalls nicht weichen. Wenn er Luft holte, drohten seine Lungen zu zerplatzen.

Er konnte nicht laufen, ohne sich abzustützen. Deshalb schabte seine Hand auch an der Tapete entlang.

Vor Eileens Zimmer blieb Pernell Hendricks stehen. Er hatte den Mund geöffnet und holte noch einmal tief Luft. Diesmal klappte es viel besser. Die roten Kreise vor seinen Augen verschwanden, im hinteren Teil des Schädels breitete sich der Druck weiter aus und zog als ziehender Schmerz bis in den Nacken.

Sollte er hineingehen?

Die Tür stand offen. Er riskierte es, drehte den Kopf und blickte in das Zimmer.

Er sah Eileen und die Schlange.

Beide verstanden sich prächtig. Nie würde der Mann dieses Bild vergessen. Seine Tochter saß auf ihrem Stuhl vor dem Schreibtisch. Die Schlange streckte sich auf dem Boden aus, aber ihren Kopf hatte sie so gedreht, daß er auf dem Schoß des Mädchens lag.

Eileens Finger fuhren durch das feuerrote Haar. Sie sprach Worte, die ihr Vater nicht verstand. Sie waren einzig und allein an den roten Ryan gerichtet, den sie erlösen wollte.

Obwohl sie Pernell sehen mußte, ging ihr Blick durch ihn hindurch. Seine Tochter, das erkannte der Mann glasklar, war für ihn eine Fremde geworden.

Er zog sich zurück. Plötzlich wußte er genau, daß er in seinem Haus nichts mehr zu suchen hatte. Er war ein Fremder zwischen seinen eigenen vier Wänden. Jemand anderer hatte die Kontrolle übernommen. Um wen es sich dabei handelte, konnte er nicht mit Gewißheit sagen. War es die Schlange, war es vielleicht ein ihm unbekannter Zauber? Er glaubte mittlerweile an alles. Wer so etwas durchgemacht hatte, dem war nichts mehr fremd, und den konnte auch nichts überraschen.

Er schritt die Treppe hinab und mußte sich am Handlauf abstützen. Fast hatte er das Gefühl, kein Mensch mehr zu sein, weil er alles so automatisch tat.

Das Gehen, die Bewegungen seines linken Arms, seine Gedanken. Am Ende der Treppe drehte er sich nach rechts, da er ins Wohnzimmer wollte, um dort einige Dinge zu überdenken. Er spürte den kalten Hauch, der durch die zerstörte Fensterscheibe drang, aber der störte ihn nicht einmal. Er fiel in den Sessel, blieb dort sitzen und drehte den Kopf nach rechts, wo sich die Bar im Schrank befand.

Auf der Straße waren Stimmen zu vernehmen. Das mußten Nachbarn sein, die das zerstörte Fenster entdeckt hatten. Die Leute trauten sich aber nicht, anzuklingeln. Sie riefen.

»Ja, ja, schon gut!« brüllte Hendricks zurück. »Ich habe es bereits gesehen. Das wird repariert!« Neugierige Ärsche, dachte er und begann gleichzeitig zu lachen. Wenn die wüßten, daß in seinem Haus eine Riesenschlange hockte, würden sie allesamt fluchtartig die Gegend verlassen und sich woanders ansiedeln.

Pernell Hendricks stand auf. Er holte Flasche und Glas. Sitzend schenkte er ein. In das Gluckern der Flüssigkeit hinein erklang sein hartes Lachen.

Noch nie war er innerhalb kurzer Zeit so sehr von einem Extrem in ein anderes gefallen. Für ihn sah die Welt einmal hell und strahlend aus, dann wieder düster und schwarz.

Pernell Hendricks trank. Er setzte das Glas an und spürte den Whisky an seinen Lippen. Er brannte, aber das machte ihm nichts. Hendricks brauchte den Alkohol. Was er damit betäuben wollte, wußte er selbst nicht genau. Auf jeden Fall trank er das Glas bis zur Hälfte leer, verschluckte sich noch, hustete und schaffte es erst, sich nach einer Weile zu fangen. Mit hochrotem Kopf blieb er sitzen. Seine Augen füllten sich mit Tränen, er verzog den Mund, nahm wieder einen kräftigen Schluck und blieb danach wie eine Statue sitzen.

Er hatte etwas gehört.

Es waren Schritte, und die drangen wahrlich nicht von draußen an seine Ohren, sondern mußten im Haus aufgeklungen sein.

Da war jemand!

In noch immer sehr steifer Haltung drückte er seinen Körper vor und stierte auf die Tür. Er spürte die Kälte auf seinem Rücken. Sie lag dort wie eine Gänsehaut.

Plötzlich verstummte das Geräusch.

Der ungebetene Besucher wartete ab. Wahrscheinlich stand er zwischen Küche und Flur. Er wußte wohl nicht, wo er hingehen sollte, und Hendricks sah auch keinen Grund, nach ihm zu rufen.

Wenig später vernahm er die Schritte erneut. Diesmal kamen sie auf das Wohnzimmer zu, und plötzlich tauchte in der Tür die Gestalt auf. Es war ein hochgewachsener blonder Mann.

Sie sahen sich an.

Pernell Hendricks hatte das Gefühl, seziert zu werden. Irgendwie schämte er sich, daß er getrunken hatte, denn der Fremde machte auf ihn den Eindruck eines Besuchers, der genau wußte, was er wollte.

»Guten Abend!« hörte Hendricks die Stimme.

»Ja und?« Er sprach mit einer Stimme, die ihm selbst fremd vorkam. »Wer sind Sie, und was wollen Sie?«

»Ich bin gekommen, um Ihnen zu helfen, Mister. Mein Name ist Sinclair, John Sinclair …«

Suko und Shao wußten Bescheid. Sie kannten die Männer in Grau, und sie taten – nichts.

Sie standen da, starrten auf die Steine in den Händen der

Besucher und wußten, daß sie machtlos waren. Die Macht befand sich in den Händen dieser Männer. Denn die Steine besaßen eine ungeheure Kraft. Sie konnten Menschen vernichten, aber auch Dämonen und andere schwarzmagische Wesen. Wo die Männer in Grau auftauchten, gab es immer Probleme, die sich unmittelbar um Aibon drehten.

Suko faßte sich als erster und nickte. »Ja«, sagte er. »Ja, ich weiß Bescheid. Sie werden mit uns keinerlei Probleme haben.«

»Das dachten wir uns auch«, erklärte der Typ mit dem grünen Stirnband im Haar. Mit der freien Hand deutete er auf die Tür. »Ihr wolltet zu Ziana?«

»Sicher.«

»Wir werden euch begleiten.«

»Und dann?«

»Nichts«, wurde den beiden erklärt. »Gar nichts. Wir müssen ein Auge auf sie haben.«

Suko lachte leise. »Falls sie euch noch nicht reingelegt hat. Ich traue ihr alles zu.«

»Du weißt mehr?«

»Nein, ich nehme es nur an. Außerdem wißt ihr selbst, daß wir beide nicht allein gekommen sind. Ihr kennt John Sinclair, wenn ihr die Männer in Grau seid.«

»Ja, wir sahen ihn.«

»Er ging zu ihr.«

Nach dieser Antwort sahen sich die vier an. Das hatten sie wohl nicht erwartet.

Wieder sprach der Mann mit dem Stirnband. »Um so besser«, sagte er. »Es wird Zeit für uns, daß wir verschwinden.« Er streckte seine Hand aus. »Du hast den Schlüssel, Chinese. Gib ihn her.«

Suko sah keinen Grund, dies zu verweigern. Er reichte den Türschlüssel rüber.

Shao stand neben ihm und blickte zu Boden. Trotz der Wärme war ihr kalt geworden. Manchmal tanzten auch rote Flecken der Aufregung über ihre Wangen. Gern hätte sie etwas gesagt, doch sie preßte die Lippen zusammen und hielt den Mund.

Der Mann in Grau öffnete die Tür. Mit dem Fuß drückte er sie nach innen. Shao und Suko wurde der Vortritt überlassen. Sie betraten den Garderobengang und konnten, da dieser breit genug war, nebeneinander hergehen. Shao faßte nach der Hand ihres Freundes. Sie ging an seiner rechten Seite und hatte den Kopf ein wenig nach links gedreht. »Können wir nicht etwas tun?« hauchte sie.

»Wie denn?«

»Ich meine, du hast doch den Stab!«

»Natürlich, aber den setze ich nicht ein, weißt du. Die Männer in Grau sind nicht unsere Feinde, auch wenn es so aussieht. Sie sind eine Art Polizei. Wenn sie erscheinen, ist etwas im Busch.«

»Und weshalb haben sie sich in der Nähe dieser Frau aufgehalten? Wollten sie, daß Ziana ...?«

Shaos Worte waren gehört worden. In ihren fragenden Satz hinein erklang die nächste Antwort. »Nein, wir wollten nicht, daß es so kommt. Wir wollten sie unter Kontrolle halten. Wir wußten, daß sie Schreckliches getan hat. Sie erweckte Aibons Schlangenzauber und schaffte es sogar, den roten Ryan mit hineinzuziehen. Das ist es, was uns störte. Sein Schicksal wird sich nicht in Aibon entscheiden, sondern hier auf der Erde. Wir wollen ihm nur helfen.«

Suko blieb stehen. Natürlich kannte er den roten Ryan. Zusammen mit seinem Freund John hatte er einige üble Erfahrungen gesammelt, was diese Person anging. Damals war es um die Bluthand aus dem Jenseits gegangen. »Was ist mit dem roten Ryan geschehen?«

»Man hat ihn verflucht.«

»Und wer?«

»Es war Ziana. Sie gehört zu den Dienern des abtrünnigen Druiden Guywano. Sie will einfach sehr viel. Das Geheimnis des Dunklen Grals soll gelüftet werden. Sie allein will dies, habt ihr verstanden? Und das können wir nicht zulassen.«

»Vielleicht habt ihr es schon.«

»Möglich.«

»Und weshalb diese Verkleidung? Die Popgruppe, die ihr gegründet habt? Was sollte das?«

»Wir wollten uns bewegen können, ohne daß es auffällt. Das war der einzige Grund. Und wir mußten locken. Unser Song *Aibon* ist nicht umsonst geschrieben und auch gesungen worden. Er war gewissermaßen eine Initialzündung für uns. Der rote Ryan wird es gehört haben und hat Aibon verlassen. Durch den Text und vor allen Dingen durch die Melodie, die ja seine ist, hat er erfahren, wo sich sein Schicksal entscheidet. Es gibt, nicht weit entfernt, ein kleines Waldstück, das eine magische Keimzelle besitzt. Ein alter Druidenzauber hat vor langer Zeit dort gewirkt. Wir haben es wieder aktiviert. Und dort wird auch der rote Ryan erschienen sein. Aber nicht mehr so wie früher. Der Fluch hat ihn verändert. Er hat die Seiten gewechselt.«

»Heißt das, er dient nun dem Bösen?«

»Ja, den Kräften in Aibon, die wir nicht wollen. Er wird auch töten, ohne etwas dafür zu können. Er ist grausam, aber ich kann euch nicht davor bewahren.«

»Dann habt ihr versagt!« stellte Suko trocken fest.

»Es stimmt!« wurde ihm geantwortet. »Aus diesem Grund versuchen wir zu retten, was noch zu retten ist. Öffne die Tür!«

Das tat Suko. Allerdings nicht hastig. Hinter der Tür konnte möglicherweise etwas Schreckliches lauern, deshalb berührte er vorsichtig die Klinke und drückte sie sehr langsam nach unten.

Die Männer in Grau drängten ihn nicht. Sie waren nur vorgekommen und hatten die beiden in die Zange genommen.

Spaltbreit stand die Tür offen, als es plötzlich geschah. Durch den Spalt quoll eine Masse.

Zunächst glaubten Shao und Suko, daß es sich um einen Schleim handelte. Aber Schleim ringelte und bewegte sich nicht. Was da durch den Spalt drang, waren Körper. Kleine, glatte Schlangenkörper.

Sie saß da und weinte. Eileen spürte den Kopf des Mannes in ihrem Schoß und dachte, während ihr die Tränen über das Gesicht liefen, ich muß ihn erlösen. Nur ich kann es.

Woher sie dieses Wissen bezog, war sehr einfach. Eileen besaß die entsprechenden Bücher. In ihnen war viel über ein geheimnisvolles Land geschrieben worden. Über ein Land, das ein Paradies sein sollte, das im Grünen lag und in dem ein Mensch wohnte, der so zauberhaft Flöte spielen konnte.

Eben der rote Ryan.

Aber der, dessen Kopf in ihrem Schoß lag, war nicht der gleiche, den sie aus ihren Büchern kannte. Man hatte ihn verändert. Der Bannstrahl eines anderen Zaubers mußte ihn getroffen haben, denn auch darüber hatte das junge Mädchen gelesen.

Nur sie konnte ihn retten.

Doch es war schlimm. Sie mußte ihr Blut hergeben, um ihn wieder aus dem Bann zu reißen.

Ihr Blut und ihr Leben!

Noch zögerte sie, saß nur da und strich mit ihren Händen über die Gesichtshaut. Sie fuhr auch durch das wirre Haar, das sich manchmal anfühlte, als bestünde es aus trockenem Stroh.

Sie hatten noch nicht miteinander gesprochen, aber sie verstanden sich auch ohne Worte. Bis Eileen es nicht mehr aushielt und eine erste Frage stellte.

»Du hast mich gesucht?«

»Ja!« drang es zögernd aus seinem Mund. »Ich habe dich gesucht, denn du bist das unschuldige Mädchen, das mich aus meinem Zustand erlösen kann. Nur du.«

»Ich wußte auch, daß so etwas passiert. Ich habe es oft genug gelesen. Das Buch fand ich im Wald, wo ich die Elfe gesehen habe. Du hast sie getötet, nicht wahr?«

»Sicher.«

»Weshalb?«

»Weil ich verflucht bin.«

»Und meine Mutter hast du auch verschluckt?«

»Es stimmt. Sie stand mir im Weg. Sie mußte sterben. Solange der Fluch auf mir liegt, wird jeder mein Opfer, den ich bekommen kann. Deshalb wird es Zeit, daß du mir dein Blut gibst und den Fluch damit auslöschst. Aber beeile dich. Ich spüre es, daß die Person unterwegs ist, die mich verflucht hat. Sie will nicht, daß ich so werde wie früher. Sie hat ihre eigenen Pläne.«

Eileen fragte nicht nach, um welche Pläne es sich handelte. Sie tat, was man ihr aufgetragen hatte. Deshalb stand sie auf und drückte den Kopf dabei zur Seite. »Warte noch einen Moment, Ryan. Ich bin gleich wieder bei dir.«

Eileen hatte schon alles vorbereitet. Auf dem Schreibtisch stand die Lampe, deren Schirm die Form einer Comic-Figur hatte. Sie wirkte lustig, und ihr Licht fiel über die Schreibplatte, bis hinein in die Schublade, die von Eileen aufgezogen wurde. Zwischen Bleistiften und grauen Zetteln lag ein Gegenstand, der überhaupt nicht in die Lade hineingehörte.

Ein Messer!

Lang war die Klinge, auch sehr spitz. Zudem beidseitig geschliffen. Ein Küchenmesser, mit dem man auch zähes Fleisch zersäbeln konnte. Ein wahres Mordinstrument.

Sie nahm es in die Hand. Der dunkle Griff war so lang, daß er unten aus ihrer Faust hervorschaute. Sehr langsam drehte sie sich um. Eileens Gesicht hatte eine bleiche Farbe angenommen. Die Augen waren zu Sicheln verengt. Sie atmete nur durch die Nase, schluckte aber, was an den Bewegungen der dünnen Haut an ihrem Hals zu erkennen war.

Der Körper der Riesenschlange hatte sich auf dem Zimmerboden zusammengeringelt. Nur der Kopf stand noch hoch, und das rote Haar zitterte, als wäre ein leichter Windstoß über die Frisur hinweggefahren.

In den grünen Augen lag kein Bedauern. Der rote Ryan

wußte, daß es keine andere Möglichkeit gab, den Fluch wieder wegzunehmen, als durch das Blut des Mädchens.

Eileen Hendricks nahm Platz. »So schreiben es die Gesetze vor, wie ich in dem Buch las!« hauchte sie. »Nur so. Und ich werde diesen alten Gesetzen folgen. Mein Leben für dich. Ich bin die Auserwählte, ich gebe meinen Lebenssaft und ...«

Sie sprach nicht mehr weiter, weil eine Bewegung der Schlange sie irritiert hatte.

Dabei hatte der rote Ryan nur den Kopf gedreht, so daß er sie direkt ansehen konnte.

»Nimm das Messer!« flüsterte er.

»Ja.« Sie holte tief Luft. »Und wo soll ich den Schnitt ansetzen?«

»An den Pulsadern!«

Es sah für einen Moment so aus, als wollte sie es sich noch einmal überlegen, denn der Körper des Mädchens versteifte sich. Zudem zuckte die Hand zurück, aber sie gab sich einen innerlichen Ruck und drückte das Messer vor.

Ein Lichtreflex sammelte sich auf der Klinge und wurde als helles Blitzen zurückgeworfen.

Der rote Ryan drehte seinen Kopf zur Seite und öffnete seinen Mund so weit, daß die Blutfontäne direkt hineinspritzen würde.

Eileen drehte das Messer und setzte die Klinge dort an, wo sich unter der dünnen Haut die Ader abzeichnete.

Dann stach sie zu!

Er schaute mich an, und ich sah es an seinem Blick, daß er getrunken hatte. Die Augen wirkten irgendwie schwammig. Doch nicht allein der Alkohol trug daran die Schuld. Tief in den Augen sah ich noch etwas anderes. Gefühle negativer Art.

Angst und Furcht ...

Wovor?

Ich dachte an meinen Weg bis zu diesem Ziel. Stets war ich

dem Licht nachgegangen, hatte dieses erste Haus erreicht und wäre fast vorbeigelaufen, als mir zwei Dinge aufgefallen waren.

Zunächst das zerstörte Fenster und anschließend die Reaktion meines Kreuzes.

Es hatte sich leicht erwärmt.

Für mich immer ein Warnsignal, denn es reagierte nur, wenn sich eine Magie in der Nähe befand. Und zwar schon so dicht, daß mein Kruzifix von ihr gestreift wurde.

Ich hatte das Haus betreten und sofort gewußt, an der richtigen Stelle zu sein.

Natürlich war ich beobachtet worden. Nachbarn mußten das Splittern der Scheibe gehört haben, aber sie trauten sich nicht, das Haus zu betreten. Ich war hineingegangen und hatte mir zunächst die Küche genauer angesehen. Dort sah ich das Durcheinander. Es war irgend etwas geschehen, das nach einem Kampf aussah.

Blut hatte ich nicht entdecken können.

Dafür stand ich jetzt vor dem Mann, der im Sessel hockte und einen Eindruck machte, als wäre ihm alles egal. Vor mir schien er keine Angst zu haben, seine Furcht ging tiefer. Sie lauerte mehr in seinem Innern, und er bewegte plötzlich den Mund.

»Ich bin Pernell Hendricks. Und was ich hinter mir habe, wird mir kaum jemand glauben.«

»Ich vielleicht.«

»Nein, Mister, nein. Das ist der nackte Wahnsinn, glauben Sie mir. Der nackte Wahnsinn.«

»Wollen Sie es nicht erzählen?«

Er grinste schief. »Glauben Sie an Elfen und Riesenschlangen?« fragte er stockend.

»Ich weiß, daß es sie gibt.«

Er lachte mich rauh an. »Dann sind Sie besser als ich. Aber Riesenschlangen mit Menschenköpfen akzeptieren Sie nicht, oder?«

»Es kommt darauf an.«

»Wer sind Sie eigentlich?«

»Ich bin gekommen, um Ihnen zu helfen.«

»Gegen die Schlangen, wie?«

»Auch das.«

»Wollen Sie sich auch fressen lassen?« Er fragte es aggressiv, hob den Kopf und auch das Kinn an.

»Das hatte ich nicht vor.«

»Verdammt«, sagte er. »Sie wird Sie fressen, schlucken, verschlingen, was weiß ich. Sie hat eine Elfe verschlungen, und sie hat meine Frau verschluckt …«

In den nächsten Minuten berichtete er mir von dem Grauen, das er erlebt hatte.

Ich hörte aufmerksam zu. Auch wenn er eine große Phantasie gehabt hätte, eine solche Geschichte hätte er sich kaum einfallen lassen können. Die mußte er einfach erlebt haben. Und auch ich wußte schließlich über Aibon einiges.

Hendrick begleitete seine Rede mit wilden Handbewegungen, als wollte er irgend etwas greifen, das nicht vorhanden war. Dann machte er plötzlich Schluß und ließ sich in den Sessel zurücksinken. Lauernd sah er mich an. Seine Zungenspitze fuhr aus dem Mund und bedeckte die Lippen mit Speichel.

»Glauben Sie mir immer noch?«

»Mehr denn je!«

Meine Antwort riß ihn wieder hoch. Er blieb aber steif sitzen. »Das sagen Sie doch nur so.«

»Nein, nicht. Ich bin extra hergekommen, um mich um diese Sache zu kümmern.«

»Dann sind Sie wohl ein Schlangenjäger, wie?«

»So ähnlich, Mr Hendricks. Aber ich nehme auch andere Sachen in Angriff.« Auf Einzelheiten ging ich nicht ein. Der Mann sollte von mir nicht noch weiter durcheinandergebracht werden. Als er zur Flasche griff, war ich schneller und nahm sie an mich. Ich stellte sie weg und kümmerte mich auch nicht um seine Proteste. »Sie haben nicht zufällig noch eine Person hier im Haus gesehen?«

»Wen meinen Sie?«

»Eine junge Frau. Poppig gekleidet ...«

»Nein, nur meine war hier. Und die hat es erwischt. Aber was soll die andere für eine sein?«

Ich winkte ab. »Lassen wir das zunächst. Wichtig ist nur, daß Sie hier allein sind. Die Schlange wird wohl noch ...«

Plötzlich begann er zu lachen. Es war ein fieses, leises und gleichzeitig kehliges Gelächter. »Keine Schlange mehr hier. Sie war im Haus und hat meine Frau verschluckt.«

»Das sagten Sie. Und weiter?«

»Dann ging sie nach oben und veränderte sich. Sie bekam einen Menschenkopf mit roten Haaren. Aber oben ist sie nicht allein, Mister. Wissen Sie eigentlich, wer bei ihr ist?«

»Wie sollte ich?«

»Meine Tochter Eileen. Ja, meine eigene Tochter. Sie hat die Schlange erwartet. Sie hatte keine Furcht vor ihr. Sie freute sich sogar auf sie. Eileen war wie besessen vor Glück. So etwas habe ich bei ihr noch nicht erlebt. Glauben Sie mir. Das ist der nackte Wahnsinn gewesen.«

»Und Ihre Tochter lebt?«

»Als ich sie verließ, ja. Sie wollte nicht, daß ich bei ihr blieb. Für sie gab es nur die Schlange.«

Obwohl es mich drängte, nach oben zu laufen, blieb ich zunächst einmal stehen und wartete gespannt ab. »Okay, die Schlange und Ihre Tochter verstehen sich gut.«

»So ist es.«

»Wie ging es weiter, verdammt?«

»Ich weiß es nicht. Eileen wollte mit der Bestie allein bleiben. Sie sprach davon, die Schlange zu erlösen. Sie könnte es schaffen. Nur sie allein.«

»Und woher wußte sie das?«

Er hob beide Hände zu einer flehenden Geste. »Ich kann es Ihnen nicht sagen, verdammt. Ich kann es Ihnen wirklich nicht sagen. Mein Kontakt zu Eileen beschränkte sich zwangsläufig auf nötigste Informationen. Glauben Sie mir. Ich war beruflich viel unterwegs, kam oft nur am

Wochenende nach Hause. Eileen war immer ein sehr stilles Mädchen. Sie vergrub sich in ihren Büchern, glaubte an die Geschichten, die sie las. Es waren Legenden, Märchen, Sagen, die von Ländern und Reichen berichteten, die wir nicht sehen können.«

Er wollte noch weitersprechen, das gefiel mir nicht. Ich hatte genug erfahren, jetzt mußte gehandelt werden.

»Ihre Tochter befindet sich noch im Haus?«

»Ja.« Er deutete in die Höhe. »In der ersten Etage liegt ihr Zimmer. Dort können Sie die Schlange und auch Eileen finden. Vielleicht noch lebend, ich weiß es nicht.«

»Danke.« Ich machte kehrt, verließ den Raum, hörte den Mann noch rufen, kümmerte mich aber nicht darum, denn aus der ersten Etage hörte ich ein schallendes Lachen und dann eine eiskalt klingende Stimme, die mir Schauer über den Rücken jagte.

»Nein, du erlöst ihn nicht, du kleine Hexe!«

Ziana hatte gesprochen!

Die Masse der ringelnden, zuckenden und sich bewegenden Schlangen war nicht zu stoppen. Wie eine grüne Woge wälzten sie sich auf Suko und Shao zu, als wollten sie die beiden mit der Last ihrer Körper zerdrücken und überschwemmen.

Es interessierte den Inspektor nicht, ob die vier Männer in Grau bei oder hinter ihnen standen. Für ihn war es wichtig, aus dieser Gefahr herauszukommen.

Zuerst dachte er an Shao.

Bevor sich die Chinesin versah, hatte Suko sie schon gepackt und zur Seite geschleudert. Er wollte sie aus der unmittelbaren Gefahrenzone haben, um sich der Gefahr stellen zu können.

Es waren ungewöhnliche Tiere. Sie reagierten auch ungewöhnlich, denn sie schnellten vor, öffneten dabei ihre Mäuler und taten so, als wollten sie kräftig beißen.

Mit einem Tritt erwischte der Chinese gleich zwei dieser

Viecher. Er wirbelte sie in den übrigen Schlangenwirrwarr zurück, und eine dritte grüne Schlange zertrat er mit dem rechten Absatz, so daß es unter seinem Fuß ein klatschendes Geräusch gab.

Dann war es aus mit der Herrlichkeit, denn die Männer in Grau griffen ein.

Und sie waren eiskalt. Sie besaßen zudem Waffen, die sie auch rücksichtslos einsetzten.

Suko erging es wie Shao, als man ihn in den Gang hineinbeförderte, damit die anderen freie Bahn hatten.

Sie bauten sich dabei so auf, daß sie mit den Rücken die eine Hangwand berührten. Die Arme hielten sie dabei ausgestreckt. Auf den Handflächen lagen die grünen Steine, die wie übergroße ovale Augen wirkten und plötzlich anfingen zu strahlen.

Von vier verschiedenen Seiten jagten die steinbreiten Lichtspeere in die sich drehende und bewegende Schlangenmasse hinein. Und sie räumten rücksichtslos auf.

Shao und Suko, die einige Schritte entfernt nebeneinander standen, waren nur noch Zuschauer und beobachteten die Vernichtung der Schlangen aus gebührender Entfernung.

Wenn die Strahlen gegen die Körper trafen, entfalteten sie sofort ihre zerstörerische Kraft. Sie brannten sich durch die dünne Haut in die Körper hinein, verdampften nicht allein sie, sondern auch das darunter liegende Schlangenfleisch.

Ein grüngrauer Rauch wölkte in die Höhe, verteilte sich und stank bestialisch.

Die Schlangen vergingen. Sie verbrannten, zerschmolzen, sie lösten sich auf und wurden zu einer qualligen Masse, die von innen her austrocknete, so daß nichts mehr von ihnen zurückblieb als eine graugrüne pulvrige Masse.

Die Männer in Grau standen da wie die Felsen. Zwei von ihnen betraten, mit den leuchtenden Steinen in den Händen, die Garderobe. Dort blieben sie stehen und blickten sich um.

Schlangen waren nicht mehr zu sehen, denn sie winkten ihren zwei anderen Artgenossen zu.

Ohne auf Shao oder Suko zu achten, setzten sich diese in Bewegung und verschwanden ebenfalls in der Garderobe.

Shao schaute ihren Partner an und flüsterte: »Sollen wir nicht auch hineingehen?«

»Das wäre gut.«

Sie fanden die Männer in Grau in einer verlassenen Garderobe. Keine Spur von Ziana und auch keine von Sinclair, der dieser Frau gefolgt war. Ratlosigkeit zeichnete die Gesichter der Besucher, auch Suko konnte nicht helfen.

»Sie müssen verschwunden sein, als Sie uns aufhielten«, sagte der Inspektor nicht ohne Vorwurf in der Stimme.

»Nein!« Der Mann mit dem Stirnband sprach. Er durchsuchte die ziemlich kleine Garderobe, bis er plötzlich vor dem Spiegel stehenblieb und leise lachte.

War das der Weg?

Shao deutete auf die anderen drei, die sich zu ihrem Partner gesellten, der einige Abschiedsworte sagte: »Wir nehmen den Weg, den sie genommen haben. Der Spiegel ist es. Ziana hat ihn zu einem Dimensionstor umfunktioniert. Ihr bleibt zurück. Wenn wir es schaffen, holen wir auch John Sinclair.«

Suko wollte natürlich Widerspruch einlegen. Das gelang ihm nicht mehr, denn abermals schienen die Steine in den Händen der Aibon-Hüter zu explodieren.

Die Strahlen jagten gegen den Spiegel und bauten in Sekundenschnelle eine grüne magische Brücke auf.

Für einen Moment noch waren die Aibon-Gestalten zu sehen. Grünes Licht umflorte sie, zeichnete die Gestalten noch einmal nach, bevor dieses Licht wie ein Sog wirkte und die Gestalten in sich und die Spiegelfläche hineinriß. Dort verschwanden sie vor den Augen der staunend dastehenden Zuschauer.

Suko fing sich als erster. Er ballte seine rechte Hand zur Faust. »Verdammt«, sagte er. »Die haben uns tatsächlich zu Statisten gemacht ...«

Bis zum Augenblick des Schnitts war Eileens Gesicht unbeweglich gewesen. Als sie die Spitze jedoch in die Haut drückte und das Messer zum Arm hinzog, spürte sie den beißenden und brennenden Schmerz, der ihr gleichzeitig den Atem raubte, als er bis in ihre Schulter hochschoß.

Das Blut wich aus ihrem Gesicht. Eileen schwankte, es war einfach zuviel für ein Kind.

Aber sie dachte an die Aufgabe, die sie zu erfüllen hatte. Aus der Schnittwunde spritzte das Blut in einem Bogen in Ryans Mund.

Er trank es, während das Mädchen auf dem Fleck saß, das Messer fortschleuderte und zusah, wie ihr Leben aus dem Körper rann. Sie hatte nicht sehr tief geschnitten und die Ader auch nicht voll getroffen. Dennoch würde das Blut hervorströmen und ohne ärztliche Hilfe kaum zu stoppen sein.

Sie Szene war furchtbar, aber sie sollte sich noch mehr zuspitzen, denn plötzlich sah Eileen an der Tür eine Bewegung.

Dort stand eine Frau.

Poppig und grün gekleidet, verschiedenfarbig und motivhaft geschminkt, mit einem Gesicht, in dem die Augen wütend funkelten. »So habe ich mir das gedacht!« zischte sie. »So und nicht anders.« Sie kam plötzlich vor, und sie verspürte nicht die geringste Furcht, denn sie war es, die den roten Ryan verflucht hatte.

Neben dem Stuhl blieb sie stehen, riß den Arm des Mädchens herum und fauchte die Kleine an: »Kein Blut mehr!«

Doch Eileen dachte anders. Obwohl sie wußte, daß ihr Opfer mit dem Tod enden würde, stemmte sie sich dagegen an. »Nein! Ich will nicht. Sie dürfen das nicht.«

Ziana kannte kein Pardon. Sie riß das Kind vom Stuhl hoch und schleuderte es zur Seite.

Eileen fiel auf den Boden. Sie schlug mit dem Kopf auf, und dieser Schlag schien sie zurück in die Wirklichkeit gebracht zu haben, denn als sie sich aufrichtete, merkte sie erst, was sie sich angetan hatte, und sie begann zu wimmern.

Noch immer sprudelte das Blut aus der Wunde, die Panik

war da, aber auch bei einem Kind existierte bereits der Selbsterhaltungstrieb. Eileen wurde klar, daß sie etwas unternehmen mußte. Deshalb versuchte sie, das Blut zu stoppen, und preßte ihren Handballen auf die Wunde. Sie spürte Druck und Gegendruck, befürchtete, daß sie es nicht mehr schaffen konnte, und hörte gleichzeitig die Stimme der Frau: »Nein, du erlöst ihn nicht, kleine Hexe!«

Sie hatte sehr laut gesprochen. Die Stimme schallte bis in den Gang hinein. Die Frau stand neben dem mutierten Schlangenwesen, und Eileen sah, daß der Mann Furcht vor ihr hatte. Der Körper war zusammengeringelt, an einigen Stellen zuckte er. Es sah aus, als wollte er aus der Tür kriechen.

Die andere bückte sich. Häßlich war das Lächeln auf ihrem Gesicht. Die Augen blickten starr, der Mund war halb geöffnet.

»Ich bekomme den Dunklen Gral. Ich werde das Geheimnis lüften. Nur ich allein!«

»Das kann ich mir kaum vorstellen!«

Ziana fuhr herum.

So schnell, daß selbst ich überrascht wurde und nicht mehr weiter in das Zimmer trat. Sie starrte mich an. In ihren Augen las ich das Versprechen, mich zu töten, und ich hätte mich auch sofort auf einen Kampf eingelassen, wenn mich eine andere Szene nicht noch mehr geschockt hätte.

Ich sah Eileen.

Sie lag auf dem Boden und hielt sich ihr Handgelenk, wobei sie es nicht schaffte, das Blut zu stoppen, das aus der Ader quoll. Der Druck war einfach zu groß. Der Lebenssaft rann an ihrem Arm herab und tropfte zu Boden, verfolgt von den entsetzten Blicken des angststarren Mädchens.

In diesen Augenblicken bedauerte ich es, nur zwei Hände zu haben. Ich hätte mehr als doppelt so viele haben müssen, um effektiv helfen zu können.

Wer war am wichtigsten?

Das Mädchen!

Auch wenn alles drunter und drüber ging, ich mußte die Kleine einfach aus dem Zimmer schaffen und sie vor dem tödlichen Blutverlust retten. Noch stand mir Ziana im Weg. Sie wollte sich wohl für mich etwas Besonderes ausdenken, als ich schon zuschlug.

Mit der Faust und mit dem Kreuz.

Ich war schnell, mein Arm wurde immer länger. Eine harte, gleichzeitig wischende Bewegung. Ihr Kopf flog zur Seite, die Haut riß zwischen Wange und Kinn auf, etwas Grünes quoll dick wie Rübenkraut hervor, dann wurde sie von der Wucht des Treffers von den Füßen gerissen und krachte auf den Schreibtisch, der zwar für ein Kind stabil genug gebaut worden war, aber nicht für eine Erwachsene.

Er rutschte bis gegen die Wand und brach durch.

Vor Ziana hatte ich in den nächsten Sekunden Ruhe. Auch der rote Ryan kümmerte mich nicht. Eileen war wichtiger, und ich hoffte auch auf ihren Vater, daß er endlich begriff, um was es ging.

Das Kind blickte mich aus seinen großen Augen an. Der Mund war verzogen, ein Beweis für den Schmerz und die Angst, die es empfand. Ich riß Eileen hoch, gab ihr den Rat, auch weiterhin den Handballen auf die Wunde zu pressen, und rannte mit ihr aus dem Raum.

Kaum hatte ich den Gang erreicht, brüllte ich schon nach Hendricks. Meine Stimme hallte wie ein peitschender Donnerschlag, der Tote aus den Gräbern reißen konnte.

Hendricks mußte ihn einfach gehört haben.

Und nicht nur das, er hatte sogar mitgedacht. Ich sah ihn die Stufen der Treppe hochstürmen.

Abrupt blieb er stehen, starrte auf seine Tochter. Ich lief ihm entgegen. »Sie ist schwer verletzt. Nehmen Sie das Kind an sich. Laufen Sie zu Nachbarn! Alarmieren Sie einen Arzt! Beeilen Sie sich! Machen Sie schnell ...«

»Ja, ja, ja ...« Er nahm das Mädchen an sich. Aus seinem

Mund drangen keuchende Laute, dann drehte er sich herum und lief wieder die restlichen Stufen hinab.

Ich zögerte keine Sekunde länger und konzentrierte mich wieder auf meine neue Aufgabe.

Okay, die Frau hatte ich erwischt und auch die Wunde gesehen, die durch die scharfe Kante meines Kreuzes gerissen worden war. Grünes Blut hatte sich auf der Wange verteilt, aber ich konnte nicht glauben, daß ich Ziana geschafft hatte. Noch einmal würde sie sich von mir nicht überraschen lassen.

Dementsprechend vorsichtig war ich, als ich wieder zurückging. Trotz des Teppichbodens bewegte ich mich auf Zehenspitzen. Nur keine unnötigen Geräusche verursachen. Die Überraschung mußte einfach auf meiner Seite liegen. Alles andere war unwichtig.

Ich blieb an der Tür stehen. Das Kreuz hielt ich fest. Die Beretta ließ ich noch stecken. Silberkugeln gegen Aibon einzusetzen erschien mir irgendwie lächerlich.

Behutsam drückte ich meinen Oberkörper zur Seite und blickte um die Türecke in den Raum.

Ich hatte richtig kalkuliert. Es war mir nicht gelungen, Ziana zu vernichten. Sie schaffte es, wieder auf die Beine zu kommen. Mit einer Hand stützte sie sich ab und drückte sich so aus den Trümmern des kleinen Schreibtisches hoch.

Ich hatte sie an der rechten Seite erwischt. An der Wange klaffte die Wunde. Ein Stück Haut hing nach unten. Aus dem Spalt rann das dicke grüne Druidenblut.

Sie war also eine Dienerin von Aibon, auch wenn sie eine menschliche Gestalt hatte.

Und der rote Ryan war auch noch vorhanden. Ein Mutant, ein Wesen zwischen Mensch und Schlange. Der Kopf jagte aus dem dicken grünen Körper hervor, das Gesicht war verzerrt, und als Ziana näher kam, sprach sie ihn auch an.

Sie grinste und schüttelte den Kopf. »Deine Zeit ist abgelaufen, Verfluchter. Ich bin jetzt diejenige, die regieren wird. Du kannst nicht mehr nach dem Dunklen Gral suchen. Ich werde sein Geheimnis erforschen und zertreten, denn Schlangen zertritt man. Dabei hattest du dir gedacht, durch das Blut einer Unschuldigen den Zauber rückgängig machen zu können.« Sie schüttelte den Kopf. »Nein, so leicht ist es nicht. Wenn ich in der Nähe bin, habe ich auch die Kontrolle über dich. Schade, ich hätte dich gern weiter leiden sehen. Du hast den anderen Gesetzen gehorchen müssen. Du hast Menschen getötet, das freut mich sogar, aber jetzt ist Schluß. In wenigen Sekunden habe ich dich zer …«

Da stockte sie.

Auch ich wurde aufmerksam. Gleichzeitig hatten wir die Melodie vernommen, die wir beide kannten.

Der Song des roten Ryan.

Nur diesmal nicht auf einer Flöte gespielt, sondern von einem Glockenspiel.

Ich schob mich ein wenig vor, damit ich einen besseren Blickwinkel hatte.

Jetzt konnte ich schräg in das Zimmer blicken, sah das Fenster und die Bewegung dort.

Es war die Elfe, die ich schon im Wald gesehen hatte, und sie rammte in diesem Moment die Scheibe ein …

Sie schwebte in den Raum, wurde von dem Splitterregen begleitet. Die einzelnen Stücke verteilten sich zwischen den Trümmern des Schreibtisches.

Ich mußte daran denken, daß der rote Ryan eine Elfe verschluckt hatte. Und jetzt tauchte ein weiterer gefallener Engel auf. Vielleicht um sich zu rächen?

Eine Antwort darauf würde ich wohl nicht erhalten, denn es war keine Zeit mehr vorhanden, die entsprechenden Fragen zu stellen.

Der hereinfliegende Engel wandte sich sofort an Ziana. Nun erst sah ich, daß er auch bewaffnet war.

An seiner linken Seite hing ein gläsern wirkendes Schwert herab.

Es war unwahrscheinlich, als die Elfe es zog. Ich sah es blitzen und glänzen.

Die beiden weiblichen Wesen starrten sich an.

Für mich hatte niemand einen Blick übrig. Vielleicht hatte mich Ziana auch schon abgeschrieben, doch den Zahn wollte ich ihr ziehen. Ich schlich in das Zimmer hinein. Auf Zehenspitzen ging ich, und mein Blick war hart und fordernd.

Bestimmt nahmen sie mich wahr, nur kümmerten sie sich nicht um mich. Sie trugen es untereinander aus.

Ich hörte die Elfe sprechen. Es war mehr ein Wispern, das geheimnisvoll durch den Raum schwebte. »Die Kräfte des Druiden-Paradieses werden es nicht zulassen, daß die andere Seite siegt und die großen Geheimnisse des Lebens und der Urzeit erfährt. Deshalb hat man mich geschickt, um den roten Ryan zu retten und dich zu vernichten.«

Da lachte Ziana. »Du willst mich vernichten? Du sprichst von einer guten Seite? Du bist doch selbst nicht besser. Was ist schon eine Elfe? Nicht mehr als ein gefallener Engel.«

»Der auch noch kämpfen kann!« hörte ich wieder die zischende Stimme, bevor die Elfe zuschlug.

Sie war sehr schnell, vielleicht sogar zu schnell, aber Ziana bewies, daß sie keine Furcht hatte. Sie ging in den Schlag hinein, ließ es zu, daß ihr ein Ohr abgeschlagen wurde. Es fiel zu Boden, gefolgt von einem Schwall grünen Blutes, das sich auf dem Teppich verteilte. Zu einem zweiten Hieb kam die Elfe nicht mehr, denn Ziana umfaßte sie und bewies, welche Kräfte in ihr steckten.

Mit beiden Händen hatte sie einen Flügel gepackt. Sie drückte und riß gleichzeitig. Ich vernahm ein Geräusch, als würde Glas brechen, und gleich darauf gelang es ihr, auch den zweiten Flügel zu zerreißen.

Die Elfe war verletzt. Sie wollte zwar ihren Arm heben, aber es wirkte direkt lächerlich, da ihr Ziana zeigte, wie kalt und abgebrüht man kämpfen mußte. Ohne sie loszulassen, fuhr sie mit ihr herum und geriet durch diese Drehbewegung in die Nähe des Schranks. Sehr günstig für sie, denn dort löste sie den Griff, hielt aber den rechten Arm weiterhin fest und drosch ihn gegen die Schrankecke.

Wieder vernahm ich das satte Klirren. Ziana hatte es tatsächlich geschafft, den Arm der Elfe vom Körper abzuschlagen. Er lag neben ihnen, und die Sängerin bückte sich am schnellsten.

Blitzschnell nahm sie den Arm an sich. Die Hand hielt noch immer das Schwert fest.

»Jetzt töte ich dich mit deiner eigenen Waffe!« sagte sie.

Bisher war ich nur Zuschauer gewesen. Mir tat die Elfe leid, helfen konnte ich ihr wahrscheinlich nicht mehr, aber ich wollte Ziana haben. Sie durfte nicht als Siegerin das Haus verlassen.

Deshalb zog ich mein Kreuz.

Obwohl es einer völlig anderen Welt entstammte, gab es über den verstorbenen Hector de Valois Verbindungen zu Aibon, und darauf vertraute ich fest.

Bis ich das Leuchten sah.

Ich hatte meinen Talisman noch nicht aktiviert. Trotzdem strahlte er intensiv in einem leuchtenden Grün. Und daran trug nicht allein die Anwesenheit der Sängerin die Schuld, denn der Grund war ein ganz anderer.

Vier Gestalten, die wie Schatten an mir vorbeihuschten, sich vor mir aufbauten und mir den Rücken zuwandten.

Die »Top Fantastics« waren erschienen.

Aber nicht nur sie.

Ich erkannte in ihnen auch noch etwas anderes, mir sehr Bekanntes. Die Männer in Grau, Aibons Wächter …

Ziana war nicht dazu gekommen, zuzuschlagen. Sie hatte die Gefahr gespürt. Der schon erhobene Arm sank nicht nach unten. Statt dessen drehte sie sich herum, sah die vier, und plötzlich zeichnete maßloses Erschrecken ihr Gesicht. Anscheinend wußte sie, daß diese Gestalten nicht erschienen waren, um mit ihr zu singen oder zu musizieren.

Jetzt wurde abgerechnet!

Jeder von ihnen hatte seinen rechten Arm leicht vorgestreckt. Obwohl sie mir ihre Rücken zudrehten, wußte ich genau, was sie in den Händen hielten. Es waren die gefährlichen Steine, die ein so intensives Licht ausstrahlen konnten, daß es dagegen kaum eine Rettung gab. Und sie würden damit auch Ziana vernichten können.

»Was ... was wollt ihr?« fragte sie.

»Hast du nicht gewußt, daß wir deine Aufpasser sind?«

»Ja, ja ...«

»Wir haben den Auftrag, alles wieder ins Lot zu bringen. Wir sollten dich beobachten. Das taten wir, und wir werden dafür sorgen, daß die dunklen Kräfte des Landes Aibon nicht in diese Welt hineindringen und vieles zerstören. Zuvor zerstören wir dich.«

Sie konnte es nicht fassen. Hektisch bewegte sie ihren Kopf und starrte die Männer in Grau der Reihe nach an. »Das kann doch nicht sein«, flüsterte sie. »Wir haben immer auf einer Seite gestanden. Wir sind vom gleichen Blut. Aibon-Blut, versteht ihr? Nur Aibon ...«

»Nur Aibon«, erwiderten sie gleichzeitig und holten die Energien aus ihren Steinwaffen.

Ich schaute zu, sah das blendende Licht, schloß die Augen und sah die Gestalt von Ziana trotzdem noch als nachflirrenden Schatten. Sie hatte die Arme hochgerissen, stand im Zentrum einer magischen Lichtmacht und hatte ihr trotz aller Anstrengungen nichts entgegenzusetzen.

Sie verbrannte.

Was in Aibon erschaffen worden war, wurde auf der Erde zerstört, atomisiert, vernichtet.

Nichts blieb von ihr zurück.

Das konnte ich sehen, als ich die Augen öffnete und die Stelle leer war, an der Ziana gestanden hatte. Ihre Rache hatte nicht geklappt.

Auch die Elfe lebte nicht mehr, dafür hatte jedoch ein anderer seine alte Gestalt zurückerhalten.

Der rote Ryan!

Ein Fluch war gelöscht worden, und er hatte ihn überstanden. Er sah mich an, nickte mir zu und ging zu den Männern in Grau, zwischen die er sich stellte.

Ich sagte nichts. Hätte ich versuchen sollen, ihn als Mörder festzunehmen? Nein, da war er ein anderer gewesen. Auf dieser Welt hätte er sich sowieso nicht wohl gefühlt.

Seine Heimat war Aibon.

Als letzten Gruß hob der rote Ryan die Hand. Noch in der Bewegung flammten die Steine in den Händen der Grauen wieder auf, bildeten ein magisches Zentrum und holten alle fünf zurück in ihre Heimat.

Die »Top Fantastics« hatten aufgehört zu existieren. Sie würden in keiner Hitparade mehr auftauchen.

Ich aber dachte daran, daß ich einen solchen Stein gern besessen hätte. Dann wäre auch für mich der Weg nach Aibon frei gewesen, und ich wäre dem Rätsel des Dunklen Grals ein Stück näher gekommen …

Ich ging durch ein leeres Haus und sah schon im Erdgeschoß durch die Fenster den draußen vor dem Haus zuckenden Widerschein des Blaulichts auf dem Dach eines Krankenwagens. Zum Glück hatte Hendricks richtig reagiert.

Aber war seine Tochter auch gerettet?

Ich betrat das Nachbarhaus. Ein Arzt kniete neben dem auf einer Trage liegenden Mädchen. Andere Menschen standen um die beiden herum. Im Hintergrund warteten zwei Sanitäter mit angespannten Gesichtern.

Ich wandte mich an Hendricks. Er war so fertig, daß er kaum reagierte, als ich ihn ansprach.

»Ja«, sagte er schließlich, »der Arzt hat Hoffnung, denn wir konnten die Blutung stoppen.«

»Danke.«

Ich suchte ein Telefon und fand es in einem leeren Zimmer. Der Fernseher lief noch. Es wurde eine Show gezeigt. Ich rief beim Yard an, da ich die Nummer der Disco nicht auswendig kannte, in der sich Suko und Shao aufhielten.

Die Kollegen sollten den beiden Bescheid geben.

»Und was sollen wir ihnen sagen?« wurde ich gefragt.

»Erzählen Sie ihnen, daß alles in Ordnung ist«, erwiderte ich. »Oder sagen Sie: fast alles.«

Dann legte ich auf und ging …

ENDE

Willkommen im Fegefeuer

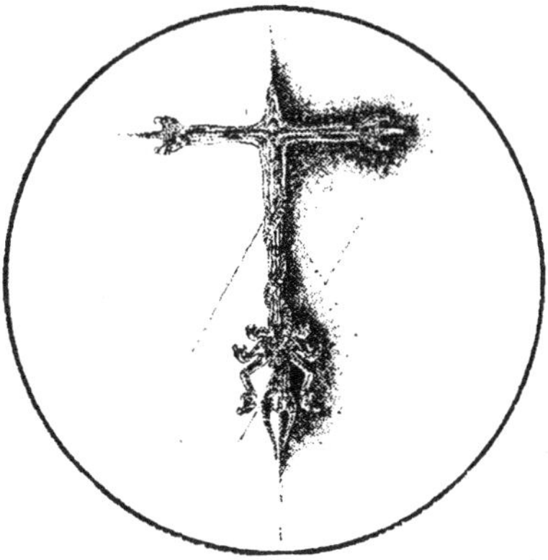

Auf einmal war das Feuer da!

Ich war froh, meinen Bentley an der Straße stehen gelassen und nicht bis dicht an das Haus gefahren zu haben, denn im Innern des barackenähnlichen Baus fauchte eine heiße, mörderische Lohe auf, die sich im Nu ausbreitete und als gewaltige, druckvoll vorangetriebene Hitzewelle die Scheibe aus dem Rahmen trieb. Mir flog das Glas entgegen, zusammen mit dem Feuer und auch der gewaltigen Hitze. Mit einem Sprung rettete ich mich zur Seite, landete auf dem Boden, rollte mich über die rechte Schulter ab, kam wieder auf die Beine und entfernte mich aus der unmittelbaren Gefahrenzone.

Was so spielerisch ausgesehen hatte, war keine Übung gewesen, sondern blutiger Ernst …

Mit dem Jackettärmel fuhr ich über meine Stirn. Vor mir befand sich die Baracke, in der sich die Explosion ereignet hatte. Wäre ich 30 Sekunden schneller gewesen, hätte es mich auch noch erwischt. So stand ich in relativer Sicherheit. Ich brauchte auch keine Befürchtungen zu haben, daß der Brand auf andere Gebäude übergriff, denn die gab es hier nicht.

Diese Baracke war der Mittelpunkt eines Schrottplatzes. Umgeben war sie von hohen Halden aus Blech und Eisen. Sogar die alte, fast eingerostete Schrottpresse sah ich noch. Das gesamte Gelände war von einem Zaun umgeben. Schilder warnten vor einem Betreten des Areals.

Ich war trotzdem durch das schiefe Tor gefahren, da man mich ausgerechnet auf diesen Schrottplatz bestellt hatte, um mir etwas mitzuteilen.

Was es genau war, davon hatte ich keine Ahnung. Der unbekannte Anrufer hatte mir nur etwas von einer neuen Falle der Hölle gesagt oder so ähnlich. Genau hatte ich es nicht verstanden. Seine Stimme wurde von ungewöhnlich lauten atmosphärischen Störungen überlagert, die ich mir nicht erklären konnte.

Die Baracke brannte innen aus. Aus den Fenstern schlugen die Flammen als gierige, zuckende Finger. Sie tänzelten in der Luft, als wollten sie nach Opfern suchen, die sie greifen und vernichten konnten.

Bevor das Feuer in die Höhe gefaucht war, hatte ich einen Blitz gesehen. Grellweiß und kugelig. Für mich stand damit fest, daß etwas im Innern der Baracke explodiert sein mußte.

Und der Mann, den ich treffen wollte?

Nicht einmal seinen Namen kannte ich. Er hatte mich zum Schrottplatz bestellt, das war alles gewesen. Wenn er sich schon in der Baracke befunden hatte, würde er keine Chance haben, das stand fest.

Aber ich sah ihn.

Es war ein schauriges Bild. Wieso er sich noch auf den Beinen halten konnte, wußte ich auch nicht. Jedenfalls sah ich ihn inmitten des Feuersturms, denn mein Blick fiel durch das größte der Fenster. Der Kerl stand da, hatte die Arme in die Höhe gerissen, wurde vom Feuer umtanzt und sah aus wie eine Statue.

Vielleicht schrie er, möglicherweise trug er irgendeinen Schutz, daß er sich überhaupt noch halten konnte.

Und dann geschah es. Als hätte man ihm die Beine weggezogen, fiel er zu Boden. Sekunden später sanken die Flammen in sich zusammen.

Das wunderte mich, denn Nahrung hätte es genug gehabt.

Um meine Lippen zuckte ein Lächeln, als ich mich zurückzog und meinen Bentley ansteuerte. Ich hatte Suko gesagt, wohin ich fahren wollte. Er war im Büro, weil er eine Besucherin erwartete, die sich angemeldet hatte. Eine junge Frau oder ein Mädchen.

Ich erreichte den Bentley, öffnete die Tür und hängte mich ans Telefon.

Suko schien auf den Anruf gewartet zu haben, denn er hob sehr schnell ab.

»Ich bin es.«

»Okay. Steckst du noch auf dem Schrottplatz?«

»Ja.«

»Und?«

»Es ging ziemlich viel daneben. Ich habe mit meinem unbekannten Informanten nicht reden können.« Dann berichtete ich Suko, was mir widerfahren war, und ich hörte ihn scharf atmen.

»Das sieht ganz nach einer Falle aus.«

»Sicher. Nur weiß ich nicht, wer sie mir gestellt haben könnte.«

»Willst du wieder zum Büro zurückkehren? Unser Besuch ist noch nicht da. Ich erwarte ihn jeden Augenblick ...«

»Nein, Suko, ich bleibe noch.«

»Und weshalb?«

»Das ist einfach. Ich möchte mir, wenn es geht, den Toten ansehen. Vielleicht kann ich noch etwas herausfinden.«

»Okay. Ruf aber wieder an, wenn es etwas Neues gibt.«

»Mach ich.«

Mit einer Drehung drückte ich mich aus dem Wagen und warf die Tür ins Schloß.

Das Feuer war in sich zusammengesackt. Aus den Fensteröffnungen drang nur noch dichter, fetter Qualm, der vom Wind erfaßt und zur Seite oder gegen den Boden gedrückt wurde.

Es war ein trüber Tag Ende Januar. Geschneit hatte es nicht, dafür war es nicht kalt genug, es war auch kein Regen gefallen, aber über London lag ein trüber Winterhimmel. Und der hatte sich meiner Stimmung irgendwie angepaßt.

Auch ich fühlte mich trübe oder schlecht. Ich hatte einen Menschen sterben sehen, und so etwas geht mir noch immer unter die Haut.

Still war es nie. Wenn der Wind über die Hügel aus Schrott und Eisen fuhr, fand er immer wieder lose Teile, die er bewegte oder vor sich her rollte. Und diese Geräusche begleiteten mich, an sie hatte ich mich mittlerweile gewöhnt.

Die Baracke war normal groß. Ziemlich flach und mit einem Dach versehen, das nicht gebrannt hatte. Während ich auf eine Tür zuging, sah ich mich um, ob ich noch allein auf dem stillgelegten Schrottplatz war. Das war der Fall.

Derjenige, der die Falle gelegt hatte, mußte genau gewußt haben, wann sich der Mann, mit dem ich mich hatte treffen wollen, in der Baracke aufhielt.

Das gefiel mir nicht.

Ich hatte das Gefühl, beobachtet zu werden, und mußte damit rechnen, daß der Unbekannte erschien, um sich zu überzeugen, daß seine Falle funktioniert hatte.

Dann würde es Ärger geben.

Die Tür war vom Druck der Flammen ebenfalls aus dem Rahmen gefetzt worden. Sie lag auf dem Hof und sah aus wie ein geschwärzter Spiegel. Schwarz war auch der Rauch, der mir entgegentrieb. Er war fett, raubte mir die Luft, und ich fragte mich, ob ich die Baracke überhaupt betreten konnte.

Ich preßte mein Taschentuch gegen den Mund. Jetzt ging es etwas besser. Auch trieb der Wind den Rauch allmählich aus der ausgebrannten Betonbaracke. Es sah aus, als würden die Geister der Toten aus dem Haus entweichen.

Ich zog unwillkürlich den Kopf ein, als ich die Baracke betrat. Nach zwei Schritten blieb ich stehen. Ich kam mir vor wie in einem toten, ausgebrannten Gelände nach der Apokalypse.

Es roch nach diesem kalten Rauch, nach Verbranntem und Tod …

Der kalte Hauch einer Gefahr streifte mich. Es war keine Warnung, nur ein Gefühl, das mir riet, doch vorsichtiger zu sein und jederzeit mit einem Angriff zu rechnen.

Möglicherweise befand sich der geheimnisvolle Brandstifter noch in der Nähe, obwohl ich ihn natürlich nicht sah, denn ich befand mich allein in dem Raum, in dem die Explosion stattgefunden hatte. Ich sah die verkohlte Leiche.

Ich hustete, weil mir durch das Taschentuch etwas von dem beißenden Rauch in die Kehle gedrungen war. Auf Zehenspitzen näherte ich mich der Leiche, blieb neben ihr stehen und bückte mich. Es kostete mich Überwindung, so nahe an sie heranzugehen, doch das mußte ich einfach tun, wenn ich mehr wissen wollte.

Auf der Brust der Leiche stand ein großer Buchstabe. Ein B!

Zuerst dachte ich an ein bedrucktes T-Shirt, wie es Kinder und auch manchmal Erwachsene tragen. Aber bei diesem Toten konnte ich mir ein solches Kleidungsstück schlecht vorstellen. Außerdem wäre es mit verbrannt, aber dieses B war geblieben.

Weshalb?

Vielleicht war der Buchstabe ein Hinweis für mich? Aber ein B? Welche Worte begannen alle mit diesem Buchstaben und hatten gleichzeitig mit mir und meinen Fällen zu tun.

Neben der Leiche sitzend, dachte ich scharf nach. Mir fielen die ersten Begriffe ein.

Bruderschaft ... Baal ... Baphomet ...

Und das reichte schon, um mir einen leichten Schauer über den Rücken zu jagen. Ich dachte an die Worte des Anrufers, an diesen ersten Hinweis, den er mir gegeben hatte. Da war von der Hölle oder dem Teufel die Rede gewesen. Es brauchte nicht unbedingt Asmodis, der Höllenherrscher, zu sein. In der letzten Zeit hatte ich eine andere Person kennengelernt. Er war zwar Mensch, aber trotzdem ein Machtsymbol.

Vincent van Akkeren, der sich selbst als Baphomet bezeichnete. Ein Mann, der Grauenvolles getan hatte, auf dessen Yacht ich ein Gefangener gewesen war.

Vor meinen Augen war er in die Hölle gefahren. Da hatte sich der Boden geöffnet, Rauch, Feuer und Glut entlassen und ihn verschluckt. Ich war nicht so optimistisch zu glauben, daß Vincent van Akkeren den Tod gefunden hatte, nein, ihn hatte ein anderer geholt, um ihn vielleicht wieder auszuspeien.

Allerdings wollte ich mich nicht auf diese Bedeutung des B festlegen, es konnte auch auf etwas anderes hinweisen. Jedenfalls war es eine Spur, die nicht einmal das Feuer hatte löschen können.

Den Namen des Mannes kannte ich nicht. Wo er herkam, wer es war, dies alles war mir unbekannt, und das ärgerte mich. Es würde verdammt viel Arbeit kosten, es herauszufinden.

Noch immer befand ich mich in einer gebückten Haltung. Ich hatte zwar scharf nachgedacht, doch meine Sinne waren weiterhin gespannt gewesen. Und die schlugen plötzlich Alarm.

Etwas war da.

Ich sah es nicht, ich hörte es nicht.

Es war wie ein kalter Hauch der Gefahr, der plötzlich durch den Raum mit den geschwärzten, verbrannten Wänden wehte und mich erreichte. Ich bekam eine Gänsehaut, saß unbeweglich und konzentrierte mich.

Plötzlich hatte ich das Gefühl, auf einer einsamen Insel zu hocken. Umgeben und eingehüllt von einer starren, eisigen Luft, die sich immer mehr zusammenzog und mich umschnürte. Das Atmen fiel mir schwerer als sonst, und es war nicht der Geruch des kalten Rauchs, der mich daran hinderte.

Ich ballte die Hände.

Vor mir sah ich nichts. Auch nichts, als ich nach rechts und links zur Seite schielte. Da war kein Schatten, der sich an den Wänden abzeichnete oder bewegte.

Und trotzdem warnte mich meine innere Glocke vor der Gefahr.

Ich riß mich noch zusammen. Wenn ich etwas unternahm, sollte es schnell und spontan geschehen.

Als ich das Knirschen hinter mir hörte, reagierte ich.

Ich schnellte in die Höhe und drehte mich gleichzeitig herum. Eine wirbelnde Bewegung, die starre Wand wurde dabei vor meinen Augen zu einem sich bewegenden Schatten, und ich sah den, der plötzlich vor mir stand.

Meine Augen wurden groß.

Gleichzeitig griff die Furcht wie eine tödliche Klammer zu!

Glenda Perkins überhörte das leise Klopfen an der Tür, weil sie an der Maschine saß und schrieb. Erst als der Besucher es noch einmal lauter versuchte, hörte Glenda ihn und erinnerte sich daran, daß er avisiert worden war.

Gott, sie hatte ihn ganz vergessen.

Die schwarzhaarige Sekretärin, die einen geschlitzten dunkelblauen Rock trug und einen bunten Pullover darüber, sprang hoch und rief deutlich ihr »Come in!«.

Die Tür wurde geöffnet.

Sehr vorsichtig und zaghaft, als hätte die Besucherin Angst, einzutreten. Glenda sah ein blasses Gesicht und eine Gestalt, die aussah wie ein Mönch. Doch es war eine junge Frau. Sie trug auch keine Kutte, dafür einen langen Wintermantel mit einer Kapuze, die sie hochgeschoben hatte.

Glenda wollte der Besucherin den Einstieg ein wenig erleichtern. Sie ging ihr entgegen, lächelte freundlich und sagte: »Bitte, Sie brauchen sich nicht zu fürchten. Sie sind hier richtig, Miß ...«

»Maynard. Carol Maynard.«

»Wunderbar, Miß Maynard. Kommen Sie.« Glenda deutete in den Raum und blieb neben ihr stehen. »Darf ich Ihnen den Mantel abnehmen, Miß Maynard?«

Sie zuckte zusammen, vergrub ihre Finger in dem grünen Stoff und sah so aus, als wollte sie nicht. Schließlich nickte sie.

Glenda Perkins kannte sich mit Menschen aus. Sie hatte sehr viele kennengelernt, vor allen Dingen, wenn sich die Personen in gewissen Streßsituationen befanden. So ähnlich mußte sich auch ihre Besucherin fühlen, denn sie machte einen sehr ängstlichen Eindruck. Der Blick blieb nie ruhig. Carol sah sich stets lauernd um, als vermutete sie auch in diesem Büro irgendwelche Feinde oder Gegner.

Das hatte Glenda alles festgestellt. Wieder versuchte sie, die Besucherin zu beruhigen. »Meine liebe Miß Maynard. Was immer Sie zu uns geführt hat, hier sind Sie in Sicherheit. Das können Sie mir glauben. Wirklich.«

»Wenn Sie meinen.« Ihre Stimme klang schwach.

Bevor Glenda die Besucherin zu Suko brachte, schaute sie

sich Carol noch genau an. Sie war um die Zwanzig, vielleicht ein wenig darüber, aber sie wirkte wie ein verängstigter, schüchterner Teenager. Ihr Haar war dunkelblond, wellig und hochgekämmt. Sie trug einen Mittelscheitel.

Carol hatte ein nettes Gesicht, irgendwie lieb, mit großen, scheu wirkenden Augen.

Sie trug einen grünen langen Pullover aus dicker Wolle und einen schlichten grauen Rock, der mit seinem Saum fast bis zu den Schafträndern der Stiefel reichte.

»Möchten Sie einen Kaffee, Miß Maynard?«

Ihre Antwort war typisch. »Nur wenn es Ihnen keine Mühe macht.« Sie wollte wohl niemandem zur Last fallen.

Glenda lachte. »Nein, das auf keinen Fall. Es macht mir nicht die geringste Mühe. Der Kaffee ist schon fertig. Sie können sich hier sicher fühlen, Miß Maynard. Und wir beißen auch nicht.«

Carol lächelte scheu. »Das glaube ich Ihnen sogar.«

Forsch nickte Glenda ihr zu. »Jetzt werde ich Sie erst einmal zu Inspektor Suko bringen. Sie waren schließlich angemeldet.«

»Ja, mein Vater sagte mir, daß ich zur Polizei gehen sollte. Er wollte sich absichern, wissen Sie.«

»Natürlich, aber das erzählen Sie am besten dem Inspektor.« Glenda stand schon an der Tür, klopfte und öffnete dann. »Suko, deine Besucherin ist da, Miß Carol Maynard.«

Carol nickte dankend und betrat zögernd das Büro des Inspektors. Auch dort sah sie sich scheu um, und Suko merkte sofort, was los war.

»Ich freue mich, daß Sie gekommen sind, Miß Maynard.« Er ging um den Schreibtisch herum, reichte dem Mädchen die Hand und rückte ihm einen Besucherstuhl zurecht. »Bitte, nehmen Sie Platz. Hat man Ihnen schon eine Tasse Kaffee angeboten?«

»Ja ...«

»Das ist gut. Wissen Sie, Miß Perkins kocht nämlich den

besten Kaffee der Welt. Wenn man da einen Titel verleihen würde, stünde sie an der Spitze.«

Glenda grinste, und Carol lächelte scheu. Sie saß auf der Stuhlkante und blickte Suko über die Platte des Doppelschreibtischs hinweg an.

»Sie waren noch nie bei uns, oder?«

»Das stimmt.«

»Haben Sie Furcht?«

Carol nickte.

»Und wovor?«

Das Mädchen hob die schmalen Schultern. »Ich weiß es nicht genau. Eigentlich vor allem.«

»Dafür müßte es Gründe geben.«

»Die gibt es tatsächlich. Deshalb hat mich mein Vater auch zu Ihnen geschickt.«

»Aha. Sie sind also nicht aus freien Stücken zu uns gekommen?«

»Nein.« Sie schluckte und wandte den Kopf erschrocken zur Tür, als Glenda sie aufstieß und mit zwei Tassen erschien. Den Tee erhielt Suko.

Das Mädchen bedankte sich für den Kaffee. Sehr vorsichtig probierte sie, während Glenda achselzuckend, den Blick auf Suko gerichtet, den Raum verließ.

»Der Kaffee ist wirklich sehr gut«, lobte Carol.

»Das sagte ich Ihnen doch.«

Sie nahm noch einen Schluck und bat um eine Zigarette. Suko war Nichtraucher. Er suchte aber im Schreibtisch seines Kollegen John Sinclair und fand eine Packung, in der noch zwei Glimmstengel steckten. Die reichte er Carol. Feuer gab er ihr auch.

»Danke«, flüsterte sie und blies den Rauch in Richtung Scheibe, hinter der ein trüber Winternachmittag lag.

»Was kann ich für Sie tun?«

Sie nickte, aber das war nicht die Antwort. Während Carol Asche abstäubte, sagte sie: »Mein Vater hat mich geschickt.«

» Maynard?«

»Ja.«

»Warum ist er nicht selbst gekommen?«

»Er … er konnte es nicht. Mein Vater hat mich gewissermaßen als Sicherung eingebaut.«

Suko lächelte. »Das verstehe ich nicht.«

»Es ist auch nicht einfach. Am besten ist es, wenn ich von vorn beginne.«

»Das ist immer gut.« Suko nahm einen Schluck Tee, das Mädchen trank von dem Kaffee.

»Ich will mich möglichst kurz fassen. Es ist ja so, daß ich mit den Aktivitäten meines Vaters kaum etwas zu tun habe. Ich will damit auch nicht belastet werden, und wir sind eigentlich verschiedene Wege gegangen, wenn Sie verstehen.«

»So ungefähr.«

»Mein Vater gehört zu den einfachen Menschen. Aber es heißt, wer gut ist, der ist auch schwierig.«

»Sicher, das kann stimmen. Was ist Ihr Vater denn von Beruf, Miß Maynard?«

»Schriftsteller!«

Suko runzelte die Stirn. »Pardon«, sagte er, »aber nehmen Sie mir es nicht übel, wenn ich von ihm noch nichts gehört habe. Ich komme selten dazu, ein Buch zu lesen …«

»Er schreibt auch nicht unter seinem eigenen Namen.«

»Er hat ein Pseudonym?«

Carol schaute den Inspektor aus großen, ausdrucksvollen Augen an. »So ist es. Er nennt sich S. S. Grower.«

Suko dachte nach. Dabei murmelte er den Namen. »S. S. Grower? Ja – davon habe ich gehört. Schreibt er nicht über Dinge, die ein wenig über die Realität hinausgehen?«

»Ja, meistens sind es phantastische Romane. Oft mit einem Hauch Science-fiction! Aber auch Krimis, Mystik und Grusel hat er geschrieben. Er schreibt zwei Bücher im Jahr, das reicht ihm. Mein Vater hat keinen sehr hohen Lebensstandard. Und die Honorare sind ja auch nicht gerade die besten. Der Autor ist immer der letzte in der Kette.«

»Das habe ich schon gehört«, sagte Suko lächelnd.

»Meine Eltern sind geschieden, ich hatte nie großen Kontakt zu meinem Vater, war mehr bei der Mutter, bis vor ungefähr einer Woche, da bat er mich zu sich, um mir von einer Sache zu erzählen, die ihn sehr mitgenommen hat. Ich weiß auch nicht, weshalb er gerade auf mich gekommen ist, er hat immer sehr viele Freundinnen oder Bekannte, jedenfalls hat ihn die Sache sehr bedrückt. Noch jetzt kann ich kaum fassen, daß es so etwas gibt.«

»Worum handelt es sich denn? Geht es um seine Bücher?«

»Nein, das nicht, Inspektor. Er berichtete mir von einem Vorgang, den ich persönlich als schrecklich empfinde und kaum Worte finde, um ihn zu kommentieren. Es ging um einen Film.«

»Den Ihr Vater gesehen hat?«

»Das ist richtig. Dieser Video-Film muß so schrecklich gewesen sein, daß man ihn nicht in die Kinos bringen konnte. Er handelte von der totalen Vernichtung. Das Schlimmste daran ist, Inspektor, daß in diesem Streifen nichts gespielt wurde. Alles war echt, die Morde, die Angst, die Verzweiflung ...« Sie schüttelte sich. »Das ist so schlimm. Ich ... ich komme darüber einfach nicht hinweg, und mein Vater auch nicht.«

Carol wollte weiterreden, aber Suko hob den Arm. »Einen Augenblick noch, Miß Maynard. »Lassen wir diesen Film einmal, ich habe eine andere Frage. Hat Ihr Vater schon einmal im Gespräch mit Ihnen den Begriff Baphomet erwähnt?«

Carol blickte auf. Aus ihren Augen war das Leben gewichen. Sie wirkten jetzt starr. »Ja, Inspektor, das hat er. Er sprach mit mir über Baphomet, und seine Angst war unvorstellbar ...«

Ich hatte ihn nicht gehört, nur gespürt, und jetzt sah ich ihn dicht vor mir stehen.

Es war grauenhaft. In mir zog sich alles zusammen, und

Sekunden später hatte ich statt des Magens einen Eisklumpen im Bauch.

Die Gestalt vor mir rührte sich nicht. Sie wirkte wie ein Felsblock, wie eine Figur aus einem Kriegs-Comic oder wie ein fürchterlicher Kämpfer aus einem fernen Dämonenreich.

Ich roch den kalten Rauch nicht mehr, ich sah meine Umgebung so gut wie nicht, nur diesen einen Menschen, den Muskelmann, der einen Körper aus Stahl zu haben schien.

Er trug einen Gesichtsschutz, eine Art Ledermaske, die seine Augen und den Großteil der Nase bedeckte. Darunter sah ich einen breiten Mund. In die Maske waren Schlitze für die Augen eingearbeitet worden, und sein Schädel wirkte wie ein an den Seiten abgerundetes Viereck. Seine Schultern waren doppelt so breit wie die meinen. Die Muskeln an den Armen waren stahlhart und durchtrainiert. Er sah aus wie ein Meister des Bodybuildings.

Als Oberkleidung trug er eine dicke Lederweste mit zahlreichen aufgesetzten Taschen. Als Westenschmuck dienten Patronen, aber auch kleine, gefiederte Pfeile ragten aus den schmalen Taschenlappen. Die Hose bestand ebenfalls aus Leder, und in dem breiten Waffengürtel hingen Dinge, mit denen er eine Hundertschaft aufhalten konnte. Zwei schwere Revolver, eine MPi, einige Handgranaten und ein Flammenwerfer.

Wer immer diese Gestalt auch war, sie mußte ein Fan von Arnold Schwarzenegger sein und den Film »Phantom-Kommando« gesehen haben.

Mir wurde es im Hals trocken. Ich konnte mir kaum vorstellen, daß dieser Muskelberg gekommen war, um mir die Hand zu schütteln. Und wenn, so hätte er sie mir sicherlich gebrochen.

Und gerade die Hände sah ich mir genauer an. Nein, das waren keine normalen Finger. So sah ein Mensch nicht aus. Was da aus seinen Handgelenken wuchs, konnte man als Klauen bezeichnen.

Es waren knotige, schwarze, lange Gebilde, sehnig und

gleichzeitig verbrannt wirkend, wie Greifer, die, wenn sie einmal etwas festhielten, es nie mehr loslassen würden. Hinzu kamen die langen Nägel, bald schon kleine Messer oder Mordwerkzeuge für sich.

Ich habe schon vielen Gegnern ins Auge gesehen, dieser aber gehörte zu den schlimmsten. Auch dachte ich daran, daß er es geschafft hatte, sich lautlos zu bewegen, und ich erinnerte mich wieder an die Explosion und das Feuer.

Wahrscheinlich hatte er dafür gesorgt, denn der Flammenwerfer an seinem breiten Gürtel redete eine deutliche Sprache.

War er ein Mensch oder ein Dämon?

Gesprochen hatte er bisher kein einziges Wort. Allein seine Anwesenheit war Drohung genug. Aber er wollte etwas von mir, das war mir klar.

Ich dachte wieder an den Toten. Er hatte das B auf der Brust gehabt. Ein Buchstabe und doch ein dämonisches Zeichen. War es tatsächlich die Abkürzung für Baphomet? Wenn ja, mußte dieser gewaltige Typ vor mir mit ihm in Verbindung stehen.

Ich merkte, daß ich allmählich kribblig wurde. Gerührt hatte sich der andere noch nicht. Seine Augen hinter den Schlitzen bewegten sich. Sie waren auf mich gerichtet, starrten aber durch mich hindurch. Aber den Grund für seinen Besuch hatte ich aus ihnen nicht gelesen.

Deshalb sprach ich ihn an. »Was willst du von mir?«

»Dich holen!« Knarrend hatte er gesprochen.

»Und wohin?«

»Das Fegefeuer wartet!«

Ich schluckte. Man hatte mir schon vieles gesagt. Man hatte mich auch schon an verschiedene Stellen und Orte verschleppen wollen, aber von einem Fegefeuer hatte noch niemand gesprochen.

Nur dieser verdammte Typ hier.

»Und wer bist du, daß du so reden kannst?«

»Ich komme aus dem Fegefeuer. Es hat mich gestählt.«

Scharf setzte ich ein Grinsen gegen seine Antwort. »Okay,

du bist aus dem Fegefeuer. Und wer heizt es an? Brennt es ewig?«

»Es ist fast die Hölle.«

»Ich weiß. Wer ist der Heizer des Feuers?«

»Baphomet!«

Die Antwort hatte ich fast erwartet. Und wieder erinnerte ich mich an die Szene auf der Yacht, als Vincent von Akkeren vor meinen Augen zur Hölle gefahren war.

Jetzt mußte ich meine Meinung revidieren. Er war nicht in die Hölle gefahren, sondern im Fegefeuer gelandet. Das hatte ihn gefressen, geschluckt, aber nicht verbrannt, denn er konnte es ja angeblich kontrollieren.

Allmählich wurde mir mulmig. Ich fühlte mich wie ein Mann, der das Tor zu einer bisher noch unbekannten, aber dennoch furchtbaren und schrecklichen Welt aufgestoßen hatte. Dabei stand ich erst am Rand dieser Welt und hatte noch keinen Blick in das Feuer geworfen. Zudem hatte ich das Gefühl, als wollte mir der andere nichts mehr sagen. Er war nur das ausführende Objekt eines anderen.

»Und was willst du von mir?«

Ich erhielt eine Antwort auf die Frage. Zunächst nicht akustisch, denn er bewegte nur seine linke schwarze Klauenhand. Die knotigen Finger zogen sich zusammen. Sie bildeten eine Faust, und ich hörte das Knacken irgendwelcher Knochen.

Die Geräusche erzeugten Schauer auf meinem Rücken. Wer von dieser Klaue erwischt wurde, der war verloren. »Ich werde dich holen. Ich nehme dich mit in das Feuer, deshalb hat man mich geschickt.«

»Baphomet, nicht?«

»Ja!«

Da er sich schon einmal bewegt hatte, wollte ich auch nicht länger stehenbleiben. Okay, er war ein Koloß, ein Kämpfer, den das Fegefeuer nicht verbrannt, sondern gestählt hatte. Wahrscheinlich würde ich nicht überleben, wenn ich einmal in den Flammen steckte, aber ich war auch kein Mensch, der sich ergab.

Nein, dem mußte ich einen Riegel vorschieben.

Langsam ging ich zurück.

Er ließ mich gehen und schaute aus den Schlitzen in seiner Halbmaske zu, wie ich zurückwich und mich dabei der Wand näherte.

Dort befand sich ein Fenster. Eine viereckige, schwarze Höhle, an den Rändern geschwärzt, ohne Scheibe und nach kaltem Rauch stinkend. Dieser unbekannte Koloß vor mir sah nicht so aus, als wäre er langsam. Wenn ich die Beretta zog, würde er reagieren. Deshalb unterließ ich es.

Ich versuchte noch, etwas abzuwiegeln, und streckte, während ich weiter rückwärts ging, beide Arme vor. »Okay, man hat dich geschickt, aber könnten wir uns nicht einigen?«

»Ich lasse dich nicht entkommen!«

Okay, diese Antwort war deutlich genug. Und wieder spürte ich den kalten, unheimlichen Hauch der Gefahr, der von dem Unheimlichen ausging. Aus dem Fegefeuer sollte er gekommen sein, aber er strömte keine Hitze aus, nur Grauen und Gewalt.

Dieser Koloß war sich seiner Sache so sicher, daß er nicht einmal zu den Waffen griff, mit denen er reichlich gespickt war. Er ging nur einen Schritt vor.

Und der hatte es in sich.

Es war ein raumgreifender Schritt, mit dem er mich fast erreichte, so daß ich schneller zurück mußte. Gleichzeitig drehte ich mich, denn ich hatte die viereckige Fensteröffnung anvisiert. Da wollte ich raus.

Aus dem Stand wuchtete ich mich hoch. Ich wollte den Koloß überraschen.

Er bewegte sich ebenfalls, vielleicht um eine halbe Sekunde zu spät, denn ich kam gut weg, gelangte auch durch die Öffnung, obwohl ich mit der Schulter gegen eine Kante der Öffnung prallte und der Schmerz bis in meinen Hals zuckte.

Ich hatte die Augen aufgerissen und sah ihn greifen.

Die schwarze Klauenhand war plötzlich verdammt nah, etwas klatschte gegen meinen linken Fuß, ich strampelte noch mit dem rechten nach, schüttelte die Klaue ab, und der andere griff nicht mehr nach, so daß ich es tatsächlich schaffte.

Den Kopf zog ich ein, um den Aufprall in Grenzen zu halten. Trotzdem schlug ich hart zu Boden. Hier war nichts gepflastert. Der feuchte, aber auch weiche Boden nahm mich auf. Ich rollte mich noch weiter, gelangte auf die Füße und warf dabei einen Blick zur Baracke zurück.

Er stand am Fenster.

Sein böses Gesicht bildete innerhalb des scheibenlosen Vierecks eine verzerrte Fratze, die einen Augenblick später verschwunden war.

Mir war klar, was er vorhatte.

Er würde mich jagen. Aus diesem Grunde mußte ich verflucht schnell sein. Schneller als er, und wenn es möglich war, mich in den Wagen setzen und abhauen.

Ich federte hoch.

Federnd und rasch waren auch meine Schritte, mit denen ich mich dem Silbergrauen näherte. Ich hatte ihn zum Glück nicht abgeschlossen. Ob es intuitiv geschehen war oder aus reiner Vergeßlichkeit, das wußte ich nicht zu sagen.

Meine Füße stampften auf dem Boden. Manchmal spritzte Dreck hoch. An verschiedenen Stellen war es auch glatt, weil dort dunkler, ölig glänzender Schlamm lag, der rutschig wie Seife wirkte.

Ich hielt mich jedoch und näherte mich dem Wagen. Ich schaute nicht mehr zurück. Ich wollte diesen verfluchten Hundesohn nicht sehen, wußte ihn jedoch in meinem Nacken, weil ich seine harten, manchmal sogar dröhnenden Schritte vernahm.

Dann fiel ich gegen den Bentley.

Es war in der Tat so, da ich nicht mehr rechtzeitig genug bremsen konnte. Meine Hände schlugen für einen winzigen Moment auf das Dach, ich drehte den Kopf, sah die düstere Kampfgestalt noch rennen. Über seiner Halbmaske wuchs das schwarze Haar wie eine geometrisch geschnittene Bürste.

Hart riß ich die Tür auf. Sie befand sich noch nicht in der Ruhestellung, als ich mich bereits in den Bentley hineinwarf, noch gegen das Lenkrad schlug und dann auf den Sitz fiel.

Den Schlüssel riß ich aus meiner Tasche. In diesen Augenblicken wurde ich kalt bis ins Mark. Meine Hände zitterten kaum, so daß ich den Schlitz für den Zündschlüssel schon beim ersten Versuch fand. Nur noch eine kurze Drehung, ein innerliches Beten, dann der Start.

Er klappte.

Viele hatten über das Alter meines Wagens gelacht. Ich nie, denn mein »Freund« hatte mich noch nie im Stich gelassen. Auch heute nicht.

Einen Nachteil hatte ich allerdings. Um den zum Tor führenden Weg zu erreichen, mußte ich den Silbergrauen erst wenden. Ich kurbelte am Lenkrad und blickte dorthin, wo sich der Unheimliche meiner Ansicht nach befinden mußte.

Er hatte seine Taktik geändert. Ich sah ihn nicht mehr. Wahrscheinlich lauerte er in einem Versteck. Zudem konnte ich mir gut vorstellen, daß er noch schneller war als der Bentley. Er brauchte nur einen weiten Bogen zu schlagen und irgendwo zwischen den Schrotthalden zu warten.

Davor fürchtete ich mich.

Leider gab es nur diesen einen Weg. Ich konnte die Halden nicht einmal umfahren, weil sie an den Absperrungszaun grenzten.

So gut standen meine Chancen auch nicht. Zum Glück bot mir der Bentley ein wenig Schutz.

Ich hatte den Wagen mittlerweile aus der Kurve gerissen und visierte den Weg an. Noch sah ich meinen Gegner nicht. Ich wollte mich auch keinen falschen Hoffnungen hingeben. Eine Person wie er gab niemals auf. Erst wenn er vernichtet war.

Angespannt hockte ich hinter dem Lenkrad. Schon wenig später rahmten mich die ersten Schrotthalden ein. Viel rostiges Metall, aufgetürmt zu Bergen und Hügeln. Abfälle einer Industriegesellschaft. Vom Götzen Auto bis hin zum einfachen Bettgestell war alles vorhanden.

Der Weg war unterschiedlich breit, je nachdem, wie weit die Halden heranwuchsen. Ich hatte beschleunigt. Auf der wesentlich langsameren Herfahrt war ich den umherliegenden Teilen und Gegenständen noch ausgewichen.

Das tat ich jetzt nicht mehr. Ich raste über sie hinweg und hoffte, daß sie mir nicht die Reifen aufschlitzten. Manchmal polterte es unter dem Bentley. Jeder Knall war wie ein harter Schlag, der mich persönlich erwischte.

Ich mußte in eine Kurve. Hier wuchsen die Halden noch dichter an den Weg heran.

Hart riß ich das Lenkrad nach links. Mit den Hinterrädern schwamm ich etwas weg, aber es hielt sich in Grenzen, so daß ich nicht aus der normalen Fahrspur geriet.

Das Hindernis sah ich viel zu spät. Ein hartes, kantiges und auch spitzes Eisenstück, dem ich nicht ausweichen konnte.

Also rüber.

Ich zitterte, betete, spürte den Schlag, der den alten Bentley traf und ihn regelrecht stöhnen ließ. Dann hörte ich den puffenden Knall.

Im selben Augenblick sackte der Bentley an der rechten Seite tiefer. Das Eisenstück hatte zumindest einen Reifen zerschlitzt.

Trotzdem fuhr ich weiter.

Es war wie bei einer Wildwasserfahrt. Der Silbergraue ließ sich nur noch schlecht lenken. Ich mußte runter vom Gas.

Der Schweiß klebte mir auf der Stirn, und der Druck in meinem Körper wurde allmählich unerträglich. Vom langen Starren brannten meine Augen, doch ich gab nicht auf, konnte mir aber auch nicht vorstellen, daß der »Schwarzenegger-Verschnitt« aufgegeben hatte.

Plötzlich entdeckte ich ihn an der rechten Seite auf einem der großen Schrotthügel. Seine Bewegungen waren so geschmeidig wie die einer Katze.

Dieser Kerl turnte regelrecht über die mit Hindernissen und tückischen Fallen gespickte Schräge hinweg. Nachdem er mich sogar überholt hatte, kam er mir entgegen.

Und er hatte als Ziel den schmalen Pfad, auf dem ich herschlidderte. Ich konnte den Wagen kaum mehr unter Kontrolle halten, weil er immer wieder ausbrechen wollte, so daß die Fahrt mehr einem Hüpfen, Stoßen und Schleudern glich. Als ich hinfuhr, war mir die Strecke nicht so lange vorgekommen. Jetzt schien ich das Dreifache an Zeit zu benötigen und fuhr auch noch mit der verdammten Angst im Nacken.

Wo war er?

Ich sah ihn nicht mehr. Wahrscheinlich hatte er hinter den vor- und hochstehenden, abgewrackten Fahrzeugen Deckung gefunden. Manche Hecks oder Kühlerhauben sahen aus, als wollten sie jeden Augenblick in die Tiefe fallen und den ganzen Hügel einreißen.

Wieder mußte ich in eine Kurve. Diesmal war sie enger. Ich erinnerte mich, daß es auf der Hinfahrt die erste nach dem Tor gewesen war. Jetzt mußte es die letzte sein.

Dahinter lag das Ziel.

Schaffte ich es noch?

Der Schatten tauchte von rechts. Er flog in einem gewaltigen Halbkreis durch die Luft. Zuerst dachte ich, daß es nur einer war, dann löste sich von diesem Schatten etwas, das ebenfalls halbkreisförmig in die Tiefe raste und den Wagen als Ziel hatte.

Es schlug auf.

Ich zuckte zusammen, biß mir auf die Lippen, schmeckte Blut und hörte den ersten Aufschlag.

Es klang wie ein gewaltiger Donner, als der Gegenstand das Dach meines Wagens traf. Ich hörte es knirschen und reißen, konnte mich aber nicht weiter darauf konzentrieren, denn der große Metallgegenstand wurde nach vorn geschleudert und wuchtete auf die silbergraue Kühlerhaube, die ebenfalls eingebeult wurde.

Ich fuhr nicht mehr weiter.

Daß ich auf die Bremse trat, war nicht einmal bewußt geschehen. Ich hatte reflexhaft und instinktiv reagiert, denn durch den Schreck war mein Denken gestört.

Der Bentley schlingerte. Ich sah die Schrotthügel und auch den Weg vor mir tanzen und dachte plötzlich daran, daß der Wagen durch den Aufschlag des Gegenstands wohl nur noch Schrottwert hatte. Ein verrückter Gedanke in dieser lebensbedrohlichen Lage, denn vor dem Auto erschien der Kämpfer aus dem Fegefeuer, um sein Versprechen einzulösen.

Er stand breitbeinig auf dem Weg und hatte sich für dieses Einlösen des Versprechens eine besondere Waffe ausgesucht.

Seine langen schwarzen Krallenfinger umklammerten den mörderischen Flammenwerfer …

Sukos Augen wurden noch schmaler. Er nahm einen Bleistift und ließ ihn wieder fallen. Sehr genau war er von Carol Maynard beobachtet worden, aber sie sagte noch nichts, sondern überließ dem Chinesen das Wort.

»Baphomet?« fragte er.

»Ja, das sagte ich.«

Suko schluckte. Seine Augenbrauen zogen sich zusammen. Er wußte, daß ein Gebiet berührt worden war, an das man sich vorsichtig herantasten mußte.

Baphomet war neu in diesem Spiel, obwohl uralt, aber ein gefährlicher Ableger der Hölle und in einer unmittelbaren Verbindung zu einer der beiden Templer-Gruppen stehend. Suko und sein Freund John Sinclair wußten bisher nicht viel, das Gebiet war nur mehr gestreift worden, aber wie es jetzt aussah, würde das Mädchen Licht in das Dunkel bringen.

Suko legte seine Hände gegeneinander. »Erzählen Sie mir bitte mehr«, bat er.

Carol deutete mit dem Finger auf sich. »Ich?« fragte sie. »Ich soll Ihnen mehr erzählen?«

Der Inspektor lächelte sie an, um ihr Mut zu machen. »Deswegen sind Sie doch gekommen.«

»Nein, eigentlich nicht.«

»Was ist dann der Grund?«

»Mein Vater …«

»Und Baphomet«, fügte Suko hinzu.

»Da gibt es natürlich Zusammenhänge, aber ich komme aus einem anderen Grund auf meinen Vater zu sprechen. Er ... er hat sich mit einem Kollegen von Ihnen getroffen.«

Plötzlich horchte Suko auf. »Das kann nur John Sinclair sein.«

Ein zögernd gesprochenes »Ja ...« war die Antwort.

»Und weiter?«

»Er hat sich mit Ihrem Kollegen verabredet, weil er inzwischen mehr über Baphomet herausgefunden hat. Es muß mit den Filmen zusammenhängen. Ich habe einige Szenen gesehen. Nicht die schlimmsten. Trotzdem hat es mir gereicht.«

»Was sahen Sie?«

Carol holte tief Luft. »Eine furchtbare Sache. Feuer, schreckliches Feuer ...« Ihr Gesicht nahm einen starren Ausdruck an. »Feuer, das ich zuvor noch nie gesehen habe. So grauenvoll und anders. Es schwebte über allem. Es war nicht zu löschen. Nicht mit Wasser, nicht mit Schaum. Es war eben anders.«

»Höllenfeuer?«

»Nein.« Sie schüttelte heftig den Kopf und starrte danach in die leere Kaffeetasse. »Kein Höllenfeuer, auf keinen Fall dieses. Etwas anderes. Man hat mir auch gesagt, was es für Flammen waren. Das Fegefeuer. Die Flammen, in der die Seelen schmachten. Seelenfeuer. Furchtbar. Und aus den Flammen ragten Hände. Vier gefährliche Klauen. Zwei davon schwarz wie Teer. Die anderen beiden rötlich leuchtend wie die Flammen selbst.«

Da Carol stockte, schob Suko die nächste Frage nach. »Haben Sie sonst nichts gesehen?«

»Nur noch diese Plattform. Sie stach wie ein Hals aus dem Feuer hervor. Sie war leer, aber später nicht mehr.«

»War sie besetzt?«

»Sicher.« Carol senkte den Blick. Sie begann zu weinen, weil die Erinnerung sie überwältigte. »Ein junges Mädchen, noch jünger als ich. Es ... es war eine Farbige. Sie hatte schreckliche Angst und schrie wie am Spieß. Sie wurde in das Feuer geholt. Die Flammen und die Krallen griffen nach ihr ...«

Suko wartete, bis sich das Mädchen beruhigt hatte. Aber er holte keine weiteren Auskünfte mehr aus ihm heraus. Wahrscheinlich wollte Carol nicht mehr reden.

»Dann wissen Sie nichts mehr?« fragte der Inspektor.

»Nein, ich konnte einfach nicht hinsehen, wenn Sie verstehen, was ich meine. Es war grauenhaft, ich bin geflüchtet.«

»Hat Ihr Vater sich die Filme oder den Film weiterhin angesehen?«

»Ich weiß es nicht genau.«

»Aber dann wollte er damit nichts mehr zu tun haben, wenn ich Sie recht verstanden habe.«

Das Mädchen holte ein Taschentuch hervor und schneuzte sich. Suko hatte einen Augenblick Zeit, seine Überlegungen anzustellen.

Daß er und John so schnell wieder auf eine Spur Baphomets stoßen würden, damit hatte er nicht gerechnet. Aber es schien sich einiges zu verdichten. Die Fährte war heiß, sie durften sie keinesfalls erkalten lassen, und Suko blieb am Ball.

»Kommen wir noch einmal auf Ihren Vater zurück«, sagte er, als Carol ihr Taschentuch weggesteckt hatte. »Er wollte also aussteigen und hat Ihnen die Gründe nicht genannt.«

»Das konnte er wohl nicht. Wahrscheinlich ist auch er geschockt gewesen. Nur hat es gedauert. Er mußte sich einen Plan zurechtlegen, denn so einfach ist es wohl nicht, Baphomet zu entkommen. Er ist ungeheuer gefährlich, er besitzt Macht. Deshalb war Dad so vorsichtig.«

»Hatte er Verbindung mit den Templern aufgenommen?«

Carol Maynard verengte die Augen, als sie nachdachte. »Ich glaube, er hat mal davon gesprochen.«

»Nannte er auch Namen?«

»Keine Ahnung.«

»Bitte, überlegen Sie.«

Es dauerte eine Weile, bis Carol stotternd ein Wort hervorbrachte. Es hörte sich an, als würde sie von einem Abbé sprechen.

»Abbé Bloch vielleicht?«

»So kann es gewesen sein.«

»Und weiter.«

»Ich habe keine Ahnung mehr. Vielleicht hat er ihm sogar den Tip gegeben, sich an die Polizei zu wenden. Das ist alles möglich, aber ich bin mir da nicht sicher.«

Suko blies die Wangen auf, als er nickte. »Eine Frage hätte ich noch«, meinte er dann.

»Bitte.«

»Wie kommt es eigentlich, daß sich Ihr Vater mit John Sinclair treffen wollte und Sie zu mir kamen?«

»Das hat er so gewollt.«

»Wie das?«

»Er wollte eine Sicherung einbauen, denn er war der Ansicht, daß ich ebenfalls in Gefahr schwebte.«

»Da hatte er recht.«

»Meinen Sie, daß ich ...?«

»Ja, wenn der Verrat Ihres Vaters von der anderen Seite zur Kenntnis genommen wurde, wird man auf Sie auch keine Rücksicht mehr nehmen. Aber ich werde versuchen, meinen Kollegen John Sinclair zu erreichen. Er treibt sich zwar auf einem alten Schrottplatz herum, doch sein Wagen hat einen Telefonanschluß.« Suko griff zum Hörer und tippte die Nummer ein.

Es tat sich nichts. Auch nach einem weiteren Versuch blieb die Leitung stumm. Achselzuckend legte der Chinese wieder auf.

»Und das beunruhigt Sie nicht?« fragte Carol leise.

»Nein, wieso?«

»Wenn sich Ihr Kollege nicht meldet ...«

»Er kann ganz normal verhindert sein. Wahrscheinlich sitzt er nicht in seinem Wagen und redet mit Ihrem Vater.«

»Das glaube ich jetzt auch.«

Suko schlug mit der flachen Hand auf den Tisch. »Wissen Sie, was wir jetzt machen?«

»Nein.«

»Wir fahren in die Wohnung Ihres Vaters.«

»Und was wollen Sie dort?«

»Ich habe mich schon immer für gewisse Filme interessiert …«

Derek Maynard, alias S. S. Grower, wohnte für einen Schriftsteller seiner Art standesgemäß. Im Norden von London hatte er ein altes Landhaus gefunden, das eine gewisse Ähnlichkeit mit einem kleinen Bauernhof aufwies, denn es hatte nur eine Etage, war mit einem schiefen Dach gedeckt worden, das weit überhing. Stützpfosten mußten es halten.

Der Weg zum Haus führte von der Straße her durch eine Wildnis. Suko hatte auf seine Maschine verzichtet und sich einen Leihwagen genommen. Es war ein Honda.

Der Wagen schaukelte über achsentiefe Schlaglöcher. Die beiden Menschen wurden von einer Seite auf die andere geschleudert. Carol hielt sich am Haltegriff fest, ansonsten machte sie eine gute Figur, denn sie war es gewohnt, über diesen von hohem Gras eingerahmten Trampelpfad zu fahren.

Sogar einen Hasen sahen sie. Das Tier rannte vor dem Wagen fluchtartig davon.

Sie fuhren das Haus nicht direkt an. Um eine große Ulme herum rollten sie und stellten den Honda dann ab. Dort hatte Maynard anbauen lassen. Die Erweiterung bestand aus einem wetterfest gestrichenen Holzkasten.

»In diesem Anbau hat mein Vater immer geschrieben«, erklärte Carol.

»Bißchen düster, nicht?«

»Nicht im Sommer. Er liegt zur Südseite hin. Das Sonnenlicht hat ihn sogar manchmal gestört.«

Nach Sonnenschein sah es an diesem Tag nicht aus. Ein

hellgrauer Himmel lag über dem Land. Die Temperaturen bewegten sich um den Gefrierpunkt, doch geschneit hatte es nicht, obwohl Schnee angesagt worden war.

Carol besaß einen Schlüssel. Sie holte ihn aus der Manteltasche und schloß eine hölzerne Tür auf, die in der oberen Hälfte verglast war. Beide betraten einen Raum, in dem es nach kaltem Pfeifenqualm roch. Der Schreibtisch stand direkt am Fenster. Zwischen Magazinen, Papieren und Kugelschreibern fiel die flache Schreibmaschine kaum auf. Ein Blatt steckte noch darin. Suko interessierte sich dafür, las nach und brauchte praktisch nur einen Satz flüsternd auszusprechen.

Ich habe vieles falsch gemacht!

»Hat das Ihr Vater geschrieben?« fragte er.

»Ja«, antwortete Carol leise. Danach schluckte sie. »Klingt wie ein Abschied, nicht?«

»So würde ich das nicht sehen.«

»Doch, Inspektor. Ich habe auf der Fahrt hierher nachgedacht und bin zu der Überzeugung gekommen, daß sich mein Vater nicht mehr am Leben befindet. Er hat sich einfach zuviel vorgenommen. Ich fühlte, daß es ihn erwischt hat. Und ihr Freund hat ihn auch nicht mehr retten können. Das ist meine Ansicht.«

»Es bleibt Ihnen frei, dies zu glauben, obwohl ich anderer Ansicht bin.« Sukos Blick glitt über die dunklen Regale. Sie waren bis zu den Rändern mit Büchern vollgestopft. Die Regale bis hinauf an die holzverkleidete Decke, wo ein runder Lampenring hing. Auf dem Glas klebten tote Fliegen.

»Den Film finden wir hier nicht.« Carol stand an der zweiten Tür, die in das eigentliche Haus führte.

»Hat Ihr Vater einen Vorführraum?«

»Das nicht. Es ist nur so, er wollte kein Wohnzimmer haben. Dort steht die Leinwand.«

»Dann gehen Sie vor.«

Suko wurde durch einen schmalen Flur geführt. Auch das Licht konnte seine Düsternis kaum vertreiben. Ein paar Fotos hingen an den Wänden. Suko konnte sich den Besitzer des Hauses ansehen.

Maynard oder S. S. Grower war ein Mann in mittleren Jahren. Er hatte bereits die Hälfte seiner Haare verloren. Die anderen wuchsen ihm bis weit in den Nacken. Auf der Oberlippe breitete sich der Schnauzer wie ein brauner Teppich aus. Die Augen des Mannes blickten ein wenig melancholisch.

Das Mädchen lächelte. »Ja, das ist mein Vater.«

»Ich dachte es mir.«

Nach dem Flur betraten sie den Wohnraum. Er glich einem kleinen Kino. Sessel und Couch waren so hingestellt worden, daß der Blick des Sitzenden stets auf die Leinwand fiel.

»Einen Projektor entdeckte Suko ebenfalls, und er wunderte sich darüber. »Sagten Sie mir nicht, Carol, daß Ihr Vater mehr auf Video abfuhr?«

»Er hatte beides. Film und Video.«

»Was sehen wir uns an?«

»Was möchten Sie?«

Suko betrachtete sich den Apparat näher. Er sah, daß die Spule mit dem Streifen aufgelegt war. »Wenn es der Film ist, von dem sie gesprochen haben, Carol, nehmen wir die Leinwand.«

»Gut.« Sie stand da und wirkte verkrampft. Dafür hatte Suko Verständnis. Wenn er jetzt den Streifen abspulte, würden die Erinnerungen bei Carol wieder zurückkehren. Und so etwas war böse.

»Wenn Sie nicht zuschauen wollen, dann sehe ich mir den Streifen auch allein an.«

»Lassen Sie mal. Ich schaue schon weg.«

»Gut.« Suko erhoffte sich Aufschlüsse und Spuren. Er hatte diesen Vincent van Akkeren kennengelernt. Als Baphomet bezeichnete er sich, ein Günstling der Hölle und Herr des Fegefeuers. Suko wußte, daß es sich bei ihm um keinen Bluffer handelte. Dieser Mann war als Mensch schlimmer als mancher Dämon.

Suko blickte nach links, wo in der Wand eine Tür offenstand. Direkt neben der Tür und sehr weit unten befand sich eine Steckdose. Stecker und Kabel hingen an einer Rolle über dem Apparat.

Suko stellte die Verbindung her. »Dann wollen wir mal«, sagte er. »Ist es nicht zu hell?«

»Ja, Sie haben recht.«

»Ziehen Sie bitte die Vorhänge zu.«

Das tat Carol. »Kennen Sie sich mit diesen Projektoren eigentlich aus?«

»Mal sehen.«

Sie schaute zu, als Suko den Apparat näher unter die Lupe nahm. Nie hätte er gedacht, daß er sich einen solchen Streifen ansehen würde, von dem van Akkeren auf seiner Yacht gesprochen hatte. In Suko waren die Wut und der kalte Zorn hochgestiegen. Er hätte diesem Mann den Hals umdrehen können. Und die Todesart, die van Akkeren sich für ihn und seinen Begleiter ausgesucht hatte, war auch nicht gerade die feinste gewesen.

Beide hatten auf glühendem Boden von einem gewaltigen scharfen Pendel zersägt werden sollen.

Der Inspektor suchte und fand. Er schaltete den Apparat ein.

Suko trat einen Schritt zur Seite und verschränkte die Arme vor der Brust.

Auf der Leinwand zeigten sich erste Bilder. Es war eine Zahlenfolge, die von rückwärts ablief.

Carol hatte sich nicht gesetzt, nur ihren Mantel ausgezogen, da es warm im Raum war. »Zuerst ist der Streifen harmlos. Da denkt man an einen Dokumentarfilm. Dann aber geht es los. »Na ja, Sie werden es ja sehen, Sir.«

Das Mädchen behielt recht. In der Tat begann der Streifen mit der Totalaufnahme einer weltberühmten Großstadt.

Es war Rio!

Deutlich am Zuckerhut zu erkennen und auch an der gewaltigen Christus-Statue.

Schwenk.

Nahaufnahme. Es ging Schlag auf Schlag. Menschen wurden gezeigt, und Suko fiel auf, daß es sich dabei immer um Mädchen handelte.

»So hat sich der Kerl seine Opfer ausgesucht«, flüsterte Carol und räusperte sich danach.

Der Inspektor schaute weiter zu. Er konnte sich gut vorstellen, unter welch einem Druck das Mädchen stand. Sie kannte den Film schon, aber Suko mußte ihn sich bis zum bitteren Ende ansehen, um endlich eine Spur zu finden.

Die Kamera ging noch näher an die Menschen heran. Gesichter erschienen in Großaufnahme.

Mädchengesichter ...

Die meisten noch sehr jung, aber oft mit reifen oder wissenden Augen, die schon vieles gesehen hatten. Die Mädchen hatten nicht gerade viel an.

»Gleich ist es soweit«, hörte Suko Carol sprechen. »Das Mädchen, das groß rausgeholt wird. Das lange Haar zu Locken gedreht ...«

Sie stand an einer Ampel nicht weit vom Strand. Eine Basttasche trug sie in der rechten Hand. Der Meerwind blies gegen ihr Gesicht, wehte die dunklen Haare zurück und ließ die runden Ringe an den Ohren blitzen. Die Haut war dunkel, auf den Lippen lag ein natürliches Lächeln. Der Wind drückte das weit geschnittene T-Shirt gegen ihren Körper. Es war zu erkennen, daß die Kleine eine prächtige Figur hatte.

»Sie wird gleich geholt!« kommentierte Carol.

»Und sie spricht auch darauf an?«

»Wenn jemand mit einer Kamera herumläuft, die große Schau abzieht, etwas von Filmruhm erzählt, schmelzen die Mädchen dahin. Die meisten sind arm wie Kirchenmäuse und besitzen nur ihren Körper.«

Suko gab ihr recht. Er nickte jedoch nur und schaute weiterhin zu. Die Kleine wurde angesprochen. Von dem Mann war nur der Rücken zu sehen, nicht das Gesicht.

Dann aber drehte er sich um.

Suko spannte sich.

Und da geschah es.

Es begann mit einem Knistern, einem harten Reißen. Im nächsten Augenblick zuckten kleine Flämmchen in die Höhe, und zwei Lidschläge später stand die Filmrolle in Flammen …

Der Mann wirkte auf mich wie jemand, dem alles egal ist. Ein Töter aus der Hölle, eine vom Teufel gelenkte Mordmaschine mit einem Flammenwerfer, die alles vernichten konnte, was sich ihr in den Weg stellte. Und deshalb war er auch aus dem Fegefeuer geschickt worden.

Innerhalb einer kaum meßbaren Zeitspanne schoß mir dies alles durch den Kopf. Da ich wußte, daß der Mann nichts mehr zu verlieren hatte, reagierte ich dementsprechend.

Mein rechter Fuß drückte das Gaspedal durch.

Plötzlich wurde der Bentley zum Bockspringer. Ich pfiff auf den zerfetzten Reifen und wollte nur noch eines:

Diesen unheimlichen Kerl überrollen.

Das wußte er auch, und er setzte seine Killerwaffe gegen mich ein.

Urplötzlich sah ich ihn nicht mehr, und eine gewaltige Feuerwand quoll aus dem Flammenwerfer und jagte auf mich zu.

Ein wirbelnder Flammensturm, in den der Bentley geradewegs hineinraste. Mit mir als Fahrer – das aber nicht mehr lange, denn der Wagen sollte für mich nicht zu einem brennenden Sarg werden.

Ich hatte mich nicht angeschnallt. Jetzt war es einmal von Vorteil. So gewann ich vielleicht eine Sekunde, konnte den Wagenschlag aufstoßen und katapultierte mich aus dem noch immer rollenden Bentley heraus.

Ich spürte den harten Boden, überrollte mich einige Male, und es gelang mir, mich so unter Kontrolle zu halten, daß ich zumindest den Kopf schützen konnte.

Die Geschwindigkeit des Wagens hatte sich auch auf mich übertragen. Der Schrotthügel würde uns bald stoppen.

Es war ein brutaler, gemeiner Aufschlag. Wo ich gegen prallte, sah ich nicht, da ich meine Augen geschlossen hielt. Es tat aber höllisch weh. Etwas schlitzte wie ein Messer meine Kleidung am Rücken auf, jedenfalls hatte ich das Gefühl, doch im nächsten Moment hing ich fest.

Wo genau, das wußte ich nicht. Es war ein aus dem Metallhügel hervorstehendes Teil, das mich aufgehalten hatte. Vielleicht eine Stoßstange, aber das interessierte mich im Moment nicht.

Ich sah etwas ganz anderes.

Er stand inmitten der wabernden Flammenwand. Seine Gestalt verwischte aber wie ein Schatten, als das Feuer den Wagen umhüllte.

Ich konnte es nicht glauben. Er brannte. Mein Bentley, dieses alte Schlachtschiff, das mit mir durch dick und dünn gegangen war. Er war mit mir älter geworden. Oft hatten Bekannte gelästert, weil ich einen alten Wagen fuhr, es hatte mich nur selten gestört. Jetzt war alles anders. Der Bentley brannte, wie auch meine Augen. Und dies lag nicht allein am Feuer oder am Rauch. Das Gefühl kam auch von innen her, ich hatte an meinem Wagen gehangen.

Der Silbergraue brannte aus. Und er würde bald in die Luft fliegen, wenn das im Tank schwappende Benzin in Brand geriet.

Ich mußte weg, da ich zu nahe an dem brennenden Auto lag. Deshalb befreite ich mich von diesem Hindernis und hörte trotz der fauchenden und knatternden Flammen hinter mir etwas knacken, als sich einiges zur Seite bewegte. Etwas rollte auf meinen Rücken und von dort aus weiter. Es war ein verrosteter Blecheimer.

Ich hatte es endlich geschafft und sah zu, vom brennenden Wagen wegzukommen. Um den Hügel stolperte ich herum. Meine Augen brannten, ich war schmutzig, leicht lädiert, aber nicht kampfunfähig.

Da geschah es!

Die Explosion schleuderte den Wagen noch ein Stück in die Höhe, bevor er auseinanderflog. Das allerdings sah ich nicht mehr, denn ich hatte mich zu Boden geworfen.

Flammendes Benzin, Blech- und Wrackteile waren die tödlichen Grüße, die mich zum Glück nicht erwischten, sondern irgendwo anders einschlugen und weitere Gegenstände ins Rutschen brachten.

Nicht weit von mir entfernt lag ein stinkender, brennender und qualmender Reifen. Eine dichte schwarze Wolke stieg von ihm hoch und wurde weggetrieben.

Ich stand auf.

Trauern konnte ich um meinen Wagen nicht mehr und dachte daran, daß ich ein unwahrscheinliches Glück gehabt hatte, denn der Koffer hatte sich nicht in ihm befunden. Dieses kleine Waffenarsenal lag bei mir zu Hause, und dies schon seit einigen Tagen, weil dort etwas am Schloß nachgesehen werden mußte.

Also blieben mir diese Dinge erhalten.

Erhalten würde mir auch dieser Typ aus dem Fegefeuer bleiben. Ich war sicher, daß er die Detonation überstanden hatte. Die Druckwelle war an mir vorbeigefegt. Sie hatte auf den Hängen der Schrottberge einiges durcheinander gebracht.

Die größten Teile blieben zum Glück stecken, aber es lösten sich einige Dinge wie auch eine Autotür.

Sich hochkant überschlagend, näherte sie sich dem Hügelrand, hackte irgendwo in den weichen Boden und blieb liegen. Kleinere Teile rollten und rutschten noch nach, dann nichts mehr.

Ich war wieder aufgestanden. Vor mir brannten die einzelnen Bentleyteile. Mir tat es in der Seele weh, denn der Wagen war über Jahre hinweg ein treuer Gefährte gewesen.

Ich schüttelte die Trauer ab. Jetzt ging es nur darum, daß ich am Leben blieb. Alles andere konnte mir gestohlen bleiben.

Ich lief auf die gegenüberliegende Seite und kletterte am

Hang eines Schrotthügels hoch. Rauch wehte gegen mich. Die Augen tränten, das Zeug biß wie Säure.

Ich suchte, aber ich fand ihn nicht.

Der Kampfkoloß war nicht zu packen. Es hatte ihn auch nicht erwischt. Er mußte sehr schnell Deckung gefunden haben.

Wohl war mir nicht, als ich mir vorstellte, welche Waffen sich in seinen Händen befanden.

Das war nicht allein der Flammenwerfer, auch noch andere Dinge. Ich dachte an die Handgranaten, die schweren Revolver, die gefiederten Pfeile und die Maschinenpistole.

Hinzu kamen noch die Krallen, die er ebenfalls als tödliche Waffen einsetzen konnte.

Das sah nicht gut aus.

Wenn es überhaupt einen Vorteil für mich gab, so lag er darin, daß ich mich dem Ausgang ziemlich weit genähert hatte. Ich mußte nur an meinem ausbrennenden Wagen vorbei und noch wenige Schritte laufen, um ihn zu erreichen.

Doch war es nicht falsch, wenn ich das tat?

Den gleichen Gedanken hatte bestimmt auch mein Gegner. Nein, so nicht. Ich würde nicht auf dem direkten Weg den Schrottplatz verlassen.

Noch war ich ziemlich locker und steckte auch voller Optimismus. Mochte der andere zehnmal so stark sein wie ich, kugelfest war er sicherlich nicht. Darauf baute ich.

Ein Stück lief ich den Hauptweg zurück, drückte mich dann nach links und tauchte in einen schmalen Pfad ein, der an einer Mauer aus Blech entlangführte. Ich las noch die Schildaufschrift. Es war der Weg zur Schrottpresse, den ich eingeschlagen hatte.

Über Schrottpressen gab es Geschichten, die mir gar nicht gefielen. Mafiosi hatten oft ihre Feinde in Schrottpressen gesteckt und sie so auf Nimmerwiedersehen verschwinden lassen. Mir sollte so etwas nicht passieren. Jedenfalls stand diese Presse schon seit langem still. Es war die Frage, ob sie überhaupt noch funktionierte.

Nicht allein das Wissen um den Killer machte mir Angst. Es war auch noch ein anderes Gefühl dabei. Ich war von den Resten der Zivilisation eingerahmt. Kalte Schrottberge, die ein Gefühl des Horrors vermittelten. Hier lebte nichts mehr, alles war seelenlos, ich sah nicht einmal einen vertrockneten Grashalm. Selbst das zähe Unkraut hielt sich nicht auf diesem verdammten Platz.

Der Boden war aufgeweicht und naß. Schlamm und Pfützen bedeckten ihn. Eine Mondlandschaft mit toten Augen umgab mich, und darüber lag ein düsterer Winterhimmel.

Irgendwann erreichte ich die große Presse. Sie lag links von mir. Ein mächtiges Gebilde, zu dem auch ein Kran gehörte, der die alten Wagen in die Presse schaffte.

Und wo steckte Baphomets Diener?

Ich hatte ihn auf meinem Weg bis zur Presse nicht gesehen und auch nicht gehört. Konnte sich dieser Typ tatsächlich lautlos bewegen? Das wollte mir nicht in den Kopf, aber es mußte so sein.

Die traurige Umgebung war nahe der Schrottpresse aufgelockert. Auch hier standen zwei Baracken, ein Parkplatz war vorhanden, den Zaun sah ich ebenfalls.

Er lag nicht einmal weit entfernt. Ein Windstoß fuhr gegen den Maschendraht und bewegte ihn.

Aber wo fand ich den Killer?

Ich war mir sicher, daß er mich unter Kontrolle hielt. So aufmerksam ich mich auch umsah, entdecken konnte ich ihn nicht. Ließ er mich tatsächlich laufen?

Ich mußte es auf einen Versuch ankommen lassen und bewegte mich auf den Zaun zu.

Die Umgebung blieb ruhig. Es sprengte auch niemand die Tür der Baracke auf. Wenn der andere sich irgendwo versteckt hielt, dann vielleicht hinter dem Bau.

Das hatte er nicht.

Er befand sich ganz woanders.

Und das wurde mir plötzlich klar, als ich das quietschende Geräusch über mir hörte.

Ich blieb stehen, blickte hoch und sah ihn an diesem großen Kran hängen, dessen Arm schwenkte. Über mehrere Rollen liefen die Seile, an deren Ende ein gewaltiges Fragezeichen hing. Es bestand aus Eisen und an ihm hing der Mann.

Der Killer hatte den Kran – auf welche Weise auch immer – in Bewegung gesetzt. Mit einer Hand hielt er sich am Haken fest. Die andere wollte er für seine Handgranaten frei haben. Mit den Zähnen löste er den Stift, und während er durch die Luft schwebte, schleuderte er das erste scharfe Metallei schon auf mich zu …

Carol Maynard sprang hoch. Sie schrie dabei, und auch Suko zuckte zurück.

Auf der Leinwand war kein Bild mehr zu sehen, obwohl sich die Rolle noch weiterdrehte. Sie war zu einem flammenden Rad geworden, das immer mehr brennende Fetzen verlor, die vom Projektor weg und in den Raum geschleudert wurden.

»So tun Sie doch was!« schrie Carol. Sie war von einem brennenden Stück Film getroffen worden. Das Zeug klebte an ihrem Rock, und sie schlug mit den Handflächen auf die Flamme.

Suko wußte genau, wie schwer dieses Zeug zu löschen war. Mit Wasser konnte er da nichts ausrichten.

Er tat etwas anderes.

Suko stellte die Stromzufuhr ab, indem er kurzerhand den Stecker aus der Dose zog. Jetzt drehte sich die Spule wenigstens nicht mehr.

Carol schlug gegen ihren Rock. Dort hatte sich das Zeug festgeklebt, und es war schwer für sie, die Flammen zu ersticken. Sie schaffte es schließlich doch.

Auch Suko kümmerte sich um die einzelnen Brandherde. Er trat sie aus, anders konnte er sie nicht löschen. Dann ließ er sich aufatmend in einen zweiten Sessel sinken, drehte den Kopf und blickte seinen jungen Schützling an.

Er sah die Angst in den Augen des Mädchens. Stinkender Rauch trieb durch das Zimmer und die Tür. Carol mußte husten, lehnte sich wieder zurück und legte die Hände auf die Lehnen.

»Alles okay?« fragte Suko.

Sie schüttelte den zurückgelehnten Kopf. »Nein, gar nichts ist okay. Überhaupt nichts.«

»Wir haben es überstanden.«

»Das stimmt allerdings. Aber wieso konnte dieser Film plötzlich brennen?«

»Ich weiß es nicht.«

»Da wollte doch jemand, daß wir ihn uns nicht bis zum Ende ansehen.«

»Allerdings.«

»Und wer?«

Suko lächelte. »Sie stellen Fragen, Carol, die ich leider auch nicht beantworten kann. Ich weiß einfach nicht, was hier gespielt wird und wer genau unser Gegner ist.«

»Dieser Baphomet.«

»Kann sein, aber wie war es mit Ihrem Vater?«

Wieder mußte sie husten und beugte sich dabei vor. Als sie die Hand von den Lippen nahm, sagte sie leise: »Ich weiß nicht, was Sie immer mit meinem Vater haben, Suko.«

»Er ist der Schlüssel in diesem Fall.«

»Zu wem denn?«

Carol hielt trotz allem noch zu ihrem Vater. Das war verständlich, aber Suko dachte anders. Wenn sich ein Mensch einen so schrecklichen Film zulegte, konnte er nicht normal sein. Möglicherweise war er auf die dämonische Seite abgefahren.

»Hat er mit Ihnen nie über den Film gesprochen?«

Das Mädchen schlug heftig auf die Sessellehne. »Ich weiß nicht, was Sie wollen, Inspektor. Der Film ist zerstört worden ...«

»Eben.«

»Wie ...?«

»Die Sache ist einfach. Man hat ihn bewußt in Brand gesteckt. Man kann auch sagen, irgendwelche Kräfte haben dafür gesorgt, daß er vor unseren Augen entflammte.«

»Welche denn?«

»Dämonische.«

»Das hieße ja, daß sie uns unter Kontrolle halten.« Carol hatte sich so gedreht, daß sie Suko anschauen konnte.

»So ähnlich denke ich auch.«

Sie überlegte weiter und bewies, daß sie logisch nachdenken konnte. »Irgendwelche Kräfte«, murmelte sie. »Dämonische Kräfte, die unter Umständen hier im Haus lauern – oder?«

»Sehr richtig.«

»Aber das wäre ja ...« Sie sprang auf und ballte die Hände. »Meine Güte, das wäre ja furchtbar.«

»Sie haben es erfaßt.«

Carol Maynard ging im Zimmer auf und ab. Suko ließ sie in Ruhe. »Andere Kräfte in diesem Haus und dazwischen mein Vater. Wahrscheinlich hat er sich sogar mit ihnen verbündet oder noch mehr. Er hat sie unter Umständen selbst herbeigeholt ...« Sie blieb stehen und sprach nicht mehr weiter. Ihrem Gesichtsausdruck konnte Suko entnehmen, daß sie sich über ihre eigenen Worte erschreckt hatte.

»Endlich haben Sie begriffen.«

»Solange nichts bewiesen ist, lasse ich auf meinen Vater nichts kommen. Obwohl er sich von meiner Mutter getrennt hat, habe ich mich mit ihm gut verstanden, wenn ich ihn sah.«

»Das streitet auch keiner ab. Aber es sind verschiedene Paar Schuhe, Miß Maynard.«

»Möglich.«

»Setzen Sie sich wieder hin ...«

»Nein, ich ziehe mich erst um. In diesem Rock kann ich nicht mehr herumlaufen. Warten Sie.«

»Bis gleich.«

Carol verschwand. Wahrscheinlich wollte sie auch allein über alles ungestört nachdenken.

Auch Suko blieb nicht mehr im Sessel sitzen. Er schob sich in die Höhe und trat auf eines der Fenster zu. Mit einem heftigen Ruck riß er den Vorhang zur Seite. Auch bei den anderen Fenstern löste er die Verdunkelung. Tageslicht strömte in den Raum. Nicht sehr hell, dafür winterlich grau. Suko blickte in den verwilderten Garten. Die Gegend war einsam hier. Ein idealer Ort, um irgendwelche Aktivitäten zu verbergen. Er war fest davon überzeugt, daß der Autor etwas zu verbergen gehabt hatte. Wahrscheinlich hatte er sich mit Dingen beschäftigt, die jenseits der menschlichen Begriffsgrenze lagen. Suko nahm sich vor, noch einmal über den Film mit Carol zu reden. Da mußte der springende Punkt liegen, gewissermaßen die Lösung des Falles.

Er wollte sich schon abwenden, zudem hörte er die Schritte der zurückkehrenden Carol, als er nicht weit vom Haus entfernt eine Bewegung bemerkte.

Ein Schatten huschte dicht über den Boden. Sehr schnell, wendig und geschmeidig.

Suko konnte nicht erkennen, ob es sich dabei um ein Tier oder einen Menschen gehandelt hatte. Jedenfalls sah er ihn einen Lidschlag später nicht mehr.

»Ich bin wieder da!«

Carol stand an der Tür und hatte sich umgezogen. Sie trug ein einfaches schulterfreies Wollkleid und hatte sich eine Strickjacke umgehängt.

»Frieren Sie nicht?« fragte Suko.

»Ja. Aber es war das einzige Kleid, das ich gefunden habe. Die Jacke stammt von meinem Vater.«

»Okay.« Er wechselte das Thema. »Gibt es hier in der Umgebung eigentlich Wild?«

»Meinen Sie Rehe oder so?« Carol kam näher.

»Ja.«

»Das kann ich mir schon vorstellen. Ich selbst habe noch kein Reh gesehen. Wieso denn?«

»War nur eine Frage.«

Sie blickte ihn so an, als würde sie ihm nicht glauben, gab

aber weiterhin keinen Kommentar. Dafür fragte sie: »Ist Ihnen eigentlich eine Lösung eingefallen?«

»Nein.«

»Dann wissen Sie auch nicht weiter?«

Suko legte die Stirn in Falten. »So ist das nicht. Ich möchte noch einmal auf den Film zurückkommen ...«

Carol verdrehte die Augen. Das Thema war ihr unangenehm. »Bitte nicht, ich habe damit nichts zu tun.«

»Kann ich mir denken. Trotzdem ist die Sache noch nicht ausgestanden. Weshalb hat man uns daran gehindert, den Film zu betrachten? Das ist der entscheidende Punkt.«

»Ich habe keine Ahnung.«

»Berichten Sie mir noch einmal von seinem Inhalt.«

Das Mädchen wehrte sich. »Nein, tut mir leid. So etwas können Sie nicht von mir verlangen. Das schaffe ich einfach nicht.«

»Bitte, Carol.«

»Und was haben Sie davon?«

»Ich suche nach diesem erwähnten springenden Punkt. Die Lösung dieses Falles muß in dem Streifen aufgezeigt sein.«

»Sie haben doch das Mädchen gesehen. Es zeigte sich sehr willig, ließ sich ansprechen und durch diese Filmangebote locken. Man konnte mit ihm machen, was man wollte.«

»Sie wurde also getötet.«

»Ja. Und zwar auf dieser Plattform. Sie saß dort, aus der Tiefe stieg dieses gräßliche Feuer. Sie erlebte eine furchtbare Angst und ...«

Suko unterbrach sie. »Ich denke nicht an das Mädchen, obwohl es mir sehr leid tut. Ich möchte von Ihnen etwas anderes wissen. Denken Sie an den Film und vergegenwärtigen Sie sich die Umgebung, in der der Streifen gespielt hat.«

»Wie meinen Sie das denn?«

»Ganz einfach. Ich möchte gern erfahren, wo der Film gedreht wurde. Wo hat man ihn aufgenommen? Diese Plattform, deren Existenz ich nicht bezweifle, muß irgendwo gestanden haben.«

»Das stimmt.«

»Ich will den Ort wissen.«

Carol lachte. Sie zog die Jacke vor ihrer Brust zusammen. »Verlangen Sie nicht etwas viel von mir? Ich soll Ihnen sagen können, wo sich die Plattform befunden hat?«

»So ist es.«

»Das kann ich nicht.«

»Dessen bin ich mir nicht sicher. Ihr Vater hat in einem engen Kontakt zu Baphomet gestanden. Ich kenne diese Gestalt. Sie heißt Vincent van Akkeren. Der Mann ist ein Teufel, ein wahnsinniges Genie meinetwegen, er muß Helfer gehabt haben, die ihm die Drehorte für seine fürchterlichen Streifen zur Verfügung stellten.«

»Und Sie tippen dabei auf meinen Vater?«

»So ist es.«

»Aber er wollte doch nicht mehr.«

»Später nicht, doch in den Monaten oder Wochen zuvor hat es sicherlich anders ausgesehen.«

Carol stöhnte und stützte ihre Hände auf die Rückenlehne eines Sessels. »Meine Güte, was machen Sie mit mir? Sie bringen mich in eine nahezu verzweifelte Lage.«

»So dürfen Sie das nicht sehen, Carol. Ich will Ihnen helfen.«

Das Mädchen ließ sich tatsächlich Zeit. Carols Gesicht war anzusehen, wie stark sie über das Problem nachdachte. Wahrscheinlich lief der Film noch einmal vor ihrem geistigen Auge ab. »Ja«, sagte sie. »Da war etwas. Diese … diese Plattform muß in einem Keller gestanden haben.«

»Das ist doch schon was.«

»Aber in welchem?«

»Denken Sie nach«, sagte Suko. »Versuchen Sie, sich an Einzelheiten zu erinnern.«

»Das will ich nicht! Ich habe diesen Film gehaßt!« schrie sie plötzlich. »Aber es war wie ein Zwang. Ich habe hingesehen, mich dabei nicht auf die Umgebung konzentriert. Jedenfalls war es ein Keller oder ein Verlies, in dem das Schreckliche geschah.«

Suko nickte. Dann stellte er die alles entscheidende Frage. »Könnte es der Keller dieses Hauses gewesen sein?«

Carol Maynard blickte den Inspektor an, als hätte ihr dieser einen schmutzigen Antrag gemacht. »Wissen Sie eigentlich, was Sie da gesagt haben?« fragte sie flüsternd.

»Das weiß ich genau.«

Das Mädchen war völlig durcheinander. Einerseits wußte sie, daß sie sich nicht auf sich selbst verlassen konnte und Sukos Beistand brauchte, obwohl er ihr die ihrer Meinung nach so ungeheuerlichen Dinge an den Kopf geworfen hatte. »Im Keller dieses Hauses«, hauchte sie. »Wissen Sie eigentlich, was Sie damit gesagt haben? Das ist einfach furchtbar. Sie verleumden meinen Vater, Sie verleumden auch noch mich ...«

»Carol, ich habe nur nachgedacht.«

»Aber falsch!« schrie sie.

»Ihr Vater besaß den Film. Ich weiß nicht, ob er allein als Käufer aufgetreten ist. Möglicherweise war er ein Mitwisser. Und wenn wir beide uns den Keller dieses Hauses einmal ansehen, könnten wir ihn unter Umständen von diesem Verdacht befreien. So müssen Sie das sehen. Ich will Ihnen nichts, glauben Sie mir. Sollte ich mit meiner Vermutung aber recht haben, ist es immerhin eine Möglichkeit, ein großes Stück voranzukommen.«

»Inspektor, Sie haben eine Art an sich, der ich nicht beipflichten kann. Aber bitte.«

»Sie gehen mit mir in den Keller?«

»Ja.«

»Wie lange haben Sie ihn nicht mehr betreten?«

»Das ist ...« Sie hob die Schultern. »Das ist immerhin schon einige Zeit her. Vielleicht Jahre.«

»Ich bin ja bei Ihnen.«

»Dann gehen wir.«

Carol ging mit gesenktem Kopf vor. Sie fürchtete sich, das war Suko klar. Nur konnte er ihr diesen Gang nicht ersparen. Es stand einfach zuviel auf dem Spiel.

Dieser Baphomet und dessen Fegefeuer konnte sich zu einer Gefahr für die gesamte Menschheit ausweiten …

Die Handgranate fiel!

Sie eierte regelrecht dem Boden entgegen. Mir blieb nicht viel Zeit, mich in Deckung zu werfen.

Das schaffte ich nicht mehr.

Der Kerl dort auf dem Kran hatte sich verrechnet, denn das Höllenei detonierte auf halbem Weg zwischen Kran und Erde.

Ich sah den Blitz, hörte das peitschende Krachen. Der Druck strahlte nach allen Seiten ab, ich begann zu rennen und hechtete zu Boden. Viel spürte ich von der Druckwelle nicht, jedoch hatte ich Angst vor den verdammten Splittern, die lebensgefährliche Wunden reißen konnten.

Auch sie verschonten mich.

Dafür schlidderte ich durch den Matsch und lag nicht weit von einer Baracke entfernt. Dort rollte ich mich auf den Rücken, kam wieder hoch und zog meine Beretta.

Der andere hing noch immer in luftiger Höhe. Eine zweite Granate schleuderte er nicht mehr, aber er hatte nach seiner Maschinenpistole gegriffen und sie losgehakt. Wenn er schießen wollte, mußte er sie mit einer Hand festhalten.

Für ihn eine Kleinigkeit. Er schwenkte die schwere Waffe wie eine Spielzeugpistole herum, zielte in meine Richtung, aber ich war schneller und drückte zweimal ab.

Die Beretta bellte trocken auf. Die Entfernung war verdammt groß, ein genaues Zielen unmöglich. Wenn ich den anderen trotzdem erwischte, glich es mehr einem Zufallstreffer.

Vielleicht hatte er das Pfeifen der Kugeln gehört und wußte von der Gefahr, jedenfalls zog er plötzlich seine Beine an, so daß es aussah, als würde er eine Rolle schlagen.

Das wollte er nicht, sondern weiterklettern. Und er bewies mir, wie geschmeidig und gelenkig er war, denn er zog sich nur mit einer Hand am Stahlseil des Krans hoch.

Meine Güte, hatte der Mann Kraft.

Und er schoß noch.

Ich sah das Blitzen vor der Mündung, und der Kugelregen aus seiner MPi jagte dem Boden entgegen und zog dort seine Spur, die zum Glück nicht in meine Nähe geriet, dafür wühlten die einzelnen Geschosse den Untergrund auf. Ihre Bahn war genau zu verfolgen, und ich hetzte von dieser Spur weg.

An der Baracke stoppte ich.

Der andere hatte das obere Ende des Krans erreicht. Dort turnte er über die Rolle hinweg, wurde von dem Gestänge gut gedeckt, so daß ich nicht mehr schießen konnte.

Wahrscheinlich war die Distanz auch zu groß. Ich hätte ihn kaum noch mit einer Kugel erwischt.

Eigentlich war die Lage günstig. Wenn der andere mich erwischen wollte, mußte er den Weg nach unten nehmen. Das kostete Zeit.

Ich war nicht so vermessen, zu behaupten, daß ich eine Auseinandersetzung mit ihm gewinnen würde. Deshalb wollte ich mich verziehen.

Der Zaun lag nicht weit entfernt. Ich konnte ihn mit wenigen Schritten erreichen und kletterte an ihm wie ein Eichhörnchen in die Höhe. Unter meinem Gewicht bog er sich. Er kam mir halb entgegen. Ich schaffte es dennoch, ihn zu überwinden. Auf der anderen Seite ließ ich mich fallen.

Erst jetzt warf ich wieder einen Blick zurück. Der andere war nicht zu sehen. Wahrscheinlich turnte er noch auf dem Kran herum. Genau konnte ich es nicht erkennen, denn ein aufgetürmter Schrotthügel verdeckte einen Teil meines Blickfeldes.

Allmählich beruhigte sich mein Herzschlag. Was hinter mir lag, war nicht von schlechten Eltern gewesen, das war mir schon an die Nieren gegangen.

Der Schrottplatz befand sich in einer für ihn typischen, ziemlich einsamen Gegend. Gegenüber, nur durch eine Straße getrennt, lag das Gelände einer Fabrik. Sie war längst stillgelegt worden. Die alten Gebäude verrotteten. Niemand kam auf den Gedanken, das Grundstück zu kaufen und dort eine neue Industrieanlage anzusiedeln.

Lief ich die Straße weiter hoch, gelangte ich irgendwann in eine belebte Gegend. Aber dieser Weg bot mir wenig Deckung, und ich rechnete damit, daß mich der Typ aus dem Fegefeuer verfolgen würde. Deshalb entschied ich mich, über das Fabrikgelände zu gehen.

Nicht einmal ein Auto fuhr hier vorbei. Am hellichten Tag mutterseelenallein in London, so etwas war auch selten.

Ich überquerte die Straße. Das Gelände war nicht eingezäunt. So konnte ich auf das Grundstück laufen und erreichte die erste alte Backsteinhalle. Über einem Tor stand noch der verblichene Schriftzug zu lesen. Wem die Fabrik einmal gehört hatte, wußte ich nicht. Mir war auch nicht bekannt, was man dort produziert hatte. Ich rannte an der Halle entlang und lief dabei über einen aufgerissenen Boden, in dem es so viele Schlaglöcher gab wie Pickel im Gesicht eines Heranwachsenden.

Von meinem Verfolger war nichts zu sehen. Immer wieder warf ich einen Blick über die Schulter, denn das kalte Gefühl im Nacken war nicht gewichen.

Es sorgte dafür, daß ich stetig weiterlief. Eine gewisse Furcht trieb mich an, zudem überlegte ich bereits, was ich als nächstes unternehmen mußte.

Derek Maynard war die Spur!

Zwar gab es ihn nicht mehr, aber möglicherweise hatte er Unterlagen hinterlassen, die mich zu Vincent van Akkeren führten. Ich dachte noch an unser Telefongespräch.

Er hatte schnell und viel geredet. Die Angst war unüberhörbar gewesen. Trotzdem hatte er darauf bestanden, mich auf dem Schrottplatz zu treffen. Er wollte keine anderen Menschen in Gefahr bringen, da er bereits gefühlt hatte, wer ihm auf den Fersen war.

Der seelische Druck war zu groß geworden, so daß er sich entschieden hatte, auszusteigen.

Ich rannte weiter über das leere Fabrikgelände und sah

schon die ersten Bäume. Auch hörte ich die Geräusche der fahrenden Wagen auf einer glatten Straße.

Für mich war es herrlich. Die normale Welt hatte mich wieder, und der Alptraum lag zunächst einmal hinter mir.

Selbst die Winterluft schmeckte mir wieder, als ich tief einatmete. Beim Ausatmen jedoch fiel mir ein, daß ich so etwas wie einen guten Freund verloren hatte.

Es gab den Bentley nicht mehr.

Ein Stimmungstief erfaßte mich. An diesem Wagen hatte ich so gehangen. Er war für mich ein guter Begleiter gewesen – eben ein Freund. Die feurige Lohe eines Flammenwerfers hatte ihn zerstört.

Ich mußte schlucken, aber den Blick richtete ich nicht zurück, sondern nach vorn.

Irgendwo mußte die Victoria Road liegen, und die mußte ich erreichen. Ich kenne London zwar sehr gut, aber mehr die City. Hier befand ich mich in Kilburn, so ziemlich an der Grenze.

London ist zudem eine Stadt der Taxen. Jemand hatte mal geschrieben, daß es 80 000 davon gibt. Wenn das tatsächlich stimmte, mußte ich einen dieser Wagen zu fassen kriegen.

Ich blieb am Straßenrand stehen. Hinter mir lag das Gelände der Fabrik.

Vor mir die Straße, an der gegenüberliegenden Seite zog sich eine Häuserfront entlang. Ich sah spielende Kinder vor den Türen, aus zwei Fenstern schauten alte Leute.

Auch mich sah man.

Vor allen Dingen der Fahrer des Taxis, dem ich zuwinkte, als ich den Wagen sah.

Der Mann stoppte. Bevor ich einsteigen konnte, hob er die Hand. »So nicht, Mister. Schauen Sie mal, wie Sie aussehen.«

»Das weiß ich selbst, aber das ist ein Notfall.« Ich zeigte ihm meinen Dienstausweis.

Er runzelte die Stirn, hob die Schultern, schimpfte noch auf die Polizei, fuhr aber dann an, als ich mich in die Polster fallen ließ. »Wohin?«

»Scotland Yard.«

»Ist 'ne weite Strecke.«

»Sicher.«

»Haben Sie Action hinter sich?« Im Gegensatz zu vielen anderen Londoner Taxifahrern war er ziemlich gesprächig, aber ich wollte mich auf keine lange Erklärung einlassen.

»Es geht.«

»Meinetwegen.« Er hatte verstanden, schob seine Schirmmütze in den Nacken und schwieg.

Wir befanden uns noch immer auf der Straße. Es war die Victoria Road. Das Umfeld hatte sich verändert. Die Häuserfronten lagen jetzt weiter zurück, dafür wuchsen die Bäume bis dicht an den Rand der Straße. Ich dachte bereits nach vorn und nicht mehr daran, was eigentlich hinter mir lag. Ich war fest davon überzeugt, diesem Killer aus dem Fegefeuer entkommen zu sein.

Da irrte ich mich.

Er war plötzlich da, und er nahm keine Rücksicht auf seine Umgebung. Aus dem Schatten zwischen zwei Bäumen löste er sich, sprang mitten auf die Straße und kümmerte sich nicht darum, daß die Fahrer der Autos hart auf die Bremsen treten mußten, die Fahrzeuge sich querstellten und mit jaulenden Reifen gegeneinanderkrachten.

Auch mein Fahrer hatte gebremst. Ich wurde nach vorn geschleudert, der Gurt hielt mich, und ich hörte die schreiende Frage des Drivers.

»Was ist das denn für ein Verrückter?«

»Das ist kein Verrückter, das ist der Tod«, schrie ich zurück und starrte wieder gegen den Flammenwerfer ...

Carol Maynard hatte es noch einmal versucht und sich gegen Sukos Wunsch aufgelehnt, doch der Inspektor war hart geblieben. »Wir müssen in den Keller«, sagte er.

»Und wenn wir dort nichts finden?«

»Um so besser.«

»Ich weiß nicht ...« Sie hob die schmalen Schultern, auf die Suko seine Hände legte.

»Wovor haben Sie Angst, Carol?«

»Soll ich Ihnen das wirklich sagen?«

Der Blick ihrer Augen nahm einen etwas verloren wirkenden Ausdruck an. »Ich habe Angst davor, daß Sie recht behalten, Suko. Daß mit meinem Vater etwas nicht stimmt. Daß er einen anderen Weg gegangen ist. Den gefährlichen Weg, verstehen Sie?«

»Ja.«

»Davor fürchte ich mich. Ich will ihn in guter Erinnerung behalten, trotz dieser Filme. Wenn ich mir vorstelle, daß der schreckliche Streifen in diesem Haus gedreht sein könnte, ich würde verrückt werden. Das könnte ich nicht ertragen.«

»Wissen Sie denn mehr?«

»Je länger ich darüber nachdenke, um so unsicherer werde ich. Es könnte sein, es könnte nicht sein, das ist alles so furchtbar und einfach nicht zu durchschauen.«

»Wir werden den Beweis im Keller finden.«

»Das hoffe ich, obwohl ich mich davor fürchte.«

Die Unterhaltung hatte vor der Kellertür stattgefunden. Es war eine alte Holztür, außen vergammelt, mit Mulden und Löchern, in denen der Dreck saß. Verklebte Spinnweben bildeten eine pilzig aussehende Schicht, und die Klinke hing nach unten.

Suko zog die Tür auf.

Er hatte nichts weiteres erwartet als einen normalen Keller und wurde auch nicht enttäuscht.

Kein Modergeruch strömte den beiden entgegen, sondern normaler Kellergestank, ein bißchen feucht und klamm. Licht gab es auch. Die Leitung war nur nicht unter Putz gelegt worden. Sie wand sich wie eine schwarze Schlange unter der Decke entlang.

Die Steintreppe war alt und steil. Man mußte achtgeben, um auf den Stufen nicht zu stolpern, deshalb mußten sich beide an dem schmalen Geländer festhalten.

Suko ging vor. Das Mädchen setzte seine Schritte zögernder. Im trüben Gelblicht der Lampe konnte der Chinese die Stufen sehen, und er blieb plötzlich stehen.

»Was haben Sie?« flüsterte Carol.

»Schauen Sie mal.« Suko holte jetzt seine kleine lichtstarke Lampe hervor und leuchtete die entsprechende Stufe an.

»Das ist ein Abdruck.«

»Sehr richtig«, bemerkte der Inspektor.

»Ich weiß nicht, wer ihn hinterlassen hat. Vielleicht mein Vater.«

»Möglich. Mir sieht er allerdings ziemlich frisch aus, fast so wie unsere.«

Carol faßte Suko an. »Könnte das heißen, daß sich außer uns noch jemand im Keller aufhält?«

»Unter Umständen ja.«

»Das wäre doch schlimm.« Sie hatte ihre Stimme zu einem Flüstern gesenkt.

Suko lachte leise. »Wir beide werden uns schon nicht ins Bockshorn jagen lassen. Warten wir zunächst einmal ab.«

Sie gingen weiter und hatten die Treppe rasch hinter sich gelassen. Der Strahl aus der Lampe war noch immer auf den Boden gerichtet, weil Suko die Spuren weiter verfolgen wollte. Sie führten in den Keller hinein und hörten irgendwann auf.

Das war auf einem glatten Steinstück. Es glänzte dunkel und zeigte gleichzeitig ein Spinnennetzmuster aus feinen Rissen.

»Jetzt sind Sie an der Reihe«, sagte Suko, als er stehengeblieben war.

»Wieso?«

»Sie kennen sich hier aus.«

Carol zog die Jacke wieder enger um ihre Schultern und nickte. »Ja, ich kenne mich aus«, hauchte sie. »Aber ich war lange nicht mehr hier unten. Jedenfalls ist der Keller groß. An einigen Stellen aber niedriger und auch unheimlicher.«

»Wo liegen die Vorratsräume?«

Sie deutete nach rechts.

»Gehen wir dahin«, entschied Suko.

Carol Maynard war so nervös, daß sie Sukos Hand nicht losließ. Hin und wieder blies sie sich eine Haarsträhne aus der Stirn. Suko hatte schon zahlreiche Keller durchsucht und besichtigt. Er hatte unheimliche Räume kennengelernt, in denen der Tod zu Hause war, aber auch normale Keller in Hochhäusern gesehen mit glatten Betonwänden und kaltem Licht. Dieser Keller hier lag in der Mitte. Er war so gebaut, wie man es früher getan hatte. Mit einer vielleicht etwas zu niedrigen Decke. Suko zog sicherheitshalber den Kopf ein.

Es gab nicht einmal Lattenverschläge, geschweige denn Türen. Sie konnten in die einzelnen Räume hineinschauen, und Suko leuchtete das an, was gelagert wurde.

Alte Bücher, Kisten, Kleidungsstücke, Kartons, die noch die Verschnürung aufwiesen, Gerümpel und Werkzeug. Aber nichts, das auf irgendwelche dämonische Aktivitäten hingedeutet hätte.

»Ich kann mir noch immer nicht vorstellen, daß mein Vater etwas damit zu tun gehabt hat«, sagte Carol.

Sie waren vor einer staubigen Wand stehengeblieben. Hier ging es nicht mehr weiter.

»Das war nur ein Teil des Kellers«, bemerkte Suko.

»Wollen Sie auch noch woanders hin?«

»Sicher.«

»Da kenne ich mich aber nicht so gut aus.«

»Das ist es ja gerade.«

»Ich glaube nicht an Ihren Verdacht, Inspektor. Vorhin habe ich gezweifelt, jetzt nicht mehr.«

»Wir werden sehen.«

Der andere Teil des Kellers war düster. Vielleicht lag es auch an der niedrigen Decke, die dicht über ihren Köpfen wie eine glatte graue Fläche schwebte.

Es gab kein Licht in diesem Teil.

»War das schon immer so?« fragte Suko, als er Carol darauf ansprach.

»Kann ich nicht sagen.«
»Aber Sie kennen diesen Teil hier?«
»Ich war einmal da.«
Suko nickte. Er suchte wieder nach Spuren. Diese Fußabdrücke gingen ihm nicht aus dem Kopf. Sie waren einfach zu frisch gewesen. Irgendwo mußte der Typ doch stecken, der vor ihnen den Keller betreten hatte. Wenn dem so gewesen war, hatte er sicherlich im Haus gelauert, wahrscheinlich ihre Gespräche belauscht und möglicherweise dafür gesorgt, daß die Filmrolle in Flammen aufging.
Suko sah die Spuren nicht mehr. Jungfräulicher Staub lag vor ihnen. Er wurde erst entweiht, wenn sie hineintraten. Zudem gab es wenig Nischen oder Vorsprünge, wo sich jemand verstecken konnte.
Sie gingen sehr vorsichtig. Nur das Aufsetzen ihrer Füße war zu hören und das leise Knirschen, wenn irgendwelche kleinen Steine von den Sohlen zertreten wurden.
Wieder stoppte sie eine Mauer.
»Hier ist der Keller ...«
Suko legte einen Finger auf die Lippen des Mädchens. Er wollte nicht, daß Carol redete, da ihm etwas aufgefallen war.
Es war nur ein haardünner Hauch, ein kaum zu erkennender Schein, den nur jemand sah, der gute Augen besaß und aus dem Dunkel direkt hineinblickte.
Dieser Schein befand sich in Fußhöhe. Er schien aus dem Boden zu dringen.
Das wollte Suko einfach nicht glauben, deshalb bückte er sich und sah genauer nach.
Es war tatsächlich ein schmaler Lichtstreifen. Aber er schob sich nicht aus der Tiefe hervor, sondern leuchtete dort auf, wo sich die Wand und der Boden trafen.
Das genau war die Nahtstelle!
Suko stellte sich wieder hin und drehte sich um. Seine Lampe erfüllte die nähere Umgebung mit ihrem kaltweißen Schein. Er blickte in das Gesicht des Mädchens. Sogar die Augen wirkten bleich.

»Ich habe einen Lichtschein gesehen«, erklärte er. »Woher kann er stammen?«

»Keine Ahnung. Da ist nur die Wand.«

»Und nichts dahinter?«

»Nein ...« Die Antwort klang unsicher. Carol atmete stöhnend ein. »Ich weiß nicht Bescheid. Einmal nur war ich hier.«

»Und diese Umgebung hier ist Ihnen auch nicht in dem Filmstreifen aufgefallen?«

»Nie.«

»Ich habe allerdings die Vermutung, daß wir vor einer Wand stehen, die nur so aussieht wie eine Wand. Vielleicht handelt es sich um eine Geheimtür. Verstehen Sie?«

»Ja«, hauchte Carol, »schon, aber ist das nicht zu unwahrscheinlich? Geheimtüren und so ...«

»Halten Sie mal die Lampe.« Bevor Carol etwas erwidern konnte, hatte Suko ihr schon die Lampe in die Hand gedrückt. »Und jetzt leuchten Sie bitte die Mauer an. Und zwar von oben nach unten. Lassen Sie auf keinen Fall etwas aus.«

»Ja, ja ...«

Suko sah sehr genau hin. Er verfolgte den zitternden Weg des relativ breiten Strahls, wie er von der Decke her langsam in die Tiefe wanderte.

Interessiert ließ er seine Blicke über die Wand gleiten. Er fühlte auch nach und stellte schon beim ersten Kontakt fest, daß es sich bei der Wand um keine solche handelte, sondern um eine nachgemachte. Die Steine waren praktisch darauf gezeichnet worden.

Als Suko klopfte, vernahm er ein hohles Geräusch.

»Haben Sie das gehört, Carol?«

»Ja.«

»Dann wissen wir ja Bescheid.«

Sie hielt ihre Hand gegen die Brust gepreßt. »Davon habe ich nichts gewußt. Dann ist das keine Mauer, sondern tatsächlich eine Geheimtür. Aber wie bekommen wir die auf?«

»Eine Klinke gibt es nicht. Also ist da ein Trick dabei. Sie brauchen nur zu leuchten. Ich werde es schon herausfinden.«

Suko kam sich vor wie ein Safeknacker, der mit den Fingerspitzen einen Geldschrank berührte.

Nur war hier kein Schloß vorhanden. Sehr glatt fühlte sich die Wand an. Suko ertastete keine einzige Fuge. Nun gehörte er zu den Menschen, die sich nicht so leicht aus der Ruhe bringen ließen. Geduld war eine seiner größten Tugenden.

Also suchte er weiter.

Hinter sich hörte er das Mädchen scharf atmen. Die beiden standen unter einer gewissen Spannung. Nur war es bei Suko ein fast schon permanenter Zustand, da er immer mit diesen Dingen zu tun hatte und von einem Fall in den anderen gejagt wurde.

Er ging bis an das untere Ende der Tür und vergaß dabei auch den Boden nicht. Seine Fingerspitzen glitten durch den Lichtstreifen. Er suchte nach irgendeinem Kontakt, einer winzigen Erhöhung im Boden – und hatte sie endlich gefunden. Und zwar an der rechten Seite der Tür, direkt an der Wand.

Carol hatte es gemerkt. »Haben Sie etwas gefunden?«

»Ich glaube schon.«

»Und was?«

»Das fühlt sich nach einem Kontakt an.« Mehr sagte Suko nicht, aber das Spannungsfeld zwischen ihnen baute sich in den folgenden Sekunden immer stärker auf.

»Mein Gott, wenn das wahr ist …« Carol sprach nicht mehr weiter. Suko aber konnte sich gut vorstellen, wie es in der Kleinen aussah.

Er hatte sich bisher noch nicht dazu überwinden können, doch jetzt drückte er zu.

Es war kein Sensorknopf, den er gefunden hatte. Der Inspektor mußte schon ein wenig Kraft einsetzen. Er spürte aber, wie er den Knopf in die Tiefe drücken konnte, stand sofort auf und trat einen halben Schritt zurück, wobei er auch das Mädchen weiterschob.

»Gleich passiert es, nicht?«

»Ich hoffe es.«

Erst nach Sekunden erfolgten die Reaktionen. Beide vernahmen sie das Summen. Gleichzeitig zitterte die Tür und schabte mit ihrem unteren Rand über den Boden.

Sie schwang nach innen.

Carol trat vor. Sie preßte sich gegen Suko, als könnte er ihr den nötigen Schutz geben, und auf beiden Gesichtern malte sich die Spannung ab, die sie erfaßt hielt.

Das Licht nahm an Helligkeit zu. Direkt hinter der Tür lag die Quelle. Nur war es kein ruhiges Licht, das aus irgendeiner Stromquelle strömte, es war vielmehr eine flackernde Helligkeit, die auch Schatten gab, welche wiederum über die Steinwände tanzten.

Das alles interessierte nicht. Beide hatten nur Augen für das aus dem Boden wachsende Gerät, diese runde Stahlplattform, die etwa kniehoch über dem Boden schwebte und soviel Raum freiließ, daß der Widerschein aus der Tiefe zuckender Flammen das alte Verlies erleuchten konnte.

Carol stieß einen erstickten Laut aus. Sie drehte ihren Kopf nach rechts und hatte Mühe, überhaupt einen Satz hervorzubringen. »Inspektor, das … das ist wie in dem Film.«

»Ja!« flüsterte der Inspektor zurück. »Wie in diesem verfluchten Streifen, den Sie gesehen haben. Aber jetzt ist uns beiden wohl klargeworden, wo man ihn drehte.«

Carol schwieg. Sie konnte es nicht fassen, daß so etwas in einem Haus aufgenommen worden war, in dem sie gewohnt hatte. Wie sehr hatte sie dieser Streifen angeekelt, und wie stark war sie durch die grauenhaften Szenen geschockt worden!

Für sie mußte eine Welt zusammengebrochen sein.

»Da!« flüsterte sie und streckte ihre Hand aus. »Da auf der Plattform hat sie gesessen, bevor sie in die Tiefe gedrückt wurde.«

Der Mechanismus war sehr simpel. Unter der Plattform war ein dicker Stempel befestigt. Wahrscheinlich verbunden mit einer Hydraulik, die ihn in die Höhe drücken und auch in die Tiefe holen konnte. Aus der Tiefe schlugen die Flammen. Viel war von ihnen nicht zu sehen, nur die zuckenden und tanzenden Spitzen eines kalten Fegefeuers.

Es malte Flecken an die Wände, die sich immer wieder veränderten und für die beiden starr dastehenden Zuschauer so aussahen wie geisterhafte Gesichter, die schaurige Grüße ausrichten wollten.

»Ich spüre keine Wärme!« hauchte das Mädchen.

»Es ist das Fegefeuer.«

»Baphomets Feuer, nicht?«

»Ja, wir sehen hier praktisch die Boten eines Zwischenreichs. Es liegt zwischen der Hölle, dem Jenseits und uns. Zu begreifen ist es wohl kaum, aber man muß sich damit abfinden. Die Magie ist für Menschen ein Gebiet, dessen Größe man nicht messen kann.«

»Wer bewegte die Plattform?«

»Das weiß ich auch nicht, Carol. Ich nehme an, daß irgendwo in der Tiefe Kräfte lauern, die alles steuern. Rechnen wir mit Baphomet.«

»Aber er ist ein Mensch, wie Sie gesagt haben«, flüsterte Carol.

»Wer weiß.«

»Was wollen sie jetzt tun?« Als Suko keine Antwort gab, fuhr Carol fort. »Sie wollen doch nicht etwa in die Tiefe fahren und versuchen, das Feuer zu löschen?«

»Keine schlechte Idee. Nur glaube ich kaum, daß es mir gelingen wird. Dazu bin ich ...«

Suko hörte mitten im Satz auf zu sprechen, denn er hatte in seinem Rücken etwas gehört.

Ein bewußt hart aufgesetzter Fuß, ein Schritt ...

Er wirbelte herum.

Zum Greifen nahe stand die Gestalt vor ihm, und selbst Suko, der sich durch kaum etwas erschüttern ließ, wurde bleich ...

Der andere nahm fast die gesamte Gangbreite ein. Zwischen seine Schultern und die Mauer paßte kaum noch ein Zündholz. Er war ein Klotz auf zwei Beinen, ein Killer, und er war bis an die Zähne bewaffnet.

Revolver steckten im Gürtel, auch Handgranaten, zudem noch eine Maschinenpistole, und er besaß Hände, deren Finger lang wie kleine, knorrige Äste waren, vorn aber spitz zuliefen.

Mordkrallen ...

Das Gesicht wurde von einer Halbmaske bedeckt. Die Augenschlitze waren hineingeschnitten worden. Und was in den Öffnungen lag, erinnerte an kalte Steine.

Starr schaute er Suko an.

Das Mädchen hatte ihn auch gesehen. Carol mußte der Anblick die Sprache verschlagen haben. Sie konnte nicht mehr reden. Sie klammerte sich nur an Suko fest, und der Chinese spürte, wie sie immer schwerer wurde, als würde die Kraft aus ihrem Körper entweichen. Dabei atmete sie keuchend und abgehackt. Suko hatte kaum einen Menschen so atmen gehört. Das war schon mehr ein Schluchzen, ein verzweifeltes Luftholen, diktiert von den Fesseln der Furcht.

Suko dachte an die Spuren. Er hatte sie gesehen und war nicht vorsichtig genug gewesen.

Aufrecht konnte der andere nicht stehen. Er mußte sich bücken. Sein kantiger Schädel war dabei nach vorn gedrückt. Das aus dem Verlies strömende Licht glitt auch über den Mann hinweg, zeichnete ein zuckendes Leben auf seine Züge, und Suko erkannte, daß die Wangen mit roten Farbstrichen bemalt waren.

Ein wahrer Teufel.

Nur – was hatte er hier zu suchen? War er vielleicht der Hüter des Fegefeuers?

Um Baphomet jedenfalls handelte es sich bei ihm nicht. Der sah anders aus. Suko glaubte auch nicht, einen Dämon zu sehen, das war ein Mensch, der vor ihm stand, nur umfunktioniert zu einer Kampfmaschine, vor dessen Muskelpaketen man sich fürchten konnte.

Jedenfalls steckten sie in einer Falle. Mit langen Reden würde er den Kerl nicht überzeugen können, der war nur erschienen, um zu töten.

»Wer bist du?« fragte er den anderen.

Der schüttelte nur seinen kantigen Schädel, auf dem das blonde Haar wie Stroh wuchs.

Und dann schlug er zu.

Plötzlich hatte Suko das Gefühl, als würde die Welt um ihn herum explodieren. Alles lief superschnell ab, dennoch kam sich der Inspektor vor wie in einer Zeitlupenszene.

Er hörte den Schrei des Mädchens, der verzögert aufklang, weil Carol die Dinge nicht so schnell erfaßte.

Dafür Suko.

Seine Reflexe waren artistisch. Er hatte sich zurückgeworfen, um dem Hieb auszuweichen. Ein Streifschlag traf seine linke Wange. Aber dieser Treffer reichte aus, um ihn zu Boden zu schicken.

Er fiel auf den Rücken und sah noch, wie die Kampfmaschine das Mädchen mit einer kurzen Bewegung und dabei wie eine lästige Fliege in das Verlies schleuderte.

Sie fiel gegen die Plattform, ruderte mit den Armen, und Suko befürchtete, daß Carol durch die Öffnung in das Feuer rutschen könnte.

Das geschah zum Glück nicht. Sie fing sich wieder und kroch auf allen vieren in eine der Verliesecken.

Der Killer aber zeigte für Carol kein Interesse. Seine Aufmerksamkeit galt einzig und allein Suko.

Er kam auf den Inspektor zu, als wollte er ihn mit seinen breiten Füßen zerstampfen …

Es war ein verfluchter, verdammter Krieg geworden, und ich befand mich mitten darin.

Der Killer aus dem Fegefeuer kannte kein Pardon. Gnade

gab es bei ihm nicht. Er war von der Hölle geschmiedet und gezeichnet worden. Dabei ging er rücksichtslos über Menschenleben.

Auch der Driver hatte die Gefahr erkannt, er war aber zu geschockt, um noch rechtzeitig genug reagieren zu können. Ich forderte ihn lauthals auf, sich aus dem Wagen zu werfen, während ich den Schlag schon aufstieß und mich wie bei meinem verbrannten Bentley aus dem Wagen fallen ließ.

In diesem Augenblick drückte der andere ab.

Diesmal jedoch hielt er den Flammenwerfer tiefer. Die feurige Lohe glitt wie ein heißer Höllengruß über den Asphalt und endete unter dem Taxi.

Damit wollte er mich erwischen, denn ich lag am Boden. Ein breiter Flammenteppich raste auf mich zu. Ich rollte mich ab. Die Hitze war da, und ich sah noch, wie die mächtige Gestalt herumschwenkte, den Arm wieder hob und ihn in eine neue Richtung schob, um mich zu verbrennen.

Ich sprang auf, wuchtete mich zur Seite, landete auf dem Heck eines anderen Fahrzeugs, dessen Tür aufsprang. Der Fahrer rannte laut schreiend über die Straße, um den rettenden Bürgersteig zu erreichen.

Um mich herum war die Hölle los. Das reine Chaos, aber das bemerkte ich in diesen Augenblicken kaum, weil ich mich um den Killer aus dem Fegefeuer kümmern mußte.

Er suchte seine Chance.

Diesmal mit zwei Waffen.

In der Rechten hielt er den Flammenwerfer, mit der Linken hatte er schon die Handgranate vom Gürtel genestelt, riß den Stift mit seinen Zähnen hervor und machte sie somit scharf.

Da schoß ich.

Und diesmal war die Entfernung richtig. Es ist sonst nicht meine Art, so zu handeln. Hier mußte ich es tun, um andere Menschen zu retten. Ich feuerte auf ihn und konnte ihn nicht verfehlen.

Die Kugeln schlugen in seine Lederweste, trieben ihn zurück, und er hielt noch immer das Höllenei fest.

Im selben Augenblick schlugen die Flammen aus dem Boden.

Es waren gierige Riesenhände aus Feuer, die ihn umklammerten und ihn vor meinen Augen in die Tiefe zerrten.

Wie schon einmal bei Vincent van Akkeren erlebte ich auch auf dieser Straße die Tricks der Vorhölle. Ihre Kräfte setzte sie ein, um die Diener zu sich zu holen, die zu ihr gehörten. Baphomet wollte nicht, daß jemand von seinen Günstlingen vernichtet wurde. Zurück blieb ein Krater. Aus der Tiefe hörte ich das Krachen der Handgranate, dann schloß sich die Decke wieder, und nichts mehr deutete daraufhin, was hier vorgefallen war.

Bis auf die brennenden Wagen.

Das Taxi stand in hellen Flammen. Der Fahrer hatte sich zum Glück auf den nahen Bürgersteig retten können. Er stand dort hinter einem Baum in relativ guter Deckung, denn sein Auto würde bald in die Luft fliegen.

Auch ich mußte weg.

Geduckt jagte ich quer über die Straße, riß noch eine Frau mit, die erst jetzt ihr Fahrzeug verlassen hatte. Ich schleuderte sie zu Boden, als wir den Gehsteig erreichten.

Hinter uns flog der Wagen in die Luft.

Ein Inferno aus Feuer, Rauch, Glas und glühenden Blechteilen. Der Luftdruck zerstörte auch die Scheiben der umherstehenden und die Straße blockierenden Fahrzeuge. Zwei von ihnen wurden in die Höhe gehoben, fielen aber sofort wieder zurück und wippten nur ein paarmal nach.

Brennender Treibstoff wurde zu einer feurigen Regenmasse, die auf andere Wagendächer klatschte, sich dort als Flammenspuren verteilte und über die Hauben und Hecks der Wagen rann.

Ich hatte mich über die Frau geworfen. Sie lag unter mir und zitterte.

Ich drehte mich im Liegen um, erkannte, daß die erste Gefahr vorbei war, und riß die Frau in die Höhe. Gemeinsam stolperten wir in die Deckung der Bäume.

Es hatte uns nicht erwischt. Meine Ohren waren noch taub von dem Knall, trotzdem hörte ich die Sirenen als feines Singen im Hintergrund.

Irgend jemand mußte die Polizei oder die Feuerwehr alarmiert haben. Sehr schnell waren die Wagen da.

Aus den Polizeifahrzeugen sprangen die Beamten mit den roten Feuerlöschern und jagten weiße Schaumstreifen gegen die brennenden Wagen, ohne die Flammen jedoch völlig ersticken zu können. Sie flackerten immer wieder auf.

Aber die Feuerwehr war bereits unterwegs. Bis sie eintrafen, konnten die Polizisten das Feuer unter Kontrolle halten, so daß es sich nicht ausbreitete.

Ich mußte die Frau stützen. Beim Fall war sie aufs Gesicht geschlagen und blutete an der Nase. »Was war da?« fragte sie, dabei automatisch den Blutstreifen wegwischend.

Ich schaute auf den Schaum, der handdick die Rohre verließ und sich über die Fahrzeuge ergoß. »Ein Gruß vom Teufel, Madam.«

»Wie?«

Ich winkte ab. »Lassen Sie es gut sein, bitte. Es ist besser, wenn Sie darüber nicht nachdenken.«

Sie schwieg.

Ich verließ meinen Platz und betrat die Straße. Zwei Beamte wollten mich zurückdrängen, sahen aber meinen Ausweis und ließen mich weitergehen.

Immer mehr Wagen rollten an. An beiden Seiten wurde die Straße gesperrt. Ich schaute zu, sah diese Szenen deutlich vor mir, auch die entsetzten und schockierten Zeugen, aber meine Gedanken beschäftigten sich mit völlig anderen Dingen.

Ich dachte an diesen Killer aus dem Fegefeuer. Vor meinen Augen war er in den Boden gefahren. Der Teufel schien ihn geholt zu haben. Das wiederum erschien mir zweifelhaft. Diese Typen waren fast unsterblich. Die ließen sich nicht vom Satan holen.

Baphomet mußte ihn gerettet haben. Aber wieso? Hatte er sich nicht allein durchsetzen können? War das geweihte

Silber für ihn doch tödlich gewesen? Das wäre natürlich nicht schlecht gewesen, obwohl ich nicht so recht daran glauben wollte.

Ein höherer Beamter sprach mich an. Der Mann kannte mich. »Mensch, Sinclair«, sagte er. »Haben Sie diesen ganzen Mist hier zu verantworten?«

»Nein, das nicht, obwohl ich indirekt daran die Schuld trage. Es war ein anderer, und der ist verschwunden.«

»Dann müssen wir sofort eine Fahndung ...«

Ich grinste ihn mit meinem schmutzigen Gesicht an. »Auf eine Fahndung können Sie verzichten. Oder wollen Sie in der Hölle nach ihm suchen, Kollege?«

»Wieso das denn?«

»Er ist vor den Augen zahlreicher Zeugen zur Hölle gefahren. Die Erde hat ihn verschluckt. Das zu Ihrer Information.« Ich sah mich um und achtete nicht auf sein konsterniertes Gesicht. »Jetzt suche ich nur noch einen Wagen, der mich zum Yard fährt. Meiner ist nämlich in die Luft geflogen. Schade, er hat über zehn Jahre gehalten.«

»Wenn hier nichts mehr passiert, kann ich Leute abziehen.«

»Das wäre nett. Dann sagen Sie denen doch, daß sie mich zum Yard bringen möchten.«

Es wurde in die Wege geleitet.

Die uniformierten Kollegen sahen mich schon komisch an, als ich in die Polster sank. Aber das war mir egal. Ich war einer Hölle entronnen und wußte genau, daß eine neue und andere vor mir lag. Noch hatte ich die heiße Phase des Falls nicht erreicht ...

Als angeschlagener, ziemlich müder Krieger betrat ich das Yard Building. Die Kollegen, denen ich begegnete, starrten mich mit großen Augen an. Manche fragten auch, ob ich im feuchten Sandkasten gespielt hätte, aber diese Knaben ignorierte ich kurzerhand.

Im Lift lehnte ich mich gegen die Wand. Zwar war kein

Spiegel vorhanden, in dem ich mich hätte betrachten können, trotzdem mußte ich aussehen wie durch den Schlamm gezogen. Außerdem fühlte ich mich matt. Meine Knochen waren schwer wie Blei.

Zweimal war ich nur mit Glück davongekommen, aber den Silbergrauen hatte es erwischt. Er war mir die Jahre über ein treuer Begleiter gewesen, und da tauchte dieser Killer aus dem Fegefeuer auf und zerstörte ihn kurzerhand durch seinen Flammenwerfer.

Ich wollte nicht daran denken, aber in der nächsten Zeit mußte ich mich mit einem Leihwagen begnügen. Geld für einen neuen Bentley hatte ich nicht.

Als der Lift im zehnten Stock hielt und sich die Türen öffneten, schlurfte ich über die Schwelle. Wie oft war ich diesen Flur schon entlanggegangen oder auch gerannt. Er war zu einer zweiten Heimat für mich geworden. An diesem Tag aber fühlte ich mich fremd hier. Als wäre ich irgendein Besucher. Vor Glendas Bürotür hörte ich ihr Lachen. Wahrscheinlich telefonierte sie mit einer Bekannten oder Freundin. Ich betrat das Büro. Glenda wurde bleich und legte mit einer schnellen Entschuldigung auf.

Ich war an der Tür stehengeblieben und lehnte gegen den Pfosten. Sehr langsam stand sie auf. »John!« flüsterte sie. »Was ist denn mit dir geschehen?«

»Das siehst du doch.«

Sie trat auf mich zu. »Meine Güte, was ist passiert?«

Ich drehte mich weg und visierte einen Stuhl an, auf den ich mich fallen ließ. »Da ist einiges schiefgelaufen, und trotzdem habe ich gewaltiges Glück gehabt.«

»Wie das?«

Ich mußte einfach mit jemandem über meine Erlebnisse reden, und Glenda hörte gut zu. Sie versuchte nicht, mich zu trösten, und sagte nur: »Himmel, was hast du ein Glück gehabt!«

»Das kannst du wohl sagen.«

»Und der Bentley ist …«

»Aus, vorbei, vernichtet. Da war nichts mehr zu retten. Er wurde ein Fraß der Flammen.«

»Was machst du denn jetzt?«

Ich stand auf. »Den Killer jagen. Mich wundert nur, daß Suko noch immer im Büro sitzt.«

»John, er ist nicht da.«

»Ach.«

»Weißt du nichts von dem Besuch?«

»Wie sollte ich?«

»Hör zu, eine junge Frau war hier. Eine gewisse Carol Maynard, die Tochter des Mannes, mit dem du verabredet gewesen bist ...«

Jetzt war ich der Überraschte und hörte atemlos zu, was Glenda mir zu berichten hatte. Eigentlich hatte Maynard sich geschickt verhalten, als er durch seine Tochter gewissermaßen eine doppelte Sicherung einbaute. Aber sie hatte ihm nicht helfen können.

»Wo wollten sie denn hin?« fragte ich.

»Suko ging davon aus, daß sich das Mädchen ebenfalls in Gefahr befand. Er mußte sie schützen und hatte vor, zu ihr zu fahren.«

»Die Adresse?«

»Warte, ich gebe sie dir.« Glenda holte sie aus der Schreibtischschublade. Sie hatte die Anschrift auf einen Zettel geschrieben.

Ich runzelte die Stirn. »Das ist oben in Kilburn.«

»Richtig.«

»Und schlecht zu Fuß zu erreichen.«

»Du nimmst dir doch einen Dienstwagen.«

Ich grinste. »Klar. Gibt es in unserem Fuhrpark auch Bentleys?«

»Nein.«

»Schade.« Ich sah auf die Uhr. »Wie lange sind die beiden eigentlich schon weg?«

Glenda gab mir eine ungefähre Zeitangabe. »Dann könnte ich mal versuchen, sie telefonisch zu erreichen.«

»Die Idee ist gut.« Sie suchte mir die Telefonnummer

heraus, tippte sie ein und reichte mir den Hörer rüber. Zwar erklang das Freizeichen, aber es hob niemand ab.

Nach dem achten Läuten legte ich wieder auf. »Es geht keiner dran.«

»Vielleicht sind sie schon auf dem Rückweg?«

»Dann müßten wir ihren Wagen erreichen können.«

Jeder Dienstwagen war mit Telefon ausgestattet. Ich fand durch einen Anruf beim Fuhrparkleiter heraus, welchen Wagen Suko genommen hatte, und wählte die entsprechende Nummer.

Auch da tat sich nichts.

Glenda blickte mich aus großen Augen an. »Deutet alles auf Ärger hin.«

»Möglich.«

»Dann könnte das Haus eine Falle gewesen sein.«

Ich sah auf meine schmutzigen, aufgeschrammten Hände. Wie ein Spuk war der Killer verschwunden. Er hatte zugeschlagen und sich zurückgezogen.

Wohin?

Natürlich konnte ich mir nicht sicher sein, aber das Gefühl blieb trotzdem. War es möglich, daß sich der Killer aus dem Fegefeuer ein neues Ziel ausgesucht hatte? Und zwar das Haus, in dem Maynard gelebt hatte? Es war nicht schwer, sich in die Lage des Killers hineinzuversetzen. Er mußte Spuren löschen, die auf ihn hindeuteten. Möglicherweise gab es welche im Wohnhaus des Schriftstellers. Maynard hatte viel über gewisse Dinge geschrieben. Er hatte forschen müssen und war dabei sicherlich auf Dinge gestoßen, die andere lieber im dunkeln gesehen hätten.

Ich stand auf. »Da gibt es nichts, Glenda. Ich muß hin.«

»So wie du bist?«

»Natürlich.«

»Willst du dich nicht erst waschen?«

Ich lachte bitter. »Glaubst du, ich kann mich mit dem Wissen unter die Dusche stellen, daß Suko und Carol Maynard womöglich in Lebensgefahr schweben?«

»Sorry, daran habe ich nicht gedacht.«

»Aber ich.«

Glenda trat auf mich zu. Unsere Körper berührten sich fast, so dicht blieb sie vor mir stehen. Ihre Blicke brannten in meinem Gesicht. Ein zartes Lächeln dehnte ihre Lippen. Mit beiden Händen strich sie über meine schmutzigen Wangen. »John, sei vorsichtig!« flüsterte sie. »Ich habe diesen Killer aus dem Fegefeuer nicht gesehen, aber er wird schlimm sein, das kann ich mir vorstellen.«

»Vielleicht noch schlimmer.«

»Siehst du eine Chance, wie du ihn besiegen kannst?«

Ich senkte den Kopf und schüttelte ihn, denn ich wollte ehrlich zu Glenda sein.

Sie konnte es nicht glauben. Zweifel meldeten sich in ihren Augen. »Überhaupt keine?«

»Noch nicht.«

»Und doch willst du hin?«

»Ja, ich muß. Dieser Unhold darf nicht frei herumlaufen. Ich kenne die Zusammenhänge noch nicht, aber ...«

»Wirklich nicht?«

»Nein, woher?«

Glenda trat einen Schritt zurück. »Dann bin ich wohl besser informiert. Ich habe mitgehört, was Carol Maynard erzählte.«

»Und?«

Sie redete. Der Begriff Baphomet fiel, ich sah die Dinge plötzlich aus einem anderen Blickwinkel, runzelte die Stirn und ballte die Hände zu Fäusten.

»Was überlegst du?« fragte mich Glenda.

»Nichts, Glenda, nichts. Das ist die Spur zu van Akkeren, zu Baphomet, vielleicht auch zu den Templern und ins Fegefeuer.«

»Das auch dich verbrennen kann.«

»Hoffentlich nicht.« Die Zeit drängte plötzlich, da ich noch bei mir zu Hause vorbeifahren und mich mit den entsprechenden Waffen eindecken wollte.

Als Glenda das hörte, sagte sie plötzlich etwas sehr Entscheidendes. »Ich an deiner Stelle würde noch etwas mitnehmen.«

»Und was?«

»Den Würfel!«

Das war genau die richtige Idee.

Viel Platz blieb dem Chinesen nicht, um sich gegen diese menschliche Kampfmaschine zu verteidigen. Das Verlies war relativ klein, zudem erhob sich aus der Mitte die runde Plattform mit dem breiten Stempel, so daß rechts und links Flammen hervorzucken konnten und als Geisterfinger über die Ränder strichen.

Ihr Widerschein erfaßte auch die stampfende Gestalt des Killers. Ein groteskes Muster aus Flecken und Schatten verzauberte ihn auf schaurige Art und Weise. In seinem Gesicht bewegte sich nichts. Hinter der Halbmaske lauerte das eiskalte Augenpaar, und er hatte nicht einmal eine Waffe gezogen, weil er sich so sicher fühlte.

Ob der andere Suko mit eigenen Händen töten oder in das Fegefeuer schleudern wollte, konnte er sich aussuchen. Beides war ungefähr gleich schlimm. Aber auch Suko war nicht unbewaffnet. Er trug eine Beretta bei sich, die Dämonenpeitsche und den Stab des Buddhas, mit dem er die Zeit für fünf Sekunden stoppen könnte.

Drei Trümpfe also, von denen er alle drei einsetzen konnte.

Noch trennten sie die Plattform und das Feuer. Suko spürte noch die Nachwirkungen des Treffers. In seinem Schädel hatte sich ein dumpfes Gefühl ausgebreitet. Er starrte auf die Hände des Killers, diese langen Finger, die nichts Menschliches an sich hatten, sondern eher einem Ungeheuer gehörten. Allein die Spitzen waren kleine, nach vorn gebogene Messer. Wenn sie in die Haut stachen, hinterließen sie tiefe, gefährliche Wunden.

Suko zog die Beretta, als der andere den Rand des

Höllenlochs erreicht hatte, und es sah so aus, als wollte er darüber hinwegspringen. »Keinen Schritt weiter!«

Der Killer blieb stehen. Er war irritiert, weil sich der Mensch gegen ihn wehrte. Suko buchte den ersten Pluspunkt auf seiner Seite.

Leider hatte er mit einem Problem zu kämpfen. Und das hieß Carol Maynard. Wenn es eben möglich war, wollte er das Mädchen aus der Gefahrenzone wegschaffen, aber das würde ihm so leicht kaum gelingen, der andere versperrte mit seinem breiten Körper den Ausgang.

»Geh rechts herum!« sagte er, weil er eine Seite für das Mädchen freihaben wollte.

Der Killer nickte und drehte sich. Sehr vorsichtig setzte er sich in Bewegung. Manchmal grinste er auch scharf, aber er sprach nicht. Die Waffen bewegten sich. Das Eisen der MPi scheuerte über seinem Gürtel. Die ebenfalls dort befestigten Handgranaten wippten auf und nieder. Die langen Krallenfinger reichten bis über die Kniekehlen hinweg.

Hinter sich hörte Suko das scharfe Atmen der Carol Maynard. Er hörte ihre Furcht. Die ganze Lage war schrecklich. Sie mußte Schlimmes durchstehen, erst das Verschwinden ihres Vaters und nun das Auftauchen dieses menschlichen Mordroboters.

Suko war mit seiner Beretta nicht zufrieden. Er holte noch die Dämonenpeitsche hervor, ließ sie einmal über dem Boden kreisen, und die drei Riemen rutschten hervor.

Jetzt war er besser ausgerüstet.

Der andere blieb stehen.

Er starrte Suko noch schärfer an. Bisher hatte er sich so verhalten, wie der Inspektor ihm befohlen hatte. Nun war der Punkt erreicht, wo er nicht mehr wollte.

Das war sein Spiel.

Und er sprang.

Ein wuchtiger Satz brachte ihn über die Plattform hinweg, und dies ungeachtet der auf ihn gerichteten Waffenmündung. Er wollte die Entscheidung, und er wollte gewinnen.

Suko schoß nicht, er schlug zu.

Auch mit der linken Hand war er schnell. Die Riemen der Dämonenpeitsche wirbelten dem Koloß entgegen wie zuckende Schlangen. Sie fächerten auseinander, dann klatschten sie gegen den von einer ärmellosen Weste bedeckten Oberkörper des Killers und erwischten mit ihren Enden auch noch die beiden Arme.

Er brüllte.

Das Mädchen schrie vor Schreck auf, denn es hatte gesehen, welche Wunden die Peitsche reißen konnte. Der Sprung wurde zwar nicht gestoppt, aber der andere geriet aus der Richtung. Er kippte zur Seite weg und dröhnte auf die höher stehende Plattform. Mit dem Rücken zuerst fiel er, drehte sich dabei, und es sah so aus, als würde er im nächsten Augenblick abrutschen und in die flammende Tiefe stürzen.

Der Killer blieb liegen. Zuerst wie ein schwerer, angeschlagener Kämpfer, gekrümmt und den Kopf nach vorn gebeugt. Nur für Sekunden behielt er diese Haltung inne, dann überwand er sich selbst und stemmte sich hoch. Er ächzte schwer.

Sukos Augen leuchteten. Er sah die Verletzungen, die er dem anderen zugefügt hatte. Dicke Streifen an den Armen, wie mit dem Messer geschnitten, aus dem Blut von einer dunklen, fast schwarzen Farbe quoll. Die langen Krallenfinger waren ausgestreckt und hatten sich um den Rand der Plattform festgeklammert.

War dieser Killer erledigt?

Zum erstenmal entdeckte Suko im Gesicht des Gegenübers so etwas wie ein Gefühl. Er hatte den Mund in die Breite gezogen. Es sah aus, als würde er grinsen. Daran wollte der Inspektor nicht glauben. Wer grinste, empfand bestimmt keinen Schmerz.

Noch immer trug er die Halbmaske. Durch seinen mächtigen Körper glitt ein Zittern. Aus dem Maul drang ein tiefer, röhrender Laut, der Suko und das Mädchen erschreckte.

Aber Carol hatte sich gefangen. Sie stand wieder auf den

Füßen. Suko nahm dies aus dem Augenwinkel wahr. Carol stand mit dem Rücken an der Wand, die Handflächen hart gegen das Gestein gepreßt, ebenso ihren Hinterkopf. Es sah so aus, als wäre sie mit dem Mauerwerk verschmolzen. »Geh raus!« flüsterte Suko ihr zu. »Verschwinde, Carol. Lauf aus dem Keller.«

»Und … und Sie?«

»Ich werde mit ihm allein fertig.« Suko hoffte, nicht übertrieben zu haben, doch wie es aussah, schien es bei ihm günstig zu laufen. Der Killer aus dem Fegefeuer war durch die Schläge mit der Dämonenpeitsche zwar nicht vernichtet worden, aber er hatte seine Schwierigkeiten. Als Dämon wäre er umgekommen, als Mischung zwischen Mensch und Schwarzblüter kämpfte er einen wütenden, verzweifelten Kampf und schaffte es schließlich, sich sogar hinzusetzen.

Mit einer Hand stützte er sich ab. Es war die Linke. Sehnen und Muskeln des Arms sprangen hervor. Dazwischen schimmerten dunkel die breiten Einschnitte, die die Treffer der Dämonenpeitsche hinterlassen hatten.

Die Haltung war ungewöhnlich. Weshalb der Gegner so hockte, darauf erhielt Suko schnell eine Antwort. Der Killer schwang seinen anderen Arm herum. Er wollte eine der Handgranaten lösen.

Sofort hob Suko die Peitsche. Diesmal wollte er den Kopf treffen, doch da geschah etwas Überraschendes.

Es entstand kein Geräusch, aber es gab einen Ruck, als sich die runde Plattform plötzlich in Bewegung setzte. Samt ihrem Inhalt verschwand sie in der Tiefe.

Die langen Flammenzungen hatten nur auf sie gewartet. Sie waren da wie zitternde, dennoch zupackende und festhaltende Hände. Als Lohe schlugen sie über der Plattform zusammen und bildeten einen Schutz um die Gestalt des Killers.

Suko war unwillkürlich bis an die Wand zurückgewichen. Er traute sich plötzlich nicht mehr, die Peitsche einzusetzen. Eine innere Stimme hielt ihn davon ab.

Das Feuer mußte stark sein. Nicht umsonst war es das berühmte Fegefeuer. Es hatte den Killer geschmiedet, ihn fast resistent gemacht, und dies als Mensch. Suko befürchtete, daß die kalten Dämonenflammen auch seine Peitsche vernichteten.

Und die Plattform sank. Für einen Moment noch sah er hinter dem zuckenden Zelt aus kalten Flammen die Gestalt des Mannes, dann war auch sie verschwunden.

Konnte er es als einen Sieg bezeichnen?

Nein, höchstens als einen halben. Der Killer war entkommen, Carol Maynard zum Glück auch. Das sah Suko als Erfolg an. Er ging behutsam vor und blieb am Rand der Öffnung stehen, um in die Tiefe zu schauen. Viel sah er nicht, nur die zuckenden Flammen. Sie brannten lautlos, auch relativ dunkel, denn sie blendeten den Mann kaum.

Wo ihre Quelle lag, entdeckte der Chinese nicht. Aber er war fest entschlossen, noch einmal hierher zurückzukehren und der Sache auf den Grund zu gehen. Dabei dachte er auch daran, selbst auf die Plattform zu steigen und in die Tiefe zu fahren.

Ein beunruhigender Gedanke, aber Suko gehörte zu den Menschen, die fast jedes Risiko auf sich nahmen.

Er ging weiter.

Der Gang lag frei vor ihm. Von Carol war nichts zu sehen. Sie hatte wohl seinen Rat befolgt und war verschwunden. Hoffentlich hielt sie sich irgendwo versteckt.

Suko erreichte wieder den normalen Teil des Kellers. Er stand wie ein Denkmal in der Stille. Es brannte Licht, aber ebenso viel Schatten war vorhanden.

War Carol nach oben gegangen?

Er rief ihren Namen, ohne eine Antwort zu erhalten. Suko war kein ängstlicher, dafür ein vorsichtiger Mensch. Er spürte plötzlich, daß etwas nicht stimmte. Einiges war anders als bei seiner Ankunft. Ob es mit dem Mädchen zusammenhing, wußte er nicht zu sagen. Zudem kannte er das gesamte Haus nicht. Da konnten noch überall Gefahren lauern.

»Carol!« Wiederum schallte sein Ruf durch den Keller.

Es blieb still.

Suko ging vorsichtig auf die Treppe zu. Das ungewöhnliche Gefühl umgab ihn. Waren da nicht Augen, die ihn beobachteten? Kamen sie nicht aus einer anderen Welt, um ihn unter Kontrolle zu halten?

Er atmete flach durch den Mund und blieb vor der Kellertreppe stehen. Leer führten die Stufen nach oben. Auf dem blanken Stein glänzte das trübe Licht. Halboffen stand die Kellertür.

Suko drehte sich um. Blitzschnell hatte er sich bewegt, aber er sah nichts. Gerade diese Leere und Stille war ihm nicht geheuer. In diesem Haus lauerte mehr, als er sich eingestehen wollte. Es war ein Stützpunkt der Hölle, nur zeigte sich diese andere Seite nicht.

Vielleicht hatte Carol auch das Haus verlassen und wartete draußen auf ihn. Das wäre noch besser gewesen.

Und so schritt Suko die Treppe hoch.

Eine völlig normale Treppe, wie man sie in jedem alten Keller fand. Nichts Besonderes, und trotzdem war sie für Suko eine Gefahr. Er sah nichts, er bemerkte nichts, aber er hatte seine Waffen nicht weggesteckt, weil er, wenn es darauf ankam, sehr schnell reagieren wollte.

Noch zwei Stufen, und er hatte die Treppe hinter sich gelassen. Die Tür bewegte sich nicht. Sie stand halboffen. Suko setzte seinen Fuß auf die letzte Stufe, wollte weitergehen, als der stillstehende Türschatten plötzlich explodierte.

Er raste auf ihn zu.

Suko wollte sich zurückwerfen, aber das schaffte er nicht. Die Tür hämmerte voll gegen ihn und traf auch seine Nase. Der böse Schmerz raste in seinen Kopf. Gleichzeitig blitzten Stahlkugeln vor ihm auf wie Sterne. Sie flogen nach allen Seiten weg und rissen Suko mit. Jedenfalls verlor er den Kontakt zur Stufe.

Rücklings segelte er die Treppe hinab, und die Tür wurde wieder aufgezogen.

Eine mächtige Gestalt erschien.

Sie hätte der Zwillingsbruder des ersten Killers sein können. Nur zweierlei unterschied die beiden.

Dieser Kämpfer hatte schwarze Haare und ebenfalls pechschwarze, lange Klauenfinger ...

Trainiert hatte es Suko oft genug. Und er war immer wieder froh gewesen, sich diesem Training unterzogen zu haben. So rollte er sich zusammen wie ein schlafender Kater, als er rücklings die Treppe hinunterjagte, dabei auf die Stufenkanten hämmerte, seine Beretta verlor und auch seine Dämonenpeitsche nicht mehr halten konnte.

Suko schrie nicht, er verbiß sich den Schmerz, aber er wußte nicht mehr, wo er sich befand. Ob oben oder unten, alles war so verflucht gleich, und er hatte Schwierigkeiten, seinen Kopf zu schützen. Mehr als einmal spürte er die harten Treffer an den Händen.

Der Schwung schleuderte ihn weit in den Kellergang hinein, wo sich der Inspektor abermals überschlug und erst dann liegenblieb.

Der zweite Killer folgte ihm.

Er hielt Carol unter seinen linken Arm geklemmt. Sie wirkte wie eine Puppe. Die Arme und Beine schlenkerten, als sich der Mann in Bewegung setzte und die Stufen hinabstürmte.

Er war schnell.

Mit gewaltigen Sätzen überwand er die Distanz. Seine Füße schienen die Stufen kaum zu berühren, in den Schlitzen der Maske blitzten seine Augen, der Mund stand offen, und er hatte die freie Hand zu einer harten Faust geballt.

Zwei Sätze brauchte er nur, um die Treppe hinter sich zu lassen. Daß er bei seiner Aktion mit dem Kopf zweimal gegen die Decke stieß, störte ihn nicht. Er wollte Suko.

Carol hielt er weiterhin fest, als er den Chinesen erreichte, der sich auf die Seite rollte und aufstehen wollte. Suko gab nicht auf. Wenn er liegenblieb, dann ...

Plötzlich funkte etwas in seinem Kopf.

Es war der berühmte Blitz, der den Inspektor getroffen hatte. Dem Hammerschlag, wuchtig von oben nach unten geführt, konnte er nichts mehr entgegensetzen.

Der Körper des Inspektors zuckte noch einmal, und es wirkte so, als wollte er sich aufbäumen.

Das aber schaffte er nicht mehr.

Schwer sackte er zusammen und blieb bewegungslos liegen. Dieser Killer wußte, wohin man zu schlagen hatte.

Breitbeinig blieb er neben dem Bewußtlosen stehen. Aus seinem Mund drang ein zufriedenes Grunzen. Er hatte es geschafft, und als er seinen Arm ausstreckte, faßte seine lange Krallenhand in Sukos Jackenkragen und drückte ihn zusammen.

Lässig zog er ihn hoch, wirbelte ihn herum, als wollte er ihn gegen die Wand schleudern.

Das unterließ er. Statt dessen klemmte er ihn unter seinen rechten Arm, wie das Mädchen unter den linken, und ging den Weg, den Carol und Suko gekommen waren.

Carol Maynard stand Todesängste aus. Sie dachte nicht mehr an ihren Vater und dessen grausames Vermächtnis, für sie war wichtig, das eigene Leben zu retten.

Würde ihr der Killer das lassen? Er machte vom Äußeren her nicht den Eindruck. Wie er mit Menschen umging, war schlimm und verachtend. Sie dachte wieder an die schrecklichen Bilder, die man ihr gezeigt hatte. Dieser verdammte Film war so ungemein grausam gewesen, und fast jedes Detail hatte sie behalten.

Welches Schicksal stand ihr bevor?

Carol konnte keine Antwort geben. Sie wurde durch den Keller geschleppt. Weit aufgerissen waren die Augen, und sie sah vor sich wieder den Gang, der an der offenen Geheimtür endete.

Dahinter befand sich die Plattform mit dem Feuer.

Flammen, die den Tod brachten oder den ewigen Schrecken. Das lange Büßen, das Verderben – eben das Fegefeuer.

Auch sie hatte viel davon gehört. Als kleines Mädchen war ihr damit gedroht worden. Wer dort landete, mußte für alle Zeiten leiden. Später hatte sie das anders gesehen, mehr als bildliches Beispiel. Sie hatte die Kinderängste vor dem Fegefeuer vergessen, doch jetzt wurde sie abermals damit konfrontiert.

Gab es das Feuer überhaupt? War es wirklich so, wie in manchen Textstellen bestimmter Bücher stand? Sie selbst hatte einen Blick hineingeworfen und nicht einmal Hitze verspürt. Und doch konnte man darin verbrennen.

Möglicherweise von innen, von der Seele her.

Kälte und Angst überfielen sie. Gleichzeitig auch eine starke Depression. Dieses Gefühl, keinen Ausweg mehr zu wissen, war schlimm. Und der Killer aus dem Fegefeuer kannte kein Pardon. Rücksichtslos schleifte er sie weiter. Den Schädel hatte er erhoben, das Kinn kantig und trotzig vorgeschoben, und als sie die Schwelle zum Verlies überschritten, da war es Carol, als hätte sie ihre Todeszelle betreten, um auf die Hinrichtung zu warten.

Wann würde sie sterben?

Nach Sekunden oder Minuten?

Von dem blonden Killer sah sie nichts mehr. Er war in die Tiefe des Feuers verschwunden, aber die Plattform war wieder in die Höhe gefahren und ragte aus den zuckenden Feuerspitzen hervor. Rund, stählern und vom Widerschein der Flammen bedeckt.

Zuerst fiel Suko.

Das Mädchen erschrak, als der Killer den Griff so kurzerhand öffnete und den Inspektor zu Boden fallen ließ. Sie hörte ihn aufklatschen, verkrampfte sich, hörte aber nichts von ihrem Leidensgenossen. Dessen Bewußtlosigkeit war einfach zu tief.

Auch Carol rechnete damit, einfach hingeworfen zu werden. Sie fühlte einen plötzlichen Schwindel, hatte das Gefühl, sich überschlagen zu müssen, tat dies tatsächlich und stand plötzlich.

Sie selbst konnte sich nicht halten. Ihr Kreislauf war ganz durcheinander. Der Taumel steigerte sich allerdings nicht, zudem stützte der Killer sie. Sie sah seine Augen hinter den Öffnungen der Maske. Das Feuer gab genügend Licht, um sie gut erkennen zu können, und Carol glaubte plötzlich, daß sich der Ausdruck verändert hatte. Er war nicht mehr so gnadenlos und hart, hatte eine gewisse Weichheit angenommen. Menschlicher war er geworden.

Das Mädchen schalt sich innerlich eine Närrin, daß sie so dachte. Doch Carol konnte nicht anders. Die Tatsachen sprachen für sich. Der Blick des Killers war tatsächlich ein anderer geworden.

Dann hob er seine Arme. Carol sah die langen Krallenfinger dicht vor ihrem Gesicht. Innerlich versteifte sie, die Angst kam wie eine Woge, und als sie berührt wurde, stöhnte sie auf.

Dornen schienen leicht über ihre Gesichtshaut zu kratzen. Es war nicht einmal ein unangenehmes Gefühl für sie. Das Monster wurde zärtlich, so jedenfalls sah sie es.

Eine für sie perverse Art von Zärtlichkeit, und sie begann zu zittern wie Espenlaub. Die Knie wurden weich, sie schloß die Augen und konzentrierte sich auf die Krallenspitzen, die an ihrem Körper entlang nach unten glitten. Überall waren sie zu spüren. Zuerst an der Schulter, dann über der Brust, an den Hüften, den Beinen.

Das Monstrum wollte sie liebkosen.

Bis zu dem Augenblick, als es einen Knurrlaut ausstieß und sich auf dem Absatz drehte.

Da erst öffnete Carol die Augen.

Zuerst irritierte sie der zuckende Widerschein des Feuers. Dann aber sah sie das Schreckliche.

Der Killer hatte bereits einen seiner Revolver gezogen, den Arm ausgestreckt und die Mündung gegen den Kopf des Chinesen gepreßt ...

Ich war quer durch London gefahren, in Verkehrsstaus geraten und trauerte noch immer meinem Bentley nach.

Der Wagen wollte mir einfach nicht aus dem Kopf. Deshalb fiel es mir schwer, mich auf den Verkehr zu konzentrieren. Ich machte Fehler, zweimal hätte ich fast ein anderes Fahrzeug gerammt, aber noch stand mir das Glück zur Seite.

Begleitet wurde ich von einem grauen Winterhimmel. Er schuf eine depressive Stimmung, die auch nicht verschwand, als ich die ländlichen Gebiete erreichte.

Auf Anhieb fand ich das Ziel nicht. Ich schaute erst auf die Karte, die im Handschuhfach des Leihwagens lag. Mit diesem Informationsmaterial waren alle Einsatzwagen ausgerüstet.

Das Haus lag tatsächlich ziemlich allein. Der Weg dorthin war die reinste Holperstrecke.

Dann war ich da.

Und ich sah einen zweiten Einsatzwagen. Er stand rechts neben dem Haus, hinter einem Baum. Lange brauchte ich nicht zu raten. Dieser Wagen konnte nur Suko gehören.

Also war er da.

Ich holte tief Luft und dachte daran, weshalb er sich nicht gemeldet hatte. Da mußte etwas vorgefallen sein, wahrscheinlich aber nicht außerhalb des Hauses, sondern in seinem Innern, das ich unter die Lupe nehmen wollte. Ich stieg sehr vorsichtig aus, tastete noch nach meinen Waffen und drückte erst dann den Wagenschlag ins Schloß.

Es war sehr ruhig. Als ich meinen Blick über die Hausfassade gleiten ließ, wies nichts darauf hin, daß sich irgend etwas verändert hatte. Keine dämonische Spur.

Die Eingangstür war verschlossen. Hier schienen Suko und sein Schützling das Haus nicht betreten zu haben.

Ich fand den Seiteneingang am Anbau. Meine Füße standen im harten Wintergras.

Hier war die Tür offen.

Sie knarrte, als ich sie aufdrückte. Es klang wie das Stöhnen eines Verzweifelten.

Behutsam schob ich mich über die Schwelle. Sofort wehte mir ein merkwürdiger Geruch in die Nase, als hätte jemand Kunststoff verbrannt. Ich durchquerte den Anbau und gelangte in den Haupttrakt. Da war es ebenfalls ruhig. Niemand hielt sich versteckt, aber ich entdeckte die verbrannten Reste der Filmrolle und wußte, daß sich in diesem Raum Menschen aufgehalten hatten.

Wo steckten sie jetzt?

Sehr leise durchsuchte ich die übrigen Räume. Die Waffen hielt ich dabei in der Hand, drückte vorsichtig und behutsam Türen auf, blickte in Zimmer und Nischen hinein, fand altes Gerümpel, moderne Schränke, aber keine Menschen.

Hätte nicht der Wagen vor dem Haus gestanden, wäre ich vielleicht wieder gegangen. So aber blieb ich und dachte daran, daß fast jedes Haus auch einen Keller hat.

Hier war es bestimmt nicht anders.

Zunächst suchte ich den Eingang. Ich fand eine alte Holztür, die verschlossen war.

Vorsichtig zog ich sie auf. Sie gab laute Geräusche von sich. Ich ließ mich davon nicht beirren, behielt die Klinke in der Hand und blickte in den schwach erhellten Keller.

Das trübe Licht lag wie eine glänzende Schicht auf den Stufen. Es wanderte bis zum Ende der Treppe hin und verlor sich schließlich in dem Gang.

Alles sah so normal aus.

War es dies auch?

Ich wollte es nicht so recht glauben …

Er hatte die Mündung gegen Sukos Schläfe gedrückt, der Finger lag am Abzug, und Carol wußte, daß dieser im Fegefeuer gestählte Killer keine Gnade kennen würde.

Das Verhältnis zu ihr war ein anderes, den Mann sah er als Rivalen. Deshalb mußte er ihn erledigen.

Carol wuchs über sich selbst hinaus. Eine innere Stimme sagte ihr, daß sie keinen Mord zulassen durfte. Nein, das wäre schlimm gewesen. Sie hätte mit der Last des Gewissens nicht leben können.

Deshalb wehrte sie sich dagegen. Zuerst mit Worten. »Nein, nein! Nur das nicht! Lassen Sie ihn leben, verdammt! Schießen Sie nicht! Ich will nicht ...«

Ihre Stimme erstickte, denn der Killer kümmerte sich nicht um sie. Carol wußte auch nicht, wieviel Zeit vergangen war. Gefühle für diesen Begriff waren ihr verlorengegangen, aber sie tat etwas, worüber sie sich selbst am meisten wunderte, sie sprang über ihren eigenen Schatten.

Plötzlich hielt sie das Waffengelenk des Mannes mit beiden Händen umklammert. Und sie warf sich dabei zurück, ohne den Arm des Killers loszulassen.

Dabei schrie sie, um sich selbst Luft zu machen.

Der Killer hatte sich das sogar gefallen lassen. Vielleicht war er zu irritiert, jedenfalls tötete er das Mädchen nicht. Er riß nur seinen Arm zurück und richtete die Mündung des Revolvers auf das Mädchen.

Carol stand mit dem Rücken dicht vor der Wand. Sie schüttelte den Kopf, um ihre Worte zu unterstreichen. »Nein, bitte!« flüsterte sie. »Ich ... ich flehe dich an. Nur nicht so etwas. Bitte, weshalb willst du schießen? Das ist doch grausam. Er hat dir nichts getan. Ich habe dir nichts getan ...«

Der Killer schob den Revolver vor. Der Lauf näherte sich dem Gesicht des Mädchens, das plötzlich versteifte, als es die Mündung an seiner linken Wange spürte. Durch den leichten Druck drehte sie ihren Kopf zur anderen Seite, und der Killer aus dem Fegefeuer bewegte die Mündung kreisförmig auf ihrer Haut.

Carol stand Ängste durch. Ihr Leben hing an einem winzigen Druck des Zeigefingers. Wenn sich der Killer vertat, sich etwas zu hastig bewegte, war es aus.

Sie hörte sich selbst sprechen, verstand ihre eigenen Worte nicht. Nach einer Ewigkeit ließ der Druck nach.

Carol war in Schweiß gebadet. Ihr Atem glich dem Hecheln eines Hundes. Hatte es sich der Killer überlegt? War es ihr gelungen, ihn zu überzeugen? Sie hörte sein Lachen. Es klang wie das Grummeln eines fernen Donners.

Ein böses, wissendes Lachen, das wußte auch Carol. Wenn er jetzt nicht schoß, dann tat er es freiwillig und nicht, weil sie ihn vielleicht dazu überredet hatte.

Er ging wieder zurück. Nur einen halben Schritt, dann senkte er den rechten Arm mit der Waffe und schaute Carol an.

Der Killer brauchte nichts zu sagen, sein Blick sagte mehr als tausend Worte. Es war eine stumme Sprache, ein Taxieren, ein Abschätzen und ein Pläneschmieden.

Obwohl Carol in seinen Augen einen anderen Ausdruck als den der gnadenlosen Kälte entdeckt hatte, glaubte sie nicht daran, einen Verbündeten gewonnen zu haben.

Wer das Töten auf seine Fahne geschrieben hatte, ließ davon nie ab.

Dieser Killer hatte seinen Plan gefaßt. Diesmal hob er den anderen Arm. Wieder näherte sich seine schwarze, lange Klaue dem Gesicht des Mädchens. Die spitzen Finger kamen ihr vor wie krumme Nadeln.

Auf ihrer linken Schulter ruhte sich die Hand aus.

Wieder stöhnte Carol.

Sie stand völlig steif auf dem Fleck, konzentrierte sich auf die kalte Furcht und spürte, wie die Hand langsam in Richtung ihres Halses wanderte und dort blitzschnell zufaßte.

Erwürgen! Er will mich erwürgen! Es schoß ihr durch den Kopf. Die Panik wurde zu einer Flamme, die hochloderte, aber der Druck war nicht so stark, als daß der Killer ihr hätte die Luft abwürgen können.

Er stand da und nickte.

Ja, er nickte.

Carol sah es und wußte nicht, was sie davon halten sollte. Bis er sie zu sich heranzog.

Das Mädchen unternahm nicht den Versuch, sich gegen den Griff zu stemmen. Es hatte keinen Sinn, wenn sie das tat. So konnte sie wenigstens noch atmen und erstickte nicht.

Dicht zog er sie zu sich heran. Sie starrte direkt in sein Gesicht und sah wieder das Funkeln seiner Augen. Dann bewegte sich der Mund. Erste Worte drangen aus ihm hervor.

»Wie recht du hast. Wie recht du hast. Ich werde ihn noch nicht töten. Du hast mich auf eine Idee gebracht ...«

Sein folgendes Grinsen war teuflisch und wissend zugleich. Es steigerte die Angst des Mädchens noch weiter. Carol konnte nichts machen. Sie wartete darauf, daß der andere die Initiative ergriff, sie herumdrehte und plötzlich hochhob wie eine Puppe. Schmerzhaft spürte sie den Griff der Klauen im Fleisch ihrer Schulter. Sie öffnete den Mund, weil sie schreien wollte, doch der Blick in die Augen des Killers erstickte den Schrei im Hals.

Er riß sie herum.

Und plötzlich zitterte sie. Carol schwebte über den Flammen, die zwischen Plattform und Schachtrand aufloderten. Einige Spitzen kitzelten unter den Sohlen ihrer Füße, aber sie spürte es nicht, wurde zur Seite gedrückt und auf die Plattform gelegt.

»Das Fegefeuer!« flüsterte er und ließ ihre Schulter los. »Das Fegefeuer wird dich stählen. Du bist ein Opfer ...« Er lachte rauh, senkte den Kopf und sah zu, wie Carol auf der Plattform zusammensank.

Das Mädchen spürte keine Hitze. Das Eisen unter ihr war sogar etwas kühl, aber der Schlund zeigte sich gefüllt mit einem gierigen Feuer, das ihre Seele haben wollte.

Bisher hatte sie sich noch immer gegen das Schicksal aufbäumen können. Nun merkte sie, daß der Widerstand allmählich erlahmte. Sie fühlte sich so leer und ausgebrannt, die Angst war ebenfalls verschwunden, und sie stützte sich mit der gespreizten Hand auf den Stahl der runden Plattform ab.

»Da bleibst du sitzen«, sagte der Killer. Für ihn war es klar, daß sie gehorchen würde, deshalb machte es ihm auch nichts aus, sich zu drehen und dem Mädchen den Rücken zuzuwenden.

Er hatte eine Aufgabe zu erledigen, denn diesen Chinesen konnte er einfach nicht am Leben lassen.

Suko lag auf dem Bauch. Der Schlag hatte ihn regelrecht demontiert. Nicht einmal ein Zucken rann durch seine Gestalt. Keine Reflexe mehr, die absolute Bewußtlosigkeit.

Und der Killer senkte den rechten Arm. Der Revolverlauf wies auf den regungslosen Körper. Am Abzug lag der Finger, und diesmal konnte Carol nicht eingreifen.

Dann peitschte der Schuß!

Carol Maynard schrie auf. Sie rechnete damit, einen Toten zu sehen. Es war geschossen worden, aber nicht der Killer hatte abgedrückt, sondern ein blonder Mann, der auf der Schwelle des Verlieses stand und in einer Hand eine Pistole hielt.

Die Kugle war in den Arm des Killers gefahren. Der Schlag hatte den Schußarm aus der Richtung gebracht. Der Killer war nicht einmal dazu gekommen, in einem Reflex seinen Zeigefinger zu krümmen. Es war ihm nicht mehr möglich gewesen, und so hatte die Kugel Suko verschont.

Ich stand in der Tür und wollte einzig und allein die Szene zu meinen Gunsten entscheiden. Daß ich den Killer hier im Keller wiedertraf, war eine der großen Überraschungen gewesen, die ich wegstecken mußte.

Mein geweihtes Silbergeschoß hatte ihn nicht erledigt, nur eine Wunde gerissen, wie es auch die anderen Kugeln getan hatten. Er starb nicht. Um ihn für alle Zeiten zu erledigen, hätte ich eine andere Waffe nehmen müssen. Dies war mir ein zu großes Risiko gewesen. In einer Situation wie dieser hatte schnell und effektiv gehandelt werden müssen.

»Weg mit dem Revolver!« flüsterte ich scharf. »Wirf ihn weg, sonst ...«

Ich sprach nicht weiter, denn er öffnete seine Faust, die Waffe rutschte hervor. Sie prallte auf die Schachtkante und fiel von dort aus nach links. Wie ein Stein verschwand sie in den Flammen.

Ich nickte. »So ist es gut«, flüsterte ich. »Ja, so ist es wirklich gut, mein Lieber.«

Er sah mich an. In seinem Gesicht regte sich nichts. Vielleicht versuchte er in meinen Augen zu lesen, welche Pläne ich hatte. Das würde er dort nicht erkennen können. Mein Argument hielt ich praktisch mit der linken Hand umklammert.

Es war der silberne Bumerang.

Ich vertraute auf ihn, mit ihm wollte ich den anderen ausschalten und brachte meinen linken Arm nach hinten, um auszuholen. Dabei ließ ich ihn nicht aus den Augen. Dieser Killer war behangen wie ein Arsenal. Der Flammenwerfer, die Handgranaten, die Revolver, das alles gehörte zu seiner furchtbaren Ausrüstung. Wenn ich ihm Zeit ließ, würde er sie einsetzen.

Noch überlegte er.

Mir kam es entgegen.

Dann aber legte er mich rein.

Er griff nicht zu seinen Waffen, sondern trat einen winzigen Schritt zur Seite.

Und damit ins Leere.

Ich war so überrascht, daß ich weder schoß noch den Bumerang schleuderte.

Vor meinen Augen sackte er weg. Ich hörte sein Lachen, das aus der Tiefe des Feuers zu mir hochschallte, und hatte das Gefühl, trotz allem der Verlierer zu sein …

Alles durfte ich tun. Nur nicht in Selbstmitleid verfallen. Hier war rasches Handeln gefragt. Ich hatte Suko retten können, dabei wußte ich nicht einmal, ob er noch lebte, aber ich verließ mich auf das, was ich gesehen hatte.

Der Killer hatte ihn erschießen wollen. Wahrscheinlich lag mein Freund in tiefer Bewußtlosigkeit und war relativ sicher.

Anders erging es dem Mädchen.

Es mußte Carol Maynard sein, die auf der Plattform saß,

mich mit einem fast irren Blick ansah und nicht wußte, was sie tun sollte.

»Springen Sie!« rief ich.

Sie kam nicht mehr dazu.

Zwei Dinge geschahen gleichzeitig. Aus der Tiefe und umwabert von den Flammen des Fegefeuers tauchten vier Klauen auf.

Zwei schwarze und zwei hellere.

Jetzt war mir alles klar! Ich hatte es nicht nur mit einem Killer zu tun, sondern mit zweien. Beide befanden sich im Feuer, das sie gestählt hatte.

Dagegen konnte ich momentan nichts unternehmen und auch nichts gegen die verdammte Mechanik der Plattform.

Die runde, dicke Scheibe setzte sich in Bewegung. Sie wurde in den Schacht hineingeholt und sank tiefer.

Carol Maynard schrie. Sie saß noch auf dem Boden und schüttelte sich, daß ihre Haare flogen. Die Hände hatte sie zu Fäusten geballt und bewegte sie von einer Seite zur anderen.

»Spring, Mädchen!«

Sie tat so, als hätte sie mich nicht gehört. Die Furcht war einfach zu groß, und sie glitt vor meinen Augen in die Tiefe und damit auch den verdammten Klauen entgegen.

Für mich gab es nur eines zu tun.

Ich mußte springen.

Was dies einbrachte, wußte ich nicht. Wahrscheinlich hatte ich auch schon zuviel Zeit verloren, so daß es mir nicht mehr gelingen würde, zusammen mit Carol den Rücksprung zu schaffen.

Jedenfalls landete ich auf der Plattform.

Ich stieß gegen sie, riß sie hoch, drehte mich mit ihr um und sah ein, daß es bereits zu spät war.

Der Schacht hatte uns schon geschluckt und damit auch das unheimliche Fegefeuer …

Um an Angstgefühle zu denken, blieb mir nicht die Zeit. Ich hob nur den Kopf und sah den Rand des Schachts immer weiter verschwinden. Da hätte ich schon springen müssen, aber mit dem Mädchen zusammen war es so gut wie unmöglich.

Carol Maynard weinte und klammerte sich an mir fest. Sie hatte ihre Arme fest um meinen Hals geschlungen, preßte ihre Wange gegen die meine. Ich spürte die feuchte Spur der Tränen und merkte auch ihr Zittern.

»Die Hölle!« hörte ich ihre erstickt klingende Stimme. »Die Hölle wird uns verschlucken. Wir kommen nicht mehr raus! Wir ... wir sind gefangen ...«

Ich gab keine Antwort. Dafür blickte ich in die Höhe. Die Öffnung des Schachts wurde kleiner. Zudem hatte sich zwischen uns und sie ein Vorhang aus zuckenden Flammenarmen gelegt, so daß ich alles nur noch verschwommen sah.

Wie standen unsere Chancen?

Bescheiden. Die Mechanik des Teufels hatte uns erwischt, ohne daß wir dagegen etwas unternehmen konnten.

Auch blieben die Hände.

Helle und schwarze Klauen. Messerspitze Finger, die sich bewegten und ebenso wie die Plattform in die Tiefe glitten. Sie waren begleitende Wächter und würden, wenn wir das Ziel erreichten, jeden Befehl ihres Herrn ausführen.

Aber wo lag das Ziel?

Darüber sann ich nach, gelangte zu keinem Ergebnis und wußte auch nicht, wer am Ende der Reise auf uns wartete.

Ich rechnete natürlich mit einer Überraschung, der ich auch einen Namen gegeben hatte.

Baphomet, alias Vincent van Akkeren!

Die Flammen waren nicht heiß. Sie verbrannten unsere Körper nicht. Auch entrissen sie der Luft keinen Sauerstoff, so daß wir beide normal atmen konnten.

Noch immer hielt mich das Mädchen fest. Ich hob meine Arme und löste den Griff von meinem Hals. So konnten wir uns beide bewegen, was sehr wichtig war.

Noch ging die Reise abwärts. Zudem griff die andere Seite nicht ein, so daß uns Zeit blieb, miteinander zu reden. Ich mußte sie einige Male ansprechen, bevor sie in der Lage war, sich zu artikulieren. Ich sagte ihr meinen Namen, und sie nickte.

»Sie haben meinen Vater getroffen, nicht?«

»Ja.«

»Lebt er?«

Als ich keine Antwort gab, umkrallte sie mit ihren Fingern meine Oberarme. »Sagen Sie mir die Wahrheit.« Ihr Blick war fordernd und starr. »Er ist tot, nicht?«

Ich nickte.

Das Mädchen ließ mich los. Schlapp sanken die Arme nach unten und blieben auf den Oberschenkeln liegen. Dabei nickte sie. »Ich ... ich habe es gewußt«, flüsterte sie. »Ja, ich habe es gewußt. Als Tochter fühlt man das. Ich bin deshalb in Ihr Büro gekommen, aber ...« Sie hob die Schultern und verstummte.

»Wissen Sie mehr?« fragte ich.

»Kaum. Es ... es war der Film, den wir erleben.«

»Wie?«

»Was wir hier durchmachen, habe ich schon im Film gesehen.«

Das haute mich fast um. »Und wie geht es weiter?« wollte ich wissen.

»Soll ich Ihnen das sagen?«

»Natürlich.«

»Aber es ist schlimm.«

»Das kann ich mir vorstellen. Sagen Sie es trotzdem, wir haben noch etwas Zeit.«

Das Mädchen legte ihren Kopf zur Seite. Carol hatte einen geschwungenen Mund mit vollen Lippen. Sie begannen zu zucken, als sie sich erinnerte und stockend berichtete.

»Wir landen in der Vorhölle, und dort wartet er auf uns. Er ist furchtbar.«

»Wer?«

»Baphomet!« schrie sie.

»Sie haben ihn also gesehen?«

»Ja.« Das Mädchen hustete. »Im Film sah ich ihn und seine finsteren Helfer. Mein Vater hat den Film besessen. Er stand ja auf seiner Seite und hatte ihn unterstützt. Er war Schriftsteller, wollte immer hinter die Dinge blicken. Er hat es auch geschafft, doch um welchen Preis, Sinclair? Er vergaß dabei seine Menschlichkeit und die Moral. Verstehen Sie, er war kein Mensch mehr, nur noch eine Marionette Baphomets. Diese Figur war der Götze, er gab ihm die Kraft, mein Vater betete ihn an, er … er …«

Die Stimme des Mädchens versagte. Carol schloß die Augen, ich ließ sie noch in Ruhe und beobachtete statt dessen die Umgebung.

Die Plattform senkte sich nach wie vor der Tiefe und ihrem Ziel entgegen.

Begleitet wurden wir von den zuckenden, tanzenden Flammen, die um die Plattform einen dünnen Vorhang aus Feuer gebildet hatten, in dem sich die beiden Gestalten deutlich abzeichneten.

Der Schwarze und der Blonde!

Sie ähnelten sich. Beide würden keine Gnade kennen, und beide waren Baphomet verfallen.

Ich hatte noch eine Frage, tippte das Mädchen an. Carol zuckte zusammen. Sie schien aus einem tiefen Traum erwacht zu sein. »Es ist hart«, sagte ich leise. »Aber ich muß wissen, wie der Film endete. Sie haben ihn gesehen.«

»Ja, ja … es war das Mädchen.« Ihr Blick glitt nach innen. Die Erinnerung überkam sie. »Aus Rio haben sie die Kleine geholt. Die war bestimmt noch jünger als ich. Ein hübsches Ding. Sie brachten es auf diese Plattform. Wie wir beide glitt sie ebenfalls in die Tiefe, und dort wurde sie von Baphomet erwartet.«

»Tötete er sie?«

»Auch …« Die Antwort kam zögernd. Sie klang gepreßt. Ich konnte mir vorstellen, daß noch mehr dahintersteckte.

»Bitte, Carol, Sie müssen es sagen.«

Wieder änderte sich der Blick ihrer Augen. Er kam mir unsäglich verlassen vor. »Ja«, flüsterte sie. »Ja, ich muß es sagen. Das Mädchen wurde erwartet. Meine Güte, sie war so schön, und dann das. Dieser Baphomet, der Teufelsgötze. Er ... er ist der Schlimmste. Aber so etwas gibt es, Sinclair. Auch heute noch.«

»Was gibt es?«

»Er ist ... er ist ein Kannibale!«

Am liebsten hätte ich geschrien und ihr gesagt, daß sie sich irrte. Statt dessen hockte ich vor ihr, starrte sie an und brachte kein Wort hervor. Carol Maynard senkte den Kopf. Sie atmete röchelnd, die Schultern zuckten, ich spürte ihre Angst fast körperlich.

Auch ich fühlte mich, als würde ich in einem Eisschrank sitzen. Was mir das Mädchen da mitgeteilt hatte, war so ungeheuerlich, daß ich darüber kaum nachdenken wollte. Es wollte nicht in mein Hirn, irgendwo befand sich eine Sperre, aber ich konnte mir vorstellen, was Carol hinter sich hatte.

Diesen Film zu sehen war eine Folter, die Zerstörung einer menschlichen Psyche.

Noch schlimmer sah ich diese Menschen an, die solche Streifen drehten. Doch konnte man sie noch als Menschen bezeichnen? Meine Gedanken blieben wieder an dem Namen Baphomet hängen. Er war derjenige, der die abtrünnige Gruppe der Templer verehrte. Für sie bedeutete er Leben und Erfolg und Macht.

Für mich war er das Gegenteil. Ich dachte daran, daß Baphomet noch zwei andere Namen hatte.

Vincent van Akkeren und der Grusel-Star.

Letzteren hatte er sich selbst gegeben, als er damit begann, seine fürchterlichen Streifen zu drehen. Er hatte als toller Regisseur bei einem bestimmten Publikum gelten wollen, und – das mußte ich anerkennen – es war ihm gelungen.

Baphomet, der Herr des Fegefeuers. Die Person zwischen den Welten. Weder Mensch noch Teufel und gefährlicher als Akim Samaran, der es nicht geschafft hatte und als goldener Klumpen irgendwo auf dem Grund des Meeres lag wie die schwarze Yacht van Akkerens, die kurz nach der Höllenfahrt in die Luft geflogen war.

Das alles wußte ich über ihn. Und jetzt war noch mehr hinzugekommen. Das Mädchen hatte es mir gesagt. Ich sah keinen Grund, Carol nicht zu glauben.

Dieses eine Wort war so schrecklich, daß ich es nicht fertig brachte, es auszusprechen. Selbst daran denken wollte ich nicht.

»Jetzt wissen Sie es«, sagte Carol.

»Ja, ich weiß Bescheid.«

»Und unsere Reise wird bald enden. Wenn wir das Ziel erreicht haben, stehen wir vor ihm. Vor dem Herrn des Fegefeuers. Wir werden ihn sehen, und seine beiden Diener werden uns töten. Ich habe gesehen, was sie mit dem Mädchen getan haben. Aber da war der Film noch nicht beendet …« Carol begann wieder zu weinen.

Ich nahm ihr Gesicht in beide Hände. Verdammt, es war furchtbar. So irreal, einfach nicht zu fassen, aber der kalte Horror, den ich empfand, preßte mein Herz zusammen.

Flammen umtanzten uns weiterhin. Das Feuer schien mich höhnisch anzugrinsen. Es freute sich wohl darauf, uns auf dem Weg begleiten zu dürfen. Die Flammen wurden zu regelrechten Figuren. Ich sah Dinge in ihnen, die nicht vorhanden waren. Fratzen, verzerrte Gesichter, lange Zungen, flammende Arme, vielleicht etwas von dem, was uns erwartete.

Nur Baphomet entdeckte ich noch nicht.

Wo befanden wir uns überhaupt? Unter Derek Maynards Haus? Oder hatten wir bereits die Grenze zwischen Zeit und Raum überschritten, damit uns die Zwischenhölle mit ihren offenen Flammenarmen empfangen und für alle Zeiten behalten konnte?

Der Stopp überraschte uns beide. Plötzlich ging es nicht mehr weiter. Carol erschrak so heftig, daß sie sich an mir festhielt.

Ich sah mich um. Wenn wir das Ziel tatsächlich erreicht hatten, mußten wir auch etwas erkennen. Nach wie vor starrte ich in den wabernden Flammenvorhang und sah die Umrisse der beiden gefährlichen, im Fegefeuer gestählten Killer.

Carol hatte sich wieder fangen können. Sie atmete scharf ein und aus. »Was ... was machen wir jetzt? Wir können nicht mehr fliehen. Nur noch Abschied nehmen.«

»Soweit ist es noch nicht«, erwiderte ich und versuchte, meiner Stimme einen optimistischen Klang zu geben.

»Gegen die beiden können sie nichts ausrichten. Und da ist auch noch Baphomet. Er wartet auf uns.«

»Ich weiß.« Mehr sagte ich nicht, denn ich schaute zu, wie sich die Flammen zurückzogen. Als hätte ihnen jemand einen Befehl gegeben, so tanzte das Feuer von der Plattform weg, nahm die beiden Killer mit, entließ sie aber sehr bald wieder und zog sich so weit zurück, bis es über die schwarze Wand einer Höhle zuckte.

Die beiden Killer sah ich deutlicher. Sie wirkten wie Zwillinge mit verschiedenfarbigen Haaren.

Der eine blond, der andere schwarz.

Aber beide hatten sie diese Klauen mit den langen Fingern, die sich zuckend bewegten.

Und noch ein Unterschied war vorhanden. Der blonde Mörder mußte gekämpft haben und war verletzt. Ich sah die langen Wunden, die eine bestimmte Waffe bei ihm hinterlassen hatte.

Es mußte die Dämonenpeitsche gewesen sein.

Aber sie hatte ihn nicht vernichtet. Diese Tatsache verursachte bei mir Magendrücken, da ich wußte, wie stark die Peitsche war. Normalerweise wurde sie mit jedem Gegner fertig.

Der Schwarzhaarige stand wie ein Fels. Er hatte eine Silberkugel aufgefangen, als wäre es nichts. Ob er geschwächt war, konnte ich auch nicht sehen, jedenfalls schien seine Kampfkraft ungebrochen zu sein.

Es war keine panische Angst, die ich in meinem Innern fühlte. Dafür eine Beklemmung, die so stark war, daß sie mich sogar beim Atmen störte. Oder lag es an der Luft, die von einem leichten Schwefelgeruch geschwängert wurde.

Wo steckte Baphomet?

Bisher hatte ich ihn nicht sehen können. Es war, als hätte er meine Gedanken gelesen, denn die aus dem Boden wachsenden Flammen schlugen einen Halbkreis und holten etwas aus dem Dunkel hervor.

Das war er – Baphomet, und er sprach seine nächsten Worte mit voller Überzeugungskraft.

»Willkommen im Fegefeuer, Geisterjäger!«

Hatte er gelogen?

Nein, sicherlich nicht. Carol Maynard und ich befanden uns im Zentrum des Fegefeuers, an einem Ort zwischen den Welten, vielleicht im Vorhof der Hölle, wo er regierte.

Ich starrte ihn an.

Es war Vincent van Akkeren. Er sah so aus, wie ich ihn auf seiner Yacht kennengelernt hatte.

Dunkel, düster, mit einem etwas kalkigen Gesicht, über das die Schatten des Feuers huschten. Aus seiner Stirn wuchsen zwei gewaltige Hörner. Er hockte auf einem Thron aus Stein, und er hatte den Kreuzsitz eingenommen, so daß er mich an Buddha erinnerte. In seinen Augen leuchtete ein wildes Fieber, und zwischen den Enden der Hörner zuckten kleine magische Lichter.

Carol hielt sich an mich. »Ja, Sinclair, das ist er. So hat er in dem Film ausgesehen …«

Van Akkeren lachte. »Gut beobachtet, wirklich gut. Ja, ich spiele in meinen Filmen selbst mit, das hatte ich dir nicht gesagt, Geisterjäger. Tut mir leid, daß ich es vergaß, aber unser Zusammentreffen endete sehr plötzlich. Das soll nun aber nicht mehr geschehen, wenn es nach mir geht. Sie verstehen sicherlich.«

»Ja, ich begreife Sie.«

»Das ist schön, sogar sehr schön. Ich hatte Ihnen ja versprochen, daß wir uns wiedersehen, und ich freue mich darüber, daß es so plötzlich geschah. Diesmal wartest du vergeblich auf Unterstützung, John Sinclair. Im Gegenteil, du hast es nicht nur mit einem, sondern gleich mit drei Gegnern zu tun. Wenn du mir nicht glaubst, frage deine Begleiterin, die ja Filme von mir gesehen hat.«

Je mehr ich ihn hinhielt, um so besser konnte ich ihn ablenken. Ich dachte an mein Abenteuer in den Pyrenäen. Da hatte ich diesen Baphomet als Statue erlebt.

Hier aber lebte er. Konnte es mir gelingen, ihn zu vernichten? Er war sich seiner Sache sicher. Ich wußte, daß er stets Tricks auf Lager hatte. Besonders deutlich war dies auf seiner schwarzen Yacht geworden. Er legte seine Hände gegeneinander und wirkte so, als wollte er anfangen zu beten. Es waren widerliche, lange Finger mit dunklen Kuppen. Forschend starrte er mich an.

Da ich sicher war, daß er reden würde, gab ich ihm die Chance und hielt mich zurück.

»Irgendwie hast du mich beeindruckt«, erklärte er. »Ich wußte über dich Bescheid. Asmodis erzählte mir einiges. Ihm selbst ist es nicht gelungen, dich zu vernichten. So etwas passiert dem Teufel nicht oft. Unter den Menschen gibt es oft ein gewisses Agreement. Wenn du bei einem Mann Mühe hast, ihn zu vernichten, versuche es anders herum. Kaufe ihn. Jeder ist käuflich, es kommt nur auf die Höhe der Summe an.«

»Ich kenne den Ausspruch.«

»Dann weißt du sicherlich, was ich von dir will.«

»Natürlich.«

»Sagst du ja?« fragte er lauernd.

»Ich habe noch kein Angebot von deiner Seite gehört, van Akkeren.«

Er begann schallend zu lachen und nickte dann. »Ja, das stimmt, ich habe dir noch kein Angebot unterbreitet.« Er rückte ein wenig nach rechts und hob die Schultern an. Aus schmalen Augen beobachtete er mich. »Was kann man dir anbieten, Sinclair? Ich gebe gern zu, daß dies für mich ein Problem ist. Deshalb schiebe ich dir den Schwarzen Peter zu. Mach du einen Vorschlag. Was willst du von mir haben?«

»Soll ich es tatsächlich?«

»Ja.«

Mein Lächeln fiel kalt aus. »Ich wüßte etwas.«

Wahrscheinlich brach in diesem Augenblick für Carol eine Welt zusammen. Sie holte geräuschvoll Luft, bevor sie es schaffte, mir etwas zu sagen. »Das ... das war doch nicht Ihr Ernst. Sie können sich doch nicht selbst verraten. So etwas macht man nicht ...«

In ihre Worte schallte Baphomets dröhnende Lache. »Hör auf, Mädchen, hör bloß auf. Er weiß genau, was für ihn gut ist. Es gibt Augenblicke, da müssen sich die Menschen entscheiden. Und er weiß, daß ich ihm Macht geben kann. Macht ist wichtiger als Geld, Mädchen. Viel wichtiger ...«

Carol Maynard ging einen Schritt von mir weg. Ich hatte das Gefühl, für sie ein Aussätziger zu sein. »Stimmt das wirklich, was er gesagt hat?« hauchte sie.

Ich nickte.

Und wieder freute sich Baphomet. »Ich glaube, daß der Satan es nicht richtig angefangen hat«, erklärte er. »Oder hat er je versucht, mit dir einen Handel einzugehen?«

»Nein.«

»Klar, er ist kein Geschäftsmann, höchstens Seelenhändler. Aber ich, Herr des Fegefeuers, stehe dazwischen. Ich kann alles verbrennen, wenn ich meinen Feuersturm losschicke. Aber jetzt sag, was du haben willst.«

»Ich möchte gleichberechtigt sein.«

Er begriff nicht sofort, weil er seinen Hörnerschädel schüttelte. »Gleichberechtigt?«

»Mit dir.«

»Hooo!« Wieder mußte er lachen. »Das ist allerhand. So einen Vorschlag hat mir noch keiner gemacht, aber ich werde ihn …«

»Nichts wirst du, Baphomet. Laß dich von ihm nicht reinlegen. Sinclair läßt sich nicht bestechen. Es ist ein verdammter Trick. Ich kenne ihn lange genug.«

Von den Anwesenden hier hatte niemand gesprochen. Die Stimme gehörte einem anderen, dessen Fratze sich hinter Baphomet deutlich abzeichnete. Es war ein dreieckiges Gesicht. Schwarz, widerlich, mit grausamen Augen und einem böse verzogenen, dreieckigen Mund. Aus der Stirn des anderen wuchsen auch zwei Hörner.

Nur waren sie kürzer.

Und Carol sprach meine Gedanken aus, als sie mit kippender Stimme flüsterte: »Das ist der Teufel …«

Es war tatsächlich der Satan, der im Hintergrund lauerte und sich eingemischt hatte. Meine Bluffchancen schwanden tatsächlich, denn der Teufel kannte mich lange genug.

Aber van Akkeren wollte es nicht wahrhaben. Er war eitel und sehr von sich überzeugt. Also wurmte es ihn, daß sich ein anderer eingemischt hatte: »Halte du dich heraus, Satan!« rief er laut und drehte sich dabei um, weil er ihn ansehen wollte. »Das ist meine Welt. Das Fegefeuer gehört mir. Du bist der Herr der Hölle.«

Es lief verdammt günstig für mich. Wenn die beiden sich stritten, konnte ich mich freuen. Vielleicht bot sich mir die große Chance, hier aufzuräumen. Und damit wollte ich gleich anfangen.

Bisher hatte ich meinen großen Trumpf verborgen gehalten. Es war der Würfel des Unheils oder des Heils, je nach dem, auf welcher Seite sein Besitzer stand.

Leider mußte ich ihn vorerst noch steckenlassen, denn ein Einsatz des Würfels benötigte Zeit.

Carol traute mir noch immer nicht über den Weg. Beinahe

strafend schaute sie mich an. Ich mußte sie enttäuscht haben wie zuvor noch keine Person in ihrem Leben.

Möglicherweise war ihre Angst auch zu groß, um den Überblick behalten zu können. Ihre Lippen bewegten sich, und sie flüsterte nur ein Wort, das mich traf.

»Verräter!«

Der Teufel und Baphomet sprachen noch immer. Sie beschuldigten sich gegenseitig. Die Vorwürfe gipfelten darin, daß van Akkeren dem Satan Unfähigkeit vorwarf.

Wieso und weshalb ihm der Teufel nicht eins auf den Deckel gab, wußte ich nicht. Jedenfalls zog er sich zurück, und van Akkeren wandte sich wieder mir zu.

Zu schnell für meinen Geschmack. Nur behielt ich das für mich. »Asmodis hat sich eingemischt, Sinclair, obwohl wir eine Trennung vereinbart hatten, aber seine Worte haben mich nachdenklich gemacht. Ich traue dir durchaus zu, daß du mich geblufft hast. Deshalb will ich wissen, ob es dir ernst ist. Also – ist es dir ernst?«

»Finde es selbst heraus!«

Er duckte sich; als er den Kopf vorstreckte, kam er mir vor wie ein Bulle. »Ja, das werde ich auch«, sagte er. »Ich werde es selbst herausfinden, darauf kannst du dich verlassen. Bevor wir weiterreden, möchte ich einen Test durchführen.«

»Was verlangst du?«

Er hob seinen rechten Arm. Der ausgestreckte Zeigefinger deutete auf Carol Maynard. »Töte sie!«

Es war ein Befehl, der scharf wie ein Peitschenschlag klang. Baphomet verlangte einen Mord, und so hatte ich ihn auch eingeschätzt. Er wollte, daß seine Diener für ihn töteten. Erst dann hielt er sie wahrscheinlich in der Gewalt, weil er sie immer an diese Taten erinnern konnte und ihr Gewissen manipulierte.

»Töte sie und schaff sie dann zu mir!« verlangte er noch einmal. »Mehr will ich nicht.«

»Und wie geht es weiter?«

»Hat sie dir nichts davon berichtet?«

Ich hatte schon bei der ersten Antwort Mühe gehabt. Diesmal mußte ich mich freiräuspern. »Ja, Carol erzählte mir von dem Film, den sie gesehen hat.«

»Dann weißt du ja Bescheid, und du wirst Zeuge sein!«

Ich fühlte mich verdammt unwohl, denn ich wußte sehr genau, daß ich Carol unsagbar enttäuschte und sie gleichzeitig in einen Strudel der Angst und des Entsetzens hineinriß. Doch ich mußte diesen Weg weitergehen.

»Erst wenn das geschehen ist, Sinclair, werde ich dir die dunklen Templerweihen geben, dann wirst du zu mir gehören und die jagen, die sich damals unter ihrem Anführer Hector de Valois von uns getrennt haben.«

Ein wichtiger Name war gefallen. Hector de Valois. Auch für mich war dieser Mann ungemein wichtig, denn *ich* hatte damals als Hector de Valois gelebt.

Ob van Akkeren das wußte?

Wahrscheinlich nicht. Sonst hätte er dieses Thema nicht angeschnitten. Er fuhr aber in seiner Rede fort. »Wenn du diese Prüfung hinter dir hast, wirst du dich an die Spitze meiner Leute stellen und Hectors Silberskelett finden, so lautet deine Aufgabe. Und jetzt, Sinclair, schreite zur Tat!«

Das hieß nichts anderes, als daß ich Carol Maynard ermorden sollte.

Ich blickte van Akkeren noch einmal an. Er fühlte sich jetzt als Baphomet, aber er konnte auch ein anderer sein. Ich entdeckte in seinen Augen das Lauern und die Tücke. Es mußte für ihn ein kaum beschreibliches Gefühl sein, diesen Triumph zu erleben. Das war ein Augenblick, auf den er gewartet hatte.

»Na los!« forderte er mich auf. »Worauf wartest du noch? Fang an und kill sie!«

Ich hob den rechten Arm. Das Mädchen verstand die Geste falsch und zuckte zusammen. »Einen Augenblick noch, van Akkeren. Ich möchte sie so töten, wie ich es für richtig halte.«

»Wie meinst du das?«
»Mit einer Waffe, die für mich wichtig ist!«
»Keine Kugel?«
»Nein!«
»Wie denn?«
»Ich werde ihr ...« Die nächsten Worte drangen nur stockend über meine Lippen, denn es kostete mich unsägliche Überwindung. »Den Kopf abschlagen!«

Zuerst begriff er nicht. Dann aber begann er zu lachen. »Ja!« brüllte er in sein Gelächter hinein. »Das ist gut. Mach es, mach es sofort!«

»Klar doch!« Ich sah noch einmal zu den beiden Killern hinüber, die van Akkeren eingerahmt hatten, dann griff ich unter meine Kleidung und zog den Bumerang hervor.

Carol starrte mich an.

Ich sah in ein Gesicht, in dem sich Abscheu, Unglaube und Furcht verdichtet hatten. Dabei hätte ich ihr so gern Trost zugesprochen, aber ich mußte es durchstehen, wollte ich einen Erfolg erringen.

Sie sah den Bumerang in meiner Hand und trat einen Schritt zurück. Dabei öffnete sie den Mund. Stockend drangen Worte über ihre Lippen. Mein Name wurde gesprochen. »Sinclair ... nein ... das ... das ... können Sie doch nicht tun ...«

Ich hatte schon ausgeholt. »Doch!« schrie ich und schleuderte die silberne Banane ...

Ich hatte mir meine Chance genau ausgerechnet. Was ich tat, war ein Pokerspiel um den allerhöchsten Einsatz, den es gab.

Um das menschliche Leben.

Ich hatte weit ausgeholt wie ein Diskuswerfer. Und dann wirbelte ich herum.

Die Gestalt des Mädchens wischte wie ein Streifen an meinem Auge vorbei, dann hatte ich die richtige Position erreicht und ließ den Bumerang los.

Am liebsten hätte ich ihn auf Baphomet geschleudert. Das

aber war unmöglich, denn gefährlicher für mich waren in diesen Augenblicken seine beiden Leibwächter mit ihren ungemein starken Waffen. Diese Typen mußten einfach weg.

Den Schwarzhaarigen hatte ich zuerst aufs Korn genommen. Er stand wie ein Fels und begriff es erst, als es bereits zu spät war. Da erschien der Bumerang bereits als silberner Streifen dicht vor ihm, und mit einem gewaltigen Schlag durchtrennte er seinen Hals.

Ich sah den Kopf nicht fallen, konnte mich auch nicht um die silberne Banane kümmern, weil van Akkeren aufkreischte wie eine Katze, die man zu hart angefaßt hatte.

Wahrscheinlich galt der Befehl dem blonden Killer, doch für ihn hatte ich auch noch eine Waffe.

Mein Kreuz!

Bei den Angriffen war ich nie dazu gekommen, es einzusetzen, jetzt blieb mir nichts anderes übrig. Es kam nur darauf an, wer von uns beiden schneller war.

Ich stand in einem günstigen Winkel zu ihm. Während seine Klauen den Flammenwerfer und einen Revolver hervorrissen, stürmte ich bereits auf ihn zu und erreichte ihn, bevor er eine der Waffen gegen mich einsetzen konnte. Ich hechtete gegen ihn wie ein Rammbock. Die schwere Gestalt wurde zurückgeschleudert, er fiel zu Boden, mit einem trockenen Geräusch prallte sein Hinterkopf auf, aber er war nicht erledigt, und so hämmerte ich die rechte Hand mit dem Kreuz direkt unter der Halbmaske in sein Gesicht.

Was die Silberkugel nicht geschafft hatte, das erreichte mein geweihter Talisman, auf den ich mich schon so oft verlassen konnte und dem ich nun wieder vertraute.

In ihm steckten die gewaltigen Kräfte einer alten Zeit. Ein Prophet hatte es als Bollwerk gegen das Böse hergestellt, und ich drückte ihm dieses Kreuz nun ins Gesicht.

Ich brauchte die Formel nicht zu sprechen. Die Haut zerfiel unter meinem Griff, ich hörte auch keinen Laut. Dieser im Fegefeuer gestählte Mensch verging und brannte innerlich aus.

Bevor die Flammen aus seinem Mund, seiner Nase und anderen Öffnungen hervorschlagen konnten, hatte ich bereits die Handgranaten von seinem Gürtel gelöst, sie hinter mich geworfen, den Flammenwerfer an mich genommen und federte auf die Füße.

Auf dem Absatz drehte ich mich herum, das tödliche Instrument im Anschlag, bereit, es gegen van Akkeren einzusetzen.

Er saß da wie erstarrt. Meine Aktion hatte ihn völlig überrascht. Der Blick war gläsern, das Blitzen zwischen den Hörnern hatte zugenommen, und ich startete einen ersten Versuch. Aus dem Flammenwerfer schoß die Lohe hervor, aber ich hatte ihn so gehalten, daß das Feuer über den Boden glitt, und es richtete sich plötzlich auf van Akkeren, ohne ihn zu erreichen. Dann aber ging es aus.

Sein Lachen schallte mir entgegen. »Willst du den Herrn des Fegefeuers tatsächlich mit Flammen besiegen? Bist du tatsächlich so dumm, zu glauben, daß du es schaffen kannst?«

Er brauchte nichts mehr zu sagen. Ich schleuderte die Waffe zur Seite und holte eine andere hervor.

Es war der Würfel!

Möglicherweise kannte van Akkeren ihn, vielleicht aber auch nicht. Jedenfalls war der Würfel eine Waffe, die ich zum Guten und zum Negativen hin einsetzen konnte, wobei hier die Grenzen tatsächlich verwischten.

Ich fühlte mich plötzlich sicher, als ich auf Baphomet zuging. Jetzt sah er aus wie die Figur in den Pyrenäen. So steif, durch meine Aktion geschockt.

»Auf der Yacht bist du mir entkommen!« sprach ich ihn an. »Du hast deine Killer auf mich gehetzt, du hast mich in diese Vorhölle gelockt, aber du hast mich nicht besiegen können. Irgendwann ist bei einem Menschen der Punkt erreicht, wo er anfängt zu kämpfen. Wo er das Grauen einfach ignoriert und zum Egoisten wird, um andere zu retten. Dieser Punkt ist bei mir erreicht, van Akkeren.«

Ich konzentrierte mich auf den Würfel, und darauf, daß er den anderen aus der Welt schaffte.

Meine Gedanken waren böse. Er saß vor mir, das Feuer hatte ihm nichts antun können, doch der Würfel war stärker, mächtiger. Ich brauchte nicht Baphomets Macht, der Würfel hatte sie mir gegeben.

Stirb, dachte ich, Stirb!

Er saß da und blieb sitzen. Ich schaffte es einfach nicht, ihn zu vernichten. Und ich schaffte es nicht, mich selbst zu überwinden. Ich wollte zwar, daß er vernichtet wurde, aber die innere Hemmschwelle war so groß, daß es mir nicht gelang, mir eine Methode auszudenken.

Im Innern des Würfels bewegte sich etwas. Die Schlieren zuckten, sie liefen durcheinander, er hatte meine Gedanken aufgenommen, er arbeitete daran, aber er setzte sie letztendlich doch nicht um, weil sie nicht mit der letzten Überzeugung vorgetragen waren.

Ich konnte *nicht* töten!

Nicht auf diese Art und Weise. Nur wenn ich mich selbst in höchster Gefahr befand oder diese für Leib und Leben eines anderen gegeben war.

Und so quälte ich mich.

Van Akkeren mußte gespürt haben, was in mir vorging, denn er lachte mich aus. »Ja!« schrie er. »Ja, Geisterjäger, jetzt merke ich es. Du wärst der falsche Partner für mich gewesen. Ich muß Asmodis Abbitte leisten. Er hatte doch recht ...«

Und dann wiederholte sich fast das Schauspiel, das ich schon einmal auf der Yacht erlebt hatte.

Van Akkeren verschwand!

Gleichzeitig erhielt er Hilfe. Ich hatte vergessen, daß wir uns in der Welt des Fegefeuers befanden. Bevor ich die Kräfte des Würfels auf die Flammen einstellen konnte, waren sie schon da und hielten Baphomet umfangen wie in einem schützenden Mantel.

Sie rissen ihn mit sich. Er jagte vor meinen Augen hinein in die Unendlichkeit, aus der mir ein bekanntes Lachen entgegenschallte.

Das des Teufels.

Ich aber fiel auf die Knie, hielt den Würfel fest und schüttelte den Kopf …

Jemand berührte mich an der Schulter. Ich reagierte nicht. Erst beim zweitenmal und als ich die flüsternde Stimme vernahm, hob ich den Kopf.

Carol Maynard stand vor mir.

Wir sahen uns an. Sie schüttelte den Kopf, holte Luft, und preßte ein paar Worte hervor. Ich verstand kaum etwas von ihrem Gestammel, doch ich faßte nach ihrer Hand, und sie freute sich über diese menschliche Wärme.

»Und dabei dachte ich, Sie hätten es getan.«

»Nein, ich wollte nur bluffen«, erwiderte ich tonlos.

Dann schaute ich mich um. Die beiden Killer hatte van Akkeren geopfert. Er selbst war verschwunden und hatte uns in der Tiefe der Erde zurückgelassen.

Befanden wir uns tatsächlich in einer anderen Welt?

Ich hatte meine Lampe einschalten müssen, um die Finsternis zu erhellen. Der helle Strahl tastete sich den Schacht hoch. Er war so stark, daß ich auch das Ende erkennen konnte.

Da gelangte ich zu der Überzeugung, daß er künstlich angelegt worden war. Demnach mußte hier irgendwo der Kontakt verborgen sein, der die Plattform in Bewegung setzte.

Ich begab mich auf die Suche.

Wie hätte es auch anders sein können? An der Rückseite der Platte, auf der van Akkeren gehockt hatte, fand ich einen entsprechenden Knopf. Van Akkeren hatte es leicht gehabt, ihn zu betätigen.

Carol schaute mir zu. »An all dem hat mein Vater die Schuld getragen«, sagte sie.

»Hat er es bauen lassen?«

»Das glaube ich.«

Zum Glück war er abgesprungen, sonst hätte Baphomet einen weiteren Stützpunkt behalten.

Die Magie hatte die Technik nicht lahmlegen können. Ich sorgte dafür, daß sich die Plattform wieder in Bewegung setzte.

Wir sprangen hinauf, konnten es kaum erwarten, den Schacht hinter uns zu lassen, und landeten schließlich im Verlies, wo wir einen bewußtlosen Suko fanden.

Auch er hatte seinen Teil dazu beigetragen, daß alles einigermaßen glimpflich abgegangen war.

Zweimal war mir van Akkeren entwischt. Aber es mußte einfach eine Möglichkeit geben, ihn zu packen. Wahrscheinlich klappte dies nur über die andere Gruppe der Templer mit Abbé Bloch an der Spitze.

Ich trug Suko ins Haus. Er war verflucht schwer, ich hatte meine Mühe. Aus Derek Maynards Arbeitszimmer rief ich einen Krankenwagen an. Wahrscheinlich hatte mein Freund eine schwere Gehirnerschütterung davongetragen. Die mußte er im Hospital auskurieren.

Carol Maynard saß nahe am Fenster und starrte durch die Scheibe. Ich vernahm ihre leise gesprochenen Worte. »Wahrscheinlich werde ich weggehen«, flüsterte sie. »Aus England raus. Ich kann hier nicht mehr leben. Ein anderes Land sehen – oder?«

Ich nickte. »Das, Carol, wird wohl am besten für Sie sein ...«

ENDE

Der Werwolf-Jäger

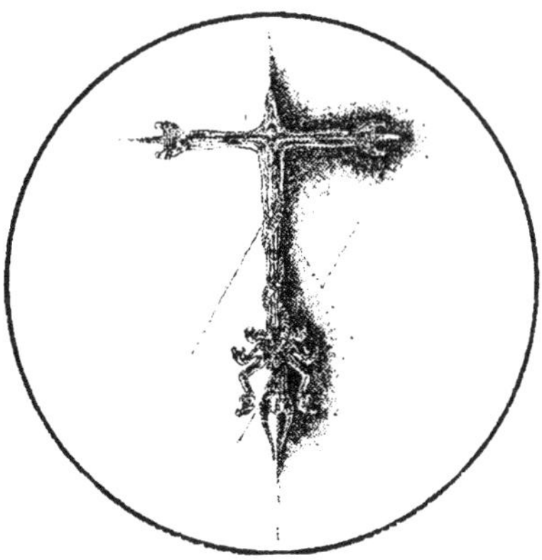

In der Einsamkeit der sibirischen Winterlandschaft wirkte die abgebrannte Hütte wie die verkohlten Überreste eines zerstörten Riesen. Über den Trümmern lag noch der Geruch von kaltem Rauch. Er würde sich noch länger halten, da kaum Wind wehte. Die bleigraue Wolkendecke ließ den Himmel wie einen unendlichen Teppich aussehen, in dem die blasse Wintersonne als rundes, gelbes Auge schimmerte. Ein Land wie ein Alptraum. Herrlich und deprimierend zugleich. Die wenigen Menschen, die verstreut und weit außerhalb der Städte lebten, kannten sich trotzdem, da sie miteinander Kontakt hielten und jedes Wiedersehen feierten.

Auch Panja hatte die Menschen gekannt und war bei ihnen beliebt gewesen.

Doch jetzt war sie tot!

Sie lag zwischen den verkohlten Balken des Hauses. Ihr Körper war mit schrecklichen Wunden übersät. Das Blut war in die Asche gelaufen oder hatte sich an einigen Stellen mit dem harschigen Schnee vermischt. Die Tote lag auf dem Rücken. Die gebrochenen Augen starrten anklagend in den Himmel, als würden sie dort, wo selbst die Sonne traurig wirkte, so etwas wie Hoffnung finden.

Die Hütte hatte am Waldrand gestanden. Ein stolzes Blockhaus war es gewesen. Sehr stabil gebaut, mit einem großen Kamin aus feuerfesten Steinen, der in den langen Wintermonaten Wärme spendete.

Das war jetzt vorbei.

Hinter den Trümmern begann der Wald. Dicht, verschneit, leer wirkend. Die Bäume schienen unter dem Druck der Schneemassen zu leiden. Hin und wieder, wenn die Last des Schnees zu sehr drückte, rutschten Klumpen von den Zweigen und fielen zu Boden. Manchmal brach auch ein Ast. Das trockene Krachen hörte sich an wie ein ferner Gewehrschuß, dessen Echo durch die stille Landschaft getragen wurde.

Vor der Hütte begann das Meer. Flach und dennoch leicht wellig. Ein Ozean aus Schnee und Eis. Im Sommer war es die weite, grüne Tundra, doch der kalte Winter hatte alles Leben unter sich begraben, und es schien so, als würde es nie mehr erwachen.

Sibirien war auch das Land der Wölfe.

Im Sommer fanden sie auf ihren streunenden Gängen genug Beute, dann griffen sie kaum Menschen an. Im Winter aber, wenn es ihnen an Nahrung fehlte, suchten sie auch die verstreut liegenden Siedlungen der Menschen auf, um Tiere zu reißen oder, wenn sie keine fanden, auch über Menschen herzufallen.

Nur um die verbrannte Erde schlugen die Tiere einen großen Bogen. Sie, die immer neugierig waren, spürten, daß etwas anders war als sonst. Da war nicht nur etwas abgebrannt, da mußte auch noch etwas lauern. Für die Tiere eine Warnung. Sie besaßen einen ausgezeichneten Instinkt und wußten, wann sie sich herantrauen konnten und wann nicht.

Der Mensch dachte da anders.

Vor allen Dingen der Mann, der auf seinem Schlitten die Weite des Landes durchfuhr.

Von vier Hunden wurde der breite, stabile Holzschlitten gezogen. Er hatte an seiner Rückseite noch einen Aufbau, so daß die Waren, die dort lagerten, auch bei schneller Fahrt nicht herabfallen konnten.

Vom Gesicht des Mannes, der die Leine in den Händen hielt, war nicht viel zu sehen. Eine Mütze aus Bärenfell bedeckte den Kopf. Und aus Bärenfell war auch der Mantel gefertigt, der seinen Körper vor der beißenden Kälte schützte.

Während der Fahrt stach der Wind gegen sein vermummtes Gesicht.

Seit Stunden schon begleiteten ihn die typischen Geräusche, an die er sich längst gewöhnt hatte und die er kaum noch hörte.

Es war das Keuchen der vier Hunde, das scharfe Gleiten der Kufen über den verharschten Schnee und dazwischen das nur leise Säuseln des Windes, der über die unendlich erscheinende Fläche strich.

Die Hunde liefen in gleichmäßigem Tempo. Sie waren daran gewohnt, konnten kilometerweit laufen, ohne Ermüdungserscheinungen zu zeigen, und das mußten sie auch in dieser einsamen Landschaft.

Der Mann hieß Michail Chirianow!

Seit er sich daran erinnern konnte, hatte er in diesem Teil des Landes gewohnt, zwischen zwei großen Flüssen, wo die Einsamkeit die Bewohner formte und ihnen ihr Leben aufzwang. Er war groß geworden, sogar zur Schule gegangen und hatte sehr viel gelernt, denn Chirianow verfügte über eine überdurchschnittliche Intelligenz.

Dabei hatte er das Glück gehabt, auf einen Lehrer zu treffen, der von Moskau in sein Dorf versetzt worden war und seine umfangreiche Büchersammlung mitgebracht hatte. Michail war sehr gelehrig gewesen. Er wußte nicht allein, wie man überlebte, er hatte auch in den langen Winternächten am Feuer gesessen und Bücher studiert.

Alles, was sein Lehrer mitgebracht hatte, war von ihm buchstäblich verschlungen worden, und so hatte er Dinge gelernt, die die meisten der hier wohnenden Menschen nicht kannten.

Sogar eine fremde Sprache hatte er sich einigermaßen gut beigebracht, so daß er sich mit einem Engländer unterhalten konnte. Es blieb nicht allein bei der schöngeistigen Literatur. Er hatte auch bei seinen Landsleuten gesessen und sich die alten Geschichten angehört. Über Schneemonster, gefährliche Geister und Werwölfe.

Die Werwölfe interessierten ihn besonders. Chirianow hatte es sich zur Aufgabe gemacht, mehr über diese Bestien in Erfahrung zu bringen, und es war ihm auch gelungen.

Er war Begebenheiten nachgegangen, hatte von einer Werwolf-Elite gehört und versuchte seit Jahren schon, deren Spur aufzunehmen. Irgendwann war die Nachricht durchgesickert, alle Werwölfe wären getötet worden, aber daran glaubte er nicht, hatte weitergeforscht und war auf den Namen Lupina gestoßen.

Weiter kam er nicht. Aber der Name Lupina hatte sich in seinem Gedächtnis festgesetzt. Wie ein Motor trieb er seine Forschungen voran.

Michail wußte, daß es Werwölfe gab. Er richtete sich darauf ein. Als ausgebildeter Jäger fertigte er sich in mühevoller Arbeit eine besondere Waffe an.

Es war ein Bogen aus biegsamem, dennoch widerstandsfähigem Holz – und Pfeile aus geweihtem Silber.

Mit diesen Waffen war er auf Jagd gegangen, hatte das Land durchstreift und tatsächlich Werwölfe entdeckt.

Sie waren von ihm vernichtet worden.

Es sprach sich herum, welch einer Aufgabe sich dieser Mann widmen wollte. Menschen gaben ihm Tips, er reiste viel. Auf einer seiner Reisen hatte er Panja kennengelernt, eine junge Frau, die sich in ihn verliebte und ihr Leben in der Einsamkeit der Tundra mit ihm teilen wollte.

Kurzentschlossen hatte er sie mitgenommen, ihr und sich ein besseres Haus gebaut, ohne allerdings seine eigentliche Aufgabe aus dem Blick zu verlieren, das Jagen der Werwölfe.

Man gab ihm einen Namen.

Michail Chirianow, der Werwolf-Jäger!

Die Menschen in der Provinz wußten Bescheid. Auch die Parteigenossen. Für sie gab es zwar so etwas nicht, aber Sibirien ist nicht Moskau, und so ließen sie den Werwolf-Jäger in Ruhe. Außerdem war es besser, einen Mann wie ihn zum Freund zu haben und nicht zum Feind.

Sein Schlitten war hochbeladen. Er kam von einer siebentägigen Fahrt zurück. Am Ufer des Ob, dessen Wasser mächtige Eisschollen der Mündung entgegentrieben, hatte er sich mit Proviant eingedeckt. Die Siedlung war weder eine Stadt noch ein Dorf. Man bezeichnete sie als Handelsstation, ein Fleck in der Weite des Landes. Kaufleute und Wirte hatten sich dort festgesetzt, auch ein Holzfäller-Camp befand sich dort. Im Winter war es nicht besetzt. Um es zu nutzen, hatte einer der Kaufleute sein Lager dort errichtet.

Die Waren waren teuer. Man mußte sie über weite Entfernungen transportieren, das erhöhte den Preis. Michail Chirianow war es durch geschicktes Handeln gelungen, einen für ihn günstigen Rabatt herauszuholen, und darüber freute er sich.

Wenn er in die Siedlung kam, mußte er erzählen und auch mit den Leuten trinken.

Beides hatte er ausgiebig genug getan, und er freute sich darauf, nach Hause zu kommen.

Für einen Fremden wirkte die Umgebung immer gleich, nicht für Michail. Er kannte jede kleine Erhebung, kannte die Hügel, sah in der Ferne den Wald, und auch die Hunde witterten, daß sie bald in die Wärme ihrer Höhle kriechen konnten.

Sie strengten sich noch einmal an, legten sich ins Geschirr, und der Schnee stob unter ihren Pfoten auf, wobei er regelrecht Wolken bildete. Sie hüllten die vier Hunde ein.

Michail Chirianow lachte. »Ja!« klang es dumpf unter seinem Mundschutz hervor. »Ja, lauft, ihr Brüder. Bald sind wir da. Dann wird Panja uns etwas Warmes kochen. Lauft, Burschen, lauft ...«

Seine Stimme trieb die Tiere noch einmal an, und sie legten sich wieder ins Geschirr.

Je schneller sie liefen, um so schärfer wurde der Wind.

Und dann roch Michail etwas. Es war ein Geruch, der so gar nicht in die Klarheit und Weite der Winterlandschaft passen wollte.

Rauch ...

Als hätte es irgendwo gebrannt, und der Mann auf dem Schlitten zuckte zusammen. Er richtete sich höher, sein Blick wurde starr, glitt scharf und forschend über das weite Land, und er sah in der Ferne den dunklen Fleck auf dem Boden.

Dort stand seine Hütte ...

Plötzlich zuckte es in seinem Innern. Er öffnete den Mund, ein stöhnender Laut erklang, Angst durchfuhr den mächtigen Körper des Mannes, und auf seinen Lippen lag nur ein Name.

Panja!

Er tat etwas, das ihm eigentlich zuwider war. Michail griff zur Peitsche. Er wollte die Hunde antreiben, mußte Bescheid wissen, um was es sich handelte, und die Tiere zuckten, als das Leder der Peitsche über ihr mit Schnee und Eis bedecktes Fell glitt.

Chirianow hielt die Zügel jetzt straff, hatte sich aufgerichtet, wollte besser sehen und hatte gleichzeitig Angst vor der Wahrheit.

Ja, es war seine Hütte!

Dieser verdammte dunkle Fleck auf dem Boden, die zittrige Luft darüber, letzter dünner Rauch, der einer blassen Sonne entgegenstieg, und der Werwolf-Jäger wußte in diesem Augenblick, daß er alles verloren hatte.

Er setzte auch nicht mehr die Peitsche ein, die Tiere liefen von allein weiter, und sie blieben an der Stelle stehen, wo sie ihren Lauf immer gestoppt hatten.

Sie atmeten keuchend und schüttelten sich. Schnee stob aus ihrem Fell, und vor den aufgerissenen Mäulern standen die grauen Atemwolken.

Michail Chirianow saß unbeweglich auf dem Bock des Schlittens, den Blick dorthin gerichtet, wo einmal seine Hütte gestanden hatte.

Es kam ihm vor wie ein böser Traum, obwohl er zugab, daß er so etwas hatte erwarten müssen. Bei seiner Arbeit schlug die andere Seite eben grausam zurück.

Aber weshalb so schnell?

Die Hunde scharrten unruhig mit den Pfoten. Tiere besitzen einen besseren Instinkt als Menschen. Sie spüren, wo das Böse lauert, wo etwas anders ist, aber sie wagten nicht, sich in Bewegung zu setzen und näher an die Hütte heranzugehen.

So verging die Zeit. Michail nahm jede Einzelheit in sich auf. Er sah nicht nur die schwarzen Trümmer, er sah auch Panja, die Frau, die ihm zur Seite gestanden hatte.

Sie lag da und rührte sich nicht. Sie war auch nicht erfroren, jemand hatte sie grausam getötet.

Die zerfetzte Kleidung, die großen Wunden, das Blut – zusammen war es ein Bild des Horrors.

Er bewegte die Lippen, sprach ihren Namen aus, war aber kaum zu hören, denn die Stimme blieb tief in seinem Hals stecken. Er spürte das Würgen, die kalte beklemmende Angst und gleichzeitig auch das Feuer der Wut oder des Zorns, das in seinem Innern hochstieg. Wer immer das getan haben mochte, er würde ihn jagen.

Erbarmungslos ...

In dieser Wildnis gab es kein Gesetz. Da zählte noch der alte Bibelvers. Auge um Auge – Zahn um Zahn. So wie es vor über hundert Jahren im Wilden Westen gewesen war.

Michail Chirianow stieg vom Bock des Schlittens. Seine Bewegungen glichen denen eines Menschen, der aus einem langen Schlaf erwacht war und nicht so rasch auf die Beine kommen konnte. Er starrte auf die Trümmer und hatte das Gefühl, die schwarzverkohlten Reste durch einen tanzenden Schleier zu sehen.

Unter seinen Fellstiefeln knirschte der Schnee. Er drückte seine Spuren hinein, die Tiere blieben zurück. Die Haare des Bärenfellmantels zitterten im leichten Wind. Die Sonne war schon wieder tiefer gesunken, bald würde es dämmern.

Es war für ihn schlimm, daß er Panja nicht einmal ein Grab schaufeln konnte. Die Erde war zu hart gefroren. Er hätte sie schon aufsprengen müssen, dazu aber fehlten ihm die Mittel.

Neben der Toten blieb er stehen. Er schaute sie an. Das harte, bärtige Gesicht des Mannes zuckte. Tränen rannen aus den Augenwinkeln. In der grausamen Kälte froren sie zu Perlen.

Der Mann bückte sich. Einen seiner Fellhandschuhe zog er aus, weil er Panjas Wange mit den Fingerspitzen berühren wollte. Er fühlte kein Leben mehr. Auf den Blutkrusten lag eine dünne Eisschicht, aber er mußte sich die Verletzungen sehr genau ansehen, weil er Gewißheit haben wollte.

Michail war erfahren genug. Eigentlich hatte er schon Bescheid gewußt, als er auf dem Bock des Schlittens saß. Jetzt hatte er sich endgültig vergewissert.

Panja war von einer bestimmten Bestie ermordet worden. Von einem Werwolf!

Und er hatte sie nicht nur gebissen, sondern getötet. Sie konnte also nicht mehr zur Wölfin werden und den Mond anheulen.

Also hatte der Werwolf zurückgeschlagen. Er wußte, daß man ihm auf den Fersen war, und hatte sich fürchterlich gerächt.

Michail Chirianow richtete sich auf. Sein Gesicht unter der Fellmütze glich einer aus Granit gehauenen Maske. Die Augen bildeten nur noch Schlitze, er bewegte seine Hände, blickte über die weite Schneelandschaft und tat seinen Schwur.

»Ich töte dich, Bestie! Ich warte auf dich! Du wirst zurückkehren, und dann bin ich schneller ...« Er flüsterte diesen Satz zweimal. Beim drittenmal hob er die Stimme an und schrie den finsteren Schwur in die Weite der Landschaft hinein ...

Michail Chirianow hatte alles so liegenlassen und sich im nahen Wald versteckt. Der hatte ihm die Nahrung gegeben und das Holz fürs Feuer. Der Wald garantierte das Überleben des Menschen.

Und der Wald sollte den Tod bringen.

Michail war ein geduldiger Mensch. Manchmal, wenn er auf Jagd gewesen war, hatte er stundenlang warten müssen. Der Wald hatte ihm gehört, und er hatte sich einen Hochsitz gebaut. Nicht sehr weit von der Hütte entfernt. Mehr ein kleines Baumhaus, dessen Wände ihn gegen den oft schneidenden Wind schützten.

Und dort saß er stundenlang. Sein Blick glitt bis über den Waldrand hinweg zu den Trümmern der Hütte, die immer unschärfer geworden waren und schließlich von der Dämmerung völlig verschluckt wurden.

Die Dunkelheit fiel über das Land. Ein langer Abend, dem

die Nacht folgen würde. Die Kälte nahm zu, die Welt schien noch mehr zu erstarren. Auch seine Hunde hatten sich verkrochen. Sie lagen in einer Höhle, unter dem Schnee und verborgen im Unterholz.

Wenn der Werwolf kam, würden sie ihn wittern und den einsamen Jäger warnen.

So oft man über den Schnee fluchte und ihn verwünschte, er hatte doch sein Gutes. Nie wurde es völlig dunkel. Die helle Fläche reflektierte das Restlicht, und die dem Horizont entgegenstrebende Weite wirkte dann wie ein dunkelblauer See.

Ein herrliches Bild für einen Fremden, aber der Mann in dem Baumhaus hatte sich längst daran gewöhnt. Es war seine Welt, in der er die Jahre verbracht hatte.

Und so wartete er.

Der Bogen hing über seiner Schulter, der Köcher ebenfalls. Aus ihm ragten die Schäfte der Silberpfeile. Er hatte die Pfeile selbst im Feuer des Kamins geschmiedet. Es war eine mühevolle Arbeit gewesen, die sich lohnen sollte, das nahm er sich jedenfalls vor.

Er wollte die Bestien ausrotten.

Niemand ließ sich blicken. Weder Mensch noch Tier überquerten zu dieser Zeit die Weite der Tundra. Am Himmel hatten sich die zusammenhängenden Wolkenbänke ein wenig verschoben, so daß der Mond Platz genug hatte, um hindurchzulugen.

Ein voller Mond. Ein bleicher Kreis, über den die grauen Schatten wanderten.

Werwolf-Wetter!

Michail schüttelte sich, als er daran dachte. Die Bestie hatte seine Frau am Tage überfallen und nicht erst die Nacht abgewartet. In den dunklen Wäldern hatte sie sich lange genug versteckt halten können. Sie wußte, daß sie gejagt wurde, und wieder dachte er an die geheimnisvolle Werwolf-Elite, von der die Menschen hinter vorgehaltener Hand sprachen. Und sie hatten auch von einem Fremden geredet, der sich dieser Elite entgegengestemmt hatte und sie vernichten konnte.

Bis auf Lupina …

War sie es vielleicht gewesen, die Panja getötet hatte? Michail schüttelte den Kopf, als wollte er die Erinnerung vertreiben. Nur nicht an die Vergangenheit denken, die Gegenwart und die nahe Zukunft waren wichtiger. Bald würde etwas geschehen, das spürte er genau.

Die Luft war sehr kalt geworden. Bei jedem Atemzug legte sie sich schwer auf die Bronchien.

Es wurde nie völlig still. Hin und wieder vernahm er die Geräusche. Mal ein Knirschen oder Schaben, wenn irgendwo in der Nähe – und für ihn nicht sichtbar – ein Tier vorbeihuschte. Auch brach manchmal ein Zweig oder Ast unter der schweren Last des Schnees.

Michail hatte sich auf der Sitzbank zusammengeduckt und den Kragen des Bärenfellmantels so hochgestellt, daß er bis über den Rand der Mütze reichte und der Mensch selbst so aussah wie ein Bär. Er wirkte wie jemand, der eingeschlafen war, aber er zuckte zusammen, als er ein ihm bekanntes Geräusch hörte.

Es war ein Knurren, vermischt mit dem heiseren Bellen. Der Werwolf-Jäger kannte seine Tiere sehr genau. Sie hatten sich gemeldet, und sie taten es nicht ohne Grund.

Da war etwas.

Michail drückte sich in die Höhe, aus dem Fell rieselten Schnee- und Eiskörner. Bis dicht an die aus zwei Ästen bestehende Balustrade trat er heran und starrte lauernd in die Tiefe. Sein Blick war schräg nach links gerichtet.

Dort hatten die Hunde ihre Höhle gegraben, und von dort hörte er auch das warnende Jaulen.

Die Tiere hatten Angst. Sie spürten bereits die Aura des anderen, den unheimlichen, unsichtbaren Schatten des Werwolfs, der sich auf Beutezug befand.

Michail bewegte sich nach links, so daß der Bogen von seiner Schulter rutschen konnte. Er fing ihn auf, ballte die

Hand in dem Fellfäustling zur Faust. So hielt er den Bogen fest.

Noch verließ er nicht seinen Hochsitz. Er wartete ab. Wenn der Werwolf kam, würde er seine Opfer wittern, und dazu gehörten sicherlich auch die Schlittenhunde.

Sie waren die Lockvögel!

Der einsame Jäger drehte sich auf seinem Platz, um in die Tiefe des Waldes blicken zu können.

Über dem Boden lagen die dunkelblauen Schatten. Wie Tücher hingen sie zwischen den schneebeladenen Bäumen, aber keiner der Schatten bewegte sich. Die Kälte hatte die gesamte Umgebung erstarren lassen. Sie drückte in der Dunkelheit noch stärker und wurde vom ebenfalls kalten Licht des Mondes begleitet.

Aber die Bestie würde sich zeigen. Das wußte Michail Chirianow genau. Die Unruhe seiner Schlittenhunde hatte sich gesteigert. Sie waren von ihm gut dressiert worden. Wahrscheinlich wären sie schon längst geflohen, hätten sie in freier Wildbahn gelebt.

Ihr Angstgeheul durchdrang als unheimliche Tonfolge den kältestarren Wald.

Tagsüber war der Hochsitz ein guter Platz. In der Dunkelheit und bei den lauernden Gefahren würde es besser sein, wenn Chirianow sich wieder zu Boden begab.

Noch einmal warf er einen Blick in die Runde. Gern hätte er die Augen einer Katze gehabt, so aber starrte er in die eiskalte Schattenwelt des Waldes, ohne eine Bewegung zu erkennen.

Mit vorsichtigen Schritten kletterte er die Stufen der Holzleiter hinab. Er hatte sich die Latten geschlagen, auf ihnen lag eine Eiskruste, die das Laufen unsicher machte. Michail mußte achtgeben und hatte die Leiter noch nicht zur Hälfte hinter sich gelassen, als die Bestie auftauchte.

Sie mußte es geschickt angestellt haben, hatte sich mit den Schatten zwischen den Bäumen verbunden und griff nun an.

Sie war schnell, aber nicht lautlos. In seinem Rücken vernahm der Russe ein keuchendes Geräusch, Schnee knirschte unter den Pfoten, und der strenge Werwolfsgeruch erreichte seine Nase.

Gleichzeitig begannen die Schlittenhunde wie wahnsinnig zu heulen. Sie schrien ihre Not hinaus, und Michail mußte einfach springen, auf der Leiter war er wehrlos.

Er stieß sich ab.

Auch er fürchtete sich plötzlich. In dieser verdammten Lage war er hilflos, und als er mit den Füßen den Boden berührte, war die Bestie da. Noch befand sie sich in seinem Rücken, hielt die Pranken erhoben und schlug zu.

Chirianow stöhnte auf, als er die Krallen in seinem Rücken spürte. Sie rissen ihn zurück, so daß der Russe nicht dazu kam, seinen Bogen und die Silberpfeile einzusetzen.

Michail mußte zurück. Er versuchte, sich wenigstens auf den Beinen zu halten, rutschte jedoch aus und fiel. Zum Glück gegen einen Baumstamm, der seinen Fall vor dem Abrutschen ein wenig bremste.

Die Bestie hatte losgelassen und sich gedreht. Für den Bruchteil einer Sekunde konnte er sie erkennen.

Ein furchtbares Untier stand vor ihm. Größer als er, pechschwarz, von der Finsternis kaum zu unterscheiden. Eine Schnauze, die weit aufgerissen war. In beiden Kieferhälften schimmerten weißgelb die spitzen Reißzähne, zwischen denen die lange Zunge wie ein Pendel schlug.

Dieses Untier hatte Panja gerissen!

Michail glaubte noch, das Blut seiner Frau auf dem Fell zu sehen, und dieser Glaube versetzte Berge. Er gab ihm die Kraft zurück, die nötig war, um gegen die Bestie bestehen zu können.

Als der Werwolf wieder zuschlug, hob er ein Bein und rammte ihm die Sohle in den Leib.

Ein Mensch hätte geschrien, der Werwolf nicht. Er mußte zurück, er keuchte, Geifer schäumte vor seinem Maul. Wahrscheinlich war es die Wut, die ihn überkam, und Michail setzte sofort nach.

Beide Fäuste erwischten das Untier. Sie bohrten sich so tief in das Fell, daß sie bis zu den Handgelenken darin verschwanden, und der Mann setzte noch einmal nach.

Diesmal war er es, der schrie. Er feuerte sich noch einmal an, wollte sich durch seine Attacke Mut machen und trieb das Untier noch weiter zurück. Was er kaum für möglich gehalten hatte, trat ein. Die Bestie verlor das Gleichgewicht und krachte in das eisstarre Unterholz. Es brach unter ihr zusammen. Der schwere Körper schlug zu Boden, drehte sich, und der Schnee wurde in die Höhe geschleudert.

Der Haß auf den Mörder übermannte Michail Chirianow. Er stieß einen wilden Schrei aus, der wie eine Fanfare durch den Wald hallte. Die gelben Augen des Killers sah er vor sich. Sie bewegten sich hektisch, denn der Werwolf war dabei, sich zu befreien und wieder aufzuspringen.

Jetzt handelte der Russe.

Liebend gern hätte er die Bestie mit den eigenen Händen umgebracht. Das war nicht möglich, er mußte zu seinen Waffen greifen und ließ den Bogen von der Schulter rutschen.

Dann schlug er seinen Arm nach hinten, packte einen der Pfeile und zog ihn aus dem Köcher.

Es waren geschmeidige Bewegungen. In den langen Monaten hatte er immer wieder geübt. Nur war er in dieser Nacht nicht so schnell, zudem trug er dicke Handschuhe, die das Auflegen des Pfeils erschwerten.

Das schien der Werwolf zu ahnen. Er steigerte seine Bemühungen und schleuderte Michail Schnee, Unterholz und Erde entgegen. Der Russe wurde irritiert, trotzdem ließ er nicht nach, spannte den Bogen und schoß den ersten Pfeil ab.

Sofort danach tauchte er zur Seite, um zu sehen, wie es der Bestie ergangen war.

Er hatte nicht getroffen.

Der Silberpfeil steckte in einem Baumstamm. Sein Schaft

zitterte noch leicht, aber die Bestie kam hoch – und griff zum zweitenmal mit all ihrer mörderischen Kraft an.

Plötzlich geriet der Russe in Lebensgefahr. Er wußte, wie schnell der Werwolf war und mit welch einer Wut und Macht er Hindernisse aus dem Weg räumen konnte. Als er kam, schien der Schneeboden unter seinen Füßen zu erzittern, so hart trat er auf, und er warf sich dem Russen brutal entgegen, die Pranken vorgestreckt.

Michail mußte zurück.

Er wuchtete seinen Körper dabei nach hinten, prallte mit der Schulter gegen einen Baumstamm, fiel, wirbelte Schnee auf, kroch weiter und drehte sich auf den Knien.

Im Augenblick konnte er seinen Bogen nicht einsetzen. Eine andere Waffe trug er nicht bei sich. In seiner Not griff er neben sich, wo ein Ast lag, der unter der Schneelast vom Baum gebrochen war. Mit beiden Händen packte er den Ast, als er sich wieder auf die Füße schwang.

Damit schlug er zu.

Und er ging in den Werwolf hinein. Er handelte wie ein Berserker, schlug von einer Seite zur anderen, begleitete die Schläge mit heiseren Rufen und hörte das harte Klatschen, wenn der Ast den fellbedeckten und mit Schnee und Eis verklebten Körper der Bestie erwischte.

»Ich schlag dich tot!« brüllte er. »Ich werde dich totprügeln!« Er war wie von Sinnen, aber so kann man keinen Werwolf vernichten. Das merkte er urplötzlich, als ihm die primitive Waffe aus den Händen gerissen wurde.

Jetzt war der Werwolf an der Reihe. Er schleuderte den Ast zur Seite und griff zu.

Seine krallenbewehrten Pranken schlugen in die dicke Fellkleidung des Mannes. Zum Glück hielt der Pelz, so daß dem Russen keine tiefen Wunden gerissen wurden.

Die Bestie fauchte ihn an, riß ihn in die Höhe, und Michails Herzschlag schien auf einmal zu stocken, als er über dem Boden schwebte und sich wie ein Brett fühlte, das einen Moment später weggeschleudert wurde.

Der Werwolf hatte Kraft. Michail Chirianow kam sich vor wie eine lebende Rakete. Furcht stieg in ihm hoch. Wenn er gegen einen Stamm krachte, konnte er sich das Kreuz brechen.

Der Mann hatte Glück. Er wurde zwischen zwei Bäume geschleudert, hieb mit der Schulter noch gegen ein Hindernis und krachte anschließend ins Unterholz.

Schmerzen spürte er nicht. Er hing nur in dem sperrigen Unterholz fest, das mit zahlreichen Händen und Armen nach ihm zu greifen schien.

Als er sich befreien wollte, sackte er durch seine wilden Bewegungen nur noch tiefer hinein und hörte hinter sich das heisere Schreien der angreifenden Bestie.

Nichts brachten ihm seine geweihten Silberpfeile. Er würde hier im Wald so sterben wie auch seine Frau. Zerrissen, zerfetzt von den mordgierigen Pranken des Werwolfs und mit der Gewißheit, daß die Bestie immer stärker war als der Mensch.

Vielleicht gab es noch eine Chance, wenn es ihm gelang, den Werwolf aus dem Wald weg und auf die freie Fläche zu locken, doch zunächst klemmte er im Unterholz fest und schaffte es einfach nicht, sich aus dem hart gefrorenen Zeug zu befreien.

Scharf klang das Bellen, das Hecheln dazwischen und auch das Heulen. Laute, die nicht von einem Werwolf stammten, denn sie waren dem Menschen vertraut.

Seine Schlittenhunde reagierten so.

Plötzlich durchflutete ihn Hoffnung. Dann glaubte er, in einer Hölle aus Schreien, Jaulen und Brüllen zu stecken. Aber nicht er wurde von der Bestie angegriffen, die Hunde attackierten den Werwolf, hatten ihre Angst überwunden und sprangen ihn an.

Das sah der Mann, als er sich endlich aus seiner mißlichen Lage befreit hatte und wieder auf den Beinen stand.

Vor ihm tobte ein mörderischer Kampf. Die Hunde griffen die Bestie an. Sie sprangen hoch, wollten ihre Fangzähne in das Fell des Untiers schlagen, es aufreißen, es vernichten, und der Werwolf wehrte sich mit aller Kraft.

Er räumte auf.

Es gelang ihm, einen der Schlittenhunde zu packen. Er hielt den Hund zwischen zwei Pranken. Das Tier ahnte wohl, welch ein Schicksal es erwartete, denn es ließ ein fürchterliches Jaulen hören.

Der Werwolf befand sich im Mordrausch. Er kannte kein Erbarmen und tötete den Hund.

Michail sah es mit an. Als der Schlittenhund starb, hatte er das Gefühl, jemand hätte sein Herz zerschnitten. Er liebte die Tiere wie seine eigenen Kinder. Nur sie garantierten in dieser weißen Hölle ein Überleben.

Und jetzt das.

Die Bestie schleuderte die Reste des Tieres weg. Sie hatte den anderen dreien bewiesen, wie gefährlich es für sie sein würde, wenn sie sie weiterhin angriffen.

Die Hunde zogen sich zurück, und der Werwolf kreiselte mit seinen blutbefleckten Pranken herum.

Ein Gutes hatte der Tod des Hundes gehabt. Es war Zeit vergangen, die von dem Russen genutzt worden war.

Wieder lag ein geweihter Pfeil auf der Sehne. Bis zum Anschlag hatte er sie gespannt. Diesmal zielte er haargenau. Er mußte einfach treffen.

Plötzlich hatte er das Gefühl, alles zeitverzögert zu erleben. Er sah, wie die Bestie beide Pranken in die Höhe riß und sich dabei auf der Stelle herumwarf, damit sie sich auf ihn stürzen konnte. Sie riß ihr Maul sperrangelweit auf und fauchte. Gleichzeitig drang grauer Atem aus dem Rachen.

Da schoß Michail Chirianow!

Er hörte kein Surren, als die Sehne zurückschnellte, aber er schaute zu, wie der Silberpfeil zwischen den zupackenden Klauen der Bestie tief in die Brust drang und steckenblieb.

Trotzdem richtete sich der Werwolf auf. Er schüttelte dabei den Kopf. Blut und Schnee flogen aus seinem Fell, und Chirianow tat das einzig Richtige, als er sich zur Seite warf, denn sonst hätte ihn der schwere Körper unter sich begraben.

Beide zusammen krachten zu Boden.

Michail spürte den heftigen Schlag. Er hatte das Gefühl, von einer gewaltigen Faust erwischt zu werden. Unwillkürlich schrie er auf. Schnee stob hoch, etwas brach unter ihm, an seiner Schulter spürte er einen heftigen Schlag, am linken Bein ebenfalls. Er rollte durch den Schnee, riß das Unterholz mit und wußte für einen Moment nicht, wo oben und unten war. In einer Wehe blieb er liegen. Er hatte sich fast wie ein Geschoß hineingebohrt und mußte sich wieder freikämpfen.

Hände und Füße setzte er ein, stand schließlich, hielt noch immer den Bogen fest und drehte sich.

Er sah den Werwolf.

Für einen Moment wirkte er so, als stünde er lässig gegen einen Baum gelehnt, aber das sah nur so aus, denn er versuchte krampfhaft, sich auf den Beinen zu halten.

Der Pfeil steckte noch in seiner Brust. Aus dem weit geöffneten Rachen drang ein furchtbares Heulen. Die Augen in seinem Gesicht drehten sich, sie schienen allmählich zu zersprühenden Sternen zu werden, die in alle Richtungen wegflogen.

Dann sackte er zusammen.

Zuerst rutschte er mit seinem rechten Bein weg. Zwar versuchte er, die Krallen in die Baumrinde zu hacken, doch das gelang ihm nicht. Sein Gewicht war einfach zu groß, so daß er zur Seite kippte und schwer in den harschigen Schnee schlug.

Keuchend starrte Michail Chirianow auf ihn nieder. Der Russe sah aus wie ein Schneemann. Er wischte sich das Gesicht frei, hörte das Winseln seiner nur noch drei Schlittenhunde, aber er nahm es kaum bewußt wahr. Die Bestie war wichtiger.

Sie lag regungslos im Schnee. Aus der Brust ragte der lange Pfeilschaft hervor. Die Spitze war tief in ihren Körper gedrungen, das Maul stand offen.

Langsam trat der Russe näher an die Bestie heran.

Der Werwolf war tot.

Michail hatte den Mörder seiner Frau gerichtet.

Erst allmählich wurde ihm dies klar, drang durch in sein Bewußtsein. Er spürte, daß er selbst fertig mit den Nerven war, zitterte, aber er stand da und lachte.

Schnee und Eis klebten in seinem Fell sowie im Gesicht. Aus dem Mund drang das Lachen hervor. Längst war das Tuch, das seine Lippen schützen sollte, verrutscht.

Michail konnte nicht anders. Er mußte sich auf diese Art und Weise abreagieren.

Irgendwann brach sein Gelächter ab. Michail kam wieder zu sich und dachte daran, daß er der Werwolf-Jäger war. Er hatte es wieder einmal geschafft, aber diesmal fühlte er kein Triumphgefühl in sich aufsteigen.

Neben der Bestie hockte er sich nieder. Er starrte auf das Fell und wartete auf die Verwandlung.

Sie trat ein.

Als wäre ein Windstoß über den Körper der Bestie gefegt, so wirkte es, als das Fell allmählich verschwand. Es wurde aschig, grau und brüchig. Michail konnte es mit der Hand zur Seite schieben.

Nackte Haut lag darunter.

Die Haut eines Menschen und auch das Gesicht eines Menschen wurden sichtbar.

Michail bückte sich. Er mußte nahe heran, um in das Gesicht blicken zu können, und er zuckte im nächsten Moment zurück, denn er kannte die Person, die einmal eine Bestie gewesen war.

In der Siedlung am Fluß hatte er sie gesehen. Der Mann hatte in einem Lager gearbeitet und Lebensmittelsäcke gestapelt.

Michail stand auf.

Auch die Hunde hatten bemerkt, daß die Gefahr nicht mehr vorhanden war. Sie kamen zu ihm und rieben ihre Körper an seinen Beinen.

»Nie mehr wirst du töten, Bestie!« flüsterte Chirianow rauh. »Nie mehr. Das ist vorbei.«

Dann ging er. Seine Hütte war abgebrannt, die Frau ermordet, ihm blieb nichts mehr. Trotz der schwierigen Lage hatte er sich zu einem Entschluß durchgerungen.

Er würde an diesem Ort nicht länger bleiben. Vielleicht konnte er noch einen Teil der Habe auf seinen Schlitten laden. Er sah nach und fand nichts, außer dem kleinen Medaillon, das seiner Frau gehörte. Es war beim Kampf abgerissen worden. Michail fand es unter einem verkohlten Holzstück. Das Medaillon bestand aus zwei Metalldeckeln, die aufeinander lagen. Er klappte sie auf und betrachtete das Bild seiner Frau. Panja lächelte dort, hinter ihm lag sie starr im Schnee.

Rasch klappte er das Andenken zu und steckte es ein, bevor die Tränen kamen.

So starrte er in die Nacht und dachte daran, daß er Panja begraben mußte. Aber nicht jetzt, das hatte noch Zeit. Er bezeichnete sich selbst als Werwolf-Jäger. In dieser Eigenschaft hatte er eine Aufgabe zu erfüllen. Er mußte die anderen finden, und er mußte auch den Weg der Killer-Bestie zurückverfolgen.

Deshalb ging er zu seinem Schlitten. Er pfiff die Hunde heran, die sich ihm nur vorsichtig näherten. Auch sie hatten Blessuren davongetragen. Manches helle Fellstück war mit Blut besprenkelt, doch die Tiere konnten einiges vertragen. Sie waren zäher als Katzen.

»Tut mir leid«, sagte Michail, »aber wir werden in dieser Nacht noch eine Fahrt unternehmen müssen.«

Er wollte wissen, wo die Bestie hergekommen war. Vielleicht hatte sie einen Unterschlupf. Möglicherweise war sie nicht allein gewesen und hatte im Rudel gelebt.

»Ich werde es herausfinden«, flüsterte er. »Ich werde euch vernichten – alle …«

In der Einsamkeit der weiten Schneelandschaft wirkte die zuckende Flamme der Fackel wie der Schein einer fernen Hoffnung. Die Fackel gehörte Michail Chirianow. Er hatte sie angezündet und in die Halterung am Schlitten gesteckt.

Der Feuerschein tanzte über den Boden, wo sich die Spuren des Werwolfs abzeichneten.

Michail hatte lange gesucht und war schließlich fündig geworden. Er hatte auch den Ort gefunden, wo der Werwolf in den Wald getaucht war. Von dieser Stelle aus verfolgte er den Weg zurück.

Die drei Hunde liefen langsam. Er hatte es nicht eilig, irgendwann würde er sein Ziel erreichen. Zum Glück hatte es nicht geschneit. Die Spuren zeichneten sich deutlich im Schnee ab.

Sie führten in einer fast geraden Linie in die Weite des Landes hinein, wo der Begriff Zeit so unbedeutend zu sein schien.

Das galt auch für den Werwolf-Jäger.

Er hatte keine Eile. Allein nach dem Wechseln von Tag und Nacht und nach dem der Jahreszeiten richtete er sich. Sein Gesicht war wieder unter dem Tuch verborgen. Die Kälte drückte. Sie brachte alles Leben zum Erstarren, wenn man sich nicht bewegte.

Sogar durch das Fell des Bären drang sie, aber der Mann biß die Zähne zusammen.

Aufgeben gab es für ihn nicht.

Stunden vergingen. Längst war ein neuer Tag angebrochen, aber noch immer hielt ihn die Weite der Landschaft umfangen. Er passierte Wälder und war froh, daß die Spur des Werwolfs nicht hindurchführte.

Allmählich nahm die Dunkelheit eine andere Farbe an. Vom Osten her schob sich eine graue Wand voran, hinter der sich die fahle Sonne noch verbarg.

Ein neuer Tag begann.

Die Sonne zeigte sich auch nicht, als der einsame Mann ein schmales Waldstück erreichte, wo er die Hütte sah.

Er hielt die Tiere an.

Auf dem Schlitten richtete er sich auf und blickte der langen Spur nach. Sie lief geradewegs auf die Hütte zu. Dort mußte die Bestie gehaust haben. Als Mensch oder als Werwolf, das war hier die Frage.

Michail schnalzte mit der Zunge. Die Hunde kannten das Geräusch und zogen wieder an.

Auch ihre Bewegungen waren langsamer geworden. Schwerfällig bewegten sie ihre Körper durch den gefrorenen Schnee. Überall waren jetzt die Spuren zu sehen.

Tatzen zeichneten sich ebenso ab wie menschliche Fußabdrücke.

Als er bis auf ungefähr zehn Meter an die Hütte herangefahren war, ließ er die Hunde anhalten und stieg vom Schlitten.

Michail Chirianow war doppelt bewaffnet. Nicht nur mit Pfeil und Bogen, er trug auch noch sein Gewehr bei sich, das er in den Händen hielt. Sein Blick war lauernd. Müdigkeit verspürte er keine. Auch an die Kampfblessuren dachte er nicht, als er sich mit vorsichtigen Schritten seinem Ziel näherte.

Die Tür war verschlossen. An den kleinen Fenstern klebte Eis. Es lag so dicht, daß man nicht durch die Scheiben sehen konnte. Die Hütte sah unbewohnt aus, trotzdem war der Russe vorsichtig. Er kannte die Heimtücke der Bestien. Sie griffen oft genug aus dem Hinterhalt an, wiegten Opfer in Sicherheit und schlugen gnadenlos zu.

Er probierte es, ob die Tür normal zu öffnen war. Es klappte nicht, aber sie war auch nicht verschlossen, sondern klemmte an einer Seite, so daß sich der Mann hart gegen sie werfen mußte, um sie nach innen drücken zu können.

Zuerst schob er den Gewehrlauf hinein, dann betrat er die Hütte.

Mit einer Hand riß er den Mundschutz weg, schnüffelte wie ein Hund und nahm den gefährlichen Geruch wahr, der in dem Raum hing. So streng, so beißend, ihn anwidernd.

Dicht hinter der Schwelle blieb er stehen.

Und wieder rann es kalt seinen Rücken hinab. Es war eine innere Kälte, die sich auf diese Art und Weise bemerkbar machte. Das Wissen, im Haus eines Werwolfs zu stehen, machte ihn verrückt.

Der Raum war dunkel. Von den Einrichtungsgegenständen sah er nur die Schatten.

Einen Kamin entdeckte er ebenso wie eine mit Fell bedeckte Schlafstelle und einen Tisch, wo eine primitive Öllampe stand.

Er fand lange Zündhölzer, entfernte den Glasbehälter und rieb ein Streichholz an.

Die Flamme schuf eine Atmosphäre aus Licht und Schatten. Die Gegenstände schienen plötzlich zu tanzen, und er sah, wie sehr die Felle auf dem Lager eingedrückt waren.

Mit der Lampe in der Hand durchmaß er den Raum. Michail sah sehr genau hin. Er fand genügend Spuren, aber sie alle wiesen darauf hin, daß nur eine Person in der Hütte gewohnt hatte.

Ein Vorteil …

Ihm fiel eine Truhe auf. Sie stand im Schatten des Kamins, direkt neben den gestapelten Holzstücken. Er bückte sich und zog die Truhe ein Stück vor.

Gesichert war der halbrunde Deckel durch ein Schloß. Das ließ darauf schließen, daß er in der Truhe irgend etwas Wertvolles aufbewahrte. Es sollte wohl nicht in die Hände anderer gelangen.

Darum kümmerte sich Michail nicht.

Er sah sich um und fand eine handliche Axt.

Die nahm er, um die Truhe zu zerstören. Die Schläge hämmerten auf den Deckel. Das Holz zeigte sich sperrig und setzte ihm einigen Widerstand entgegen, aber Michail gab nicht auf. Er schlug so lange zu, bis er ein Loch geschaffen hatte, durch das er greifen konnte. Leider gelang es ihm nicht, den Deckel in die Höhe zu wuchten, so hämmerte er um das Schloß herum das nächste Loch.

Endlich war die Truhe auf.

Es lagen keine Wertgegenstände darin. Nicht einen Rubel entdeckte er. Dafür Papiere.

Darüber wunderte er sich, fand sie jedoch so interessant, daß er sie hervorholte, damit zum Lager ging, sich niedersetzte und die Lampe so hinstellte, daß er im Licht der Flamme lesen konnte.

Er schlug die erste Kladde auf.

»Lupinas Andenken«, las er mit halblauter Stimme und spürte, wie ihm eine Gänsehaut über den Rücken rann.

Er vergaß die Welt um sich herum, denn was in der Kladde geschrieben war, war brisant. Sogar furchtbar, eine Verschwörung ersten Ranges. Da wurden britische und sowjetische Botschafter in den beiden verschiedenen Ländern genannt, und es tauchte ein Name auf, den er auch schon einmal gehört hatte. Er stand in einem unmittelbaren Zusammenhang mit der Werwolf-Elite.

John Sinclair ...

Am Tag blendete ihn die kalte Wintersonne, der Schnee warf das Licht zurück, und er setzte sich eine dunkle Brille auf. Längst hatte er die Hütte verlassen, saß auf dem Schlitten und fuhr den Weg zurück. Michail Chirianow war völlig aus der Fassung geraten. Was er den Unterlagen entnommen hatte, glich einer gigantischen Verschwörung, die nicht in Sibirien stattfand, nicht einmal in der Sowjetunion, sondern in einem anderen Land.

In England ...

Dort, wo dieser John Sinclair lebte.

Würde man ihm glauben? Er lachte bitter, als er daran dachte, daß er nach Moskau mußte. Und das so schnell wie möglich. Dort mußte er an den KGB heran. Er würde den Offizieren dort die Unterlagen zeigen und über sich selbst Auskunft geben. Dann sollten die anderen retten, was noch zu retten war.

Mit dieser Gewißheit fuhr er zu seiner abgebrannten Behausung. Mochte der Fall auch noch eine so große Eile haben, für ihn war es wichtiger, daß Panja ein Grab erhielt.

Er konnte es nicht schaufeln, so trug er sie in den Wald und legte sie in eine Höhle im Unterholz. Als es soweit war, stand er da und weinte wieder.

Die Hunde spürten, was in dem Mann vorging. Sie drängten sich gegen seine Beine und winselten. Er streichelte die treuen Begleiter und sprach mit ihnen vom Abschied. Er wollte sehen, daß er sie gut unterbrachte. Vielleicht würde er irgendwann einmal wieder an diesen Ort zurückkehren. Sicher war das nicht.

Erst in der folgenden Nacht erreichte er die Ansammlung von Hütten unten am Fluß. Dort nahm er von seinen Hunden Abschied, als er sie einem Bekannten geschenkt hatte, der ihm versprach, gut auf die Tiere achtzugeben. Ihr Wehklagen hörte er noch lange.

Er sprach mit einem Politkommissar, den er kurzerhand aus dem Bett holte.

Drei Stunden dauerte das Gespräch, bis er den Mann endlich davon überzeugt hatte, einen Funkspruch abzusetzen.

»Und wirklich zum KGB?«

»Ja!«

Der Kommissar nickte. Er wurde blaß. Vor dem KGB hatten sie alle Angst.

Der Funkspruch wurde abgesetzt, die Antwort kam schnell und war sehr knapp gehalten. Man wollte sich um den Fall kümmern. Der Fall war Michail Chirianow.

Im Büro des Kommissars gab es ein altes Feldbett, wo er den Rest der Nacht verbrachte.

Am nächsten Morgen erschien grau und schwerfällig wirkend ein Militärhubschrauber. Der Pilot landete nahe am Fluß, zwei Männer in Pelzmänteln stiegen aus und kümmerten sich um Michail Chirianow. Sie warnten ihn jetzt schon. Wenn die Meldung nichts taugte, die er abzugeben hätte, würde ihm das Kerker einbringen.

»Und wenn ihr mich nicht nach Moskau schafft, werdet ihr im Kerker landen!«

Sie wollten ihn entwaffnen, doch das ließ er nicht zu. So konnte er seinen Bogen und auch die Pfeile behalten.

Sie flogen zu einem Militärlager. Dort stand eine Maschine startklar, die nach Moskau abfliegen wollte. Er konnte sofort mit. Zweimal mußten sie zwischenlanden, bevor sie auf einem Spezialrollfeld nahe der russischen Hauptstadt landeten.

Ein Wagen stand dort bereit. Chirianow mußte in die Limousine steigen und wurde zum gewaltigen KGB-Komplex gefahren. In einer unterirdischen Garage mußte er aussteigen. Durch Gänge und mit Fahrstühlen fuhr er in irgendeinen Teil des Gebäudes, in dem die einzelnen Verhörbüros lagen. Dort erhielt er Essen und Trinken.

Dann erschien ein hochdekorierter Offizier, der ein Tonband mitbrachte und das Gespräch aufnahm.

Es dauerte Stunden.

Der Offizier ließ Kaffee herbeischaffen. Er hörte zu, wechselte Bänder und verschwand schließlich wortlos.

Michail Chirianow wartete, starrte durch das Fenster in den bleigrauen Himmel über Moskau. Er sehnte sich nach seinem Sibirien zurück, nach der Unendlichkeit der Landschaft. Die Dzerhinskistraße, wo das KGB-Gebäude lag, widerte ihn an.

Als hinter ihm die Tür geöffnet wurde, drehte er sich nur zögernd um. Die Luft gefiel ihm nicht. Der Rauch zahlreicher Zigaretten schwängerte sie. Er hatte Kopfschmerzen und auch zuviel Kaffee getrunken.

Es war ein anderer Offizier, der ihn interessiert musterte. Ein hochaufgeschossener blondhaariger Mann, der eine gewisse Autorität ausstrahlte und zivil gekleidet war.

Das sind die Schlimmsten, dachte Michail.

Zum erstenmal hörte der Mann aus Sibirien auch einen Namen. »Ich heiße Wladimir Golenkow, Genosse Chirianow, und ich bin derjenige, der sich um Sie kümmern soll.«

»Um mich?«

»Ja.« Golenkow deutete auf einen Stuhl. »Aber setzen Sie sich doch bitte.«

»Ja, danke.«

»Ich habe die Aufzeichnungen gehört, ich kenne also die Fakten und habe auch die Akten gelesen.«

»Dann brauche ich Ihnen ja nichts mehr zu sagen.«

»Nein, das brauchen Sie wirklich nicht.« Golenkows Gesicht nahm einen nachdenklichen Ausdruck an. »Was Sie uns da berichtet haben, Genosse, ist sehr hart.«

»Aber auch die Wahrheit.«

»Das bestreitet keiner.«

Er beugte sich vor. »Dann ... dann glauben Sie mir?«

»Ja.«

Der Mann aus Sibirien verzog den Mund und fuhr durch seinen dichten Bart. »Das hätte ich nicht erwartet.«

»Woran haben Sie denn gedacht?«

»Daran, daß Sie mich einsperren.«

Golenkow winkte ab. »Wer erzählt Ihnen denn so etwas?«

»Man hört so einiges.«

»Sibirien ist weit. Auf dem Weg dorthin wird ein kleines Gerücht oft genug zur Lüge.«

Er hatte Michail zwar nicht überzeugen können, das war dem Werwolf-Jäger egal. Er wollte wissen, ob man etwas unternehmen würde, und stellte die entsprechenden Fragen.

Golenkow hörte aufmerksam zu, bevor er nickte. »Ja, wir sind gezwungen, etwas zu tun.«

»Und was?«

»Das entscheidet sich in London.«

Chirianow horchte auf. »Sie wollen nach London?«

»Ob ich hinfliege, weiß ich nicht. Ich habe andere Aufgaben zu erfüllen, aber es ist eine Gefahr vorhanden, und sie verdichtet sich immer mehr. Dabei hatte ich gedacht, Ruhe zu haben, nachdem das Werwolf-Omen gelöscht worden war ...«*

Michail begriff die Rede des Russen nicht, er zuckte nur

zusammen, als er direkt angesprochen wurde. »Sie sind Werwolf-Jäger, nicht wahr, Genosse?«

»Das bin ich.«

»Und Sie haben in Sibirien diese Bestien gejagt?«

»Das stimmt auch. Meine Frau wurde grausam umgebracht.«

»Ja, ich weiß.« Wladimir Golenkow schaute sein Gegenüber nachdenklich an. »Sie lieben wahrscheinlich die Natur und die endlose Weite unseres russischen Heimatlandes, dennoch möchte ich Sie um einen Gefallen bitten.«

»Ich höre.«

»Dieses Land gibt Ihnen viel, deshalb springen Sie über Ihren eigenen Schatten und geben ihm auch etwas. Wenn Sie geschworen haben, die Bestien zu jagen, geben wir Ihnen einen offiziellen Auftrag. Wir werden Sie nach London schicken, um dem Phänomen nachzuspüren.«

Michail war überrascht. »Ich soll nach England fliegen?«

»So denken wir.«

»Und dann?«

»Alles Weitere wird sich ergeben. Im Moment sind einige Leute dabei, Ihnen die entsprechenden Unterlagen auszustellen, damit Sie keinerlei Schwierigkeiten bekommen. Nehmen Sie Ihren Bogen mit, es wird alles glattgehen.«

»Treffe ich dort auch diesen John Sinclair?«

»Das ist wahrscheinlich. Ich kenne ihn gut, wir haben mal zusammengearbeitet. Er ist ein aufrechter Mann, Sie können ihm vertrauen. Ich werde Ihnen noch eine Botschaft für ihn mitgeben.«

Michail Chirianow wischte über seine Stirn. »Das ... das kommt alles ein wenig plötzlich.«

»Ich weiß. Sie haben auch noch über einen Tag Zeit, um sich darauf einzustellen. Solange werden Sie unser Gast sein. Es wird Ihnen an nichts mangeln. Nur dürfen Sie das Haus nicht verlassen. Was es zu erledigen gibt, das werden wir in die Wege leiten. Und denken Sie immer daran, welch wichtige Person Sie sind. Wahrscheinlich haben Sie eine

Staatsverschwörung ungeheuren Ausmaßes entdeckt, aber das brauche ich Ihnen wohl nicht zu sagen.«

»Nein, Genosse.«

Wladimir Golenkow stand auf, ging um den Schreibtisch herum und klopfte dem Werwolf-Jäger auf die Schulter. »Denken Sie daran, daß alles, das Sie unternehmen werden, für Rußland geschieht.«

»Jawohl, Genosse Golenkow.«

Der KGB-Offizier verließ das Büro und ließ einen Menschen zurück, der nicht wußte, ob er nun wachte oder geträumt hatte. Erst nach einiger Zeit hatte sich Michail Chirianow wieder gefangen. Er schaute auf seine Hände, die er zu Fäusten ballte, und nickte sich selbst bestätigend zu. »Ja«, flüsterte er. »Ja, ich bin der Werwolf-Jäger. Ich werde es den Bestien zeigen. Allen werde ich es zeigen ...«

Die klirrende Kälte der letzten beiden Wochen war vorbei, und die Temperaturen bewegten sich in London um den Gefrierpunkt. Auch ich hatte meinen dicken Wintermantel wieder im Schrank hängen lassen und den Burberry übergezogen.

Der Himmel war grau.

Ebenso grau wie meine Stimmung. Das allerdings lag nicht am Wetter, sondern an der Tatsache, daß ich ohne Wagen war. Ein mörderischer Killer hatte meinen Bentley zerstört.

Ich mußte mich auf den Dienstwagen verlassen, den der Yard mir zur Verfügung gestellt hatte. Es war ein älterer Rover, den ich am Straßenrand abgestellt hatte. Den Rest des Weges bis zu meinem Ziel ging ich zu Fuß. Dabei spürte ich den Kloß im Magen. Er lag dort wie Blei und wollte einfach nicht verschwinden, besonders in diesem Augenblick nicht, als ein Bentley an mir vorbeifuhr.

Um mir so einen Wagen zu kaufen, fehlte mir das Geld, und nach einem gebrauchten Fahrzeug hatte ich noch keine Ausschau halten können.

Mein Ziel war etwas ausgefallen. Ein altes Haus inmitten der Londoner City, nicht weit vom Piccadilly entfernt. Betreten durfte man das Gelände nicht, es gehörte zu einem russischen Konsulat.

Keine Botschaft, nur eine Delegation. Was dort auf mich wartete, wußte ich nicht. Ich hatte den Auftrag von Sir James Powell erhalten und sollte mich dort einfinden.

Im Haus hätten ebenso Rechtsanwälte oder Banker ihre Büros haben können. Große, hohe Fenster bedeckten die Fassade, und die Scheiben wirkten wie graues Blei.

Die Tür war breit und ziemlich groß. Sie hatte zwei Flügel und sah sehr stabil aus. Links neben dem Haus führte eine Einfahrt in den Hof. Ein herabgelassenes Rollgitter verwehrte den Zugang.

Mir blieb nichts anderes übrig, als den normalen Eingang zu nehmen, das heißt, ich mußte klingeln.

Im Mauerwerk der Türnische sah ich rechts und links an den Winkeln die kalten Augen der Kameras, die mich genau beobachteten. Wahrscheinlich würde ich irgendwo in einem Zimmer auf einem Bildschirm abgebildet sein, und ich war gespannt, wer mich erwartete.

Das leise Summen klang fast vornehm und sorgte dafür, daß ich die Tür aufdrücken konnte.

Ein Flur nahm mich auf.

Mir blies kein kalter Wind mehr in den Nacken, und ich blieb ein wenig überrascht stehen, denn ein so gewaltiges Treppenhaus hatte ich nicht erwartet.

Ich ging ein paar Schritte vor. Meine Sohlen erzeugten ein helles Echo auf dem Steinboden. Noch immer ließ sich niemand blicken, so daß ich direkt unter dem Treppenschacht stehenbleiben konnte, meinen Kopf in den Nacken legte und in die Höhe blickte.

Bis zum Dach hatte ich freie Sicht.

Und dort sah ich das Glas.

Es mußte einfach Glas sein, das dort schimmerte, anders war dieser graue Schimmer nicht zu erklären. Über mir wanden sich sechs Etagen in die Höhe. Mit meinen Blicken verfolgte ich den breiten Handlauf des Treppengeländers. Licht fiel ebenfalls in den Flur und das Treppenhaus. Die Fenster befanden sich hinter mir, über der Eingangstür wuchsen sie in die Höhe.

Allmählich wurde mir mulmig zumute. Was hatte sich Sir James nur dabei gedacht, mich in dieses Haus zu locken? Ich hatte geschellt, es war geöffnet worden, mehr geschah nicht.

Niemand, der mich erwartete oder abholte. Ich blieb mutterseelenallein in der Halle stehen.

Noch immer sah ich hoch und glaubte plötzlich, auf der vierten Etage eine Bewegung zu sehen.

Für einen Moment war ein Gesicht aufgetaucht, als hätte sich jemand über das Geländer gebeugt, um in die Tiefe zu schauen.

Bevor es mir gelang, irgend etwas hinaufzurufen, war das Gesicht wieder verschwunden.

»Na, dann nicht«, sagte ich und ging daran, die Treppe zu erklimmen. Einen Fahrstuhl entdeckte ich zwar auch an der gegenüberliegenden Seite, auf ihn verzichtete ich jedoch, da ich sowieso nicht wußte, in welch einer Etage ich ihn stoppen sollte.

Außerdem war das Laufen ein gutes Training. Ich ließ den ersten Absatz hinter mir zurück, den zweiten ebenfalls und zuckte zusammen, als ich das Schlagen einer Tür vernahm.

Der Laut hallte mir entgegen und verstummte sehr schnell wieder. Da war also doch jemand, der mich wahrscheinlich unter Kontrolle hielt. So langsam fühlte ich mich auf den Arm genommen.

In der zweiten Etage stoppte ich. Es gab keine Gänge. Jeweils zwei Türen zweigten von den Absätzen ab. Ich konnte mich für eine von ihnen entscheiden, probierte sie der Reihe nach und fand sie abgeschlossen.

Das wurde immer mysteriöser.

Dann hörte ich Schritte, und zwar unter mir. Diesmal war ich es, der über das Geländer blickte.

Zwei Männer standen im Flur und sahen zu mir hoch. Woher sie gekommen waren, wußte ich nicht. Sie trugen graue Anzüge, weiße Hemden und einfarbige Krawatten. Sie sahen aus wie Leibwächter, die irgendeinen Chef zu bewachen hatten.

»Wissen Sie Bescheid?« rief ich in die Tiefe, und meine nächsten Worte klangen in das Echo der ersten. »Ich bin angemeldet. Mein Name ist John Sinclair …«

»Gehen Sie hoch.«

»Toll, wohin denn?«

»In die vierte Etage. Wenn Sie dort angelangt sind, werden Sie weitersehen.«

»Erwartet man mich dort?«

»Nehmen Sie die linke Tür, aber lösen Sie zuvor den Außenriegel. Dann können Sie den Raum betreten.«

»Mehr nicht?«

»Vorerst …«

Sollte ich gehen, sollte ich nicht gehen? Ich dachte darüber nach und schüttelte ein paarmal den Kopf. So etwas war mir selten passiert. Aber Sir James hatte mich in dieses Haus geschickt. Er mußte seine Gründe gehabt haben. Daß er mir eine Falle stellen wollte, daran konnte ich nicht glauben.

Suko war nicht mitgefahren. Mein Chef hatte allein mich verlangt, der Grund war mir unbekannt. Ich entschloß mich, dem Rat zu folgen, und stiefelte weiterhin die Treppe hoch.

Es gibt Leute, denen so etwas Spaß macht. Mir weniger. Besonders dann nicht, wenn ich nicht wußte, was mich erwartete.

Die Leere in diesem großen Haus gefiel mir nicht. Sie wirkte irgendwie bedrückend und kalt. Das Tageslicht hätte eher für den Abend gepaßt, so grau sickerte es durch die Fenster.

Der Kerl, den ich zuerst gesehen hatte, ließ sich nicht blicken. Ich versuchte, mir sein Gesicht ins Gedächtnis zu rufen. Es gelang mir leider nicht. Ich hatte nur gesehen, daß der Mann blonde Haare hatte.

In die vierte Etage sollte ich. An der dritten legte ich eine kurze Pause ein. Noch einmal blickte ich in die Tiefe und sah die beiden Typen im Flur stehen.

Konnte man mich in eine Falle gelockt haben? Wenn ja, mußte Sir James daran mitwirken. Er hatte mich schließlich angerufen, und daran wollte ich einfach nicht glauben.

Allerdings hatte ich mich auch nicht durch einen Rückruf versichert, daß er es tatsächlich gewesen war, und so wurde ich allmählich unsicher, während ich über die breiten Steinstufen schritt.

Andererseits war in diesem Haus eine russische Gesandtschaft untergebracht. Ich konnte mir kaum vorstellen, daß sich die Russen über alle Gesetze hinwegsetzten und einen englischen Scotland-Yard-Beamten als Geisel nahmen.

Nur meine Schritte waren zu hören. Als ich die vierte Etage erreichte, blieb ich zunächst einmal stehen. Zwei Türen standen zur Auswahl. Man hatte mir geraten, die linke Tür zu öffnen. Tatsächlich sah ich den Riegel von außen.

Er bestand aus Holz und wurde von zwei Eisenklammern gehalten. Er hatte sich ziemlich festgeklemmt, ich brauchte ein wenig Kraft, um ihn endgültig zur Seite zu schieben.

Weshalb verriegelte man eine Tür von außen? Doch nur, wenn man etwas in diesem Raum gefangenhalten wollte. Das konnte alles mögliche sein, und ich ging auf Nummer Sicher und zog meine Waffe.

Mit der Linken drückte ich die Klinke nach unten, zog die Tür vorsichtig auf, und zwar so, daß sie mich noch deckte.

Der Raum dahinter war dunkel.

Wenn es Fenster gab, hatte man sie verhängt. Aber jemand mußte sich in der Dunkelheit befinden. Ich sah ihn zwar nicht, ich spürte mehr, daß er da war.

Außerdem wehte mir ein strenger und auch typischer Geruch entgegen. Eine Weile brauchte ich, bis ich herausgefunden hatte, um was es sich dabei handelte.

Plötzlich standen mir die Haare zu Berge.

Den Geruch kannte ich.

Es war der eines Werwolfs, und einen Augenblick später schon sah ich das kalte, gelbe Augenpaar …

Der Mann trug eine randlose Brille, hatte ein blasses Dutzendgesicht, hielt seine Hände auf den Schreibtisch gestützt und blickte den vor ihm sitzenden Mann mit seinen blaßgrauen Augen an. »Glauben Sie mir«, sagte er in seinem hart klingenden Englisch. »Es war die beste Lösung, die uns hätte einfallen können.«

»Davon bin ich nicht überzeugt«, erwiderte der Mann am Schreibtisch. »Nein, ganz und gar nicht.«

»Dann hätten Sie etwas anderes vorschlagen können.«

Der Mann mit dem Dutzendgesicht ging einen Schritt zurück. »Dazu blieb uns leider nicht die Zeit. Man hat uns in eine Zwangslage gebracht, wie Sie selbst wissen, Sir James.«

»Das stimmt.«

»Und haben Sie nicht bewiesen, daß Sie auch Maßnahmen ergreifen können, ohne sich vorher rückzuversichern oder sich abzusprechen? Wir haben es gesehen, als diese Werwölfe den Zug überfielen.«

»Damals war Eile geboten, Mr. Kirgin.«

»Aber heute auch.«

»Sind Sie da sicher?«

»Sonst hätte ich Sie nicht hergebeten, Sir James. Wenn wir mit einem Problem allein fertigwerden, versuchen wir es. Aber hier haben wir uns die Zähne ausgebissen. Selbst ein Mann wie unser Freund aus Sibirien, von dem ich Ihnen berichtete, hat es nicht geschafft.«

»Ja, ich weiß.«

»Möchten Sie etwas trinken? Einen Wodka?«

Sir James verzog den Mund. »Hat Ihr großer Vorsitzender nicht gegen den Alkohol gewettert?«

»Aber nur im eigenen Land.«

»Ich trinke keinen Alkohol.«

»Dann warten wir eben.« In dem schlicht eingerichteten

Büro summte das Telefon. Kirgin, Chef der Handelsmission, hob den Hörer ab, sagte nichts und legte stumm wieder auf.

»Nachrichten?« fragte Sir James.

»John Sinclair ist im Haus.«

»Dann werde ich ihn ja bald sehen können.«

»Wir haben ihn in das Zimmer geschickt.«

»Zum Werwolf?«

»Ja.«

Sir James nickte. »Damit müßte er fertig werden.«

Kirgin lächelte etwas mokant. »Möchten Sie dabei zuschauen, Sir James?«

»Wenn es möglich ist.«

»Ja, Sie brauchen sich nicht einmal von Ihrem Platz zu erheben. Geben Sie acht.« Kirgin trat an einen schmalen Schrank, dessen Vorderseite durch ein Rollgitter verdeckt war. Es hatte an der oberen Leiste ein Schloß, in das der Russe einen flachen Schlüssel schob. Er drehte ihn einmal herum, das Gitter jagte dem Boden entgegen und schob sich dort zusammen. Was in dem Schrank eingebaut worden war, wirkte im ersten Augenblick wie eine Stereoanlage, nur paßte der Monitor nicht dazu. Unter ihm befand sich ein Board mit zahlreichen Knöpfen. Kirgin suchte einen bestimmten aus, während er die entsprechenden Erklärungen abgab. »Es ist so, Sir James. Wir wollten auf Nummer Sicher gehen und haben in allen Räumen unserer Gesellschaft Kameras installiert. Sie sind mit einem Restlichtverstärker ausgerüstet, so daß Sie auch bei relativ schlechten Sichtverhältnissen etwas erkennen können. Wie gesagt, Sie brauchen sich nicht einmal zu erheben, Sir.«

Er trat zur Seite, so daß Sir James freie Sicht auf den grauen Monitor hatte.

Zuerst sah er nicht mehr als ein kurzes Flimmern. Es rieselte über den Schirm, und wenige Sekunden später zeichnete sich ein Bild ab. Das Auge der Kamera tastete sich durch einen dunklen Raum. Das Fenster war verhängt worden, und direkt daneben zeichnete sich ein Schatten ab. Er war mindestens so groß wie ein Mensch, doch es war ein Werwolf. Ein breiter Kopf mit hohen Ohren und darunter, wie aus der Düsternis geschnitten, zwei sichelförmige Augen.

Raubtieraugen!

»Wissen Sie nun Bescheid?« fragte Kirgin leise.

»Ja. Ich habe Ihnen jedoch schon vorher geglaubt.«

»Wir sind unterwandert, Sir James. Die Werwölfe haben es auf uns abgesehen. Ich weiß nicht, aus welchem Grund dies alles geschieht und weshalb es gerade uns trifft, aber sie geben nicht auf.«

»Dahinter steckt ein verdammt kluger Kopf«, meinte Sir James.

»Denken Sie an diese …« Kirgin wagte kaum, den Namen auszusprechen. »An diese Lupina?«

»Das ist möglich.«

»Dann muß sie Helfer haben.«

»Sicher, und zwar unter Ihren Leuten, Mr. Kirgin.« Sir James hatte sich auf dem Sessel ein wenig vorgebeugt, um genauer sehen zu können, und er hörte auch die Worte des Russen.

»Wir haben diesen Michail Chirianow aus Sibirien kommen lassen, um diese Verschwörung aufzudecken. Einen Werwolf hat er bisher stellen können. Erst wollten wir ihn töten, dann fiel uns ein, wer hier in London es sich zur Aufgabe gemacht hat, Bestien wie diese zu jagen. Zudem wurde der Name John Sinclair bei den Unterlagen gefunden. So haben wir die Bestie eingesperrt.«

»Und Mr. Sinclair wird ihr einen Besuch abstatten?«

»So hatten wir es vor.«

Sir James lehnte sich wieder zurück. Er machte hier ein Spiel mit, das verdammt haarig war, aber er hatte sich abgesichert. Die Aktion war auf diplomatischen Kanälen abgesprochen worden.

Noch tat sich nichts. Kirgin wurde allmählich unruhig. »Ihr Mann scheint wohl Furcht zu haben …«

»Glauben Sie nur das nicht«, erwiderte Sir James und hatte kaum ausgesprochen, als er sah, daß sich etwas tat.

Die Tür bewegte sich.

Kirgin war einen Schritt zurückgetreten. Er schob seine Brille zurück, der Mund war verzerrt, dann nickte er langsam. »Jetzt werden wir gleich Bescheid wissen«, hauchte er.

Auch Sir James Powell war gespannt.

Der strenge Raubtiergeruch, dazu die kalten, sichelförmigen, gelben Augen, das alles paßte haargenau in das Bild, das man sich von einem Werwolf machte.

Ich war der Mensch, er die Bestie!

Sie war als Werwolf darauf programmiert, Menschen anzugreifen und zu töten. Besonders dann, wenn man sie in einem kleinen Raum wie diesem eingesperrt hielt.

Ich hatte meine erste Überraschung verdaut und war einen Schritt in das Zimmer hineingegangen. Die Tür hinter mir war nicht geschlossen. So fiel genügend Licht aus dem Flur herein, um etwas erkennen zu können.

Der Werwolf war wohl ebenso überrascht wie ich, denn er tat nichts, um mich anzugreifen. Er blieb einfach stehen, und ich hörte sein »Atmen«, das einem leisen Fauchen glich. Dann trat ich noch einen gleitenden Schritt nach vorn. Und in diesem Augenblick sprang die Bestie.

Da ich mich noch in der Bewegung befand und die Waffenmündung nicht mehr direkt auf den Körper zeigte, schoß ich nicht, sondern wuchtete mich zur Seite.

Ich prallte gegen eine Wand, neben mir kippte eine Latte um und dem Werwolf entgegen, der sich bereits gedreht hatte und auf mich zuhechtete. Genau in meine Kugel hinein.

Vor der Mündung war nur ein blasser Blitz entstanden, der augenblicklich wieder verschwand, aber ich hörte den Abschußknall und glaubte auch, das Klatschen zu vernehmen, als das geweihte Silbergeschoß in den massigen Körper hämmerte.

Im nächsten Augenblick riß ich die Arme als Deckung hoch, da die Bestie verdammt nahe an mich herangekommen war und die nach unten fallenden Pranken gegen mich hieb.

Die scharfen Killerkrallen fuhren über meinen Mantelstoff, rissen ihn auch ein, ansonsten geschah nichts, außer, daß die Bestie zu Boden krachte und Staub aufwirbelte.

Sie lag fast auf meinen Füßen. Ich stieg über sie hinweg, ging zum Fenster und zog den Vorhang zur Seite. Graues Tageslicht floß in den Raum. Unter mir befand sich die belebte Straße. Ich schaute bis zum Piccadilly und sah dort den nie abreißenden Kreisverkehr, gleichzeitig streifte ein Luftzug meinen Nacken.

Aus dem Stand kreiselte ich herum.

Ein Mann stand auf der Schwelle.

Aber was für einer! Größer als ich, auch breiter in den Schultern. Blondes Haar, zu einer Bürste geschnitten. Er trug einen weißen Raglan-Mantel, der vorn offenstand. Darunter einen dunklen Anzug mit Weste. Auf eine Krawatte hatte er verzichtet, dafür war der ebenfalls weiße Schal zweimal um den Hals geschlungen.

Bevor ich ihn ansprechen konnte, war er schon wieder verschwunden und knallte die Tür hinter sich zu. Er schob allerdings nicht den Riegel vor, ich hörte seine Schritte auf der Treppe verklingen.

War das der Kerl, der im Treppenhaus über das Geländer geschielt hatte?

Wahrscheinlich, und seine Reaktion hatte mich stutzig werden lassen. Hatte er vielleicht etwas mit dieser Bestie zu tun, die vor mir auf dem Rücken lag und starb?

Die Schnauze stand weit offen. Schaum quoll hervor und verteilte sich an der unteren Kiefernhälfte. Ich blieb dicht neben ihr stehen, die Beretta in der Rechten zeigte auf den Werwolf.

Er verwandelte sich.

Aus der Bestie wurde ein Mensch!

Die langen Fellhaare begannen zu zittern, als würde ein

Windstoß über sie hinweggleiten. Sie fielen ab, der gewaltige Kopf verkleinerte sich, die menschliche Haut trat hervor, die Nase bildete sich zurück, die Augen wurden ebenfalls normal.

Ein toter Mann, der nur eine grüne Hose trug, lag vor mir. Sein Gesicht hatte ich nie gesehen. Leichenblaß und starr waren die Züge, und auf der nackten Brust sah ich dicht neben dem Einschußloch einen handtellergroßen Blutfleck.

Ich hörte Schritte, wandte den Kopf zur Tür und richtete die Waffe dorthin. Einen Moment später wurde die Tür aufgestoßen. Ein mir unbekannter Mann erschien, musterte mich durch seine randlosen Brillengläser, blickte dann auf den vernichteten Werwolf, nickte und sagte mit einem Lächeln auf den Lippen: »Gratuliere, Mr. Sinclair.«

Der Aussprache nach war er Russe.

Ich wollte ihm eine Antwort geben, als mir eine zweite Stimme zuvorkam. »Nichts anderes habe ich von Ihnen erwartet, John.«

Die Stimme kannte ich gut. Sie gehörte meinem Chef, Sir James Powell. Also war der Auftrag doch kein Trick gewesen. Als er sich über die Türschwelle schob, wurde es ein wenig eng im Raum, und Sir James schlug vor, daß wir gingen.

Der Russe gab ihm recht. Erst jetzt erfuhr ich seinen Namen. Er hieß Kirgin und war der Leiter dieser Mission.

Ich steckte meine Waffe weg und lächelte schief. »Meinen Namen kennen Sie ja.«

»Darf ich Sie dann in mein Büro bitten?«

Ich hatte nichts dagegen. Viel schlauer war ich nicht geworden. Meine erste Aufgabe war erledigt. Ich hatte das Gefühl, eine Probe bestanden zu haben. Der Werwolf war gewissermaßen für mich reserviert worden. Doch weshalb?

Kirgin würde mir sicherlich Auskunft darüber geben können. Er ging vor Sir James und mir. Sein Gang war etwas schwerfällig, als hätte er auf seinen gedrungen wirkenden Beinen eine schwere Last zu tragen.

Sir James merkte natürlich, daß mir zahlreiche Fragen auf

den Lippen brannten, und kam mir zuvor. »Später, John, später«, bat er.

»Das hoffe ich auch.«

In Kirgins Büro sah ich den Monitor. Sein Bild zeigte den Toten. Mir war klar, daß man mich bei meiner Aktion beobachtet hatte.

Der Russe wies uns Plätze zu, bot etwas zu trinken an. Auch ich lehnte den Wodka ab, dafür nahm ich ein Mineralwasser. Mein Hals war tatsächlich trocken geworden.

Auf einen Stuhl setzte ich mich nieder und verschränkte die Arme vor der Brust. Auch Sir James war schweigsam, er wollte diesem Kirgin die Erklärungen überlassen.

Der Russe nickte mir zu. »Zunächst einmal möchte ich mich dafür entschuldigen, daß wir Sie mit dieser Bestie konfronriert haben, ohne Sie vorher zu informieren.«

Ich winkte ab. »Ich bin nicht nachtragend.«

Kirgin lächelte, bevor er nickte. »Dann können wir ja zum Kernpunkt kommen. Es geht um diese Werwölfe.«

»Das hatte ich mir gedacht.«

»Sie erinnern sich bestimmt an die Sache vor einigen Monaten, als unsere beiden Botschaften ...«

»Das Schiff und der Zug.«

»Genau.«

»Ich schätze, daß wir Wiederholungen befürchten müssen, Mr. Sinclair.«

»Schon möglich. Aber weshalb gerade Sie?«

»Darüber rätseln wir noch«, erklärte der Russe.

Sir James hatte noch etwas zu sagen. »Es begann eigentlich alles in Sibirien. Und zwar mit Michail Chirianow, einem Werwolf-Jäger.«

Ich zog ein so erstauntes Gesicht, daß Kirgin und Sir James schmunzelten, bekam aber wenig später eine Geschichte zu hören, die so fantastisch war, daß sie schon wieder stimmen konnte. Mich überraschte es, daß mein Name auf den gefundenen Papieren gestanden hatte.

»Haben Sie eine Erklärung, John?« fragte Sir James.

»Nein.«

»Auch nicht, wenn Sie mal an die Werwolf-Elite zurückdenken, die Sie zusammen mit Mark Baxter bekämpft haben?«

Da hatte er natürlich etwas angesprochen. Ich hob die Schultern. »Wir haben Lupinas Stützpunkt zerstören können. Die Werwölfe sind vernichtet worden ...«

»Wirklich alle?« fragte Kirgin.

»Soviel ich weiß!«

Der Russe schlug mit der flachen Hand auf seinen rechten Oberschenkel. »Das ist mir einfach zu wenig, Mr. Sinclair.«

»Kann ich verstehen. Sie gehen wahrscheinlich davon aus, daß noch einige der Bestien übriggeblieben sind und sich, auf welche Weise auch immer, vermehrt haben.«

»So ähnlich.«

»Was spricht für Ihre Theorie?«

»Die Existenz eines gewissen Michail Chirianow, der sich Werwolf-Jäger nennt. Er hat in Sibirien mehrere dieser Bestien durch seine Silberpfeile vernichtet, bevor er die Spur fand, die nach London führte. Und jetzt ist er hier. Wir haben ihn hergeholt.«

»Weshalb?«

»Er soll die Bestien jagen.«

»Und ich?«

»Ebenfalls.«

Ich lächelte. »Also eine britisch-russische Kooperation, wenn ich Sie recht verstanden habe?«

»Genau.«

Ich dachte nach, und vor meinem geistigen Auge erschien das Bild des Mannes im weißen Anzug. So genau wie möglich beschrieb ich den Mann und fragte Kirgin, ob das der Werwolf-Jäger gewesen sein könnte.

»Nein, auf keinen Fall.«

»Wer war es dann?«

»Einer unserer Mitarbeiter.«

»In welcher Funktion ist er hier?«

Kirgin lächelte. »Er ist praktisch der Verbindungsmann zwischen der Botschaft und uns.«

»Können Sie mir seinen Namen nennen?« Ich hatte das Gefühl, als wäre Kirgin das Thema unangenehm.

»Haben Sie ihn in Verdacht?«

Ich hob die Schultern. »Jeder ist für mich verdächtig.«

Er bekam große Augen. »Auch ich?«

»Natürlich.« Bevor er sich versah, holte ich mein Kreuz hervor und hielt es ihm entgegen. Er zuckte zurück, es war aber nur der Reflex der Überraschung, nicht die Angst vor dem Kreuz, denn er beugte sich wieder vor und schaute gebannt auf meinen Talisman. »Was ist das?«

»Ein guter Schutz«, sagte ich und steckte das Kreuz wieder ein. Dann erinnerte ich ihn daran, mir den Namen des Mannes im weißen Mantel zu sagen.

»Ja, Sie Quälgeist. Er heißt Puschkin.«

»Wie der Wodka«, bemerkte ich.

»Damit hat er nichts zu tun. Wie gesagt, er ist ein Bote. Ich gebe zu, daß er auffällt, aber nicht jeder Mensch kann dem anderen gleichen.«

»Da haben Sie recht, Mr. Kirgin. Und wie sieht es mit diesem Werwolf-Jäger aus, der extra nach London gekommen ist? Ich hätte ihn gern einmal persönlich kennengelernt.«

»Kann ich verstehen.« Kirgin nickte. »Allerdings würde ich gern selbst wissen, wo er steckt.«

»Nicht hier?«

Der Russe zog die Stirn kraus. »Dieser Chirianow ist ein Mensch, der seine Freiheit liebt. Dieses Haus gefiel ihm nicht. Er fühlte sich eingesperrt. Wahrscheinlich ist er unterwegs.«

Ich lächelte spärlich. »Hier in London?«

Sir James mischte sich ein. »Sagen Sie mal, wie ist eigentlich der Werwolf in das Zimmer gekommen?«

»Chirianow hat ihn entdeckt.«

»Und nicht getötet?« fragte ich.

»Nein, das wollten wir nicht. Wir brauchten für Sie, Mr. Sinclair, einen Beweis.«

»Wo hat er ihn aufgespürt?«

Kirgin seufzte anhaltend. »Das ist das Problem. Der Mann gehört zu unserer Besatzung oder Delegation. Ich weiß also nicht, ob er der einzige Werwolf hier gewesen ist. Chirianow jedenfalls ging nicht davon aus. Er hat mehrere in Verdacht.«

»Namen hat er nicht gesagt?«

»Nein.«

»Kennt er Puschkin?«

»Das weiß ich nicht. Er ist erst zwei Tage bei uns.«

»Warum gerade hier?«

Kirgin hob die Schultern. Er verzog bei seiner folgenden Antwort den Mund. »Das ging leider aus den in Sibirien gefundenen Unterlagen nicht hervor.«

»Dann sind sie verdammt brisant.«

»Das kann man sagen.«

»Darf ich sie sehen?«

»Nur ungern. Ich habe Ihnen eigentlich alles ...«

»Mr. Kirgin«, mischte sich Sir James ein. »Es ist wichtig für uns, wenn wir Ihnen helfen sollen, den Fall zu lösen. Wir spielen mit offenen Karten, tun Sie es auch.«

Der Russe seufzte wieder, beugte sich nach links und öffnete eine Schublade an der Seite seines Schreibtisches.

Wieder einmal ärgerte ich mich über das Mißtrauen der Russen. Sie wollten immer viel wissen, aber nur wenig preisgeben. So etwas ist keine gute Basis für eine Zusammenarbeit.

Kirgin hielt eine Mappe in der Hand. Er tat so, als wollte er sie uns geben. »Können Sie Russisch lesen?« erkundigte er sich mit harmlos klingender Stimme, verbarg aber sein Lächeln nicht.

»Nein!« sagte ich.

»Dann hat es wohl keinen Sinn.«

»Entschuldigen Sie!« mischte sich Sir James ein. »Sie haben mich noch nicht gefragt, Mr. Kirgin.«

Der Russe war überrascht. »Sagen Sie bloß, Sie ...?«

»Ich habe es einmal lernen müssen.«

Plötzlich wurde Kirgin der Kragen zu eng. Er hob die

Schultern. »Tut mir leid«, sagte er, »aber ich bin nicht befugt, Ihnen die Unterlagen zu übergeben.«

»Weshalb nicht?«

»Es ist eine geheime Dienstsache.«

»Wer kann darüber entscheiden, ob wir die Unterlagen lesen dürfen oder nicht?«

»Der Botschafter.«

Sir James deutete auf das Telefon. »Rufen Sie ihn an. Sie haben erlebt, daß es Werwölfe gibt. Wo einer ist, können auch noch mehrere von ihnen sein. Die Zeit drängt, es liegt eine latente Gefahr in der Luft. Ich möchte nicht, daß sie sich verdichtet.«

Kirgin griff zu seinen Zigaretten. Wir hatten ihn in eine Zwickmühle gebracht. Auf der einen Seite wünschte er unsere Hilfe, auf der anderen aber wollte er nichts preisgeben. Oder nur das, was sein Land nicht schlecht dastehen ließ.

Wir konnten auch nicht so schalten und walten. Bei Scotland Yard wäre es etwas anderes gewesen, hier mußten wir auf die Russen Rücksicht nehmen. Mißtrauen lag noch immer zwischen uns. »Ich habe Ihnen doch gesagt, was in Sibirien geschehen ist. Es hängt mit der damaligen Werwolf-Elite zusammen. Sie ist nicht vollständig zerschlagen worden. So leid es mir tut, aber ich muß zugeben, daß unser Land für Werwölfe ein idealer Nährboden ist. Sie verstehen ...«

»Das ist uns beiden klar«, erwiderte ich. »Dennoch müssen wir sie bekämpfen.«

»Natürlich.«

Auf dem Gang erklangen Stimmen. Sir James und ich drehten uns zur Tür hin. Beide hatten wir das Gefühl, dieser Lärm dort draußen würde etwas mit uns zu tun haben.

Und wir täuschten uns nicht.

Plötzlich flog die Tür zu Kirgins Büro auf. Ein Bär von Kerl stand auf der Schwelle, ein Mann, der überhaupt nicht in diese Umgebung hineinpaßte.

»Michail Chirianow!« ächzte Kirgin ...

Das also war er!

Ich hatte eine gespannte Haltung angenommen und starrte ihn erstaunt an. Im ersten Moment hatte ich das Gefühl, einen Schauspieler aus einem Western vor mir zu sehen, denn er sah aus, wie man sich einen Trapper vorstellte.

Ganz in Leder gekleidet, dessen Säume mit Fell abgesetzt waren. Auf dem Kopf saß eine Fellmütze. Er war mit einem Bogen bewaffnet und hatte über den Rücken einen Köcher geschnallt, aus dessen Öffnung glänzende Silberpfeile ragten. Ein dunkler Bart zierte sein Gesicht. In den ebenfalls dunklen Augen blitzte ein ungemein harter Wille, es allen zu zeigen. Dieser Mann machte auf mich einen verdammt entschlossenen Eindruck. Er war aus der Weite der Taiga nach London gekommen und paßte in seiner Kleidung in die Millionenstadt wie die berühmte Faust aufs Auge. Sein Gesicht wirkte hart und hölzern. Gleichzeitig etwas gedrungen. Es kam vielleicht auch durch die dicke Nase, die wie eine harte Knolle vorsprang.

Zudem war der Mann etwas lädiert. Er mußte gegen jemand gekämpft haben. Wahrscheinlich war es ein Werwolf gewesen, dessen Pranken hatten die Kleidung auf der rechten Brustseite eingerissen, waren bis auf die Haut gedrungen und hatten dort dunkle Streifen hinterlassen.

Kirgin war aufgesprungen. »Michail«, rief er, »wie sehen Sie denn aus?« Zum Glück sprach er Englisch.

Chirianow radebrechte in derselben Sprache, man konnte ihn einigermaßen verstehen.

»Ich habe die Wölfe gesehen.«

»Einen oder mehrere?«

»Vielleicht drei oder vier.« Er hob die Schultern. Als er ging, sah er müde aus. Auf dem Schreibtisch nahm er Platz, schaute Sir James an, dann mich und wußte sofort, daß wir nicht zur Delegation gehörten. »Wer ist das?« fragte er seinen Boß.

Kirgin stellte uns vor.

Der Mann nickte. »Ich habe bereits von euch gehört.«

»Das freut mich.«

»Du hast gegen die Werwolf-Elite gekämpft?«

»In der Tat.«

»Das ist gut und doch schlecht. Es müssen noch welche übriggeblieben sein oder überlebt haben. In Sibirien habe ich sie jagen können, und sie haben meine Frau getötet. Ich fand die Unterlagen, deshalb hat man mich nach London geschickt.«

»Es gibt also hier auch die Wölfe! Einen habe ich ja erledigen können.«

Michail nickte. »Ich hatte ihn gefangen und wollte ihn töten, aber man ließ mich nicht.«

»Und wie ging es dann weiter?« wollte ich wissen. »Ich sehe, daß es dich erwischt hat.«

»Ich mußte hier gegen ihn kämpfen.«

»Wer ist es?«

Da lachte Chirianow und drehte sich auf seinem Platz, damit er Kirgin ansprechen konnte. »Ich hatte es Ihnen gesagt, Genosse, aber Sie wollten mir nicht glauben.«

»Was?«

»Er ist es!«

Der Funktionär schüttelte den Kopf. »Wer ist er?«

Chirianow beugte sich vor. Mit der ihm eigenen Entschlossenheit griff er zu, packte den Mann und drehte dessen Kragen zusammen. »Ich hatte Puschkin verdächtigt. Er ging mir aus dem Weg. Und wenn er mich sah, dann ...«

»Der im weißen Mantel!« rief ich dazwischen.

»Ja.« Michaeil nickte. »Er ist der Anführer der Wölfe. Ich habe mich im Haus versteckt und wollte ihn beobachten. Ich verfolgte ihn auch und geriet in die Kellerräume. Da habe ich es dann gesehen.«

»Was?«

»Das Bild von ihr!«

Ich hatte nicht recht verstanden. »Welches Bild? Können Sie es näher beschreiben?«

»Sie hatte das Gesicht einer Frau mit blonden Haaren. Es war ein schönes Gesicht, dann sah ich den Körper ...«

»Lupina!« stieß ich hervor.

Chirianow schaute mich überrascht an. »War sie das wirklich?«

»Natürlich. Ich kenne sie sehr gut und auch lange genug. Ist ja direkt interessant, daß sie auf einmal wieder mitmischen will.« Ich lachte auf. »Okay, Michail, machen wir uns auf den Weg. Wir werden uns das Bild gemeinsam ansehen.«

Ich wollte mich erheben, doch er streckte seinen Arm aus und legte mir die Hand auf die Brust. »Nicht so schnell, verdammt. Lupina ist ja nicht allein.«

»Klar, Puschkin.«

»Und noch mehr.«

Ich verstand sofort. »Wie viele sind es?«

Michail konnte es nicht genau sagen. Er gab eine allgemeine Antwort. »Ich glaube, es sind mehr, als wir alle erwarten. Dieses verdammte Haus ist verseucht. Hier regieren die Wölfe!« Bei seinen Worten hatte er Kirgin scharf angeschaut, der natürlich etwas sagen mußte.

»Reden Sie doch keinen Unsinn! Hier ist nichts verseucht, gar nichts. Sie irren sich!«

»Habe ich mir die Wölfe eingebildet? Ich kämpfte gegen sie. Leider waren sie schneller und sind auch schlauer gewesen, seit sie gemerkt haben, daß ich mich in diesem Haus aufhalte.«

Kirgin sprang auf. »Es mögen einzelne sein, die sich verändert haben, aber nicht alle.«

»Das werden wir noch sehen!«

»Dann haben Sie auch mich in Verdacht, wie?«

Michail Chirianow war ehrlich, das gefiel mir an ihm. »Jeder hier ist verdächtig.«

Ich mußte mir ein Grinsen verkneifen. So etwas war Kirgin wohl lange nicht mehr unter die Weste gejubelt worden. Chirianow aber wandte sich zur Tür. Er wollte den Raum verlassen.

»Moment noch, ich gehe mit.«

»Ja, dich akzeptiere ich.«

»Danke.« Ich sah noch kurz auf Sir James, der mir beruhigend zunickte.

Auf dem Gang blieben wir stehen. Nicht weit entfernt lag das Geländer der Treppe. Ich trat dicht heran und blickte in den tiefen Treppenschacht. Der Flur unten war leer. Ob es sich bei den beiden Aufpassern dort auch um Werwölfe gehandelt hatte?

Michail kam zu mir. »Es wird schwer sein, sie zu stellen. Sie kennen sich hier aus, sie finden überall Unterschlupf. Sie sind einfach da und haben sich in Menschen verwandelt, obwohl sie tatsächlich Werwölfe sind. Das rieche ich, das ...«

Ich wollte konkretere Dinge wissen. »Wo kann sich dieser verdammte Puschkin verborgen halten? Im Keller?«

»Auch.«

»Wie meinst du das?«

Er sah mich aus seinen dunklen Augen an. »Hier ist alles möglich. Dieses Haus ist verseucht. Sie haben hier ihren Stützpunkt errichtet.« Er redete leiser und breitete die Arme aus. »Ich kenne den Grund dafür nicht, aber ich sage dir, mein Volk ist durch die Werwolfplage gestraft worden. Mit der Elite fing es an, und es wird weitergehen, solange jemand wie Lupina da ist.«

»Einc gutc Rede.«

»Die auch stimmt.«

»Okay, durchsuchen wir das Haus. Wie gehen wir vor? Du kennst dich hier am besten aus.«

»Ja, wir können alle ...« Er war zurückgetreten und hatte den Kopf in den Nacken gelegt.

Ich sah, wie er erstarrte. Aus seinem offenen Mund drang ein röchelnder Laut.

Auch ich blickte in die Höhe.

Dieses Haus hatte ein Glasdach, das war mir bei meinem Eintritt schon aufgefallen. Ich stand jetzt näher zum Dach hin als zum Boden, konnte dort besser die Gegebenheiten erkennen und sah die beiden Schatten, die sich auf dem Dach bewegten.

»Das sind sie«, sagte Chirianow, »das sind die Wölfe!«

Er konnte recht haben. Hundertprozentig genau war es bei dem schmutzigen Fenster nicht zu erkennen, ob es sich nun um Wölfe handelte oder Menschen.

Michail handelte. Er stand neben mir und bewegte sich geschmeidig. Ich brauchte nicht zu fragen, was er vorhatte. Durch die Drehbewegung rutschte der Bogen von seiner Schulter. Noch in der Bewegung griff er mit der anderen Hand über seinen Rücken hinweg und holte einen Pfeil aus dem Köcher. Er drückte das silberne Geschoß gegen die Sehne und zog sie zurück. Dabei ging er in die Knie.

Der Werwolf-Jäger wollte durch das Glas schießen und einen der Wölfe treffen.

»Das schaffst du nicht!« sagte ich. »Das Glas wird zu dick sein!«

»Laß mich!« Er hob den Bogen an, beugte den Oberkörper weit nach hinten. Dieser Mann war austrainiert bis ins letzte Glied.

Noch schoß er nicht.

Das gab mir die Gelegenheit, einen Blick in die Höhe zu werfen. Ich wollte die beiden Werwölfe sehen, die sich nicht bewegten, aber räumlich voneinander getrennt standen.

Natürlich hätte auch ich eine Kugel hochschießen können, doch ich wollte Chirianow den Vortritt lassen.

Und er schoß.

Ein blitzendes Etwas jagte in die Höhe und knallte voll gegen das Glas, ohne es allerdings zu zerstören. Dieser Knall schreckte die Werwölfe auf. Sie fühlten sich gestört. Der abgeprallte Pfeil sauste in den Treppenschacht.

Michail starrte mich an.

»Ich habe es dir doch gesagt!«

Seine Augen glänzten wie im Fieber, als er nickte. »Ja, aber jetzt, Sinclair, werden wir uns die Bestien holen. Bist du dabei?«

»Immer!«

Der Russe kannte sich besser aus, deshalb ließ ich ihm den Vortritt. Michail jagte mit gewaltigen Sätzen die Stufen hoch.

Ich hatte Mühe, mit ihm Schritt zu halten. Dieser Naturbursche aus Sibirien war ein regelrechtes Kraftbündel. Schnell hatten wir die ersten beiden Absätze hinter uns gelassen. Mit einer Hand hielt ich mich an dem breiten Geländer fest und schielte immer wieder gegen das Dach, auf dem sich nach wie vor die Schatten der beiden Werwölfe abmalten.

Sie schienen die sich nähernde Gefahr nicht zu spüren.

Wir erreichten die obere Etage. Auch hier befanden sich Türen. Eine von ihnen stieß Michail mit einem Fußtritt auf. Vor uns lag kein Büro, sondern eine Art von Speicher, und über uns wurde es hell, denn dort befand sich das Dach aus dickem Glas.

An den Wänden standen Aktenschränke. Sie waren durch lange Rollos verschlossen.

Nichts davon interessierte uns, allein das Dach war wichtig, und es gab eine Leiter, die hochführte. Sie endete unter einem Einschnitt im Dach. Das Material bestand hier aus rechteckigen Glasbausteinen. Einige davon bildeten ein großes Quadrat, das sich mittels eines Hebels bewegen ließ. Michail deutete auf ihn.

Ich zog die lange Stange zu mir heran. Über uns wurde ein weiterer Hebel bewegt. Er sorgte dafür, daß dieses Viereck sich in der Mitte um die eigene Achse drehte und nach unten wegkippte.

Der Weg war frei.

Kalte Luft drang gegen uns, als wir die Leiter hochkletterten. Wieder übernahm der Werwolf-Jäger die Führung. Er konnte es kaum erwarten, sein Ziel zu erreichen.

Vor mir schwang er sich auf das Dach, lief zur Seite, schuf mir Platz, und ich streckte meinen Kopf ins Freie.

Augenblicklich biß der Wind in mein Gesicht. Die Haare wirbelten hoch, ich schaffte auch den Rest und blieb neben

Chirianow stehen, der eine geduckte Haltung angenommen und einen Pfeil auf die gespannte Sehne gelegt hatte.

Die Wölfe waren verschwunden!

»Wo sind sie?« fragte ich.

Ich sah mich um. Nicht alle Häuser hatten die gleiche Höhe. Dementsprechend höher oder niedriger verliefen die Dächer. Das auf der rechten Seite lag unter uns, das an der linken über dem, auf dem wir standen. Zur Straße hin grenzte ein Gitter den Rand ab, zur Rückseite hin ebenfalls.

Chirianow war an das Gitter herangetreten, blickte in die Tiefe und beugte sich dabei weit vor, um an der Hauswand entlangschauen zu können.

Er sah nichts.

Ebensowenig wie ich, denn ich hatte mir die Straßenseite vorgenommen. Die Fassade war nicht glatt. Sie bot einem Werwolf genügend Kanten und Vorsprünge, um an ihr in die Tiefe klettern zu können.

Zur gleichen Zeit drehten wir uns um. Ein jeder von uns hob die Schultern. Ich las im Gesicht des Russen die Enttäuschung. »Sie müssen sich woanders versteckt halten«, sagte er.

»Nur wo?«

Er deutete nach rechts und links.

Ich war einverstanden und ging zu dem Haus, dessen Dach tiefer lag als das unsere.

Wir schauten auf eine graue Ebene, aus der zahlreiche Kamine hervorwuchsen. Deckung genug gab es. Die viereckigen Speicherfenster wirkten wie blasse Augen.

Der Wind stand so ungünstig, daß uns der aus einigen Kaminen steigende Qualm entgegengeweht wurde.

Chirianow sah mich an. Er hatte sein Gesicht verzogen und sah so aus, als wollte er jeden Augenblick mit dem Fuß auf das Dach treten und seiner Wut so freien Lauf lassen.

»Sie müssen noch hier sein!« sagte ich.

Der Russe blickte in die Tiefe und sagte: »Das schaffen wir. Wir springen.«

»Sicher.«

Ich sprang als erster, kam auch gut auf und blieb stehen. Neben mir schlich Michail auf einen Kamin zu. Er hielt den Bogen weiterhin gespannt und zeigte keine Ermüdungserscheinungen. Ein Beweis dafür, welch eine Kraft in ihm steckte.

Wir trennten uns. Er nahm sich die rechte, ich mir die linke Seite des Dachs vor.

Die Fenster waren nicht zersplittert, auch nicht geöffnet worden. Die Bestien mußten einfach hier stecken.

Neben einer Antenne blieb ich stehen. Über mir lag der graue Winterhimmel. Zwei Vögel flogen nicht weit entfernt an mir vorbei. Ich hörte ihr wütendes Geschrei. Sie fühlten sich wahrscheinlich gestört. Chirianow war bis an den Dachrand getreten. Diese Seite führte in einen Hof. Wieder beugte er sich nach vorn, als sich in seiner Nähe plötzlich ein Schatten löste.

Der Werwolf hatte hinter einem breiten Kamin gelauert und schlich auf den Russen zu, der nichts bemerkte.

Ich zog meine Beretta, legte an, um den Werwolf mit einer Silberkugel zu töten.

Im nächsten Augenblick erwischte mich die Pranke. Sie hieb gegen mein rechtes Handgelenk. Der Schlag war so hart, daß es mir nicht mehr gelang, die Beretta zu halten. Sie fiel auf den Boden, ich schrie unwillkürlich auf, und den Schrei hörte der Russe.

Das war genau der Moment, als sich der Werwolf vorwarf und gegen ihn prallte …

Plötzlich war es eng geworden!

Michail Chirianow kam nicht mehr dazu, die Sehne loszulassen, die Pranke der Bestie war schneller. Sie hämmerte gegen den Bogen, schleuderte ihn zur Seite, der Pfeil löste sich zwar noch, er jagte aber mit der Spitze gegen den Boden und rutschte dann weg.

Der Werwolf wollte zubeißen.

Chirianow roch den beißenden Gestank, der aus dem Maul der Bestie drang und als Wolke gegen sein Gesicht fuhr. Sehr dicht war das harte Gebiß vor ihm zu sehen. Die Augen leuchteten kalt wie das Polarlicht am Winterhimmel, in ihnen stand der Wille zu töten.

Und zwar auf zweierlei Art und Weise. Zuerst drückte die Bestie den Körper des Russen zurück, denn sie wollte den Mann über die Kante kippen. Und sie konnte auch noch zubeißen, ihm eine schreckliche Wunde reißen, so daß das magische Gift des Werwolfs durch seine Adern floß und ihn ebenfalls in eine Bestie verwandelte.

Für Michail begann der Kampf ums Überleben, und es sah nicht gut für den Mann aus Sibirien aus.

Der Werwolf besaß die Kräfte der Hölle. Mit denen eines Menschen kaum zu vergleichen. Wenn er sich etwas vorgenommen hatte, räumte er jedes Hindernis aus dem Weg.

Michail gelang es noch, ein Bein in die Höhe zu drücken. Das angewinkelte Knie stieß er tief in den Pelz der Bestie, konnte deshalb nur mit einem Bein den Stand halten und wurde noch weiter gegen die Kante der Brüstung gedrückt.

Es sah schlecht für ihn aus. Diese Bestie hatte ihn in eine aussichtslose Lage gebracht. Wenn er den Kopf zur Seite drehte, konnte er in die Tiefe schauen, und dieser Blick an der Fassade entlang jagte ihm Schauer über den Rücken.

Chirianow kämpfte verbissen. Noch hatte der Werwolf sein Gebiß nicht in die Kehle des Mannes geschlagen. Durch den Druck seiner Arme hielt der Russe ihn auf Distanz, doch wenn er in die Augen des anderen schaute, glaubte er, darin die Irrlichter der Hölle zu erkennen. Es war furchtbar, und er dachte wieder an seine Frau Panja, die ebenfalls diesen Blick hatte ertragen müssen.

Das gab ihm Kraft.

Er wollte nicht so enden wie Panja, denn dann hatten ja die Bestien ihr Ziel erreicht.

Und so stemmte er sich gegen das Untier.

Er hielt die Distanz, hörte noch ein Brüllen, das nicht sein Werwolf ausgestoßen hatte, sondern der zweite, der mit John Sinclair im Clinch liegen mußte.

Wie lange würde er noch am Leben bleiben? Wann erlahmten seine Kräfte?

Der Mann aus Rußland kannte sich selbst gut genug, um zu wissen, daß seine Chancen mehr als schlecht standen. Er hatte sich zwar des öfteren geschlagen. Bei den rauhen Männern am Fluß kam das häufig vor, aber mit Werwölfen konnte man das nicht vergleichen.

Michail spürte in seinem Rücken den Druck. Er lag auf dem Geländer der Brüstung. Noch konnte er sich halten, aber Millimeter für Millimeter wurde sein Körper nach hinten gebogen.

Was half ihm noch?

Durch seinen Kopf schossen zahlreiche Möglichkeiten. Treten konnte er nicht mehr, sein Gleichgewicht wäre dann völlig dahin gewesen. Noch war der Kippunkt nicht erreicht, und so setzte er bei seiner nächsten Aktion alles auf eine Karte, wohl wissend, daß er auch alles verkehrt machen konnte.

Er sackte zusammen.

Damit hatte der Werwolf nicht gerechnet. Als Michail plötzlich in seinem Griff schlaff wurde, rutschten seine Pranken ab, stießen gegen das Gitter, und bevor er nachfassen konnte, war der Russe schon zu Boden gerutscht und frei.

Er stieß den Kopf vor.

Die Pelzmütze hatte er verloren, und so stieß er seine Schädelplatte in den Leib der Bestie.

Schmerzen verspürte der Werwolf nicht, nur der plötzliche Druck trieb ihn zurück. Er schüttelte den Kopf, ließ wieder ein wütendes Gurgeln hören, und der Russe schnellte in die Höhe. Er legte dabei beide Hände zusammen, holte weit aus, drehte sich und schlug zu.

Ein Hammerschlag traf den Nacken des Werwolfs. Ein

Mensch wäre fertig gewesen. Möglicherweise wäre ihm sogar das Genick gebrochen worden.

Zwar taumelte die Bestie zur Seite, aber sie schüttelte nur wild den fellbesetzten Kopf und richtete sich auf einen neuen Angriff ein.

Waffenlos konnte Michail ihn nicht überstehen. Zeit, den Bogen zu nehmen und einen Pfeil auf die Sehne zu legen, blieb ihm ebenfalls nicht. So griff er zu einer Notlösung.

Nicht weit entfernt lag der Pfeil, mit dem er den Werwolf hatte töten wollen. Er brauchte nur die Hand auszustrecken. Ein schneller Griff, und er hielt ihn fest.

Der Werwolf griff an.

Der Russe ebenfalls.

Er schnellte in die Höhe, und die beiden so unterschiedlichen Gegner warfen sich im nächsten Moment entgegen. Beide wollten dem anderen keine Chance lassen.

Dann krachten sie zusammen.

Michail Chirianow war bewußt das volle Risiko eingegangen. Er spürte das feuchte Fell, wühlte sich förmlich hinein, aber nicht nur das. Der lange Silberpfeil drang in den Körper, als bestünde dieser aus weichem Fett.

Der Russe schrie. Er war wie rasend und gleichzeitig völlig fertig. Nur ein Gedanke beherrschte ihn: Du mußt die Bestie vernichten!

Eigentlich war es schon lächerlich, daß die Bestie ihre Pranken auf seine Schulter gelegt hatte. Aber sie schaffte es nach dem Treffer nicht mehr, mit ihren Krallen die Kleidung und auch die Haut einzureißen. Das geweihte Geschoß steckte zu tief in ihrem Körper, und es entfaltete seine volle Wirkung.

Der Werwolf zuckte, als würde er harte Schläge einstecken, und er schaffte es nicht mehr, sich an Michail abzustützen.

»Verrecke!« keuchte der Russe. Mit einem harten und wütenden Stoß katapultierte er die Bestie zurück, die bereits eine so große Schwäche zeigte, daß sie sich nicht mehr auf den Beinen halten konnte und über die eigenen Füße stolperte.

Schwer fiel sie auf den Rücken!

Chirianow starrte in die brechenden Killeraugen und stieß seine rechte Faust klatschend gegen seine linke Handfläche.

Ein Zeichen des Sieges!

Dieses Gefühl war allzu menschlich. Er hatte sich in der letzten Minute in einer tödlichen Gefahr befunden, er war ihr nun entronnen und mußte sich abreagieren.

Bis er plötzlich an John Sinclair dachte.

Über den allmählich vergehenden Werwolf glitt sein Blick hinweg. Er suchte den Geisterjäger und sah ihn nicht mehr auf dem Dach.

Dafür hörte er von der linken Seite her einen gellenden Schrei!

Der Treffer war verdammt hart gewesen. Ich hatte dabei das Gefühl gehabt, mein Handgelenk wäre mir abgerissen worden, doch auf Schmerzen zu achten war jetzt nicht der richtige Zeitpunkt. Der Werwolf befand sich zu nahe bei mir. Ich war waffenlos und mußte einfach schneller sein als er. Deshalb drückte ich mich sofort zur Seite, kaum daß die Beretta den Boden berührt hatte.

Ich prallte noch mit dem Rücken gegen eine Kaminkante, warf mich herum und hörte das dumpf klingende Geheul meines Gegners.

Einen Moment lang hatte ich Ruhe, warf rasch einen Blick zu meinem Mitstreiter hinüber und sah ihn in einer lebensgefährlichen Lage.

Nur konnte ich ihm nicht helfen, denn die Bestie griff mich an. Sie war verdammt flink. Ihr Körper wirkte unförmig, aber das täuschte.

Ich tauchte zur Seite, drehte mich, sprang über ein Fenster, und der Werwolf trat auf die Scheibe.

Sie zerbrach.

Plötzlich steckte er mit dem Fuß fest. Dabei drückte sein Gewicht nach, und er rutschte in die Tiefe. Mit dem linken

Bein war er in das Fenster hineingestoßen, mit dem rechten Fuß stützte er sich auf dem Dach ab, aber die Haltung war so steif, daß er es kaum schaffte, sich zu befreien. Jedenfalls hatte er seine Mühe. Auf keinen Fall durfte er in das Haus, wo sich bestimmt zahlreiche Menschen aufhielten, die er als Geiseln nehmen konnte.

Meine Beretta lag zu weit weg, aber ich hatte den Dolch, und ihn wollte ich wieder einsetzen.

Mit einer sicheren Bewegung zog ich ihn aus der Scheide, holte weit aus und merkte dabei, wie sehr mein Gelenk noch schmerzte. Daran dachte ich nicht, als ich die Waffe schleuderte und voller Wut einen wilden Schrei ausstieß.

Der silberne Blitz raste auf den Werwolf zu und hieb mit einem dumpfen Geräusch in und durch das Fell in seinen Körper, wo er steckenblieb.

Die Bestie warf ihren Kopf zurück. Beide Kiefernhälften riß sie auf. Das klagende Heulen stand wie das lange Echo eines Glockenschlags in der Luft, hallte über die Dächer der Häuser und verlor sich irgendwo in den Straßenschluchten.

Sie breitete die Arme aus. Die Klauen krallten sich an die Ränder des Fensters.

Und in dieser Schwebehaltung blieb sie.

Dabei begann die Verwandlung. Das Fell fiel ab, und der Wind trieb es als Staub davon.

Ich stand vor ihr, massierte mein Handgelenk, bückte mich dann und zog den Dolch hervor. Die Klinge reinigte ich am Fell der Bestie.

Etwas unsichere Schritte klangen an meine Ohren. Der Russe trat auf mich zu. Sein Mund war zu einem verbissenen Grinsen verzogen, als er mir zunickte.

»Geschafft!«

»Freu dich.«

»Ja, es wäre fast danebengegangen. Ich hatte verdammt viel Glück.« Er blickte auf den zweiten Werwolf. »Den haben wir auch gekriegt. Jetzt müssen die anderen daran glauben.«

Ich legte die Stirn in Falten. »Weißt du eigentlich, wie viele noch unterwegs sind?«

»Nein.«

Ich deutete auf das menschliche Gesicht des festhängenden verwandelten Körpers. »Kennst du ihn?«

»Er war ein Mitglied der Delegation.«

Ich hielt mein Gesicht gegen den kühlen Wind, der den Schweiß trocknete. »Mir ist ein phantastischer Gedanke gekommen. Wäre es möglich, daß sich vielleicht die gesamte Belegschaft des Konsulats aus Werwölfen zusammensetzt?«

Der Russe blickte mich sehr ernst und mit hochgezogenen Augenbrauen an. »So abwegig ist der Gedanke nicht …«

Ich sah auf meine Fußspitzen. »Du meinst, daß der Keim in der Delegation steckt?«

»So sehe ich es.«

Ich schüttelte den Kopf. »Aber nicht Kirgin. Ich habe ihn geprüft. Er ist clean.«

»Du bist sicher?«

»Ja, er zeigte keine Furcht vor meinem Kreuz.« Ich bückte mich und versuchte, den Toten aus der Fensteröffnung zu ziehen. Erst als mir Michail dabei half, schafften wir es. Wir legten ihn aufs Dach. Ein nackter Mensch mit bleicher Haut lag vor uns. Über meinen Rücken lief ein Frösteln.

»Was bleibt uns noch?« fragte mein Mitstreiter.

»Der Keller. Hast du nicht von ihm berichtet?«

»Ja, ich sah dort das Abbild dieser Lupina.« Er wechselte das Thema. »Hat sie nicht versucht, die Werwolf-Elite zu gründen?«

»Das stimmt.«

»Aber du hast sie nicht erwischt?«

»Nein, und sie entkam mir auch nicht nur einmal, sondern gleich mehrere Male. Lupina ist stark und mächtig. Sie nennt sich nicht umsonst die Königin der Wölfe.«

»Und wo lebt sie?« Der Russe schaute mich fordernd an. »Sie muß doch irgendwo eine Heimat haben.«

Ich nickte. »Das ist auch der Fall. Lupina ist von Fenris, dem

Götterwolf, in eine andere Dimension geholt worden. Wenn sie sich zeigt, dann nur als Projektion aus dieser anderen Welt. Verstehst du das?«

»Nein.«

»Ich auch nicht so recht. Ich muß es als gegeben hinnehmen. Dir bleibt ebenfalls nichts anderes übrig.«

»Wahrscheinlich ...« Er drehte sich um, blieb neben dem von ihm vernichteten Werwolf stehen, schaute auf den braunhaarigen Mann und sagte: »Ich soll dir noch einen Gruß bestellen. Wladimir Golenkow hat ihn mir aufgetragen.«

»Das finde ich nett.«

»Ihr kennt euch, nicht?«

»Ja.«

»Wie ist er?«

Ich hob die Schultern. »Zwar haben wir relativ wenig miteinander zu tun gehabt, aber ich möchte ihn als einen Freund bezeichnen. Auf Wladimir kann man sich verlassen.«

»So habe ich ihn später auch eingeschätzt, obwohl er ein Mann vom KGB ist.«

»Jeder tut seinen Job.«

»Wir werden den anderen Bescheid geben müssen, daß sie die Leute hier vom Dach holen.« Chirianow sagte dies mit belegter Stimme. Auch ihn hatte der Kampf innerlich mitgenommen. »Meine Frau haben sie getötet. Sie konnte sich nicht so wehren wie ich. Verdammt, ich hätte nicht so lange wegfahren sollen. Es hat sich unter diesen Bestien herumgesprochen, daß ich sie jagen will, und sie haben mich dort getroffen, wo ich am empfindlichsten bin.«

»Und jetzt willst du sie jagen?«

»Das habe ich mir zur Lebensaufgabe gemacht.« Er ballte die rechte Hand. »Ich möchte mein Land von dieser verfluchten Brut befreien, verstehst du? Es soll nicht noch mehr Opfer geben wie Panja.«

Ich legte ihm die Hand auf die Schulter. »Das begreife ich alles. Zuvor aber müssen wir hier unsere Arbeit erledigen und dieses Nest ausräuchern.«

Der Russe griff nach seinem Bogen. »Was glaubst du, Sinclair, wie sehr ich mich darauf freue ...«

Bevor wir in den Keller des Hauses gingen, hatte ich noch mit Sir James gesprochen und ihm erklärt, was geschehen war. Kirgin hatte ebenfalls zugehört. Er war völlig aus dem Häuschen gewesen. Ich bat ihn, die Toten erst dann vom Dach fortzuschaffen, wenn er auch sicher war, daß er seinen Leuten vertrauen konnte.

»Wer weiß das schon?«

»Das ist Ihre Sache.«

Danach schritten wir durch das Treppenhaus in den Keller. Mir fiel die Ruhe auf. Ich kannte andere Büroetagen, die auch in alten Bauten untergebracht waren. Dort ging es wesentlich hektischer zu als hier. Keiner der Beschäftigten ließ sich blicken, die Türen waren offenbar verriegelt und verrammelt.

Darüber sprach ich mit Chirianow. Der zuckte mit den Schultern. »Russen und Engländer sind eben verschieden. Wir sind ruhiger ...«

»Dabei hatte ich immer gedacht, Russen hätten Temperament.«

»Stimmt auch. Die im Süden, aber bei uns in Sibirien reagiert und handelt man eben anders. Kühler. Außerdem darfst du das System nicht vergessen. Wird etwas angeordnet, so richten sich die Menschen danach, obwohl sie immer wieder Mittel und Wege finden, der kommunistischen Obrigkeit ein Schnippchen zu schlagen.«

Auf der ersten Etage wurde eine Tür geöffnet. Auf der Schwelle stand eine grauhaarige Frau, die uns durch die Gläser ihrer Brille scharf musterte, die Tür hastig zuzog und sich grußlos an uns vorbeidrückte.

»Kennst du sie?« fragte ich.

»Nicht persönlich. Sie arbeitet als Sekretärin und ist linientreu.«

»Und Puschkin?«

Der Russe hob die Schultern. »Über ihn weiß man am wenigsten. Wirklich, John. Der ist in dieser Gleichung das große Fragezeichen oder das große X. Er hat einen außergewöhnlichen Posten.«

»Er ist Bote.«

Chirianow grinste. »Das stimmt, er ist Bote. Aber keiner, wie du ihn vielleicht kennst.«

»Wie meinst du das?«

Wir waren im Erdgeschoß stehengeblieben. Über uns stach der Treppenschacht in die Höhe. Chirianow ging ein paar Schritte zur Seite und hielt die Hände auf dem Rücken verschränkt. »Ich halte diesen Mann für sehr gefährlich. Er ist kein Bote im üblichen Sinne, man kann ihn als eine Vertrauensperson mit hohem Rang bezeichnen, denn Puschkin hat zur Botschaft und auch zu diesem Haus jederzeit freien Zutritt. Er braucht keine Kontrollen zu durchlaufen.«

»Ist er Diplomat?«

»Weiß ich nicht. Aber sein Status ähnelt dem eines Diplomaten. So sagt man doch – oder?«

»Ja.«

»Ich nehme an«, Michail drehte sich wieder um, »daß er für den KGB arbeitet.«

»Wer tut das bei euch nicht?«

»Ich!«

Seine Antwort klang scharf. Wahrscheinlich hatte ich ihn getroffen und winkte sofort wieder ab. »Schon gut, ich habe es nicht persönlich gemeint, Michail.«

»Verstehe. Wir wollen zum Keller.« Er war plötzlich ziemlich einsilbig geworden und führte mich quer durch den Flur. Wir mußten an der Treppe vorbei, dann erst sah ich die Tür, die zum Keller führte. Verschlossen war sie nicht.

Der Russe schaltete das Licht ein. Es wurde hell. Wir sahen vor uns eine breite Holztreppe mit einem ebenfalls hölzernen Geländer. Das Material roch noch frisch. Die Treppe mußte erst vor kurzem angelegt worden sein.

Unsere Schritte klangen dumpf auf den Bretterstufen.

Hinter ihnen öffnete sich ein weiter Kellerraum, den man schon als Gewölbe bezeichnen konnte. Man hatte früher, als man die Häuser baute, auf diese geräumigen Keller großen Wert gelegt.

Ich senkte meine Stimme bei der letzten Frage. »Kennst du dich hier gut genug aus?«

Mein Begleiter hob nur die Hand. Das Zeichen kannte ich und schwieg zunächst.

»Hör mal ...«

Wir lauschten beide und vernahmen ein fernes Heulen. Es war kein lauter, dennoch ein schauerlicher Gesang, der durch die Kellerflure jammerte, als würden die Toten in irgendwelchen naheliegenden Gräbern unendliche Qualen erleiden.

»Das sind die Wölfe!« hauchte der Russe. »Ich kenne das. In den langen sibirischen Nächten habe ich so etwas oft genug gehört und sie leider nicht erwischen können. Sie waren immer zu weit weg. Jetzt schnappen wir sie uns, John.«

Der Keller war ziemlich geräumig gebaut. Er hatte eine hohe Decke, teilweise sogar halbrund und gewölbeartig angelegt, wobei sie an gewissen Schwachpunkten von steinernen Stützpfeilern gehalten werden mußte.

Es war für uns schwer, die Richtung zu bestimmen, aus der das Heulen kam. Die Weite des Kellers verzerrte die Laute. Die Echos trafen aufeinander, waren mal laut, dann leiser, aber die Geräusche begleiteten uns.

»Wo warst du denn, als du angegriffen wurdest?«

»Tiefer im Keller.«

»Dann gehen wir dahin.«

Er nickte. Ich hielt die Beretta in der Hand. In diesem Gewölbe gab es mir zu viele Verstecke, die durch die in den Ecken und an den Wänden lauernden Schatten produziert wurden.

Jeder Schatten konnte einen Gegner verbergen, der plötzlich hervorsprang, um uns zu überfallen.

Auf leisen Sohlen bewegten wir uns weiter. Gänge öffneten sich. Sie waren düster wie Schlünde. Wenn ich daran vorbeischritt, bekam ich eine leichte Gänsehaut.

Chirianow merkte etwas. »Du fühlst dich nicht wohl – oder?«

»Überhaupt nicht.«

»Das wird gleich anders, wenn du Lupina siehst. Diese tolle Werwolf-Frau.«

»Danke, ich kenne sie. Ich war schon mal in sie verliebt.«

»Wie?«

Ich winkte ab. »Laß mal, das ist eine andere Geschichte, an die ich nicht mehr erinnert werden möchte.«

Michail ging vor bis zur nächsten Einmündung und blieb an der dunklen Öffnung stehen. »Hier müssen wir rein.«

Ich legte meine Stirn in Falten. Zu sehen war nichts. Ein stockdunkler Tunnel, in dem kein Licht brannte. Als Warnung allerdings schallte uns dieses fürchterliche Geheul entgegen.

Ich fragte mich, wie es möglich war, daß niemand etwas davon bemerkt hatte. Gerade die Russen waren sehr misstrauisch. Ohne daß es jeder wußte, war in diesem Haus etwas verändert worden. Man hatte einen regelrechten Gruselkeller geschaffen.

Ich holte meine Lampe hervor. Sie war sehr klein, aber ungemein lichtstark durch die Halogenbirne.

Der Russe schaute auf meine Hand, gab aber keinen Kommentar. Er hatte also nichts dagegen, wenn ich in diesen Tunnel hineinleuchtete. Das Licht strahlte auf. Der weiße Lichtkegel zeigte am Ende des Ganges die Tür.

Sie stand offen, und ich schickte dem Russen einen fragenden Blick zu.

Er nickte. »Ja, da bin ich gewesen.«

»Und dort befindet sich Lupinas Bild?«

»So ist es.«

»Dann werde ich mir das Gemälde mal ansehen.« Noch während ich sprach, ging ich den ersten Schritt. Der Tunnel war nicht sauber gefegt worden. Unter meinen Sohlen zerknirschten kleine Steine.

Das Licht der Lampe verdichtete sich. Jeden Ziegelstein an der Mauer erkannte ich. Er wurde genau nachgezeichnet.

Das Heulen blieb.

Obwohl ich es schon länger vernahm, hatte ich mich daran nicht gewöhnen können. Es klang verbittert, triumphierend, abstoßend und lockend zugleich.

An der offenen Tür blieb ich stehen und warf noch einen Blick über meine Schulter.

Dicht hinter mir hatte Chirianow seinen Schritt gestoppt. Er hielt den Bogen in der Hand. Auf der gespannten Sehne lag ein Pfeil, dessen Spitze zu Boden zeigte, aber er würde ihn innerhalb einer halben Sekunde hochreißen und schießen können.

»Geh rein!« sagte er leise und rauh. »Ich werde dir den Rücken decken!«

Den Fuß hatte ich schon hinter die Tür geschoben.

Daß dort etwas lauerte, spürte ich sehr deutlich. Mein Herzschlag hatte sich beschleunigt, meine Haltung war steifer geworden, und ich leuchtete voll in den Kellerraum hinein.

Das Licht traf genau ins Ziel.

Aus der Finsternis riß es das Bildnis einer blondhaarigen Frau hervor. Es war tatsächlich eine alte Bekannte von mir.

Lupina, die Königin der Wölfe!

Innerhalb der nächsten Sekunden ergriff mich eine Sprachlosigkeit, für die ich auch eine Erklärung hatte. In den letzten Fällen, in denen ich mit ihr konfrontiert worden war, hatte ich sie stets als eine Projektion gesehen. Hier sah ich sie auf einem Gemälde, und sie wirkte dabei so echt und lebensnah, daß mich ein beklemmendes Gefühl beschlich und ich darüber nachdachte, ob sie überhaupt gemalt war oder sich nicht in ihrer echten Gestalt innerhalb der Wand zeigte.

Ich starrte in ihr menschliches Gesicht. Wäre nicht dieser

Wolfskörper gewesen, man hätte sie vom Aussehen her als eine schöne Frau bezeichnen können.

Ebenmäßige Züge, eine hohe Stirn, blondes Haar, das in zahlreichen Locken den schmalen Kopf umrahmte und die etwas helle Haut des Gesichts noch blasser erscheinen ließ. Es wirkte so zerbrechlich wie Glas. So eine Frau mußte man beschützen – wenn nicht dieser Körper gewesen wäre.

Da war das braune Fell, sehr dicht gewachsen, dennoch weder zäh noch struppig, sondern weich und seidig schimmernd. Hinter mir hörte ich das scharfe Atmen des Russen. »Ist sie das?« hauchte er.

»Ja.«

»Und wer heult?«

»Sie.« Den Mund hielt Lupina halboffen. Über ihre vollen Lippen drang dieses unheimliche Geräusch, das noch immer auf meinem Rücken eine Gänsehaut erzeugte.

»Soll das unsere Begrüßung sein?«

»Möglich.«

»Und was willst du jetzt tun?«

»Ich werde auf das Bild zugehen. Bleib du hier im Hintergrund, und decke mir den Rücken.«

»Mach ich, Gospodin, aber wenn sie mir nicht gefällt, jage ich ihr einen Silberpfeil durch den Schädel.« Er hatte sehr entschlossen gesprochen. Zu widersprechen hatte bei ihm keinen Sinn, und so blieb mir nur ein Nicken.

Ich spürte in meinem Nacken das Ziehen, als ich mich dem Gemälde näherte. Eine ungemein starke Spannung hielt mich erfaßt. Mein Blick war auf ihre Augen gerichtet, in denen ich das Gefühl des Erkennens aufblitzen sah.

Lebte sie doch?

Diese Begegnung nach langer Zeit war mehr als ungewöhnlich, aber ich ging ihr nicht aus dem Weg.

Etwa zwei Schritte vor dem Bild blieb ich stehen. Von der Tür her vernahm ich das scharfe Flüstern meines Begleiters. »Geh noch ein Stück zur Seite, John, nur ein kleines bißchen nach rechts, damit ich eine bessere Schußbahn habe.«

Ich tat ihm den Gefallen und hatte das Gefühl, als würden sich die Lippen der Werwölfin spöttisch verziehen.

Lange starrten wir uns an.

In ihrem Gesicht befand sich kein einziges Haar. Glatt und faltenlos war ihre ewig junge Haut.

Lupina und ich waren Feinde. Dennoch gab es seit der Zeit, als ich ebenfalls ein Werwolf gewesen war und mich in sie verliebt hatte, so etwas wie eine schwache gemeinsame Brücke. Ich hatte es gelernt, die Werwölfe zu verstehen. Ich wußte, daß sie uralt waren. Noch bevor es Menschen gab, hatten sie schon gelebt und speicherten ein uraltes Wissen. Dies wußte ich nicht zuletzt durch Morgana Layton, eine geheimnisvolle und schillernde Figur, die zwischen der unsrigen und der Welt der Werwölfe hin und her pendelte.

Von ihr hatte ich nichts mehr gehört und gesehen, seitdem Fenris, der Götterwolf, sie zu sich geholt hatte.

Und jetzt Lupina.

Nicht als Projektion, sondern als Bild, auf dem sie sich in all ihrer schönen und gleichzeitig faszinierenden Grausamkeit zeigte.

Ich sagte den ersten Satz. »Du kannst mich verstehen, Lupina?«

»Ja, ich höre dich, John.«

Ich lauschte ihrer Stimme. Obwohl sie sich zum Greifen nahe vor mir befand, hatte ich den Eindruck, als wäre sie meilenweit von mir entfernt.

Trennten uns Welten?

»Steck die Waffe weg!« sagte sie spöttisch zu mir. »Du weißt, daß ich gegen deine geweihten Kugeln immun bin.«

»Natürlich.« Ich ließ meine Beretta verschwinden und hörte hinter mir den scharfen Protest des Russen.

»Laß es, Michail.«

»Du mußt wissen, was du tust, John.«

Ich wandte mich wieder an Lupina. »Bist du jetzt zufrieden?« fragte ich sie.

»Das bin ich.«

»Gut, dann können wir reden.« Ich räusperte mich. »Es wundert mich, daß du nicht mehr als Projektion zu sehen bist. Hat man dir verziehen? Will Fenris deine Fehler nicht mehr sehen?«

»Es ist Zeit für die Wölfe.«

»Das weiß ich. Du hast es damals versucht, als wir das Grab Hectors fanden. Du wolltest es verhindern, hast es aber nicht geschafft, und ich habe erfahren müssen, daß auch die Templer deine Feinde sind. Sie sind mächtig, Lupina, denke daran. Sogar sehr mächtig. Ich an deiner Stelle ...«

»Du wirst mich nicht beeinflussen können. Nicht du, Sinclair, nein, ganz und gar nicht. Ich habe meine Aufgabe.«

»Welche?«

»Bevor die Menschen kamen, waren die Wölfe. Hast du das wirklich vergessen, Geisterjäger?«

»Fast.«

»Dann habe ich dich nun daran erinnert. Ich muß mich zu meinen Plänen bekennen.«

»Die im fernen Sibirien ihren Anfang nahmen und auch fortgeführt werden sollten ...«

Ihr Mund verzog sich zu einem Lächeln. Sogar der harte Wolfsblick der Augen hatte für einen Moment einen weichen Glanz. »Ja, John Sinclair, ja. Ich merke, daß du die Werwolf-Elite nicht vergessen hast. Sie war praktisch mein großer Anfang, als mein Sohn nicht mehr war. Du hast sie zerschlagen, das wissen wir beide. Aber du hast nicht alle töten können. Einige haben überlebt, und die Zeit ist auch nicht stehengeblieben. So erhielten sie Gelegenheit, sich auf die Suche zu begeben. Sie durchstreiften das Land und vermehrten sich ...«

»Indem sie Menschen anfielen ...«

»Ja, wie sonst?«

»Deshalb hasse ich dich, Lupina.«

Sie lachte mich hart aus. »Willst du die Geschichte hören, Geisterjäger?«

»Gern.«

»Also, sie durchstreiften das Land und kamen irgendwann an einen Punkt, wo sie anfingen zu überlegen. Es gefiel ihnen nicht, ohne System durch das Land zu irren. Man rottete sich zusammen, besprach sich und erinnerte sich wieder an die Werwolf-Elite, die ich hatte aufbauen wollen. Der Weg zu mir war nicht mehr weit.«

Ich hob den Arm. »Aber du warst gefangen.«

»In der Tat. Nur beobachtete ich ihre Aktivitäten. Ich konnte aus meiner Dimension verfolgen, was sie taten, und ich war nahe bei Fenris, dem Götterwolf. Mit ihm sprach ich lange darüber. Er war derjenige, der mir plötzlich zuhörte, und so schaffte ich es, ihn zu überreden, die Tore zu dieser Welt wieder zu öffnen. Ich will die Macht, das weißt du. Und ich habe dir bewiesen, wie hilflos manche Mächte sind, wenn sie mit nicht erklärbaren Dingen konfrontiert werden. Auch die Russen, vor allen Dingen sie, die ja Magie ablehnen. Sie waren so verwundbar. Fast hätte ich es schon als Projektion geschafft, wieder Fuß zu fassen, aber du bist auf dem Schiff der Werwölfe schneller gewesen.«

»Was hast du in der Zwischenzeit getan?«

»Mir einen neuen Diener gesucht.«

»Puschkin?«

»So heißt er.«

»Ist er selbst ein Werwolf?«

»Ja, er wollte es so. Tagsüber Mensch, in der Nacht wird er zur Bestie, und er reißt seine Opfer, wo er nur kann. In diesem Haus war bis vor einigen Wochen noch alles normal. Dann aber kam Puschkin. Er wurde von Moskau geschickt, wo die Leute nicht ahnten, welch eine Laus sie sich in den Pelz gesetzt hatten. Bald wird er alle geschafft haben. Dann bestehen die Mitglieder dieser Belegschaft nur noch aus meinen Dienern, den Werwölfen.«

»Das werde ich verhindern!«

»Du versuchst es, aber wir sind erstarkt. Dieses Haus wirst du nicht mehr verlassen. Es steht unter meiner Kontrolle, nein, unter unserer Kontrolle.«

»Wieso?«

»Niemand wird es verlassen. Du hast zwei meiner Diener getötet. Andere aber halten die Ausgänge besetzt. Keiner wird hinausgelangen. Zudem haben wir die technische Zentrale lahmgelegt. Es geht kein Telefongespräch mehr nach draußen. Verstehst du jetzt?«

»Klar!«

»Hast du noch eine Frage?«

»Es sind Papiere gefunden worden, bei einem deiner Diener im fernen Sibirien. Dort stand auch mein Name aufgeführt.«

»Ich habe jemand gefunden, der meine Pläne schriftlich niederlegte! Leider hat er sich nicht beherrschen können und wurde getötet. Die Pläne sind den Menschen in diesem Haus übrigens bekannt. Nur will man nicht an sie glauben, weil sie einfach zu unwahrscheinlich für Menschen sind. Aber sie werden sich wundern, das kann ich dir versprechen. Wenn sie aus ihrem Traum erwachen, sind sie längst zu meinen Dienern geworden. Soeben sind meine Freunde dabei, auch die letzte Stellung zu besetzen. Bisher war es in den Büros ruhig. So wird es auch bleiben. Nur hat sich die Stille dann verändert. Sie ist zu einer Totenstille geworden ...«

Auch Michail Chirianow hatte die Worte gehört. Er war dieser Unterredung mit einer innerlichen Spannung und auch mit Entsetzen gefolgt. Daß die Vorbereitungen der anderen Seite schon so weit gediehen waren, mußte ihn hart getroffen haben.

Er sprach nach unserem Dialog, und seine Worte klangen ächzend. »Das kann ich nicht glauben.«

Lupinas untere Gesichtshälfte verzog sich. Sie begann zu lachen, brach das Gelächter schnell ab und sagte: »Du kannst nachsehen, wenn du mir nicht glaubst.«

»Das werde ich auch!« versprach Chirianow mit finsterer Stimme. »Zum Henker, ich werde nachschauen, dann geht es dir schlecht, das kann ich dir flüstern, verfluchte Bestie!« Ich schielte zu ihm hin. Er stand wie unter Strom. Heftig nickte er und riß gleichzeitig den Bogen hoch. »Aber zuvor, verfluchte Wölfin, erledige ich dich!«

Ich wollte ihn daran hindern, aber er war nicht mehr zu halten. Die Sehne schnellte vor, als er sie losließ, der Pfeil wurde auf die Reise geschickt, und der Russe bewies mir, wie hervorragend er mit dieser Waffe umgehen konnte.

Er traf!

Der Pfeil hämmerte in das Bild hinein. Zwischen Lupinas Augen blieb er stecken.

»Das war's!« schrie Chirianow und stieß triumphierend seine Faust gegen die Decke …

Kirgin mußte einen Wodka trinken. Das tat er im Dienst äußerst selten, jetzt ging kein Weg daran vorbei. Was man ihm berichtet hatte, war unfaßbar. »Werwölfe!« stöhnte er. »Verdammt, das glaubt mir doch niemand!«

»Sie werden sich daran gewöhnen müssen«, erwiderte Sir James.

Der Russe kippte den scharfen Schnaps. Er nahm seine Brille ab und reinigte die Gläser. Dabei schüttelte er den Kopf. »Ich muß den Botschafter informieren. Was meinen Sie, was der Mann sagt, wenn er erfährt, daß die englische Polizei aus unserer Handelsniederlassung zwei Leichen abgeholt hat?«

Sir James nickte gelassen. »Das könnte in der Tat ein wenig unangenehm für Sie werden.«

Kirgin winkte ab. »Unangenehm ist gar kein Ausdruck. Es gäbe einen Riesenkrach. Wahrscheinlich würde ich nach Sibirien versetzt werden.« Er beugte sich vor und blickte Sir James starr an.

»Und wissen Sie, was am schlimmsten bei der Sache ist? Ich weiß nicht einmal, wer in diesem verdammten Haus noch normal reagiert und wer nicht. Das bringt mich fast um.«

»Informieren Sie den Botschafter.« Sir James deutete mit dem Zeigefinger auf das Telefon.

Kirgin schien überrascht zu sein, da er nicht sofort reagierte. Er blieb hocken und stützte sein Kinn auf die Handfläche.

»Wollen Sie nicht, Mister, oder soll ich meine Leute anrufen, damit sie die Leichen ...?«

Der Russe sprang auf und knallte seine Hand auf das Telefon. Er sprudelte einen Satz in seiner Heimatsprache hervor, dann verfiel er wieder ins Englische. »Egal, wie die Sache ausgeht, ich werde versetzt. Ich habe mir hier etwas geleistet, was nicht hätte sein dürfen. Ich hätte Sie nicht holen sollen. Es war eben nicht geheim genug, aber die Zentrale in Moskau ...« Er brach ab, weil ihm etwas aufgefallen war. Zwischendurch hatte er die Nummer der Botschaft gewählt, aber keine Verbindung bekommen. »Komisch«, murmelte er.

»Besetzt?«

Kirgin schüttelte den Kopf. »Nein, da ist etwas mit der Leitung, kein Freizeichen, Sir James. Die Leitung ist tot.«

Der Superintendent nahm den Hörer an sich, lauschte und nickte ein paarmal. »Sie haben recht.«

Kirgin stieß gegen das Telefon. »Das kann doch nicht sein. Wir sind in einer zivilisierten Welt und nicht irgendwo ...«

»Im tiefsten Sibirien, wie?« sagte Sir James nicht ohne einen leisen Spott in der Stimme.

»Unsinn. Dort funktioniert es. Es sind ...«

» ... unsere Freunde, Mr Kirgin. Sie wissen genau, was wir vorhaben, und sie waren entsprechend vorbereitet. Ich will nicht vorgreifen.« Sir James rückte seine Brille zurecht. »Aber wenn mich nicht alles täuscht, sitzen wir in einer Falle.«

Kirgin verengte die Augen. »Können Sie sich da nicht genauer ausdrücken?«

»Ja, gern. Man wird dieses Haus unter seine Kontrolle gebracht haben.«

Der Russe sprang auf. »Wer ist *man?*«

»Wissen Sie das wirklich nicht?«

»Nein, zum Henker.« Er setzte sich wieder. »Oder doch«, stöhnte er. »Oder doch – die ... die Werwölfe.«

»So ist es.«

Kirgin brauchte eine Weile, um sich zu fassen. »Und was tun wir jetzt, Sir James? Was, zum Teufel, sollen wir nun unternehmen, wenn wir, wie Sie annehmen, Gefangene im eigenen Haus sind?«

»Zunächst einmal nachschauen.«

»Wo?«

Sir James stand auf und schüttelte den Kopf. »Mensch, Kirgin«, sagte er ziemlich salopp. »Reißen Sie sich mal zusammen. Sie sind ein Mensch, der es gelernt hat, Verantwortung zu tragen. Sie müssen den Überblick behalten, Mr. Kirgin.«

»Ja, das sagen Sie, Sir. Sie haben tagtäglich mit diesen Phänomenen zu tun, aber ich nicht.«

»Trotzdem müssen Sie sich den Tatsachen stellen und ihnen ins Auge sehen. Ich werde jetzt zur Tür gehen und öffnen. Möglicherweise hat sich etwas getan.«

»Geben Sie acht, Sir.«

»Natürlich.« Auch der Superintendent war ein Mensch, der Gefühle hatte und Angst spüren konnte. Nur zeigte er dies nicht. Er riß sich zusammen, und es sah sehr energisch aus, wie er die Tür aufriß. Er schaute auf den Absatz der Treppe und auf den Rücken eines Mannes, der plötzlich herumfuhr.

Er war ein breitschultriger Kerl mit kalten, unmenschlichen Augen, in denen ein raubtierhaftes Leuchten lag.

Sekundenlang starrte er den Superintendenten nur an. Dabei verzog er seine strichdünnen Lippen zu einem diabolisch wirkenden Grinsen, und die dunklen Bartschatten auf seinem Gesicht machten die Bewegung mit.

Er brauchte nicht zu reden, gesagt worden war alles. In diesem Menschen steckte der Keim des Werwolfs.

Sir James atmete durch die Nase. So einfach wollte er nicht aufgeben und sich hängenlassen. Er blieb stehen, als der andere auf ihn zukam. »Was wollen Sie von mir?«

»Geh!« flüsterte der Russe. »Geh in den Raum. Bleib dort, und rühre dich nicht!«

»Ich denke gar nicht daran!«

Da schlug der andere zu. Es war ein gemeiner, hinterhältiger Hieb, der Sir James schwer zu schaffen machte, weil er ihn dicht unter der Gürtelschnalle erwischte und ihm die Luft aus den Lungen trieb. Der Superintendent taumelte zurück. Er wäre gefallen, hätte die Wand neben der Tür ihn nicht gestoppt.

Dort blieb er stehen, bückte sich, keuchte, und Speichel sprühte von seinen Lippen.

Der andere stand dicht vor ihm. Er hielt eine Faust hoch. »Geh rein«, forderte er.

Sir James konnte nur nicken. Das Sprechen gelang ihm nicht, weil der Magen und die Kehle einen Klumpen bildeten. Der andere legte seine Hand auf die Schulter des Mannes und drückte ihn herum, bis der Superintendent die offene Bürotür vor sich sah.

Dann erhielt er den Tritt. Man behandelte ihn wie ein Tier, und er flog über die Schwelle in das Büro hinein, wo Kirgin vor seinem Schreibtisch stand und dem taumelnden Superintendenten fassungslos und kalkbleich entgegensah.

Sir James fiel gegen ihn. Kirgin faßte zu, sonst wäre der Mann gefallen. Er schaute über den Körper hinweg auf die Tür, wo einer seiner Bediensteten stand. Der Kerl hielt noch immer die Faust geballt, sein kalter Blick streifte durch den Raum, und Kirgin wagte nicht, ihn anzusprechen.

»Bleib da!« sagte der Mann zum Abschied und knallte hart die Tür zu.

Sir James atmete schwer. Sein Gesicht zeigte einen gequälten Ausdruck. Die Brille war verrutscht. Mit einer müde wirkenden Geste schob er sie wieder hoch.

Endlich kam Bewegung in Kirgin. Er schob Sir James zu einem Stuhl.

»Geht es wieder?« fragte er.

Sir James stieß ein heiseres Lachen aus und drückte seine Hände gegen die getroffenene Stelle, atmete tief durch und nahm dankbar den Schluck Wasser entgegen, den der Russe ihm reichte.

Sir James leerte das Glas. Erst dann konnte er sprechen. Auch nur von heftigen Atemzügen unterbrochen. »Man hat uns erwischt, Mr. Kirgin. Voll erwischt. Die Kontrolle ist da.«

»Halten die Werwölfe das Haus besetzt?«

»So muß es sein.«

Kirgin bückte sich, um Sir James ins Gesicht sehen zu können. »Aber das war kein Werwolf, der Sie geschlagen hat.«

»Nein, noch nicht. Aber haben Sie sich mal seine Augen angesehen, Mr. Kirgin?«

Der Russe schüttelte den Kopf.

»Die besaßen keinen menschlichen Ausdruck mehr. So schaut nur ein Werwolf. Wahrscheinlich steht dieser Mensch auf der Schwelle zur Verwandlung. Finden Sie sich damit ab, das Haus gehört uns nicht mehr.«

»Was können wir dagegen unternehmen?«

Sir James krauste die Stirn und blickte seinen Leidensgenossen von unten her an. »Besitzen Sie eine Waffe, um Werwölfe vernichten zu können?«

»Nein.«

»Ich auch nicht.«

Der Russe streckte den Arm aus. »Wobei Sie eigentlich eine hätten haben müssen. Bei Ihrer Arbeit, die Sie ...«

Sir James fiel ihm ins Wort. »Ich bin nicht John Sinclair oder Michail Chirianow. Wobei ich gleichzeitig schon das Stichwort gesagt habe. Wenn sich die Lage noch ändern soll, dann nur durch die beiden. Ich glaube, wir sollten ihnen und uns die Daumen drücken.«

»Ja, das meine ich auch ...«

Der Pfeil wirkte wie ein Zeichen, als er in der Stirn der Werwölfin steckte. Er war nicht in die oder gegen die Wand gefahren, sondern hatte diesen Körper getroffen.

Michail schrie und lachte gleichzeitig. »Jetzt habe ich dich erwischt, verdammte ...«

»Wirklich?« Es war nicht meine Stimme, sondern die der Werwölfin, die Chirianow unterbrach.

Der Russe verstummte. Sein Gesicht zerfiel, die Haut zitterte, die Augen wurden starr und sahen zugleich müde aus. Einiges war bei ihm aus den Fugen geraten. Er bewegte sich nicht, stand aber so, daß er mich anschauen konnte.

Ich spürte die Kälte, die durch den Keller kroch und auch an uns nicht vorbeiging.

»Hat sie gesprochen?« flüsterte Michail.

»Ja.«

»Dann habe ich versagt?«

»Das hast du nicht«, erklärte ich schnell.

»Doch.« Seine Stimme klang rauh. »Aber ich werde dies ändern.« Bei seinen Worten hielt er den Blick starr auf das Bild der Werwölfin gerichtet. Auch als er sich bewegte, änderte er die Blickrichtung nicht. Er griff nur nach hinten über seine Schulter hinweg, um einen neuen Pfeil fassen zu können. Den legte er auf.

Ich griff ein. »Es hat keinen Sinn, Michail. Du vergeudest deine Munition …«

»Meinst du?« Er sprach so, als wäre er aus einem tiefen Traum erwacht.

Ich nickte.

»Was soll ich dann machen?« fragte er mich.

»Gehen.«

»Hier raus?«

»Ja, Michail. Du mußt verschwinden. Das hier ist nicht dein Platz. Geh nach oben, versuche diesen Puschkin zu finden, und stelle dich, wenn es geht, den Wölfen.«

»Aber ich …«

Ich drückte ihn zurück. »Geh, Michail. Mit Lupina werde ich allein fertig.«

Ich hatte ihn überzeugt. »Ja«, flüsterte er, »ich werde Jagd auf sie machen. Ich hole sie mir. Einen nach dem anderen, denn ich, Michail Chirianow, bin der Werwolf-Jäger.«

Da ich ihn loshaben wollte, gab ich keine Antwort. Der

Russe spürte zudem, daß ich allein sein wollte, drehte sich um und verschwand. Sein Gang war federnd. Es schien, als hätte ihm meine letzte kurze Rede wieder Mut gegeben.

Natürlich war es auf eine gewisse Art und Weise nicht fair, wenn ich ihn allein ließ, aber ich wollte mich um Lupina kümmern. Sie war der Kopf dieser dämonischen Verschwörung und hatte es wieder verstanden, auf die Erde zu gelangen.

Ich wartete so lange, bis ich den Russen nicht mehr sah, und wandte mich Lupina zu.

Nach wie vor steckte der Pfeil in ihrer Stirn. Bisher hatte ich nicht genau prüfen können, ob es sich bei ihrem Anblick tatsächlich um ein Gemälde handelte. Dämonen, die magische Kräfte besaßen, konnten zu zahlreichen Tricks und Finten greifen, um etwas zu erreichen oder den Menschen vorzuspielen.

Ohne meine Waffen zu zeigen, schritt ich den gleichen Weg wieder zurück. »Jetzt sind wir allein«, sagte ich ihr ins Gesicht.

»Das ist gut.«

»Wie kommt es, daß dir der Pfeil nichts getan hat?«

Lupina lachte mich an. »Habe ich nicht auch deinen geweihten Kugeln damals widerstanden?«

»Das stimmt.«

»Wir Werwölfe sind eben sehr stark. Stärker als ihr Menschen, nur wollt ihr es nicht glauben.«

»Du willst wieder die Macht?«

»Natürlich.«

»Und Morgana Layton? Ich habe lange Zeit nichts mehr von ihr gehört. Wo befindet sie sich? Lebt sie noch?«

Die Lippen verzogen sich zu einem Lächeln. »Sie leidet. Sie ist bestraft worden. Das menschliche Blut war plötzlich stärker als das des Wolfes. Und Fenris wird dafür sorgen, daß sich dieses Verhältnis wieder ändert. Dann kann sie mich unterstützen. Ich habe mehrere Anläufe genommen. Diesmal bin ich weiter.«

»Wie viele Werwölfe laufen in diesem Haus frei herum?«

»Es sind genug.«

»Alle Menschen, die hier ...«

»Ich weiß nicht, wie groß der Radius meines Dieners ist. Aber Puschkin wird dafür sorgen, daß weder dieser Russe noch du es schaffen, uns zu vernichten.«

Sie hatte sehr selbstsicher gesprochen und machte auch nicht den Eindruck, als wollte sie mich anfallen. Aber ich brauchte den Pfeil, außerdem mußte ich über eine bestimmte Sache Bescheid wissen, ging zu ihr, hob den Arm und umklammerte den Schaft.

Mit einem Ruck riß ich den Pfeil aus der Stirn hervor. Ich hatte das Bild genau beobachtet und entdeckte, daß es zitterte.

War das überhaupt die Wand?

Der Pfeil behinderte mich. Ich schleuderte ihn weg und faßte mit meiner freien Rechten gegen das Gemälde. Plötzlich durchfuhr mich ein Schreck. Ich zuckte wieder zurück und schaute mit staunenden Augen auf das, was ich in Bewegung gesetzt hatte.

Es war die Wand, die zur Seite schwang wie eine Tür. Genau dieser Teil, den Lupina mit ihrer Gestalt einnahm. Vor mir öffnete sich ein Ausschnitt.

Der Beginn eines Ganges!

Bevor ich ihn näher untersuchte, wollte ich mir die Vorderseite der Tür noch einmal ansehen. Irgendwie hatte ich das Gefühl, von Lupina reingelegt worden zu sein.

Mein Lächeln fiel bissig aus, als mein Blick auf die Tür fiel. Nichts war mehr von Lupina zu sehen. Ich starrte auf das völlig normale Mauerwerk. Sie hatte mich wieder geleimt, und ich fragte mich inzwischen, ob sie überhaupt wieder so zurückgekehrt war, wie sie es mir hatte weismachen wollen. Wahrscheinlich handelte es sich bei ihr doch um eine Projektion, nur diesmal um eine andere als die schattenhafte, die ich kannte.

Der Gang stellte die Verbindung zur Kanalisation her. Das

kannte ich aus anderen Londoner Häusern, die altersmäßig mit dem hier gleich waren.

Ein widerlicher Fäkaliengestank schwebte mir entgegen.

Der Keller lag zwar tief, aber nicht so tief wie die Kanalisation. Um sie zu erreichen, mußte ich über eine Treppe mit feucht glänzenden Stufen steigen.

Ein Geländer war nicht vorhanden, ich hätte auch keinen Grund gesehen, in diese stinkende Welt hinabzusteigen, wenn nicht Lupina erschienen wäre. Sie tauchte aus dem Hintergrund der düsteren Kanalisation auf, kam näher und blieb am Ende der Treppe stehen.

Ich hatte meine Lampe so gedreht, daß ihr starker Schein über die Stufen fiel und die Gestalt der Frau erfaßte. Das Licht legte sich wie ein Vorhang über sie. An manchen Stellen sah ihr Fell aus, als wäre es mit Silberpuder bestreut.

Sie lachte mir entgegen. »Willst du nicht kommen, John Sinclair? Ich erwarte dich ...« Ihre Stimme hatte in der Unterwelt einen hallenden Klang.

»Bist du echt?« fragte ich sie.

»Ich habe dir doch erklärt, daß die anderen Zeiten vorbei sind. Fenris hat mich freigelassen, John. Ich bin wieder in deiner Welt, ich trete in dein Leben, ob du es willst oder nicht.«

Es waren Worte, die mir nicht gefielen. Noch immer ging ich davon aus, daß sie mich irgendwie geleimt hatte, aber ich wollte auch nicht kneifen, deshalb nickte ich und setzte meinen rechten Fuß auf die erste der glatten Stufen ...

Der Werwolf-Jäger war unterwegs!

Was hinter ihm lag, hatte er längst vergessen. Ihn interessierte diese Lupina nicht, sollte sich Sinclair um sie kümmern. Seine Aufgabe war eine andere.

Ausmerzen mußte er die Bestien!

Der Keller lag hinter ihm. Wieder stand er im Flur. Die Pfeile hatte er nachgezählt.

Zehn waren es …

Würden sie reichen? Michail Chirianow machte sich darüber keine Gedanken. Er würde die Bestien auch mit den bloßen Händen attackieren, nur reinlegen lassen, wie es auf dem Dach geschehen war, wollte er sich nicht mehr. Da sollten sich die Wölfe geschnitten haben.

In seinem Rücken befand sich die Eingangstür. Er wollte nicht fliehen, als er die Klinke nach unten drückte, aber sein Verdacht hatte sich bestätigt.

Der Eingang war verschlossen.

Michail dachte daran, daß die Werwölfe jetzt die Kontrolle über das Haus an sich gerissen hatten. Und an ihrer Spitze mußte der Mann im weißen Mantel stehen, dieser Puschkin.

Wenn er ihn finden und vernichten konnte, war viel gewonnen. Michail hatte es gelernt, sich lautlos zu bewegen. Wenn er auf die Jagd ging, war das eine normale Forderung. Auch in diesem Haus setzte er seine Fähigkeiten ein, und so war kein Laut zu hören, als er bis zum Treppenschacht vorging, den Kopf in den Nacken legte und nach oben blickte.

Bis zum Dach kam ihm die Strecke fast unendlich vor. Er sah die sich nach oben windenden Handläufe des Treppengeländers, die allesamt leer waren. Niemand blickte über sie hinweg in die Tiefe, es bewegte sich auch keine Hand auf ihnen.

Das Haus war hoch, leer und ruhig. Das gefiel dem Mann nicht. Er hatte das Gefühl, in einer gigantischen Falle zu stecken. Es wurde nicht mehr gearbeitet, es öffneten sich keine Türen, niemand holte etwas oder brachte etwas weg. Kein Telefon klingelte, nicht einmal eine Stimme oder ein Lachen war zu hören.

Nur diese Ruhe vor dem Sturm.

Bevor sich der Werwolf-Jäger daran begab, die einzelnen Etagen abzusuchen, sah er noch einmal den Schacht hoch.

Da entdeckte er die Bewegung.

Er hatte sogar erkannt, daß die Person auf der vierten

Etage stand, also dort, wo Kirgins Büro lag. Er war es nicht, der hinabgeschaut hatte, auch nicht dieser Engländer.

Vielleicht ein Werwolf.

Es war einfach zu schnell für den Russen gegangen, aber das plötzliche Auftauchen des Gesichts hatte ihm bewiesen, daß die andere Seite nicht untätig war.

Michail huschte die Treppe hoch. Er hielt sich dabei dicht an der Wand. Mit den Fingern der Linken umklammerte er den geriffelten Bogengriff in der Mitte der Beugung. Einen Pfeil hatte er sich zwischen die Zähne geklemmt.

In der ersten Etage blieb er stehen, warf einen Blick auf die geschlossenen Türen und prüfte nach, ob sie auch verschlossen waren.

Sie waren es in der Tat.

Sehr vorsichtig hatte er die Klinke nach unten gedrückt. Eine Reaktion aus dem Innern des Büros erlebte Michail nicht. Auch die zweite Tür ließ sich nicht öffnen, aber man hatte etwas gesehen, denn er vernahm die fragende und schüchtern klingende Frauenstimme. »Wer ist da? Können Sie nicht öffnen?«

Der Werwolf-Jäger gab keine Antwort. Außerdem wollte er den Menschen keine unbegründeten Hoffnungen machen. Erfüllen konnte er sie sowieso nicht.

Deshalb zog er sich zurück und ging seinen eigenen Weg. Der führte ihn in die zweite Etage.

Hier erwartete ihn das gleiche: leere und verschlossene Türen. In der dritten ebenfalls, und allmählich wurde er ungeduldig. Wenn es keine andere Möglichkeit gab, wollte er irgendeine der Türen einrammen, und zwar in der vierten Etage, seinem ersten Etappenziel.

Noch zwei Absätze hatte er zurückzulegen, und Michail dachte wieder an das Gesicht, das er entdeckt hatte. Wahrscheinlich erwartete man ihn schon.

Er hatte seinen Kopf in den Nacken gelegt, um schräg in die Höhe zu schielen. Durch die Lücken zwischen den Geländerstäben konnte er seinen Gegner nicht sehen.

Als der letzte Treppenabsatz vor ihm lag, schnellte er plötzlich los und überwand ihn mit drei gewaltigen Sprüngen. Jetzt stand er dort, wo der andere gestanden haben mußte.

Von ihm sah er nichts.

Michail öffnete den Mund. Der Pfeil fiel in seine griffbereite Hand und wurde auf die Sehne gelegt, die er noch nicht spannte. Den Bogen in Anschlag, drehte er sich auf der Stelle, sah sich in der unmittelbaren Umgebung um und vernahm auch leise Stimmen. Sie drangen aus dem Büro des Delegationschefs Kirgin.

War dort auch abgeschlossen?

Bevor Michail dies nachprüfen konnte, wurde die andere Tür geöffnet. Sie lag hinter ihm, er hörte das Geräusch, drehte sich um, spannte die Sehne sofort, schoß aber nicht, denn vor ihm stand ein Mann mit braunen Haaren. Er trug einen unauffälligen Anzug, das Gesicht wirkte blaß, aber Michail kannte diese Typen. Die Partei setzte sie allzu gern als Aufpasser und Überwacher ein. Wenn Not am Mann war, übernahmen diese Kerle auch Schlägerfunktionen.

Chirianow war froh, es nicht mit einem Werwolf zu tun zu haben, er entspannte sich ein wenig, sah das Nicken des Fremden und faßte diese Geste als Aufforderung auf.

Er ging zu ihm.

Der Mann gab schweigend den Weg frei, so daß Michail an ihm vorbei in das Büro gehen konnte.

Er sah den leeren Schreibtisch, die leeren Stühle und die hohen Einbauschränke an der Wand rechts neben dem Fenster. Hinter ihm schloß der Unbekannte die Tür.

Michail hatte plötzlich das Gefühl, in der Weite der Tundra zu sitzen und auf einen bestimmten Vorgang zu lauern. Auch dort hatte er stets die Gefahr gespürt, wenn sie sich in der Nähe befand.

Wie hier!

Es gab nur einen, von dem die Gefahr ausgehen konnte. Der Mann, der ihn ins Zimmer gelassen hatte.

Michail drehte sich auf der Stelle um. Sie schauten einander lange an, und der Typ nickte, bevor er zur Seite ging. Gesprochen hatte er noch nicht, das sollte sich ändern, denn Michail stellte die erste Frage.

»Was ist hier los?«

Der Russe blieb hinter dem Schreibtisch stehen, Michail davor. Eine Antwort gab der Mann nicht. Er hob die Schultern, aber Michail wollte sich mit dieser Reaktion nicht zufrieden geben. »Kannst du nicht sprechen?« fuhr er den Typen an.

Der hob den Kopf.

Abermals sahen sie sich gegenseitig an. Michail fühlte sich irritiert.

Etwas störte ihn … In den Blicken lag nichts Menschliches.

Nichts Menschliches?

Michail überlegte. Wenn das stimmte, war dieser Kerl verändert, dann gehörte er zu seinen Gegnern und …

Der Werwolf-Jäger dachte an seine Aufgabe und handelte. Er war ein praktischer Mensch. Den Bogen konnte er auch mit der linken Hand festhalten, die rechte schoß vor. Sie kam wie eine Ramme über den Schreibtisch, er packte den Typen an den beiden Jackettaufschlägen und zog ihn mit einer heftigen Bewegung über den Schreibtisch.

Die darauf stehenden Gegenstände fielen zu Boden. Kugelschreiber, Telefon, die Unterlage, ein Diktiergerät.

»Was ist hier los?« Michail dachte nicht daran, den anderen aus seinem Griff zu entlassen. Er wollte endlich die Wahrheit erfahren und hatte das Gefühl, daß dieser Mann sie ihm sagen konnte.

Der Fremde öffnete den Mund. Er verdrehte dabei die Augen, sie nahmen eine andere Farbe an.

Eine Mischung aus gelb und grün.

Raubtieraugen!

Dem Mann aus Sibirien wurde innerhalb einer Sekunde klar, mit wem er es zu tun hatte. Dieser Mensch stand unter dem Bann der Wölfe, vielleicht war er selbst einer und hatte sich nur noch nicht verwandelt. Und als er jetzt eine Antwort gab, drangen keine Worte aus seinem Mund, dafür ein heiseres Fauchen.

Typisch für einen Werwolf.

Wieder verlor Michail keine Sekunde. Er schleuderte den Fremden so hart zurück, daß dieser gegen die Wand prallte. Er konnte sich aber fangen und sackte nicht zu Boden.

Chirianow legte an. Er wollte das Problem mit einem Schuß aus der Welt schaffen.

Da flogen die Türen des Einbauschranks auf. Er war sehr hoch, die Türen zudem breit genug, um Personen aufnehmen zu können.

Michail drehte sich.

Drei Körper stürmten aus den Öffnungen. Zottige, fellbesetzte Wesen mit breiten Köpfen, langen Schnauzen und kalten, grausamen Raubtieraugen.

Werwölfe!

Und Michail kämpfte ...

Sir James hatte den Treffer einigermaßen verdaut, wenn er auch nach wie vor das Gefühl hatte, sein Magen wäre nur noch ein einziger Klumpen.

Zweimal war Kirgin zur Tür gegangen und hatte versucht, sie zu öffnen. Ohne Erfolg.

»Es hat doch keinen Sinn«, erklärte Sir James. »Wir befinden uns hier wie in einem Gefängnis.«

»Nur sind keine Gitter vor den Fenstern.«

»Dafür sitzen wir im vierten Stock.«

Krigin kraulte sein Kinn. »Vielleicht sollten wir trotzdem versuchen, aus dem Fenster zu klettern.«

»Sind Sie so beweglich?«

»Nein, eigentlich nicht. Meine Aufgaben sind andere, aber es müßte uns doch gelingen, irgendwelche Menschen auf der Straße auf uns aufmerksam zu machen. Jetzt habe ich nichts dagegen, wenn Ihre Polizei dieses Gebäude stürmt.«

Sir James überlegte. »Das geht natürlich. Wenn wir uns in das offene Fenster stellen und winken, wird man auf uns aufmerksam werden und annehmen, daß wir Selbstmord begehen wollen. Dann kommt automatisch die Polizei, im Schlepptau die Feuerwehr und die Rettungseinsätze.«

Kirgin drehte sich um. Er blickte Sir James starr an. »Genau das ist unsere Chance!«

»Und John Sinclair?«

Der Russe lächelte geringschätzig. »Haben wir in den letzten Minuten etwas von ihm gehört? Er allein kann es auch nicht schaffen. Vielleicht ist er untergegangen. Er wird mit zahlreichen Feinden zu kämpfen gehabt haben, auch ein Mann wie er ist nicht unsterblich.«

»Aber sie waren zu zweit!« hielt der Superintendent dagegen.

»Vergessen wir auch Chirianow.« Kirgin wollte unbedingt etwas tun. Er ging zum Fenster und kam nicht dazu, eine Hand um den Griff zu legen, denn Sir James machte ihn auf die Schritte im Flur aufmerksam.

»Na und? Da wird unser Bewacher vorbeigehen.«

»Nein, Mr. Kirgin, der geht anders.«

Der Russe trat vom Fenster zurück. »Sie können einem den Nerv rauben, Sir James. Jetzt haben wir uns schon zu einer Tat entschlossen und da ...« Er sprach nicht mehr weiter. Ein Geräusch war an der Tür zu hören.

Die beiden Männer blieben unbeweglich. Sir James saß, der andere stand. Keiner von ihnen wußte, wer kommen würde, das sahen sie erst, als die Tür aufgestoßen wurde und jemand auf der Schwelle stand, der sich wie ein König aufführte.

Es war Puschkin, der Mann im weißen Mantel!

Das Kleidungsstück schimmerte tatsächlich in dieser blassen Farbe. Er trug den Mantel offen, hatte aber einen Schal um seinen Hals geschlungen, dessen langes Ende am Rücken herabhing. Der Anzug war dunkel. Weißblond dagegen das Haar und sehr kurz geschnitten. Knochig sein

Gesicht, dunkel und gleichzeitig leuchtend. Die Hände waren breit wie Schaufeln. Er stand da wie ein Sieger, blickte in das Büro, nickte den Männern zu und ging so weit vor, daß er die Tür schließen konnte.

»Ist das Puschkin?« fragte Sir James.

Kirgin antwortete mit einem würgenden »Ja«. Eigentlich war beiden Männern klar, daß dieser Puschkin nicht gekommen war, um ihnen die Hand zu schütteln. Der wollte etwas von ihnen.

Er gab sich überlegen und lässig. Da ihm ein Stuhl im Weg stand, kickte er ihn mit einem Fußtritt zur Seite. Neben dem Schreibtisch blieb er liegen.

»Der Stuhl ist wie ein Symbol«, sagte Puschkin mit leiser Stimme. »Das Symbol für euch. Auch ihr werdet bald liegen, aber später in den Kreislauf eingehen.«

Kirgin hatte sich wieder gefangen. Er sah Puschkin an und schüttelte den Kopf. »Sagen Sie mal, sind Sie eigentlich verrückt? Spinnen Sie?«

Puschkin winkte unwirsch ab. »Was heißt hier spinnen oder verrückt sein? Ich habe meinen Weg gefunden, denn ich gehöre zu ihr, zu Lupina, der Königin der Wölfe.«

Als er diese Bestie erwähnte, horchte Sir James auf. Er wußte natürlich über sie Bescheid, kannte Zusammenhänge und auch die Probleme, die John Sinclair mit ihr gehabt hatte und noch immer hatte. »Ist Lupina in der Nähe?«

Puschkin nickte langsam und irgendwie genußvoll. »Ja, sie befindet sich nicht weit von uns.«

»Und Sie dienen ihr?«

»So ist es.«

»Als Mensch?«

Da legte Puschkin den Kopf zurück und begann laut zu lachen. »Nein, nicht als Mensch, der bin ich einmal gewesen. Nun stehe ich auf der anderen Seite, wie noch einige meiner Freunde in diesem Haus. Bald werden es alle sein, die hier arbeiten. Ich sorge dafür, daß sie zu Werwölfen werden und Lupinas Macht verstärken helfen. Sie muß es einfach schaffen, eine neue Werwolf-Elite auf die Beine zu stellen. Und sie wird nicht aufgeben. Hier machen wir den Anfang.«

Er wollte noch sprechen, aber die Worte blieben ihm plötzlich im Hals stecken, denn plötzlich begann bei ihm die Verwandlung. Aus dem Mensch wurde das Tier.

Mit zwei unsicher wirkenden Schritten lief er zurück, prallte mit dem Rücken gegen die Tür, aber dort konnte er sich nicht halten, sondern fiel in einer Drehbewegung auf die Knie.

Kirgin war entsetzt. Sir James weniger. Er hockte auf dem Stuhl und sah sich die Szene an.

»Wird er sich verwandeln?«

Der Superintendent nickte. »Ja, Kirgin. Sie erleben jetzt die Magie der Werwölfe.«

Kirgin preßte seine Hand auf den Mund. Er konnte nicht mehr weitersprechen, nur noch nicken, und beide Männer sahen Puschkin wie ein Häufchen Elend auf dem Boden hocken.

Er hatte den Kopf nach vorn gedrückt. Der weite Mantel wirkte plötzlich wie ein Umhang, der nach vorn gefallen war, um sein Gesicht gnädig zu verdecken.

Sie sahen ihn zucken und hörten auch die Geräusche, die dort entstanden, wo sich sein Kopf befinden mußte. Würgende Laute vereinigten sich zu einem unheimlich klingenden Gestammel. Der Mann bewegte sich, sein blondes Haar schaute aus dem hochgestellten Schalkragen des Mantels hervor, und auf seinem Kopf wuchsen plötzlich lange, seidig wirkende und helle Strähnen.

Auch die auf den Boden gestemmten Hände blieben nicht mehr so, wie sie waren. Auf der Haut wuchs ebenfalls das Fell. Es sproß aus jeder Pore hervor und nahm von Sekunde zu Sekunde an Dichte zu, so daß es schon sehr bald einen dichten Pelz bildete.

Kirgin war fassungslos, Sir James gespannt. Er schätzte ihre Chancen auch realistisch ein. Da der Werwolf vor der Tür hockte, war es ihnen nicht möglich, aus dem Raum zu fliehen.

Sie mußten bleiben und sich das Schauspiel ansehen. Früher hatten sich Werwölfe nur bei kaltem Mondlicht verwandeln können. Seit Lupina die Herrschaft übernommen hatte, war auch dies anders geworden.

Noch weiter sackte der Körper ineinander. Die Beine breitete der Mann dabei aus, um das Gleichgewicht zu bewahren. Auch die Hände konnten nicht mehr ruhig bleiben. Sie waren jetzt zu Pranken geworden, die intervallweise auf den Boden schlugen und mit den harten Nägeln über den Belag kratzten.

Ein furchtbares Bild bot sich den Zuschauern, denn die Verwandlung des Menschen in einen Wolf lief nicht ohne körperliche Qualen ab. Das Ächzen und Würgen verstärkte sich. Der Kopf bewegte sich zur Seite, zuckte aus dem Kragen hoch. Für einen Moment war das neue furchtbare Gesicht zu sehen, bevor es wieder verschwand.

Kirgin schnippte mit den Fingern. Sir James hörte das Geräusch, sah auf und bemerkte die Bewegung des Russen. Er deutete auf das Fenster. Unsere letzte Chance, meinte er damit.

Der Superintendent nickte.

Und Kirgin schob seinen Körper zur Seite. Er schielte dabei auf den Mann am Boden, der bereits eine Mischung aus Mensch und Bestie war. Er verwandelte sich noch immer. Die Kleidung spannte sich, einige Knöpfe rissen von der Weste ab und sprangen in den Raum. Ein erstes Heulen drang aus dem Maul und erreichte genau in dem Augenblick die Ohren des Russen, als dieser nach dem Fenstergriff fassen wollte.

Wieder öffnete er nicht. Er drehte sich um. Der Werwolf schien von den Absichten der Menschen geahnt zu haben, denn er schnellte plötzlich in die Höhe.

Da stand er auf den Beinen.

Aus seinen Füßen waren riesige Pfoten geworden. Die Schuhe hatten dem Druck nichts entgegensetzen können, das Leder war gerissen, und zwischen den einzelnen Zehen hingen noch einige Fetzen.

Helles Fell bedeckte ihn. Es hatte sich wie ein Flaum auf seinem Gesicht ausgebreitet. Die Schnauze stand lang vor. Mit dem Maul bildete sie eine Einheit, und als der Wolf es öffnete, sahen die Männer seine gebogenen Reißzähne.

Damit würde er töten …

Und er sprang.

Als Mensch konnte er gehen, als Bestie wuchtete er sich vor. An Sir James vorbei, den es nicht mehr auf seinem Stuhl hielt und der in die Höhe sprang.

Kirgin konnte noch einen kurzen Schrei ausstoßen, dann erwischte ihn der erste Hieb im Gesicht. Sir James war geschockt und entsetzt über so viel Gnadenlosigkeit. Es kam noch schlimmer. Der Werwolf stürzte sich mit seinem gesamten Körpergewicht über den Russen. Kirgin wollte sich ihm entgegenstemmen. Es sah beinahe lächerlich aus, wie er die Arme anhob, die dann zusammenknickten, denn das Gewicht der Bestie war zu stark.

Vor dem Fenster preßte der Werwolf den Russen zu Boden.

Kirgin jammerte, er mußte Schlimmes durchmachen. Vielleicht waren die schmerzenden Wunden in seinem Gesicht nicht einmal das Ärgste, denn der Werwolf biß zu.

Er war unerbittlich und tat es zweimal!

Sir James erlebte einen furchtbaren Horror. Das leise Wimmern brach ab, er hörte ein rauhes Lachen. Bei einer heftigen Bewegung der Bestie sah er plötzlich die roten Flecken auf dem Mantel.

Menschenblut …

Das erste Opfer hatte sich der Werwolf geholt, und Sir James würde sein zweites werden.

Das schoß Sir James durch den Kopf. Deshalb gab es für ihn nur noch die Flucht.

Er wußte, das Puschkin die Bürotür nicht wieder verschlossen hatte. Diese Chance mußte er nutzen. Vorsichtig schob er sich hoch. Da er nicht bewaffnet war, konnte er gegen das Untier nicht an, und Kirgin war nicht mehr zu helfen.

Noch sah die Bestie nichts. Sie hockte über ihrem Opfer,

drehte Sir James den breiten zuckenden Rücken zu, an dem sie keine Augen hatte. Auf Zehenspitzen näherte sich der Superintendent der Tür, griff nach der Klinke und öffnete.

Tief in seinem Innern rechnete Sir James damit, daß sich noch weitere Bestien auf dem Gang befanden, um ihn abzufangen. Das traf zum Glück nicht zu. Der Flur war leer, auch am nahen Geländer stand niemand, aber Sir James hörte polternde Geräusche und dumpf klingendes Fauchen aus dem Raum gegenüber.

Seiner Ansicht nach wurde dort gekämpft.

Eingreifen konnte er nicht, es blieb ihm auch keine Zeit, nachzusehen, wer sich da gegenseitig das Leben schwermachte.

Sir James hatte nicht oft Situationen wie diese hier erlebt. Er war der Mann am Schreibtisch, der große Organisator, das Kämpfen war nicht seine Stärke, und es half niemandem, wenn auch er sich von den Werwölfen erwischen ließ.

Hier mußte er zur Treppe eilen. Es waren für ihn nur ein paar Schritte. Bevor er die Stufen hinablief, drehte er noch einmal den Kopf, blickte zurück – und stand starr, denn der Anblick des Werwolfs traf ihn wie eine Eisdusche!

Noch stand er vor der Tür.

Sein Anblick war ein Bild des Horrors! Er trug den langen weißen Mantel, der blutbefleckt war. Er hatte das Maul geöffnet, war wieder bereit, sein grausames Werk zu verrichten. Diesmal an Sir James Powell.

Die Arme der Bestie zuckten, die Pranken bewegten sich. Mal waren sie geöffnet, mal geschlossen. Die kalten Augen lagen wie zwei glitzernde Steine in den Höhlen.

Der Werwolf war Sieger geblieben, und er würde auch Sieger über sein nächstes Opfer bleiben, falls Sir James nicht schneller war als das Untier.

Er ging einen Schritt zurück. Sein Herzschlag hatte sich beschleunigt, sein Körper war schweißgebadet, die Brille verrutscht, der Mund stand offen. Sir James bot einen Anblick des Jammers oder der Angst.

Dann fiel er.

Der zweite Schritt, den er instinktiv getan hatte, war genau einer zu viel gewesen. Er hatte die Kante berührt, das Gleichgewicht verloren, schlug zwar noch seinen Arm nach rechts, die Hand klatschte auch auf das Geländer, aber sie fand keinen Halt und rutschte ab.

Rücklings schlug der Superintendent auf. Die Brille fiel ihm von der Nase. Er konnte ohne sie kaum sehen und hatte das Gefühl, von Schatten eingefangen zu sein, als er die Treppe hinabrollte. Jede Stufe spürte er. Der Schmerz hämmerte in seinen Rücken. Er schrie dabei, er spürte Blut im Mund und den harten Stoß, als er auf dem folgenden Absatz gegen die Wand geschleudert wurde, vor der er ächzend liegenblieb.

Sekunden vergingen. Sir James konzentrierte sich auf seine Schmerzen, die überall vorhanden waren und ihn malträtierten.

Das Gehör funktionierte noch. Wie durch einen Schleier gedämpft, nahm er die Schritte wahr, die sich ihm näherten.

Dumpf stampften sie die Stufen der Treppe herab.

Diese sich wiederholenden Geräusche waren für den Mann ein Alarmsignal. Er gab sich Mühe, riß sich zusammen, setzte seinen eisernen Willen ein und schaffte es, sich in eine sitzende Stellung zu drücken. Dabei drehte er den Kopf in die Richtung, aus der die Schritte geklungen waren.

Erkennen konnte er so gut wie nichts. Nur diesen großen und breiten Schatten sah er, der die Treppe herabstapfte.

Puschkin kam, um sich sein Opfer zu holen. Mit jeder Stufe, die er hinter sich ließ, näherte sich das Verhängnis.

Sir James wollte aufstehen. Er fand nicht die Kraft. Irgend etwas war mit seinem rechten Bein. Wenn er floh, dann konnte er nur kriechen, doch was hatte dies für einen Sinn?

Eine gewaltige Wolke schwebte auf ihn nieder. Das war dieser gefährliche Schatten, in dem Sir James den Todesboten für sich sah. In einer hilflos anmutenden Geste streckte er seinen Arm aus, als könnte er das Grauen dadurch aufhalten.

Es war nicht möglich.

Der Schatten wurde größer.

Dann war er da.

Sir James sah nur schlecht. Erst als sich der Werwolf über ihn beugte, nahm er Einzelheiten wahr. Der Kopf, das Maul, die Pranken. Sie alle stießen auf ihn nieder.

Wahrscheinlich würde die Bestie ihm die Kehle zerbeißen. Aber das Untier hatte etwas anderes vor. Es riß Sir James so heftig in die Höhe, daß ihm schwindelig wurde. Dann fühlte sich der Superintendent zur Seite geschleudert und wurde über die Schulter der Bestie gewuchtet.

Sir James lag auf der linken Schulterseite des Werwolfs. Eine Pranke lag wie eine dicke Fessel auf ihm. Und sie blieb auch liegen, als die Bestie damit begann, die Stufen hinabzulaufen …

Er war der Werwolf-Jäger, und das bewies er in den folgenden Sekunden. Vergessen war der Typ am Schreibtisch, für ihn zählte jetzt der erste der drei Werwölfe, der bereits sehr nahe bei ihm war.

Michail ließ die Sehne los.

Er schickte damit den Pfeil auf die Reise, der mit einer unwahrscheinlichen Treffsicherheit genau durch den Hals der Bestie fuhr. Mitten im Lauf wurde der Werwolf gestoppt, riß die Pranken hoch, torkelte zur Seite und behinderte die beiden anderen.

Chirianow hatte einige Sekunden Zeit, die er nutzte. Er hatte den vierten nicht vergessen, fuhr herum – und gerade noch rechtzeitig, denn der Kerl hatte seine Waffe gezogen und wollte auf Michail anlegen.

Der schleuderte ihm den Bogen entgegen. Dadurch irritierte er den Mann, der seine Schußhand verriß und nicht mehr abdrücken konnte, denn der Bogen hatte sich um seine Schulter gelegt. Er wollte ihn abstreifen.

Mit einem federnden Satz sprang Michail auf den

Schreibtisch und trat zu. Den anderen hob es fast aus den Schuhen. Er flog durch das Zimmer und krachte gegen eine der offenen Schranktüren, die er zuhämmerte.

Vier Pranken griffen nach Michail. Der trat um sich, verschaffte sich Luft und sprang hinter dem Mann her.

Stöhnend lag dieser auf dem Boden. Sein Kinn war verschoben, die Waffe hielt er fest, der Bogen war ihm wieder von der Schulter geglitten.

Michail nahm den Revolver an sich. Er kauerte noch, als er sich bereits drehte.

Dann schoß er.

Wie wahnsinnig drückte er ab. Nicht alle Kugeln trafen, aber die Geschosse, die durch das Fell der Tiere drangen, stießen die Bestien zurück, ohne sie allerdings töten zu können.

Eine leergeschossene Waffe nutzte Michail nichts. Er schleuderte sie weg und griff wieder nach seinem Bogen.

Die Werwölfe hatten sich von den Einschlägen der Kugeln erholt.

Da lag schon der erste Pfeil auf der gespannten Sehne. Zwei andere hatte sich Michail zwischen die Lippen geschoben.

Den ersten schickte er auf die Reise.

Er surrte einer Bestie entgegen und jagte in deren Körpermitte. Der Werwolf brüllte furchtbar auf, bevor er in die Knie fiel, seine Pranken um den Schaft klammerte, weil er den Silberpfeil herausziehen wollte, es aber nicht schaffte. Dafür verbog er ihn.

Nach dem ersten Treffer hatte Michail sofort seinen Standort gewechselt. Er mußte schneller sein als die Bestien, die sich ebenfalls rasch bewegen konnte.

Abermals sprang er auf den Schreibtisch.

Diesmal schoß er schräg von oben und erwischte die dritte Bestie, die sich abdrehen wollte, damit jedoch genau das Falsche tat, denn das Geschoß erwischte sie im Rücken.

Der Stoß katapultierte sie nach vorn.

Blieb noch der Mann, der in diesem Moment ebenfalls zu einem Werwolf wurde.

Und der brüllte furchtbar. Für ihn hatte Michail den dritten Pfeil parat. Er legte ihn auf, spannte die Sehne, wollte das Untier von den Beinen holen, als sich die Bestie zurückwarf und mit ihrem schweren Gewicht gegen die Bürotür hämmerte.

Die hielt dem Druck nicht stand. Sie zersplitterte und zerbrach unter dem gewaltigen Aufprall. Diesmal hatte die Bestie Glück, denn der Pfeil verfehlte sie um Haaresbreite.

Der Werwolf war in dem Gang auf den Rücken gefallen. Auf ihn fielen die Trümmer der Tür, aber er blieb nicht liegen, sondern drehte sich um, damit er wieder mit einem gewaltigen Schwung auf die Beine schnellen konnte.

Michail Chirianow sprang über die Trümmer der Tür hinweg, tauchte durch die Öffnung und sah die Bestie, wie sie sich nach rechts wandte, um über die Treppe zu verschwinden.

Der dritte Pfeil war schußbereit und der Rücken des Untiers verdammt breit.

Volltreffer!

Der Werwolf wurde von diesem wuchtigen Schlag getroffen, den er nicht mehr ausgleichen konnte. Er taumelte nach vorn und näherte sich dem Geländer mit einem Schwung.

Es war zwar hoch, aber nicht hoch genug.

Nach hinten werfen konnte er sich nicht mehr. Er kippte nach vorn, streckte seine Pranken aus, doch die griffen ins Leere, und mit dem Pfeil im Rücken fiel er nach vorn.

Schreiend verschwand er im Treppenschacht.

Michail Chirianow hörte noch den klatschenden Aufschlag nahe der Haustür, dann wurde es still.

Der Russe schüttelte den Kopf. Er taumelte zur Seite, fand an der Gangwand Halt und merkte erst jetzt, wie sehr er zitterte. Der Kampf war kurz und heftig gewesen, aber er hatte ihn verdammt hart mitgenommen. Schließlich war er ein Mensch und keine Maschine.

Für einen Moment schloß er die Augen. In seinem Kopf hatte sich ein dumpfes Brausen festgesetzt. Das scharfe Hecheln und das Stöhnen vernahm er trotzdem.

Michail öffnete die Augen.

Sein Blick fiel auf die zweite Tür. Sie stand offen, und auf der Schwelle sah er Kirgin.

Puschkin hatte ihn nicht getötet, nur gebissen, und so war er dabei, sich ebenfalls in einen Werwolf zu verwandeln.

Halb Mensch, halb Bestie, dabei aus zwei Wunden blutend, aber die rote Flüssigkeit sickerte bereits in das Fell.

Michail Chirianow hatte Tränen in den Augen, als er mit zitternder Hand einen weiteren Pfeil aus dem Köcher holte und ihn auf die Sehne legte. Auch beim Spannen blieb das Zittern. Vor seinen Augen hatte sich ein Schleier gebildet. Es sah so aus, als würde heiße Luft die Gestalt des Russen umtanzen.

»Es … tut mir leid«, ächzte der Werwolf-Jäger und ließ die Sehne los.

Sein Ziel war nicht zu verfehlen. In die Brust jagte der Pfeil hinein. Der harte Stoß trieb Kirgin in das Büro zurück, wo er zu Boden schlug und ein schreckliches Heulen ausstieß.

Der Todesgesang eines Werwolfs …

Michail schüttelte sich. Am liebsten hätte er das Haus verlassen, aber er dachte an John Sinclair und an dessen Chef, der sich ebenfalls in Kirgins Büro befunden hatte.

Jetzt war es leer.

Und Michail Chirianow fragte sich zu Recht, was mit den beiden geschehen war …

Lupina erwartete mich, und ich enttäuschte sie nicht, denn ich betrat die feuchte Treppe.

Kloakengestank wehte in meine Nase.

Es war nicht still. Irgendwo weit hinter der Werwölfin floß ein Abwasserkanal, dessen Rauschen ich hörte. Sie mußte sich ihrer Sache verdammt sicher sein, wenn sie mich kommen ließ und keine Anstalten zeigte, zur Seite zu gehen.

Lupina lächelte sogar.

Es brannte irgendwo unter der Decke ein Licht, dessen Restschein sie erreichte.

Über ihr menschliches Gesicht und besonders stark um die Mundwinkel herum lief ein Zucken, so daß ich mich fragte, welche Trümpfe sie noch in der Hinterhand hielt.

Auf der halben Treppe blieb ich stehen. Rechts und links von mir befanden sich die feuchten Wände. Sie bestanden aus dicken Steinen, auf denen sich eine regelrechte Schlammschicht abgesetzt hatte.

Lupina streckte ihren Fellarm aus. »Weshalb kommst du nicht näher, John Sinclair?«

»Weil ich dir nicht traue.«

Sie lachte hämisch. »Und weshalb nicht?«

»Kann man einem Dämon trauen?«

Ihr Gesicht verschloß sich vor der nächsten Bemerkung. »Du hältst mich für einen Dämon? Nein, das glaube ich dir nicht. Das kann ich dir nicht abnehmen. Ich bin mehr als ein Dämon, ich bin eine Königin, ich werde herrschen, denn ich bin …«

»… da, um ausgelöscht zu werden, Lupina«, ergänzte ich. Schnell zog ich mein Kreuz hervor, hielt es an der Kette zwischen den Fingerkuppen fest und ließ es schwingen.

Lupina schüttelte den Kopf. »Du fährst harte Geschütze auf«, gab sie zu, »aber ich habe Ähnliches erwartet und entsprechend Vorsorge getroffen. Darf ich dir noch einmal sagen, daß ich nicht allein bin, John? Ich habe Helfer, die in meinem Sinne handelten. Du bist verloren, du steckst in einer Zwickmühle.«

»Inwiefern?«

»Hast du schon einmal zugesehen, wie ein Werwolf jemandem das Genick bricht?«

»Nein!«

»Das kann ich mir vorstellen. Du könntest es aber erleben, wenn du dich traust, dich umzudrehen. Vielleicht mußt du noch einige Stufen gehen, damit dein Blickwinkel besser wird. Geh schon, Sinclair. Los!« rief sie laut. »Sieh es dir an!«

Lupina bluffte nicht. Ich hätte ihr das Kreuz entgegenschleudern können, wußte aber nicht, ob ich es nicht noch brauchen würde. Deshalb kam ich ihrer Aufforderung nach, aber ich drehte ihr nicht den Rücken zu, sondern schob mich seitlich die Stufen wieder hoch, bis ich neben der Tür stand und in den Kellerraum blicken konnte.

Und dann sah ich Puschkin.

Er war zu einem Werwolf geworden und eigentlich nur an seinem hellen Mantel zu erkennen. Der kalte Lampenstrahl hielt ihn genau fest. Er ließ mich jedes Detail sehen. Ich entdeckte das Blut auf seinem Mantel, aber das interessierte mich nicht.

Wichtiger war der Mann, der sich regungslos in seinem Griff befand und tatsächlich so gehalten wurde, daß es dem Werwolf ein leichtes sein würde, ihm das Genick zu brechen.

Die Geisel war Sir James Powell!

Ich stand da, sagte nichts und starrte nur in das Gesicht meines Chefs, das sich ebenfalls deutlich im Licht der Lampe abzeichnete. Sir James hatte seine Brille verloren. Er war so gut wie blind. Die Angst hatte seine Züge erstarren lassen. Der Mund klaffte weit auf, er schnappte nach Luft, und in seinen jetzt klein wirkenden Augen stand die Pein, die er durchlitt.

Puschkin führte sich auf wie der große Sieger. Selbst als Bestie setzte er noch auf Schau. Das Fell schimmerte wie Seide. Seine gelblich grünen Augen wirkten wie gefärbtes und gefrorenes Wasser. Seine Haltung hatte etwas Lässiges an sich.

»Ich höre nichts von dir, John!«

Lupina hatte gesprochen, und ich hob die Schultern. »Okay, du hast recht gehabt. Ich wußte nicht, daß du dich auf andere verläßt, anstatt selbst einzugreifen.«

»Keine Tricks, Sinclair, die ziehen bei mir nicht. Geh ruhig weiter, oder willst du in der Kloake sterben?«

»An sich nicht.«

»Dann steig die Stufen hoch. Aber eines laß dir gesagt sein. Wenn du eine Bewegung machst, die mir oder Puschkin nicht paßt, wird er deinem Chef das Genick brechen.«

»Verstanden!« Ich setzte mich in Bewegung. Es war ein verdammt mieses Gefühl, das mich bedrückte. Ich ging schwerfällig und langsam, auf jede einzelne Stufe schauend, die vor mir lag.

Die Kälte in meinem Innern verdichtete sich. Ich konnte meinen Blick einfach nicht auf das Gesicht meines Chefs richten.

Wenn ich die Beretta zog und schoß, war ich dann schneller als dieser Puschkin?

Wohl kaum. Er brauchte sich nur ein wenig zu bewegen, und Sir James war tot. Dieses Risiko durfte ich nicht eingehen. Diesen Tag konnte man wirklich mit dem Wort rabenschwarz umschreiben.

Der Eingang zur Unterwelt blieb hinter mir zurück, und ich betrat wieder den Keller.

Vor der ersten Stufe stoppte ich. Niemand sprach ein Wort. Die Stille war beklemmend.

Dann hörte ich hinter mir Schritte.

Lupina kam die Treppe hoch.

Ihre Füße klatschten auf das Gestein der Stufen. Auch sie ließ sich Zeit, weil sie die Situation einfach genießen mußte. Sir James hatte inzwischen ebenfalls bemerkt, daß ich mich in seiner Nähe befand. Wahrscheinlich sah er mich nur als Schatten, aber er sprach mich an. Es war schlimm, zuzuhören, wie gepreßt und gequält er die einzelnen Worte hervorbrachte. Ich konnte sie bis auf meinen Namen kaum verstehen.

Und Lupina näherte sich. Über meinen Rücken kroch die Eiseskälte, ich konzentrierte mich auf jeden ihrer Schritte und horchte auf, als kein Geräusch mehr zu vernehmen war.

Dafür erreichte mich ihr Befehl. »Ich sage es nur einmal, Sinclair! Wirf das Kreuz weg!«

Durch Puschkins Gestalt ging ein Ruck. Er hatte die Worte ebenfalls verstanden und wußte, was zu tun war. Ich riskierte es wegen Sir James Powell nicht, das Kreuz gegen ihn einzusetzen. Statt dessen warf ich es nach rechts, es rutschte über den Boden und blieb an der Wand liegen.

»Ja, das ist gut«, sagte Lupina lobend und trat näher an mich heran. »Geh noch einen Schritt in den Keller hinein ...«

Ich tat ihr den Gefallen und blieb breitbeinig stehen.

»So ist es wunderbar!«

Heftig zuckte ich zusammen, denn ihre Stimme war sehr dicht hinter mir aufgeklungen. Sie mußte also nahe sein. Ich sah sie nicht, ich spürte sie nur. Lupina besaß eine starke Aura, die mich anfiel wie ein Tier.

Zwei Lidschläge später hatte ich das Gefühl, innerlich zu vereisen, denn da spürte ich plötzlich ihre kalten Klauen, die sich wie eine Klammer um meinen Hals legten.

»Und jetzt, John Sinclair, werde ich dich erwürgen!«

Ich hatte das Gefühl, Mittelpunkt eines Alptraums zu sein, der kein Ende nehmen wollte.

Aber es war die verdammte Realität, die mich umgab, und Lupina drückte sehr langsam zu, weil sie es genießen wollte, mich leiden und schließlich sterben zu sehen.

Wir waren Feinde, obwohl wir einmal etwas gemeinsam gehabt hatten. Das zählte nicht mehr.

Nur noch der Tod.

Und der kam.

Er war sogar zu hören und auch zu sehen.

Ein Sirren lag plötzlich in der Luft, und einen Moment später hatte es Puschkin erwischt. Der silberne Pfeil hatte sich in seinen Nacken gebohrt und war an der Kehle wieder herausgetreten. Sehr deutlich erkannte ich die Spitze, und fast in derselben Sekunde wurde der zweite Pfeil abgeschossen, der in den Rücken des Wolfs jagte.

Auch Lupina hatte es bemerkt. Ich hörte sie schreien und rammte plötzlich beide Ellenbogen nach hinten, traf sie, bückte mich, um sie über meine Schultern zu schleudern.

Sie aber ließ los, riß mich zurück, so daß ich in die gefährliche Nähe der ersten Treppenstufe geriet.

Soeben noch erkannte ich, wie Puschkin zur Seite kippte und Sir James sich befreien konnte. Auch Michail erschien im Keller. Ein weiterer Pfeil lag auf der Sehne seines Bogens.

Dann schlug mir jemand die Beine weg.

Lupina hatte so reagiert.

Ich prallte genau auf die verdammte Stufenkante, fand keinen Halt und segelte die Treppe hinab.

Die Werwölfin verschwand. Sie hatte mich längst überholt und das Ende der Treppe erreicht, bevor es mir gelang, meinen Fall abzustoppen. Ich lag dabei schräg mit ausgebreiteten Armen und Beinen, blickte die Stufen hinunter und hörte noch das widerliche Heulen der Werwölfin. Es klang wie ein Versprechen, bald zurückzukehren.

Dann sah ich nach oben. Ich hatte den Sturz unverletzt überstanden.

Meine Lampe lag noch dort. Sie war mir aus den Händen gerutscht. In ihrem Schein erkannte ich die Gestalt des Russen. »Bist du okay?« rief er mir zu.

Ich stand ächzend auf, hatte mir nichts gebrochen, sondern nur einige blaue Flecken geholt. Wie ein alter Mann ging ich die Stufen hoch und bedankte mich bei Michail Chirianow.

Er winkte ab. »Wie war es denn auf dem Dach? Außerdem bin ich der Werwolf-Jäger. Ich habe mein Versprechen gehalten und werde alles versuchen, um Lupina auf den Fersen zu bleiben. Sie hat von heute an einen neuen, unerbittlichen Feind.«

Sir James ging es schlecht, aber er lebte und hatte auch seinen Humor wiedergefunden. »Sie müssen mir das richtige Fallen über eine Treppe noch einmal beibringen.«

»Sehr gern, Sir. Mit oder ohne Brille?«

»Ja, ich weiß. Wer den Schaden hat, spottet jeder Beschreibung. Regeln Sie alles, John.«

Das tat ich auch.

Puschkin war tot. Er hatte sich wieder zurückverwandelt. Da er auf dem Bauch lag, bedeckte ihn sein Mantel wie ein weißes Leichentuch. Die Haustür rammten wir auf. Von einer Zelle aus rief ich beim Yard an, und meine Kollegen erschienen mit großer Besetzung.

Sie brachten auch Suko mit. Ich machte den Russen und ihn miteinander bekannt, und Suko schüttelte immer nur den Kopf, weil er nicht fassen konnte, was hier abgelaufen war.

»Und das alles ohne dich«, sagte ich.

Er nickte. »Soll ich leider sagen, John?«

»Nein, nur das nicht. Dafür waren die vergangenen Stunden einfach zu schlimm …«

ENDE

Das lebende Bild

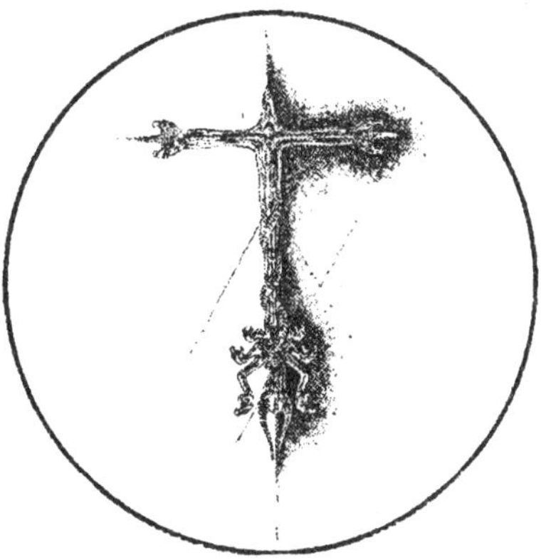

Es war exakt drei Minuten nach Mitternacht, als Robert Moor durch ein schrilles Heulen aus dem Schlaf gerissen wurde. Er jagte hoch, wollte die Nachttischlampe anknipsen und fegte sie in der Dunkelheit zu Boden.

Kopfschmerzen quälten ihn. Und das schrille Heulen schwang in seiner Erinnerung wie ein Echo nach. Wer hatte es ausgestoßen?

Ein Hund?

Nein, der heulte anders. Außerdem blieben die Hunde des Nachbarn des Nachts im Haus. Es musste ein anderes Tier gewesen sein …

Robert Moor schwang seine Beine aus dem Bett. Er fuhr in die kühlen Pantoffeln und spürte auch die Kälte des Schlafzimmers, die ihn frösteln ließ.

Das Fenster lag an der Rückseite des Hauses. Jenseits des kleinen Gartens lief ein Weg entlang, danach begann der Hang. Dort wohnte sein ›direkter‹ Nachbar.

Da war alles dunkel.

Ebenso wie auf der Straße, obwohl der dicke Schnee eine gewisse Helligkeit abgab. Die Laterne stand rechts vom Haus und warf ihren Lichtkreis auf die weiße Fläche. In ihrer Nähe parkte ein Wagen. Auf dem Dach lag eine dicke Haube.

Der Mann atmete tief durch. Erst jetzt war er richtig wach geworden, tappte zurück zum Bett und hob die Lampe auf. Als er sie wieder auf den Nachttisch gestellt hatte, merkte er, daß der Stecker aus der Dose gerissen worden war. Er stöpselte ihn wieder ein und hatte danach endlich Licht.

Nichts hatte sich verändert. Da stand der Schrank, die Kommode war auch vorhanden, und selbst die alte Waschschüssel hatte niemand weggenommen. Kein Einbrecher also, der sich im Haus aufgehalten hatte.

Trotzdem war Robert Moor vorsichtig. Er näherte sich der Tür auf leisen Sohlen, öffnete sie und schaute in die dunkle Diele. Manchmal spürt man, ob Menschen in der Nähe sind, auch Moor stand lauschend da, ohne einen Laut zu hören.

Vielleicht befanden sich Eindringlinge im Haus. Moor

besaß einige Dinge, die Einbrecher sehr wohl interessieren konnten, deshalb wollte er sich bewaffnen, bevor er den Raum betrat. Die Dienstwaffe, eine Pistole der Marke Walther, lag in der Schublade des Nachttisches. Robert Moor zog sie vorsichtig auf, nahm die Waffe heraus und warf sich dann seinen dünnen Morgenmantel über. Die Walther schußbereit in der Hand, betrat er die Diele. Ein rechteckiger Teppich dämpfte seine Schritte. Bis zur Tür war es nicht weit. Robert Moor kannte sich auch im Dunkeln aus. Er blieb für einen Moment an der Tür stehen und legte sein Ohr gegen das Holz.

Nein, er hörte nichts.

Sollten sich im dahinterliegenden Zimmer tatsächlich Einbrecher versteckt halten, so handelten sie profihaft. Durch kein Geräusch gaben sie sich zu erkennen.

Moor wußte auch nicht, ob *er* die Tür zugezogen hatte, jetzt jedenfalls war sie geschlossen.

Er drückte die Klinke nach unten, stieß die Tür auf, zog gleichzeitig die Waffe hervor und richtete die Mündung in den Raum, wobei er selbst auf der Türschwelle stehenblieb.

Es erfolgte kein Angriff!

Aber es war jemand im Zimmer. Er sah ihn nicht, dafür roch er den Schweiß.

Moor dachte wieder an dieses furchtbare Heulen, ging einen Schritt, schaute nach links – und sah die vier kalten, dennoch glühenden Punkte, die ihn anstarrten.

Das waren Augen.

Plötzlich rann eine Gänsehaut über seinen Rücken. Das Gesicht verzerrte sich, er griff zum Lichtschalter, doch so weit kam seine Hand nicht. Die beiden Augenpaare erschienen dicht vor ihm, er sah auch noch Schatten, dann fielen sie über ihn her.

Robert Moor starb einen fürchterlichen Tod, und niemand hörte sein Schreien …

Kommissar Mallmann sah das Grinsen seines Chefs und hörte sich dann seinen neuen Auftrag an. »Reisen Sie nach Nürnberg, und kümmern Sie sich mal ein wenig um den Tod des Kollegen Moor.«

Mallmann hob die Hand. »Soviel ich weiß, war der Oberkommissar bei der Kripo.«

»Na und?«

»Wir sind beim BKA.«

»Das macht doch nichts. Manchmal muß man die Kollegen eben ein wenig unterstützen.«

»Und das haben die gern?«

Der Kriminalrat hob die Schultern. »Was heißt gern? Ich möchte Ihnen nur noch etwas zeigen.«

Will Mallmann wurden Aufnahmen vorgelegt, die so schrecklich waren, daß sich ihm der Magen umdrehte. Er wurde bleich, in seinen Augen lag ein metallischer Glanz. »Mein Gott!« hauchte er nur. »Das ist ja furchtbar.«

»Haben die Kollegen von der Kripo auch gedacht und sind über ihren eigenen Schatten gesprungen, als sie uns um Mithilfe baten. Ich habe an Sie gedacht.«

»Weshalb gerade an mich?«

»Mallmann, Sie sind unser großer Rätselauflöser. Ich habe mit dem Arzt geredet. Verletzungen, wie der Kollege Moor sie aufwies und an denen er letztendlich gestorben ist, sind nicht normal. Da muß jemand fürchterlich gewütet haben.«

»Ein Mensch?«

»Der Arzt glaubt nicht daran.«

»Wer war es dann?«

»Das, mein lieber Kommissar Mallmann, sollen Sie eben herausfinden. Gute Reise.«

»Ich danke.«

Und jetzt befand sich Will Mallmann in einer Stadt, die fast im Schnee erstickte. Dieser Winter war furchtbar. Er wollte einfach kein Ende nehmen.

Der Oberkommissar hatte nicht in der Innenstadt gewohnt, sondern ein wenig außerhalb, nördlich der Burg, wo es auch zum Flughafen ging. Auf der Höhe lag noch mehr Schnee, aber der mit Winterreifen ausgerüstete Manta schaffte auch diese Strecke.

Neben einem hohen Schneehaufen hatte der Kommissar seinen Wagen abgestellt. Es hatte zu schneien aufgehört. Die Dämmerung war angebrochen, und die Temperaturen waren weiter gefallen. Der Schnee auf den Fahrbahnen war plattgefahren und glatt.

Oberkommissar Robert Moor hatte in einem kleinen Haus gewohnt. Ein Erbstück seiner Eltern. Er war geschieden gewesen, und seine Frau hatte nichts haben wollen. Sie war mit einem Industriellen verschwunden. Moor hatte seinen Dienst als Beamter immer gewissenhaft versehen. Mit der ruhigen Art eines Franken war er an die Fälle herangegangen und hatte die meisten von ihnen gelöst.

Der Beruf war sein Hobby gewesen, bis er nach der Scheidung auf die Idee gekommen war, Antiquitäten zu sammeln. Natürlich nicht die teuren, die waren für einen Beamten unerschwinglich, aber der Oberkommissar hatte sich ausgekannt und so einige Schnäppchen machen können.

Will Mallmann war allein. Er hatte noch kurz mit den ermittelnden Kollegen gesprochen, die sich sehr betroffen zeigten, und er hatte erfahren, daß im Haus nichts verändert worden war.

In der rechten Manteltasche des Kommissars steckte der Haustürschlüssel. Das Haus stand allein. Die Nachbarn wohnten ein Stück entfernt. Dazwischen lagen Gärten.

Kein Mensch ließ sich blicken. Nur am Ende der kleinen Straße wendete ein schneebedeckter Daimler, um rückwärts durch das offene Tor in eine Garage fahren zu können. Die Scheinwerferkegel strichen wie suchend über den Schnee.

Auf dem Haus lag eine dicke weiße Haube. Vom dunklen Dach war nur noch die Regenrinne zu erkennen. Wie lange Messer klebten die Eiszapfen daran.

Um das Grundstück betreten zu können, mußte Will ein kleines Tor aufschieben. Der Eingang lag an der linken

Hausseite. Über der Tür schützte ein Dach ein kleines Treppenpodest. Auf den Stufen lag noch der in den letzten Stunden gefallene Neuschnee.

Auch die Spuren der zahlreichen Kollegen, die ein- und ausgegangen waren, konnte Will nicht mehr erkennen. Er stieg vorsichtig die Treppe hoch und hielt den Schlüssel bereits in der Hand. Er schob ihn in das Schloß, mußte ihn zweimal drehen, dann konnte er die Haustür aufstoßen.

Will betrat einen schmalen Flur. Im Haus selbst war es ziemlich kalt. Jemand hatte die Heizung abgestellt. Leise drückte der Kommissar die Tür hinter sich zu. Seine Fellmütze hatte er im Wagen gelassen. Er trug über dem Anzug den Thermomantel, ging in die kleine Diele und blieb an der untersten Treppenstufe stehen.

Es konnte Einbildung sein, aber er glaubte, Blut zu riechen.

Wieder dachte er an die gestochen scharfen Polizeifotos, die er gesehen hatte, und daran, daß auch ein Tier für die Tat verantwortlich sein konnte.

Es war klar, daß er nichts fand, dafür arbeitete die Spurensicherung einfach zu gut. Trotzdem wollte er sich im Haus umsehen.

Er fand eine Küche, eine Toilette, ein Zimmer, in dem der Kommissar Gäste untergebracht hatte. Dort standen nur ein Doppelbett, zwei Stühle und ein Kleiderschrank.

An den Fenstern sah er Eisblumen wachsen. Das erinnerte ihn wieder an seine Jugend. Früher, als es noch keine Heizungen gab, wuchsen oft Eisblumen an den Scheiben hoch, und Will konnte sich auch daran erinnern, oft mit der Zunge darüber geleckt zu haben.

Wie lange lag das schon zurück?

Der Tote war in der oberen Etage gefunden worden, und dort wollte der Kommissar hin.

Er verließ die kleine saubere Küche im Erdgeschoß und stieg die enge Treppe hoch. Man hatte früher platzsparend gebaut und die Stufen entsprechend steiler angelegt. Ein grünbeiger Teppich bedeckte sie in der Mitte.

Der Flur oben war ebenfalls schmal. Darüber befand sich noch ein Spitzbogen. Er konnte durch eine Luke betreten werden, die allerdings geschlossen war.

Mallmann sah drei Türen. Als er die erste öffnete, schaute er in das Bad. Ein viereckiger, fensterloser Raum, dessen Wände mit grünen Kacheln bedeckt waren.

Daneben, aber nur über den kleinen Flur zu erreichen, lag das Schlafzimmer. Auch dort hatten die Kollegen schon gearbeitet, aber im Prinzip alles so gelassen, wie es gewesen war. Will schaute auf das zerwühlte Bett. Robert Moor war in der Nacht ermordet worden. Irgend etwas mußte ihn geweckt haben, da war er aufgestanden und in den Wohnraum gegangen, wo es ihn dann erwischt hatte.

Dieses Zimmer interessierte den Kommissar besonders. Dort sah er auch den Schreibtisch, der zwar ebenfalls untersucht worden war, doch der Kommissar wollte noch einmal in den Unterlagen nachschauen. Möglicherweise fand er eine Spur, die seine Kollegen übersehen hatten.

Als er einmal kurz vom Schreibtisch aufsah, fiel sein Blick auf ein Bild.

Robert Moor hatte alte Sachen gesammelt. Keine sehr wertvollen Antiquitäten, aber er hatte auch ein Faible für Gemälde gehabt. An den Wänden hingen zahlreiche Ölgemälde von unterschiedlicher Größe und verschiedenen Motiven.

Die meisten konnte man getrost vergessen, bis auf das eine, das der Kommissar jetzt betrachtete.

Es war ein Bildnis des Schreckens.

Zwei gefährliche Monstren waren darauf zu sehen. Wilde Tiere mit mächtigen Krallenpranken, gorillaähnlichen Gesichtern und Muskeln, an denen der gute Arnold Schwarzenegger seinen Spaß gehabt hätte. Die Bestien hatten die Mäuler aufgerissen. Ihre beiden Zahnreihen leuchteten in einem kalkigen Weiß.

Sie standen auf dem Sprung. Irgendein Hindernis hatten sie bereits überwunden. Wahrscheinlich eine Tür oder ein Tor. Das Holz war herausgefetzt, und sie waren dabei, eine

Flammenhölle zu verlassen. Ob das Feuer ihren Auftritt nun begleitete oder sie vernichten wollte, war leider nicht festzustellen.

Will Mallmann schluckte. Dieses Motiv hätte er nicht erwartet. Wie war sein Kollege überhaupt dazu gekommen, sich ein solches Gemälde anzuschaffen?

Kopfschüttelnd stand Will Mallmann davor. Das Bild war gut zwei Meter hoch und strahlte einen gewissen Schrecken aus. Die Bestien waren so realistisch gemalt, daß sie aussahen, als würden sie jeden Augenblick auf den Betrachter zuspringen.

Will dachte wieder an die Worte des Kollegen. Er vergegenwärtigte sich die Bilder des Toten. Robert Moor war auf eine furchtbare Art und Weise ermordet worden, als hätten irgendwelche Bestien ihn in den Klauen gehabt.

Die Gestalten auf dem Bild paßten dazu.

Aber sie waren gemalt, nicht echt. Sie konnten den Mann nicht umgebracht haben.

Wenn man normale Maßstäbe anlegte …

Und gerade da wurde der Kommissar stutzig. Will Mallmann hatte in seinem Leben schon einiges mit- und durchgemacht. Er wußte, daß es rätselhafte Ereignisse gab, die man hinnehmen mußte, die aber kaum zu erklären waren, weil da ein Faktor die Verantwortung trug, den die meisten Menschen schon vergessen hatten oder nicht akzeptieren wollten.

Magie!

Hatte sein Chef ihn deshalb nach Nürnberg geschickt? Der Kriminalrat war ein alter Fuchs. Will konnte sich gut vorstellen, daß er hinter dem Mord mehr gesehen hatte als alle anderen, und der Kommissar nahm sich vor, das Bild untersuchen zu lassen. Allein konnte er es kaum aus dem Haus schaffen, man mußte ihm Unterstützung schicken.

Zuvor wollte er es noch genau abtasten. Dazu ging er nahe an das Gemälde heran.

Seine Fingerkuppen fuhren über die Fläche. Er fing oben

an, tastete sich weiter vor und fühlte eigentlich nichts, was für ein Ölgemälde ungewöhnlich gewesen wäre. Er ertastete wegen der ungleich aufgetragenen Farbe »Berge« und »Täler«. Er zeichnete die Konturen sehr genau nach und konnte schließlich nur die Schultern heben, da er nichts Unnormales entdeckt hatte.

Auch dic zweite, vordere Gestalt der Bestien nahm er unter die Lupe. Die beiden Wesen standen hintereinander. Er strich über den Kopf, die Stirn, die Augen, die Ohren, das Kinn, die Schnauze …

Will Mallmann schüttelte plötzlich den Kopf. Etwas gefiel ihm gar nicht, war anders als sonst.

Er zog seinen Arm zurück und sah sich seine Hand an. Besonders die Kuppen des Zeige- und Ringfingers.

Dicht unter dem Nagel schimmerte etwas Rotes.

Mallmann nickte, er wußte Bescheid.

Das war Blut!

In den folgenden Sekunden stand er stocksteif auf dem Fleck und dachte nur nach. Ein kalter Schauer lief von seinem Nacken herab über den Rücken und wollte einfach nicht weichen.

Mallmann grübelte über eine Erklärung nach. Woher stammte das Blut? Es gab nur eine Möglichkeit. Es mußte von dem toten Kollegen sein. Aber wie war es auf das Bild gelangt?

Die Kollegen hatten die gröbsten Spuren beseitigt. Nur noch einige dunkle Flecken auf den Polstern der Sitze und auf dem Teppich zeugten davon, welch eine Tragödie sich hier abgespielt hatte. Aber wer hatte so grausam zugeschlagen?

Das war eine Frage, die der Kommissar nicht beantworten konnte. Er schaute wieder auf seine Fingerkuppen, hob dann den Blick und starrte gegen das Maul der ersten Bestie.

War sie es?

Hatte er hier auf dem Bild den Mörder des Oberkommissars vor sich? Will Mallmann atmete schwer aus, schüttelte den Kopf und flüsterte: »Verdammt, verdammt, das wird schwer.« Er knetete seine Römernase und gab sich einigen Überlegungen hin. Wenn diese auf Tatsachen beruhten, dann hatten es die Bestien geschafft, das Bild zu verlassen.

Lebende Bilder? Gab es die überhaupt?

Normalerweise nicht, doch der Kommissar war kein heuriger Hase mehr. Er wußte mehr über gewisse Dinge und konnte sich durchaus vorstellen, daß auch lebende Bilder existierten, sofern sie magisch beeinflußt worden waren.

Nicht umsonst zählte der Geisterjäger John Sinclair zu seinen Freunden. Und der hatte sich ebenfalls schon mit ähnlichen Phänomenen herumschlagen müssen. Manchmal waren Bilder oder Spiegel sogar die Einstiege in andere Dimensionen.

Der Kommissar sah sich das Gemälde noch einmal sehr genau an. Vor allen Dingen die unmittelbare Umgebung der Schnauzen. Als er über sie strich, waren plötzlich alle Fingerkuppen mit der roten Flüssigkeit bedeckt.

Will bückte sich und schaute in die Schnauze. Sie war tatsächlich voll Blut.

»Das gibt es doch nicht«, flüsterte Mallmann. »Verflucht, das ist nicht zu fassen.«

Also waren die Bestien die Mörder des Kollegen Robert Moor? Will ging davon aus, aber wie sollte er das den zuständigen Beamten der kleinen Sonderkommission beibringen? Die würden ihn für blöd, für verrückt, einfach für unzurechnungsfähig halten. Was er da herausgefunden hatte, das konnte und durfte einfach nicht sein.

Und doch gab es für ihn keine andere Lösung. Er brauchte Unterstützung aus London. John Sinclair würde sich, wenn Will ihn anrief, sofort in den Jet schwingen und herdüsen.

Falls er überhaupt in der Stadt war.

Plötzlich erschrak der Kommissar, als er aus der unteren Etage ein Geräusch vernahm. Ein Schlag war es gewesen. Kurz und heftig, als hätte jemand die Tür zugedonnert.

Mallmann blieb nicht lange auf dem Fleck stehen. Zwei große Schritte brachten ihn bis zur Tür, die er zur Hälfte aufzog. Mit der rechten Hand holte er die Waffe hervor und richtete die Mündung in den düsteren Flur, bereit, sich notfalls zu verteidigen.

Wenn jemand das Haus betreten hatte, wer konnte es sein? Einer der Kollegen? Nein, der hätte sich anders bemerkbar gemacht.

Will Mallmann verließ das Zimmer. Er ging so leise wie möglich und blieb auf dem Flur stehen. Das Geländer lag direkt vor ihm, er konnte über den Handlauf hinweg in die Tiefe schauen, aber er sah in der Dunkelheit überhaupt nichts. Auch als er Licht machte, entdeckte er niemanden. Will ging noch einmal zurück in das Zimmer und blickte aus dem Fenster. Vielleicht waren der oder die Personen mit einem Wagen gekommen und hatten ihn vor dem Haus geparkt.

Nein, nichts. Nur Wills alter Manta stand dort.

Der Kommissar zog sich wieder zurück. Allmählich glaubte er daran, daß er allein im Haus war. Vielleicht hatte irgendwo ein Fenster offengestanden, das durch einen Luftzug zugeschlagen war. Je mehr Zeit verging, um so stärker tendierte Will zu dieser Möglichkeit.

Er verließ das Zimmer und schritt über den Flur. Niemand begegnete ihm an der Treppe. Er blickte die Stufen hinab. Da er das Licht hatte brennen lassen, sah er auch den Schatten des Handlaufs, der sich auf den Stufen abzeichnete.

Will Mallmann hatte sich innerlich zwar wieder beruhigt, dennoch ging er vorsichtig und war auf der Hut. Er lauschte auf jedes fremde Geräusch, hörte aber nur seine eigenen Schritte und seinen Atem.

Auf der drittletzten Stufe verharrte er und schaute zu den drei Türen im Flur.

Will achtete auf die Spuren an der Haustür. Nur seine sah er im Augenblick.

Er mußte näher heran, das Licht war zu schlecht. Als er

die Treppe hinter sich gelassen hatte und sich bückte, da entdeckte er außer seinen nassen Fußspuren auch noch andere.

»Also doch!« flüsterte er.

»Rühr dich nicht!«

Die Stimme peitschte durch den Flur. Sie traf den Kommissar wie eine Eisdusche.

Er blieb in der geduckten Haltung, drehte nur den Kopf ein wenig nach links und sah am Zugang zur Küche einen Bewaffneten stehen, der mit einem schweren Revolver auf ihn zielte ...

Intervallweise stieß der Kommissar den Atem durch die Nase aus. Für einen Moment tanzten Schatten vor seinen Augen. Er war wie ein Anfänger in die Falle gelaufen.

Noch hielt er seine Walther in der Hand.

Das sah auch der andere. »Laß die Kanone fallen!«

Will überlegte, wie gut oder schlecht seine Chancen standen. Der andere hielt einen Revolver in der Hand, und er seine Pistole. Jetzt müßte es sich erweisen, wer schneller war und die besseren Nerven hatte. So leicht wollte es der Kommissar dem Kerl nicht machen.

Der Mann trug eine dicke Lammfelljacke. Sie stand offen. Will sah den schwarzen Wollpullover, den auf der Brust ein großes B schmückte. Dann blitzte auch schon die Mündungsflamme auf. Es hatte ihn erwischt! Das Geschoß drang raketenartig durch seine dicke Winterkleidung und bohrte sich in das Fleisch.

Will spürte den Schlag, er fiel zurück, die Lähmung kam, dann der verdammte Schmerz.

Die Walther rutschte ihm aus den Fingern. Er sah sie fallen und hatte den Eindruck, als würde sie auf einem schwankenden Boden liegenbleiben.

Mallmann lag auf der Seite. Von seiner Stellung aus gesehen wirkte der Mann übergroß, schon fast riesig. Und er erhielt Verstärkung, denn aus der Küche erschien ein zweiter.

Fast ebenso angezogen wie der erste. Auch der andere trug einen Pullover mit einem B auf der Brust. Trotz seiner Schwäche und Schmerzen fragte sich der Kommissar, was das nur für Menschen waren, die auf einen Polizisten schossen, der ihnen nichts getan hatte. Es mußten eiskalte Killer sein, die mit einem bestimmten Auftrag unterwegs waren.

Die beiden Männer standen dicht beisammen. Sie unterhielten sich. Obwohl sie nicht gerade flüsternd sprachen, verstand der Kommissar kein Wort. Sein Gehör hatte gelitten. Er fühlte sich unendlich schwach und auch schlecht. Manchmal schwankten die Gestalten, dann wiederum hatte er den Eindruck, als würden sie sich verdoppeln.

Schließlich traten sie auf ihn zu. Die Walther stießen sie zur Seite und hoben sie dann auf.

Derjenige, der geschossen hatte, grinste Mallmann scharf an, doch seine Gesichtszüge zerflossen zu einer breiigen Masse, die zu einem Monsterkopf gepaßt hätte.

Wortlos stiegen sie über ihn hinweg, ohne ihn zu berühren.

Wenig später hörte Will ihre Schritte. Trotz des dämpfenden Teppichs dröhnte jeder Tritt in seinen Ohren und verursachte Kopfschmerzen.

Der Kommissar befand sich in einem Zustand zwischen Wachsein und Dahindämmern. Er verlor Blut und verspürte stechende Schmerzen.

Was wollten die Männer?

Sie waren nicht ohne Grund in das Haus eingedrungen und hatten rücksichtslos geschossen. Doch den Grund dafür kannte Will noch nicht.

Es fiel ihm schwer, weiter darüber nachzudenken. Er wurde immer schwächer.

Zeit verging.

Der Kommissar blieb liegen. Er konnte sich nicht bewegen und erst recht nicht bis zur Tür robben, um einen Fluchtversuch zu wagen. Dann vernahm er abermals die dumpfen Geräusche.

Jetzt kamen die Killer zurück!

Jede Stufe, die sie hinter sich ließen, brachte sie näher an den Kommissar heran. Will dachte daran, daß er ein Zeuge gewesen war. Noch lebte er, vielleicht würden die anderen kurzen Prozeß machen und noch einmal schießen.

Aber dann richtig.

Wer so brutal vorging, der konnte nicht anders handeln, davon ging Will aus.

Sie hatten die Treppe hinter sich gelassen. Mallmann hörte sie reden und keuchen.

»Sei doch vorsichtig und halt fest. Wenn wir das Bild zerstören, gibt es Zunder.«

»Ja, ja, ich paß schon auf.«

Will konnte nichts sehen. Aus der Unterhaltung hatte er nur entnommen, daß die beiden gekommen waren, um ein Bild zu stehlen. Er konnte sich gut vorstellen, um welch ein Gemälde es sich dabei handelte.

Sie öffneten die Haustür.

Durch den Flur wehte ein eiskalter Windzug wie ein Totenhauch aus der Gruft.

Er strich auch über das Gesicht des Kommissars. Will bekam eine Gänsehaut.

In den folgenden Minuten würde sich sein Schicksal entscheiden. Wenn sie zurückkamen, war es endgültig aus. Kamen sie nicht, hatte der Kommissar möglicherweise noch eine Chance.

Die Tür knallte zu.

Sie kehrten nicht zurück. Er hörte auch ihre Schritte draußen nicht. Will war allein mit seiner Schwäche, der Kugel im Leib und mit dieser verdammten Angst.

Natürlich wußten die Kollegen, wo er hingefahren war. Und sie würden auch mißtrauisch werden, wenn er sich nicht meldete. Vielleicht war er dann aber schon verblutet.

Noch konnte sich der Kommissar einigermaßen halten, doch die Wogen der anrollenden Bewußtlosigkeit überschwemmten ihn in immer kürzeren Abständen. Bald würde er nichts mehr spüren.

Hin und wieder hörte er sich stöhnen.

Er sah seine Umgebung nur noch verschwommen. Der Schmerz in seiner rechten Brust wurde unerträglich, und irgendwann war der Zeitpunkt da, wo er nicht mehr konnte.

Wie eine Wand fiel die Bewußtlosigkeit auf den Kommissar zu, der es nicht mehr schaffte, sich dagegen anzustemmen.

War das Mallmanns Ende?

Der Himmel muß aus Licht bestehen, dachte Will Mallmann plötzlich, als er mühsam die Augen aufschlug und in die Lampe über sich schaute.

»Er kommt zu sich«, sagte jemand.

»Ein Glück.«

»Ja, es war knapp.«

»Außerdem ist er nicht mehr der Jüngste«, erwiderte der andere, dessen Stimme Mallmann kannte.

Bevor ihm die Augen wieder zufielen, öffnete er sie noch einmal. Zwei Schatten verdunkelten jetzt das Licht. Einer drehte sich zur Seite, der andere blieb.

Aus dem Schatten wurde ein Gesicht.

»Hallo, Mallmann, willkommen bei den Lebenden!«

»Sie hier?« flüsterte Will schwach.

»Was sollte ich denn machen als Ihr Vorgesetzter? Ich habe Sie schließlich in diese Scheiße hineingeritten. Daß sich so etwas daraus entwickeln würde, konnte wohl niemand ahnen.«

»Nein, das nicht.«

»Die Weißkittel haben Ihnen die Kugel aus dem Körper geholt, Will. War eine Heidenarbeit, kann ich Ihnen sagen. Wir haben Sie verdammt spät entdeckt, doch dann ging es rund.«

»Das kann ich mir vorstellen.« Mallmann versuchte, den Kopf zu drehen. Er schaffte es nicht.

»Sie müssen ruhig liegen«, erklärte der Kriminalrat. »Es wird einige Wochen dauern, bevor Sie wieder an Ihrem Schreibtisch sitzen können.«

»Wo haben Sie mich hingebracht?«

»Nicht in die Schwarzwaldklinik. Sie befinden sich in einem Nürnberger Krankenhaus. Wenn Sie wieder auf den Beinen sind, reden und sehen wir weiter.«

»Nein, das nicht.«

»Wieso?«

»Ich ... ich muß Ihnen noch etwas sagen, Chef.«

Der Kriminalrat lachte. »Aber nicht jetzt, Will.«

»Doch, Herr Weber, doch.« Der Kommissar fühlte sich verdammt schwach, aber er dachte auch daran, daß ihm etwas widerfahren war, das er nicht für sich behalten konnte. Dazu war er einfach zu sehr Polizist.

»Dann machen Sie es kurz, Will.«

»Ich weiß, wer die Mörder des Kollegen sind.«

Eine Pause entstand, bevor Weber fragte: »Die beiden, die auch Sie niedergeschossen haben?«

Mallmann protestierte. »Nein, Herr Weber, nein. Die Mörder des Kollegen sind aus dem Bild gekommen, das im Wohnzimmer steht. Sie haben sich daraus gelöst, begreifen Sie das?«

»Wie?«

Dem Kommissar fiel es schwer zu sprechen. Das merkte auch Weber. Er wollte Will daran hindern, eine nächste Aussage zu treffen, doch Mallmann war zäh.

»Lassen Sie mich noch etwas sagen. Es waren die Bestien. Sie müssen aus dem Bild gekommen sein. Ich habe Blut entdeckt, und die anderen beiden haben das Bild abgeholt. Ich habe auch gesehen, daß sie Pullover trugen, auf denen ein großes B stand. Merken Sie sich das. Ein großes B.«

»Ist gut.«

Aber Will war noch nicht am Ende. Er mußte noch etwas loswerden. »Tun Sie mir einen letzten Gefallen, Herr Weber. Wir schaffen es nicht allein, den Fall zu lösen. Dazu sind wir zu schwach. Rufen Sie in London an. Sie wissen ja. John Sinclair. Er soll kommen, er muß kommen. Das ist gefährlich. Nur er kann es schaffen ...«

Kriminalrat Weber schaute zu, wie Will wieder zurücksackte und die Gesichtszüge des Kommissars erstarrten, als würde er tief schlafen.

Dabei war er bewußtlos geworden.

Weber klingelte nach dem Arzt. Der kam sofort, schaute auf den Patienten und auf die Instrumente neben dem Bett, an die der Kommissar angeschlossen war. Sie überwachten die Funktionen der lebenswichtigen Organe.

»Haben Sie ihn aufgeregt?« fragte der Doktor.

»Er selbst wohl.«

Der Arzt zog ein bedenkliches Gesicht. »Tun Sie sich und dem Kommissar einen Gefallen, lassen Sie ihn in Ruhe. Er muß sich jetzt erholen. In den nächsten Tagen wünsche ich keinen dienstlichen Besuch mehr von Ihnen, Herr Kriminalrat. Ansonsten lehne ich jegliche Verantwortung für den Patienten ab.«

»Ich habe verstanden, Doktor.«

Mit einem letzten Blick auf das bleiche eingefallene Gesicht des Kommissars verließ Weber das Krankenzimmer. Im Flur verabschiedete er sich von dem Arzt. In Gedanken versunken, verließ er das Krankenhaus. Im Park atmete er die kalte Luft ein.

Nach dem Schnee war der Himmel wieder blau geworden. Auf Webers Dienstwagen lag eine Eisschicht. Der Kriminalrat setzte sich hinter das Lenkrad und startete.

Er benötigte erst einmal Ruhe, um nachdenken zu können. Am Weg fand er ein kleines Café. Er nahm in dem überheizten Raum Platz und bestellte einen Weinbrand und einen Kaffee. Beides trank er in kleinen Schlucken. Dabei dachte er nach.

Das Stimmengemurmel der anderen Gäste störte ihn dabei nicht. Weber war hergekommen, um nachzudenken. Seine Gedanken drehten sich um einen Mann namens John Sinclair.

Persönlich hatte er den Yard-Oberinspektor noch nicht kennengelernt, aber viel von ihm gehört. Will Mallman hatte oft genug über ihn berichtet. Jeder Fall, den die beiden

Männer gemeinsam gelöst hatten, war in das Gebiet des Okkulten, des Nichtfaßbaren abgeglitten, wo man mit normalen Methoden nicht weiterkam. Aus diesem Grunde war Will Mallmann so etwas wie ein deutscher Geisterjäger geworden.

Was er sagte, hatte Hand und Fuß. Als die Kellnerin kam und kassierte, hatte sich Weber entschlossen.

Er würde in London anrufen.

Das tat er im Präsidium und hatte das Pech, John Sinclair nicht zu erwischen. Statt dessen verband man ihn mit seinem Chef, Sir James Powell. Auch dieser Name war Weber geläufig. Die beiden Männer sprachen ungefähr fünf Minuten sehr sachlich miteinander. Dann hatte Weber den Engländer überzeugt.

John Sinclair würde kommen. Nur eines war dabei noch unklar. Der Zeitpunkt.

Nürnberger Lebkuchen, die Spielwarenmesse und der weltberühmte Christkindl-Markt fielen mir ein, wenn ich an Nürnberg dachte.

Ich selbst hatte dort noch nie zu tun gehabt, aber das sollte sich ja jetzt ändern. Wenn Will rief, brannte es zumeist. Diesmal hatte es ihn erwischt.

Mein Hals war trocken, als ich den blauen Leih-BMW mit den dicken Winterreifen auf dem Parkplatz des Krankenhauses ausrollen ließ. Für mich war es Ehrensache, den Kommissar zu unterstützen. Um mich aber einschalten zu können, mußte ich zunächst einmal mit ihm über seine Erlebnisse reden.

Natürlich hatte ich mit Kriminalrat Weber, Mallmanns Vorgesetztem, gesprochen. Zentraler Punkt in diesem Fall schien ein schreckliches Gemälde zu sein. Ein Bild, das unter Umständen lebte.

Wie der genaue Zusammenhang war, wußte ich nicht, darüber sollte mir Mallmann Aufklärung geben.

Ich hatte mich sicherheitshalber beim Oberarzt der Station angemeldet und durfte kommen. In der Halle war es warm, die Kälte blieb zurück, ich knöpfte meinen Mantel auf und trug meine Wünsche der Angestellten am Empfang genau vor.

Sie lächelte, nickte und telefonierte schließlich mit dem Arzt.

Ich mußte noch etwas warten. Schließlich erschien ein grauhaariger Mann, der noch einen jugendlichen Gang hatte, und stellte sich als Doktor Heister vor.

»Ich bin John Sinclair.«

»Von Scotland Yard?«

»Genau.«

Dr. Heister lächelte. »Ich hätte nie gedacht, daß der Fall so große Kreise ziehen würde.«

»Manchmal sind es eben die relativ kleinen Dinge, die große Wellen werfen.«

»Aber strengen Sie den Patienten nicht zu sehr an!« bat er mich.

»Geht es ihm schlecht?«

»Ich würde sagen, den Umständen entsprechend. Er hat eine gute Konstitution und den festen Willen, gesund zu werden ...« Der Arzt lächelte. »Sie werden es ja erleben.«

Mit dem Fahrstuhl fuhren wir in die dritte Etage. Der Gang roch wenig freundlich, die Zimmertüren standen zum Teil offen. Hinter einer Doppelglastür wurde es stiller.

Hier lagen die schwereren Fälle. Der Arzt klopfte an die Tür mit der Nummer 20, öffnete, streckte seinen Kopf in den Raum und sagte: »Besuch für Sie, Herr Mallmann.«

»Soll reinkommen.«

Ich betrat das Zimmer. Zwei Bücher hatte ich Will mitgebracht. Blumen waren mir einfach zu blöd. Als ich den Raum betrat, fiel mein Blick sofort auf das Bett. Will Mallmann hing noch am Tropf. Der Kommissar hatte eine sitzende Haltung eingenommen, blickte mir entgegen, und über seine blassen Lippen flog ein Lächeln.

Ich räusperte mich und nickte dem Freund aus Deutschland zu. »Meine Güte, Will, was machst du nur für Sachen?«

»John!« In seine Augen kam Leben und Freude. Er war über meinen Besuch begeistert. »Endlich bist du da.«

»Es ging nicht eher.« Ich nahm auf der Bettkante Platz, legte die Bücher zur Seite und reichte ihm die Hand. »Das war wirklich eine böse Überraschung, als ich von dir hörte.«

»Bist du allein?«

»Ja. Suko muß in London bleiben. Wenn es zu hart wird, kommt er sicherlich nach.«

Will nickte. »Hart kann es schon werden. Und dabei weiß ich nicht einmal, was da genau läuft.«

»Dein Chef erzählte mir etwas von einem Bild.«

»Ja, es ist ein schreckliches Gemälde. Er zeigt zwei Monster auf der Flucht aus einem brennenden Zimmer.«

»Was für Monster?«

»Mischungen zwischen Werwölfen und Gorillas. Ich gehe davon aus, daß dieses Bild lebt.«

Sehr ernst nickte ich. »Dann hätte ich gern von dir Einzelheiten gehört, Will.«

Der Kommissar erzählte. Hin und wieder nahm er einen Schluck von seinem Vitaminsaft. Seine Stimme klang noch schwach, es fiel ihm auch schwer, sich an Einzelheiten zu erinnern, aber schließlich hatte er alles auf die Reihe bekommen.

»Mehr kann ich dir nicht sagen, John.«

»Das reicht doch schon.«

»Meinst du wirklich?«

»Ja. Ich denke da an die beiden Killer, die du gesehen hast.«

»Wieso?«

Ich beugte mich dem Kommissar entgegen. »Bist du dir sicher, Will, daß die beiden Männer auf den Vorderseiten ihrer Pullover ein großes B hatten?«

»Völlig sicher.«

»Dann gehören sie zu Baphomet.«

»Wer ist das schon wieder?«

»Eine abtrünnige Templer-Gruppe.«

»Templer?«

»Sie spielen eine immer größere Rolle in meinem Leben. Ich hatte schon das Gefühl gehabt, selbst zu ihnen zu gehören.« Ich dachte bei dieser Erklärung an einen gewissen Hector de Valois, der in mir wiedergeboren war.

Das sagte ich Will Mallmann nicht. Ich wollte ihn nicht unnötig aufregen.

»Jedenfalls mußt du dich in erster Linie um das Bild kümmern. John.«

»Das war mir klar. Ich habe auch schon mit Herrn Weber über dieses Thema gesprochen.«

»Ist etwas dabei herausgekommen?«

»Nicht direkt. Man war natürlich nicht untätig. Deine Kollegen haben geforscht und sind Spuren nachgegangen. Unter anderem haben sie herausgefunden, wo der Tote das Bild erstanden hat.«

»Wo denn?«

»Bei einem Händler hier in Nürnberg. Er hat sein Geschäft in der Altstadt.«

»Ist der Mann verhört worden?«

»Ja, nur ist nichts dabei herausgekommen. Er hat alles abgestritten.«

»Das kann ich mir vorstellen.« Will Mallmann blickte mich scharf an. »Wie ich dich kenne, John, wirst du dich mit dieser Auskunft nicht zufrieden geben.«

»Sehr richtig. Ich fahre zu dem Mann, und zwar noch heute.«

»Ja, das ist gut. Ich hätte das auch so gemacht.« Der Kommissar verzog das Gesicht. »Verdammt, John, du kannst dir nicht vorstellen, wie es in mir aussieht. Ich liege hier in einem Krankenhaus herum, kann selbst nichts tun und muß andere für mich ermitteln lassen. Das ist grauenhaft ...«

»Gut, Will. Grauenhaft gut, mein Lieber. Ich bin froh, dich in guter Obhut zu wissen.«

»Ach, hör auf.«

»Noch etwas. Kannst du mir die Männer beschreiben, die das Bild abgeholt haben?«

»Sie sahen aus wie alle in diesem Winter«, sagte Will nach einigem Überlegen. »Tatsache. Sie trugen dicke, gefütterte Jacken und die Pullover mit den Buchstaben.«

»Kein weiteres Merkmal?«

»Nein.«

»Aber du bist trotzdem ein Zeuge, Will.«

»Das stimmt. Nur rechne ich nicht damit, daß sie zurückkehren und versuchen werden, mich umzubringen. Wenn sie das vorgehabt hätten, hätten sie es billiger haben können.«

Da gab ich Will recht. Ich stand auf.

»Du willst schon weg?«

»Ja, der Job.« Ich deutete auf die beiden Bücher. Es waren Krimis mit Gruseltouch. »Du kannst ja nachlesen, wie es deinen Kollegen in den Büchern ergeht.«

»Mal sehen.«

Ich reichte meinem deutschen Freund die Hand. »Kopf hoch, alter Junge. Ich sehe noch einmal vorbei.«

»Das will ich auch hoffen.« Mallmanns Grinsen fiel verzerrt aus. Ich konnte es ihm nachfühlen. Es ist eben nicht jedermanns Sache, in einem Krankenbett zu liegen und darauf zu warten, daß man wieder gesund und munter wird. Ich bin auch ein ungeduldiger Patient.

Den Arzt traf ich auf dem Flur. »Alles in Ordnung?« fragte er mich und musterte mich schnell.

»Ja und auch mit dem Kommissar, glaube ich.«

Dr. Heister winkte ab. »Klar, er wird sich wieder erholen. Da bin ich mir ganz sicher.«

Mit einem Händedruck verabschiedeten wir uns voneinander. Diesmal verließ ich beruhigter das große Krankenhaus, da ich meinen Freund in guten Händen wußte.

Aus der großen Glastür trat ich wieder hinein in einen herrlichen Wintertag. Durch die kalten Temperaturen war der Schnee liegengeblieben.

Im Wagen holte ich den Stadtplan von Nürnberg hervor und breitete ihn auf den Knien aus.

Ich mußte über die Pegnitz zum Handwerkerhof »Alt

Nürnberg«. Man hatte mir erzählt, daß es dort aussah wie im Mittelalter. Auch die Geschäfte und kleinen Handwerksbetriebe wurden so geführt wie zu alten Zeiten.

An der Augustinerstraße, die die Nordgrenze dieses einmaligen Gebiets bildete, gab es ein Parkhaus. Das steuerte ich an.

Wahrscheinlich hätte ich im Sommer oder während einer Messe keinen Parkplatz gefunden, doch in meinem Fall hatte ich Glück. Ich konnte in das Parkhaus fahren und brauchte nicht erst groß herumzukurven. Schon in der unteren Etage fand ich noch zahlreiche freie Lücken, wo ich den Leihwagen abstellen konnte.

In den letzten Wochen war ich zu einem Leihwagen-Fahrer geworden, denn man hatte mir meinen Bentley zerstört. Wann ich mir ein neues Fahrzeug zulegen konnte, stand noch in den Sternen.

Die Stadt duckte sich unter der Kälte. Auf den Dächern lag der dicke Schnee. Wenn er die Straßen bedeckte, wirkte er manchmal wie ein weißer Teppich. Man hatte nur die Hauptstraßen geräumt. In den Seitenstraßen rutschten die Autos manchmal mehr, als es ihren Lenkern lieb sein konnte.

Ich mußte ebenfalls sehr vorsichtig meine Schritte setzen und befand mich schon Minuten später in einer völlig anderen Welt. Sehr eng waren die mittelalterlichen Gassen angelegt, nur selten gerade. Wer durch dieses »Alt Nürnberg« schritt, der wurde unwillkürlich an Richard Wagners Werk »Die Meistersinger von Nürnberg« erinnert. Ich hätte mich nicht gewundert, wenn mir ein Hans Sachs oder ein Stolzing begegnet wäre.

Es herrschte nicht viel Betrieb. Die Menschen, die ich auf den Straßen traf, waren vermummt.

Ich suchte diesen Händler. Wie er genau hieß, wußte ich nicht. Seinen Laden führte er unter dem Namen Bilder-Franz. Neben einer Apotheke war ich stehengeblieben und fragte einen Kunden, der den Laden verließ. Der ältere Mann nickte bedächtig, bevor er mir den Weg beschrieb. Es war gar nicht mal weit, ich mußte in die nächste Gasse rechts einbiegen und sie fast bis zum Ende durchgehen.

Ich bedankte mich und stand wenig später vor meinem Ziel. Um den Laden zu erreichen, tauchte man in eine Einfahrt. Zwei Schülerinnen standen dicht zusammen daneben und rauchten.

Die Einfahrt endete vor der Ladentür. Ich schob sie auf und hörte das Spiel einer kleinen Glocke, die von der oberen Türkante angestoßen worden war.

Dicht hinter der Tür begann eine Treppe mit vier Stufen, die hinab in den Laden führte. Er war in einem Gewölbe untergebracht. Eine Rundbogendecke wurde von mehreren Pfeilern getragen. Als Lichtquellen dienten Laternen aus Gußeisen, die ihren gemütlich wirkenden Schein über die ausgestellten Gegenstände warfen.

Ich sah Bilder über Bilder.

Nur die Hälfte von ihnen hing an den Wänden, die anderen standen auf Staffeleien, als hätte der Maler nur eben eine kurze Pause eingelegt, um anschließend weiterzuarbeiten.

Da sich niemand blicken ließ, begann ich mit einer kurzen Inspektionstour durch den weitläufigen Verkaufsraum.

Ich sah keine einheitliche Richtung bei den Bildern. Sie zeigten jeweils verschiedene Motive. Da wechselten sich Stilleben mit Landschaftsbildern ab, da sah ich Porträts, Menschengruppen oder abstrakte Motive. Die allerdings waren in der Minderzahl.

Die großen Bilder zeigten zumeist düstere Szenen, für die der Maler viel Platz auf der Leinwand benötigte. Schlachten und Kriegsgemälde. Familien von unterschiedlichem Stand und verschiedener Herkunft. Das konnte ich an den Kleidungen erkennen.

Ich entdeckte kein einziges Horror-Motiv. Aber Oberkommissar Robert Moor hatte das Bild in diesem Geschäft gekauft.

»Gefällt es Ihnen, mein Herr?«

Ich hatte den Sprecher nicht kommen gehört und sah ihn erst, als ich mich umdrehte.

»Sind Sie der Bilder-Franz?« erkundigte ich mich.

»Ja, der bin ich.«

Ich schaute ihn mir an. Er war ein kleiner Mensch mit einer Halbglatze und einem runden Gesicht, in dem die kleinen schwarzen Augen besonders auffielen. Seine Nase war leicht gebogen. Sie stand wie ein Erker über seiner Oberlippe. Er trug ein großkariertes Jackett in Brauntönen und eine dunkle Cordhose. Das Hemd unter der Jacke bestand aus dickem Winterstoff.

»Ich hätte gern mit Ihnen gesprochen.«

»Sie wollen nichts kaufen?«

»Nein.«

Seine schmalen Lippen verzogen sich. »Wer sind Sie, und um was geht es bei Ihrem Besuch?«

»Mein Name ist John Sinclair. Ich bin Engländer ...«

»Sind Sie extra wegen mir nach Nürnberg gereist?«

»Unter anderem.«

»Sie sehen aus wie ein Polizist.«

»Ich will ehrlich sein, ich bin Polizist. Kannten Sie auch Robert Moor?«

Er schaute mich wieder sehr prüfend an, so daß es mir schon unangenehm war. »Er war ein Kunde von mir.«

»Sie haben schon mit den deutschen Kollegen gesprochen?«

»Sehr lange sogar.«

»Was ist dabei herausgekommen?«

Bilder-Franz drehte sich um. Er verschwand zwischen den Staffeleien, so daß mir nichts anderes übrig blieb, als ihm zu folgen. Auf dem Weg machte ich mir über ihn meine Gedanken.

War dieser Mensch tatsächlich so seltsam und ungewöhnlich, oder spielte er mir etwas vor? Ich hatte bisher einige Antiquitätenhändler kennengelernt und allesamt schon als etwas außergewöhnlich eingestuft. Es war eben eine Kaste für sich. Auch dieser Bilder-Franz gehörte dazu. Das machte ihn nicht unbedingt verdächtig.

Er führte mich in sein Büro. Ich mußte mich ducken, als ich unter dem Türbalken herschritt, da er ziemlich niedrig war. Ein Schreibtisch, zwei offene Rollschränke und zwei kleine Sessel bildeten die Einrichtung.

»Nehmen Sie Platz!« sagte der Mann.

Ich setzte mich, während er stehenblieb und seine Hände in die Jackentaschen steckte. »Der Mann hat das Bild bei mir gekauft«, erklärte er.

»Das war ja klar.«

»Und was ist Ihnen dann unklar?«

»Wissen Sie, Herr …«

»Sagen Sie ruhig Franz.«

»Okay, Herr Franz. Ich habe Zeit gehabt, mich in Ihrem Laden umzusehen. Die Bilder, die Sie hier ausgestellt haben, sind sehr interessant für einen Sammler. Ich bin keiner. Mich beschäftigten auch mehr die Motive, und da war ich doch verwundert. Sie passen nicht zu dem Bild, das Sie Herrn Moor verkauft haben.«

Bilder-Franz zog die Mundwinkel nach unten. »Ja, ich gebe zu, daß es ein etwas ungewöhnliches Bild war.«

Ich lachte auf. »Ungewöhnlich, sagen Sie? Das war ein Horror-Gemälde. Eine Vision des Schreckens. Monster brechen eine Tür auf und fliehen aus der brennenden Wohnung. Geschöpfe, die eine Mischung zwischen Gorilla und Werwolf darstellen …«

»Haben Sie das Bild gesehen, Herr Sinclair?«

»Man hat es mir beschrieben.«

»Dann hat man Ihnen die Wahrheit gesagt.« Er setzte sich jetzt ebenfalls. »Nur würde es mich interessieren, was Sie von mir wollen. Ich habe das Bild verkauft. Das ist mein Geschäft, wie Sie sicherlich wissen. Zudem kann ich mir nicht vorstellen, daß mein Bild etwas mit dem Mord an dem Oberkommissar zu tun gehabt hat.«

»Ich ziehe es in Zweifel.«

»Das müssen Sie mir erklären.«

»Gern.« Ich legte meinen Arm über die Lehne. »Es gibt Bilder, die lösen etwas in einem Menschen aus. Die einen stimmen ihn fröhlich und ausgelassen. Dann wiederum existieren Gemälde, deren Motive den Betrachter in eine depressive Stimmung versetzen können. Ich denke da nur an die Hinterlassenschaft eines Hieronymus Bosch.«

»Weiter.«

»Zum dritten gibt es Bilder, die gefährlich für den Käufer werden können. Und das muß bei Robert Moor der Fall gewesen sein. Das Bild hat einen unheilvollen Einfluß auf ihn ausgeübt, Franz. Ich bin davon fest überzeugt. Jetzt möchte ich von Ihnen folgendes wissen. Wie alt ist es, von wem haben Sie das Bild, und wer hat es gemalt?«

Bilder-Franz lächelte schmal. »Ist ein bißchen viel auf einmal, finden Sie nicht auch?«

»Wir haben doch Zeit. Sie brauchen sich auch um keinen Kunden zu kümmern.«

»Im Winter ist es immer ruhiger.« Er legte die Stirn in Falten. »Ja«, sagte er leise. »Sie haben mir sehr viele Fragen auf einmal gestellt. Das Bild ist tatsächlich einige hundert Jahre alt. Ich habe es praktisch geschenkt bekommen. Ein Bekannter, der Nürnberg verließ, um in die Fremde zu gehen, wie man so schön sagt, hat es mir überlassen. Das ist alles, mehr kann ich Ihnen nicht sagen.«

»Wenn es so alt ist, wie Sie gesagt haben, war es sicherlich auch wertvoll?«

»Ja.«

»Und den Preis konnte ein Polizist bezahlen?«

Mein Gegenüber begann falsch zu lächeln. »Hätte das Gemälde ein Stilleben gezeigt, wäre es sicherlich unbezahlbar gewesen. Das Motiv war aber so schrecklich, daß es die Kunden abstieß. Ich hätte es nie verkaufen können und habe es dem Mann deshalb zu einem Freundschaftspreis überlassen.«

»Wieviel?«

»Zweitausend.«

»Das ist schon eine Menge Holz.«

»Es kommt auf den Standpunkt an.«

»Für mich ist es das jedenfalls. Aber es kommt noch etwas hinzu. Anscheinend muß das Bild für eine gewisse Gruppe Menschen sehr wertvoll gewesen sein, sonst hätte man es nicht gestohlen.«

»Ich hörte davon.«

»Herr Franz«, sagte ich und schüttelte den Kopf. »Sie versuchen, mich hinzuhalten. Ich habe das Gefühl, als wüßten Sie mehr, aber Sie halten sich zurück und wollen mir nichts sagen. Stimmt das?«

Es klingelte. Ausgerechnet jetzt, wo ich dabei war, den Mann in die Enge zu treiben.

Bilder-Franz stand auf. »Sie entschuldigen mich, Herr Sinclair. Kundschaft. Aber bleiben Sie noch im Büro, ich bin gleich zurück. Es dauert bestimmt nicht lange.«

Etwas schwerfällig ging er davon und ließ mich mit meinen trüben Gedanken und Vermutungen allein.

Für mich war dieser Bilder-Franz ein seltener Vogel. Aber auch ein gefährlicher?

Ich sah mich in seinem Büro um. Bilder entdeckte ich hier nicht an den Wänden, aber mir gegenüber hing ein Tuch an der Wand, das etwas verdeckte. Jedenfalls sah ich die Umrisse des Gegenstandes, die sich schwach unter dem Tuchstoff abzeichneten.

Das konnte ein Bild sein.

Wenn ja, aus welch einem Grund hatte es der Mann verdeckt?

Als Polizist muß man eine gewisse Neugierde besitzen. Davon sprach auch ich mich nicht frei, deshalb stand ich auf und ging auf das Bild zu. An der offenstehenden Bürotür mußte ich noch vorbei. Ich warf einen vorsichtigen Blick in den Verkaufsraum, sah weder etwas von dem Besitzer noch dem Kunden und ging die restlichen Schritte auf das unter dem Tuch hängende Bild zu.

Das Tuch hing an kleinen Haken oberhalb des Bildes. Ich brauchte es nur zur Seite zu schieben. Das tat ich und legte es auf den dicken Rahmen an der Oberseite.

Dann ging ich einen Schritt zurück, um das Gemälde besser betrachten zu können.

Es zeigte einen mittelalterlich gekleideten Mann. Er trug keine Rüstung, sondern ein Wams, Stiefel und eine enge Hose. Auf dem Kopf saß schief eine Mütze, die Ähnlichkeit mit einem Barett hatte. Die Mütze wurde von einer bunten Pfauenfeder geschmückt. Der Mann hatte beide Hände in die Hüften gestützt. Auf seinen Lippen lag ein verwegenes Lächeln, und am Kinn wuchs ein grauer Knebelbart. Der Säbel an seiner linken Seite steckte in einer ledernen Scheide.

So sah ein Kämpfer des Mittelalters aus. An und für sich war an diesem Bild nichts Besonderes. Es hätte mich aber nicht weiter gekümmert, wenn mir diese Gestalt nicht bekannt vorgekommen wäre. Ich hatte diesen Mann schon einmal gesehen.

Und zwar lebend, als mich eine Dimensionsreise in diese Zeit zurückgeschleudert hatte.

Der Mann auf dem Bild war kein Geringerer als Hector de Valois, einer der Templer-Fürsten und der Mann, der in mir wiedergeboren war …

Mich traf nicht der Schlag, ich bekam auch keine weichen Knie, ich spürte nur, wie sich mein Herzschlag beschleunigte.

Mit allem hätte ich gerechnet, damit allerdings nicht. Das war eine der Überraschungen im Leben, mit denen man immer wieder konfrontiert wird.

Hector de Valois!

Der Templer, der Ritter, der Mann, der sich vorgenommen hatte, gegen die Kräfte der schwarzen Magie zu kämpfen und der Hölle ein Bein zu stellen. Der damals mein Kreuz besessen hatte und der von den Horror-Reitern gejagt worden war, als sich die Organisation der Templer in zwei große

Gruppen spaltete, wobei die eine dem Götzen Baphomet diente.

Bei dem Wort Baphomet dachte ich wieder an Will Mallmanns Aussagen. Er hatte davon berichtet, daß die beiden Killer ein B auf ihren Pullovern getragen hatten.

Jetzt bekam dieser Buchstabe für mich eine völlig andere Bedeutung. Im Zusammenhang mit diesem Bild ebenfalls, denn Hector de Valois und Baphomet waren Todfeinde gewesen.

Der große Anführer der Templer war tot. Ich hatte sogar sein Grab gesehen und wußte, daß er zu einem silbernen Skelett geworden war, aber Baphomet existierte noch.

Ich hatte ihn als eine Mischung aus Mensch und Dämon kennengelernt, manifestiert in der Person eines gewissen Vincent van Akkeren, der sich auch Grusel-Star nannte, weil er einige Male Horrorfilme auf seiner Yacht gedreht hatte.

Schloß sich hier in Nürnberg wieder ein Teil des Kreises? Nürnberg ist eine Stadt mit einer sehr interessanten Geschichte. Berühmte Männer haben hier gelebt, wie der Maler Albrecht Dürer, dessen Bild der vier Reiter der Apokalypse weltberühmt geworden ist. Und gerade diese vier Reiter, die Horror-Reiter, kannte ich ebenfalls. Sie waren Gefolgsleute der Baphomet-Diener.

Lange brauchte ich nicht darüber nachzudenken, denn ich hatte das Gefühl, mitten in ein Wespennest getreten zu sein.

War tatsächlich ein Kunde gekommen, oder hatte mich dieser Mann bewußt allein gelassen? Bilder-Franz gehörte meiner Ansicht nach zu den undurchschaubaren Typen, die sich harmlos gaben, es aber faustdick hinter den Ohren hatten.

Jetzt fiel mir ein, daß ich ihn nicht mit einem Kunden sprechen gehört hatte. Nun, das Gewölbe war groß, aber ich traute dem Frieden nicht und wollte mich selbst überzeugen.

Sehr behutsam trat ich über die Schwelle und sah vor mir wieder die zahlreichen Bilder. Die einzelnen Staffeleien waren so hoch gebaut worden, daß sich bequem jemand dahinter verstecken konnte.

Zuerst wollte ich nach ihm rufen, dann fiel mir ein, daß es besser war, wenn ich ihn lautlos suchte.

Mich umgab eine dumpfe Stille. Ja, sie kam mir dumpf vor. Vielleicht lag es auch an der Wärme in diesem Gewölbe. An den Seiten standen lange Heizkörper, von denen die Hitze ausging.

Ich orientierte mich zum Ausgang. Nicht daß ich verschwinden wollte, nein, ich wollte nur etwas ausprobieren und hielt mich auf meinem Weg dicht an der Wand, wo ich Rückendeckung hatte.

Weder von Bilder-Franz noch von dem Kunden hatte ich etwas gehört. Rechts der Tür waren Rundbogenfenster in die Wand eingebaut worden. Allerdings mit einem so dicken Glas versehen, daß ich nicht hindurchschauen konnte. Möglicherweise war es auch von außen her vereist.

Ich stand vor der Tür, schielte hoch zur Glocke und wollte öffnen. Es ging nicht. Die Tür war verschlossen, und ich konnte mich als Gefangenen bezeichnen.

Durch die Nase holte ich Luft. Angst verspürte ich nicht, eher ein Gefühl der Spannung. Bisher war nicht viel geschehen, aber meine Fragen mußten diesen Händler aufgeschreckt haben, sonst hätte er nicht so reagiert. Zudem mußte ich mit einem zweiten Gegner rechnen, dem Kunden.

Niemand zeigte sich.

Ich hatte mich wieder gedreht und schritt die vier breiten Steinstufen hinab. Davor blieb ich stehen. Mein Blick glitt über die Bilder an den Wänden und auf den Staffeleien.

Nichts hatte sich dort verändert, und doch wurde ich das Gefühl nicht los, unter Beobachtung zu stehen.

Mein Blick glitt hoch zur Decke. Sie lag glatt über mir und wirkte wie frisch gestrichen.

Plötzlich hörte ich das blechern klingende Lachen. Es stammte von einem Menschen. Trotz der Verzerrung hatte ich die Stimme erkannt. Sie gehörte Herrn Franz.

Das Lachen klang ab, dann wurde ich von dem Geschäftsmann angesprochen. »Das ist doch eine Überraschung, Herr Sinclair?«

»Kann man wohl sagen.«

»Wissen Sie eigentlich, daß Sie mein Gefangener sind?«

»Ich sehe es nicht so.«

»Es ist eine Tatsache. Sie kommen nicht hier raus. Die Fragen, die Sie gestellt haben, hat noch niemand an mich herangetragen. Sie wissen mehr, als Sie zugeben wollen. Aus diesem Grunde muß ich entsprechend vorsichtig sein.«

»Weshalb? Haben Sie ein schlechtes Gewissen?«

»Kein schlechteres als Sie. Aber in meinem Laden laufen nun einmal Fäden zusammen, die für andere wichtig sind. Und einen zweiten Fehler kann ich mir nicht erlauben.«

»Sie geben Fehler zu?«

»Ja, einen. Ich hätte das Bild nicht verkaufen sollen. Aber ich brauchte Geld, und da habe ich es getan. Später holte man es zurück.«

»Dann haben Sie den Mord in Auftrag gegeben?«

»Nein, wie kommen Sie darauf? Das waren andere.«

»Und wer?«

»Sie haben sich doch hier umgesehen, unter anderem auch in meinem Büro, nicht wahr?«

»Das stimmt.«

»Ist Ihnen kein Bild aufgefallen?«

»Doch, es war verdeckt.«

»Ja, und es zeigte einen Mann namens Hector de Valois, den Sie doch auch kennen.«

»In der Tat.«

»Soll ich noch mehr sagen?«

»Ich bitte darum.«

»Gut, dieser Hector de Valois ist unser Feind gewesen. Zum Glück lebt er nicht mehr, aber du existierst noch, und das ist fast genauso schlimm, John Sinclair. Jeder von uns kennt deinen Namen und trägt ein Bild von dir bei sich. Wir wissen, mit wem wir es zu tun haben …«

»Hat euch van Akkeren die Fotos besorgt?«

»Ja. Dann weißt du sicherlich, zu wem ich gehöre!«

»Ja, zur Baphomet-Gruppe.«

»Genau. Sie hat sich seit der Abspaltung gehalten. Durch die Jahrhunderte hinweg, oft zurückgedrängt, aber nie vergessen. Gerade jetzt ist es wichtig für uns, daß wir wieder an die Herrschaft kommen. Überall in der Welt sind wir aktiv. Wir bauen Baphomet Tempel, um ihm zu huldigen. Wir sind die echten Templer.«

»Und die anderen?« fragte ich. »Ihnen wird doch sicherlich der Name Abbé Bloch etwas sagen?«

»Das stimmt.«

»Er steht auf meiner Seite ...«

Wieder lachte Bilder-Franz. »Was bedeutet das schon? Seine Gruppe ist klein, wir sind stärker. Ihm wird es nicht gelingen, das Geheimnis des Dunklen Grals zu lüften, und auch du, Sinclair, wirst dir daran die Zähne ausbeißen. Wir aber haben unsere Vorbereitungen bald abgeschlossen. Das Netz ist gespannt, und wir können darangehen, uns mit dieser Magie zu beschäftigen.«

»Wo steht das Bild?« fragte ich.

»Ich habe es herbringen lassen.«

»Kann ich es sehen?«

»Das liegt nicht an mir«, erwiderte er ausweichend.

»Weshalb wurde dieses Bild gemalt?« wollte ich wissen.

»Man wollte damals etwas ausprobieren. Man hat es zu Baphomets Ehren erschaffen. Er sollte durch dieses Bild ein Zeichen setzen, was er letztendlich auch geschafft hat.«

»Das heißt, die Monster kamen frei?«

»Ja, sie wurden mit Leben erfüllt. Auch der Käufer hat dies bemerkt. Für ihn war es zu spät.«

Jetzt wußte ich, wer den Oberkommissar umgebracht hatte, und spürte den heißen Zorn in mir hochsteigen.

»Und noch etwas möchte ich dir sagen, John Sinclair. Du hast vorhin den Namen Vincent van Akkeren erwähnt. Wir haben ihm bereits Bescheid gegeben, daß du in Nürnberg bist. Er wird kommen und sich in unserem Tempel deine Leiche anschauen.« Durch die Lautsprecher klang das Räuspern des Mannes wie ein Knattern. Er fügte noch einen letzten Satz hinzu. »Ich lasse dich jetzt allein, Sinclair. Viel Spaß bei der Bildersuche ...«

Deutlich hatte ich den Zynismus aus seinen Worten herausgehört. Dieser Bilder-Franz war ein widerlicher Mensch, der voll unter dem Einfluß des Bösen stand.

Und er verließ sich auf van Akkeren, den Grusel-Star. Wenn diese Person ins Spiel kam, wurde es böse und gemein. Van Akkeren gehörte zu den Menschen, die schlimmer als der Teufel waren. Was ich bisher von ihm erlebt hatte, war einfach furchtbar. Zweimal hätte ich ihn fast gehabt, aber er war mir im letzten Augenblick immer wieder entwischt.

Nun sollte er auf dem Weg nach Nürnberg sein, um meine Leiche in einem Tempel zu besichtigen.

Vielleicht in einem Baphomet-Tempel?

Da stand mir ja noch einiges bevor.

Viel wohler hätte ich mich gefühlt, wenn Suko jetzt an meiner Seite gestanden hätte. Doch der saß in London und schaute wahrscheinlich der Wintersonne zu, die durch das Bürofenster schien.

Ich drehte mich noch einmal um und nahm die Tür in Augenschein. Sie bestand aus einem sehr dicken, schlagfesten Holz. Ohne Werkzeug war da nichts zu machen.

Sicherlich hatte der Besitzer das Schild mit der Aufschrift »Geschlossen« vor die Ladentür gehängt. Mit Kunden war demnach nicht zu rechnen.

Es gab nur den Weg nach vorn.

Nicht ich übernahm die Initiative, es war der Mann, den ich nicht sehen konnte. Er hockte irgendwo und konnte die Umgebung steuern oder lenken, in der ich mich befand.

Das Licht der Laternen wurde schwächer und blasser. Er löschte es nicht völlig, aber die Leuchtkraft der imitierten Kerzen fiel weit zurück.

Es gab mehr Schatten als Helligkeit, und in meiner

unmittelbaren Umgebung herrschte die Düsternis vor. Wie lange Tücher lagen die düsteren Schatten auf dem Boden. Die Staffeleien zeichneten sich dort ebenfalls ab, nur verschwommen und perspektivisch verzerrt.

Ich hob den Arm, stieß gegen eine Lampe, die anfing zu schwanken, so daß der von ihr geworfene Schatten zuckend über den Boden huschte und meinen Weg so lange begleitete, bis ich in einem schmalen Gang zwischen zwei hohen Staffeleien stand.

Das rechte Bild zeigte eine düstere Flußlandschaft. Ein Boot mit eingezogenen Segeln lag am Ufer. Dunkle Wolken segelten über den Himmel, und ich hatte das Gefühl, diese Uferlandschaft nicht nur zu sehen, sondern auch riechen zu können.

Dann ging ich weiter. Jeder Schritt konnte mich dem Verderben näher bringen. Meine Silberkugel-Beretta steckte griffbereit in der Halfter. Ich war bereit, sie innerhalb einer Sekunde zu ziehen und sofort zu feuern. Der Boden bestand aus großen, quadratischen Steinplatten, die fast fugenlos aneinander lagen.

An der nächsten Staffelei mußte ich mich rechts vorbeidrücken und hatte dann eine relativ freie Sicht.

Da in der Nähe eine Lampe hing, schaute ich nach vorn in eine leere Ecke des Ladens.

Am Ende dieses Fleckens wuchs ein Schatten vom Boden her in die Höhe. Obwohl er die Decke nicht erreichte, war er doch ziemlich groß, größer jedenfalls als ich.

War es ein Bild?

Wenn ja, konnte es unter Umständen das Gemälde sein, aus dem die beiden Bestien gestiegen waren.

Das lebende Bild also!

Franz hatte mir davon berichtet, daß es wieder in seinem Laden stand. Und in diesem Teil war ich bisher noch nicht gewesen.

Obwohl ich neugierig auf das Bild war, ließ ich mir doch Zeit und ging sehr langsam. Wenn es magisch geladen war, konnte es durchaus eine Atmosphäre abgeben, die bis zu mir hinstrahlte, aber davon bemerkte ich nichts.

Auch mein silbernes Kreuz meldete sich nicht, was des öfteren durch Erwärmung geschah, wenn es mit irgendeiner Gefahr konfrontiert wurde. Ich hielt es nicht unter der Kleidung versteckt, es befand sich in meiner Tasche griffbereit.

Als ich näher an das Bild herantrat, erkannte ich zuerst die dunklere Begrenzung des Rahmens. Vom Motiv selbst war noch nichts zu sehen, und auch nicht viel mehr, als ich vor dem Bild meine Schritte stoppte. Will Mallmann hatte von Monstern gesprochen.

Deren Umrisse erkannte ich allerdings, sah auch die aufgerissenen Mäuler, das helle Weiß der mörderischen Gebisse, holte mein Feuerzeug hervor und knipste es an.

Die kleine Flamme tanzte unruhig. Trotzdem erkannte ich die Monster!

Mischungen zwischen Werwolf und Gorilla. Will Mallmann hätte es nicht treffender beschreiben können. Ein wirklich furchtbarer Anblick, von dem ich zurückzuckte.

Die im Hintergrund gemalten Flammen sahen ebenfalls düster aus. Lange, rotglühende Feuerfinger, vor denen die Monster in einer fliehenden Haltung standen.

Beide hatten mit ihren gewaltigen Pranken eine Tür oder Holzwand eingebrochen, um ins Freie zu stürmen.

Ich überwand mich selbst und tastete das Bild ab. Der Kommissar hatte Blut an den Fingerspitzen gehabt und war davon ausgegangen, daß es das Blut des ermordeten Kollegen Robert Moor gewesen war.

Mir passierte das gleiche.

Auch meine Kuppen waren dunkel gefärbt, als ich die linke Hand zurückzog.

Kein Zweifel, mit diesem Bild stimmte etwas nicht.

Noch verhielten sich die gemalten Monster ruhig. Allerdings sahen sie aus, als wollten sie jeden Augenblick die Leinwand verlassen und auf mich zuspringen.

Über Jahrhunderte hatte das Gemälde gehalten. Das sollte

nun vorbei sein. Wenn es tatsächlich ein Menschenleben auf dem Gewissen hatte, mußte es zerstört werden.

Dazu eignete sich vorzüglich ein Messer oder ein Dolch, den ich zum Glück bei mir trug.

Ich konnte noch immer nicht begreifen, was für die beiden Monster der auslösende Grund gewesen war, um das Gemälde zu verlassen. Es mußte irgendein Ereignis gewesen sein.

Während ich nach der Klinge griff, ließ ich die Bestien keine Sekunde aus den Augen. Ich fühlte mich von ihnen beobachtet. Ihre Augen waren innerhalb der doch ziemlich düsteren Fläche sehr gut zu erkennen. Sie leuchteten wie weiße Laternen in einem sehr kalten und abweisenden Licht.

Obwohl sich der Dolch für einige Zeit in den Händen des Dämons Baal befunden hatte, war von seiner Magie nichts verlorengegangen. Sie steckte nach wie vor in ihm, so daß ich mein vollstes Vertrauen in die Waffe setzte.

Die Klinge ragte aus meiner Faust. Ich drehte sie ein wenig, so daß die Spitze auf das Bild wies.

Da bewegte sich die vorderste Bestie. Die schlagbereit angehobenen Pranken blieben dabei ruhig, nur in den Augen tat sich etwas. Sie rollten in den Höhlen und zuckten gleichzeitig.

Ein Warnsignal.

Ich mußte jetzt schnell sein, hob den Arm, doch da geschah es bereits. Die erste Bestie verließ das Bild und hechtete auf mich zu …

Bilder-Franz hatte zwar gewonnen, er verspürte trotzdem die Angst, und die schüttelte ihn, als er sich von seinem Beobachtungsposten oberhalb seines Geschäfts zurückzog und die kleine Luke an der Decke schloß. Er schaltete auch das Mikro ab, denn die Schreie des Menschen sollten nicht unbedingt an seine Ohren klingen.

Der Raum war klein. Ein schiefes Zimmer mit einem Bad,

in dem es kalt war, weil man keine Heizung eingebaut hatte. Dort stand auch der Schnaps.

Bilder-Franz ging hin, holte eine Flasche Obstler, öffnete sie und nahm den ersten Schluck noch neben der Wanne stehend. Den Alkohol brauchte er jetzt, denn er wußte genau, daß er einen Fehler gemacht hatte und Baphomet diesen nicht so leicht verzeihen würde. Sie hatten hier eine Aufgabe zu erledigen. Eine Zentrale sollte eingerichtet werden, der alte Keller stand zur Verfügung. Er war durch Zufall entdeckt worden, und kein anderer wußte davon.

Dort trafen sie sich zweimal in der Woche, um Baphomet zu huldigen. Es war Ihnen dabei gelungen, Kontakt mit anderen Reichen aufzunehmen. Er wußte davon, daß es fremde Dimensionen gab, daß die Vergangenheit gar nicht so weit entfernt war. Durch die Magie Baphomets rückte alles näher zusammen, und zum erstenmal in seinem Leben hatte Bilder-Franz etwas von der gewaltigen Macht dieser Templer-Gruppe gespürt, der er ebenfalls angehörte.

Auch der zweite Schluck Schnaps beruhigte ihn nicht. Seine innerliche Nervosität blieb, sie wuchs zu einem Gefühl an, das ihm gleichzeitig befahl, den Tempel zu betreten.

Es war ihm nicht neu. Schon mehrmals hatte er es gespürt, und er glaubte, daß Baphomet persönlich die Anordnungen gab.

Mit der Flasche in der Hand ging er wieder in seinen Raum und öffnete die obere Klappe eines alten Sideboards.

Eine moderne Funkanlage befand sich darin, die auf einer bestimmten Frequenz sendete und nur für die Templer eingerichtet worden war. Van Akkeren hatte dies geschafft. Er saß in seinem Hauptquartier, und jeder konnte mit ihm Verbindung aufnehmen.

Die Sprüche liefen über eine Relais-Station, wurden dort zerhackt, dann wieder neu zusammengesetzt, so daß die Botschaft Vincent van Akkeren auch erreichte.

Sollte er ihm alles beichten?

Bilder-Franz war unschlüssig. Er starrte auf den Kopfhörer,

ohne ihn überzustülpen. Plötzlich lag Schweiß auf seiner Stirn. Er wußte, wie van Akkeren mit Versagern umsprang. Die ließ er grausam umbringen. Er selbst killte nicht einmal, seine Helfer sorgten dafür, denn die abtrünnigen Templer waren sehr grausam.

Bevor er sich entscheiden konnte, blinkte an der rechten Seite der Apparatur ein Signal auf. Das rhythmische Leuchten wurde gleichzeitig in ein akustisches Signal umgesetzt, das als Piepton durch den Raum hallte.

Jetzt mußte er rangehen.

Mit zitternden Händen setzte Bilder-Franz den Kopfhörer auf, griff zu einem Mikro, legte einen Hebel um und meldete sich.

»Du hast versagt!«

Es war die kalte Stimme van Akkerens, die in seinen Ohren widerhallte. Bevor er eine Antwort geben konnte, sprach die harte Stimme weiter. »Ich werde nicht kommen, aber ich weiß, daß Sinclair da ist. Sieh zu, daß er getötet wird. Geh voraus in den Tempel. Dort wirst du alles vorbereiten. Du weißt, was zu tun ist?«

Van Akkeren wartete die Antwort nicht erst ab. Er schaltete sich kurzerhand aus.

Stöhnend trat Bilder-Franz zurück. Er schwitzte auf einmal sehr stark, nahm noch einen dritten Schluck, der aber auch nichts half, und schloß die Klappe des Sideboards, bevor er an den alten Wandschrank trat und eine Türhälfte aufzog.

Es hingen nicht viele Kleidungsstücke auf der Bügelstange, Franz war sehr bescheiden, doch ein Teil fiel besonders auf. Ein langer, schwarzer, seidig glänzender Umhang, auf dessen Vorderseite ein dunkelrotes B glänzte.

Das B für Baphomet!

Stöhnend atmete der Mann aus. Er wischte über sein Gesicht. Die Augen nahmen einen eigenartigen Glanz an, als er den Umhang in der Hand hielt.

Er warf den Stoff aus, der hinter seinem Rücken aufflatterte und sich danach über seine Schultern legte. Unter dem Kinn konnte er zwei Haken zusammenstecken, die den Umhang hielten.

Jetzt erst fühlte er sich wohler. Dieses Kleidungsstück gab ihm Sicherheit. Nicht jeder durfte es tragen, nur die Adepten, die von van Akkeren persönlich ernannt worden waren.

Bilder-Franz gehörte dazu.

Er mußte sich auf die Zehenspitzen stellen, um auf die andere Ablage des Schranks blicken zu können. Dort hatte der Gegenstand seinen Platz gefunden, den er ebenfalls als Zeichen seiner Würde tragen durfte. Es war eine Maske.

Seine Finger umkrallten das weiche Material, und Bilder-Franz dachte daran, daß es das Fell einer Katze sein könnte.

Mit beiden Händen hielt er die Maske fest, zog sie in die Länge und schaute sich den Gegenstand genau an.

So sah der Teufel aus.

Dreieckig geschnitten. Sogar mit zwei Hörnern versehen, die sich durch den Druck aufrichteten, wenn er die Maske überstreifte. Das tat er jetzt, zerrte und zurrte noch einige Male, bis sie die optimale Form hatte, drehte sich um und ging zurück in das kleine Bad. Diesmal wollte er keinen Schnaps holen. Der Spiegel an der Wand war, obwohl seine Fläche blaß wirkte, viel wichtiger für ihn.

Er stellte sich davor, drehte sich zweimal, war zufrieden und zog seinen Mund in die Breite, der von der Halbmaske nicht verdeckt wurde.

Maske und Umhang gaben ihm Kraft und auch Sicherheit. Er glaubte nicht mehr daran, daß dieser Sinclair es schaffen würde. Dies war sein Reich, in das sich Sinclair hineingewagt hatte, eine andere Welt, die Baphomet gehörte und von ihm, Bilder-Franz, verwaltet wurde.

Der Mann wußte genau, was er zu tun hatte. Er war nicht sicher, ob der große Baphomet kam, aber er würde und wollte alles für ihn vorbereiten, um ihm einen würdigen Empfang zu bereiten.

In seinem Haus befand sich unten der Laden, darüber die Wohnung des Mannes, und in der nächsten Etage war ein ziemlich großer Speicher, auf dem noch alte Bilder lagerten.

Es war zwar mühsam, die Bilder immer ins Geschäft zu schleppen, aber unterhalb seines Geschäfts hatte er keine Lagermöglichkeit gesehen. Die Kellerräume brauchte er für andere Dinge.

Als er die Wohnungstür schloß, sah er gleichzeitig auf seine Uhr. Wahrscheinlich kämpfte Sinclair jetzt um sein Leben oder war schon tot. Nürnberg sollte für ihn zum Grab werden.

Der Mann wandte sich nach links. Er mußte die schmale Treppe erreichen, die geradewegs zum Ziel führte, ohne daß er dabei durch sein Geschäft gehen mußte.

Sehr schnell huschte er die Stufen hinab. Dabei kannte er jeden Schritt, die Treppe war er schon zu oft gegangen, und er passierte auch sein Geschäft, bevor er in die tieferen Räume eindrang.

Da lag der Keller!

Innerlich lachte er auf. Nein, ein Keller war es nicht, sondern eine Welt für sich. Seit Jahrhunderten bestand sie und hatte im Mittelalter schon zu den Räumlichkeiten gehört, die vom Schreien der Gefolterten durchdrungen waren.

Daran hatte sich bis auf die heutige Zeit nicht viel geändert, auch wenn in der Gegenwart die Schreie einen anderen Grund hatten.

Der direkte Zugang zu den Kellerräumen bestand aus einer normalen Tür. Wer davorstand, der konnte nicht glauben, was sich hinter der Tür verbarg.

Der Mann öffnete sie.

Das Quietschen der Angeln übertönte seinen saugenden Atemzug, mit dem er die feuchte, modrige Luft einatmete. Er starrte hinein in eine erschreckende Finsternis, aber er kannte sich aus und konnte sich demnach im Dunkeln sicher bewegen.

Die Fackel lag griffbereit hinter der Tür in einer Wandnische. Auch Zündhölzer waren vorhanden, deren Flammen über den geteerten Kopf der Fackel zuckten und das Pech anbrannten. Ein rotgelber Flammenfinger zuckte in die Höhe.

Bilder-Franz blickte auf die feuchten Stufen einer Treppe, die in die Tiefe führte. Sie war einige Meter breit, das Licht erreichte nicht einmal deren linkes Ende. Doch auf der rechten Seite standen eiserne Gefäße, gefüllt mit brennbarem Material.

Es fing sofort Feuer, als die Flamme es berührte. So kam es, daß die Lichter die breiten Treppenstufen beleuchteten und den Weg des Mannes in die Tiefe des Kellers begleiteten.

Er kam sich vor wie ein Küster der Hölle. Zielsicher ging er zu den einzelnen Lichtquellen, fuhr mit seiner Fackelflamme darüber hinweg und sorgte dafür, daß das Material in den aufgestellten Schalen entflammt wurde.

Allmählich wurde das Innere dieses im Mittelalter angelegten Gewölbes aus der Finsternis gerissen.

Es war gewaltig, weiträumig, hatte mehrere Räume, deren Eingänge durch Säulen markiert wurden.

Sogar alte Folterinstrumente waren noch vorhanden. Manche sahen nicht so verrostet aus. Es schien, als wären sie noch vor kurzer Zeit benutzt worden ...

Folter, Grauen und der Teufel – diese drei Dinge gehörten unmittelbar zusammen. Das wurde auch hier wieder bewiesen.

Und dann gab es noch den Thron.

Zu ihm führte eine Treppe hoch. Auf der nach der letzten Stufe folgenden Plattform stand der steinerne Sessel in Form eines gewaltigen Schädels. Er sah so aus wie das Gesicht Baphomets, nur hatte dieser Schädel sein Maul weit geöffnet, so daß es als Sitzfläche diente. Aus der Stirn wuchsen die krummen Hörner der Decke entgegen, und Bilder-Franz betrat voller Ehrfurcht die Treppe. Seine Fackel hielt er in der rechten Hand und ziemlich hoch, so daß ihr zuckendes Licht über das als Sitzplatz umfunktionierte Gesicht fiel.

Neben dem Thron standen zwei eiserne Fackelhalter. Im linken steckte eine Fackel, die erst angezündet werden mußte, der rechte war noch frei, bis Franz seine Fackel hineindrückte.

Danach setzte er sich auf den Thron. Es wirkte so, als wollte er in dieses unheimliche Teufelsmaul hineinkriechen, tatsächlich verschwand er auch fast darin, als er sich zurückbeugte. Wenn er Baphomets Platz einnahm, hatte er stets das Gefühl, zu den ganz Mächtigen zu gehören. Sein Blick glitt durch das gewaltige Gewölbe. Hin und wieder stöhnte er auf, wenn er das Licht der Fackeln tanzen sah und die Schatten über die Folterinstrumente geisterten.

So sah es immer aus, wenn sie sich zu einer Sitzung trafen, aber heute sollte es anders sein. Es gab nur wenige Menschen, die das wahre Geheimnis des großen Kellers kannten, Bilder-Franz gehörte dazu. Das Mittelalter und die Magie des Mittelalters hatten hier ihre Spuren hinterlassen. Ein Andenken aus Grauen und Schrecken.

Er hätte für eine kleine Ewigkeit sitzenbleiben können, aber Bilder-Franz dachte an seine Aufgabe. Mit einem Ruck drückte er seinen Körper wieder vor und verließ das weit geöffnete Riesenmaul Baphomets. Anschließend schritt er die Thronstufen wieder hinab. Er bewegte sich dorthin, wo die meisten Folterinstrumente standen, unter anderem auch eine große Seilwinde, die durch Muskelkraft über eine Rolle bewegt werden konnte.

Diese Winde war etwas Besonderes. Sie hatte vier Rollen, über die vier Seile liefen, die straff gespannt waren und noch in dem im Dunkel liegenden Teil des Gewölbes verschwanden. Dort waren sie an bestimmten Haken befestigt. An den Haken hingen die Grabplatten …

Unter ihnen lag das tatsächliche Geheimnis dieses Kellers begraben. Und davon wußten nur wenige. Es passierte auch nicht oft, daß es gelüftet wurde, heute war wieder so ein Tag.

Und Bilder-Franz genoß die Macht.

Mit gravitätisch anmutenden Schritten ging er seinem Ziel

entgegen. Er hatte keine Fackel mitgenommen. Das unruhig durch das Gewölbe streichende Licht reichte ihm völlig aus.

Das Gewölbe war früher aus dicken Quadersteinen gebaut worden. Auch der Boden bestand aus Steinplatten. Auf allem glänzte die Feuchtigkeit wie ein matter Film, aber es war noch nicht so kalt, daß das Wasser gefroren wäre.

Normalerweise lag das Gewölbe im Dunkeln und in einem Kreis des Vergessens. Niemand dachte mehr daran, kein Stadtplaner hatte sich je daran erinnert, man war mit anderen Aufgaben beschäftigt, und so etwas hatte sich der Mann genau gemerkt. Außerdem war dies der Ort, wo sich schon vor langer Zeit die Gruppen der Templer getroffen hatten, die Baphomet verehrten.

Jetzt sollte der Keller wieder zu seiner einstigen Größe heranreifen. Bilder-Franz war nicht der einzige Nürnberger, der zu den Templern der Baphomet-Gruppe gehörte. Er hatte sich bereits einige Verbündete geholt, aber sie waren noch nicht soweit, um die ganze Wahrheit zu erfahren.

Hinzu kam das Bild, das ebenfalls noch ein Geheimnis beherbergte. Viele Dinge trafen zusammen, manche waren kompliziert, andere wiederum sehr simpel.

Bilder-Franz hatte sein Ziel erreicht. Die Winde war sehr hoch.

Beide Hände setzte Bilder-Franz ein, zudem die ganze Kraft seiner Arme. Er spürte das Zittern des Rades, hörte das Ächzen und Knarren, als sich die feuchten Seile und auch die Rollen in Bewegung setzten. Der Mechanismus war lange nicht mehr bedient worden, und so dauerte es seine Zeit, bis alles lief.

Die ersten Hindernisse waren schnell überwunden, danach ging es leichter, und der Mann vernahm bereits das leise Knirschen, das entstand, als Stein über Stein schleifte.

Seine Augen begannen zu glänzen. »Ja!« hauchte er. »Ja, das schaffe ich. Ich bin dabei …«

Er machte weiter. Kurbelte, keuchte, schluchzte und feuerte sich selbst an.

Über seine Stirn rann der Schweiß. Über ihm ächzten und stöhnten die vier Räder der Winde. Die Seile waren straff gespannt. Sie hatten eine Menge Gewicht in die Höhe zu hebeln, doch es hatte immer funkioniert, weshalb nicht heute?

Und es klappte.

Bilder-Franz, der einen leichten Schwächeanfall zu überwinden gehabt hatte, bekam wieder Mut und machte weiter. Bei jeder Drehung spürte er in seinen Schultern das Ziehen. Da spannten sich die Sehnen und Muskeln zum Zerreißen, bis er plötzlich einen so harten Widerstand spürte, daß es nicht mehr weiterging.

Er ließ den Griff am Rand los und trat schweratmend zurück. Seine Arme spürte er kaum noch. Tonnengewichte schienen an den Gelenken zu hängen, als er die Hände dem Boden entgegenbaumeln ließ, mit den Armen schlenkerte und sich ausruhte.

Mit dem Rücken lehnte er dabei an einer Wand. Die Feuchtigkeit näßte auch seinen Umhang, er spürte sie auf der Haut, und dies war ein Zeichen für ihn, sich über den Erfolg seiner Bemühungen klar zu werden.

Um überhaupt etwas davon erkennen zu können, mußte er sich nach rechts wenden und in die seitliche Tiefe des Gewölbes schreiten. Diesmal nahm er eine Fackel mit, denn das eigentliche Geheimnis dieses unterirdischen Raums lag noch im Dunkeln.

Aber auch dieser Block wurde allmählich erhellt. Die Flammen griffen in die Finsternis wie zuckende Finger, als wollten sie mit ihren Kuppen alles abtasten.

Zuerst sah er die vier Schatten.

Schräg wuchsen sie vom Untergrund aus in die Höhe, und sie standen auch noch in einer gekippten Haltung, wobei sie von einem straff gespannten Seil gehalten wurden.

Unter ihnen lagen die entsprechenden Öffnungen, aus denen sie hervorgeholt worden waren.

Sie waren sehr wichtig für den Mann.

Dicht nebeneinander lagen sie. Die Räume zwischen ihnen hatten ungefähr die Breite eines Körpers. Bilder-Franz stellte sich so auf, daß er genau in der Mitte stand und sowohl in die rechten als auch in die linken Öffnungen blicken konnte.

Sie wirkten wie aus dem Steinboden herausgeschnitten. Schräg über ihnen standen die hochkant gekippten Grabsteine, gehalten von straff gespannten Seilen.

Es waren tatsächlich Gräber.

Auch leer?

Bilder-Franz wollte es nicht glauben. Aus seiner Kehle drang ein dumpfer Laut. Er hatte die Hände zu Fäusten geballt, in der rechten Hand hielt er die Fackel, das zuckende Licht fiel nicht allein über seine Gestalt, sondern auch in die Tiefe der Gräber.

Nein, sie waren nicht wirklich leer und tiefer als normale Gräber. Aber auf ihrem Grund leuchtete etwas, das noch nicht zu erkennen war, jedoch in den folgenden Sekunden Gestalt annehmen würde, dessen war sich der Mann sicher.

Er wartete auf die vier unheimlichen Beschützer Baphomets, die ihm schon im Mittelalter zur Seite gestanden hatten …

So ähnlich wie die Bestie es bei mir versuchte, mußte auch Robert Moor umgebracht worden sein!

Das schoß mir durch den Kopf, als dieses erste Monster auf mich zusprang.

Doch ich war bewaffnet, im Gegensatz zu dem Oberkommissar, den sie eiskalt erwischt hatten.

Zwar hatte ich mich zurückgeworfen, doch kneifen wollte ich auf keinen Fall.

Noch während ich nach hinten fiel, riß ich bereits meinen rechten Arm in die Höhe. Die Klinge blitzte für einen Moment auf, ein Warnsignal für die Bestie, das sie allerdings ignorierte.

Ihr Fehler.

Sie fiel fast auf mich, aber in den Dolch hinein. Ich hatte mich auf dem Boden liegend zur Seite gedreht, damit mich das Gewicht dieses zottigen Körpers nicht erdrückte, und hatte den Dolchgriff losgelassen. Die Klinge steckte tief im Körper des mörderischen Killers.

Reichte dieser eine Stoß?

Ich drehte mich noch einmal um die eigene Achse, bevor ich auf die Füße sprang und meine Beretta zog. Auch das Kreuz wollte ich einsetzen, denn es waren zwei Gegner.

Nur hatte das zweite Untier das Bild noch nicht verlassen. Es stand nach wie vor in seiner sprungbereiten Haltung. Nur das offene Maul zuckte gefährlich, die Augen bewegten sich, und auch die spitzen Ohren an den Seiten des kahlen Schädels vibrierten.

Ich ging ein wenig nach rechts. So konnte ich beide im Auge behalten. Wichtig jedoch war der, den ich erwischt hatte. Er lag auf dem Bauch, rührte sich nicht, aber sein Körper pumpte regelrecht. Er zuckte mal hoch und fiel wieder zusammen.

Dabei behielt er einen gleichmäßigen Rhythmus bei. Seine Krallen hatten sich zusammengezogen, als wollten sie auf dem Steinboden nach irgendeinem Halt suchen.

Den gab es nicht, und so rutschten die spitzen Nägel über den glatten Stein hinweg. Wenn sie in die Fugen zwischen den Steinen gerieten, kratzten sie nicht nur darüber hinweg, sie brachen auch ab.

Durch die Muskeln lief ein Zucken und Zittern. Ich konnte auch erkennen, daß sie sich veränderten. Sie wurden grau und schlaff, die Kraft strömte fast sichtbar aus seinem Körper.

Und dann geschah etwas, das selbst mich überraschte. Als Bild war die gräßliche Gestalt zweidimensional gewesen. Als sie hervorsprang, hatte ich es mit einem dreidimensionalen Gegner zu tun. Nun aber änderte sich dies wieder.

Der Mörder verwandelte sich zurück in ein zweidimensionales Wesen. Es drückte sich förmlich in die Steine des Fußbodens hinein, den Eindruck hatte ich jedenfalls.

Vor Schreck vergaß ich zu atmen. Ein schneller Blick auf das Bild bewies mir, daß mir von dort im Augenblick keine Gefahr drohte, deshalb bückte ich mich und tastete mit den Fingern der rechten Hand nach meinem Gegner.

Ich strich über den kalten glatten Stein, aber fühlte keinen Körper mehr. Meinen Dolch konnte ich an mich nehmen. Kein Tropfen Blut klebte an der Klinge!

Auf meinem Rücken hatte sich eine Gänsehaut gebildet. Dieses lebende Gemälde stellte mich vor immer größere Rätsel.

Ich betrachtete es noch einmal.

Ein Wesen war hervorgesprungen, das zweite befand sich noch darin. Es sah so aus, als befände es sich auf dem Sprung, um mir an die Kehle zu fahren und mich umzubringen.

In meinem Hals saß ein dicker Kloß. Durch die Nase holte ich Luft, blickte noch einmal nach unten, schabte mit dem Fuß über die Stelle, wo das erste Untier lag. Ich spürte auch weiterhin keinen Widerstand. Die Bestie war eins mit den Steinen geworden.

Wieso?

Niemand war in der Nähe, der mir Auskunft über dieses Geschehen hätte geben können. Alle Rätsel mußten in diesem lebenden Bild verborgen sein. Ich wollte es genau wissen.

Ein wenig fürchtete ich mich schon davor, so dicht an das Gemälde heranzutreten.

Auch jetzt konnte ich mich darüber nur wundern. Da wo die erste Bestie gestanden hatte, befand sich ein tiefschwarzes Loch.

Konnte ich möglicherweise in das Gemälde hineinsteigen und so in eine andere Zeit gehen?

Der Gedanke daran war nicht nur fantastisch, er faszinierte mich regelrecht.

Eigentlich hatte ich den Auftrag diesen Bilder-Franz zu stellen, doch daran dachte ich in diesen Momenten nicht mehr. Das Bild übte auf mich eine magische Anziehungskraft aus, und ich stand nur einen Schritt davor.

Aber freiwillig eine Dimensionsreise zu unternehmen ist eine riskante Sache.

Ich hob den Blick ein wenig an, so daß ich die zweite Gestalt erkennen konnte.

Noch immer stand die Bestie auf dem Sprung, die mächtigen Muskeln gespannt, das Maul geöffnet, die Arme angewinkelt und gleichzeitig ausgestreckt. Dabei die ebenfalls dicken Finger so gebogen, daß die gefährlichen Krallen wie kleine Messer wirkten, deren Spitzen auf mich wiesen, als wollten sie jeden Augenblick in meine Haut schlagen.

Dahinter sah ich die Flammen.

Hell loderten sie auf, waren jedoch erstarrt, obwohl sie so wirkten, als wollten sie jeden Moment nach mir fassen und mich verbrennen. Zu beiden Seiten der Feuerwand war die hölzerne Wand oder der Eingang durch den mächtigen Druck der Körper zersplittert worden. Auch die Holzstücke hatte der Künstler so gezeichnet, als flögen sie dem Betrachter direkt entgegen, so daß dieser nur noch die Hand auszustrecken brauchte, um sie aufzufangen.

Mich aber interessierte die Öffnung, wo einmal das erste Ungeheuer gehockt hatte. Vorsichtig streckte ich meinen linken Arm aus, während die Finger das Kreuz festhielten.

Kaum hatte ich den Handrücken direkt an die Öffnung herangebracht, da spürte ich bereits die Kälte, die über meine Haut strich, so daß sich die winzigen Härchen auf den Fingern in die Höhe stellten.

Das war eine besondere Kälte, nicht so eine, wie sie draußen lag.

Die Kälte, die aus dem Bild strömte, kam mir greifbar vor. Bald wie eine Masse, in die ich hineinfassen konnte, die sich um meine Hand legte, als wäre sie ein Vorhang.

Sie bewies mir gleichzeitig, daß ich mit meiner Vermutung recht gehabt hatte.

Vor mir lag tatsächlich der Einstieg in eine andere Dimension. Bevor ich mich entschied, was zu tun war, wollte ich die heilen Stellen des Gemäldes noch einmal genauer unter die

Lupe nehmen. Mit beiden Händen fühlte ich nach, drückte auch dagegen und stellte fest, daß die Leinwand dem Druck meiner Finger nachgab.

Ich faßte auch die Bestie an.

Der Körper hatte die gleiche Temperatur wie die Umgebung. Nichts an Wärme, nichts an Leben.

Und doch war er nicht tot.

Noch einmal streckte ich meine Hand in das Loch. Diesmal etwas tiefer, und schon spürte ich den Sog, dem auch das Kreuz nichts entgegensetzen konnte. Zwar veränderte es sich – es wurde dunkler, das war aber auch alles, keine gegenteilige Reaktion des Kreuzes war zu spüren.

Zerstören oder so lassen?

Diese Frage stellte sich mir, doch ich wurde einer Antwort enthoben, denn die andere Seite, die magische, handelte. Wahrscheinlich hatte ich zu lange gezögert. Ich hätte auch meine Hand wieder aus der Öffnung hervorziehen sollen, aber hinterher ist man immer schlauer.

Da jedoch erfaßte mich bereits die Magie der anderen Seite und riß mir den Boden unter den Füßen weg.

Ohne daß ich etwas dagegen unternehmen konnte, fiel ich nicht nur gegen das Bild, auch hinein, und das Loch verschluckte mich wie einen hastig hingeworfenen Ball …

Sheila Conolly lächelte Suko zu, der im Sessel saß und zu der blonden Frau hochschaute. »Noch einen Tee, Suko?«

»Nein, danke, Sheila.«

Shao, Sukos Partnerin, wedelte lässig mit der Hand. »Gib ihm ruhig noch einen, dann geht es ihm vielleicht besser.«

»Wieso?«

»Du bist doch wieder mit deinen Gedanken woanders.«

Bill Conolly, der vierte im Bunde, stand dem Inspektor bei. »Das wäre ich auch.«

»Kann ich mir denken«, sagte Sheila lakonisch. »Ihr haltet doch alle zusammen.«

Bill nickte. »Natürlich. Wo kämen wir denn hin, wenn wir Männer uns stritten?« Er ließ den Drink in seinem Glas kreisen. »Haltet ihr Frauen nicht auch zusammen?«

»Zwangsläufig.«

Der Reporter lachte und ließ sich in den Sessel fallen. Für einen Moment schaute er in die zuckenden Flammen des Kamins. Das Feuer wärmte das gesamte Zimmer und gab ihm einen gemütlichen Schein. Die vier Erwachsenen waren allein. Johnny Conolly saß in seinem Zimmer und sah sich einen Kinderfilm an, den er unbedingt hatte sehen wollen. Und Nadine, die Wölfin, pendelte zwischen den beiden Räumen hin und her. Mal ließ sie sich von den Erwachsenen, dann wieder von Johnny verwöhnen. Sie hatte es eigentlich am besten.

Bill trank einen Schluck Whisky. »Eigentlich sind wir ja zusammengekommen um über Johns neuen Wagen zu beraten.«

»Wovon er nichts weiß, und das finde ich blöd«, sagte Sheila.

Bill winkte ab. »Sei doch nicht so aufgeregt. Wir wollen ihm ja keinen aufdrängen oder kaufen, ich habe da nur ein Angebot bekommen. Da will jemand seinen fünf Jahre alten Bentley verkaufen. Sogar einen silbergrauen Wagen.«

»Der ist auch noch zu teuer«, sagte Suko.

»Im Prinzip ja«, gab der Reporter zu und hob den linken Arm. »Wenn die Sache nicht einen Haken hätte, und zwar einen positiven.«

»Gibt's den überhaupt?« fragte Shao spöttisch.

»In diesem Fall ja. Der Mann, der den Bentley verkauft, hat über seine Verhältnisse gelebt. Er hat gespielt und verspielt. Jetzt braucht er Geld, zudem steht er vor dem Konkurs und hat praktisch die Anweisung, alles zu Geld zu machen, was eben geht. Da bin ich natürlich aufmerksam geworden und habe mal vorsichtig nachgefragt.«

»Wie teuer?«

Bill hatte für Sukos Frage nur ein müdes Grinsen übrig.

»Einen Preis hat er nicht genannt. Er wollte von mir ein Angebot haben, das ich ihm nicht geben konnte, ohne Johns Einverständnis zu besitzen.«

Dies verstanden alle, aber Bill war nicht begeistert, denn er schüttelte den Kopf. »Leider hat mir der Mann eine Bedingung gestellt. Ich soll bis morgen mittag meine Entscheidung bekanntgegeben haben. Sonst wird er den Wagen anderswo verkaufen.«

»Ein Bluff«, sagte Sheila.

»Ist möglich«, meinte Bill. »Muß aber nicht sein.«

»Und was willst du machen?« fragte Sheila.

»John befindet sich in Nürnberg, nicht?«

»Ja«, bestätigte Suko. »Du kennst ja die Geschichte mit Will Mallmann.«

»Ich wollte anrufen und habe euch als Zeugen eingeladen.«

Nach seinen Worten schwieg die Gruppe. Jeder fühlte sich unwohl. Sie konnten einfach nicht über den Kopf des Geisterjägers hinweg entscheiden.

Suko beendete das Schweigen. Er hob seine Hände und ließ sie klatschend auf die Oberschenkel fallen. »Wenn du meine Meinung wissen willst, Bill, so stimme ich dir zu. Er wird den Wagen nicht aus der Ferne kaufen können, aber er müßte uns seine ungefähren Preisvorstellungen sagen können.«

»Das meine ich auch«, erklärte Bill. »Aber eine andere Frage habe ich noch. Habt ihr eigentlich nie darüber miteinander gesprochen? Ihr seid oft zusammen. Hat John dir keine Preisvorstellungen genannt?«

»Leider nein. Außerdem hatten wir in den letzten Tagen kaum Zeit. Es war nur eine Hetzjagd.«

Der Reporter grinste. »Das kenne ich.«

Sheila deutete zum Telefon. »Dann ruf ihn an. Weißt du überhaupt, wo du ihn erreichen kannst?«

»Nein.«

»Du bist gut.«

»Aber ich«, sagte Suko.

Bill lachte leise. »Das wußte ich.«

Der Chinese griff in seine hintere Hosentasche und holte seine Geldbörse hervor. Aus dem hinteren Fach zog er einen Zettel. Dort hatte er sich die Nummer des Krankenhauses notiert, in dem Will Mallmann untergebracht worden war. »Das sind die Städtischen Krankenanstalten Nürnberg«, sagte er und wartete so lange, bis Bill den Hörer von dem in der Nähe stehenden Telefon abgehoben hatte. Der Reporter wählte die Vorwahl für Deutschland und anschließend die Zahlenfolge, die ihm Suko angab.

Bill drehte sich zu den anderen hin. »Hoffentlich verbinden sie mich auch mit unserem Freund.«

»Liegt er denn so schwer?« fragte Shao.

»Weiß nicht.« Einen Augenblick später änderte sich Bills Gesichtsausdruck, da die Verbindung stand. Er sprach deutsch, als er sich mit Namen meldete und seinen Wunsch vortrug. Danach schwieg er und nickte.

»Was ist denn?« fragte Sheila.

»Sie verbinden mich weiter.«

»Schon ein Vorteil«, meinte Shao.

»Hallo, Will, du alter Tiger. Was machst du denn für Sachen?« Bill lachte in den Hörer hinein.

Der verletzte Kommissar mußte ihn schon an der Stimme erkannt haben, darauf ließen die folgenden Reaktionen des Reporters schließen. Sie plauderten über den Fall und über die Schwere der Verletzung. Dann kam Bill Conolly zum eigentlichen Thema.

»Hör mal, ich möchte gern wissen, wo sich John Sinclair aufhält.«

»Kann ich dir nicht sagen!« Will hatte so laut gesprochen, daß es auch die anderen verstanden.

»Und worum geht es, Will?«

»Das ist eine lange Geschichte.« Der Kommissar räusperte sich und sprach wieder normal. Nur Bill hörte mit, und sein Gesichtsausdruck änderte sich. Er sah nicht mehr locker und fröhlich aus, sondern wirkte verkniffen und nickte hin und wieder.

»Das könnte für John gefährlich werden«, meinte er.

»In der Tat!« Mallmann sprach wieder laut.

Die beiden telefonierten noch einige Minuten miteinander, bis der Reporter mit den Wünschen aller Anwesenden für eine gute Besserung einhängte. Bedächtig griff der Reporter zu seinen Zigaretten und zündete sich ein Stäbchen an. Den Rauch blies er gegen das Kaminfeuer.

Die anderen sahen seinem Gesicht an, daß etwas nicht stimmte. »Was hast du denn?« fragte Sheila.

Bill hob ruckartig den Kopf. »Wir können John nicht erreichen!«

»Ist das ein Wunder?«

»Im Prinzip nicht.« Bill schaute Shao an. »Es wäre auch nicht weiter tragisch, aber ich habe von Will Mallmann erfahren, in welch einer Situation sich John befindet.« Er schüttelte den Kopf. »Nein, ich will es anders ausdrücken. Nürnberg scheint sich für John Sinclair zu einem verdammt heißen und gefährlichen Pflaster zu entwickeln.«

Jetzt wurde Suko hellhörig. »Weißt du mehr?«

»Nicht viel, aber der Fall kann brisant werden, wenn er es nicht schon ist.«

»Was hat er dir gesagt?«

»Suko, er konnte mir nichts sagen. Wenigstens nichts über John. Er berichtete mir nur von diesem gräßlichen Mord. Da ist ein Kollege auf scheußliche Art und Weise umgebracht worden. Will glaubt daran, daß die Killer aus einem Gemälde gestiegen sind, das er gesehen hat. Er konnte die Bestien auch beschreiben. Eine Mischung aus Werwolf und Gorilla, wie er sagte.«

Niemand lachte. Die Freunde wußten, daß es Dinge gab, die sich nicht nur schrecklich anhörten, sondern es auch waren. Bis Suko wieder das lastende Schweigen brach. »Und diese Killer-Bestien will John jagen?«

»Er ist dabei.«

»Allein?«

Der Reporter verzog den Mund. »Wir alle kennen ihn. Ich

glaube nicht, daß er die Hilfe der deutschen Polizei in Anspruch nehmen wird. Wird man ihm überhaupt glauben?«

»Wahrscheinlich nicht.«

Sheila stand auf, ging zum Kamin und legte einen Holzscheit nach. »Wie ich dich kenne, Bill, sitzt du schon auf dem Sprung«, sagte sie, nachdem sie sich umgedreht hatte.

»Richtig.«

»Und wann fliegst du nach Germany?«

»So rasch wie möglich.« Bill warf auf Suko einen fragenden Blick. Der Inspektor hob die Schultern. »Man hat mich vergattert, hier in London zu bleiben, falls nichts Überraschendes geschieht und sich John in einer lebensgefährlichen Lage befindet.«

»Woher sollen wir das denn wissen?«

»Das ist das Problem.«

Der Reporter wies auf das Telefon. »Soll ich deinen Chef anrufen, oder willst du es selbst machen?«

»Laß mal, ich übernehme das schon.«

»Dann wollt ihr also fliegen?« fragte Shao.

»Sicher.«

Sie erwiderte nichts. Auch Sheila schwieg, was Bill wiederum verwunderte. »He, hat es dir die Sprache verschlagen?« fragte er.

»Nein, nein, ich bin ja Kummer gewohnt und habe auch keine Lust, mitzureisen. Mir reicht die Tanzschule noch.«

»Kann ich verstehen.«

Suko hatte inzwischen seinen Chef erreicht und redete bereits mit Sir James. Der Alte hatte an diesem Abend wohl seine gute Stunde, er zeigte sich kooperationsbereit.

»Ich werde mit dir fliegen«, sagte der Inspektor.

Bill schenkte nach und hob sein Glas. »Auf in die Stadt Dürers«, erklärte er und fügte ein »Cheers« hinzu …

Bilder-Franz atmete sehr geräuschvoll aus. Selten in den letzten Tagen hatte er sich so wohl gefühlt wie zu dieser

Stunde, wo er vor den offenen Gräbern stand, hineinschaute und auf dem Grund das geheimnisvolle Flimmern sah.

Mehr konnte er nicht tun.

Alles andere würde sich ergeben. Wann das eintrat, konnte er nicht sagen, denn Zeit spielte oft genug keine Rolle für Wesen, die jenseits der weltlichen Gesetze und Regeln lebten.

Vier Gräber warteten darauf, gefüllt zu werden. Aber nicht von ihm, dafür von einer anderen, fremden, tief in der Vergangenheit liegenden Macht und Kraft.

Er strich über sein Kinn und wischte sich die Schweißperlen ab. Die letzte Stunde hatte ihn angestrengt, und seine innere Gespanntheit war noch nicht gewichen.

Was nun folgte, konnte von ihm nicht mehr beeinflußt werden. Jetzt waren andere Kräfte an der Reihe.

Er schritt wieder auf die breite Treppe zu und hatte das Gefühl, während er über die Stufen ging, manchmal in Schatten zu treten, die durch die tanzenden Flammen neben dem rotglühenden Schein erzeugt wurden. Wo Licht war, gab es auch Schatten. Selten sah man dies so deutlich wie hier. Ein Problem allerdings hatte er nicht lösen können.

John Sinclair!

Darüber ärgerte sich Bilder-Franz zwar nicht direkt, doch er spürte die innerliche Anstrengung oder Wut, die ihn gepackt hielt. Dieser Mann hatte es tatsächlich geschafft, in sein Refugium einzudringen. Daß er selber durch den Verkauf des Bildes daran die Schuld trug, das gab er sich selbst gegenüber nicht zu.

Vor der Tür drehte er sich noch einmal um.

Er kannte die Brenndauer der Fackeln. Sie würden über Tage hinweg leuchten und das feuchte, unheimlich wirkende Gewölbe mit ihrem Licht erfüllen. Und sie würden auch denen den Weg weisen, die irgendwann aus den offenen Gräbern auftauchten, um die Schrecken des Mittelalters wieder lebendig werden zu lassen.

In dieser Gegenwart!

Nicht umsonst gab es in Nürnberg diese fantastische Altstadt, wo vieles noch so geblieben war, wie man es von früher her kannte. Auch wenn man einen Teil der Altstadt neu errichtet hatte, doch man war dabei nach den alten Plänen und Bauweisen vorgegangen.

»Wenn ich zurückkehre, wird alles anders aussehen«, versprach Bilder-Franz, bevor er sich umdrehte und die Tür öffnete. Er war bereit, wieder seine Welt zu betreten, und quälte sich geduckt die enge Stiege hoch, die zu seiner Wohnung führte.

Am Geländer hielt er sich fest, mußte sich manchmal räuspern und fühlte sich auf einmal schlaff. Da unten im Gewölbe war seine eigentliche Heimstatt, da konnte er schalten und walten, da war er der Vertreter des großen Baphomet, aber in einer völlig normalen Welt fand er sich nicht mehr zurecht.

In seinem Zimmer roch es noch nach Schnaps, als er die Tür aufstieß, die Maske abnahm und auch den Mantel auszog. Beides legte er auf den Tisch. Dabei stellte er fest, daß seine Hände zitterten. Wieder trank er einen Schluck, stieß auf und dachte an seinen Besucher.

Er konnte von hier oben aus in den Laden schauen. Eine raffinierte Optik ermöglichte es, daß er den größten Teil seines Geschäfts dabei überblickte.

Schwer ließ er sich auf die Knie fallen. Genau in der Mitte des Fußbodens, aber so gut wie nicht zu erkennen, wenn man nicht wußte, wo sie sich befand, drückte er auf eine bestimmte Stelle, löste somit einen Kontakt aus, der einen quadratischen Teil des Bodens in die Höhe schnellen ließ. Es war ähnlich wie bei dieser Grabklappe, nur blieb diese Klappe im rechten Winkel zum Boden stehen.

Bilder-Franz beugte sich tiefer hinab und konnte den größten Teil des unter ihm liegenden Ladens überschauen, aber wo befand sich dieser Sinclair? War er verschwunden?

Daran konnte er nicht glauben, denn die Tür war nach wie vor verschlossen. Sie wies keinerlei Beschädigungen auf. Er hätte schon ein Beil haben müssen, um das Holz zu zerschlagen.

Diese Waffen standen ihm nicht zur Verfügung. Bilder-Franz ließ sich Zeit und suchte das Geschäft erneut ab.

Keine Spur von Sinclair.

Mit der Hand drückte er die hochkant stehende Klappe wieder zurück. Er hatte sich entschlossen, persönlich in den Laden zu gehen, auch wenn es für ihn gefährlich werden konnte.

Leider besaß er keine Waffe. Deshalb mußte er sich auf seinen jenseitigen Helfer verlassen.

Abermals lief er über die alte Treppe. Bevor sie zu den Gewölben weiterführte, knickte ein Gang nach rechts ab, der in eine Nische hineinführte, an deren Ende sich die Ladentür befand.

Das Flurlicht streifte noch soeben das rauhe Holzmuster der Tür und blinkte auf der Klinke.

Bilder-Franz atmete tief durch, bevor er sich überwinden konnte, die Tür zu öffnen und seinen Laden zu betreten.

Er hatte plötzlich das Gefühl, sich auf einem völlig fremden Gelände zu bewegen, obwohl er das Geschäft seit Jahren führte, glich er einem Kunden, der zum erstenmal einen Fuß über die Schwelle setzte und sich entsprechend unsicher fühlte.

Sehr sacht drückte er die Tür hinter sich zu. Es gab kaum ein Geräusch, und das paßte zu der irgendwie beängstigend wirkenden Stille, die über dem Geschäft lag.

Nervös rieb Bilder-Franz seine Nase. Da er sich geduckt hatte, wirkte er noch kleiner, als er ohnehin schon war. Sein Blick war lauernd.

Wie ein Dieb schlich er an der Reihe der aufgehängten Bilder entlang. Er setzte seine Schritte so gut wie lautlos, drehte sich häufig um, ohne einen Verfolger zu entdecken, schritt dann die vier Treppenstufen hoch und blieb dicht vor der Eingangstür stehen, um sich diese und das Schloß genau anzusehen.

Nein, hier war keiner entkommen. Schloß und Tür waren unbeschädigt.

Sinclair mußte noch da sein. Oder war er etwa zu dem Zeitpunkt in den Keller gegangen, als sich Bilder-Franz in der Wohnung aufhielt und durch die Luke schaute?

Der Mann rechnete mit allem. Er nahm sich vor, das Gewölbe noch einmal zu betreten.

Bevor er dies jedoch in die Tat umsetzte, dachte er an den dunklen Teil des Geschäfts.

Da stand das Bild. Er hatte es extra so aufgebaut, daß es trotz seiner Lage noch vom Schein einer Laterne erfaßt wurde. Er bewegte sich durch eine Bildergasse. Innerlich angespannt, mit einem plötzlichen Angriff rechnend und starr nach vorn schauend. Dann drückte er sich nach rechts, weil er sein Ziel von der Seite her ansteuern wollte.

Wie vor eine Wand gelaufen, blieb er stehen. Sein Blick fiel auf den Boden und blieb direkt vor seinen Fußspitzen haften.

Im Stein zeichnete sich etwas ab.

Die Umrisse einer Gestalt.

Wieder fiel der Mann auf die Knie. Um besser sehen zu können, holte er ein Feuerzeug hervor und schaltete es ein. Die kleine Flamme bewegte sich entgegengesetzt zu seiner Handbewegung, sie tanzte, flackerte und zeichnete trotzdem die Umrisse des Schattens genauer nach.

Die Kehle des Mannes wurde plötzlich trocken. Er hatte die Gestalt erkannt.

Sie gehörte nicht auf den Boden, sondern in das Bild.

Es war tatsächlich eines der Monster!

Er schüttelte den Kopf. Obwohl er sich mit der Magie auskannte und ein Diener Baphomets war, wurde er von dieser Tatsache überrascht. So etwas hatte er für unmöglich gehalten. Das Bild war nicht normal, es gelang ihm, seine Dimensionen zu verändern, aber wieso war die Bestie zu einem Schatten geworden, der zudem eine Verbindung mit dem Steinboden eingegangen war?

Da gab es nur eine Erklärung.

»Sinclair, verflucht! Sinclair, du verdammter Hund!« Er sprach den Namen des Geisterjägers wütend und voller Haß aus. Dabei zuckten nicht nur seine Lippen, auch die Wangen gerieten in heftige Bewegungen. »Du verdammter Hund, du, du …« Er redete nicht mehr weiter. Speichel drang aus seinem Mund und sprühte vor den Lippen. Es dauerte seine Zeit, bis er sich wieder gefangen hatte.

Er stand auf.

Kalt war es ihm geworden. Auf seinem Rücken lag die zweite Haut wie eine dicke Schicht. Er hatte seine Hände zu Fäusten geballt und spürte wieder den Schweiß an seinen Fingern. Sogar Schwindel erfaßte ihn, als er weiterging.

Irgendwo mußte das Bild sein.

Nach zwei Schritten blieb er abrupt stehen. Da stand es, als wäre nichts geschehen.

Der Blick des Händlers fiel auf das zweite Monster, er sah auch die Flammen und die eingebrochene Wand und dort, wo sich das erste Monster befunden hatte, noch etwas.

Zuerst wollte er es nicht glauben.

Bilder-Franz stand auf dem Fleck und zitterte. Er wischte über sein Gesicht, die Lippen bewegten sich, aus seinem Mund drang ein scharfes Zischen, das sich veränderte und zu einem lauten, gellenden Lachen wurde.

Triumphgelächter.

Er hatte es geschafft!

Von einer Weltraumkälte war ich berührt worden, und die verdammte Kälte blieb auch, als mir der Boden unter den Füßen weggerissen wurde und man mich in eine Welt hineinzog, die keinerlei Grenzen mehr aufwies. Ich war zu einem Spielball der Kräfte geworden.

Wenn ich es auch gewollt hätte, es wäre mir unmöglich gewesen, dagegen anzugehen. Diese Mächte waren einfach zu stark, zu hart und auch mächtig.

Gab es ein Ziel?

Bestimmt.

Nur mußte ich mich dabei von meinem mathematischen Denken lösen. Länge, Höhe und Breite, diese Dimensionen waren plötzlich aufgehoben. Andere Kräfte hatten die Regie übernommen.

Wie im Krampf hielt ich mein Kreuz fest. Es war für mich der Rettungsanker, und tatsächlich war es dem Kreuz schon des öfteren gelungen, mich kraft seiner weißen Magie aus Situationen herauszuholen, die so gut wie auswegslos gewesen waren.

Plötzlich hatte ich das Ziel erreicht.

Ich flog nicht mehr, ich stand, obwohl ich unter meinen Füßen keinen Kontakt spürte. Auf irgendeine Weise hatte ich das Gefühl, etwas auszufüllen, das zuvor leer gewesen war.

Ich öffnete die Augen. Auch das war eine Selbsttäuschung, denn während meiner gesamten Reise hatte ich sie nicht geschlossen gehabt und doch nur in die Dunkelheit gestarrt.

Allmählich lichtete sich die Finsternis. Ob fern oder nah, das war mir nicht bekannt, jedenfalls sah ich den grauen Schleier, der sich meiner Ansicht nach immer näher heranschob und wie die Morgendämmerung die Dunkelheit verschluckte.

Nun gab die Dämmerung Hoffnung auf einen neuen Tag. Meine Hoffnung hatte einen ziemlichen Dämpfer erhalten, als es mir endlich wieder gelang, näher über die Umstände nachzudenken.

Ich fühlte mich als Gefangener!

Bewegen konnte ich mich nicht, ich war steif, von unsichtbaren Fesseln eingeschnürt. Nur das sich immer weiter ausbreitende Grau nahm ich wahr.

Es blieb nicht dabei.

Etwas schälte sich hervor.

Umrisse, Gestalten, Gegenstände.

Ein Raum.

Angefüllt mit Bildern und Staffeleien.

Den kannte ich doch! Noch funktionierte mein Denkapparat nicht optimal, aber ich erholte mich langsam, konnte die Bilder erkennen, ohne jedoch die Motive direkt zu sehen, und wunderte mich über die Perspektive. Ich war durch den Laden gegangen, hatte mir vieles angeschaut, aber aus einer anderen Richtung.

Und jetzt blickte ich praktisch zur Tür hin. Ich hätte sie unter Umständen sehen können, wenn die Bilder nicht mein Sichtfeld versperrt hätten. Auch war mein Blick nicht klar und scharf wie sonst, etwas hatte sich darüber gelegt.

Ein Grauschleier …

Ich versuchte, den Kopf zu drehen.

Es klappte nicht.

Weder die Arme, Hände noch die Beine konnte ich bewegen. Diese nicht sichtbaren Fesseln blieben, ich war steif, sie hielten mich fest, und sosehr ich mich auch anstrengte, ich blieb in der Haltung wie eine Figur.

Wieso?

Ich kam mit meinen Überlegungen nicht weiter, da mich eine Bewegung aus dem Innern des Ladens ablenkte.

Ich sah jemanden.

Die Gestalt war wie ein wandelnder Schatten. Zudem hörte ich kein Geräusch, aber der andere näherte sich. Er änderte sogar die Richtung, weil er ein bestimmtes Ziel hatte.

Zwischendurch fiel er auf die Knie und untersuchte den Fußboden. Ich erinnerte mich daran, daß eines der Monster aus dem Bild gesprungen und zu einem zweidimensionalen Schatten geworden war, der sich mit dem Boden vereinigt hatte.

Der Mann erhob sich wieder, trat näher. Sein Gesicht, bisher an eine sich bewegende, schwammige Puddingmasse erinnernd, nahm Konturen an. Ich kannte die Person.

Es war Bilder-Franz.

Und er hatte auch mich gesehen.

Sogar das Staunen und die Überraschung sah ich in seinen Augen. Bis er den Mund aufriß und gellend anfing zu lachen.

Es mußte ein schallendes Gelächter sein, obwohl ich keinen Laut vernahm, aber seine Haltung sagte mir genug.

Der amüsierte sich köstlich und zeigte auf mich. Der Mund klappte zusammen, er bewegte kurz die Lippen, so daß ich die Worte ablesen konnte.

Noch einmal wiederholte er sich, bis ich endgültig Bescheid wußte.

Er steckt im Bild!

Genau das war es!

Ich steckte in diesem verfluchten Gemälde, das im Prinzip nur wie ein Bild aussah, tatsächlich aber eine magische Falle war, in die ich hineingeraten war.

Nicht nur das.

Ich, John Sicnlair, hatte den Platz der ersten Bestie eingenommen. Demnach mußte über mir und mit ausgestreckten Armen sowie sprungbereit das zweite Untier auf der Lauer liegen.

Diese Erkenntnis trug ebensowenig dazu bei, meine Hoffnung zu stärken, wie das Benehmen des Mannes, der mich anstarrte, dabei lachte und sich auch vor mir verbeugte, als hätte er etwas Besonderes mit mir vor, wobei er mich gleichzeitig verspottete und mir seine Stärke bewies.

Ich gab es zu.

Er hatte gewonnen!

Bilder-Franz sprach mit mir. Hastige Worte, die ich nicht hörte. Ich konnte mich nur an den Bewegungen seiner Lippen orientieren. Der Händler verstand es wirklich, seinen Triumph nach außen hin zu dokumentieren, und ich war der Verlierer.

Jedes Ding hat zwei Seiten. Ich war in das Bild hineingekommen, also mußte es auch einen umgekehrten Weg geben.

Nur – wer sollte ihn mir zeigen? Bestimmt nicht Bilder-Franz, der triumphierte, daß ich endlich ein Gefangener seines Gemäldes war. Und er genoß seinen Sieg weiterhin.

Wie ein Dieb in der Nacht schlich er um das Bild herum. Es war von der Wand weggezogen worden und stand auf einem Holzgestell. Manchmal, wenn er wieder in mein Sichtfeld geriet, streckte er seine Arme aus, als wollte er über die bemalte Fläche tasten.

Das traute er sich noch nicht. Schließlich blieb er vor mir stehen und nickte mir mit einem süffisanten Lächeln auf den Lippen zu. Ich hatte das Gefühl, daß es ein Abschiedslächeln sein sollte, und täuschte mich nicht. Er drehte sich plötzlich um, winkte noch hämisch und ging davon. Wohin ihn sein Weg führte, sah ich nicht. Jedenfalls verließ er den Raum nicht durch den offiziellen Eingang.

Und ich blieb zurück.

Einsam, allein.

Als Figur in einem Gemälde. Jederzeit konnte ich von meinen Feinden manipuliert werden.

Was konnte ich tun?

Im Moment nichts. Mir fehlte einfach die Beweglichkeit, aber ich konnte denken. Und auch reden, wie ich sehr bald feststellte, als ich mich über mein Schicksal mit einem laut gesprochenen »Verflucht« beklagte.

Reden?

Etwas schob sich in meinem Gedankenapparat zusammen und verdichtete sich zu einer Lösung.

Das war es.

Ich mußte etwas rufen.

Und zwar die Formel!

Ich war der Gefangene einer fremden, möglicherweise mir noch unbekannten Magie. Wenn ich die Formel rief, um mein Kreuz zu aktivieren, setzte sich eine andere Magie dagegen.

Und zwar eine sehr mächtige.

Diese Möglichkeit behielt ich zunächst einmal im Hinterkopf und suchte dabei noch nach einer anderen Chance.

Sie war nicht vorhanden.

Es blieben mein Kreuz und die Formel zur Aktivierung.

Noch einmal holte ich tief Luft. Das konnte ich immerhin. Einen Moment später sprudelte ich die Worte hervor.

»Terra pestem teneto – Salus hic maneto!

Und das Kreuz reagierte, doch auf eine andere Art und Weise, als ich es mir vorgestellt hatte …

Seit seiner Einlieferung in das Krankenhaus hatte Kommissar Mallmann keinen so unruhigen Tag gehabt. Zuerst der frühe Besuch seines Freundes John Sinclair, dann der am Nachmittag folgende Anruf von Bill Conolly, der Informationen hatte haben wollen und selbst keine Erklärungen abgegeben hatte. Seinen Zustand hatte Will Mallmann vornehm mit dem Wort bescheiden umschrieben.

Er kam sich so nutzlos vor. Wie oft hatte er sein Büro und seinen Schreibtisch verflucht, weil er lieber draußen an der »Front« arbeitete, jetzt aber sehnte er sich nach den vier Wänden in Wiesbaden zurück.

Tage- und nächtelang hätte er freiwillig dort verbracht, nur um aus diesem verdammten Krankenzimmer zu entkommen.

Die Kugel hatte ihn ziemlich hart erwischt, zum Glück keine lebenswichtigen Organe verletzt, aber die Verwundung war doch so schwerwiegend, daß der Kommissar die nächsten Tage im Bett verbringen mußte.

Und aus den Tagen würden mindestens noch zwei Wochen werden, bevor er aufstehen konnte.

Eine verdammt lange Zeit.

Seine trüben Gedanken wurden unterbrochen, als jemand die Tür öffnete. Dr. Heister betrat das Zimmer, zwei Schwestern im Schlepptau. Sie kamen zur Abendvisite.

»Nun, Kommissar, wie fühlen Sie sich?« Heister blieb neben dem Bett stehen, die Hände hatte er in den Kitteltaschen vergraben.

Will schielte ihn von unten her an. Seine Haut war bleich. Die Römernase stach spitz hervor. »Wollen Sie das wirklich wissen, Herr Doktor?«

»Ja.«

»Aber hier sind Damen im Raum.«

Da mußte der Arzt lachen. »Ja, das kann ich mir schon vorstellen.« Sein Gesicht wurde ernst. »Haben Sie starke Schmerzen, Kommissar, daß Sie so reagieren?«

»Schmerzen ja. Nur andere, als Ihnen bekannt sein dürften.«

»Welche?«

»Ich habe nur eine Frage. Wann komme ich denn hier raus?«

Der Arzt holte tief Luft. »Wann Sie entlassen werden können?« Er betonte jedes einzelne Wort.

»Dann wären auch meine Schmerzen oder Beschwerden verschwunden.«

»Ich will Ihnen die Wahrheit sagen, Kommissar. Rechnen Sie mit mindestens vier Wochen.«

»Das darf doch nicht wahr sein!«

»Es ist die Wahrheit.«

»Und weshalb?«

»Kommissar, diese Kugel hätte Sie töten können. Sie haben ein unwahrscheinliches Glück gehabt, daß Sie überhaupt noch am Leben sind. Überlegen Sie mal, und rechnen Sie dagegen. Was sind schon vier Wochen Aufenthalt in einem Krankenhaus dagegen?«

»Aus Ihrer Sicht stimmt das. Ich sehe es anders. Ich muß Verbrecher jagen ...«

»Aber das BKA hat doch noch mehr Beamte.«

»Klar. Nur bin ich in einer besonderen Sparte tätig. Ich ...« Will Mallmann winkte matt ab. »Tut mir leid, Doktor. Sie würden es nicht verstehen. – Was gibt es zu essen?«

»Noch bekommen Sie keinen Eintopf.«

»Wieder nur diese Suppe?«

Beide Schwestern nickten. Eine sagte: »Sie enthält die Aufbaumittel, die Sie benötigen.«

»Dann meinetwegen.«

Arzt und Schwestern verschwanden wieder. Minuten

später schob eine Lernschwester auf einem dieser Tablettwagen das Essen ins Zimmer. Die Kleine lächelte freundlich, stellte das Kopfteil etwas höher und wollte den Kommissar füttern.

»Nicht mehr!« sagte Mallmann scharf. »Die Zeiten sind vorbei!«

»Entschuldigung, ich wußte nicht ...« Die Kleine fuhr zurück.

Will lachte matt. »Schon gut, Kind. Ich werde heute allein essen.«

Das tat er auch. Er löffelte die Suppe ohne Appetit. Sie schmeckte noch schlechter, als sie aussah. Etwa ein Drittel von dem Zeug ließ der Kommissar stehen, obwohl die Schwester wieder schimpfen würde. Der Kommissar ließ sich zurücksinken und atmete sorgenschwer aus.

Es waren nicht einmal die eigenen Sorgen, die ihn plagten, viel mehr Gedanken machte er sich um John Sinclair und den Anruf ihres gemeinsamen Freundes Bill Conolly.

Was kam da auf den Geisterjäger noch alles zu? Er war nach Nürnberg geflogen und steckte wahrscheinlich schon bis zum Hals in Schwierigkeiten.

Ausgerechnet jetzt konnte Will Mallmann ihm nicht helfen.

Der Kommissar zuckte zusammen, als das Telefon summte. Sofort dachte er an John. Er hob ab.

»Ja?«

»Spreche ich mit Mallmann?«

Das Gesicht des Kommissars verzog sich. »Ja, mit dem reden Sie. Und wer sind Sie?«

»Wir kennen uns nicht persönlich, Kommissar, aber ich will es Ihnen gern sagen. Ich bin derjenige, der Ihnen die Killer geschickt hat. Sie haben auch das Bild geholt, denn es ist ungeheuer wichtig für mich. Ich will Ihnen etwas sagen. Es ist kein normales Gemälde. Die beiden Bestien, die darauf zu sehen sind, können sich in ihren Ausmaßen oder Dimensionen verändern. Verstehen Sie?«

»Bisher nicht.«

Der andere stieß einen wütenden Laut aus. »Gut, ich erkläre es Ihnen. Aus zweidimenisonalen Gestalten werden dreidimensionale, die ebenso beweglich sind wie Menschen. Sie sind sogar in der Lage, das Bild zu verlassen, jetzt wissen Sie Bescheid.«

Wills Hand umkrampfte hart den Hörer. »Ja, ich weiß, daß die Unholde Robert Moor gekillt haben.«

»Sehr richtig.«

»Haben Sie mich deshalb angerufen, Herr Unbekannt?«

»Nein, es gibt noch einen anderen Grund. Ich hatte Besuch. Ein Engländer war oder ist noch bei mir. Nur hat er das Pech gehabt, einen Schritt zu weit zu gehen ...«

»Reden Sie!«

»Sollten Sie jemals wieder in der Lage sein, das Krankenhaus zu verlassen, werden Sie ihn sehen können. Allerdings zweidimensional. Sie verstehen, Kommissar ...«

Es knackte in der Leitung, der Unbekannte hatte aufgelegt. Will rief noch einige Worte hinein, doch er hatte keine Verbindung mehr. Der Hörer rutschte ihm aus der Hand und fiel auf den Apparat. Plötzlich schlug Wills Herz schneller. Jeder Schlag drückte gegen die frische Wunde, so daß Schmerzen durch Mallmanns Brust schossen.

Vor dem Anruf hatte Will Mallmann an seine Hilflosigkeit gedacht und sie verflucht. Jetzt verfluchte er sie noch stärker. Am liebsten wäre er aus dem Bett gesprungen und losgerannt, doch er lag hier und fühlte sich wie angekettet.

Natürlich hatte der Anrufer seinen Namen nicht genannt, aber Will wußte auch so, wer seinen Triumph losgeworden war.

Bilder-Franz.

Die Kollegen hatten herausgefunden, daß das Bild von ihm verkauft worden war, und sie hatten den Mann auch verhört. Herausgekommen war, soviel sich Will erinnern konnte, dabei nichts.

Wäre der Anruf nicht gewesen, hätte sich Mallmann nie dazu durchgerungen, sich an seine Kollegen zu wenden. So aber hatte er Angst um John Sinclair. Der leitende Beamte stand im Range eines Kommissars und hieß Friedmann. Will hatte ihn nur kurz kennengelernt, er konnte nur hoffen, daß er seinen Argumenten zugänglich war.

»Da haben Sie aber Glück gehabt, Herr Mallmann. Ich wollte gerade nach Hause gehen.«

»Das wird wohl nicht mehr möglich sein.«

»Wieso?«

»Hören Sie zu, Herr Friedmann, ich habe vor einigen Minuten einen, wie ich meine, folgenschweren Anruf erhalten ...« Will berichtete dem Kollegen, was er erfahren hatte, doch das Schweigen des anderen nach dieser Auskunft drückte seine Hoffnungen.

»Und was haben Sie gemeint, Herr Mallmann?«

»Sie müssen sich um diesen Bilder-Fritz kümmern.«

»Bilder-Franz, meinen Sie, nicht Bilder-Fritz.«

»Natürlich.«

»Aber was sollen wir tun? Wir haben den Mann verhört. Gegen ihn liegt nichts vor. Wenn Sie jetzt den Anruf meinen, Herr Mallmann, so wird er ihn sicherlich abstreiten, wenn wir ihn danach fragen.«

»Aber ich bin sicher.«

»Das nützt uns nichts.«

Will verdrehte die Augen. »Und was ist mit unserem Kollegen John Sinclair? Er befindet sich möglicherweise in Lebensgefahr.«

»Das kann sein. So wie ich den Oberinspektor verstanden habe, wollte er den Fall allein angehen. Er würde uns schon informieren. Ich habe auch entsprechende Direktiven von ganz oben bekommen, mehr kann ich nicht sagen.«

»Dann entschuldigen Sie, bitte.«

»Nichts für ungut, Kollege, und gute Besserung.«

»Ja ... danke.« Die letzte Antwort klang bereits ziemlich lahm und schwach. Will atmete tief und schwer durch, bevor er gegen die Decke starrte. Seine Augen brannten. Er fühlte sich innerlich leer und verbraucht.

Wenn er nur aus diesem Zimmer gekonnt hätte.

Die Schwester kam, lächelte, trat an Wills Bett und nahm den Teller an sich. »Hat es Ihnen geschmeckt, Herr Mallmann?« Im nächsten Augenblick war das Lächeln aus ihrem Gesicht wie weggewischt. Sie hatte Wills Blick mitbekommen und verließ das Krankenzimmer beinahe fluchtartig …

Ich konnte mich wieder bewegen!

Dieser gedachte Satz glich einem innerlichen Jubelschrei. Es war einfach die Freude über diese Befreiung.

Aber war ich tatsächlich frei?

Nein, Freiheit bedeutet, selbst bestimmen zu können, wohin man sich wenden und gehen will.

Das genau konnte ich nicht. Eine andere Macht hatte die Kontrolle über mich.

Mein Kreuz!

Ein Talisman, der mir nichts Böses tat, der für mich hergestellt worden war, und dies in biblischer Zeit. Das Kreuz hatte seinen Weg durch die Jahrhunderte, sogar Jahrtausende genommen. Den Weg hatte ich nicht verfolgen können, immerhin wußte ich, daß es einmal einer alten Zigeunerin gehört hatte und auch einem Mann namens Hector de Valois.

Wenn ich mich auf etwas verlassen konnte, dann auf das Kreuz. Das mich beschützte und auch jetzt nicht versagte, als ich durch den Tunnel der Zeiten trieb.

Wo ich auch »landen« oder herauskommen würde, war mir egal. Jedenfalls hatte das Rufen der Formel etwas in Bewegung gesetzt, und ich fühlte mich auch nicht mehr nur als Statist.

Um mich herum rauschte es, als würden Wasserfälle auf mich niederprasseln. Naß wurde ich nicht. Dafür hörte ich ferne, unbekannte Stimmen.

Bis ich Kontakt hatte.

Es war eine wunderbare weiche Landung, ein Hineinsegeln in eine andere Dimension oder Zeit. Die Umgebung des Geschäfts war verschwunden, ich sah keine Bilder mehr, keine Staffeleien oder irgendwelche Wände und Gewölbe.

Freie Natur!

Kalte Luft, aber nicht so kalt, wie ich sie in Nürnberg erlebt hatte. Dafür klarer, eine Luft, die sich hervorragend atmen ließ.

Ich mußte meine Reise erst einmal verdauen, spürte den kalten Schauer auf meinem Rücken und fand mich auf einem schmalen, schneebedeckten Weg wieder, der vom Tal her in die Höhe führte und dort endete, wo ich einen gewaltigen Schatten sah.

Eine Burg!

Ich blieb stehen, starrte ebenfalls hoch und sah mir die Burg an. Sie kam mir im Prinzip bekannt vor, obwohl ich sie noch nicht so gesehen hatte wie jetzt.

Möglicherweise hatte man im Laufe der Zeit an ihr um- oder angebaut. Ich dachte nach. Woher kannte ich die Burg? Ich hatte sie vor nicht allzu langer Zeit erst gesehen.

Natürlich, es lag auf der Hand. Das war die Nürnberger Burg. Wer in die Stadt kam, konnte sie überhaupt nicht übersehen. Sie lag hoch über der Stadt auf einem Berg und war prächtig anzusehen.

Ich war also nicht an einen anderen Flecken auf dieser Erde geschafft worden und befand mich nicht in einer anderen Dimension. Die Lösung war viel einfacher.

Nürnberg!

Durch die Magie des Kreuzes war ich in das alte, winterliche und mittelalterliche Nürnberg geschafft worden. Über diese Erkenntnis erschrak ich nicht einmal, denn eine solche Reise in die Vergangenheit war mir nicht neu. Das hatte ich zuletzt bei den schwebenden Leichen von Prag erlebt, als ich auf den Höllenfriedhof gestoßen war.

Ebenso wie Prag konnte man auch Nürnberg als eine Stadt mit großer Vergangenheit bezeichnen. Hier hatten Handwerker, Kaufleute und Künstler ihre Spuren hinterlassen. Einer der bedeutendsten Maler der Welt war hier geboren worden.

Albrecht Dürer.

Als mir sein Namen einfiel dachte ich gleich an ein besonderes Bild von ihm. An die vier Reiter der Apokalypse aus der Johannes-Offenbarung. Und diese vier Reiter kannte ich ebenfalls. Ich hatte sie nur unter einem anderen Namen kennengelernt.

AEBA – die Horror-Reiter.

Es war nicht gut, daß meine Gedanken zu weit abschweiften, ich mußte mich mit der für mich existierenden Gegenwart befassen, und sie war die Burg und die Stadt.

Etwa auf halber Höhe befand ich mich und schaute hinunter auf die Dächer der zahlreichen Häuser, die sich um das Ufer der Pegnitz drängten. Die Burg interessierte mich nicht sonderlich, da war die Stadt selbst schon wesentlich wichtiger für mich. Zudem wollte ich den Ort aufsuchen, aus dem es mich in die Vergangenheit verschlagen hatte.

Der Weg führte in die Stadt. Es mußte eine der Hauptstraßen sein, denn auf dem Weg nach unten liefen zahlreiche Gassen auf sie zu. Der Hang war ebenfalls bebaut worden. Auf den Dächern der meist sehr kleinen Häuser lag eine dicke Schneeschicht. Träge stieg der Rauch aus den Kaminen und verteilte sich im bleigrauen Himmel.

Menschen sah ich kaum. Die Kälte hatte die Leute in die Häuser gedrängt. Wenn mir jemand entgegenkam, dann zu Fuß oder auf alten Holzschlitten hockend, die als Transportmittel für Holz und Waren dienten.

Schon bald wurde die Bebauung dichter, wurden die Straßen enger. Die Häuser besaßen die typische Bauweise des Fachwerks. Manche Dächer waren hochgezogen, andere flach und hüttenähnlich.

An den Scheiben klebten oft genug dicke Eisblumen, die Türen waren geschlossen, ebenso die kleinen Läden der Handwerker. Hin und wieder hörte ich ein Hämmern oder Sägen. Manchmal drang auch ein angenehmer Geruch durch die Gassen. Zumeist strömte er aus einer der Bäckereien.

Wenn mir Menschen begegneten, schauten sie mich

zumeist aus großen Augen an. Ihre Gesichter schützten sie durch um den Kopf gewickelte Tücher. Die Kragen der Mäntel oder Umhänge standen hoch. Manche hatten sich auch einfach Felle umgehängt.

Die Altstadt hatte ich inzwischen erreicht, mich in dem Wirrwarr der Gassen jedoch verirrt. Ohne Hilfe würde ich den Platz, den ich suchte, nicht finden.

Wen sollte ich fragen?

Das hellklingende Hämmern, das durch die Gassen schallte, war wie eine Einladung für mich. Es vermischte sich in den folgenden Sekunden mit dem dünnen Klang einer Kirchenglocke, der über den Hang wehte und die Menschen zum Gebet mahnte.

Ich hatte nicht vor, eine Kirche zu betreten, sondern drückte mich in eine Einfahrt. Sie lag zwischen zwei Häusern, war sehr eng, entsprechend dunkel, doch vom Ende der Einfahrt hatte ich den hellen Klang vernommen, und ich ahnte schon, um was es sich dabei handelte. Dort waberte auch der rötliche Schein.

Der Schnee war in der Einfahrt geschmolzen. Ich schritt über den feuchten Lehm, erreichte einen Hof, sah links von mir das Feuer und rechts eine Mauer, an der zahlreiche Eisenringe befestigt waren. Dort wurden die Pferde angebunden, deren Hufe der Schmied neu beschlug. Nur ein Pferd stand an der Mauer. Wegen der Kälte hatte man ihm eine lange Decke übergelegt.

Ich war noch nicht gesehen worden und hielt mich auch weiterhin im Schatten.

Der Schmied arbeitete, obwohl er Besuch hatte. Wahrscheinlich war es der Besitzer des Pferdes. Er stand in der Schmiede, sprach sehr laut und ging schließlich zu seinem Tier, schwang sich in den Sattel und ritt davon.

Mich sah er nicht.

Ich wartete noch einen Moment. Der Glockenklang war verstummt. Dann ging ich auf die vorn offene Schmiede zu.

Wer einen Blick hineinwarf, hatte das Gefühl, in die Hölle

zu schauen. Da glühte das Schmiedefeuer in der gemauerten Esse, da zischte und dampfte es, die Glut strahlte ab und schob mir eine Wärmewolke entgegen.

Der Schmied und sein Gehilfe trugen lange Lederschürzen. Ihre geröteten Gesichter zeugten von der anstrengenden Arbeit. Der Schmied, ein kräftiger bärtiger Mann, schlug mit dem Hammer auf ein Stück Eisen und drosch es vor meinen Augen platt.

Sein Gehilfe stand am Blasebalg und schürte das Feuer. Vom Dach der offenen Schmiede rann das Tauwasser in dicken Tropfen.

Ich war nicht in die Schmiede hineingegangen, sondern vor ihr stehengeblieben. Von vorn traf mich die Wärme, an der Rückseite spürte ich die Kälte. Etwas Ungesünderes konnte es kaum geben.

Erst wenn die beiden Männer mich ansprachen, wollte ich mich rühren. Entdeckt hatten sie mich schon, denn der Meister warf mir hin und wieder forschende Blicke zu. Er war ein Schmied wie aus dem Bilderbuch, ein kleiner Herkules, der durch seinen Bart noch finsterer aussah.

Mit einer Hand schwang er den schweren Hammer, der auf das Eisen klatschte, und es wirkte so, als hätte er nur ein Stück Holz in der Hand. Jeder Schlag ein Treffer.

Schließlich übergab er seinem Gehilfen den Hammer und schaute mich an.

Ich nickte.

»Kommt näher!«

Ich sprach einigermaßen deutsch. Aber dieser mittelalterliche fränkische Dialekt war für mich kaum zu verstehen. So glich es eher einem Raten, als ich nach seinen Worten die Schmiede betrat und weg vom Feuer ging, weil es mir dort zu heiß war.

Ich mußte etwas Besonderes an mir haben, denn der Schmied betrachtete mich von oben bis unten. Wahrscheinlich war es die Kleidung, und auch mein Reittier suchte er vergeblich.

»Was hat Euch hergeführt, Fremder?«

»Eine gewisse Not.« Ich hoffte, mit dieser Antwort den richtigen Einstieg gefunden zu haben.

»Wenn ich Euch helfen kann ...«

»Ich bin fremd in der Stadt«, erklärte ich dem Schmied, »und suche ein bestimmtes Haus.«

Er blickte mich mißtrauisch an. »Aus welch einem Land kommt Ihr?«

»Es liegt sehr weit.«

»Und was wollt Ihr?«

Jetzt ging es ums Ganze. Wie sollte ich ihm beibringen, daß ich das Haus vom Bilder-Franz suchte, das ich aus der Zukunft kannte.

»Seid Ihr ein Besucher?«

»So ähnlich ...«

Der Schmied nickte. »Dann werdet Ihr bestimmt an dem Spektakel teilnehmen wollen ...«

Möglicherweise war das der entscheidende Hinweis. Ich antwortete mit einem »Ja«.

Plötzlich wurde der Schmied nachdenklich. Er gab keinen weiteren Kommentar, sondern versuchte, mir den Weg zu erklären. Ich verstand nicht sehr viel davon, aber die Namen Pegnitz und Henkersteg waren doch herauszuhören.

»Und dort muß ich hin?«

»Ja, es ist die Zeit des Ungeheuers und des Todes. In dieser Nacht werden wieder viele Menschen sterben, das habe ich schon in meinen Träumen gesehen. Geht hin, und ergötzt Euch, ich kann es nicht.«

Er wandte sich scharf ab, griff nach seinem Hammer und musterte mich fast feindselig über die Schulter.

Sicherheitshalber ging ich zurück, grinste ein wenig und verschwand schnell in der Einfahrt.

Dort dachte ich über das Gehörte nach.

Den Henkersteg kannte ich. Allerdings aus meiner Zeit. Ich hatte den Begriff auf dem Stadtplan von Nürnberg gelesen. Und den trug ich bei mir. Verflixt, das war die Idee.

Eigentlich hätte ich darüber lachen können. Da stand ich tief in der Vergangenheit und holte einen Stadtplan aus der Zukunft hervor, um die Straßen und Gassen zu suchen, die ich in der Vergangenheit aufsuchen wollte. Fast wie in einem Film von Steven Spielberg.

Es erwies sich als Vorteil, daß man die Altstadt fast so gelassen hatte, wie sie einmal gewesen war, so konnte ich mich anhand des Planes orientieren und erreichte auch die Pegnitz.

Über Nürnberg lag ein düsterer Himmel. Er zeigte fast die gleiche Farbe wie das Eis auf dem Wasser. Träge schwammen die Schollen gegen die beiden Ufer.

An einigen Stellen ragten kleine Stege in das Wasser hinein. Sie wirkten im Eis wie festgefroren. Auch die Lastkähne konnten sich nicht mehr bewegen. Wenn ein Boot fuhr, dann in der schmalen Rinne auf der Mitte des Flusses.

Man hatte Fackeln angezündet. Entlang des Ufers standen sie aufgereiht. Die düster wirkenden Flammen tanzten im leichten Wind, das Pech stank irgendwie widerlich. Ein scharfer Geruch traf des öfteren meine Nase.

Ich schritt über eine alte Brücke. Hier begegneten mir wesentlich mehr Menschen. Frauen, Kinder und Männer. Alle waren dick vermummt, nur die wenigsten sprachen.

Am anderen Ufer, wo die Fackeln brannten, erreichte ich eine Straße. An der einen Seite wurde sie von eng zusammenstehenden Häusern begrenzt. Über den Dächern lagen dünne Rauchfahnen, die aus den Kaminen quollen.

Aus einer Tür trat eine Familie mit zwei Kindern. Sie schritten auf eine bereitstehende Kutsche zu, deren Pferde unruhig mit den Hufen scharrten.

Nicht weit von mir entfernt sah ich einige Lagerhäuser, die ich ebenfalls passierte. Die Tore standen offen. Nur konnte kein Schiff mehr ablegen, also wurde auch keines mehr beladen. Die Schiffer standen oder hockten zusammen und wärmten sich an den Kohlefeuern. Andere waren in die Schenken gegangen, wo es hoch herging. Männerlachen schallte bis auf die Straße.

Ich suchte einen bestimmten Turm, der den Henkersteg markierte. Er konnte nicht mehr weit entfernt sein, und als ich die Lagerhäuser passiert hatte, sah ich ihn bereits.

Der Turm ragte über die Dächer hinweg. Er stand dicht am Ufer, wo eine Brücke begann, die über den Fluß führte. Neben dem Turm stand eine Schenke. Sie war die größte, die ich bisher gesehen hatte.

Irgend etwas sollte hier stattfinden. Vielleicht eine Hinrichtung, ich würde es schon in Erfahrung bringen.

Vor der Schenke herrschte viel Betrieb. Die Leute unterhielten sich. Manche laut, andere flüsternd. Leider verstand ich nur wenig, aber ich sah oft genug ihre Gesichter im Schein der Fackeln und erkannte die Gänsehaut auf ihren Wangen.

Sie fürchteten sich vor irgendeiner Sache.

Neben dem Gasthaus standen die Pferde. Ich kannte die Eisenringe von der Schmiede her. An sie wurden die Zügel gebunden, so daß die Tiere nicht fortlaufen konnten.

Ich überlegte bei einer Zigarette, was ich tun sollte. In die Schenke hineingehen und mich unter das Volk mischen?

Das wäre nicht schlecht gewesen. Dort erfuhr man am meisten. Aber ich befand mich leider nicht in meiner Zeit. Ich würde auffallen, vielleicht sogar als Feind behandelt werden, so war es für mich ein Risiko, in das Lokal zu gehen.

Irgend etwas irritierte mich. Ich schaute nach links und sah einen jungen Mann, der mich unverwandt anstarrte.

Als ich ihm zulächelte, verzogen sich seine Lippen. Er trat einen Schritt näher, starrte auf meine Zigarette, die ich zu Boden warf, wo die Glut im Schneematsch verzischte.

»Wer seid Ihr?« fragte er mich.

»Ein Fremder. Und wer seid Ihr?«

»Ich bin ein Student der Rechte.«

»Das ist gut.«

Er schüttelte den Kopf. »Nein, es ist nicht gut. Hier wird bald ein großes Unrecht geschehen.«

Ich wunderte mich über seine Sprache. Sie klang zwar altertümlich, war aber gut zu verstehen.

»Ich mag auch kein Unrecht.«

»Aber Ihr seid gekommen, um es zu sehen.«

Da ich noch immer nicht wußte, was er meinte, hob ich die Schultern. »Möglich.«

Er kam noch näher. Gegen die Kälte schützte er sich mit einem dicken Umhang, der innen gefüttert war. Auf seinem Kopf saß eine Wollmütze, das Gesicht war schmal. Es wirkte bläulich, anscheinend fror er. »Glaubt Ihr an Hexen, Fremder?«

»Kaum.«

»Aber die Menschen hier glauben daran. Wenn sie eine Hexe sehen, bringen sie sie um.«

»Und das soll heute geschehen?«

»Ja. Sie haben einen Finsterling beschworen, einen unheilvollen Geist«, flüsterte der Student. »Er wird erscheinen und die Hexen töten. Es sind schlimme Zeiten, in denen wir leben.«

Wann waren die mal nicht schlimm? dachte ich. »Habt Ihr so etwas schon erlebt?«

»Nein, nur gehört. Ich will es mir ansehen und darüber schreiben. Das ist ein großes Unrecht.«

»Weshalb erzählt Ihr mir das alles?« fragte ich.

Der Student nickte. »Das ist eine gute Frage. Ich habe Euch beobachtet. Ihr seid anders.«

Ich lächelte. »Wieso?«

»Eben anders als die Menschen hier. Ihr seht so aus, als wolltet Ihr Euch nicht mit Ihnen abgeben, ebenso wie ich. Mein Name ist Georg von Sprange.«

»Ich heiße John.«

»Ein sehr ungewöhnlicher Name.«

»Ich sagte schon, daß ich nicht von hier bin.«

»Deshalb auch die Kleidung.«

»Sicher.«

»Dann müssen wir wohl warten, John. Darf ich Euch vielleicht zu einem Glas ins Gasthaus einladen?«

»Eigentlich gern«, sagte ich, »doch ich möchte mich ein wenig umschauen.«

»Das kann ich verstehen. Soll ich Euer Führer sein?«
»Wenn Ihr wollt.«
»Ja, ich habe Zeit.«
»Wer soll denn getötet werden?« erkundigte ich mich.
»Die Menschen kenne ich nicht, aber ich habe erfahren, daß sie bereits hier sind.«
»Und wo?«
Er deutete an mir vorbei. »Seht ihr den Turm dort? Dort gibt es alte Verliese«, flüsterte Georg von Sprange. »Sie warten darin schon seit Tagen auf ihre Hinrichtung.«
»Ich möchte mit ihnen sprechen!«
Diese Antwort erschreckte ihn so sehr, daß er einen Schritt zurücktrat und seine behandschuhte Rechte gegen den offenen Mund preßte. »Ihr wollt mit ihnen sprechen?«
»Ist das schlimm?«
»Wenn man Euch erwischt, seid Ihr verloren.«
»Werden die Gefangenen bewacht?«
»Ja.«
»Aber es gibt einen Weg?«
»Dort stehen Wachen.«
»Geht Ihr mit, Georg?«
Ich hatte ihn durch meine letzte Frage in eine Zwickmühle gebracht. Er wußte nicht so recht, was er antworten sollte. Einerseits kämpfte er gegen das Unrecht, auf der anderen Seite war er sehr neugierig und gleichzeitig nicht lebensmüde, denn die Wächter würden verdammt aufpassen.
»Wie ist es?«
»Ihr wißt, daß es sehr gefährlich ist, John.«
»Das riskiere ich.«
»Und wenn man uns stellt?«
Ich hob die Schultern. »Wird Euch da nicht als Student der Rechte etwas einfallen? Sagt doch, daß Ihr als Advokat mit den Gefangenen reden wollt ...«
George von Sprange lächelte breit. »Ihr seid nicht dumm, Fremder. Nein, Ihr seid wirklich nicht dumm.«
»Man muß immer das Beste aus einer Lage machen.«

»Das sagte schon mein seliger Vater, Ja, ich fühle, daß wir es schaffen können, deshalb gehe ich mit in die Kerker, die sehr tief liegen und auch gefährlich sind.«

»Wieso?«

»Man sagt, sie seien verhext. Die Wächter trauen sich nicht heran und nicht hinein. Nur wenn sie die Gefangenen bringen und abholen.«

»Werden die Menschen nicht verpflegt?«

»Nein, Todgeweihte bekommen nichts. Sie können das Wasser von den Steinen ablecken. Einige sind schon vor der Hinrichtung verhungert.«

»Wie viele sind es denn heute?«

»Ich weiß es nicht genau. Vielleicht vier.«

»Und sie werden in einer Nacht hingerichtet?«

»Ja, ein Richter hat sie abgeurteilt. Heute soll es besonders schlimm sein. Die vier sind sehr gefährlich. Sie gehören einer Sekte an, die der Erzbischof mit dem Teufel in Verbindung bringt. Manche sagen, es seien Magier.«

»Kennt Ihr die Sekte?« fragte ich.

»Nein, ich weiß von nichts. Aber mir ist bekannt, daß es Menschen gibt, die mit dem Bösen in Verbindung stehen. Ich möchte gern mit ihnen reden, weil es für meine Studien wichtig ist.«

»Das glaube ich gern.« Ich legte meinem neuen Freund eine Hand auf die Schulter. »Laßt uns gehen.«

»Bleibt noch. John, ich möchte von Euch etwas wissen.«

Er schaute mich an. Sein Gesicht war schmal. Die Nase stach wie ein Finger aus ihm hervor.

»Bitte, redet.«

»Der Turm ist düster und gefährlich. Aber noch schlimmer sind die Wärter. Sie kennen keine Gnade. Wenn sie uns sehen, werden sie uns töten, habt ihr verstanden?«

»Sicher.«

»Und Ihr seid ohne Waffen?«

»Nein, mein lieber Georg.«

»Nein, nein.« Er schüttelte den Kopf und breitete seine

Arme aus. »Wo befindet sich Euer Schwert oder der Degen?«

Ich sagte ihm nicht, daß ich aus der Zukunft stammte, sondern erwiderte: »In meiner Heimat gibt es andere Waffen.«

»Darf ich sie sehen?«

Ich wollte ihn nicht verunsichern und schüttelte den Kopf. »Jetzt nicht, später vielleicht, wenn ich möglicherweise gezwungen werde, sie einzusetzen.«

Er schaute mich nachdenklich an. »Ihr scheint wirklich von sehr weit herzukommen, John.«

»Es geht.«

Ich hatte natürlich durch meine Antworten seine Neugierde geweckt, ging aber davon aus, daß es besser war, wenn ich die Wahrheit für mich behielt.

So gingen wir in die Richtung, wo sich der Turm befand. Trotz der Kälte stand die große Eingangstür zur Schenke weit offen. Die Deckenlampen schaukelten und warfen ihr zuckendes Licht über die geröteten Gesichter der Gäste.

Dem Alkohol wurde kräftig zugesprochen, und man trank auch vor dem Gasthaus. Stände waren aufgebaut worden. Auf den kleinen Kohleöfen standen Kessel mit heißem Tee. Er wurde krugweise verkauft. Einige Male rempelte man uns an. Viele Männer hatten schon einen über den Durst getrunken. Neben dem Gasthaus und ein wenig versetzt mußte sich der Abtritt befinden. Von dort wehte uns ein bestialischer Gestank entgegen.

»Manchmal ist es nicht schön, Mensch zu sein«, sagte Georg von Sprange. »Man schämt sich dessen.«

»Wie recht Ihr habt.«

»Dann denkt Ihr auch so?«

»Ja.«

Er lächelte. »Vielleicht werde ich einmal ein Gelehrter. Dann versuche ich, die Menschen zu ändern.«

Ich schlug ihm auf die Schultern. »Mein lieber Freund, das haben schon ganz andere gewollt und es nicht geschafft. Ihr könnt mir glauben.«

»John, Ihr sprecht, als wüßtet Ihr mehr.«

»Vielleicht weiß ich das auch.«

»Es wäre schön, wenn wir mal Zeit fänden und Ihr mir von Eurer Heimat berichten könntet.«

Ich gab keine Antwort. Diese Zeit würde ich wohl kaum finden. Zudem interessierte mich der Turm mit der angebauten Brücke über den Fluß. Auf dem Wasser schimmerten dunkelblau die Eisschollen. Durch die Strömung wurden die Schollen gegen die Pfeiler der Brücke getrieben. Das erzeugte jedesmal ein Krachen und Dröhnen.

Vor uns stieg der Turm in die Höhe.

Er mußte sehr alt sein, denn seine Bauweise erinnerte mich an die Romanik. Ähnliche Türme kannte ich von den alten englischen Burgen her, die ein Jahrtausend und manchmal mehr auf dem Buckel hatten.

Die Wände waren bespickt mit zahlreichen, lukenartigen Fenstern. An dem grauen Gestein klebte auch das Eis, und auf dem Spitzdach des Turms lag noch der festgefrorene Schnee.

Über dem Eingangstor brannten Fackeln. Wie Schleier strich der dunkelrote Widerschein an der Außenwand in die Höhe und zuckte bei jedem Windstoß wie ein Irrlicht.

Der Platz vor dem Turm war ziemlich groß, aber leer. Es schien so, als hätten die Menschen Angst, ihn zu betreten. Vielleicht wollten sie sich auch erst Mut antrinken.

Im Schatten einiger mit Schnee beladener Bäume stand ein Leiterwagen, dessen Oberteil als Käfig gebaut war. Ein Todeskarren, in dem die Kandidaten zur Hinrichtung gefahren wurden.

»Wo befinden sich die Wächter?« fragte ich.

Mein Begleiter wußte es auch nicht genau. »Ich nahm an, daß wir sie im Turm finden würden.«

»Dann laßt uns gehen.«

Er stieß mich an. »Wollt Ihr es Euch nicht noch einmal überlegen? Denkt an die Gefahr, in die Ihr Euch begebt.«

»Nein, ich habe mich einmal entschlossen. Ich will die

Gefangenen sehen. Wenn sie zu der Gruppe gehören, für die ich sie halte, wird es sehr interessant.«

»Aber was ...?«

»Später, mein Lieber, später ...« Ich war entschlossen, meinen Weg zu gehen. Und der führte mich auf das Turmtor zu. Es war gewaltig. Um es aufzubrechen, mußte man schon Rammen einsetzen.

»Wenn es verschlossen ist, können wir wieder zurückgehen«, sagte der Student.

Es war nicht verschlossen, und auch den langen Holzriegel hatte man nicht vorgelegt. Den gleichen Riegel entdeckte ich an der Innenseite, als wir den Turm betreten hatten.

Georg von Sprange war hinter mir geblieben und drückte die Tür so behutsam wie möglich wieder ins Schloß. Wir wollten bei unserem Eintritt nicht unnötig auffallen.

Es war nicht dunkel. In dem hallenartigen unteren Raum des Turms brannte Feuer. Die Flammen zuckten aus flachen Schalen hoch, die auf eisernen Ständern standen. Sie gaben der Halle ein besonderes Flair und huschten als Licht- und Schattenstreifen auch über den glatten Steinboden, auf dem wir standen.

Außer uns beiden befand sich niemand in dieser Halle. Sie enthielt auch keine Gegenstände, und die Wände waren ebenfalls kahl, bis auf das Spiel aus Licht und Schatten.

Georg hatte wieder Mut gefaßt und sich von mir entfernt. Auch seine Gestalt warf einen tanzenden Schatten auf den Boden. Er begleitete ihn bis in den Hintergrund der Halle, wo sich die Dunkelheit zusammenballte, als Georg stehenblieb und mir zuwinkte.

Ich ging zu ihm.

»Hier sehe ich eine Treppe!« flüsterte er.

Ja, sie führte in die Verliese. In unserer Höhe wand sie sich um eine Säule herum und führte anschließend als Wendeltreppe in die Spitze des Turms.

Wir wollten nach unten.

Georg von Sprange war schon vorgegangen und auf der

vorletzten Stufe stehengeblieben. Er horchte in die Tiefe des Kellers hinein und drehte sich dabei zu mir um. »Ich ... ich höre Stimmen ...«

»Von mehreren Personen?«

»Ja, das sind die Aufpasser.«

»Gehen wir.«

Da er zögerte, machte ich den Anfang und schob mich an ihm vorbei. Zuerst hörte ich seine Schritte nicht. Es dauerte einige Sekunden, bis er sich entschloß, mir zu folgen. Dabei murmelte er Worte, die ich nicht verstand. Vielleicht bedauerte er sein Schicksal. Möglicherweise sollten ihn die Worte auch aufrichten.

Über alte, nicht geglättete Steinstufen schritten wir hinweg. Uns drang nicht einmal die Wärme irgendeines Fackelfeuers entgegen. Dementsprechend kalt und feucht war es. Die Temperaturen lagen um den Gefrierpunkt herum. An manchen Stellen der Innenwände schimmerte ein heller Eisfilm.

Geräuschlos konnten wir nicht in die Tiefe steigen. Das war auch nicht nötig, denn die Wächter schienen mir ziemlich sorglos zu sein. Sie unterhielten sich lautstark.

Auch in die Tiefe führte die Treppe. Als wir zwei Kurven hinter uns gelassen hatten und der Blick über die Stufen hinweg in die Tiefe glitt, fiel uns der rote Feuerschein auf, der sich zu einer geisterhaft wirkenden Wolke vereinigt hatte.

Dort mußten die Aufpasser hocken.

Einer von ihnen grölte ein Trinklied. Er sang nur die erste Strophe. Danach hörten wir das Anschlagen von Tonkrügen und schlürfende Geräusche, als die Männer tranken.

»Die betrinken sich«, flüsterte Georg.

»Um so besser für uns.«

»Ja, das kann man sagen. Wie wollt Ihr sie denn überwältigen? Oder vielleicht bestechen?«

»Hätte ich Gold, wäre dies eine Möglichkeit. Aber das können wir vergessen.«

»Ich habe ein wenig.«

»Laßt es mal sein, Georg. Die andere Lösung ist, so glaube ich, besser.« Ich streckte meinen rechten Arm zur Seite hin aus und drückte den Studenten ein wenig zurück. »Laßt mich als erster gehen.«

»Ihr habt wenig Angst, John.«

»Das scheint nur so.« In der Tat war mir ziemlich mulmig zumute. Wenn sie uns erwischten, würden sie uns ebenfalls einsperren und möglicherweise hinrichten.

Ich drückte mich auf der Wendeltreppe eng an die Mauer, so daß mein Blick über die restlichen Stufen nach unten fiel und ich die Wärter sah.

Es waren vier.

Sie hockten an einem kleinen Tisch, auf dem ein großer Krug mit Wein stand. Beleuchtet wurde die Szene vom Schein mehrerer Fackeln, die in Eisenhaltern an den Wänden steckten.

Jenseits des Tisches begann ein Gang, der in die Tiefe des Turms führte. Dort mußten die Verliese liegen.

Es war nicht leicht, den Gang zu betreten, denn ein von der Decke bis zur Erde reichendes Gitter versperrte den Zutritt. Ich sah auch das große Schloß. Es gehörte zu einer im Gitter befindlichen Tür, durch die man den Gang betreten konnte.

Freiwillig würden die vier Männer uns den Weg nicht freigeben. Es waren wild aussehende Typen. Sie trugen schmutzige Kleidung. Zwei von ihnen hatten ihre Hüte in den Nacken geschoben und sich Felle um die Schultern gelegt.

Rauh klang ihr Lachen, ihre Trinksprüche waren ähnlich, und sie tranken mit großen Schlucken. Erst jetzt sah ich das in der Nähe stehende Faß. Aus ihm konnten sie nachschenken.

Diese Männer waren die typischen Landsknechte oder Söldner. Bei ihnen würde es Stunden dauern, bis sie sich so stark betrunken hatten, daß sie unter den Tisch fielen, und so lange konnten wir nicht warten.

Ich hatte einen Blick auf ihre Bewaffnung geworfen. Die

Lanzen lehnten an den Wänden, die Säbel aber trugen sie umgeschnallt, zudem steckten noch Keulen in ihren breiten Gürteln.

Sie hatten uns bisher noch nicht gesehen, da wir noch im Schatten standen.

Einer der Kerle, dessen rotes Haar mit dem Bart in Höhe der Ohren zusammenwuchs, griff nach dem Krug und erhob sich. Er wollte ihn aus dem Faß nachfüllen. Um dorthin zu gelangen, mußte er sich drehen, was er auch tat.

Mitten in der Bewegung verharrte er.

Das hatte seinen Grund, denn wir waren entdeckt!

Hätte Bilder-Franz einen Zuhörer gehabt, so hätte dieser Mann annehmen können, einen Wolf zu hören, so hörte sich das Lachen oder Triumphgeheul an, das Bilder-Franz ausstieß. Er hatte selbst daran nicht glauben wollen, aber dieser Sinclair war tatsächlich in dieses lebende Bild hineingegangen und kam nicht mehr heraus.

Bis zu dem Zeitpunkt, als die magische Formel gerufen wurde und Bilder-Franz den Eindruck hatte, als würde das Gemälde vor seinen Augen explodieren.

Er sah das strahlende Leuchten, ein Blitzen, wurde geblendet, schrie auf, warf sich zu Boden und vergrub sein Gesicht in den Beugen seiner Ellenbogen.

Dabei fluchte er wieder und schalt sich selbst einen Idioten, weil er nicht besser achtgegeben hatte.

Etwa eine halbe Minute blieb er in dieser unbequemen Haltung hocken, bevor er sich traute, den Kopf zu heben und nachzusehen, was mit dem Bild geschehen war.

Es stand noch da.

Nur hatte sich sein Motiv verändert. Wo er vor kurzer Zeit noch den Engländer gesehen hatte, befand sich nur noch ein schwarzer Fleck, aber keine Spur von Sinclair.

Bilder-Franz wischte über seine Augen, weil er es einfach nicht glauben wollte. Er verzog den Mund, die Haut an seinen Wangen bildete dabei Kuhlen, der Mann redete mit sich selbst, ohne allerdings etwas erreichen zu können.

Das Loch blieb.

Vorsichtig trat er an das Bild heran. Er sah das in seiner Sprunghaltung erstarrte Monster und die ausgestreckten Pranken, die nach ihm schlagen wollten und sich zum Glück nicht mehr rührten, das war aber auch alles.

»Du verfluchter Hund!« keuchte er. »Du ... du ...« Ihm fehlten plötzlich die passenden Schimpfworte. »Wie hast du das nur geschafft? Wie, zum Teufel noch mal?«

Obwohl er das Bild als lebendig und lebend bezeichnete, erhielt er keine Antwort. Und auch in der schrecklichen Fratze der Bestie rührte sich nichts. Alles blieb stumm.

Der Mann öffnete und schloß seine Hände. Wieder wischte er über seine Stirn, auf der sich ein Schweißfilm gebildet hatte. Zudem spürte er in seinem Magen einen unangenehmen Druck, weil er sich sicher war, daß ihm dieser Engländer das Geschehen aus der Hand genommen hatte. Wie konnte jemand so einfach aus dem Bild verschwinden?

Über seinen Rücken kroch ein Schauer. In der geduckten Haltung blieb er auch, als er sich auf der Stelle umdrehte und sich mit scharf blickenden Augen im Raum umsah.

Nein, er konnte den Mann nicht entdecken. Sinclair hatte das Bild zwar verlassen, aber er war nicht in diesem Geschäft. Er mußte woanders hingeschleudert worden sein.

Aber wo?

Bilder-Franz glaubte an Magie. Wer zu Baphomet gehörte, der dachte eben anders über die Welt. Wo konnte Sinclair hingeschleudert sein?

Der Begriff magische Zeitreise fiel ihm ein. Und das war für ihn die einzige Möglichkeit. Ja, etwas anderes konnte er sich nicht vorstellen. Der Engländer mußte eine magische Zeitreise hinter sich gebracht haben. Er war sicherlich irgendwo in den Dimensionen oder der Vergangenheit verschollen.

»Ich weiß nicht, wer dahintersteckt«, flüsterte Bilder-Franz und sprach zu sich selbst. »Aber ich hoffe, daß es gut ist, was der andere getan hat.«

Danach kümmerte er sich wieder um seine eigenen Probleme. Vorwürfe brauchte er sich nicht zu machen. Innerhalb des Gewölbes hatte er alles so eingerichtet, wie Baphomet es hatte haben wollen.

Wann und ob er selbst in Erscheinung treten würde, wußte Bilder-Franz nicht genau.

Möglicherweise zeigte er sich auch nicht selbst, sondern schickte seine Diener, damit sie in den Gassen der Altstadt Angst und Schrecken verbreiten konnten.

Sie waren schließlich gefährlich genug und man kannte sie auch unter dem Namen Horror-Reiter …

Der Söldner hatte sich durch unseren Anblick so erschreckt, daß ihm der Krug aus der Hand rutschte, zu Boden fiel und zerbrach. Langsam stemmte sich der Rothaarige wieder hoch, hielt den Blick auf uns gerichtet und stieß ein Zischen aus.

Es galt seinen drei Kumpanen, die die letzten Tropfen aus ihren Bechern geleert hatten und jetzt die Köpfe drehten.

Acht Augen starrten uns an. Und man konnte die Blicke nicht gerade als freundlich bezeichnen. Wir machten uns auf einiges gefaßt.

»Habt Ihr diese Augen gesehen, John?« fragte Georg. »Die werden uns zerschlagen, teeren und federn. Ich kenne das.«

»Wartet es ab, mein Junge«, erwiderte ich cool, »aber bleibt bei mir, und redet mit ihnen.«

Zum Zeichen meiner Friedfertigkeit hob ich beide Arme an. Diese Geste war international verständlich und auch nicht an irgendwelche Zeiten gebunden.

Sie trauten uns nicht. Ihre Fäuste lagen auf den Griffen der Säbel. Sie waren bereit, die Waffen jeden Moment zu ziehen und gegen uns einzusetzen.

»Ich wünsche den Herren einen guten Abend«, sagte ich, »und hoffe, daß Ihnen der köstliche Wein gemundet hat.«

In meiner Zeit hätte man über die Worte gelacht. Die Aufpasser lachten zwar nicht, dafür starrten sie mich an, verzogen die Gesichter und schüttelten ihre Köpfe.

»Laßt mich lieber reden«, schlug Georg von Sprange vor.

»Bitte.«

Er hatte sich selbst überwunden und blieb neben mir auf der gleichen Stufe stehen. Wahrscheinlich hatten die Söldner eine eigene Sprache oder einen bestimmten Dialekt. Ich jedenfalls verstand kaum ein Wort.

Die Unterhaltung verschärfte sich. Ich sah mir die Männer an. Sie machten auf mich nicht den Eindruck, als könnte sie die Rede des Studenten beeindrucken.

Der Rothaarige war am schlimmsten. Er schüttelte stur den Kopf, während er sprach. Ich warf einen Blick auf meinen Begleiter. Er war verzweifelt damit beschäftigt, die vier Aufpasser umzustimmen.

»Hat es Sinn?« fragte ich.

»Nein, John.«

»Was haben sie denn gesagt?«

Der Student hob die schmalen Schultern und rückte fahrig seinen um den Hals geschlungenen Schal zurecht. »Sie haben entsprechende Befehle, kennen uns nicht und sollen jeden Fremden, der den Turm betritt, dem Kommandanten vorführen.«

»Was heißt das für uns?«

»Wir würden zunächst einmal in ein Verlies geworfen und müßten dort warten …«

»Dazu habe ich keine Lust.«

»Aber Ihr könnt nicht gegen sie kämpfen, John!«

»Mal sehen.«

Beide hörten wir das schleifende Geräusch, als der Rothaarige seinen Säbel aus der Scheide zog. Plötzlich blitzte die lange Klinge auf. Feuerschein und Schattenmuster tanzten über sie hinweg, der Mann stieß einen Schrei aus, und auch die anderen drei zogen ihre Waffen.

Ich handelte ebenfalls.

Georg von Sprange erhielt von mir einen Stoß, der ihn gegen die Wand beförderte, dann zog ich meine Beretta. Der kleine Gegenstand in meiner rechten Hand schien den Rothaarigen nicht zu beeindrucken. Er hatte sich bereits in Bewegung gesetzt und wollte die Stufen zu mir mit einem Satz hochspringen.

Dabei schwang er seinen Säbel kreisförmig über dem Kopf. Ich kannte diese Art von Attacken, genau zum richtigen Zeitpunkt würde er die Waffe nach unten sausen lassen.

Seine drei Kumpane rückten schon nach, während ich Georg von Sprange sicherheitshalber ein wenig zurückzog, um aus der unmittelbaren Reichweite der Waffen zu gelangen.

Ich schoß.

Der Angriff des Rothaarigen wurde gestoppt. Er hatte mit dem rechten Fuß bereits die dritte Stufe berührt, knickte nun ein, preßte seine Hand gegen die rechte Brustseite, wo ihn das Geschoß erwischt hatte, und fiel zurück, weil ihn die Schwäche übermannte.

Dabei kippte er so schnell, daß die anderen drei nicht mehr rasch genug zur Seite weichen konnten. Er riß sie mit in die Tiefe.

Sekundenlang bildeten die Aufpasser ein Knäuel aus Menschenleibern. Sie mußten erst wieder zu sich finden, das kostete Zeit, die ich ausnutzen konnte.

Den Rest der Treppe nahm ich mit einem Schwung, prallte dabei gegen den Tisch, der umkippte, und Georg erlebte plötzlich als Zuschauer eine Szene, wie er sie noch nie gesehen hatte.

Sinclair in Action.

Der erste kam wieder hoch. Sein Säbel zeigte noch zu Boden. Dafür geriet der Kopf in meine Nähe.

Auf ihn schlug ich.

Der Lauf meiner Beretta traf ihn verdammt hart. Er schüttelte sich, als hätte er einen Wasserguß abbekommen, und fiel wieder zu Boden.

Blieben noch zwei.

Den anderen erwischte ich ebenfalls. Ich zog ihm den Hut über die Augen, hämmerte ihm eine Linke dicht über die Gürtelschnalle in den Körper und schlug ihn, als er sich vorbeugte, ebenfalls bewußtlos.

Der vierte Wächter hatte es geschafft, auf die Beine zu gelangen. Mit einem gewaltigen Sprung warf er sich zurück und prallte mit dem Rücken gegen das Gitter, dessen Stäbe durch den Druck vibrierten und durchgeschüttelt wurden.

Seinen Degen hielt er fest. Und damit wollte er mich aufspießen. Der Söldner konnte nicht nur mit der Waffe umgehen, er war auch verdammt schnell, aber ich war schneller. Gedankenschnell tauchte ich zur Seite, bückte mich dabei und hob mit der freien Hand einen nicht zerbrochenen Weinkrug auf.

Den schleuderte ich dem Mann entgegen.

Es war ein blitzschneller Wurf, dem er nicht ausweichen konnte. Zwar traf ich ihn nicht am Kopf, ich erwischte seine Schulter, er wurde herumgewirbelt, der Krug fiel zu Boden, zerbrach endgültig, und dann war ich bei ihm.

Mit einem Karatetritt lähmte ich seinen Waffenarm, ein zweiter Tritt erwischte ihn unter dem Kinn, sein Kopf flog zurück und knallte gegen das Gitter.

Es reichte.

Der Mann verdrehte die Augen und sackte zusammen. Mit dem Rücken rutschte er noch an den Stäben entlang. Er setzte sich auf seine vier Buchstaben und blieb so hocken.

Ich sah mir die anderen an. Drei waren bewußtlos, einen hatte ich mit der Kugel erwischt. Die Wunde befand sich an der rechten Seite, dicht über dem Gürtel und nahe der Hüfte. Der Mann hatte seine Hand darauf gepreßt. Er war bleich geworden. Auf der Stirn der Schweiß als Perlen, die aussahen wie Fettaugen.

Er würde überleben, wenn er in ärztliche Behandlung kam.

»Wir werden später einen Arzt holen«, sagte ich zu ihm. Hinter mir hörte ich zögernde Schritte. Ich erhob mich wieder, drehte mich um und sah in das blasse Gesicht des jungen Studenten, der mich anstarrte, als hätte er soeben ein Weltwunder erlebt.

»Was ist?«

Er schüttelte den Kopf. »Was habt Ihr gemacht?«

»Das seht Ihr doch.«

Er blickte auf die vier Männer. »Das ... das habe ich noch nie gesehen. Ich kann es auch jetzt nicht fassen.«

Ich winkte ab. »Nehmt es leicht, Georg. Wichtig ist der Erfolg. Wir müssen in das Verlies.«

»Das können wir ja jetzt.«

»Sicher. Aber wißt Ihr, wo sich die Schlüssel befinden?«

Er hob die Schultern, bevor er zusammen mit mir damit begann, die Bewußtlosen zu durchsuchen.

Ich hatte Glück und fand die Schlüssel bei dem Rothaarigen. An seinem Rücken hatte er sie in den Gürtel gehängt. Es waren fünf. Ich löste den Ring und ging auf die Tür innerhalb des Gitters zu. Sie hatte ein flaches Eisenschloß.

Georg von Sprange stand neben mir und sah zu, wie ich einen Schlüssel probierte.

Es war der falsche.

Erst der vierte von den fünf Schlüsseln paßte. Als ich ihn bewegte, gab das Schloß ratschende Laute von sich, und die Gittertür quietschte erbärmlich, nachdem sie angestoßen wurde und in den Gang hineinschwang.

Er war dunkel.

»Nehmt eine Fackel!« wies ich Georg an.

»Ihr nicht?« fragte er.

»Nein, eine wird uns reichen.«

Der Student zog sie aus der Halterung, hielt sie hoch und leuchtete uns.

Ich hatte die Schwelle bereits überschritten und wartete einige Meter entfernt auf den jungen Mann.

Der Flammenschein huschte über sein Gesicht und bemalte es mit dem Wechselspiel aus Licht und Schatten, aber es übertünchte nicht die Angst, die den jungen Mann quälte.

»Müssen wir denn den Weg gehen?«

»Wenn Ihr nicht wollt, Georg ...«

»Doch, doch«, sagte er schnell. »Ich gehe mit Euch. Ich bleibe an Eurer Seite.«

»Dann kommt.«

Wir gingen nebeneinander her und hatten beide das Gefühl, in die Unheimlichkeit einer feuchten, unterirdischen Welt zu treten, die uns mit tausend Armen umfangen hielt.

Der Gang war eng. Die Mauern bestanden aus Steinen und festgebackenem Lehm. Wenn das Licht und die Schatten über sie hinwegtanzten, sahen sie aus, als würden sie sich bewegen und noch enger zusammenrücken.

Der Weg senkte sich ein wenig. Dabei führte er in einer sehr weit angesetzten Kurve nach rechts. Mein Nebenmann nahm es nicht zur Kenntnis, ich aber überlegte und stellte eine entsprechende Frage. »Könnten wir nicht bald unter dem Fluß sein, wenn wir weitergehen?«

»Ja, das ist möglich.«

»Ihr wart noch nie in den Verliesen?«

»Nein.«

Die nächsten Sekunden vergingen schweigend. Hinter uns war die Finsternis des Stollens wieder zusammengefallen. Ich empfand die Atmosphäre als bedrückend. Sie hatte überhaupt nichts Helles oder Positives an sich, sie war einfach deprimierend.

Dann sahen wir eine Treppe aus Lehmstufen. Sie waren ziemlich steil, und nach den fünf Stufen wurde der Gang noch enger. Aber es hatte sich etwas verändert.

Wir hörten Stimmen!

Ohne uns abgesprochen zu haben, blieben wir stehen, lauschten, und Georg, der seinen Arm mit der Fackel seitwärts gestreckt hielt, bekam eine Gänsehaut. »Das müssen sie sein ...«

»Und sie leben.«

»Dann könnt Ihr sie ja herausholen. Bestimmt werden die anderen Schlüssel zu den Türen der Zellen passen.«

»Das glaube ich auch.«

Ich ging wieder vor. Den Ring mit den Schlüsseln hielt ich in der linken Hand. Bei jedem Schritt klingelte das Metall.

Georg von Sprange leuchtete auch weiterhin. Die Flamme wirkte jetzt noch unruhiger. Wahrscheinlich übertrug sich das Zittern des jungen Studenten auf sie.

Wir erreichten das erste Verlies. Da wir die Stimmen vernommen hatten, war mir klar gewesen, Gittertüren vorzufinden. Die Stäbe waren sehr dick und auch verrottet, aber sie würden dem Ausbruchversuch eines Menschen immer standhalten.

»Leuchtet mal hinein!« wies ich Georg an.

Der brachte seine Hand mit der Fackel dicht an die Gitterstäbe heran, und wir konnten erkennen, wie klein und auch leer das Verlies war.

Ein unbeschreiblicher Geruch wehte uns entgegen. Menschen hatten hier ihre Notdurft verrichtet. Das Stroh in der Ecke faulte. Es bewegte sich plötzlich, als eine dicke Ratte darunter hervorsprang und in eine dunkle Ecke vor dem Fackellicht flüchtete.

»Das ist menschenunwürdig!« flüsterte ich und räusperte mich, weil meine Stimme versagte.

»Aber so sind die Menschen nun mal.«

»Leider.« Ich stieß meinen Begleiter an. Er verstand das Zeichen und ging weiter.

Auch die nächsten beiden Verliese waren leer.

Aber das letzte nicht.

Wir hatten die Gefangenen noch sprechen gehört, sie waren dann verstummt, wahrscheinlich hatten sie unsere Schritte vernommen und auch den Widerschein des Lichts gesehen.

»Gleich sehen wir sie.« Georgs Stimme zitterte. Er hatte sich kaum noch in der Gewalt.

Noch ein kleines Stück Mauer passierten wir, dann standen wir vor der letzten Tür.

Sie war doppelt so breit wie die anderen, und auch das Verlies hatte größere Ausmaße.

Hinter den Stäben lauerte die Dunkelheit, die erst wich, als Georg die Fackel näher an die Tür heranbrachte und der Schein seinen Weg durch die Räume zwischen den Stäben fand.

Er lief zuckend über den Boden, malte Muster und Schattenbilder – und erreichte auch die vier Gefangenen, die sich an die Rückwand der Zelle gedrückt hatten.

Sie boten ein Bild des Jammers.

Aus der tintigen Finsternis wurden ihre bleichen, ausgemergelten Gesichter hervorgerissen. Sie trugen allesamt schwarze Kleidung, die ihre Haut noch blasser aussehen ließ.

Es waren zwei Männer und zwei Frauen. Die weiblichen Personen hockten am Boden. Sie hatten sich zusammengeduckt. Eine umklammerte einen Krug mit Wasser.

Ein widerlicher Gestank wehte uns entgegen. Ich dachte daran, daß diese Menschen Fürchterliches mitgemacht hatten und auf ihre Befreiung warteten.

Neben mir stand der junge Georg. Er atmete laut. »Das ... das habe ich nicht vermutet.«

»Kann ich mir vorstellen.«

»Wollt Ihr nicht die Tür öffnen und sie herausholen?« fragte er mich.

»Gleich.«

Ich war etwas mißtrauisch geworden. Den Grund konnte ich selbst nicht genau sagen. Möglicherweise trugen die Gefangenen selbst daran die Schuld. Sie benahmen sich nicht so, wie ich es von ihnen erwartete. Niemand zeigte Freude, nicht einmal ein richtiges Erstaunen. Der Ausdruck auf ihren Gesichtern erinnerte mich eher an eine lauernde Apathie.

Sehr ungewöhnlich zumindest ...

»Sie sind sehr schwach!« sagte Georg. »Das sieht man.«

Ich gab ihm recht. Vielleicht bildete ich mir auch nur etwas ein, wenn ich diesen trüben Gedanken nachhing. Aber mein Mißtrauen war nicht völlig verschwunden.

Andererseits – was hatte ich erwartet?

Einer der Männer setzte sich in Bewegung. Zuerst ging ein

Ruck durch seine Gestalt, dann schlurfte er geduckt auf uns zu. Sein Gesicht wirkte eingefallen, das Fleisch an den Wangen war nach innen gezogen, er hatte sich in seinen schwarzen Umgang gehüllt und seine Hände so in den Stoff verkrallt, daß sie nicht zu sehen waren.

Was wollte der Mann?

Ich beobachtete sehr genau sein Gesicht. Jetzt, wo er näher gekommen war, sah ich die tiefen Falten, die das rötliche Licht der Flammen ausfüllte.

Seine Lippen waren zwar vorhanden, nur hoben sie sich kaum von der Farbe seines Gesichts ab.

Etwa einen halben Schritt vor dem Zellengitter blieb er stehen. Erst schaute er mich an, dann meinen Begleiter. Seine kaum erkennbaren Lippen bewegten sich, er stellte eine erste Frage. »Wer seid ihr? Weshalb seid ihr gekommen?«

Mir gefiel dieser Mensch immer weniger. Von mir erhielt er auch keine Antwort, mein Nebenmann sprach. »Wir wollen Euch aus dem Verlies holen, Euch befreien.«

Er lachte nur meckernd. »Das brauchen wir nicht.«

»Doch, ihr müßt!« Georg sprach drängend. »In den folgenden Stunden kommt euer Henker. Er wird Euch töten wollen ...«

Der Mann schüttelte den Kopf. Ich blickte an ihm vorbei. Auch die anderen drei standen oder hockten nicht mehr so steif auf dem kalten Boden. Sie waren aufgestanden und schauten zu uns herüber.

Irgend etwas stimmte hier nicht.

»Geht wieder!« hörte ich die dumpf gesprochenen Worte. »Uns braucht niemand zu befreien. Wir sind frei.«

Georg wehrte sich dagegen. »Nein, ihr seid hier gefangen. Ein Gitter versperrt den Weg ...«

Der Mann verzog den unteren Teil seines Gesichts zu einem häßlichen Grinsen, bevor er sich wieder umdrehte und uns den Rücken zuwandte. Georg von Sprange verstand die Welt nicht mehr. »Was soll das bedeuten?« fragte er mich. »Versteht Ihr das?«

»Noch nicht.«

»Was meint Ihr damit?«

Ich gab ihm nicht die Antwort, die er erwartet hatte, sondern tat etwas Bestimmtes. Aus meiner Tasche holte ich das Kreuz hervor, und als ich das Metall anfaßte, da spürte ich, wie es sich erwärmte.

Hier lauerte das Böse.

Der Mann hatte sich mittlerweile zu den anderen gesellt. Sie drehten uns den Rücken zu und standen so dicht nebeneinander, daß sie eine Wand aus Leibern bildeten.

»Die haben etwas vor!« hauchte Georg.

Der Ansicht war ich auch, schwieg jedoch und wartete ab. Georg und ich hielten den Atem an. Irgend etwas lag in der Luft. Das roch nach einer bösen Überraschung.

Mir kam die gesamte Befreiungs-Aktion auf einmal widersinnig vor. Ich hatte etwas falsch gemacht, aber was?

Da drehten sie sich um.

Sie taten es blitzschnell und rissen mit der gleichen schnellen Bewegung ihre lumpige Kleidung vorn auf der Brust auseinander.

Sie trugen schwarze Hemden, und auf jedem leuchtete ein blutrotes B!

B – für Baphomet!

In diesem Augenblick wurde mir klar, daß sie nicht auf unsere Hilfe angewiesen waren.

Sie hatten einen besseren Beschützer – den Abkömmling des Teufels …

ENDE

Der Kampf mit dem Höllendrachen

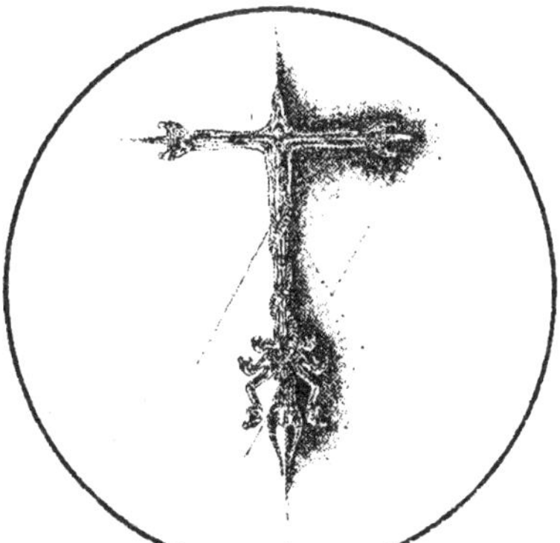

Es waren zwei Männer und zwei Frauen. Alle trugen sie Hemden. Und diese Hemden schmückte ein B! Es stand für Baphomet!

Die vier Gefangenen, die in dieser Nacht dem Henker zugeführt werden sollten, gehörten einer teuflischen Sekte an. Sie huldigten Baphomet, dem Dämon der abtrünnigen Templer!

Selbst im Schein der Fackel wirkten die Gesichter bleich und blass. Verzerrt waren ihre Züge, in den Augen las ich nicht die Angst vor dem nahen Tod, dafür Hass.

Hass auf uns, ihre Retter …

Sie hatten aber nicht »gerettet« werden wollen, aus Gründen, die mir unbekannt waren, doch sie mußten mit dem zusammenhängen, was man mit dem Begriff Baphomet umschrieb.

Neben mir stand der junge Student namens Georg von Sprange. Er hielt die Fackel fest, und auch er wußte, was das große B zu bedeuten hatte.

»Baphomet«, ächzte er.

»Genau.«

»Ihr wißt es?« hauchte Georg.

»Ja, ich kenne das Grauen, das durch Baphomet verbreitet wird. Ich habe mich ein wenig mit der Magie der Templer beschäftigt und weiß, daß sie Baphomet manchmal sehr zugetan waren.«

»Eine Gruppe von ihnen wenigstens.« Der Student trat etwas zurück.

Der Mann mit dem hageren Gesicht, der zuerst an das Gitter herangetreten war, kam wieder vor und umklammerte einen der rostigen Stäbe. »Wir gehören Baphomet, wir dienen ihm, das wissen viele, aber die meisten wollen es nicht glauben.« Bei seiner Erklärung hatten sich seine Augen geweitet, als wollte er uns durch seine Blicke hypnotisieren. »Die Stadt gehört uns und dem Henker. Er ist nicht der Henker, den ihr meint, nein, wir holen ihn hervor.« Er begann wieder zu lachen. Es hörte sich an wie ein Zischen. »Baphomet hat uns geholfen. Geht wieder weg, verschwindet, wartet, bis man uns holt und dem Gericht überstellen wird. Erst dann könnt ihr unsere wahre Macht erleben.«

»Was wird geschehen?« Ich hatte mich mittlerweile an seine Sprache gewöhnt und verstand ihn besser.

»Baphomet schickt ihn aus der Unterwelt. Aus der Hölle bringt er ihn an das Licht. Wenn die Glocke Mitternacht schlägt, verläßt er den Fluß und tötet …« Mehr wollte der Gefangene nicht sagen. Er zog sich wieder zurück und verschwand aus dem Lichtkreis als sich allmählich auflösender Schatten. Bei den anderen blieb er stehen. Sie sprachen nicht mehr, auch Georg und ich hielten uns zurück. Wir beide mußten zunächst einmal die Dinge verarbeiten, die wir erfahren hatten.

Unsere Gedanken wurden unterbrochen. Ein fernes Grollen klang an unsere Ohren. Unheimlich hörte es sich an, war aber noch zu weit entfernt, als daß es uns gefährlich werden konnte.

Dafür spürten wir etwas anderes. Der junge Mann faßte nach meiner Schulter. »Da, der Boden«, hauchte er. »Ihr müßt es auch merken. Er zittert.«

Ich sah sein Gesicht, das einen ängstlichen und erstaunten Ausdruck angenommen hatte.

»Wißt ihr, was sich unter diesem Turmboden befindet?« erkundigte ich mich leise.

»Nein.«

»Nicht der Fluß?«

»Das ist möglich. Denkt Ihr an diesen … diesen Henker, John?«

»In der Tat.«

Georg erschauerte. »Ich wüßte nicht, wer er sein könnte. Aus der Hölle soll er kommen, aber daran kann ich nicht glauben. Die Hölle hält fest, was sie besitzt …«

»Manchmal nicht. Ich kenne das.« Nähere Auskünfte gab ich nicht. Meinen Kopf bewegte ich in die Richtung, aus der wir gekommen waren. »Laß uns gehen, Georg. Wenn die

Wächter erwachen, wird man uns jagen. Wir sind von Feinden umgeben.«

Er nickte. »Wenn Ihr meint.« Noch einmal streckte er seine Hand mit der Fackel in das Verlies hinein. Der Schein reichte jetzt bis an die gegenüberliegende Wand, wo sich die vier Verurteilten aufgebaut hatten und uns anstarrten. Auf ihren Lippen lag ein grausames Lächeln. Sie wußten sehr genau, daß sie aus einer anderen Welt Hilfe zu erwarten hatten, und gaben sich deshalb gelassen.

Wir zogen uns zurück. Diesmal gingen wir schneller. Im Turm konnten wir nichts mehr tun. Wenn sich die Worte der Gefangenen tatsächlich bewahrheiten sollten, sah es nicht allein für uns schlecht aus, auch für die übrigen Menschen. Wir wußten nicht, wer da erscheinen würde, um den Dienern Baphomets beizustehen, aber man mußte auf das Schlimmste gefaßt sein.

Diesmal gingen wir schneller, liefen die Lehmstufen hoch und sahen schon sehr bald die Gittertür und dahinter die vier zu Boden geschlagenen Wächter.

Sie lagen noch immer in tiefer Bewußtlosigkeit. Georg war vorgegangen. Er stieß die Tür im Gitter auf, schlüpfte hindurch, ich folgte ihm, und wir hätten eigentlich den Turm verlassen können.

Schon nahe der Tür erwischte es uns.

Von außen her rammte sie jemand hart auf. Georg wurde noch gestreift, fiel gegen mich, ich hörte ihn schreien, geriet aus dem Konzept, dann waren sie über uns wie die Ameisen.

Es waren Soldaten, Söldner, Stadtwachen. Vielleicht ein Dutzend bis an die Zähne bewaffneter Männer, gegen die wir nichts ausrichten konnten.

Georg von Sprange erwischte es als ersten. Sie warfen sich auf ihn und schoben ihn bis gegen die Wand zurück. Dann entriß ihm jemand die Fackel, und er drosch damit gegen seinen Kopf und gegen die Schulter.

Ich hörte ihn noch schreien, dabei brach er zusammen. Tun konnte ich für ihn nichts, denn andere warfen sich gegen mich. Sie nahmen weder Schwerter noch Säbel, dafür setzten sie gefährliche Keulen ein, mit denen sie zuhämmerten.

Ich schützte meinen Kopf, teilte auch Tritte aus, doch die Übermacht war zu groß.

Sie knüppelten mich zu Boden. Ich wehrte mich nicht mehr, weil ich ihren Zorn nicht noch weiter herausfordern wollte. Sie hätten mich sonst totgeschlagen.

Ein Schlag erwischte mich im Nacken und löschte bei mir sämtliche Lichter aus …

Sie waren bis Frankfurt geflogen, hatten sich dort einen Leihwagen genommen und waren über die Autobahn nach Nürnberg gefahren.

Bill Conolly lenkte den Mercedes. Ausgerüstet war der Wagen mit Winterreifen, das war auch nötig, denn auf vielen Straßen lag noch Schnee.

Beide waren angemeldet. Ein Kommissar Friedmann wartete auf sie, aber sie wollten zuerst mit Will Mallmann im Krankenhaus sprechen.

Die Schwester am Empfang schaute etwa pikiert, als sie die beiden Männer sah. »Zuviel Besuch ist nicht gut«, erklärte sie.

Bill lächelte sie an. »Seien Sie lieb, meine Teure. Wir sind extra von London gekommen.«

Da telefonierte sie bereits. Bill und Suko durften durch. Sie wurden von einem Dr. Heister empfangen, bei dem sie sich auswiesen.

»Ja, Herr Mallmann hat mir von Ihnen erzählt.«

»Wie geht es ihm denn?« erkundigte sich Bill.

Die Antwort klang ausweichend. »Den Umständen entsprechend.«

»Wie Sie meinen.«

»Wir Ärzte sind da ein wenig vorsichtig. Schließlich wollen wir nichts überstürzen.« Dr. Heister begleitete die beiden Besucher bis vor die Zimmertür des Kommissars.

Nach einem Klopfen traten sie ein.

Wills Gesicht hellte sich auf, als er die Besucher sah. »Da muß man schon krank im Bett liegen, um euch einmal hier in Deutschland zu sehen.«

Der Reporter nickte. »Du hast ja so recht, mein Lieber. Ich klopfe auch gegen meine Brust, aber was will man machen, wenn der …?«

»Keine Ausreden, ihr beiden.« Es war dem Kommissar anzusehen, wie sehr er sich freute. Er zeigte auf die Stühle. »Nehmt Platz. Und jetzt will ich wissen, was geschehen ist.«

Suko schüttelte den Kopf. »Nicht bei uns, mein Lieber, nicht bei uns. Wir wollen von dir einiges erfahren.«

»Ich liege hier.«

»Du kannst doch reden.«

»Wie stehst du dazu, Suko?« fragte der Kommissar.

»Ich pflichte Bill bei.«

Mallmann grinste. »Eine Verschwörung, wie?«

»Nein, nur eine Hilfe.«

»Okay, Freund, ich sage euch, was ich weiß, und ich erzähle euch auch etwas von dem Anruf, der mich erreicht hat.« Mallmann legte beide Hände auf die Decke. Sie waren noch sehr bleich, ein Zeichen, daß der Kommissar einige Zeit brauchen würde, um sich wieder zu erholen. Zudem redete er mit schwacher Stimme.

Suko und Bill erfuhren die Geschichte von Beginn an. Mallmann redete über den Mord an Oberkommissar Robert Moor und dann über das Bild, das er gesehen hatte. Die beiden Killer vergaß er ebenfalls nicht. Sie hatten ihn angeschossen und liegengelassen. Ein weiterer Name tauchte auf.

Bilder-Franz!

»Was ist das für ein Typ?« erkundigte sich Bill Conolly.

»Ein Händler. Er hat das lebende Gemälde verkauft, um das es im Endeffekt geht.«

»Gut, dies zu wissen«, fuhr Conolly fort. »Dann haben deine Kollegen ihn verhört?«

»Ja, sie haben ihn verhört. Aber es gibt Menschen, die den,

wie ich immer sage, Pilatus-Effekt perfekt beherrschen. Sie waschen ihre Hände stets in Unschuld. So einer ist auch dieser Bilder-Franz.«

»Du verdächtigst ihn?«

»Sehr, Suko.«

»Aber nicht deine Kollegen?«

»Nein, und ich kann sie auch verstehen. Sie brauchen irgendwie Beweise, dürfen nicht den Gefühlen nachgehen. Diese Beweise aber haben sie nicht. Sie werden sie auch nie kriegen, dessen bin ich mir sicher. Diesen Typ muß man anders angehen.«

»Und wie?«

»Ihr könnt ihm einen Besuch abstatten. Sein Laden liegt in der Altstadt von Nürnberg.«

»Das werden wir auch«, sagte Suko. »Aber was genau wirfst du diesem Bilder-Franz vor?«

»Er verheimlicht zumindest etwas.«

»Das tut jeder von uns.«

»Aber nicht wie er. Meiner Ansicht nach weiß er viel mehr, als er zugeben will.«

»Das Gefühl haben deine Kollegen nicht?«

»Nein.«

Suko und Bill blickten sich an. »Wie sollen wir es deiner Meinung nach anfangen?« Der Reporter hatte die Frage gestellt.

»Gebt euch als Kunden aus.«

»Und dann?«

Mallmann verdrehte die Augen. »Bill, ausgerechnet du mußt mich das fragen. Wenn jemand Tricks und Kniffe kennt, dann bist du es doch. Ich kann dir altem Hasen keinen Rat geben.«

Suko hatte einen Einwand. »Er wird natürlich gewarnt sein.«

»Sicher.«

»Hat das Bild tatsächlich gelebt?«

»Wenn ich es euch sage.« Will holte tief Luft. »Es ist ein

Schauergemälde. Die beiden Bestien – Mischungen zwischen Werwolf und Gorilla – sehen so schlimm aus, daß es einem beim Betrachten des Gemäldes Herzbeschwerden verursacht. Ihr wißt, daß ich nicht zu den Menschen gehöre, die übertreiben. In diesem Fall habe ich höchstens untertrieben. Und die gemalten Untiere sind tatsächlich in der Lage, das Bild zu verlassen. Sie werden herausspringen und euch angreifen. Damit solltet ihr zumindest rechnen.«

»Falls das Gemälde noch vorhanden ist«, warf der Reporter ein.

»Welchen Grund sollte er haben, es wegzuschaffen?« fragte Suko.

Mallmann stimmte dem Chinesen zu. »Vielleicht weiß er genau, daß man ihm auf der Spur ist. Bilder-Franz hat mich übrigens telefonisch gewarnt oder von seinen Plänen in Kenntnis gesetzt. Der hat ein Spiel aufgezogen, das man als verdammt große Nummer bezeichnen kann. Ich gehe davon aus, daß dieser Mann mit der anderen Seite in Verbindung steht. Versucht, an ihn heranzukommen, und nehmt seinen verfluchten Laden auseinander.«

Bill grinste schief. »Für einen Kranken bist du ganz schön lebhaft.«

Der Kommissar verzog das Gesicht, als hätte er in eine Zitrone gebissen. »Freunde, was glaubt ihr, was es für mich heißt, hier herumzuhängen? Das ist furchtbar. Ich bin mir selbst im Wege. Ich weiß nicht, wo ich anfangen soll. Ich könnte aufstehen, ich ...«

Suko beugte sich vor und legte seine Hände auf die Schultern des Kommissars. »Alles klar, Will, du bleibst liegen, wir übernehmen den Fall und versprechen dir, uns einmal genauer umzuschauen. Einverstanden?«

Mallmann nickte. »So habe ich mir das auch vorgestellt.«

»Wunderbar.«

»Und beim nächsten Besuch«, fügte Bill hinzu, »bringen wir dir auch etwas mit.«

»Mir reicht eine gute Nachricht.«

»Dir geht es hier doch gut«, sagte der Reporter. »Ein tolles Zimmer hast du, und ich hoffe, daß auch die Krankenschwestern okay sind. Oder nicht?«

»Mach keine Scherze.«

»Immer dran denken, Herr Kommissar. Lieber arm dran als Arm ab.« Bill stand auf. »In diesem Sinne. Wir hören noch voneinander.« Er reichte dem Beamten die Hand.

Auch Suko verabschiedete sich. Als die beiden Männer gingen, zuckten die Mundwinkel des Kommissars. Wie gern wäre Mallmann jetzt an ihrer Seite gewesen.

Im Flur atmeten die Freunde tief durch. Die Tür zu Dr. Heisters Zimmer stand offen, deshalb sah sie der Oberarzt auch. Er kam zu ihnen. »Ich hoffe, daß es vorerst Ihr letzter Besuch war. Der Kommissar ist verletzt. Er muß seine Ruhe haben, um die Verwundung auskurieren zu können. Haben Sie mich verstanden?«

Bill winkte ab. »Alles okay, Doc. Wir brauchten nur ein paar Informationen.«

»Haben Sie die erhalten?«

»Sicher.«

Der Arzt wollte noch Fragen stellen, aber Conolly kam ihm zuvor. »Sagen Sie mal, wie gelangt man von hier aus in die Altstadt? Wir suchen da ein bestimmtes Geschäft, einen Bilderladen.«

»Haben Sie die Adresse?«

»Nein. Aber den Namen.«

»Kommen Sie mit, ich suche Ihnen die Telefonnummer heraus.« Der Oberarzt fand den Namen Bilder-Franz im Branchentelefonbuch.

Bill schrieb die Nummer auf und notierte ebenfalls die Anschrift. Zwei Minuten später verließen sie das Krankenhaus. Ihr Blick fiel auf eine Telefonzelle, aus der soeben eine Frau trat.

»Das ist doch was für uns«, meinte Bill und ging hin. Auch Suko quetschte sich in die Zelle. Zwei Münzen hatte der Reporter in den Schlitz geworfen und wählte.

Es war so kalt, daß Eis an den Außenwänden der Zelle klebte.

Bill trat nervös mit der linken Schuhspitze auf. Ein paarmal hob er die Augenbrauen, seine Mundwinkel zuckten, und er wollte schon auflegen, als an der anderen Seite doch abgehoben wurde.

Mit einem warnenden Blick gab der Reporter Suko zu verstehen, daß er Erfolg gehabt hatte. Er hielt den Hörer ein wenig von seinem Ohr entfernt, damit der Inspektor mithören konnte, was Bilder-Franz sagte.

»Ja?«

Das Wort bitte hatte er vergessen. Es kümmerte Bill nicht, der sich sehr freundlich erkundigte: »Bin ich mit dem Geschäft Bilder-Franz verbunden?«

»Das sind Sie!«

»Oh, das ist hervorragend. Ein Bekannter sagte mir, Sie hätten eine große Auswahl. Ich möchte mir die Bilder ansehen und ...«

»Das geht nicht«, unterbrach der andere.

»Wieso?«

»Ich habe meinen Laden geschlossen.«

»Hm.« Bill gab sich enttäuscht. »Das ist natürlich schade. Würden Sie mir denn trotzdem öffnen?«

Ein schallendes Lachen erklang. »Sie sind gut, mein Herr. Wegen Ihnen soll ich meinen Urlaub abbrechen? Nein. Kommen Sie in einer Woche wieder.«

Der Reporter hatte sich blitzschnell eine Ausrede einfallen lassen. »Dann bin ich wieder in den Staaten.«

»Sie kommen aus den USA?«

»Sehr richtig. Ich befinde mich auf einem Europatrip, da darf Nürnberg natürlich nicht fehlen.«

Bilder-Franz hatte keine Lust mehr, dem Reporter weiter Rede und Antwort zu stehen. »Dann tut es mir leid für Sie«, erklärte der Mann und legte auf.

Auch Bill hängte ein. »Da kann man nichts machen«, murmelte er. »Der Kerl will einfach nicht.«

Suko nickte, er verließ die Zelle und drehte sich gleich darauf wieder um. »Und du läßt dich so einfach abschütteln, Bill?«

»Nein, mein Lieber, auf keinen Fall. Es liegt doch auf der Hand, daß ich am Ball bleibe. Amerikaner sind eben lästig.« Er grinste breit. »Das soll auch dieser Bilder-Typ erkennen.«

»Dann laß uns fahren.«

»Und wie.«

Sie hatten den Leih-Mercedes in einem Parkhaus untergestellt und waren zu Fuß in Richtung Fluß gegangen, auf dessen Oberfläche dicht an den Ufern eine dünne Eisschicht schwamm.

In den letzten beiden Wochen war es in Europa extrem kalt gewesen. Auch Nürnberg war nicht verschont geblieben, aber es bahnte sich bereits ein Wetterumschwung an.

Zwar stand die Sonne am Himmel, sie war sogar ziemlich hoch gewandert, doch vor ihrem runden Ball lag ein dünner grauer Wolkenschleier, der einen Großteil des Lichts absorbierte, so daß nur ein fahler Schein über die Stadt fiel.

Der Schnee war nicht getaut. Es schien den Männern, als wollten seine Massen die Stadt an der Pegnitz in einen tiefen Winterschlaf versenken.

Die Touristenattraktion Altstadt wirkte leer. Da fiel eine Touristengruppe besonders auf, die von einem Führer durch die engen Straßen und Gassen geleitet wurde. Diese Führungen gehörten zu den großen Attraktionen, und sie wurden von vielen wahrgenommen.

»Mann, hier möchte ich mal im Sommer sein«, sagte der Reporter und wollte in der Kälte nicht mehr weiter suchen.

So erkundigte er sich bei dem Fremdenführer nach ihrem Ziel. Er erklärte ihnen den Weg.

Bill bedankte sich. »Jetzt rücken wir dem Bilder-Knaben auf die Bude.«

»Du bist voller Action.«

»Power, Suko, Power.« Er lachte breit. »Hier geht es bald rund, da bleibt kein Auge trocken, das kann ich dir versprechen.«

Sie hatten es nicht mehr sehr weit bis zu ihrem Ziel. Durch sehr enge Gassen gingen sie, vorbei an Häusern, deren Fassaden zum Teil bemalt waren oder zumindest ein blitzsauberes Fachwerk zeigten, das auch bei diesem Wetter auffiel.

Bill hob die Hand. Suko blieb stehen und sah, wie sein Freund nach links deutete. »Da ist es.«

»Die Einfahrt?«

»Ja, der Knabe vorhin hat mir das gesagt. Komm.« Er zog den Inspektor weiter.

Die erste Enttäuschung bereitete ihnen das Schild mit der Aufschrift »Geschlossen«.

»Dann hat er doch nicht gelogen«, sagte Suko.

Bill probierte die Tür erst gar nicht. Er trat an eines der Seitenfenster heran, bückte sich und versuchte, einen Blick durch die dicke Scheibe zu werfen.

Das war nur schlecht möglich.

»Wir kommen nicht rein!« erklärte Suko.

Bill richtete sich auf. »Wenigstens nicht auf dem normalen Weg.«

»Willst du einen anderen nehmen?«

»Sicher.«

»Einbrechen?«

»Nein. Bilder-Franz wohnt doch hier. Ich könnte mir vorstellen, daß er, wenn er seine Wohnung erreichen will, nicht durch den Laden läuft und einen anderen Eingang nimmt. Den müssen wir finden.«

Suko fand die Idee gut. »Wie wäre es mit einem Blick auf die Rückseite der Bude?«

»Wollte ich gerade vorschlagen.«

Sie verließen die Einfahrt und suchten den Weg, der sie um das Haus herumführte. Es war nicht einfach, ihn zu finden, denn die Häuser standen zu dicht.

Beide gerieten nahe an das Flußufer. Sie hörten das Lachen der dort spielenden Kinder, die ihre Schlitten hinter sich herzogen und auf einem kleinen Abhang rodelten.

Über dem grauen Wolkenband segelten träge schwarze Vögel, als wollten sie einen Totengruß bestellen. Der aus den Kaminöffnungen quellende Rauch stieg kaum höher. Er verteilte sich dicht über den Dächern, bevor er zerflatterte.

Das waren die ersten Anzeichen für einen Wetterumschwung. Sehr genau sahen sich die beiden Freunde die Hauswände an und blickten auch in die Einfahrten hinein, wo sie an den Wänden Klingelbretter entdeckten. Nur den Namen Bilder-Franz sahen sie nicht.

Vor einer grün gestrichenen Tür blieben sie stehen. Die Fassade wuchs vor ihnen hoch, unterbrochen durch die Rechtecke kleiner Fenster mit grau schimmernden Scheiben.

»Hier müßte er eigentlich wohnen«, sagte Bill.

Da wurde die Tür geöffnet. Eine dick vermummte junge Frau trat heraus, und Bill ging hastig einen Schritt zurück, denn er hatte gesehen, wie die Frau erschrak.

»Entschuldigen Sie«, sagte er, »aber wir suchen einen Bekannten, der hier eigentlich wohnen müßte.«

Die Frau zog die Stirn in Falten. »Wen meinen Sie denn?«

»Bilder-Franz.«

»Der hat sein Geschäft geschlossen.«

»Das wissen wir, aber wir sind auch nicht hier, um Bilder zu kaufen. Es geht um eine private Sache.«

Die beiden erhielten nicht sofort eine Antwort. Erst wurden sie von oben bis unten gemustert. »Ja, er wohnt hier. Sie müssen eine Treppe hoch und gehen dann durch den kleinen Seitenflur.«

»Und wie weit in den Flur hinein?«

»Bis Sie an eine schmale Tür gelangen. Das ist die Wohnung, die über dem Geschäft liegt.«

»Ich danke Ihnen.«

»Nichts für ungut.«

Die Frau ging weiter. Bill und Suko drückten sich in den

Flur. Sie fanden alles so vor, wie sie es ihnen beschrieben hatte. Über die alte Holztreppe stiegen sie nach oben und tauchten anschließend in den Flur ein, der im rechten Winkel abzweigte. Da es hier kein Fenster gab, machte Suko Licht.

Die Tür war natürlich verschlossen. Auch hier entdeckten sie kein Schild, dafür eine Klingel.

Sie machten sich keine großen Hoffnungen und wurden angenehm überrascht, als hinter der Tür Schritte aufklangen und plötzlich geöffnet wurde.

Bilder-Franz stand vor ihnen. Ein relativ kleiner, schon älterer Mann, der eine Halbglatze hatte, eine Cordjacke trug und die Besucher mißtrauisch anstarrte.

»Wer sind Sie?«

»Ich hatte mit Ihnen telefoniert, mein Herr«, erklärte Bill. »Ich bin der Amerikaner ...«

»Dem ich erklärte, daß mein Geschäft geschlossen sei.«

»Das stimmt.«

»Was wollen Sie dann noch hier?« Die Frage klang aggressiv. Zudem hielt der Mann mit einer Hand die Tür fest. Es sah so aus, als wollte er sie jeden Augenblick zuschmettern.

Bill lächelte. »Jetzt, wo wir schon einmal hier sind, könnten Sie doch eine Ausnahme machen – oder?«

»Nein!«

»Auch wenn ich gut bezahle?« Bill versuchte es auf die andere Tour. »Der Dollar steht zwar nicht mehr so gut, aber ...«

»Sie lügen!« Die Stimme des Mannes klang scharf.

»Wieso?«

»Nie sind Sie Amerikaner.«

»Wie kommen Sie darauf?«

»Ich kenne die Amerikaner. Ich hatte oft genug mit Ihnen zu tun.«

»Kompliment«, sagte Bill. »Ich bin tatsächlich kein Amerikaner. Ich komme aus London. Mein Freund ebenfalls.«

Bilder-Franz trat einen halben Schritt zurück und nickte,

während er beide Männer lauernd musterte. »Ach, so ist das ...«

»Wie meinen Sie?«

»Engländer«, murmelte Bilder-Franz.

»Verkaufen Sie gern Bilder?«

Bilder-Franz schielte die beiden Besucher an. Plötzlich nickte er. »Weshalb auch nicht, Gentlemen? Kommen Sie rein. Ich werde Sie in mein Geschäft führen, wo Sie sich alles ansehen können. Sogar in Ruhe. Bitte sehr.« Seine einladende Handbewegung täuschte nicht darüber hinweg, daß seine Freundlichkeit nur gespielt war. Beiden war klar, daß dieser Typ noch einen Trumpf im Ärmel hatte. »Ich bin Sammler«, erklärte er. »Auf die Einrichtung lege ich keinen allzu großen Wert. Schauen Sie sich nicht zu streng um.« Er sagte die Worte lässig, obwohl die beiden Besucher ihm nicht über den Weg trauten.

Sie sahen sich in dem Zimmer kaum um, wunderten sich aber darüber, daß es zwei Türen gab. Auf eine ging der Galerist zu.

»Gehen wir in den Keller?« fragte Suko.

»Nein, in das Geschäft.«

»Natürlich.«

Auf der schmalen Treppe stellte Bill seinen Freund und sich selbst vor. Bilder-Franz nickte.

Die Treppe führte tatsächlich weiter in den Keller, und Bilder-Franz erklärte ihnen, daß es sein privater Aufgang war.

Die Tür zum Laden brauchte er nicht aufzuschließen, und so betraten Suko und Bill das Geschäft. Das Angebot war überwältigend.

Nahe der Tür war Bilder-Franz stehengeblieben. »Suchen Sie vielleicht ein bestimmtes Bild?« Er konnte den lauernden Unterton in seiner Stimme nicht verbergen.

»Nicht unbedingt«, erklärte Bill. »Ich interessiere mich für viele Kunst- und Stilrichtungen.«

Suko, der bisher geschwiegen hatte, nickte nur. Er war fest entschlossen, den Ahnungslosen zu spielen.

»Ja, sehen Sie sich um.«

Die Freunde blieben beieinander, als sie durch den Laden gingen. Wer hier ein bestimmtes Gemälde suchte, der konnte lange suchen. Bilder-Franz schritt in einem respektablen Abstand hinter ihnen her. Manchmal huschte ein wissendes Lächeln über seine Lippen, das von Bill und Suko nicht wahrgenommen wurde.

»Was sagen Sie?« fragte er.

»Ich bin überwältigt«, gestand Bill, der vor einem Blumen-Stilleben stehengeblieben war.

»Das sind viele. Haben Sie schon etwas gefunden?«

Bill hob die Schultern. »Es ist schwer. Die Auswahl ist zu groß.«

»Sicher.«

Suko sagte auch etwas. »Das Licht ist, so finde ich, ein wenig dunkel. Könnten Sie das nicht ändern?«

»Nein, ich lasse stets die Laternen brennen.«

»Natürlich.«

Bill hatte die Hände in die Taschen seines gefütterten Mantels geschoben und war auf die ihm gegenüberliegende Wand zugegangen, um sich dort die Bilder anzusehen.

Suko blieb stehen. Auch Bilder-Franz. Er behielt beide Männer stets im Auge. Zwischen den dreien herrschte eine gespannte Atmosphäre. Sie beobachteten sich gegenseitig. Es sah so aus, als würde Bilder-Franz auf einen Fehler seiner Besucher warten.

Er unterbrach schließlich das Schweigen. »Sagen Sie mal, Herr Conolly, wenn ich mich richtig erinnere, haben Sie am Telefon von einem Freund gesprochen, der Ihnen mein Geschäft empfohlen hat. Ist das nicht so?«

Der Reporter drehte sich um. »In der Tat.«

»Und wie heißt dieser Freund?«

Bill lächelte und trat näher. Er sagte den Namen noch nicht, sondern kam auf das Bild zu sprechen. »Ich will ehrlich sein. Mein Bekannter machte mir ein bestimmtes Bild schmackhaft, das sich hier befinden soll.«

»Welches denn?«

Conolly hob die Schultern. »Es ist schwer zu erklären. Das Motiv ist sehr ungewöhnlich. Es zeigt zwei Monster, die von einem unbekannten Künstler gemalt worden sind. Mein Bekannter berichtete mir, daß dieses Bild einen echten Schrecken ausstrahlt.«

»Sagen Sie mir den Namen. Das Bild kenne ich natürlich. Ich habe es allerdings nicht jedem gezeigt, so daß der Name für mich schon von Interesse wäre.«

»John Sinclair!«

Bilder-Franz hatte ihn gehört. Er stand da, legte die Stirn in Falten und knetete sein Kinn.

»Kennen Sie ihn?« erkundigte sich Suko mit leiser Stimme.

»Ja, dieser Name kommt mir bekannt vor. Lassen Sie mich nachdenken. Wenn ich mich recht erinnere, ist es noch nicht allzu lange her, daß dieser Mann bei mir war.«

»Gestern, nicht?«

»Sehr richtig.« Bilder-Franz blickte Suko an. »Sie wissen ausgezeichnet Bescheid.«

»Mr. Conollys Freunde sind auch die meinigen.«

»Das habe ich mir gedacht.«

»Wäre es dann möglich«, fragte Bill, »daß wir uns das Bild einmal anschauen?«

»Ich habe nichts dagegen. Wollen Sie es kaufen?«

»Es müßte mir gefallen.«

»Das setze ich natürlich voraus.« Bilder-Franz lachte. »Kommen Sie mit. Ich habe das Bild so aufgestellt, daß es nicht jedermann sofort beim Eintreten sieht. Sie wissen ja, wie schreckhaft die Leute oft sind.«

»Da haben Sie recht.«

Suko warf Bill einen Blick zu, der nickte und raunte dem Chinesen ins Ohr: »Verdammt, das ist es.«

»Sagten Sie etwas, Herr Conolly?«

»Nein, schon gut.« Der Reporter und Suko traten bedächtig näher. Ihre Blicke waren auf das Gemälde gerichtet, neben dem Bilder-Franz Aufstellung genommen hatte.

»Ist es nicht ungewöhnlich?« fragte er leise.

Ungewöhnlich traf nicht zu. Beide Freunde waren der Ansicht, daß dieses Gemälde ein furchtbares Grauen abstrahlte, und das sagten sie dem Mann auch.

»Ja, das finde ich ebenfalls.«

Nach dieser Bemerkung herrschte Schweigen. Die Besucher ließen das Gemälde auf sich wirken. Das Untier sah tatsächlich wie echt aus. Es zeigte auf den Betrachter, als wollte es ihn jeden Augenblick anspringen.

Die Flammen umrahmten es ebenso wie das Holz der aufgebrochenen Tür, und doch befand sich an einer Stelle ein leerer Fleck, der beiden Männern auffiel.

Bill sprach den Galeristen darauf an. »Mein Bekannter hat mir das Bild sehr genau beschrieben«, sagte er, »entweder hat er nicht richtig hingeschaut oder …«

»Was meinen Sie, Herr Conolly?«

»Ich vermisse dort etwas. Und zwar ein zweites Monster. Sollte sich Mr. Sinclair so getäuscht haben?«

»Nein, das hat er nicht.«

»Wie kommt es, daß dieses zweite Monster verschwunden ist?«

Bilder-Franz trat näher. Er gab eine lockere Antwort. »Es gibt manchmal Dinge, die muß man einfach hinnehmen. Das Monster hat das Bild verlassen. Ja, es wollte nicht mehr.«

»Das sollen wir Ihnen glauben?« fragte Suko.

»Sie müssen es nicht. Sie müssen das Bild auch nicht kaufen, das heißt, Sie dürfen es nicht. Es ist unverkäuflich. Ich habe nur Ihre Neugierde befriedigen wollen. Wenn Sie jetzt so gut wären und mich entschuldigen würden, ich habe noch zu tun.«

Beide wollten noch nicht gehen. »Ich kann es also nicht kaufen?« hakte Bill noch einmal nach.

»Leider nein.«

»Aber Sie haben doch nichts dagegen«, sprang Suko seinem Freund bei, »wenn ich es mir einmal aus der Nähe ansehe. Oder?«

»Weshalb?«

»Nur so.«

Bilder-Franz blieb mißtrauisch. »Es ist unverkäuflich, deshalb sehe ich keinen Sinn in Ihrem Vorhaben.«

Suko lächelte harmlos. »Eigentlich waren Sie es, der mich durch seine Bemerkungen über das lebende Bildnis neugierig gemacht hat. Wenn ein Bild tatsächlich lebt, müßte es sich doch anders anfühlen. Ich habe noch nie so etwas erlebt, jetzt habe ich die Chance, und die möchte ich wahrnehmen, wenn Sie gestatten.«

Bilder-Franz dachte scharf nach. Er konnte seine Besucher nicht richtig einschätzen und wußte deshalb auch nicht, wie er reagieren sollte. Er wandte sich an Bill. »Wollen Sie das Gemälde auch prüfen?«

»Nicht unbedingt. Ich verlasse mich da voll und ganz auf meinen Partner, wenn Sie verstehen.«

»Klar.«

Suko schritt an Bilder-Franz vorbei und ging auf sein Ziel zu. Wiederum lag zwischen den Männern eine fast greifbare Spannung. Jeder von ihnen wußte oder ahnte zumindest, daß dieses Gemälde etwas Außergewöhnliches war, aber keiner wollte darüber reden. Bilder-Franz hoffte möglicherweise auf die magische Kraft des Gemäldes und versuchte trotz seiner inneren Spannung, einen gelassenen Eindruck zu machen.

Suko war vor dem Gemälde stehengeblieben. Er hatte den linken Arm erhoben und dabei leicht angewinkelt. Seine Rechte war nicht zu sehen. Sie verschwand unter dem Stoff der aufgeklappten Jacke.

Bill konnte sich vorstellen, daß sein Freund dort den Griff der Dämonenpeitsche umklammerte.

Mit der freien Hand fuhr Suko von unten nach oben über die Leinwand. Der Chinese ertastete jede Erhebung, er strich auch um das Maul der Bestie herum, gab aber mit keiner Reaktion zu verstehen, ob ihm etwas aufgefallen war.

»Nun?« fragte Bilder-Franz. Suko drehte sich so herum,

daß seine rechte Seite gedeckt blieb. »Es ist ein wenig feucht geworden«, sagte er.

»Wie meinen Sie das?«

Der Inspektor spreizte zwei Finger ab. An den Kuppen klebte eine dunkle Flüssigkeit. »Das sieht mir nach Blut aus«, erklärte er. »Ungewöhnlich, nicht?«

»In der Tat.«

»Kann es wirklich Blut sein?«

Bilder-Franz grinste breit. »Wenn Sie sich bei Ihrer Tasterei verletzt haben sollten, schon möglich.«

»Das habe ich nicht.« Suko zog jetzt die Peitsche hervor.

Bilder-Franz trat einen Schritt näher. Er und Bill Conolly beobachteten, wie Suko die Dämonenpeitsche hervorzog und einen Kreis über den Boden schlug.

Sofort rutschten die drei lederartig wirkenden Riemen aus der Öffnung.

»Was ist das denn?« fragte Bilder-Franz.

»Eine Peitsche.«

Der Mann wurde nervös. Er bewegte unruhig seine Finger. »Und was wollen Sie damit?«

»Mein Freund wird damit gegen das Bild schlagen«, erklärte der Reporter mit einer sanft klingenden Stimme.

Bilder-Franz fuhr herum. »Was?« schrie er. »Sind Sie wahnsinnig?«

»Nein«, erwiderte Bill gelassen. »Wir wollen nur etwas Bestimmtes wissen.«

Der Galerist holte tief Luft. Er sah sich plötzlich in der Klemme. Noch versuchte er durch Worte, seine »Kunden« davon zu überzeugen, daß es keinen Sinn hatte. »Ich habe Sie eingeladen, für Sie sogar mein Geschäft geöffnet.« Sein ausgestreckter rechter Zeigefinger pendelte dabei zwischen Suko und Bill hin und her. »Und jetzt soll ich die Quittung dafür bekommen? Sie wollen das Bild zerstören? Wissen Sie überhaupt, was Sie da vorhaben?«

»Darauf können Sie sich verlassen«, sagte Suko.

»Nein!« Bilder-Franz drehte durch. Er mußte wissen, daß

Suko ihm an Kräften überlegen war, trotzdem tat er es und stürzte auf den Chinesen zu.

Er mußte an Bill vorbei. Der Reporter war schneller. Sein Hieb traf den Galeristen an der Schulter. Der wurde gestoppt, ruderte mit den Armen und kämpfte ums Gleichgewicht. Mit einer Hand schlug er gegen ein Bild und rammte die Faust in die Leinwand hinein. Das Holzgestell der Staffelei zitterte, fiel aber nicht, und der Reporter blieb am Mann. Er schnappte sich den Galeristen, wuchtete ihn herum und nahm ihn in den Polizeigriff. Wenn sich Bilder-Franz jetzt falsch bewegte, würden die Schmerzen unerträglich.

»Also bleib stehen!« flüsterte Bill.

Der Mann keuchte und spie auf den Boden. »Ihr verfluchten Hundesöhne. Ihr wißt ja nicht, was ihr da tut …«

»Aber sicher doch«, sagte Suko, schaute noch einmal auf das Bild und schwang seinen rechten Arm nach vorn. Er drehte die Hand dabei leicht, so daß die drei Riemen das Bild so trafen, wie Suko es sich vorgestellt hatte.

Sie hämmerten gegen das Untier.

Weder Suko noch Bill konnten vorhersagen, was geschehen würde. Sie rechneten im Prinzip mit einer Zerstörung der Leinwand, aber das geschah nicht. Statt dessen erklang ein klatschendes Geräusch, als hätte Suko gegen den Körper eines Werwolfs geschlagen.

Er zuckte zurück, wollte seinen Augen kaum trauen, und Bilder-Franz begann wütend zu schreien.

Das aber war nichts gegen die Laute, die aus dem Bild drangen. Ausgestoßen hatte sie die Bestie. Sie warf ihren Kopf in den Nacken, öffnete das Maul noch weiter, und ihr schmerzvolles Heulen klang wie der Ton einer Sirene durch den Laden.

Dann drehte sie sich um.

Von drei magischen Riemen war sie getroffen worden. Zwei hatten sie am Körper erwischt und dort daumendicke, blutige Streifen gezogen. Der dritte Riemen war gegen den blanken Schädel der Bestie geklatscht und hatte sich dort herumgewickelt. Die graue Haut war aufgerissen. Aus der langen Streifenwunde quoll eine grünbraune Flüssigkeit, doch sie störte die Bestie ebenso wenig wie die beiden anderen Verletzungen.

Mit einer gewaltigen Kraftanstrengung wuchtete sie ihren Körper vor und verließ das Bild wie ein Geschoß …

Als ich zu mir kam, schmerzte mein Nacken, als wäre er von einem eisernen Ring umklammert. Die Erinnerung war ebenfalls sofort da, ich überlegte und gelangte zu dem Schluß, daß ich noch einigermaßen Glück gehabt hatte.

Allerdings mußte ich mit ein paar blauen Flecken rechnen, möglicherweise auch mit Prellungen, zudem war mein Nacken steif. Wenn ich den Kopf drehen wollte, mußte ich meinen Körper mitbewegen.

Noch etwas fiel mir auf.

Es war die Kälte, die trotz der dicken Wintersachen durch meine Kleidung kroch. Ich lag auf der Seite, hielt die Augen halb geöffnet und blickte vor mir auf den Boden, über den ein Wechselspiel aus Licht und langen, dünnen Schatten zuckte.

Wieso?

Ich stemmte mich in eine halb sitzende und halb liegende Stellung, in der ich auch blieb. Dann drehte ich den Kopf in die Richtung, aus der die Schatten kamen, blinzelte ein paarmal, aber das Bild blieb.

Ich steckte in einem Käfig. Mein Gefängnis war der Wagen, den Georg und ich vor dem Turm hatten stehen sehen, dieser Hinrichtungskarren, der eigentlich für die vier Personen gedacht gewesen war, die wir hatten befreien wollen.

Nun lag ich darin. Die auf dem Platz vor dem Turm versammelten Menschen hatten mehrere Feuer angezündet, so daß ich meinen Leidensgenossen erkennen konnte.

Es war der junge Student Georg von Sprange. Ihn hatte es schlimmer erwischt als mich. Eine Gesichtshälfte war blutverschmiert.

Hatten sie ihn erschlagen?

Ich fühlte nach seinem Puls und war halbwegs beruhigt. Der Mann lebte.

Mit vielen Dingen hatte ich bei meinem Ausflug in die Vergangenheit gerechnet, nur nicht damit, daß man mich hinrichten wollte.

Ich tastete mich ab und war zunächst einmal beruhigt, daß meine Waffen noch da waren.

Vorsichtig drückte ich mich höher, so daß ich schließlich kniete. Bei jeder Kopfbewegung spannte sich mein Nacken, und die Schmerzen lösten das taube Gefühl ab.

Verdammt auch …

Die Dunkelheit hatte sich mittlerweile über das Land gelegt. Am Himmel stand, mit einem großen blassen Auge zu vergleichen, ein kugelrunder Vollmond, der auf die Erde glotzte.

Er schien auf eine Stadt, in deren Straßen und Gassen zahlreiche Feuer brannten, die nicht nur Licht spendeten, sondern auch Wärme.

Und in den Straßen und Gassen warteten die Neugierigen auf die Hinrichtung.

An der hinteren Seite hatte der Wagen die Gittertür. Man hatte sie mit einem schweren Schloß gesichert. Auch über mir bildeten die waagerecht verlaufenden Stangen ein durchlässiges Dach, das weder Kälte noch Hitze abhielt.

Den Kindern war es zuerst aufgefallen, daß ich mich wieder bewegte. Sie liefen zum Wagen, starrten in meinen Käfig und zuckten zurück, als hätten sie etwas Heißes berührt. Mit lauten Stimmen riefen sie nach ihren Eltern oder Verwandten, daß ich wieder aus der Bewußtlosigkeit erwacht war, und so näherten sich auch die Erwachsenen, begleitet von den Schergen der Obrigkeit.

Sie liefen von verschiedenen Seiten herbei. Auch Frauen waren dabei. Sie gebärdeten sich wie toll, umklammerten die Stäbe, schrien mich an und spien in den Wagen.

Manche streckten auch ihre Arme nach mir aus. Sie wollten mich packen und kratzen.

Diese Weiber trieben es toll. Sie zerrten und rüttelten an den Stäben. Der gesamte Henkerskarren geriet ins Wanken, aber er fiel nicht um, dafür war er zu schwer.

Schließlich erschienen die Soldaten.

Und sie machten kurzen Prozeß. Wer von den Frauen nicht sofort verschwand, als sie ihre Befehle gaben, bekam die harten Schläge der Lanzen zu spüren.

Die Männer wußten, wie sie zu schlagen hatten. Heulend, kreischend und wehklagend verschwanden die Frauen aus der unmittelbaren Reichweite des Wagens.

Ich blieb hocken. Speichel hatte mein Gesicht getroffen. Ich wischte ihn mit der Kleidung ab.

Die Soldaten hielten den Wagen umstellt.

Der Grund, weshalb wir warteten, war nicht schwer zu erraten. Die anderen vier Gefangenen mußten noch geholt werden, um anschließend in den Karren gepfercht zu werden. Es dauerte auch nicht mehr lange. Ich sah die vier zwar nicht, vernahm aber das Geschrei der Gaffer. Die Frauen kreischten wieder am lautesten.

Ich konnte noch nichts sehen und mußte warten, bis die Soldaten an der Gittertür zur Seite traten.

Dann erst schaute ich auf sie.

Söldner hielten sie umklammert. Wenn sie ihnen nicht schnell genug liefen, schlugen sie mit Peitschen gegen die Leiber oder nahmen ihre langen Stöcke zu Hilfe.

Die Diener Baphomets schützten ihre Köpfe, sie gingen geduckt, doch sie blieben nicht still und brüllten den Soldaten wahre Haßtiraden entgegen.

Ein breitschultriger Typ, der so finster aussah, daß er der Kerkermeister sein konnte, trat vor und schloß die Gittertür auf. Auch als sie quietschend nach außen schwang, gab es für mich keine Chance zur Flucht. Es standen einfach zu viele Gegner in der Nähe.

Durch Stockschläge wurden die anderen Gefangenen in den Wagen getrieben, stolperten vor, und eine Frau, deren Kleidung furchtbar roch, fiel dicht vor mir auf die Knie, schlug ihre Arme nach vorn und drückte ihre langen Nägel in den Stoff meiner Jacke, wo sie sich festklammerte. »Tod!« keuchte sie. »Der Tod wird dich vernichten.«

Ich stieß sie zurück.

Sie fiel lachend über einen ihrer Freunde.

Es war der Mann, der uns angesprochen hatte. Jetzt kniete er und drehte sich um.

Wieder verzog er sein hageres Gesicht. Einige Blutspritzer klebten auf seiner linken Wange. Es schien ihm nichts auszumachen, denn sie vertrauten einem anderen.

»Ihr werdet sterben!« sagte er.

»Möglich.«

»Nein, ihr *werdet* sterben, denn wir stehen unter dem Schutz des mächtigen Baphomet.«

»Und wer bist du? Weshalb hat man euch gefangengenommen? Das muß doch einen Grund haben?«

Er lachte scharf auf. Zum Glück redete er so langsam, daß ich ihn verstehen konnte. »Wir sind etwas Besonderes, und ich bin derjenige, dem alles gegeben wurde.«

»Was ist das?«

»Die Kunst des Malens!«

»Du bist Maler?«

»Ja, ich heiße Gropius und habe ein Bild gemalt, das andere in Angst versetzte.«

Die letzte Antwort hatte mich hellhörig werden lassen. »Ist es das Bild mit den Monstern?«

»Ja, die beiden, die ich sah, als ich einen Blick in Baphomets Reich tat. Er hat, als ich malte, meine Hand geführt, und er hat dafür gesorgt, daß dieses Bild in seinem Namen gemalt wurde. Verstehst du? Es ist ein besonderes Gemälde.«

»Ich kenne es.«

»Wo hast du es gesehen?« Durch seinen Körper ging ein Ruck. »Man hat es mir genommen …«

Was sollte ich dem Mann sagen? Daß ich aus der Zukunft kam und es dort gesehen hatte? Nein, das würde er nicht begreifen, und so erwiderte ich: »Es ist schon gut.«

Der Mann schaute mich lauernd an. »Man kann es nicht töten!« flüsterte er. »Das Bild ist einfach zu gut. Diese Ungeheuer leben dort, wo Baphomet regiert. Und aus seinem Reich wird er uns auch den Helfer schicken, der all die vernichtet, die uns töten wollten. Ein Henker wird gegen den Henker kämpfen. Der Fluß wird den Schrecken entlassen, und wenn sich der Mond verfinstert, der Henker den Fluten entsteigt, dann ist auch die Zeit der Reiter angebrochen.«

»Welche Reiter meint Ihr?«

Er starrte mich an. »Kennst du sie nicht? Die vier Reiter der Apokalypse? Sie haben den Tod gebracht, sie brachten die Pest. Viele sind hingerafft worden. Aber die Reiter stehen auf unserer Seite. Sie halten zu den Abtrünnigen. Sie werden erscheinen, damit wir mit ihnen in den Himmel des Schreckens steigen …«

Er brach ab, denn wie auch ich hatte er den Hufschlag gehört und das Knarren des Zaumzeugs.

Man führte zwei Pferde heran, die den Hinrichtungskarren zum Henkersteg ziehen sollten. Zwei Söldner schirrten die Tiere an und nickten sich zu.

Die übrigen Bewacher hatten sich zurückgezogen und einen freien Weg geschaffen.

Die vier Baphomet-Diener hockten wieder zusammen, während ich mich um Georg von Sprange kümmerte.

Da ich mich mit diesem Gropius unterhalten hatte, war mir nicht aufgefallen, daß mein junger Begleiter seine Bewußtlosigkeit überwunden hatte. Noch ging es ihm sehr schlecht. Seine Wimpern bewegten sich hektisch, er blickte mich an, ohne mich zu erkennen, und zog sich plötzlich zusammen, als eine Kältewelle durch seinen Körper strömte.

In diesem Moment hörte ich das Klatschen der ersten beiden Peitschenschläge. Das schwere Leder traf die Rücken der beiden Tiere, die sich zunächst unwillig schüttelten, dann aber ihre Beine in Bewegung setzten und den Karren anzogen.

Ich fühlte mich wie ein zur Schau gestelltes Tier und

konnte verstehen, daß es für die Tiere ebenfalls schlimm war, in einem Wagen eingepfercht zu sein.

»Hallo, Georg!« Ich hatte so laut gesprochen, daß er mich verstehen mußte.

Jetzt öffnete er die Augen, stöhnte und schloß sie sofort wieder. »Es geht mir schlecht!« flüsterte er. »Wir haben uns wohl vertan. Tut mir leid.«

»Schon gut, Georg.«

»Wie geht es jetzt weiter? Wo sind wir?«

Ich sah keinen Grund, ihm die Wahrheit zu verschweigen. »Auf dem Henkerskarren. Wir werden zur Hinrichtung gefahren, so wie man es den anderen versprochen hat.«

Dieser letzte Satz erschreckte ihn. Sein Blick nahm einen ängstlichen Ausdruck an. »Dann wird man uns auch töten?«

»Man wird es zumindest versuchen.«

»Schaffen wir es? Können wir etwas tun?«

»Im Augenblick nicht, Georg. Aber du wirst, so hoffe ich, trotz allem am Leben bleiben.«

Er versuchte zu lächeln, was ihm nicht gelang. »Tut mir leid, mein Freund, ich kann dir nicht glauben. Die anderen sind stärker als wir, viel stärker. Ich weiß, wie es bei Hinrichtungen zugeht. Ich habe einigen beiwohnen müssen. Die Verurteilten haben keine Chance.«

Seine letzten Worte waren im Geschrei der uns begleitenden Menschenmenge untergegangen.

Männer, Frauen und auch Kinder liefen neben dem Karren her. Die Soldaten hatten ihre Plätze an den Seiten geräumt. Sie schritten jetzt vor und hinter dem Karren in Zweierreihen her. Das nutzten einige aus der Menge, um sich an den Gefangenen abzureagieren, oder sie testeten einfach nur ihren Mut.

Steine und Eisbrocken flogen in den Käfig. Dicht neben mir krachte einer der Brocken auf die dicken Holzlatten. Ich warf mich über den jungen Studenten, zog ebenfalls den Kopf ein und deckte Georg mit meinem Körper.

Ich hörte seine zittrige Stimme. »So ist es immer. Sie

werden uns bis zum Henkersteg malträtieren. Ich habe schon erlebt, daß einige Verurteilte tot waren, bevor sie die Stätte der Hinrichtung erreichten.«

»Wir schaffen es.«

»Du bist sehr mutig, John, aber ich teile deine Hoffnung nicht. Es ist einfach zu schlimm.«

»Nein.«

Wieder flog ein Stein in den Karren. Ich hörte den Aufschlag, ging das Risiko ein und drehte den Kopf in eine andere Richtung.

Eine der Frauen war voll erwischt worden. Sie kniete breitbeinig und schlug die Hände vor das Gesicht, in dem der Stein eine blutende Wunde hinterlassen hatte.

Ein zweiter Brocken schleuderte sie zur Seite.

Gropius, der zusammengekauert saß, begann zu fluchen. »Der Teufel wird euch die Herzen aus den Leibern reißen und sie im Höllenfeuer verbrennen!« schrie er. »Ihr seid verloren. Man wird eure Köpfe abhacken, auf Stangen stecken und in der Sonne trocknen lassen ...« Die weiteren Beschimpfungen mußte er verschlucken, denn zahlreiche Steine flogen ihm entgegen und trafen seinen zusammengekrümmten Körper.

Ich war auch an den Beinen und der Hüfte erwischt worden, aber nicht so arg, als daß es sich nicht hätte ertragen lassen.

Dieser Transport wurde zu einer wahren Spießrutenfahrt. Wir hörten das Mahlen der eisenberingten Räder, jede Bodenwelle spürten wir, die uns anhob oder zurückwarf.

Die Kinder hatten das ›Privileg‹, Steine auf uns zu werfen. Die Frauen aber durften uns schlagen, beschimpfen und bespeien. Sie kamen dicht an den Karren heran, der so langsam fuhr, daß die Leute bequem nebenherlaufen konnten.

Manche klammerten sich an den Gitterstangen fest. Andere droschen mit Schlagstöcken auf uns ein.

Auch an meiner Seite sah ich die Frauen und deren haßentstellte Gesichter.

Ein Knüppel sauste auf mein Gesicht zu. Ich war schneller, packte ihn und riß ihn der Frau aus der Hand.

Sie brüllte wie eine Furie. Ich hatte schon den Arm gehoben und hätte in ihr Gesicht dreschen können.

Im letzten Augenblick beherrschte ich mich, behielt den Hartholzstock in der Hand und wehrte damit andere Schläge ab, die nach mir gezielt waren.

Ich vergaß die Zeit um mich herum. Hin und wieder mußte ich durch rasches Einziehen des Kopfes den Steinen oder Eisbrocken ausweichen, ohne verhindern zu können, einige Male an den Schultern oder am Rücken getroffen zu werden.

Bis wir den Fluß erreichten.

Dort brannten Feuer, die den letzten Rest des Hinrichtungswegs markierten.

Auf eisernen Fässern tanzten die düster wirkenden Flammen und warfen ihr zuckendes Licht auf uns.

Es herrschte eine düstere Atmosphäre, die auch den Geruch des Todes ausstrahlte. Wieder rollten wir an dem Gasthaus vorbei. Vor der Tür standen die Betrunkenen und grölten. Sie warfen uns Schimpfworte entgegen. Sogar tönerne Weinkrüge flogen gegen die Gitter.

Die Pein dauerte nicht mehr lange. Söldner ritten herbei und trieben die Menschen zur Seite. Wer nicht sofort gehorchte, wurde von den Peitschenschlägen weggetrieben.

Ich achtete nicht darauf, sondern starrte nach vorn, wo das größte der Feuer loderte.

Dort befand sich der Richtplatz.

Die Flammen züngelten hinter ihm in die Höhe. Sie schufen eine Helligkeit, die ausreichte, um den Schrecken erkennen zu können.

Er bestand aus einem Richtklotz und einer vermummten Gestalt, dem Henker. In seiner rechten Hand hielt er eine gewaltige Axt, die an Größe alles übertraf, was ich bisher in meinem Leben an Äxten zu Gesicht gekommen hatte.

Ich kniete und spürte zum ersten Mal so etwas wie Angst.

Mein Magen zog sich zusammen. Auf der Fahrt hierher war ich nicht dazu gekommen, über unser Schicksal nachzudenken, jetzt aber hatte ich es drastisch vor Augen.

Von der Pegnitz her fuhr uns ein eisiger Wind entgegen, den ich wie einen Todesgruß empfand. Er spielte auch mit der Kapuze und der langen Kutte des Henkers, der ansonsten wie ein Denkmal stand und sich nicht aus der Ruhe bringen ließ.

Wir hatten es nicht mehr weit bis zum Ziel. Das merkten auch die schweren Gäule. Sie kannten den Weg und wurden automatisch langsamer. Unser Karren wurde von den Söldnern umringt. Sie warfen finstere Blicke auf die Ladefläche. Auch ich wurde davon nicht ausgeschlossen, obwohl ich nicht zu den Dienern Baphomets zählte, aber ich hatte einen ihrer Kumpane niedergeschossen und drei andere ins Reich der Träume geschickt. Das würden sie mir nie vergessen.

Neben mir lag Georg von Sprange. Ihm ging es verdammt mies. Er machte auf mich den Eindruck eines Fiebernden. Ich fühlte auf seiner Stirn nach, und mein Verdacht wurde bestätigt. Trotz der beißenden Kälte war seine Haut warm.

Als ich ihm zulächelte, wurde sein Blick fragend und bittend zugleich. »Wir … wir schaffen es wohl nicht – oder?«

»Keine Sorge.«

»Aber gib dich nicht mit mir ab. Wir kennen uns noch nicht lange. Laß dir nur sagen, daß du in der Zeit zu einem Freund geworden bist. Es ist nicht einfach, gute Menschen zu finden, aber du gehörst dazu, mein Freund John. Und wenn es soweit ist, dann brauchst du dich um mich nicht zu kümmern. Es ist mir gleich, ob mein Kopf von einem Henker abgeschlagen wird oder ob ich im Fieber verbrenne.«

»Nun sei mal ruhig und …«

Er faßte nach meiner Hand. Auf seinem Handrücken lag eine Blutkruste. Sie war mit Schmutz bedeckt. »Kannst du noch beten, John?«

»Ja – sicher.«

»Ich nicht mehr. Es sind zu viele schreckliche Dinge

geschehen. Der Krieg, die Pest, die Reformation – ich weiß überhaupt nicht, was ich noch glauben soll. Viele Prediger ziehen durch das Land. Ein jeder will die Wahrheit sagen, aber ich glaube keinem mehr.«

»Die Welt wird es überleben.«

Er schaute mich skeptisch an. »Woher nimmst du den Mut, dies zu sagen, John?«

»Weil ich es weiß. Ich komme aus der Zukunft.«

Seine Augen wurden groß. Plötzlich war das Fieber vergessen. Interesse hielt ihn gepackt, sicherlich hatte er noch viele Fragen zu stellen, aber das Schicksal machte uns einen Strich durch die Rechnung.

Die Pferde stoppten.

Ich richtete mich auf. Zwei Söldner griffen in die Zügel und zogen sie so straff, daß die Gäule hielten.

»Jetzt ist es uns nicht mehr möglich, das Schicksal zu verändern«, sagte der junge Student. »Ich werde dir Lebewohl sagen, Freund John. Vielleicht sehen wir uns woanders einmal wieder ...« Seine letzten Worte erstickten, er konnte nicht mehr sprechen, gleichzeitig wurde das Gittertor aufgezogen, und vier schwerbewaffnete Landsknechte betraten den Karren, um sechs Menschen zur Hinrichtungsstätte zu schleifen ...

Das aus tiefen Wunden blutende Untier war nicht zu stoppen. Seine Dimensionen hatten sich verändert. Es war jetzt zu einer dreidimensionalen Bestie geworden, die auch töten konnte. Selbst Suko, der geschlagen hatte, wurde überrascht. Mit einem blitzschnellen Sprung zurück rettete er sich, so daß die Killerkrallen ihn nicht einmal streiften. Dennoch hatte der Chinese Pech, da er gegen ein auf einer Staffelei stehendes Bild prallte und es umwarf.

Dafür raste die Bestie auf Bill und Bilder-Franz zu. Der Reporter tat das einzig Richtige in dieser Lage. Er ließ seinen Gefangenen los, drückte die flache Hand in den Rücken des

Mannes und gab ihm einen solch harten Stoß, daß Bilder-Franz gegen das heranspringende Untier prallte.

Der Reporter rechnete nicht damit, daß die Bestie den Galeristen umbringen würde, aber er hörte den gellenden Angstschrei und sah, wie der Mann zur Seite flog und zwischen seinen Gemälden landete, die dem Druck nicht standhielten und umfielen.

Bill Conolly nutzte die Chance, in Deckung zu laufen. Er drehte sich um und hetzte mit gewaltigen Schritten zurück. Auch er schleuderte mit den Schultern Bilder zur Seite, trat darauf und hörte hinter sich die keuchenden und schnaubenden Schreie des Untiers. Es hatte eine Hölle entfacht, dachte nur noch an Mord und suchte seine Opfer.

Dabei räumte es regelrecht auf.

In seiner Wut, in seinem Haß und in seinem Schmerz nahm es auf nichts mehr Rücksicht. Seine mächtigen, muskelbepackten Arme glichen dabei Dreschflegeln, die mit wütenden Hieben die Leinwand der Bilder zerfetzten oder Rahmen zerbrachen.

Bill Conolly hielt seine mit Silberkugeln geladene Waffe schußbereit. Er würde der Bestie ein Geschoß auf den Pelz brennen, von dessen Wirkung sie sich wahrscheinlich nicht erholte.

Conolly sah ihren Schatten. Im heftig schwankenden Licht einer Laterne zuckte er über den Boden, als wollte er einen bizarren Tanz aufführen.

Mit einem Fußtritt schleuderte das Monster eine letzte hemmende Staffelei zur Seite und auf Bill Conolly zu.

Der schoß nicht.

Er rechnete damit, daß der Unhold sich auf ihn stürzen würde, doch die Bestie blieb stehen. Sie befand sich sehr günstig, der Schein einer Lampe erreichte sie, und Conolly sah, was mit ihr und ihren Wunden geschehen war.

Es wäre schon ein kleines Wunder gewesen, hätte eine so mächtige Waffe wie die Dämonenpeitsche keinen Erfolg gebracht. Die langen Streifen waren doppelt so breit geworden. Aus ihnen drang eine Flüssigkeit, die an zähes Dämonenblut erinnerte. Auf dem glatten Fell bildete sie einen regelrechten Schmierfilm.

Am schlimmsten sah der Kopf aus. Genau zwischen den Ohren verlief der lange Wundstreifen, der noch weiter aufklaffte.

Von der anderen Seite her näherte sich Suko. Er hielt seine Peitsche schlagbereit in der rechten Hand, in der linken die Beretta, warf einen kurzen Blick auf Bill und sah dessen Kopfschütteln.

Suko nickte zum Zeichen des Einverständnisses.

In diesem Augenblick brach die Bestie zusammen. Sie fiel zuerst auf die Knie, hielt die Arme hoch erhoben, aber sie schaffte es nicht mehr, sich abzustützen.

Schwer klatschte sie auf das Gesicht.

Für die beiden Zuschauer war es das Ende der Bestie. Sie konnte tatsächlich niemandem mehr gefährlich werden, doch die magische Kraft, die diese Mutation zusammengehalten hatte, floß nun wieder heraus, und aus dem dreidimensionalen Wesen wurde ein zweidimensionales, das wie gemalt wirkte. Es versank im Steinboden wie Wasser im Sand.

»Sag mir, daß ich träume, Suko.«

»Keine Sorge, du schläfst nicht mit offenen Augen.«

Beide Männer traten von verschiedenen Seiten an die Bestie heran und sahen zu, wie sie förmlich innerhalb des Fußbodens schwamm und dort liegenblieb!

Suko schleifte seine Fußsohle über die bewußte Stelle, er spürte den normalen Widerstand.

»Da können wir nichts tun, Bill.«

Der Reporter blieb stehen, als er die jammernden Laute vernahm, die aus dem Bilderwirrwarr hinter ihnen erklangen.

Bilder-Franz hatte sie ausgestoßen. Verständlich, für ihn mußte eine Welt zusammengebrochen sein.

»Kommen Sie raus, Franz«, sagte Bill scharf.

»Nein, ihr verfluchten ...«

Suko machte kurzen Prozeß. Er stiefelte los und nahm auch auf die am Boden liegenden Bilder keine Rücksicht. Sie waren sowieso zum größten Teil zerstört.

Bilder-Franz hatte sich verkrochen. Suko fand ihn dennoch, packte ihn am Kragen und schleifte den Mann dorthin, wo Bill wartete.

Als Suko ihn losließ, wäre der Galerist fast gefallen.

»Mensch, reißen Sie sich zusammen!« fuhr Bill den Kerl an.

Bilder-Franz hob den Blick. Seine Augen waren gerötet, ebenso die Wangen. Er wollte sprechen, brachte aber nur ein paar unverständliche Worte heraus.

Bill und Suko ließen den Mann gewähren. Er würde ihnen jetzt sowieso keine Fragen beantworten können, zuerst mußte der Schock einmal abgeklungen sein.

Bilder-Franz starrte zu Boden. Er hielt die Finger ineinander verknetet. Dem im Stein schwimmenden Monstrum stierte er nach, die Umrisse verschwammen immer mehr, bald würde der Schatten vom Untergrund nicht mehr zu unterscheiden sein.

Dann hatte es dieses Monster gegeben.

Bill schaute auf das Chaos. Fast über die Hälfte der auf den Staffeleien stehenden Bilder waren umgestoßen worden und lagen zerstört am Boden. Wahrscheinlich ein Vermögen.

»Ich glaube, Sie werden hier nicht mehr viel reißen können«, sagte der Reporter. »Das Spiel haben Sie verloren.«

Der Galerist hob den Kopf und holte tief Luft. »Verloren?« Seine Augenbrauen bewegten sich hektisch. »Was habe ich denn verloren?«

»Zumindest das Bild und Ihre beiden Helfer.«

Er winkte hart ab. »Was sind schon die Untiere? Nichts sind sie. Gut«, fuhr er mit hoher Stimme fort, »sie waren gefährlich, aber nur Diener eines Alten und Mächtigen.«

»Das Bild war alt – oder?«

Der Galerist nickte dem Reporter zu. »Sehr alt, sogar. Ein Meister hat es gemalt.«

»Wie hieß er denn?«

»Gropius.«

»Kenne ich nicht.«

»Nein, aber Sammler kennen seinen Namen und Menschen, die sich mit der anderen Seite dieser Welt beschäftigten. Manche haben sogar gemeint, daß Gropius dem berühmten Maler Albrecht Dürer die Inspiration für seine apokalyptischen Reiter gegeben hat.«

»Gropius kannte sie?« Bill und Suko waren interessiert, denn auch ihnen sagten die Horror-Reiter einiges.

»Natürlich!« Der Galerist hatte die Antwort im Brustton der Überzeugung gegeben.

»Ich finde es eher außergewöhnlich.«

»Nicht für Gropius. Er gehörte zu den Templern, zur Baphomet-Gruppe, die sich abgespalten hat. Seine Ideen gab ihm der Teufel, und die Menschen hatten Angst vor ihm. Sie warfen ihn in den Kerker, aber ...« Der Mann sprach nicht mehr weiter, er lachte nur wissend.

»Was ist mit aber?«

Bilder-Franz schüttelte den Kopf. »Ich sage nichts mehr. Die Geschichte ist in ihren Einzelheiten viel interessanter, als sie jemals hätte aufgeschrieben werden können. Das sage ich euch, und dazu stehe ich. Nur soviel, das Bild, auf dem die beiden Monster zu sehen waren, hatte eine bestimmte Funktion zu erfüllen. Es war der Mittler zwischen den Zeiten, der Gegenwart und der Vergangenheit.«

Auch Suko sagte etwas. »Und das hat John Sinclair gewußt?«

»Ja.«

»Dann war er hier!«

»Das streite ich nicht ab.«

»Wo ist er jetzt?«

Bilder-Franz fing an zu kichern. Er amüsierte sich über die Ratlosigkeit seiner Besucher. »Ihr seid bestimmt gute Freunde von ihm. Sonst wärt ihr ja nicht gekommen.«

Suko wollte sich durch die Rederei nicht vom eigentlichen Thema ablenken lassen. »Wo ist er hingegangen?«

Der Galerist öffnete die Augen. »Weit weg!« flüsterte er. »Sehr weit weg.«

»Wohin?«

Bilder-Franz spielte seine Überlegenheit aus. Er krümmte den Zeigefinger, bevor er über seine Schulter deutete. »Kommt mit, ihr beiden, ich zeige es euch.« Ohne eine Reaktion der beiden Männer abzuwarten, ging er durch den Laden und dorthin, wo auch das Bild stand, in dem die beiden Bestien gelauert hatten.

Jetzt waren nur noch die erstarrten Flammen zu sehen und im Vordergrund die zerstörte Tür oder der zerhämmerte Eingang. Da, wo die Untiere gelauert hatten, befand sich eine Schwärze, die der des Alls schon gleichkam.

Bill faßte den Mann am Arm und schüttelte ihn durch. »Verdammt noch mal, was ist mit John Sinclair? Was willst du uns da erzählen?«

Bilder-Franz streckte seinen Arm aus und stach den Zeigefinger vor. »Er ist dort verschwunden und steckt jetzt in einer anderen Zeit. Im mittelalterlichen Nürnberg. Die Magie des Malers Gropius hatte Bestand. Baphomet half ihm. Beide zusammen haben euren Freund in ihre Zeit geholt. Das ist gut.«

Die Besucher aus England waren sprachlos. Sie schauten sich an, sprachen jedoch kein Wort.

»Ihr glaubt mir nicht?«

»Doch, wir glauben Ihnen.« Bill hatte seine Antwort sehr leise gegeben. »Aber mich würde interessieren, wie ein Mensch aus dieser Zeit wieder zurückkehren kann.«

»Das ist nicht mein Problem.«

»Irrtum«, widersprach der Reporter. »Das ist Ihr Problem. Für mich ist nicht nur das Bild mit dieser Magie gefüllt, sondern der gesamte Raum.« Er unterstrich seine Worte durch eine ausholende Hand- und Armbewegung. »Das Bild ist nur der Teil eines Ganzen. Sie können uns nicht erzählen, daß es alles ist, mit dem Sie hier arbeiten.« Bill deutete zu Boden. »Dieses Eintauchen in den Stein, das hat nichts mit dem Bild zu tun. So etwas können Sie mir nicht erzählen.«

»Was sollte es noch geben?«

»Das werden Sie uns sagen.«

Bilder-Franz hob die Schultern. Dann sagte er etwas, das die beiden Männer überhaupt nicht begriffen. »Ich mache Ihnen jetzt einen Vorschlag. Sie können sich nicht nur selbst einen Gefallen tun, sondern auch Ihr Leben retten, wenn Sie verschwinden. Gehen Sie, Unheil genug haben Sie angerichtet. Eigentlich müßten Sie sterben, doch ich gebe Ihnen die Chance, zu verschwinden. Und vergessen Sie Ihren Freund. Wer Baphomets Kreise stört, der kann nur elendig sterben.«

»Solche Worte kennen wir zur Genüge!« erwiderte der Reporter hart. »Warnung hin, Warnung her. Wir wollen von Ihnen vernünftige Auskünfte. Was spielt sich hier noch ab?«

»Die Übernahme der Macht.«

»Wieso?«

Bilder-Franz grinste breit. »Ich gehöre zu Vincent van Akkeren, der der heutige Baphomet ist. Der Grusel-Star ist etwas Besonderes. Er hat die Sekte wieder aufleben lassen. Er wird dafür sorgen, daß das Mittelalter zurückkehrt, und Nürnberg ist der ideale Platz. In kaum einer anderen Stadt sind so viele hingerichtet, geköpft, gehängt, gefoltert oder gevierteilt worden. Diese Stadt war berüchtigt. Sie hat nicht nur große Geister und Denker hervorgebracht, sie war auch«, jetzt senkte der Mann seine Stimme und ballte die Hand zur Faust, »eine Keimzelle der Magie. Hier wurde die magische Flamme geboren, die sich bald zu einem magischen Flächenbrand ausbreitete, der das gesamte Reich erfaßte und zahlreiche Menschen in den Bann und in das Verderben zog. Das wird wieder so sein. Die Vorzeichen stehen günstig. Wenn die Bestien das Bild verlassen, so heißt es, dann triff du, Vertreter Baphomets in dieser Stadt, die Vorbereitungen.«

»Und die haben Sie getroffen?« fragte Bill.

»Das kann man wohl sagen.«

»Wo denn?«

Bilder-Franz' Grinsen wurde fast so breit wie sein Gesicht. »Ihr steht darüber.«

Suko schaltete am schnellsten. »Meinen Sie den Keller?«

»So ist es.«

»Wunderbar, dann sehen wir ihn uns an.«

»Wollt ihr das Grauen tatsächlich am eigenen Leibe spüren?« erkundigte sich der Galerist noch einmal.

»Wir sind so frei«, erwiderte Bill lässig.

»Ich kann euch nicht daran hindern und werde es auch nicht mehr.« Demonstrativ schüttelte er den Kopf, bevor er sich in Bewegung setzte und auf die Tür zuging, durch die die drei Männer den Verkaufsraum betreten hatten.

Bill und Suko wunderten sich, wie eilig der Kerl es plötzlich hatte. »Dem können wir gar nicht schnell genug sterben«, flüsterte der Reporter.

»Dazu gehören immer zwei.«

»Auch wieder wahr. Was meinst du, Suko, wie schlimm kann es kommen? Hältst du ihn für einen Bluffer?«

»Nein.«

»Und hast du auch nicht das Verlangen gehabt, in das Bild zu steigen?«

»Nicht so richtig. Als ich jedoch davorstand, hatte ich das Gefühl, einen kalten Hauch zu spüren, den ich nur mit dem Begriff Gruß aus der Ewigkeit umschreiben kann.«

»Mir erging es ebenso.«

»Was ist mit Ihnen, meine Herren? Wollen Sie mir nicht folgen? Oder haben Sie kalte Füße bekommen?« Bilder-Franz fragte es voller Spott und Hohn.

»Der Knabe fühlt sich verdammt sicher«, murmelte Suko.

Bill nickte. »Wer weiß, welche Trümpfe er noch in den Händen hält.«

Sie blieben vor dem Galeristen stehen. Der atmete schnell und heftig. »Sind Sie noch immer bereit?« fragte er.

»Natürlich.«

»Na dann.« Er tauchte in den düsteren Flur und schritt

seine innerhalb des Hauskomplexes gebaute Privattreppe nach unten, bis er vor der Kellertür stehenblieb.

Bill deutete auf das Holz. »Und dahinter liegen also Ihre tollen Kellerräume?«

»Kellerräume?« Er lachte. »Sie wissen nichts, Sie wissen gar nichts. Das sind keine Kellerräume. Hier haben wir es mit Gewölben zu tun, unheimlichen Hallen aus alter Zeit.« Er gab seiner Stimme bei den nächsten Worten einen dumpfen Klang und bekam selbst eine Gänsehaut. »Erleuchtet durch Fackeln, die ein zittriges, schauriges Licht verbreiten, das dem großen Baphomet zur Ehre reicht. Er hätte sich selbst in meinen Gewölben wohl gefühlt.«

»Gehen Sie vor«, sagte Suko.

»Wie der Herr wünschen!« Der Mann schob einen Riegel zur Seite und öffnete ein Schloß. Dann zog er die Tür auf, die erbärmlich in den Angeln quietschte.

Die Männer schauten in den Schein der brennenden Pechfackeln. Vor ihnen lag eine breite Steintreppe, über die das Licht ein unruhiges Muster warf. Es stank nach verbranntem Pech, aber auch nach Moder.

»In Nürnberg bin ich nicht der einzige Diener Baphomets«, erklärte der Galerist flüsternd. »Ich habe das Gefühl, daß die alte Zeit aus den verflossenen Jahrhunderten im Begriff ist, zurückzukehren. Das spüre ich.« Er bewegte seine Finger. »Hier in den Kuppen muß es kribbeln. Versteht ihr?«

Während seiner Worte war er die Stufen hinabgegangen, hatte sie bald überwunden und blieb stehen, damit sich die beiden Männer einen ersten Eindruck verschaffen konnten.

Der war überwältigend.

Nie hätten Bill und Suko gedacht, unter diesem Haus ein so gewaltiges Gewölbe zu finden. In seinen Ausmaßen war es durch die schlechten Lichtverhältnisse nicht einsehbar, aber die Rundbogendecke mußte von gewaltigen Stützpfeilern gehalten werden. Wo sie vom Boden her in die Höhe wuchsen, sah es aus, als würden Tunnel oder Stollen in den hinteren Teil des Gewölbes führen.

Das Fackellicht geisterte nicht nur über den Boden, es erfaßte auch einige wie planlos herumstehende Geräte, die verdächtig denen ähnelten, die man im Mittelalter benutzt hatte, um Gefangene zu foltern.

Rechts der Treppe stand der Thron. Zu ihm führten ebenfalls Stufen hoch, und er war etwas Besonderes, denn dieser steinerne Sessel hatte die Form eines gewaltigen Schädels, dessen Maul weit geöffnet war, so daß es als Sitzfläche benutzt werden konnte. Aus der steinernen Stirn wuchsen krumme Hörner, und die beiden Männer aus England wußten Bescheid.

Das war ein Abbild Baphomets!

Angestrahlt wurde es von zwei Fackeln, die den ungewöhnlichen Thron einrahmten.

»Das ist mein Platz!« rief Bilder-Franz laut und deutete auf das aufgerissene Steinmaul. »In diesem Gewölbe und hier unter der Erde bin ich der Vertreter Baphomets. Mir gehört die Stadt, Baphomet ist bald der wahre Herrscher, wenn er die Menschen seine Macht spüren läßt.« Er deutete in das Gewölbe hinein. »Ihr habt mich nach der Magie gefragt, die hier noch vorhanden ist. Es gibt sie. Geht in diesen Keller. Geht ruhig weiter, dann werdet ihr es sehen.«

»Sollen wir?« fragte Bill.

»Klar.«

Sie gingen an Bilder-Franz vorbei, dem es in allen Gliedern zuckte. Er hatte seine Teufelsmaske eingesteckt und hätte sie am liebsten aufgesetzt. Doch er mußte noch warten und starrte auf die Rücken der beiden Männer aus England.

Suko und Bill brauchten nicht einmal weit zu laufen, bis sie erkannten, was Bilder-Franz gemeint hatte. Sie sahen die gewaltigen viereckigen Löcher im Steinboden und die hochgestellten, von straffen Seilen gehaltenen Deckplatten.

Zwischen den einzelnen Luken befand sich ein so großer Zwischenraum, daß ein Mensch dort spazierengehen konnte. Suko und Bill blieben sehr vorsichtig und blickten auch zurück, als sie sich den vier gewaltigen Öffnungen näherten.

An deren Rand blieben sie stehen.

»Ja!« hallte hinter ihnen Bilder-Franz' Stimme auf. »Schaut nur hinein.«

Sie taten es.

Im ersten Moment glaubten sie, daß diese ungewöhnlichen Löcher leer waren, bis sie sich den Grund genauer ansahen.

Da entdeckten sie das Flimmern. Es lag wie eine Schicht darüber und füllte die Löcher bis zu einer gewissen Höhe aus.

Suko und Bill waren ratlos, sie konnten sich diesen Vorgang nicht erklären, doch Bilder-Franz sorgte für die Überraschung.

Freude und Triumph waren deutlich aus seinen Worten herauszuhören. »Es sind alte magische Verstecke, die ich durch Baphomets Kraft geöffnet habe, damit sie erscheinen können. Die Reiter der Apokalypse ...«

Die Baphomet-Diener wehrten sich nicht, als sie von den starken Händen gepackt und in die Höhe gewuchtet wurden. Nur passiven Widerstand leisteten sie, indem sie sich so schwer wie möglich machten, aber das nutzte kaum etwas.

Gropius wollten sie als letzten aus der Gruppe holen. Er stand aufrecht, sein Gesicht gegen den Wind gestemmt. Er strahlte etwas Dämonisches ab, gleichzeitig vermischt mit einer gewissen Autorität. »Faßt mich nicht an!« schrie er den vier Söldnern entgegen. »Eure schmutzigen Hände würden mich nur besudeln!«

Die Männer waren so überrascht, daß sie den Befehl befolgten. Sie blieben stehen und befanden sich wie die Akteure auf einer Bühne. Von den Zuschauern wurde alles genau registriert. Sie dienten als Beleuchter in dem Stück, denn sie hielten die Fackeln hoch, so daß ein Hin und Her aus Licht und Schatten über die Gesichter, den Karren und auch uns hinwegstreifte.

Georg von Sprange hatte sich aufgerichtet und wurde von

mir gestützt. Er beobachtete die Szenen genau. Seine Lippen zitterten, als er sprach. »Ja«, sagte er. »Ja, so ist das. So etwas habe ich schon öfter erlebt. Man holt die Verurteilten ab und schafft sie zum Henker. Er wird sein Richtschwert heben und uns köpfen!«

Ich enthielt mich einer Antwort, denn im Prinzip hatte der Mann recht. Aber ich wollte es nicht soweit kommen lassen. Die beste Chance hat ein Todeskandidat immer dann, wenn ihn die anderen schon abgeschrieben haben. Und das passiert meist dann, wenn er direkt vor dem Henker steht.

Aus der Zuschauermenge erklang ein wilder Ruf. Wir hörten den Spott heraus, wahrscheinlich galt er den unentschlossenen Söldnern, und die wollten sich nicht verhöhnen lassen.

Sie nahmen die Peitschen und ließen das Leder klatschend gegen Gropius' Körper sausen. Der Baphomet-Diener zuckte zusammen. Wir hörten ihn ächzen, er hob die Arme und deckte seinen Kopf, bevor er unter den Schlägen den Wagen verließ. Die Schreie der Menge begleiteten ihn.

Er hatte sich geduckt, wir sahen ihn nicht mehr, nur die massigen Körper der Schläger.

»Bald holen sie uns!« Georg von Sprange hielt mein Gelenk fest. »Ich möchte vor dir sterben, John.«

»Vielleicht sterben wir gar nicht.«

»Woher nimmst du nur deinen Mut?«

»Das frage ich mich manchmal selbst. Aber es gibt Menschen, die des öfteren in haarsträubenden Situationen stecken und …«

»Situation? Was ist das?«

»Das werde ich dir vielleicht später erklären. Es ist ein Wort aus unserer Zeit.«

Er begann leise zu lachen. Nur hörte es sich nicht fröhlich an. Mein junger Begleiter hatte physisch und auch psychisch schwer zu leiden.

Ich gestattete mir selbst einen Rundblick.

Die Gaffer waren dicht an den Wagen getreten. Sie

umklammerten die Gitterstangen. Wegen der Kälte hatten sich die meisten Lappen um ihre Hände gewickelt, und vor ihren Lippen dampfte hellgrau der Atem. Ich brauchte nur in die Augen zu schauen, um in ihnen das zu lesen, was sie für uns empfanden.

Haß und Abscheu!

In vielen Pupillen spiegelte sich das unruhige Fackellicht. Deshalb sah es so aus, als würden in ihren Augen Sterne explodieren.

Ich hatte die Hände zu Fäusten geballt. Einen großen Vorwurf konnte ich den Leuten nicht einmal machen. Sie lebten in einer Zeit, in der der Hexenwahn in voller Blüte stand und eine Hinrichtung an der Tagesordnung war. Öffentliches Töten erfreute sich großer Beliebtheit. Von der Obrigkeit war es abgesegnet worden und diente sehr zur Abschreckung.

Die vier Soldaten kamen zurück. Andere hielten bereits neben den in der Nähe des Scharfrichters Stehenden Wache. Auch dort gaben sie ihnen keine Chance.

»Ich werde allein gehen können!« sagte von Sprange mit spröde klingender Stimme.

»Nein, du bist zu schwach.«

Er versuchte es trotzdem, stand auf, schwankte und wäre fast gefallen. Seine Verletzungen waren zu schlimm. Ich mußte zugreifen und ihn stützen.

Peitschenschläge wollte ich nicht riskieren, aus diesem Grunde wehrten wir uns auch nicht, als die Söldner vor uns stehenblieben und uns zunickten.

Ich hatte mich erhoben und blickte ihnen entgegen. Sie waren kleiner als ich, dafür schwerbewaffnet. Wäre Georg von Sprange nicht bei mir gewesen, hätte ich vielleicht schon jetzt einen Ausbruch versucht.

So aber blieb ich bei ihm.

»Wir gehen allein!« sagte ich den Söldnern.

Deren Gesichter verzogen sich zu einem Grinsen. Dann drehten sie sich um und traten gleichzeitig zur Seite, so daß wir sie passieren konnten.

Mein Begleiter hatte Mühe, seine Füße anzuheben. Er schlurfte neben mir her. Die Schläge hatten ihn gezeichnet, das Wissen, bald zu sterben, stand in seinem Gesicht, und doch hielt er sich tapfer und schaute nach vorn.

Sie schlugen nicht nach uns, als wir sie passierten. Von zwei Seiten her starrten sie uns an. Sie rochen nach billigem Fusel und nach Schmutz. Waschen stand wohl nicht in ihrem Dienstplan.

Auch als wir den Henkerskarren verlassen hatten, waren wir nicht frei. Jetzt geriet Bewegung in die Menge der Zuschauer. Sie rückten von zwei Seiten näher heran, der Wall aus Leibern verdichtete sich. Manche faßten nach uns, andere schlugen, und da taten sich besonders die Frauen hervor, deren Krallenhände sich immer wieder in unserer Kleidung verhakten.

»So jung und schon dem Tod geweiht«, sagte jemand und meinte damit den Studenten. »Ich werde nicht für dich beten, Junge. Du sollst im Höllenfeuer verschmoren, der Teufel wird deine Seele fressen.«

»Ja, er soll sie fressen«, übernahm eine andere Person den Satz.

»Fressen, fressen!«

Plötzlich schrien sie alle. Sie hoben ihre Arme, ballten die Hände und drohten uns.

Georg von Sprange bekam Angst. Er preßte sich an mich und wollte schneller gehen, aber es war nicht nötig. Die Söldner trieben die Leute mit ihren Knüppeln zur Seite.

Und der Henker wartete.

Wir hatten jetzt freies Sichtfeld. Wie eine schwarze Figur stand der Henker neben seinem Richtklotz, vor dem wir knien würden, um unseren Kopf darauf zu legen. Dann würde er zuschlagen. Der Kopf würde anschließend in einen Korb rollen und weggebracht werden.

Sehr einfache Regeln hatten die Menschen damals gehabt.

In Greifweite des Henkers standen die vier furchtlosen Baphomet-Diener. Sie hofften auf ihren Herrn. Ich war gespannt, ob und wie dieser Dämon eingreifen würde. Bisher war nichts von ihm zu sehen.

Man hatte eine Masse Soldaten aufgeboten. Sie standen hinter uns und bildeten dort einen schwerbewaffneten Wall aus Menschenleibern. Wenn ich fliehen wollte, dann nur zum Fluß hin.

Georg von Sprange zitterte. Bei ihm war es bereits die Todesangst. Er konnte sie nicht abschütteln. Sie hielt ihn fest wie eine Klammer. Kräftige Fäuste packten uns und drehten uns so herum, daß wir neben den vier Baphomet-Dienern standen.

Die ausgemergelten, in dunkle Lumpen gehüllten Gestalten sahen aus wie Todeskandidaten, aber in ihren Augen erkannte ich keine Angst. Die Blicke waren nach vorn gerichtet, wo die Pegnitz floß, als erwarteten sie von dort Hilfe.

Hatten sie nicht auch davon gesprochen? War da nicht die Rede von einem gewaltigen Ungeheuer gewesen, das ihnen zu Hilfe eilen sollte und von Baphomet gelenkt wurde?

Genau wußte ich es nicht, aber ich konnte mir vorstellen, daß uns noch einiges bevorstand.

Das sagte ich auch meinem Begleiter. Ich bat ihn, sich zusammenzureißen.

»Aber wir können nichts mehr tun, John.«

»Warte es ab, Georg.«

»Du hast noch immer Hoffnung?«

»Ja.«

Weshalb nicht den Teufel mit dem Beelzebub austreiben? – Baphomet war mein Feind. Wenn er hier erschien, auf welche Weise auch immer, würde ich dafür sorgen, daß er sich auch unser annahm.

Das dumpfe Trommeln hatte noch gefehlt. Als es jetzt aufklang, zuckte ich zusammen. Die Trommler standen im Hintergrund. Das Geräusch drang in Schallwellen über den Platz, erreichte unsere Ohren und hallte von den umstehenden Häusern wider.

Es war auch ein Zeichen für die Gaffer. Sie traten zurück.

Alles lief sehr diszipliniert ab. Für mich ein Beweis, daß sie Hinrichtungen schon des öfteren erlebt hatten.

Sie bauten sich dort auf, wo der Henkerskarren stand. Da bildeten sie einen Halbkreis wie auch die Soldaten und Landsknechte. Das Ritual wurde genau eingehalten.

Nur der Weg zum Fluß blieb frei. Jemand kam herbei und stellte den Korb so vor den Richtklotz, daß der Kopf hineinrollen konnte.

Dann trat der Mann wieder zurück.

Dafür bewegte sich der Henker, und er schwang dabei seinen rechten Arm, in dessen Hand er das gewaltige Richtbeil hielt. Ich war gespannt darauf, wie es weitergehen würde. Seltsamerweise verspürte ich keine Angst, ich vertraute einfach den vier Baphomet-Dienern, die so gelassen aussahen.

Georg von Sprange erklärte mir den Vorgang. »Der Henker weiß genau, wen er als ersten zu köpfen hat. Sie haben es zuvor abgesprochen. Das Ritual ist immer das gleiche. Du wirst es erleben.«

Mein junger Begleiter hatte sich nicht geirrt. Der Henker setzte sich tatsächlich in Bewegung. Er kam auf uns zu und schritt uns der Reihe nach ab.

Dabei schaute er jedem in die Augen.

Die Baphomet-Diener standen bewegungslos auf dem Fleck. Ich hatte meine Augen nach links gedreht und konnte erkennen, daß über das Gesicht des Malers Gropius ein flüchtiges Lächeln huschte. Dann stand der Henker vor mir.

Er war sehr groß. Ich blickte auf seine Kapuze und in die Augenschlitze. Durch den uns streifenden, flackernden Lichtschein änderte sich der Ausdruck seiner Pupillen ständig. In den Augen schien ein unheimliches Feuer zu brennen. Ich hatte das Gefühl, mit Blicken seziert zu werden.

Er sagte kein Wort, ich spürte nicht einmal, daß er atmete. Dann schaute er Georg an.

Von Sprange atmete schneller. In seinem Innern mußte er eine ungewöhnliche Leere spüren. Die Beine wurden ihm schwer. Dies übertrug sich auch auf meinen Griff, so daß ich Mühe hatte, ihn festzuhalten.

Auf Georgs Gesicht verharrte der Blick des Henkers ein wenig länger. Wir sahen sein Nicken. Ich befürchtete schon, daß er mit ihm sein grausames Werk beginnen würde, doch er drehte sich um und ging den Weg wieder zurück, den er gekommen war.

Die zahlreichen Zuschauer verharrten in atemlosem Schweigen. Allmählich verdichtete sich die Spannung. Ein jeder stellte sich wohl die Frage, wen sich der Henker als ersten vornehmen würde.

Er entschied sich.

Mit der Axt deutete er auf Gropius!

Durch die Masse der Gaffer lief ein Raunen. Jemand lachte völlig unmotiviert, hoch und schrill.

Dann hörten wir einen Kommentar. »Er hat es verdient! Er steht mit dem Teufel im Bunde!«

»Ja, köpft ihn zuerst!«

So lauteten die Kommentare, die erst verstummten, als sich der Maler Gropius in Bewegung setzte und beinahe lässig auf den Richtklotz zuschritt. Die Mattheit war aus seinen Knochen gewichen. Tief in seinem Körper mußte sich ein Quell frischer Kraft befinden, anders konnte ich mir seine Reaktion nicht erklären.

Der Henker brauchte nichts mehr zu tun. Gropius schritt allein auf den Richtklotz zu. Dann bückte er sich und legte den Kopf in eine Mulde. Er konnte direkt in den Korb schauen. Nicht einmal eine Kapuze wurde ihm übergestreift.

Sie würden keine Gnade kennen …

Der Henker hob den rechten Arm und damit auch die mächtige Axt.

Sollte ich mich getäuscht haben? Wollte er uns doch der Reihe nach köpfen.

»Ich werde nicht hinschauen!« flüsterte Georg von Sprange. »Nein, ich kann einfach nicht hinsehen.«

Ich antwortete ihm nicht, da mich die Szene am Richtklotz

zu sehr in den Bann gezogen hatte. Noch hielt der Henker seine Mordwaffe nur mit einer Hand!

Jetzt hob er auch den linken Arm an. Einen Augenblick später riß sich der Henker die Kapuze vom Schädel, und plötzlich drang ein gewaltiger und irrer Schrei aus seinem Mund. Der Ruf nach einem Mächtigen.

»Baphomet ...!«

Ich fand nicht einmal die Zeit, mir den Henker genau anzusehen. So wie mir erging es auch den Zuschauern. Sie waren überrascht, geschockt, konnten sich nicht bewegen, auch keine Kommentare geben. Das genau hatte der Henker gewollt.

Er tat auch nichts dagegen, als sich der Verurteilte erhob, neben ihm stehenblieb, den Arm ausstreckte, zum Fluß hinwies, wo plötzlich ein gewaltiges Rauschen und Krachen entstand, weil die Eisschicht aufbrach.

Baphomet hatte den Ruf vernommen.

Und er schickte seinen Helfer.

Es war ein riesiger Drache!

Das grüne Ungeheuer mit dem weit aufgerissenen Maul und den Säbelzähnen hatte nicht nur eine gewaltige Wasserwand in die Höhe geschleudert, auch Schlamm begleitete es auf seinem Weg in die Freiheit. Wie Regen fiel das dicke Zeug über uns hinweg und benetzte die Zuschauer, deren vielstimmiger Schrei gegen den Nachthimmel gellte.

Sie waren aus ihrer Erstarrung erwacht. Das Auftauchen des Monstrums hatte eingeschlagen wie eine Bombe.

Der Drache mußte aus der Hölle kommen. Es fehlte nur noch, daß er Feuer spie.

Inzwischen hatte der Henker seine Kutte weggeschleudert. Darunter trug er nur einen Brustschild aus Eisen.

Das tat ihm nichts, denn er war derjenige, der den Drachen als Helfer gerufen hatte.

Bevor die Söldner sich absprechen konnten, rannte der

Henker los, ohne seine Axt loszulassen. Sein Ziel war das Untier, das über die Befestigung am Ufer kroch und mit seinen gewaltigen Kräften die Mauer zerstörte.

Ich hörte Georg sprechen, verstand aber nicht, was er sagte. Mein Augenmerk war auf die unheimlichen und unerklärlichen Vorgänge gerichtet, die sich in unserer Nähe abspielten.

Gropius hatte sich wieder erhoben. Jetzt stand er hinter dem Richtklotz wie ein Sieger. Beide Arme hielt er hochgestreckt. Er lachte dem Drachen rauh entgegen, und er freute sich, daß die Hölle ihm Unterstützung geschickt hatte.

Ich war gespannt, wie sich die Sache entwickeln würde. Zuerst einmal handelten die Söldner. Sie wußten, für was sie bezahlt wurden. Wir waren für sie nebensächlich geworden, jetzt hieß es nur noch, den Drachen zu besiegen.

Der hatte den ersten Teil seines Wegs zurückgelegt. Seine lange, gehörnte Schwanzspitze befand sich noch im Wasser. Er ging nicht weiter, hatte sich geduckt, den Kopf etwas gesenkt und gab dem Henker somit Gelegenheit, sich auf seinen gewaltigen Körper zu schwingen.

Das tat er auch.

Erst jetzt sah ich, daß er einen Helm trug wie die alten Wikinger. An den Seiten wuchsen zwei Hörner hervor, und im Gesicht des Henkers wucherte ein pechschwarzer Bart.

Er schwang sich auf den Rücken des Drachen wie ein Reiter auf sein Pferd. Dieser Mann hatte auf ihn gewartet, und ich hörte die anderen Baphomet-Diener laut schreien.

Nicht aus Angst, sie riefen aus Freude, bewegten sich hektisch und klatschten in die Hände.

Mir war es klar, daß ich nicht wie ein Ölgötze auf dem Fleck stehenbleiben konnte. Der Drache war gekommen, um den Baphomet-Jüngern zu helfen, mich würde er nicht beschützen, und er würde, davon ging ich aus, mit einer schrecklichen Rachetour beginnen.

Die Menschen hatten sich hier versammelt, um einer Hinrichtung beizuwohnen. Ich konnte ihnen nicht einmal einen

Vorwurf machen, das mußte ich so hinnehmen. Sie waren von keinem Dämon besessen, sie lebten in einer Zeit, die nichts anderes kannte.

Deshalb sah ich mich veranlaßt, ihnen zu helfen.

Und Georg von Sprange?

Er stand neben mir, hielt sich nicht einmal fest und starrte auf das furchtbare Monster und seinen Reiter, den Henker.

In der rechten Hand hielt er die Axt. Er schwang den Arm, die Klinge beschrieb Kreise, aus dem Mund des Mannes drangen heisere Schreie, die den Drachen anfeuerten.

Der Platz hatte sich zum Großteil geleert. Die meisten Zuschauer waren verschwunden und hielten sich in einer relativ sicheren Deckung auf. Wenn der Drache einmal losging, würde ihnen die auch nichts mehr nutzen. Mit seiner Kraft konnte er Häuser einreißen und Mauern wegfetzen. Dafür sah ich ihn an.

Er walzte los.

Die ersten Söldner hatten ihn erreicht. Es waren drei mutige Männer, die gegen ihn angingen, ihre Lanzen kraftvoll schleuderten und auch trafen.

Nur hämmerten die Spitzen gegen den schuppigen Körper, dessen Panzer so hart war, daß die Waffen davongeschleudert wurden, ohne das Untier auch nur zu ritzen.

Es reagierte wütend.

Eine der fast schrankgroßen und krallenbesetzten Pranken bewegte sich beinahe lässig, wie bei einer Katze. Der Söldner sah es zu spät. Die Wucht schleuderte ihn zu Boden, die Krallen waren dabei in seinen Körper gedrungen und als er auf dem Rücken liegenblieb, schob sich der Drache über ihn. Seinem Gewicht konnte niemand etwas entgegensetzen. Wir hörten den Mann nicht einmal schreien.

Auch einen zweiten Söldner erwischte es. Der wurde jedoch nicht von der Pranke getroffen, ihn schmetterte das Untier mit einer Bewegung der Schwanzspitze zur Seite.

Der Mann flog durch die Luft, und als er zu Boden schlug, war er schon tot.

Der dritte Angreifer aber rannte in panischer Hast davon. Daß er in den Fluß lief, störte ihn nicht einmal. Er wollte nur so schnell wie möglich dem Grauen entkommen.

Die drei anderen Verurteilten aber liefen dem Drachen entgegen. Sie riefen seinen Namen, hielten wie bittend die Arme ausgestreckt, bewegten ihre Hände, schrien, jubelten und flehten.

Ihnen würde der Drache nichts tun. Baphomet selbst war zwar nicht erschienen, doch er hatte einen Diener geschickt, wie er schlimmer nicht sein konnte.

Und der ging weiter.

Das aufgerissene Maul war so groß wie ein Scheunentor. Ich gehörte nicht zu seinen Freunden, es lag auf der Hand, daß wir ihm im Wege standen und er uns töten würde.

Wer sollte den Drachen stoppen?

Mußte ich jetzt den Siegfried spielen?

Gern übernahm ich die Rolle nicht, doch sie war mir aufgezwungen worden, weil ich höchstwahrscheinlich der einzige war, der die Waffen besaß, um das Untier niederstrecken zu können.

Mit Schwertern und Speeren war gegen ihn nichts auszurichten. Es war ein Produkt der Hölle, ein magisches Wesen, das man nur mit magischen Waffen bekämpfen konnte.

Vielleicht hätte ich mit dem Bumerang eine Entscheidung herbeiführen können, aber der befand sich in meiner Zeit. Es hatte keinen Sinn, ihm nachzutrauern.

In der Zwischenzeit walzte der Drache weiter vor. Er hatte einen gewaltigen Bauch, auf dem schob er sich näher, unterstützt von seinen mächtigen Pranken.

Wie ein Sieger hockte der Henker auf ihm. Er schwang seine Mörderaxt wie ein siegreicher Krieger seine Fahne.

Zum Glück bewegte sich der Drache langsam, sonst hätte er uns schon längst erreicht. Auch für mich war es besser, wenn ich mich zurückzog. Georg von Sprange stand neben mir und rührte sich nicht von der Stelle. Für uns wurde es Zeit. Ich riß ihn herum und zog ihn kurzerhand hinter mir her. Dabei bewegte er kaum die Füße. Sie schleiften über den Boden.

Ich lief auf das Gasthaus zu, das den Henkersteg an einer Seite begrenzte. Dort hatten sich zahlreiche Zuschauer versammelt und zusammengedrängt.

Unter anderem einige Söldner, die mich haßerfüllt anstarrten und angreifen wollten.

Ich packte mir den größten und schleuderte ihn mit einem geschickten Judowurf zu Boden. Als er lag, setzte ich ihm meinen Fuß auf die Brust. Dabei schrie ich die anderen an, sich zurückzuhalten, und erklärte ihnen gleichzeitig, daß ich mich dem Drachen stellen wollte.

Sie starrten mich an, als wäre ich verrückt. Einige schlugen Kreuzzeichen, andere zogen sich zurück.

Das war mir egal, ich wollte nur, daß ich nicht auch noch von ihrer Seite mit einem Angriff rechnen mußte.

»Der Drache wird in eure Stadt kommen und die Häuser zerstören. Deshalb laßt mich in Ruhe.«

Ob sie begriffen hatten, war mir egal. Georg wollte ich bei ihnen lassen, doch er klammerte sich an mir fest, als ich mich dem Drachen stellen wollte.

»Willst du wirklich gegen den Drachen kämpfen, John?«

»Ja.«

»Aber du hast keine Waffen!«

»Doch, die habe ich.« Mein Nicken fiel heftig aus. »Vielleicht sehen wir uns wieder«, sagte ich zu ihm und befreite mich aus seinem Griff.

Nur wenige Schritte brauchte ich zu laufen, um die Bestie aus dem Höllenreich erkennen zu können. Sie hatte inzwischen den Richtplatz erreicht. Hinter ihr lagen die beiden Toten. Ich nahm mir vor, daß es nicht noch mehr Opfer geben sollte.

Wie leergefegt wirkte der Henkersteg, als ich mutterseelenallein auf den Drachen zuschritt …

Die Worte des Galeristen wirkten auf Bill und Suko wie harte Schläge unter die Gürtellinie. Bilder-Franz hatte ihnen bisher einiges erzählt. In seinen Berichten waren die Vergangenheit und die Gegenwart gemischt worden, doch die furchtbare Wahrheit ließ die beiden Freunde schaudern.

Die Horror-Reiter als düstere Todesboten in der Gegenwart, dieses Grauen war mit Worten kaum zu beschreiben.

Es waren vier Reiter.

Und sie standen vor vier Luken, über deren Grund es flimmerte, denn dort mußte eine magische Entladung stattgefunden haben.

Tunnel und Wege, die Zeiten miteinander verbanden. Beide wußten, daß es so etwas gab, und doch wurden sie immer wieder von den Möglichkeiten überrascht, die andere sich gesucht hatten.

Wie auch hier!

Deshalb sahen die beiden Männer keinen Grund, den Worten des Galeristen nicht zu glauben.

Sie hörten wieder seine Stimme. Die kahlen Wände verstärkten den Ruf zu einem schaurigen Echo. Es war nicht einfach, das Gerufe zu verstehen.

»Habt ihr schon von ihnen gehört?«

»Laß ihn reden«, murmelte Bill und drehte sich um, während Suko die vier magischen Verstecke im Auge behielt.

»Ich habe euch etwas gefragt!«

Jetzt klang der Ruf wütend. Bilder-Franz hatte einen Ortswechsel vorgenommen und saß nun auf dem Thron, der als versteinertes Baphomet-Gesicht anzusehen war.

Er fühlte sich in dem Maul wohl. Seinen Oberkörper hatte er nach vorn gedrückt und den Kopf etwas gestreckt, so daß er vom Lichtschein der beiden Fackeln erreicht werden konnte.

Zuerst dachte Bill an eine Täuschung, aber dieser Mann hatte sich tatsächlich verwandelt. Er trug jetzt eine Halbmaske vor dem Gesicht, die Züge des Teufels aufwies.

Wahrscheinlich gab ihm diese Maske noch mehr Kraft und

Sicherheit, zudem erwartete er die Horror-Reiter, also konnte er sich als der große Sieger auf der ganzen Linie fühlen.

Bill sah das nicht so. Noch hielten sich die Reiter zurück, zudem standen sie zwei gegen einen. Der Reporter war fest entschlossen, Bilder-Franz den Wind aus den Segeln zu nehmen.

Er ging auf ihn zu.

Starr war sein Blick dabei auf den Mann gerichtet. Dabei hatte Bill die Augen zu Schlitzen verengt, weil ihn das Fackellicht zu sehr blendete. Zudem tanzte es unruhig und verzerrte die Perspektiven.

Bilder-Franz erhob sich wieder. Bevor er steif stehenblieb, ging ein Ruck durch seinen Körper. »Weshalb hast du meine Worte ignoriert? Glaubst du nicht an die Horror-Reiter?«

»Ich kenne sie sogar.«

»Ach.«

»Ja, wir haben ihnen nur einen anderen Namen gegeben. AEBA nennen wir sie. Es sind die Reiter der Apokalypse, die im alten Nürnberg wohl gesehen worden sind. Albrecht Dürer hat sie der Nachwelt hinterlassen. Sie erzählen uns also nichts Neues.«

»Dann wißt ihr auch, daß sie diese Stadt in Schutt und Asche legen können?«

»Das könnte ihnen sogar gelingen!«

Der Galerist ging vor und blieb auf der obersten Stufe stehen. »Das könnte ihnen nicht nur gelingen, es gelingt ihnen auch, denn sie haben in dieser Stadt Unterstützung gefunden.«

»Durch Sie, nicht?«

»Nicht allein durch mich. Ich bin nicht der einzige, der an Baphomet glaubt, obwohl ich als Statthalter eingesetzt wurde. Nein, es gibt da noch Helfer, die sich auf diesen Zeitpunkt freuen, wo sie zum erstenmal die sehen werden, von denen sie bisher nur gehört haben. Die nächste Zeit wird zu den Sternstunden in ihrem Leben gehören, das kann ich dir versprechen!«

»Und wann werden sie erscheinen?« erkundigte sich Bill.

Da hob Bilder-Franz die Schultern. »Niemand kann einen genauen Zeitpunkt sagen. Ich habe alles vorbereitet. Auf eine Stunde oder Minute will ich mich nicht festlegen. Das kann ich bei ihnen auch nicht.«

»Sie geben sich sehr sicher.«

»Kann ich das nicht auch sein?«

Bill hob die Schultern. »Ich weiß nicht!« hallte seine Stimme durch das Gewölbe. »Noch stehen wir beide gegen Sie.«

»Vergiß das.« Bilder-Franz winkte heftig ab. »Das ist einfach lächerlich. Ihr kommt aus diesem Keller nicht mehr heraus. Meine erste Warnung habt ihr in den Wind geschlagen ...«

»Sie sind trotzdem eine gute Geisel«, sprach Bill in die Antwort des Mannes hinein.

»Bin ich das tatsächlich?«

»Wie es aussieht.«

Da beugte sich der Galerist zurück. Er lachte stoßweise, brach abrupt ab und schüttelte den Kopf. »Nein, ich habe euch bisher nur einen Teil der Wahrheit erzählt.«

»Und wie lautet der zweite?«

Bilder-Franz rückte nicht sofort mit der Sprache heraus. »Ich bin nicht so dumm und begebe mich freiwillig in eure Hände, glaubt das nur nicht. Ich habe Sicherheiten eingebaut. Dieses unteriridische Gewölbe ist groß und verzweigt. Es enthält mehr Schatten als Licht. Und wer würde sich nicht gern innerhalb der dichten Schatten verbergen? Ich hätte es auch getan, nur habe ich es nicht nötig, aber ich sprach vorhin in meinen Dienern und Helfern. Okay, sie sind da. Sie beobachten euch aus den Schatten heraus. Ihr steht im Licht, sie aber lauern im Dunkeln. Und dort werden sie so lange bleiben, wie ich es will. Zwar dienen sie der Hölle, doch auf normale Waffen wollten sie nicht verzichten. Deshalb steht ihr im Kreuzfeuer ihrer Revolver und Pistolen. Eine falsche Bewegung von dir, Conolly, und Kugeln werden dich durchlöchern.«

Ein Bluff?

Bill fühlte sich nicht gut. Bilder-Franz hatte mit einer Sicherheit gesprochen, die ihn nachdenklich stimmte. Nein, so redete niemand, der bluffte.

»Glaubst du mir nicht?«

»Ich bin nicht sicher.«

»Doch, Bill, es stimmt!« Suko hatte sich aus dem Hintergrund gemeldet.

Der Reporter drehte sich um. Er sah seinen Freund noch immer an den geheimnisvollen Gräbern stehen, nur hatte Suko diesmal seine Arme erhoben, und das nicht ohne Grund.

An der rechten Seite der aneinanderliegenden Gräber war eine Gestalt aus dem dort liegenden Schatten getreten. Sie trug, ebenso wie Bilder-Franz, eine Teufelsmaske, aber sie war bewaffnet. In der rechten Hand hielt sie eine Pistole, und damit zielte sie auf Suko.

Conolly drehte sich wieder um.

Der andere lachte ihn an. »Das ist einer«, erklärte er. »Willst du die nächsten beiden sehen? Kommt hervor, Brüder, und zeigt ihm unsere Macht.«

Der Befehl galt den beiden Männern, die sich bisher hinter dem Thron versteckt gehalten hatten und nun auf leisen Sohlen hervortraten.

Sie blieben in Höhe des Mauls stehen und richteten ihre Waffen gegen Bill.

»Noch Fragen?« erkundigte sich der Galerist lauernd.

»Kaum.«

»Drei hast du bisher gesehen, aber es sind noch zwei vorhanden. Fünf Helfer stehen mir zur Seite. Nur werde ich euch nicht verraten, wo die beiden letzten sich aufhalten.«

»Das ist auch nicht nötig«, erwiderte Bill lakonisch.

Dem anderen paßte die Antwort nicht. »Deine Sicherheit wird dir noch vergehen, das schwöre ich dir. Du kannst dich nicht so benehmen, als wäre nichts geschehen. Vielleicht sollte ich den Freunden tatsächlich den Befehl geben, dich anzuschießen, aber ich weiß, daß ihr auch so keine Chance habt, wenn die Reiter erscheinen, und die werden nicht mehr lange auf sich warten lassen.«

Bilder-Franz gab sich jetzt sehr sicher. Er verließ seinen Platz vor dem Thron und schritt die Stufen hinab. »Dieser Tempel Baphomets wird in die Geschichte eingehen. Von dieser Stelle aus wird das Grauen seinen Anfang nehmen und sich über die ganze Stadt verbreiten. Hier wird demnächst regiert, und ich allein stehe an der Spitze. Ich vertrete Baphomet, mir gehorchen die Reiter ...«

Bei den letzten Worten hatte sich seine Stimme gesteigert. Das Echo hallte durch das unterirdische Gewölbe.

Die folgende Stille wirkte bedrückend. Bill glaubte, eine Last auf den Schultern zu tragen. Wenn er durchatmen wollte, hatte er Schwierigkeiten. Die gesamte Atmosphäre war seiner Ansicht nach magisch verseucht.

Er spürte auch, daß er nicht mehr allzu lange auf das Erscheinen der Horror-Reiter warten mußte.

In sicherer Entfernung blieb Bilder-Franz vor dem Reporter stehen. Er streckte seine Hand aus. »Gib es her!«

Was?«

»Dein Schießeisen!«

Bill überlegte. Sollte er ziehen und den anderen von den Beinen schießen? Das wäre einem Mord gleichgekommen, zudem war es so gut wie unmöglich, denn die beiden anderen Helfer hatten ihren Standort verändert und sich so aufgestellt, daß sich der Reporter im Kreuzfeuer ihrer Waffen befand.

»Du kannst es ja wagen!« flüsterte sein Gegner scharf. »Zieh deine Waffe, und versuche es. Ich weiß genau, welch ein Film hinter deiner Stirn abläuft. Gehe ruhig auf Konfrontation mit Baphomet. Um so rascher wirst du sterben.«

»Gib ihm die Kanone!« Suko hatte sich gemeldet.

Der Galerist begann zu lachen. »Dein Partner ist einsichtiger als du. Er weiß, wie die Chancen stehen.«

Conolly hob die Schultern. »Okay, Sie haben mich überzeugt. Ich werde Ihnen die Waffe geben.«

»Das will ich auch hoffen.«

Bill fingerte nach der Beretta. Wenn er die Waffe abgab, war es nicht so tragisch. Er wußte Suko noch im Hintergrund. Nur durfte man ihn nicht auch noch entwaffnen.

Die beiden Helfer des Galeristen waren noch näher an den Reporter herangetreten und ließen ihn keinen Moment aus den Augen. Bill dachte nicht an einen Trick, er war nur wütend. Seine Gesichtsfarbe wechselte zwischen Weiß und Rot.

Mit spitzen Fingern hielt er die Beretta am Kolben fest, blickte seinem Gegenüber in die Augen, ließ die Beretta los, die zu Boden fiel, noch ein kleines Stück verrutschte und zwischen den beiden Männern liegenblieb. Das Gesicht mit der Teufelsmaske verzog sich voller Wut. Durch die Nasenlöcher holte der Mann Luft. »Bist du verrückt!« fuhr er Bill an. »Willst du, daß …?«

»Entschuldigung.«

»Heb sie auf!«

»Warum ich?«

Der andere schnippte mit den Fingern. Bill wußte nicht, von welcher Seite der Schuß aufgepeitscht war, er zuckte jedenfalls zusammen, hörte das Rollen des Echos und hatte gleichzeitig das Gefühl, weit weggetragen zu werden. Schmerzen stachen durch seinen Kopf. Er hatte die Augen weit aufgerissen, sah den anderen vor sich, dessen Zeigefinger zu Boden wies und auf die Beretta deutete.

Auch wenn Bill es gewollt hätte, er konnte die Pistole nicht mehr aufheben. Der Schwindel überfiel ihn plötzlich. Seine Beine wurden schwer, gleichzeitig begann sich die Welt um ihn herum zu drehen und wurde zu einem Karussell, in das der Reporter voll hineinfiel und von ihm mitgerissen wurde.

Er schlug zu Boden, blieb dort regungslos liegen, und an seiner rechten Stirnseite, wo sich die daumenbreite Wunde befand, sickerte allmählich ein fingerdicker Blutstreifen über die Stirn.

Bilder-Franz aber lachte, als er auf den bewegungslos

liegenden Reporter schaute und dann in Sukos Richtung blickte. »Er hat mir nicht geglaubt«, sagte er, und seine Stimme kippte fast über. »Kannst du dir das vorstellen, Chinese? Er hat mir nicht geglaubt! Mir nicht, wo ich doch einer der Großen und Gewaltigen bin. Es war sein Fehler, nun ist es zu spät für ihn.«

Während seiner Worte war er in Sukos Richtung gegangen. Bills Waffe hatte er liegenlassen. Er verließ sich auf die beiden Leibwächter, die ihn begleiteten und ihren Mentor in die Mitte genommen hatten. »Weißt du nun, aus welch einem Grund Baphomet mich als seinen Vertreter in dieser Stadt bestimmt hat?«

Suko nickte. »Ich kann es mir vorstellen. Du bist brutal genug, um auf wehrlose Menschen schießen zu lassen.«

»Er hat mich nicht ernst genommen. Das war sein Fehler. Alle, die mich nicht ernst nehmen oder auslachen, müssen dran glauben. Das ist nun mal so, auch du.«

»Haben Sie ihn erschießen lassen?« fragte Suko mit einer Stimme, die ihm selbst fremd vorkam.

Bilder-Franz gab nicht selbst die Antwort. Er fragte einen seiner Leibwächter. »Auf was hast du gezielt?«

»Auf seinen Kopf.«

»Aha, dann wird er wohl tot sein.« Bilder-Franz ging noch einen Schritt näher. Doch er blieb plötzlich stehen, denn sein Blick war auf Sukos Gesicht gefallen.

Da sah er dessen Augen.

Noch nie zuvor war Bilder-Franz derart angeschaut worden. So kalt, so hart. Und dann sagte Suko etwas, das dem anderen eine Gänsehaut über den Rücken jagte. »Sollte mein Freund tatsächlich erschossen worden sein, werde ich Sie jagen. Und glauben Sie mir, Sie werden mir nicht entkommen, das schwöre ich Ihnen.« Ohne eine Antwort abzuwarten, setzte sich Suko in Bewegung, lief zuerst auf Bilder-Franz zu, passierte ihn und steuerte den leblosen Bill Conolly an.

Der Galerist war von Sukos Aktivitäten so überrascht

worden, daß er vergaß, den Schießbefehl zu geben. Er ließ den Chinesen gehen, der Bill erreicht hatte und sich niederkniete.

Suko war innerlich kalt wie ein Eisblock. Er nahm alles wahr, sah auch Bills Beretta in seiner Reichweite und nahm sie blitzschnell an sich, darauf hoffend, daß die anderen nichts davon bemerkten, weil sie in seinem Rücken standen.

Er untersuchte den Reporter.

Ungefähr zehn Sekunden vergingen, dann richtete sich Suko auf. Gesprochen hatte er nicht, und er blieb auch in dieser Haltung stehen, obwohl er hinter sich die schlurfenden Schritte des Galeristen hörte.

»Na, ist er tot?«

Der Inspektor gab keine Antwort. Er wartete noch ab und wirbelte plötzlich herum. Bills Beretta hatte er nicht weggesteckt. Er hielt sie in der rechten Hand, und plötzlich starrte Bilder-Franz in das dunkle Loch der Mündung.

Er blieb stehen.

»So«, sagte Suko. »Die Lage hat sich geändert. Wenn Ihre Leute schießen und mich treffen, werde ich noch immer die Kraft besitzen, Sie zu töten. Das braucht nur ein Reflex zu sein, mit dem ich den Finger bewege. Haben Sie verstanden?«

»Ja …«

»Dann sagen Sie jetzt Ihren Leuten, daß sie ihre Waffen wegwerfen sollen. Und zwar so weit es geht. Gehört?«

»Sicher!«

»Los!«

Bilder-Franz schwieg. Seine unteren Gesichtsmuskeln waren in Bewegung geraten. Die Kiefer mahlten, er überlegte, und Suko war es einfach leid. Er schoß.

Die Kugel war so gut gezielt, daß sie nur um eine Fingerbreite am linken Ohr des Galeristen vorbeistrich und irgendwo im Hintergrund des Gewölbes gegen eine Wand klatschte und deformiert wurde.

»Der nächste Schuß sitzt zwischen den Augen!« drohte der Inspektor.

Plötzlich war es mit der Ruhe des Galeristen vorbei. Er wurde nervös, wußte aber nicht, was er sagen oder tun sollte, bis etwas anderes den beiden den »Handlungsfaden« aus den Händen nahmen.

Ein Schrei gellte auf.

»Sie kommen!«

Plötzlich war die Angst vergessen. Bilder-Franz drehte sich um, auch Suko schoß nicht. Er richtete seinen Blick auf die vier Gräber und sah, daß es tatsächlich kein Bluff gewesen war.

Aus den Öffnungen stiegen – die Horror-Reiter!

Allein gegen den Drachen und Henker!

So ganz stimmte es nicht, denn die vier Diener Baphomets befanden sich noch in der Nähe. Sie bildeten eine kleine Gruppe im Hintergrund und hatten sich in die Nähe des Turms zurückgezogen, wo die Fackeln brannten.

Überflossen vom roten Licht und der Dunkelheit sahen sie so aus, als würden sie sich von einer Seite auf die andere bewegen.

Um sie brauchte ich mich nicht zu kümmern. Sie hatten ihr Vertrauen einzig und allein in die Existenz des Drachen gesetzt.

Ich näherte mich dem bösartigen Fabeltier nicht auf dem direkten Weg, sondern schlug einen Kreisbogen von der linken Seite her. Dabei behielt ich ihn stets im Blickfeld und dachte über eine Möglichkeit nach, ihn auszuschalten.

Vielleicht war es günstig, wenn ich mich auf die Augen konzentrierte. Schon mehr als einmal hatte ich erlebt, daß Monster, wenn ihre Augen getroffen worden waren, durchdrehten und dann starben. Besonders dann, wenn ich mit geweihtem Silber schoß.

Würde ich auch hier Erfolg haben?

Bisher hatte sich der Drache nicht um mich gekümmert, mich nicht einmal anvisiert. Möglicherweise aus dem Grund, da ich zu den Verurteilten gehört hatte, das aber änderte sich, denn plötzlich ruckte der massige Schuppenschädel des Drachen herum, und mich gähnte das scheunentorgroße Maul an.

Plötzlich reckte sich der Henker auf dem Nacken des Drachen in die Höhe. Sein Schrei schallte mir entgegen. Er schwang seinen rechten Arm, die Axt beschrieb wilde Kreise, und er gab praktisch das Zeichen zum Angriff auf mich.

Der Drache wurde schnell.

Mir erging es wie einem Menschen, der von einem Bären überrascht wird. Ein Tier, das so plump aussieht, kann sich so schnell bewegen, daß ein Mensch nicht vor ihm fliehen kann.

Auch mir gelang nicht mehr der präzise Schuß, ich steckte die Waffe weg und ließ den Drachen so weit an mich herankommen, wie ich es riskieren konnte.

Dann rannte ich nach rechts.

Dabei schlug ich einen großen Bogen, hörte hinter mir ein Schreien, auch das dröhnende Fauchen des Untiers und sah, wie sich der mächtige Schwanz des Drachen bewegte.

Er peitschte dicht über den Boden in meine Richtung. Hätte mich auch erwischt.

Mir blieb die Flucht nach vorn.

Und die führte mich direkt auf den Körper des Drachen zu, dabei tat ich das gleiche wie vorhin der Henker. Bevor sich einer der beiden versah, kletterte ich an der Flanke des Höllentiers in die Höhe auf dessen Rücken, während unter mir der hart geschlagene Schwanz entlangwischte, gegen den Körper hieb und ihn regelrecht erschütterte.

Ich hatte inzwischen den Rücken erreicht, so daß mich dieser Aufprall nicht aus dem Gleichgewicht werfen konnte. Mit den Händen hielt ich mich fest, richtete mich noch nicht auf, da ich wissen wollte, wie der Drachen reagierte.

Er tat gar nichts.

Ich warf einen schnellen Blick nach rechts, wo die Baphomet-Diener standen.

Auch sie waren meine Feinde, aber sie trafen keinerlei Anstalten, sich auf mich zu stürzen. Meine Vernichtung wollten sie dem Henker und dem Höllendrachen überlassen.

Geradeaus, über den Kopf der Bestie hinweg, entdeckte ich das zuckende Fackellicht. Dort standen die Bewohner der Stadt, die dem Kampf zuschauten und ihm regelrecht entgegenfieberten.

Zum Glück war der Rücken des Drachen breit genug, so daß ich mich auf ihm bequem bewegen konnte. Zwar durfte ich nicht zu große Schritte machen, aber das hatte ich auch nicht vor. Ebenfalls nicht mein Gegner.

Er näherte sich mir breitbeinig und mit steif wirkenden Bewegungen. Und er ließ mich keine Sekunde aus den Augen. Die Axt hielt er fast ein wenig locker in der rechten Hand. Allerdings hütete ich mich, diese Bewegung zu unterschätzen, der Henker mußte im Umgang mit der Axt ein wahrer Meister sein.

Noch wartete er ab. In seinen dunklen Augen »brannte« ein unheimliches Feuer. Der Blick war starr auf mich gerichtet, er schätzte mich ab und suchte nach einer schwachen Stelle.

Ich zog die Beretta.

Ein langer Kampf konnte mir zum Verhängnis werden, und so ließ ich ihn in die Mündung schauen.

Für die Dauer weniger Sekunden blieb er tatsächlich stehen. Er war ein wenig irritiert, das zeichnete sich auf seinem Gesicht ab, und er hörte meine langsam gesprochenen Worte.

»Weg mit der Axt!«

Das tat er nicht.

Es gibt Ausnahmereaktionen, wo ich auch schieße, obwohl ich nicht angegriffen werde. Hier befand ich mich in einer solchen Lage. Ich wollte ihm eine Kugel in die rechte Schulter setzen, aber ich hatte nicht mit der Schlauheit oder Hinterlist des Drachen gerechnet. Ob das Tier etwas bemerkt oder aus der Hölle einen Befehl erhalten hatte, wußte ich nicht.

Jedenfalls schüttelte es sich und überraschte dabei den Henker und mich.

Während sich der andere fangen konnte, rutschte ich nach rechts weg. Zwar suchte ich nach einem Halt, nur war da nichts, wo ich mich hätte festklammern können. Meine Hand griff ins Leere, selbst die Breite des Rückens half mir nichts mehr, ich rutschte an der rechten Seite des Drachen hinab und landete neben ihm am Boden.

Das hatten auch die Zuschauer mitbekommen. Ihr gemeinsamer Schreckensschrei hallte über den Platz, während es mir gelang, auf den Beinen zu bleiben, auch wenn ich einknickte.

Doch der Henker war da.

Als ich herumfuhr, hatte er bereits ausgeholt und drosch zu.

Die Schneide hätte mich in zwei Hälften geteilt. Zum Glück drückte ich diesmal ab. Es war ein ungezielter Schuß, die Kugel erwischte ihn irgendwo am Arm, ich warf mich zu Boden, konnte jedoch nicht aufatmen, denn der Henker sprang mich an.

Er erwischte mich voll.

Mit beiden Füßen zuerst landete er auf meinem Brustkasten. Ich hatte das Gefühl, in die Erde gedrückt oder in zwei Hälften geteilt zu werden. Sein aus der Wunde am rech ten Arm sprudelndes Blut benetzte mich, aber der Kerl wollte weiterkämpfen.

Das Gesicht unter dem Helm war zu einer furchterregenden Grimasse verzerrt. Er bückte sich und holte gleichzeitig aus. Ich rammte meinen rechten Fuß vor. Irgendwo traf ich ihn. Er gurgelte auf und taumelte nach hinten, so war ich zunächst einmal außer Lebensgefahr.

Mein Wille zur Selbsterhaltung trieb mich auf die Füße. Obwohl ich rasende Schmerzen im Brustkasten spürte, sprang ich auf und ging ihn an. Er schlug nach mir.

Ich schoß.

Es war ein verdammter Zufall, daß die Silberkugel gegen die Axtklinge schlug und irgendwo als Querschläger verschwand. Was weiter geschah, bemerkte ich kaum, ich war nur von dem Willen beseelt, nicht getroffen zu werden.

Mit akrobatischen Übungen turnte ich über den Boden. Manchmal sah es aus, als wäre der Stiel der Axt noch länger geworden. Hin und wieder schabte die Klinge auch über den Boden und hinterließ tiefe Spuren.

Der Kampf wurde nicht nur auf einer anderen Ebene weitergeführt, er hatte sich auch richtungsmäßig verlagert. Wir befanden uns praktisch vor dem offenen Drachenmaul, als ich mich wieder in die Höhe wuchtete.

Der Schlag des Henkers war mörderisch. Beide Hände hielten den langen Stiel umklammert, er zog die Waffe schräg von oben nach unten, hätte mich auch in dieser Linie getroffen, denn ich stand da und konnte einfach nicht mehr ausweichen.

Nur noch schießen.

Das tat ich, um mein Leben zu retten.

Diesmal hieb das Silbergeschoß dicht unter seinen Panzer in den Leib. Der Henker schlug nicht mehr. Er blieb plötzlich stehen, als hätte man ihn angeleimt. Der verletzte Arm sank nach unten. Die Axt hielt er mit der Linken fest.

Und dann ging er.

Schritt für Schritt entfernte er sich von mir. Er lief rückwärts, hatte große Mühe, überhaupt die Balance zu halten, während hinter ihm der Drache mit dem aufgerissenen Maul lauerte.

Ich stand breitbeinig, schwankte ebenfalls, spürte bei jedem keuchenden Atemzug die Schmerzen und war nicht einmal fähig, ihn anzusprechen oder zu warnen.

Das Maul war groß genug, um einen ausgewachsenen Menschen verschlingen zu können.

Das geschah auch.

Der Henker torkelte rücklings zwischen den beiden langen Säbelzähnen in das Maul des Unholds hinein, ging dort noch weiter, sackte erst dann zusammen, genau in dem Augenblick, als der Drache sein Maul schloß.

Es war furchtbar. Ich konnte nicht hinsehen, drehte mich um und hörte noch grauenhafte Laute. Wie ein Betrunkener taumelte ich zur Seite. In meinen Augen brannten Tränen, die Wangen waren schweißnaß, mein Mund zuckte, und ich spürte die Kälte nicht.

Am liebsten hätte ich mich verkrochen oder irgendwo zum Ausruhen hingelegt.

Es ging nicht, denn nur der Henker war vernichtet worden, der Drache jedoch nicht.

Auch ihn mußte ich killen.

Ich drehte mich um. Meine Beine zitterten. Vor dem direkten Anblick des Höllendrachen fürchtete ich mich, aber diese Sorge war unbegründet, er hatte das Maul nicht wieder geöffnet.

Beide Hälften hielt er geschlossen. Dafür bewegte er sie aber. Ich kannte den Grund und schüttelte mich.

Das Untier war beschäftigt. Damit hatte es mir eine Chance gegeben. Noch befanden sich genügend Silberkugeln im Magazin, ich würde später nachladen, nachdem ich mir die beiden großen Augen vorgenommen hatte. Auch in meinem erschöpften Zustand sollte es mir gelingen, diese beiden verfluchten Augen zu treffen.

Deshalb streckte ich den rechten Arm aus, zielte genau, unterstützte meine rechte Hand mit der linken und nahm mir das rechte, hervorquellende Auge des Höllendrachen vor.

Es hatte eine sehr große Pupille, die ich ins Visier nahm. Es war schwer für mich, die innerliche Ruhe zu finden. Ich konnte nur hoffen, daß ich nicht vorbeischoß.

Dann feuerte ich.

Die Kugel saß!

Der Drache bewegte sich erst, nachdem er getroffen worden war. Ein heftiger Schlag lief durch seinen mächtigen Körper, sein Killerschwanz stellte sich hoch, er warf den Kopf zurück, drehte ihn dabei nach links, und ich sah, wie das Auge auslief.

Eine weißliche Flüssigkeit, dick wie Sirup, quoll hervor und verteilte sich auf dem harten Schuppenpanzer.

Noch befand ich mich in einer gefährlichen Distanz zu ihm, deshalb lief ich zurück und beobachtete den Höllendrachen aus einer gebührenden Entfernung

Geweihtes Silber ist mächtig, auch bei Monstern wie den Drachen. Er besaß ja keine direkte Macht, er war nur ein Helfer der Hölle.

Das Auge lief restlos aus. Der Drache sackte zusammen, als plötzlich aus dem Loch im Schädel eine Flamme fuhr, die wie der Strahl eines Schweißbrenners nach vorn stach.

Der Drache, durch schwarze Magie am Leben erhalten, bekam nun die andere Seite zu spüren.

Die vernichtete ihn.

Er brannte innerlich aus. Das Feuer zuckte aus der Augenhöhle, aber auch das zweite Auge wurde plötzlich hervorgestoßen, als von innen der gewaltige Druck entstand.

Wie ein Geschoß jagte es an mir vorbei, und gleichzeitig zerplatzte der Kopf des Untiers in einem Inferno aus Flammen, Rauch und einer breiigen Masse.

Ich konnte nichts mehr sehen. Die Explosion des Drachenkörpers hatte mich durch die Druckwelle zu Boden geschleudert, wo ich mich überschlug, dann weiterrobbte, auf die Beine gelangte und weglief.

Nach einer Weile drehte ich mich um.

Es war vorbei.

Wo der Höllendrache gestanden hatte, quoll ein gewaltiger Rauchpilz in die Höhe. Der Rest, der noch von ihm übriggeblieben war, verteilte sich als breite, schmierige Lache auf dem Boden.

Und keine Spur von dem Henker …

In diesen Momenten, wo das Schlimmste hinter mir lag, erfolgte auch die Reaktion. Meine Knie wurden weich, mich schüttelte es durch wie im Fieber, die Welt drehte sich vor meinen Augen, ich konnte mich einfach nicht mehr halten und kniete mich hin.

Den Zuschauern bot sich ein Bild der Leere, der Öde und des Todes. Kalter Winterwind fuhr mit seinen Armen in die Rauchwolken hinein und verteilte sie.

Meine Sicht verbesserte sich. Der blasse Mond am Himmel gab ein fahles Totenlicht ab, und sein Schein fiel auch auf die beiden Leichen der Söldner, die den Henkersteg in eine Stätte des Todes verwandelten.

Die kurze Pause hatte mir gutgetan. Doch es war nicht der eigene Wille, der mich so schnell wieder auf die Beine trieb, eher die Umstände. Auch die Zuschauer hatten bemerkt, daß sich der Kampf zu meinen und ihren Gunsten entschieden hatte. Den Drachen gab es nicht mehr, niemand bedrohte ihr Leben, jetzt trauten sie sich wieder näher, an der Spitze die Söldner, die es unbedingt wissen wollten.

Ich aber hatte keine Lust, irgendwelche Fragen zu beantworten, obwohl mich Georg von Sprange sicherlich gern gesprochen hätte, aber da gab es noch ein anderes Problem.

Die vier Verurteilten!

Ich hatte sie zuletzt in der Nähe des Turms gesehen. Dort befanden sie sich auch noch, aber es sah so aus, als wollten sie die Szene verlassen, denn sie zogen sich zurück.

Zudem waren sie nur noch zu dritt.

Ausgerechnet Gropius fehlte, an ihn hatte ich mich halten wollen, doch das war jetzt nicht mehr möglich.

So lief ich seinen Kumpanen entgegen, die vor mir nicht zurückwichen und stehenblieben.

Ich hatte einiges mit mir selbst zu tun, bevor ich Luft holen konnte. »Wo ist er?« fragte ich.

»Wer?«

Die Frage hatte der Mann gestellt. Ihn packte ich und drehte seine Kleidung unter dem Kinn zusammen. »Verdammt noch mal, dieser Gropius! Wenn du mir keine Antwort gibst, wird es dir so ergehen wie dem Drachen. Verstanden?«

Er nickte.

»Wo ist er?«

»Weggelaufen.«

»Steckt er im Turm?«

»Nein, am Fluß ist sein Boot ...«

»Auf dem Wasser schwimmt Eis.«

»Nicht überall.«

Der Kerl konnte recht haben. Außerdem schätzte ich ihn nicht als so stark ein, daß er mich in dieser Situation noch belog. Ich stieß ihn zur Seite und machte mich auf den Weg.

Diesmal umlief ich den Turm an der anderen Seite, weil ich nahe am Fluß bleiben wollte. Genau dort, wo das Untier aus dem Wasser gestiegen war, lief ich über die eingerissenen Mauerreste zum Ufer, wo sich der Leinpfad befand, der an beiden Seiten die Pegnitz begleitete.

Von Gropius sah ich nichts. Es schwamm auch kein Schiff auf dem Wasser, nur Eisbrocken trieben in der Strömung. Sie sahen aus wie blaugraue Fettflecken.

Ich gab nicht auf. Die Häuser wichen ein wenig zurück, dafür teilte sich der Fluß. Er hatte hier mehrere Arme, die in die Stadt hineinstachen, jedoch nicht breit waren. Über einfache Holzbrücken konnte man über sie hinwegschreiten.

In den Seitenarmen lagen auch Boote am Ufer vertäut. Sie sahen in der Kälte irgendwie traurig aus. An den Masten schimmerte oft genug eine helle Eisschicht.

Nur fuhr keines.

Auf der Holzbrücke mußte ich höllisch achtgeben, daß ich nicht ausrutschte. Schlitternd ließ ich sie hinter mir, erreichte wieder einen schmalen Weg, blieb stehen und atmete tief durch. Bei jedem Luftholen schmerzte mein Brustkasten. Schräg vor mir lag wieder der Hauptstrom. Er war ein wenig breiter geworden. Hinter mir hörte ich Stimmen. Oberhalb des Leinpfades bewegten sich Menschen. Sie trugen Fackeln, deren Licht über mich hinwegstrich und sich auf dem dunklen Wasser verlor.

Doch ein Schatten bewegte sich.

Das mußte das Boot sein. Es schob sich aus den dunkleren Regionen des Ufers, wo ein kleiner Schilfgürtel wuchs.

Das Boot war nur ein einfacher Kahn ohne Segelmast.

Durch eine lange Ruderstange wurde er in Bewegung gehalten und gesteuert. Die Stange wurde von einem Kerl gehalten, der eine verdammte Ähnlichkeit mit Gropius aufwies, denn aus dem Boot wuchs praktisch ein langer Schatten mit einem menschlichen Umriß hervor.

Ich mußte den Kahn entern.

Geduckt bewegte ich mich auf das Ufer zu. Den Schilfgürtel ließ ich links liegen, und ich hatte das Glück, Eisschollen am Ufer zu finden, die mein Gewicht hielten. Ich lief noch ein paar Schritte der Strömung nach, war sogar schneller als sie und wartete in Deckung eines düsteren Überhangs.

Hier mußte Gropius vorbeikommen.

Dieser Teil der Pegnitz war zwar nicht eisfrei, doch die Schicht war nicht so dick, daß sie ausgereicht hätte, um das Boot aufzuhalten. Zusammen mit den dünnen Schollen wurde es weitergetrieben.

Gropius befand sich auf der Flucht. Seine Bewegungen, mit denen er die Ruderstange ins Wasser stieß, waren hektisch zu nennen. Er wollte unbedingt weg, um eine möglichst große Entfernung zwischen sich und den Henkersteg zu bringen.

Mich hatte er nicht gesehen:

Keine Sekunde ließ ich das Boot aus den Augen. Der Kahn war plump, er lag nicht sehr tief im Wasser. Seine Breite ließ darauf schließen, daß er sich zum Frachttransport eignete.

Dann war es soweit.

Der Kahn befand sich noch nicht mit mir genau auf einer Höhe, als ich startete.

Ich trat auf eine Eisscholle, die dünn war, unter mir wegrutschte, aber da hatte ich mich bereits vorgeworfen, so daß ich nur mit dem rechten Fuß im Wasser landete.

Plötzlich war ich da.

Für Gropius mußte ich wie ein Schatten aus der Hölle sein. Er schrie auf, ließ die Ruderstange los, die ich im letzten Augenblick packen konnte, auch mit einer Hand hielt und die andere gegen die Brust des Mannes rammte.

Da, wo er stand, fiel er rücklings auf die Planken. Ich drehte die Ruderstange und preßte ihr Ende auf die Brust des Malers. Wie ein Rächer stand ich über ihm, während uns die Strömung und das Boot weitertrieb. In seinem bleichen Gesicht leuchtete die Angst. Er hatte Furcht vor dem Tod oder meiner Rache, doch ich blieb gelassen. Dieser Mann mußte mir noch behilflich sein.

»Dir ist klar, daß ich dich töten kann?«

Er schwieg.

»Da dem so ist, werden wir beide zusammenarbeiten. Hast du mich verstanden?«

Das »Ja« war nur gehaucht.

Ich ließ das Ende der Stange noch für einen Moment an der gleichen Stelle, drückte aber nicht zu. Mein Gesichtsausdruck mußte dem anderen zeigen, wie entschlossen ich war.

Dann erhielt das Boot einen Stoß. Eine treibende Eisscholle war gegen den Rumpf an der Backbordseite geschossen und brachte uns aus der Richtung. Zum Glück hatte das Eis kein Leck geschlagen.

Ich fand nur mühsam mein Gleichgewicht zurück und sah zu, wie sich Gropius erhob. Dann gab ich ihm die Ruderstange. Er umklammerte sie mit beiden Händen, stand schräg zu mir, und ich ahnte seine Gedanken. Während ich die Beretta zog und die Mündung auf ihn richtete, lächelte ich hart. »Die Waffe kennst du, nicht?«

Er nickte.

»Dieses feuerspeiende kleine Ding würde dich töten. Also, bringe mich zu deinem Ziel.«

Er starrte noch einmal auf die Pistole, bevor er sich drehte und die Ruderstange ins Wasser tauchte.

Gropius verstand es geschickt, den Kahn in der eisfreien Rinne der Pegnitz zu halten. Meine Blicke glitten immer häufiger über das Ufer. Manchmal war das Gelände jenseits des Leinpfades bebaut, aber ich sah auch Wälder.

Die Häuser wurden weniger. Vereinzelte Bauten hoben sich wie Schatten vor der Finsternis ab. Sie sahen manchmal aus wie kleine Hexenhäuschen. Zudem lagen sie im Dunkel. Nicht einmal Licht sah ich hinter den mit Eis bedeckten Scheiben.

»Wo steht dein Haus?« fragte ich den Ruderer.

»Nicht weit.«

Ich hockte im feuchten Boot, hörte das Eintauchgeräusch der Ruderstange und lauschte den dumpfen Lauten nach, die entstanden, als Eisschollen gegen die Außenwände des Kahns trieben.

Die Gegend wurde noch düsterer. Waldstücke schoben sich an den Seiten des Flusses auf Hügeln in die Höhe. Es folgte eine kleine Ansiedlung, auch mal ein Handwerksbetrieb, der irgendwie verloren wirkte so außerhalb der Stadt. Wer wohnte schon hier?

Mir fiel ein größeres Waldstück an der rechten Flußseite auf. Und ich sah auch die schmale Zunge, die sich vom Ufer aus in das Wasser hineinschob. Ein Steg.

Gropius steuerte den Kahn quer über den Fluß und hielt Kurs auf den Steg.

»Kommen wir von dort aus zu deinem Haus?«

»So ist es.«

»Du wohnst im Wald?«

»Nein, es ist nahe am Wald, aber auch kein Wald«, erwiderte er abgehackt und kratzig. »Der alte Totenacker.«

»Ein Friedhof?«

Er lachte meckernd. »Ja, stört es dich?«

»Nein.«

»Es gibt Leute, die Angst vor den Toten haben. Ich kenne welche, das kannst du mir glauben.«

»Ja, die gibt es. Nur habe ich vor den Toten keine Furcht. Sie schlafen doch.«

»Hast du schon lebende Leichen gesehen, Fremder?«

»Einige Male.«

Nach dieser Antwort war der Maler so überrascht, daß er nichts mehr erwiderte. Zudem hatten wir unser Ziel erreicht, denn der Bootskörper schrammte mit der Backbordseite am

Steg entlang. Der Kiel lief auf. Eis brach knisternd weg. Der Steg lag ziemlich hoch, da er in eine kleine Böschung hineingebaut worden war. Zudem führte er in einer schiefen Ebene auf das Ufer.

Ich ließ den Maler vorgehen und blieb immer dicht hinter ihm. Dabei hatte ich die Beretta nicht weggesteckt. Die Mündung wies auf seinen Rücken.

Manchmal drehte er sich um und blieb stehen, als wir einen schmalen Pfad erreicht hatten, der parallel zu einer Seite des Friedhofs lief. Selbst in der Dunkelheit konnte ich die Grabsteine und Figuren erkennen. Geschützt wurden sie von den ausladenden Kronen der Bäume, an denen jetzt allerdings kein Blatt wuchs.

»Geh zu deinem Haus!«

Gropius stellte sich noch stur. »Was willst du dort?«

»Nachschauen.«

»Es gibt nichts zu sehen. Ich bewohne nur eine einfache Hütte.«

Ich grinste ihn an. »Die einfachsten Hütten sind oft die interessantesten, mein Junge.«

Wahrscheinlich hatte er meine Worte nicht begriffen. Er drehte sich aber um und ging.

Wir brauchten den Friedhof nicht zu betreten. Die Grabsteine blieben im fahlen Mondlicht zurück, an einigen Stellen war der Weg aufgetaut, an anderen wiederum entdeckten wir noch eine graue Schicht aus Eis.

Das Haus hatte ich vom Boot aus nicht gesehen. Jetzt erst erkannte ich das spitze Dach und die einfache Holzbauweise. Das war wirklich nichts Besonderes. Mir kam es vor wie ein Notquartier, aber für die Zeit, in der ich mich bewegte, war es sicherlich schon komfortabel.

Es lag auf der östlichen Friedhofseite. Ein schmaler Weg führte hin, ein anderer ebenfalls, der sich aber durch den hinter dem Haus beginnenden Wald wand.

»Geh schon hinein, Gropius!«

Er wollte nicht so recht. »Wir sind da nicht sicher.«

»Vor wem hast du Angst?«

»Die Söldner werden kommen. Sie wissen, wo ich lebe. Erst haben sie die anderen hingerichtet ...«

»Das steht nicht fest.«

»Sie sind dabei. Ich spüre es. Der Henker war einer von uns, sie werden einen anderen holen oder es die Söldner tun lassen. In Nürnberg rollen oft die Köpfe.«

»Geh hinein. Du bist nicht so harmlos, wie du dich hier geben willst«, fuhr ich den Maler an.

Er blickte zu Boden, hob die Schultern und holte aus seinem Kleidungswirrwarr einen Schlüssel hervor.

Dieser Typ gab mir größere Rätsel auf. Er stand mit Baphomet in Verbindung, er wußte mehr, er hatte viel in die Wege geleitet, und ich wollte wissen, was er noch zu verbergen hatte. Das hoffte ich in seinem Haus zu finden.

Vielleicht Bilder.

Und da dachte ich an ein bestimmtes Bild, durch das ich in diese Zeit gelangt war.

Endlich hatte er die Tür offen. »Ich werde versuchen, Licht zu machen«, flüsterte er mir zu und wollte im Hauseingang verschwinden, der so dunkel wie ein Tunnel war. Mit der linken Hand hielt ich ihn an der Schulter fest.

»Kein Licht, Meister.«

»Aber wir müssen sehen können.«

»Das werden wir auch.« Die Waffe hatte ich nicht weggesteckt. Mit der linken Hand holte ich die lichtstarke Taschenlampe hervor. Der Maler schrie entsetzt auf, als plötzlich das Licht aus meiner Hand schoß. So etwas hatte er noch nicht erlebt.

Es wurde ziemlich hell. Im Licht der Halogenlampe war ein Zimmer zu erkennen, dessen Wände schief gebaut waren. Die Decke war so niedrig, daß man fast den Schädel einziehen mußte.

Aber ich sah auch die Bilder!

Und ich mußte erkennen, daß dieser Gropius ein begabter Künstler war. Diese Zeit hatte zahlreiche Maler hervorgebracht. Gropius malte in Öl, und er brachte die Dinge auf die Leinwand, die er sah und von denen er vielleicht auch träumte.

Ein Motiv kehrte stets zurück.

Baphomet!

Ich sah ihn so, wie ich ihn kannte. In seiner Sitzhaltung ähnelte er Buddha. Aus seiner Stirn wuchsen zwei krumme Hörner, die sehr lang waren. Baphomet hatte Ähnlichkeit mit dem Teufel.

Gropius hatte es auch geschafft, den bösen Blick dieses Dämons genau nachzuzeichnen. Wer ihn anschaute, hatte das Gefühl, als würde er leben.

Der Mann stand links neben mir. Er hielt sich außerhalb des Lichtstrahls auf, weil er sonst von ihm geblendet wurde. Ich drehte die Lampe ein wenig in seine Richtung und erfaßte sein Gesicht, das noch bleicher wirkte als sonst. Die Augen lagen tief in den Höhlen. Der Blick gefiel mir überhaupt nicht. Er war flackernd. Ich sah es dem Mann an, daß er irgend etwas zu verbergen hatte.

»Du hast jetzt alles gesehen«, sagte er. »Ich habe nichts mehr in diesem Haus.«

»Schläfst du auch hier?«

»Hier unten!«

»Zeig es mir.«

Er duckte sich, als hätte ich ihm einen Schlag versetzt. So ganz schien ihm das nicht zu gefallen.

»Nun geh schon.«

Er drehte mir den Rücken zu und schritt voran. Wir quetschten uns an den Bildern vorbei, deren Motive völlig normal waren. Porträts, Landschaften, Stilleben, alles war vertreten. Erst jetzt sah ich den Vorhang, der den Raum praktisch in eine große und eine kleinere Hälfte teilte.

Als der Vorhang zurückschwang, Gropius stehenblieb und ich den Raum ausleuchtete, wurden meine Augen plötzlich groß, denn ich entdeckte genau das Bild, das ich hier vermutet hatte.

Es war das lebende Gemälde!

Mein Magen verkrampfte sich. Es ist schon ein seltsames Gefühl, wenn man plötzlich dem Bild gegenübersteht, das man schon in der Zukunft gesehen hat und das gewissermaßen den Anstoß zu diesem Fall gegeben hatte.

Mein Blick fiel auf die beiden Monster, die sprungbereit standen, ich sah auch das Feuer und das zerstörte Holz und fragte Gropius, was es zu bedeuten hatte.

»Es sind die Monster, die ich kenne.«

»Haben sie gelebt?«

»In meinen Träumen.«

»Und du hast sie gemalt?«

»Ja.«

»Ich kenne das Bild. Es ist tatsächlich außergewöhnlich und wird noch lange Bestand haben. Ich komme aus einer anderen Zeit, die weit in der Zukunft liegt. Und da habe ich dieses Bild als lebendes Gemälde erlebt.«

Die Augen des Malers begannen zu strahlen. »Dann hat Baphomet überlebt«, sagte er.

»Das gebe ich zu.«

»Er ist eben unbesiegbar. Er wird mein und unser Erbe fortführen. Wir können stolz auf ihn sein.«

»Das weiß ich nicht so recht«, sagte ich. »Es kann schon sein. Ich jedenfalls bin es nicht.«

»Du haßt ihn!«

»Ja, Gropius, ich hasse ihn. Und ich hasse auch noch andere Geschöpfe der Hölle.«

»Welche?«

Wir standen uns gegenüber. Keiner wich dem Blick des anderen aus. Ich wollte nicht direkt fragen und näherte mich meinem Ziel auf Umwegen. »Kennst du den Maler Albrecht Dürer?«

Seine Antwort gab er vorsichtig. »Ja …«

»Du weißt, wen oder was er alles gemalt hat?«

»Das auch.«

»Dann mußt du sein Gemälde kennen, das die Offenbarung des Johannes zeigt. Die vier apokalyptischen Reiter …«

»… sind kein Gemälde, sondern ein Holzschnitt.«

»Stimmt auch wieder. Entschuldigung.«

»Ich habe es gesehen. Ich war fasziniert. Albrecht hat Dinge gesehen, die für mich entscheidend waren. Auch ich habe mich mit ihnen beschäftigt. Ich kenne sie.«

»Wie gut?«

»Gegen sie kommst du nicht an.«

»Das möchte ich dahingestellt sein lassen. Jedenfalls …«

Er hörte nicht mehr zu, weil er plötzlich stillstand und in einer für ihn unbequemen Haltung blieb.

»Was hast du?«

»Hörst du es nicht?«

»Nein.«

»Der Friedhof singt. Die Toten werden aufgerüttelt. Die Hölle kommt auf uns zu. Etwas ist geschehen.« Er starrte mich hart an und blickte auf das Bild mit den beiden Bestien. »Da, sie merken es ebenfalls. Schau in ihre Augen.«

Er hatte nicht gelogen. Diese weißgelben Raubtieraugen leuchteten und bewegten sich. Die Bestien sahen aus, als wäre ihnen Leben eingehaucht worden.

Und dieses Leben war vorhanden, ich spürte es deutlich, und zwar durch mein Kreuz. Es steckte griffbereit in der Tasche, es erwärmte sich, die andere Magie strahlte direkt aus den Tiefen der Hölle ab, da mußte das Kreuz einfach reagieren.

»Kommen die lebenden Leichen?« fragte ich. »Wieso hast du von einem singenden Friedhof gesprochen?«

»Er spürt die teuflische Magie. Wir haben über sie gesprochen. Dürer hat sie gesehen, ich habe sie erlebt. Ich stand unter ihrem Eindruck, als ich das Bild malte. Wir alle wissen, daß es sie gibt, aber wir sprechen nicht darüber.«

Ich stieß den Mann zur Seite. Plötzlich konnte ich in dieser Hütte nicht mehr atmen. Ich mußte einfach raus, denn die Horror-Reiter konnte ich nur im Freien erwarten.

Es lag noch gar nicht so lange zurück, als ich sie gesehen hatte. Damals hatte man mich an einen Laternenpfahl gefesselt. Damals war mir bewußt geworden, daß ich schon mal gelebt hatte.

Als Hector de Valois, der einer der großen Anführer der Templer gewesen war, aber nicht zu denjenigen gehört hatte, die auf Baphomets Seite standen.

Ich war schon an der Tür, als mich der Ruf des Malers erreichte. »Wo willst du denn hin, Fremder?«

»Nach draußen und mich den Reitern stellen!«

Er lachte böse und schallend. »Das wirst du niemals überleben, Mann. Sie sind stärker. Ich werde zusehen, wie sie den Tod des Drachen rächen. Sie stehen auf der Seite der Hölle, und Baphomet gehört zur Hölle.«

Ich blieb tatsächlich stehen. »Ich weiß, daß sie zu Baphomet halten, aber gibt es da nicht noch einen anderen, an dessen Seite sie geritten sind?«

»Wen meinst du?«

»Den Schwarzen Tod!«

Er trat näher. »Du kennst ihn?«

»Ja, ich kenne ihn gut.«

»Er ist über uns gekommen und hat die Pest gebracht. Wir alle haben ihn gefürchtet, und es stimmt, daß die Horror-Reiter auch ihn begleitet haben.«

»Dann bin ich ja zufrieden.«

Wieder einmal paßte alles wunderbar zusammen. Die Horror-Reiter, der Schwarze Tod, mein erster Exfeind, den ich zum Glück durch den Bumerang und zusammen mit der Magie meines Kreuzes erledigt hatte. Aber in der Vergangenheit traf ich immer wieder seine Spur.

Hier waren die Reiter wichtiger.

Im Haus war es etwas wärmer gewesen als draußen. Vorsichtig ging ich über die Schwelle und spürte sofort den Wind, der mir ins Gesicht wehte.

Ich fröstelte, über meinen Rücken lief ein Schauer, und ich wandte mich nach rechts, wo der Friedhof lag.

Als dunkle Insel sah ich ihn. Er hatte sich nicht verändert, dennoch war es anders geworden als zuvor, denn ich hörte das harte Hämmern und merkte, daß der Boden zitterte.

Hufschlag …

Noch sah ich die Horror-Reiter nicht.

Dafür erschien Gropius an meiner Seite. Da ich sein Keuchen hörte, wandte ich ihm den Kopf zu.

Er hatte das Gemälde vor die Tür geschleppt. »Ich werde es ihnen zeigen!« keuchte er. »Sie müssen es sehen. Sie werden sich sofort …«

Er brach mitten im Satz ab, denn jetzt waren sie zu sehen.

Mir schien es, als wären sie aus dem düsteren Himmel gefallen. Sie schwebten entweder über oder zwischen den Bäumen auf dem Friedhof, so genau konnte ich das nicht erkennen.

Aber es gab keinen Zweifel.

Ich hatte es mit einem der gefährlichsten Dämonen-Quartette der gesamten Zeitrechnung zu tun.

Mit AEBA!

Wie immer hockten sie auf ihren pechschwarzen Gäulen. Von ihren Gesichtern war nichts zu erkennen. Masken verdeckten sie, und auf den Schädeln saßen Helme.

Auf ihren Brustpanzern leuchteten die Buchstaben, ein Zeichen dafür, daß sie von mächtigen, sich noch im Hintergrund haltenden Dämonen gelenkt wurden.

Vier Namen, vier Begriffe, vier Buchstaben.

A = Astaroth

E = Eurynome

B = Bael

A = Amducias

Das war mir bekannt, vielleicht auch dem Maler. Aber das spielte jetzt keine Rolle mehr, wir mußten uns auf die Reiter konzentrieren.

Gropius war in seinem Element. Er drängte sich an mir

vorbei, hielt das Bild mit beiden Händen fest und schrie den Reitern entgegen. »Kommt her! Kommt zu mir! Ich habe euch erwartet!« Der Mann war wie von Sinnen. Er hatte nun die Chance, die dämonischen Wesen endlich einmal aus der Nähe zu sehen.

Sturm fegte über den Friedhof. Er rüttelte am blattlosen Geäst der Bäume, schüttelte die Zweige, die Äste, und es sah so aus, als wollte er sogar die Stämme mit seiner wütenden Kraft aus dem Boden reißen. Für diese Wesen gab es keine Hindernisse, sie ritten durch und über den Friedhof, als bestünde er aus einer völlig kahlen Fläche.

Nicht nur Gropius erwartete sie, auch ich stemmte mich ihnen entgegen. Ich hatte mich ein wenig von dem Maler abgesetzt und hielt mein Kreuz in der Hand.

Es ragte aus meiner Faust hervor und gab bereits ein leichtes Strahlen ab. Noch hatte ich es nicht aktiviert. Ich hatte aber den Eindruck, als würden die Reiter magisch von meinem Kreuz angezogen, obwohl es ihren dämonischen Intentionen entgegenstand.

Sie ritten so dicht nebeneinander, daß sich die Körper ihrer pechschwarzen Pferde fast berührten. Auf ihren Panzern leuchteten die Buchstaben in einer hellen Farbe auf, die einen Stich ins rötliche hatte.

»Das Bild!«

Es war der Schrei des Malers. Er lenkte mich vom Anblick der Horror-Reiter ab.

Die Magie der Reiter hatte die Bestien auf dem Bild erreicht.

Sie lebten plötzlich.

Ich sah ihre Köpfe, die sich hektisch bewegten. Beinahe konnte man daran fühlen, daß sie sich darauf vorbereiteten, das Bild zu verlassen, das Gropius noch immer hielt.

»Kommt!« schrie er den Reitern entgegen. »Kommt zu mir. Ich habe euch erwartet!«

Und sie ritten weiter.

Eine Wolke aus Grauen und Angst fegte uns entgegen.

Die vier Reiter waren bewaffnet. Sie trugen nicht nur ihre Lanzen, sondern auch Schwerter an den Seiten, und mit denen konnten sie verdammt gut umgehen.

Bevor ich mein Kreuz aktivierte, sprach Gropius noch einmal. Und er sagte Sätze, die mich nachdenklich werden ließen.

»Hier ist ein magischer Ort. Er wird es immer bleiben, daran ändern auch die Zeiten nichts. Was die Hölle einmal geschaffen hat, läßt sie sich nicht nehmen.«

Verdammt, er konnte durchaus recht haben. Wenn ich recht darüber nachdachte, konnten wir uns durchaus dort befinden, wo Bilder-Franz in späterer Zeit seinen Laden haben würde. Den alten Friedhof gab es nicht mehr. Der war vielleicht eingeebnet worden, doch die Magie war geblieben.

»Jetzt wirst du sterben!« brüllte Gropius mir zu.

»Oder auch nicht!« schrie ich dagegen, sah die Horror-Reiter dicht vor mir und brüllte laut die Formel in den dumpfen Hufschlag der Pferde hinein.

»Terra pestem teneto – Salus hic maneto!«

Nicht ich schrie, sondern Gropius. Plötzlich waren wir eingehüllt von einem gewaltigen Chaos, das uns weit, weit wegtrug ...

Weder Bilder-Franz noch die anderen fünf Helfer zeigten weiteres Interesse für Suko. Ihr Augenmerk galt einzig und allein diesem unheimlichen magischen Vorgang.

AEBA erschien.

Die vier Horror-Reiter tauchten als tödliche Schatten aus den Gräbern hervor, die für sie extra angelegt waren. Ob man nun direkt von Gräbern sprechen konnte, war Suko nicht klar. Er glaubte eher an gewisse magische Zonen, die sich hier unten in den Kellergewölben seit langer Zeit gehalten hatten.

Ihr Erscheinen vollzog sich lautlos. Sie saßen auf ihren

Pferden und schwebten vom Grund der vier Gräber allmählich in die Höhe, als stünde im Unsichtbaren jemand über ihnen, der sie an ebenfalls nicht sichtbaren Fäden hielt und leitete.

Sogar die Reihenfolge hatten sie eingehalten. Von links nach rechts gelesen ergab sich der Name AEBA.

Jeder der Baphomet-Helfer hatte sich aus den Schattenstellen des Gewölbes gelöst. Sie wollten die sehen, die ihnen Schutz geben sollten, und sie waren vom Anblick der grauenhaften Gestalten fasziniert.

Besonders Bilder-Franz. Er rief ihnen Worte der Begrüßung entgegen, die Suko nicht verstand, weil sie einfach zu schnell über die schmalen Lippen des Mannes sprudelten.

Und die Horror-Reiter stiegen so weit hoch, bis sie ihre vier magischen Gräber verlassen konnten.

Vor ihnen blieben sie stehen.

Noch eingehüllt in einen silbergrünen Schein, dessen Entstehung für Suko ein Rätsel war, das aber sehr schnell aufgelöst werden sollte. Und zwar durch einen Mann, den Suko hier nie vermutet hätte.

John Sinclair!

Er, der Verschollene, stieg ebenfalls aus den Tiefen einer magischen Zeitreise empor und brachte noch einen Mann mit, der in schwarze Lumpen gehüllt war.

John hielt sein Kreuz in der rechten Hand. Er mußte es aktiviert und durch seine weiße Magie geschafft haben, die Grenzen von Zeit und Raum zerfließen zu lassen.

Die Horror-Reiter rührten sich nicht. Sie blieben vor den Öffnungen stehen wie Statuen.

Aber Suko mußte etwas tun. Er rief mit lauter Stimme den Namen seines Freundes …

»John!«

Ich hörte den Ruf und hatte das Gefühl, aus einem tiefen Traum zu erwachen. Ein Traum, der mich in seltsame und ungewöhnliche Welten geführt hatte. In dem ich eine Reise erlebte, die mit dem Verstand nicht nachvollzogen werden konnte, und die ich hinnahm wie den Schlag eines Schicksals.

Nun war das Ziel erreicht!

Ich befand mich in einer anderen Zeit, in meiner Zeit, hatte eine vertraut klingende Stimme vernommen und überlegte, woher ich sie kannte.

Noch einmal rief die Stimme.

»John!«

Das war Suko!

Plötzlich durchströmte mich das Gefühl des Glücks. Ich konnte es kaum fassen, aber ich war unsäglich froh, nicht mehr in den Tiefen einer Zeit zu stecken, die für mich nicht bestimmt war.

Ich atmete auf.

Die Gegenwart, meine Zeit, hielt mich umfangen!

Die Antwort auf den Ruf meines Freundes blieb mir allerdings im Hals stecken, denn nicht nur ich hatte die Reise hinter mich gebracht, auch die vier Horror-Reiter, hinter denen ich mich aufhielt. Und noch ein Andenken war aus der Vergangenheit in die Zukunft gelangt.

Gropius, der Maler.

Voll war er von der Magie des Kreuzes getroffen worden. Allerdings hatte er das Bild nicht mitgebracht, das wäre auch schlecht möglich gewesen, da es irgendwie auf andere Weise überlebt hatte.

Er sprach auch. »Wir … wir sind in der Fremde …« Dabei starrte er mich fragend an, erhielt keine Antwort und entdeckte plötzlich weiter im Hintergrund des von flackerndem Fackelschein erfüllten Gewölbes den Thron.

»Das ist Baphomet!« brüllte er.

Und genau dieser Satz wirkte wie ein Startsignal, denn plötzlich ritten die Horror-Reiter an.

Ihr Ziel war Suko.

Und der regte sich.

Bevor einer von uns reagieren konnte, hatte er seinen Stab hervorgeholt und rief das magische Wort.
»Topar!«

Suko hatte damit ebenfalls alles auf eine Karte gesetzt. Fünf Sekunden hatte er Zeit, um gegen die vier AEBA-Dämonen etwas zu unternehmen. Noch standen sie dicht vor ihren Gräbern, aus denen sie wie Schattenwesen entstiegen waren, und Suko, der sich als einziger bewegen konnte, wurde zu einem Schatten.

Er mußte jetzt schnell sein, die Chance erhielt er nie wieder. In den folgenden vier Sekunden zeigte er, was in ihm steckte.

Mit dem ersten Schlag fegte er den links außen auf seinem Pferd hockenden Reiter vom Rücken des Tieres. Die Gestalt kippte nach hinten und verschwand in dem Zeitgrab.

Da war Suko schon beim zweiten.

Auch ihn konnte er in die Tiefe stoßen, dann war der dritte an der Reihe, den schaffte Suko ebenfalls und drehte sich, um auch den letzten vom Pferderücken zu schmettern.

Da war die Zeit um.

Suko befand sich im Sprung, als der Reiter aus seiner Erstarrung erwachte.

Er drehte sich, Suko prallte gegen ihn, und der Inspektor erhielt einen Schlag, der ihn zu Boden schleuderte.

Suko landete auf dem Rücken, drehte sich wie eine Katze, schnellte abermals hoch und schaute auf die Lanze, die ihm, vom Reiter geschleudert, entgegenflog …

Fünf Sekunden waren vorbei.

Ein jeder konnte sich wieder bewegen, auch ich.

Ich hatte es einfach lernen müssen, mich ohne Übergang blitzschnell auf völlig veränderte Situationen einzustellen. Das war auch hier der Fall. Aus der relativen Ruhe ging es in den Kampf.

Drei Pferderücken waren leer. Da sich vor mir die vier Gräber befanden, konnte ich den Weg der Gestalten noch verfolgen. Sie wurden von der Tiefe aufgesaugt. Die Horror-Reiter wirkten ohne ihre Pferde wie Puppen, die im Strudel der Zeiten verschwanden, ohne wieder an diesen Punkt zurückkehren zu können.

Aber es waren nur drei.

Einer befand sich noch bei uns.

Und der schleuderte seine Lanze auf Suko.

Ich konnte meinem Freund auch nicht mit einer schnell geschossenen Kugel helfen, denn die vor den Gräbern stehenden Pferde nahmen mir den größten Teil der Sicht, Suko mußte schon allein reagieren.

Das tat er auch.

Die hart geschleuderte Lanze hätte ihn an den Boden genagelt, doch durch eine gedankenschnelle Drehung gelang es dem Inspektor, ihr zu entgehen.

So fegte die mörderische Waffe des Horror-Reiters dicht neben seinem Rücken auf den steinigen Untergrund, wo sie ab- und weiterrutschte.

Der AEBA-Dämon hatte gesehen, wie erfolglos sein erster Angriff gewesen war.

Jetzt kam er selbst.

Er gab seinem pechschwarzen Tier die Sporen und jagte auf Suko zu. Die Hufe hämmerten auf den Boden, sie schleuderten Funken in die Höhe, aus dem Maul des Pferdes fuhr eine Flammen- und Rauchwolke gegen den Inspektor, dessen Sicht behindert wurde. Gleichzeitig hatte der Reiter sein Schwert gezogen, um Suko zu köpfen.

Wie der Kampf ausging, sah ich nicht mehr. Ich hatte verdammt ungünstig gestanden, war zwar wie auch die AEBA-Dämonen aus dem Zeittunnel aufgetaucht, stand aber in ihrem Rücken, und zwar am hinteren Rand der vier Gräber.

Um weiter nach vorn zu gelangen, mußte ich zwischen den Öffnungen über relativ schmale Stege laufen. Das glich einem nicht ungefährlichen Balanceakt. Wer wollte schon freiwillig wieder in diese verfluchten Gräber zurückspringen?

War Suko getroffen worden?

Er jedenfalls hatte sich als einziger bewegt, im Gegensatz zu Bilder-Franz und seinen ebenfalls mit Teufelsmasken ausgerüsteten Helfern.

Die letzten Schritte legte ich vorsichtig zurück, stand dann zwischen zwei Pferdekörpern und sah, daß Suko von dem Reiter durch das Gewölbe gejagt wurde.

Der AEBA-Dämon gab ihm nicht einmal die Zeit, seine Peitsche einzusetzen. Mit Silberkugeln konnte man bei diesen Dämonen sowieso nichts ausrichten. Man mußte stärkere Waffen nehmen.

Vielleicht wäre Suko sogar irgendwann mit seinem Gegner fertig geworden, dieses Risiko aber war mir viel zu groß. Aus diesem Grunde mußte ich ihm zu Hilfe eilen.

Als ich vorlief und dabei die Baphomet-Diener ignorierte, wäre ich fast über die Lanze gestolpert. Ich bückte mich, nahm sie an mich und sah, während ich hochkam, auf der Strecke zum Thron hin den leblosen Körper meines Freundes Bill Conolly liegen.

Das versetzte mir einen Schock.

Und diese Augenblicke nutzte Bilder-Franz aus. Er sprang auf mich zu, um mich wieder zurückzustoßen.

Als er sein Knie hochriß, nahm ich den Kopf zur Seite, fing den Stoß mit der Schulter ab, fiel auf den Rücken und stieß sofort die Beine wieder nach vorn.

Sie rammten in den Leib des Galeristen. Er fiel hin, ich stand wieder auf, suchte Suko und hörte das rasende und hämmernde Hufgetrappel aus dem Hintergrund des Gewölbes, wo das Fackellicht nicht hinreichte und sich die Dunkelheit hielt.

Dort tobte der Kampf zwischen den beiden.

Während sich Bilder-Franz hochrappelte und Gropius den gleichen Weg zwischen den Gräbern nahm, den auch ich gegangen war, eilte ich Suko zu Hilfe.

Er wurde noch immer gejagt. Bisher hatte er den gezielt vorgetragenen Schwertschlägen durch geschickte Drehungen und Bewegungen ausweichen können, aber der Dämon setzte nicht nur seine Waffe ein, auch die Hufe des Pferdes sollten Suko zerschmettern.

Es spie Feuer und Rauch und schlug aus. Wurde Suko von einem der scharfen Hufe am Kopf getroffen, war es aus.

Ich griff von der Seite an.

Mit gewaltigen Sprüngen näherte ich mich meinem Ziel. Es war mir egal, ob mich der Reiter sah oder nicht, ich wollte ihm an den Kragen und auf das Pferd.

Einem Artist wäre dies ein Leichtes gewesen. Ich hatte diese Ausbildung nicht, bei mir sah es auch nicht so elegant aus, aber ich gelangte auf den Rücken des Tieres und klammerte mich an einem Wesen fest, das aus den Tiefen der Schreckensdimensionen gekommen war.

Ich glaubte, einen ledernen Körper zu umfassen, der im ersten Moment zwar erstarrte, sich dann aber, als die Überraschung vorbei war, hektisch bewegte.

Um Suko kümmerte sich der Horror-Reiter zum Glück nicht mehr, so konnte sich mein Partner aus der Gefahrenzone bewegen. Dafür nahm er mich aufs Korn und drückte seinen Körper zur linken Seite hin. Er wollte mit mir zusammen aus dem Sattel rollen.

Gleichzeitig bäumte sich das Pferd auf und spie Feuer und Rauch.

Ich schaffte es nicht mehr, mich zu halten, denn auch der AEBA-Dämon rutschte nach hinten.

Wir fielen beide.

Nur hatte ausgerechnet ich das Pech, daß der Dämon auf mir landete. Er drückte mich mit seinem Gewicht zu Boden, so daß ich Mühe hatte, Luft zu holen.

Dann war Suko da.

Er ahnte, daß ich in Schwierigkeiten steckte, wollte mit der Peitsche zuschlagen, als ihn der mächtige Körper des Pferdes rammte und zur Seite schleuderte.

Der Horror-Reiter befreite sich mit einer blitzschnellen Drehbewegung aus meinem Griff.

Er fuhr sofort herum, schlug aber nicht zu, sondern packte mit der freien Klaue den Schwanz des Pferdes, hielt sich fest, ließ sich mitschleifen, um sich nach wenigen Metern in den Sattel zu schwingen.

Suko hatte sich wieder gefangen, sein Schlag mit der Peitsche verfehlte das Ziel, und so mußten wir beide den Dämon wegreiten lassen.

Er jagte quer durch das Gewölbe. Sein Ziel war das letzte leere Grab. Möglicherweise hatte er eingesehen, daß er diesen Kampf hier nicht gewinnen konnte.

So gab es für ihn nur diese Chance!

Wir sahen ihn fliegen. Jedenfalls schien es mir so, als der Gaul plötzlich abhob und mit einem letzten Sprung auf das offene Zeitgrab zujagte.

Er kippte weg.

Es sah so aus, als wäre er von einer gewaltigen Wolke gefangen worden, die aus dem Grab stieß und ihn mit in die Dimensionen zwischen Zeit und Raum riß.

Dort würde er weiter umherirren und nur erscheinen, wenn er gerufen wurde. So war es seit langer Zeit.

Suko und ich standen wieder, die fünf Helfer Baphomets, mit Bilder-Franz an der Spitze, ebenfalls.

Sie hatten die Teufelsmasken aufgesetzt. An diese Dinge konnte man sich gewöhnen, sie störten mich nicht. Gefährlicher waren da die Pistolen und Revolver, die sie in den Händen hielten und auf uns richteten.

Bilder-Franz stieß einen heulenden Laut aus. »Ihr habt alles zerstört!« schrie er. »Kommt her zu mir! Los, kommt zu uns, damit wir euch dem Baphomet opfern!«

Ich schaute Suko an.

Mein Freund sah erschöpft aus. Leicht hob er die Schultern an.

Mir fiel der Reporter wieder ein. »Ist Bill tot?« fragte ich mit einer mir selbst fremd klingenden Stimme leise.

»Ich weiß es nicht!«

»Sollen wir euch von den Beinen schießen?« brüllte Bilder-Franz voller Wut.

»Wir kommen«, sagte Suko.

Auch ich folgte seinem Rat. Nebeneinander schritten wir auf unsere Gegner zu.

Diesmal hatten wir es »nur« mit Menschen zu tun, aber diese Menschen konnten in ihrer Verblendung und ihrem Haß ebenso gefährlich sein wie Dämonen.

Sie standen ziemlich günstig. So verteilt, daß sie uns von verschiedenen Seiten unter Feuer nehmen konnten, was mir überhaupt nicht gefiel. Rechts von uns befanden sich die Gräber. Links der Thron Baphomets, dieses gewaltige, weit aufgerissene Maul, in dem jemand seinen Platz finden konnte.

Bilder-Franz war am schlimmsten. Er sagte zwar nichts, aber ich spürte den Haß, der von ihm ausging. Als wir fast auf einer Höhe mit ihm waren, mußten wir nach rechts auf die Gräber zugehen.

»Du weißt Bescheid?« fragte ich Suko leise.

»Ja, Kugel in den Rücken und im Mahlstrom der Zeiten verschwinden!«

»Genau.«

»Haltet den Mund!« schrie der Galerist.

Wir gingen so weit, bis wir dicht vor den Gräbern standen und der Rand mit unseren Fußspitzen praktisch eine Linie bildete.

»So ist es gut!«

Suko stand rechts neben mir. Beide schauten wir in die Tiefe der Gräber. Den Grund sahen wir nicht. Im unteren Drittel begann die magische Zone. Sie kündigte sich durch das hellgraue Flimmern an.

»Was ist mit deinem Stab?« flüsterte ich.

»Er hat noch nicht wieder seine volle Magie erhalten. Ihn kannst du vergessen.«

»Verdammt auch.«

»Da sagst du was.«

»Paß mal auf!« raunte ich. »Vielleicht tue ich genau das Falsche, aber ich muß es riskieren. Ich drehe mich jetzt um …«

»Und dann?«

»Wirst du schon sehen!«

Es war ein Risiko, das ich einging, aber ich rechnete mit den bestimmten Reaktionen eines Menschen. Die Drehung geschah weder zu schnell noch zu langsam, sondern völlig normal.

»Was fällt dir ein?« Die Augen in der Teufelsmaske funkelten. Bilder-Franz stand unter einem ungemein starken Streß. Neben ihm hielten sich die anderen auf. Sie hatten die Waffen gezogen und warteten nur auf den Schießbefehl.

»Jeder Verurteilte hat das Recht, noch einen letzten Wunsch zu äußern«, erklärte ich.

»Ihr aber nicht.«

»Das hatten wir uns auch gedacht. Aber wir möchten euch zuvor noch etwas mitteilen.«

»Bluff!«

»Das ist kein Bluff.«

»Dann fangt an.«

»Ich bin schon dabei. Denke daran, was in den letzten Minuten hier abgelaufen ist. Da sind die vier Horror-Reiter aus der Vergangenheit erschienen. Sie wurden praktisch durch eine Magie angelockt, die das Bild mit den Monstern übertrug. Aber es geht noch weiter. Ich schaffte es, mich ebenfalls in diesen Zeittunnel zu katapultieren, aber nicht allein. Jemand, der in der Vergangenheit bei mir gewesen ist, hat mich zu seinem Haus geführt. Es war ein besonderes Haus. Vielleicht hat es sogar einmal hier gestanden, an diesem Fleck, und irgendwie hatte dieses alte Haus mit dem jetzigen eine gewisse Ähnlichkeit. Es gibt oder gab Parallelen.«

Bilder-Franz schüttelte den Kopf. »Was soll das alles? Willst du mich hier einlullen?«

»Ganz und gar nicht. Ich bin schon am Thema und bei der Sache. Das Haus damals war bewohnt, und als ich eintrat, überraschte es mich, zahlreiche Bilder und Gemälde zu sehen. Gropius befand sich bei mir, und dieser Mann war oder ist Maler. Er hat das besondere Bild mit den beiden Monstern darauf gemalt ...«

»Ich kenne den Namen«, fuhr mir der Mann in die Parade.

»Das habe ich mir gedacht, aber hast du Gropius auch schon gesehen?«

Sein Mund verzog sich. »Was redest du für einen Unsinn? Er ist längst vermodert.«

»Das mag sein, trotzdem habe ich ihn kennengelernt. Wie gesagt, er geriet in den Strom der Magie. Er, ebenfalls ein Diener Baphomets, wurde nicht durch meine Magie vernichtet, im Gegenteil, er nutzte sie aus und geriet durch den Tunnel der Zeiten aus der Vergangenheit in die Gegenwart.«

Bilder-Franz überlegte. »Wenn deine Rede stimmt, müßte sich dieser Maler jetzt noch in unserer Nähe befinden.«

»In der Tat!«

»Wo ist er?«

»Haben Sie ihn nicht gesehen, als wir erschienen?«

»Nein, ich achtete nicht darauf.«

»Dann werde ich ihn rufen.« Als von Bilder-Franz kein Widerspruch kam, brüllte ich meine Worte hinaus, die durch das unheimliche Gewölbe hallten und zu einem Gesang des Schauers wurden.

»Gropius, komm her! Zeige dich, damit ich dir beweisen kann, daß dein Bild überlebt hat.«

Ich lauschte dem Echo der Worte.

Die allmählich verklingenden Worte wurden von Schritten übertönt.

Sie waren nicht sehr hart oder schnell gesetzt, sondern näherten sich schlurfend.

Neben mir drehte sich Suko um. Auch er wollte diesen Gropius endlich genauer sehen.

Der Maler trat aus den tiefen Schatten. Als er den

zuckenden Lichtkreis der ersten Laterne erreichte, blieb er stehen, schaute uns an und hob seine Schultern.

Aus seinem schwarzen, lumpenartigen Gewand stach der Kopf wie der einer weiß angestrichenen Marionette hervor. Im Stoff waren auch Löcher für die Ärmel gelassen worden. Aus einem streckte er seinen Arm, und eine Hand krümmte sich zur Klaue.

Eine Winkbewegung war daraus zu entnehmen, und dieses Zeichen galt Bilder-Franz.

Der wußte Bescheid. Er gab seinen Helfern den Auftrag, uns zu bewachen, und trat zurück, bevor er sich drehte und auf den Maler aus der Vergangenheit zuging.

Suko und ich waren vorläufig aus dem Schneider. Trotzdem blieb die Spannung.

Ich warf zwischendurch einen Blick auf den reglos daliegenden Bill Conolly. Er zuckte nicht und stöhnte auch nicht, wie tot lag er auf dem Boden. Wenn ich das sah und sich meine Gedanken damit beschäftigten, schossen Hitzewellen durch meinen Körper.

Die andere Szene lenkte mich ab. Gropius und Bilder-Franz standen sich gegenüber.

Man durfte nicht näher darüber nachdenken. Der eine war ein Mann aus der Vergangenheit, der andere kam aus der Gegenwart. Beide hatten in Nürnberg gelebt. Zu verschiedenen Zeiten allerdings.

»Du hast das Bild Baphomets tatsächlich gemalt?«

»Ja!« stöhnte Gropius.

»Dann gehörst du auch zu seinen Dienern?«

»Ich bete ihn an.«

Bilder-Franz breitete die Arme aus. »Sei willkommen, Freund aus der Vergangenheit. Du bist zwar tot, doch seine Magie macht es möglich, dich als Lebenden umarmen zu können.«

Der Verlauf des Dialogs gefiel mir gar nicht. Die beiden wirkten so, als wollten sie sich verbrüdern, und dagegen hatte ich etwas.

»Gropius!« rief ich laut. »Laß dir von diesem Mann das Bild zeigen, das du damals gemalt hast.«

Er drehte den Kopf zu mir und starrte mich an. »Gibt es das noch?«

»Ja, es steht über uns!«

»Führe mich hin!«

Dieser Befehl galt Bilder-Franz. Wahrscheinlich fühlte sich der Galerist nicht besonders wohl in seiner Haut, aber er konnte schlecht ablehnen.

»Willst du nicht?« fragte Gropius. Er spürte den inneren Widerstand des anderen. »Oder hat er gelogen?«

»Das habe ich nicht!« rief ich laut.

»Geh!« forderte der Maler.

Bilder-Franz konnte sich nicht mehr weigern. Er traute sich auch nicht, dem anderen zu sagen, daß sein Bild zerstört worden war. Und darauf setzte ich meine Hoffnungen.

Vorerst wurden wir enttäuscht. Bilder-Franz wandte sich um. »Glauben Sie nur nicht, Sinclair, daß Sie aus dem Schneider sind. Nein, ich lasse zwei meiner Freunde hier. Es sind die beiden, die diesen Kommissar erschossen haben. Sie werden euch ins Jenseits befördern. Wir aber gehen jetzt. Komm, Gropius!« Er wandte sich breit grinsend an den Maler. »Ich werde dir alles zeigen.«

Fünf hatten uns bewacht. Drei davon zogen sich zurück und schritten in die Richtung, wo der Galerist stand.

Die Zurückgebliebenen schossen nicht sofort. Sie wollten warten, bis die übrigen verschwunden waren.

Viel hatte sich nicht geändert. Nur glotzten uns eben zwei Waffenmündungen an. Auch aus ihnen würden Tod und Verderben fahren.

Die Teufelsmasken verzerrten die Gesichter der Männer. Hinzu kam der Fackelschein, der ihnen ebenfalls das düstere Aussehen gefährlicher Todesboten gab.

Wie sollten wir uns wehren?

Ich schaute an den Killern vorbei und sah die übrigen schon an der Treppe.

Wenn es unseren Bewachern nichts ausgemacht hatte, einen Polizisten zu töten, würden sie auf zwei weitere auch keine Rücksicht nehmen, das stand fest.

Und sie würden nicht lange zögern.

Als die Tür an der Treppe mit einem harten Geräusch ins Schloß fiel, sprachen sie uns an.

Einer, dessen Kinn wie ein Dreieck wirkte, hatte das Wort übernommen. »Dreht euch um, dann werden wir euch killen!«

»In den Rücken schießen?« fragte ich.

»Das spielt keine Rolle.«

Ich hob die Schultern.

»Baphomet!« Ein irrer Schrei durchtönte das alte Gewölbe. Suko hatte ihn ausgestoßen, so kraftvoll und laut, daß nicht nur ich zusammenzuckte, sondern auch die beiden Killer.

Suko hielt seinen Arm ausgestreckt, der Zeigefinger wies an den beiden Maskierten vorbei in den Hintergrund des riesigen Kellers. »Baphomet kommt!«

Es stimmte nicht, aber seine Worte hatten die beiden Kerle irritiert. Sie gaben nicht mehr so acht, und diese hauchdünne Chance mußten wir nutzen. Suko tat das gleiche wie ich. Plötzlich lagen wir am Boden, zogen unsere Waffen, rollten uns dabei um die eigene Achse, hörten das Krachen der Revolver, aber die Kugeln schlugen nicht in unsere Körper, sondern gegen das Gestein.

Dann schossen wir. Viermal.

Es ging ums nackte Leben. In das helle Peitschen unserer Waffen mischte sich das Schreien der Killer.

Einer ließ die Waffe fallen und brach zusammen. Der andere, der mit dem spitzen Kinn, torkelte schießend auf uns zu. Er jagte dabei die Kugeln aus dem Lauf und in den Boden.

Auch er war getroffen worden, hatte die Übersicht verloren und merkte nichts von der Gefahr, die ihm drohte. Er ging einfach weiter, bis er in eines der Gräber stürzte.

Wir hörten ihn noch schreien, doch plötzlich war es totenstill.

Ich lief an den Rand des Grabes und blickte hinein.

Der Killer war bereits verschluckt worden. Ich ging davon aus, daß er nicht mehr zurückkehrte.

Der andere lag auf dem Rücken. Er war tot. Mehrere Kugeln hatten ihn getroffen.

»Tut mir leid«, sagte Suko, »aber ...«

»Schon gut, wir müssen hoch.«

Zuvor jedoch kniete ich mich neben meinen Freund Bill Conolly. Wieder spürte ich das Würgen in der Kehle. Das Blut schoß mir ins Gesicht, ich tastete den Körper meines Freundes ab.

Herzschlag, Pulsschlag ...

Suko stand neben mir. Er hielt sogar den Atem an, um mich in meinen Bemühungen nicht zu stören.

Zwar fiel mir nicht der große Stein vom Herzen, jedoch ein mittlerer, denn Bills Puls schlug sehr schwach. Die Kopfwunde blutete. Zum Glück war es nur ein Streifschuß gewesen. Ein paar Millimeter tiefer nur, und es hätte keinen Bill Conolly mehr gegeben.

»Er wird es überstehen«, sagte Suko.

»Das hoffe ich auch.«

Ich warf einen letzten Blick auf meinen bewegungslos daliegenden Freund und folgte Suko, der bereits die Treppe hochschritt. Den Weg zum Laden kannten wir.

Ich war gespannt, was sich dort abspielte ...

Bilder-Franz hatte hin und her überlegt, wie er es dem Maler beibringen sollte.

Er wußte es einfach nicht. Trotz intensiven Nachdenkens war ihm keine Lösung eingefallen.

Er mußte den Tatsachen ins Auge sehen und war jetzt froh, drei seiner Freunde mitgenommen zu haben. Zwar war dieser Gropius Baphomet ebenfalls verbunden gewesen, aber Bilder-Franz verließ sich nicht unbedingt auf ihn.

Er schielte ihn von der Seite her an.

In seiner zerlumpten Kleidung, die erbärmlich stank, sah er aus wie eine in Tüchern gehüllte lebende Leiche. Dieser Maler widerte ihn an, er war froh, wenn er ihn wieder los sein würde.

Sie betraten den Laden.

Nichts hatte sich verändert. Sogar die Laternen leuchteten noch und warfen ihr Licht auf die umgestürzten und zum Teil zerstörten Bilder, die sich auf dem Boden verteilt hatten.

Nur wenige Bilder standen noch.

Zu ihnen gehörte das Gemälde mit den Monstern.

»Da ist es!« sagte Bilder-Franz mit rauher Stimme und deutete nach vorn.

Gropius ging näher. Der Galerist und seine drei Begleiter blieben zurück. Sie wagten sich nur zögernd vor.

Gropius aber blieb vor dem Bild stehen. Er sah die Flammen, auch das geborstene Holz, ansonsten nur die Schwärze und mußte auch die Kühle und den Hauch der Ewigkeit spüren.

Gropius wartete vor dem Bild.

Der Galerist stand drei Schritte hinter ihm und starrte auf den Rücken der Gestalt, die sich langsam umdrehte. »Ist das mein Bild?«

»Ja. Erkennst du es nicht wieder?«

»Es fehlt etwas.«

»Die beiden Monster.«

»Ja, sie sind zerstört worden.«

Gropius trat vor. »Aber sie waren wichtig. Mein erstes Werk, das mit Baphomets Hilfe entstand. Er hat dabei meine Hand geführt. Sie sollten mich beschützen. Du hast das Bild besessen. Weshalb hast du sie nicht beschützt? Warum nicht?«

»Es ging nicht, es …«

Damit ließ sich Gropius nicht einschüchtern und ablenken. »Du hast sie beschützen sollen. Es wäre eine Verpflichtung gewesen, denn auch du dientest Baphomet. Komm her!«

»Weshalb?«

»Komm.«

Bilder-Franz warf den drei Helfern einen wissenden Blick zu. Sie lächelten knapp zurück. Zwischen ihnen war auch ohne viel zu sagen alles gesprochen worden.

Plötzlich packte Gropius zu. Bevor sich Bilder-Franz versah, hielten ihn die Klauen umfaßt. Mit einem Ruck schleuderten sie ihn herum, so daß Bilder-Franz das Bild mit dem unheimlich wirkenden Loch in seinem Rücken wußte.

Und er ahnte die Gefahr, in der er plötzlich schwebte. Er hatte den Maler nie als einen Freund empfunden, höchstens als Bundesgenossen, jetzt aber war er zu seinem Feind geworden.

Und der Maler gab die Schuld an der Zerstörung seines eigenen Bildes dem Galeristen.

Dafür wollte er sich rächen.

Bilder-Franz konnte nur noch eines tun: Er krächzte den Befehl an seine Verbündeten. »Schießt, schießt ...«

»Wenn ihr das tut, seid ihr tot!«

Gesprochen hatte ich!

Suko und auch mir war es gelungen, lautlos das Geschäft zu betreten und uns ungesehen an das unmittelbar vor uns ablaufende Geschehen heranzuschleichen.

Es war ein Wahnsinn.

Die beiden, die sich eigentlich hätten verbünden müssen, wollten sich gegenseitig töten.

Die anderen drei rührten sich nicht. Vielleicht waren sie auch über unser plötzliches Auftreten so schockiert, daß sie nicht mehr handeln konnten. Sie ließen die Waffen fallen.

Weder Suko noch ich griffen ein. Der letzte Kampf war eine Sache zwischen den beiden Baphomet-Dienern. Oder zwischen der Vergangenheit und der Gegenwart.

Gropius hatte lange Zeit im Kerker gesessen, doch seine Kräfte hatten nicht nachgelassen. Er kämpfte gegen den

Menschen, und er hatte ihn so herumgedreht, daß Bilder-Franz mit dem Rücken zum Bild stand.

»Zerstört!« keuchte Gropius. »Du hast mein großes Meisterwerk zerstört. Dafür soll dich die Ewigkeit verschlingen und nie wieder hergeben. Du sollst bis ans Ende der Zeiten im Tunnel des Schreckens stecken. Soooo …« Das letzte Wort ging unter in einem Röcheln. Gropius setzte noch einmal seine ganze Kraft ein, der andere stemmte sich dagegen, aber er hatte keine Chance mehr.

Der Maler war stärker.

Und das Bild gehörte ihm.

Es gehorchte. Aus der Tiefe der Dimension oder der Schwärze des Alls drang die Kraft, die Gropius erhörte und dafür sorgte, daß beide in die Schwärze des Bildes hineinflogen.

Der magische Sog erfaßte sie auf einmal.

Einer wollte sich dagegen wehren, der andere nicht. Und so hörten wir noch den Schrei des Galeristen, der verhallte, je weiter sich die beiden ineinander verkrallten Gestalten von uns entfernten.

Dann waren sie nicht mehr zu sehen, und ich glaubte fest daran, daß ich ihnen auch nicht mehr begegnen würde.

In der nächsten Sekunde brach das Bild zusammen. Es zerknackte, riß und zerfiel, so daß von ihm letztendlich nur noch krümeliges Holz zurückblieb.

Suko nickte mir zu. »Ich glaube, das haben wir geschafft!«

Es gab noch viel zu tun. Der Keller wurde untersucht, auch die Stellen, wo wir die Gräber gesehen hatten.

Nichts gab es mehr zu entdecken. Dort hatte sich der Boden wieder fugenlos geschlossen.

Als einziges Indiz war der Steinschädel Baphomets zurückgeblieben, und ihn sah Kommissar Friedmann dann auch als Beweis an.

Das alles geschah, als Bill Conolly längst im Krankenhaus

lag. Er war in dem gleichen untergebracht worden wie Will Mallmann. Eine erste Untersuchung hatte bei ihm als Ergebnis eine schwere Gehirnerschütterung ergeben.

Sheila wußte bereits Bescheid. Sie wollte am kommenden Tag ihren Mann in Nürnberg besuchen.

Als Will Mallmann vom Ausgang des Falles erfuhr, ärgerte er sich, daß er nicht dabeigewesen war.

»Daran trägst du doch die Schuld«, erklärte ich.

»Wieso das denn?«

»Weil du die Gabe hast, immer den Kugeln im Weg zu stehen …«

Will knurrte wie ein Tiger. Und die Rache, die er mir versprach, war fürchterlicher als die, die sich die Horror-Reiter hätten je ausdenken können …

ENDE

Sehr geehrte Leserin, sehr geehrter Leser,

Falls Ihr Buchhändler die **John Sinclair-Taschenbücher** nicht regelmäßig führt, bietet Ihnen die ROMANTRUHE in Kerpen-Türnich mit diesem Bestellschein die Möglichkeit, diese Taschenbuch-Reihe zu abonnieren.

Hiermit bestelle ich bis auf Widerruf bei ROMANTRUHE,
Röntgenstr. 79, 50169 Kerpen-Türnich, Tel-Nr. 02237/92496,
Fax-Nr. 02237/924970 oder Internet: www.Romantruhe.de
die **John Sinclair-Tachenbücher** zum Preis von 45,00 Euro
für 12 Ausgaben.
Die Zusendung erfolgt jeweils zum Erscheinungstag. Kündigung jederzeit möglich. Auslandsabonnement (Europa/Übersee) plus Euro 0,51 Porto pro Ausgabe.

Zahlungsart: ☐ - jährlich ☐ - 1/2-jährlich ☐ - 1/4-jährlich
☐ - monatlich (nur bei Bankeinzug)
Bezahlung per Bankeinzug bei allen Zahlungsarten möglich.
Bitte Geburtsdatum angeben: ___ /___ /19___
Name und Ort der Bank: ______________________________

Konto-Nr.: ________________ Bankleitzahl:____________________

Name: ___________________ Vorname: ______________________

Straße: ____ Nr.:______

PLZ/Wohnort: ____

Unterschrift: __________________________ Datum:_____________
(bei Minderjährigen des Erziehungsberechtigten)

Die Bestellung wird erst wirksam, wenn sie nicht innerhalb von zwei Wochen ab dem auf die Aushändigung dieser Belehrung folgenden Tag schriftlich (zweckmäßigerweise per Einschreiben bei: Romantruhe, Röntgenstr. 79, 50169 Kerpen-Türnich) widerrufen wird. Zur Wahrung der Frist genügt die rechtzeitige Absendung des Widerrufs. Dies bestätige ich mit meiner

2. Unterschrift:________________Datum:________________

Wenn Sie das Buch nicht zerschneiden möchten, können Sie die Bestellung natürlich auch gerne auf eine Postkarte schreiben.

Schlachtfeld der Verfluchten

Viele Geheimnisse ranken sich um das Volk der Amazonen. Um die kriegerischen Frauen, die Männer nur benötigen, um Nachwuchs zu zeugen.
Aber es hat sie gegeben, und es gibt sie noch immer. Sogar in London, denn dort wurde ein russischer Historiker durch den Pfeil einer Amazone getötet.
Das rief Suko und mich auf den Plan. Nicht in London nahmen wir der Faden auf, sondern im tiefsten Russland, in den Steppen um die Wolga herum.
Zusammen mit Karina Grischin landeten wir auf dem Schlachtfeld der Verfluchten, wo sich unser Schicksal entscheiden sollte ...

ISBN 3-404-73287-1

BASTEI
LÜBBE

Carlottas Kerker

In ihrem weißen Kittel war sie die kühle, unnahbare Psychologin. In String-Tanga allerdings war Carlotta Crane der heiße, lüsterne Traum zahlreicher Männer.
Zusätzlich hatte ein TV-Sender mit ihr einen Deal abgeschlossen. Der Gewinner eines Glücksspiels durfte eine Nacht mit ihr verbringen.
Drei Männer hatten bereits gewonnen. Doch als sie in ihr normales Leben zurückkehrten, waren sie nicht mehr dieselben. Sie alle hatten Carlottas Kerker erlebt und dort das Ungeheuerliche gesehen, das ihnen den Verstand raubte ...

ISBN 3-404-73288-X

BASTEI LÜBBE

Die Hölle auf Erden

Mit einer Gesamtauflage von 250 Millionen ist ›*Geisterjäger John Sinclair*‹ die erfolgreichste Horror-Serie der Welt, und Jason Dark zählt zu den meistgelesenen Autoren deutscher Sprache. In dieser Taschenbuchausgabe erscheinen acht seiner atemberaubenden Romane:

Raissas Raubtier-Horror
Tödliche Perücken
Der Herold des Satans
Ein Grab aus der Vergangenheit
Ich stellte die Killer-Mumien
Zweikampf um die Ninja-Krone
Roboter-Grauen
Im Namen der Hölle

ISBN 3-404-73952-3

BASTEI LÜBBE